KB121185

# 각자의 지금

:이둘희 장편소설

# 각자의 지금

2020년 3월  9일 초판 1쇄 인쇄
2020년 3월 12일 초판 1쇄 발행

**지은이** 이둘희
**발행인** 이종주

**기획 편집** 주수지 주종숙
**경영 지원** 배진경
**마케팅** 김정수

**발행처** (주)로크미디어
**출판등록** 2003년 3월 24일
**주소** 서울시 마포구 성암로 330(상암동) DMC첨단산업센터 B동 318호
**Tel** (070)7860-2771 **Fax** (02)3273-5134
**홈페이지** rokmedia.blog.me
**E-mail** romance@rokmedia.com

ⓒ 이둘희, 2020

값 10,000원

ISBN 979-11-354-6171-2 03810

# 각자의 지금

:이돌희 장편소설

EACH
NOW

ROCODO

# Contents

## 1. 시곗바늘에 못이라도 박고 싶다

몸에 걸린 블랙 셔츠가 여자의 선에 따라 휘날린다.

바람도 눌러앉은 고요한 공원에서 동양인 여자 하나가 블루투스 스피커에서 흘러나오는 음악에 맞춰 자신만의 무대를 채워 나가고 있었다.

얼굴의 반을 가린 블랙 마스크와, 역시 같은 색의 베이스볼 캡을 눌러쓴 여자는 마치 밤의 한가운데에 서 있는 것 같았다. 유일한 색이라고는 마스크 위에 떠 있는 유난히 밝은 갈색의 눈동자와 여자의 동작을 쫓기 바쁜 잿빛으로 염색한 머리칼뿐이었다.

분명 그녀의 춤에는 기본기나 테크닉을 뛰어넘는 무언가가 있었다. 둥글게 휘어지는 발이 시원하게 뻗어 오르면서도 몸의 축은 흔들리지 않는다. 차오르기 시작하는 절정에는 눈빛이 예리하게 바뀌었다.

콩쿠르 무대에서나 보던 전략적인 프로그램이나 안무가 아니었다. 즉흥적으로, 춤을 즐기고 있었다.

"압구정역 3번 출신이랑은 다르다니까."

욜로 하려다 골로 가겠다며 느닷없이 짐을 싸서 런던으로 날아 버린 종자가 서건의 시선을 잡아챘다.

잘 다니던 대학원을 때려치우고 런던으로 잠수를 탔던 게 석 달 남짓. 한동안 잠잠하다 싶어 잠시 잊고 있던 것이 순간의 평화였다.

종기가 곪아 터질 것 같으면 째러 가야지, 관심 밖으로 밀어냈지만 머리가 무거워 자꾸 짚게 된다는 노인의 한숨에 결국 이번에도 엉덩이를 들고 일어선 것은 서건이었다.

"설렁설렁 추는 것 같은데 자꾸 시선을 잡는단 말이지."

"그래서."

"내가 보낸 동영상 안 봤어? 걔가 쟤라니까?"

"혹시 너보다 낮은 지점에서 열심히 사는 사람들 보면서 위로받냐?"

"형! 런던까지 온 마당에 까칠하게 굴지 말고 봐. 선을 예쁘게 쓰잖아."

아, 그 동영상.

처음 여자의 춤을 접한 건 민건이 보낸 동영상에서였다. 데뷔를 앞두고 있는 걸그룹의 안무 가이드라인인 줄만 알았던 영상은 지금처럼 춤을 추고 있는 여자의 모습이었다.

분명 소질이 있어 보이지만, 다듬어지지 않은 날것 그대로의 감정 표출일 뿐. 그의 눈엔 그저 버스킹을 즐기는 무명의 춤꾼에 지나지 않았다. 끝이 보이지 않는 일정에 피로가 쌓였던 터라 있는 대로 시니컬해져서 일시 정지 후 삭제하고 말았다.

그런데 촬영 전에 허락을 맡긴 한 건지. 민건의 얼굴을 들여다봤지만 물어볼 필요도 없었다. 나라면 굉장히 불쾌할 것 같은데.

"잘만 다듬으면 대박 친다니까."

내내 말없이 앉아 있는 서건을 보고 조바심을 느낀 민건이 몸을 바짝 당겨 앉았다.

"가볍게 뽑아내는 것 같은데 선이 꽤 정확해."

"기타 하나 든다고 해서 아티스트 되는 거 아니다."

"어차피 돈이면 다 되는 거 아냐? 예술이 뭐 별건가."

"그쪽 세계가 돈이면 다 될지 몰라도 가장 무섭고 정확한 게 대중들의 시선이란 거 몰라? 어설프게 뛰어들었다가 너희들만의 학예회로 끝나는 수가 있어. 그리고 동영상은 전부 삭제해. 당사자가 걸고 넘어지면 범죄가 될 수도 있을 거란 생각은 안 하지?"

"뭘 또 그렇게까지 비약하냐? 난 그냥 순수하게 팬의 입장에서 여러 사람에게 감동을 나눠 주고 싶은 것뿐인데."

그러잖아도 막 조회 수 사냥에 나서려던 참이라 민건이 발끈했다. 하나뿐인 동생 기죽이니까 좋냐? 쾌감이 막 쩔어? 이러려고 런던까지 쫓아온 거지?

상대가 형인지라 차마 입 밖으로 꺼내지 못하고 눈으로만 쏘아 댔다. 정작 서건은 한숨을 쉬며 고개를 저었다.

얽매인 책임감 따위가 없으니 저렇게 속이 편하지.

"당사자가 생각이 없다며."

석 달 동안 2층 버스에 앉아 관광이나 할 것이지, 고작 한다는 게 어쭙잖은 사업 구상이라니.

전 세계에 부는 한류 열풍에 맞춰 교포들을 모아 걸그룹으로 데뷔시킨 다음 자그마치 웸블리에서 콘서트를 열 계획을 세웠단다. 늘 그랬듯 조모의 주머니 털기란 민건에겐 염주 알을 넘기는 것보다 쉬운 일이었다.

그런데 이 원대한 포부는 시작부터 난항이었다. 계획된 프로듀싱에 의하면 첫 연습생이 되어야 할 눈앞의 여자가 단칼에 캐스팅 제안을 거절해 버린 것.

처음엔 같은 동양인이라 눈에 띄었고, 긴장감을 유발시키는 눈빛에 시선이 메였다고 했다. 망설임과는 거리가 먼 인생이니 다짜고짜 다가가 한국인이란 사실을 알고 건넨 첫마디가 '아이돌 해 볼래요?'였다고 하니.

'끼가 없어서요.'
'끼가 뭐 별건가요. 외모가 실력인 세상에.'
'죄송합니다.'

나무늘보도 얼굴이 예쁘면 선이 우아하다고 우길 종자였다.

그 뒤로 미련 없이 돌아서는 여자를 매주 같은 자리에 앉아 기다리고 있다고 했다. 춤만 추고 싶다는 여자가 런던 벼락이라도 맞아 얼굴이 끼라는 사실을 인정하는 그날이 오기만을.

"어?"

그 순간 민건의 입이 놀란 듯 벌어졌다. 동시에 서두를 것 없이 느리게 떠다니던 서건의 시선 역시 여자에게로 향했다.

노래 한 곡이 끝나고 잠시 숨을 고르고 있는 사이 남루한 행색의 백인 남성이 닥치듯이 다가와 장미꽃을 떠넘겼다.

관람료치곤 꽤 로맨틱한데 분위기가 심상찮게 돌아갔다.

"형이 보기에도 옐로 피버(Yellow Fever)로는 안 보이지?"

민건의 말대로 영국판 금사빠로는 보이지 않는다.

여자가 난처한 얼굴로 거절하자, 머리를 방금 전에 감았는지 아니면 일주일은 감지 않은 것인지 헷갈릴 지경의 장발의 남자가 고함을 지르기 시작했다.

급기야 남자는 귀에 거슬릴 정도로 차이니즈를 운운하며 두 손으로 눈매를 쭉 잡아당겼다. 한눈에 봐도 유치하기 짝이 없는 인종 비하였다.

못 알아들은 건가. 아니면 처음부터 관심조차 두지 않는 걸지도.

정작 여자는 유치한 조롱에도 낯빛 하나 바꾸지 않고 있었다.

약이 바짝 오른 남자가 한 발 더 다가서자 조용히 손을 들어 코를 막은 다음 인상을 찌푸릴 뿐이었다. 특유의 유쾌하지 못한 체취에 질린 얼굴을 하고서. 그녀의 노골적인 외면에 그러잖아도 붉은 남자의 얼굴이 더욱 달아올랐다.

"대박. 쟤도 당하네?"

"당해?"

"며칠 전에 레스토랑에서 투고(To-Go)해서 나오는데 웬 거지가 다짜고짜 포장한 음식을 내놓으라는 거야. 어찌나 당당하던지, 하마터면 몰라봐서 죄송하다고 넙죽 드릴 뻔했잖아. 저것도 아마 선물하는 척하면서 강매하는 걸 거야. 쟤네들 전형적인 수법이거든. 그러고 보면 여기 거지들 참 대단해."

이 모든 광경을 고스란히 지켜보던 민건이 자리에서 일어서려고 하자 서건이 저지했다.

네가 왜 나서는데? 눈으로 묻자 한쪽 눈썹이 씰룩거렸다. 저 오지랖 넓은 동포애가 그릇되게 꿈틀대는 모양이었다.

그런데.

"씨발."

마스크를 벗으며 여자가 내뱉은 욕설이 두 사람의 귀에 정확히 꽂혔다.

"진짜 짜증 나서 못 봐주겠네. 이거 완전 개같잖아?"

이번엔 모자를 벗으며 내뱉은 여자의 말은 민건의 오지랖도 멈춰 서게 만들었다. 놀랍게도 두피에 손가락을 박고 거침없이 머리카락을 헝클어 대는 얼굴은 티끌 하나 없이 웃고 있었다.

안 되겠는지 당장에 블루투스 스피커라도 들고 튀려던 거지가 욕이란 걸 감지하고 엉거주춤 일어섰다. 여자는 주머니에서 잡히는 대로 지폐를 꺼내 붉은 면상에 던졌다.

"좆같이 굴지 말고 꺼져."

그것으로도 부족한지 동전까지 죄다 집어 던졌다.

"그리고 부탁인데 데오드란트 좀 사서 발라. 들고 있는 꽃한테 미안하지도 않아?"

이쯤 되면 스피커보다 대단히 비싼 장미꽃이었다.

"딕션 한번 정확한데?"

서건의 말에 돌아보는 민건의 표정이 가관이었다. 압구정역 3번 출신을 운운하던 그 말을 아주 조금은 이해할 수 있을 것 같다.

무언의 항쟁처럼 느껴지던 마스크를 벗어 버린 그녀의 얼굴은 앳되고 싱그러웠다. 하나같이 획일적이고 어색한 성형 미인과는 거리가 멀어 보였다.

"내가 뭐랬어. 첫사랑처럼 생겼다고 했잖아."

민건이 멍청한 얼굴로 중얼거렸지만 이번만큼은 아무런 대꾸도 하지 않았다.

도시의 삶이 너무 삭막하다 보니 저 싱그러운 웃음에 눈길이 머무는 거겠지. 고개를 뒤로 젖히며 활짝 웃는 그녀의 목선이 유독 서건의 시선을 붙잡았다. 뭐가 그렇게 즐거운지 도리어 후련해 보이기까지 했다.

그날 처음으로 서건은 사람의 웃음이 맑은 아침 햇살과 같다는 생각을 했다. 그 웃음이 얼마나 예쁘고 잔인한지는 꿈에도 모른 채.

쓸데없는 감성에 빠지기 딱 좋은 런던의 가을이었다.

이곳에 사는 사람들은 해의 시간이 아니라 구름의 시간에 맞춰 사는 것 같았다. 구름이 약간 낀 날, 적당히 낀 날, 아주 많이 낀 날이 기상예보의 전부처럼 느껴질 정도였다.

특히 오늘처럼 비가 금방이라도 쏟아지기 직전의 먹구름이 잔뜩 낀 날은 기분을 머리카락 가닥까지 우울하게 만들었다.

공기는 축축하고 사람들의 외투는 어둡고 하늘은 회색인 런던은 모든 것이 무채색이었다. 이런 날에 송연은 무작정 코트를 집어 들고 공원 대신 극장으로 향했다.

그녀가 태어나기 훨씬 전에 개봉했을 오래된 무성영화만 상영하는 작은 극장은 저렴한 입장권 한 장이면 몇 시간이고 앉아 있어도 문제가 없었다.

더 이상 내 정신이 내 것이 아닌 기분. 마치 잉크를 잔뜩 풀어 짙게 검은 욕조 물에 몸이 잠긴 기분이었다. 차라리 그대로 가라앉고 싶었다.

– 돌아와야겠다.

길 위에서 그만 살고 귀국해라.

전화는 한국을 떠난 지 정확히 3년 만에 걸려 왔다. 떠나올 때도 그랬지만 돌아가는 것 역시 일방적인 선고였다.

보통의 부모가 객지에 있는 자식에게 밥은 먹고 다니느냐는 소리는 굶고 다닐 자식 걱정일 테고, 사람 조심하란 소리 이면에는 홀로 외로울 자식 걱정이겠지만 양부에겐 그런 안부 따위는 상상도 할 수 없는 일이었다. 오히려 잊지 않고 전화를 다 주시다니 미치도록 송구하다고 해야 하나.

숨소리도 내지 않는 송연에게 아랑곳하지 않고 기어이 다음 말을 꺼내고 만다.

– 지완이 제대가 얼마 안 남았다.

지완, 한지완. 내 고통의 유일한 수혜자인 너.

'기다릴게.'
'난 돌아오지 않아.'

'떠나야만 돌아올 수 있는 거야.'

'오빠.'

'한 번만 더 오빠라고 불러 봐. 눈알 한번 굴리지 않고 앞만 보는 병신이 어떻게 되는지 바로 알게 될 테니까.'

지완의 이름이 수화기 너머로 흘러나오자 온 신경이 비명을 질러 댔다. 가만히 서 있기만 해도 숨이 헐떡헐떡 차올랐다.

'그럴수록 더 귀국하면 안 되겠네요.'

─ 제정신 아닌 놈이 너 하나 어디에 있는지 못 찾을까. 휴가 때마다 출국 신청을 해서 내가 사단장에게 얼마나…….

'다른 곳으로 옮길게요. 이번엔 자신 있어요. 절대로 안 잡혀요.'

─ 그래 놓고 매번 걸려들었지. 단 한 번의 예외 없이. 매번.

'3년이나 지났어요. 저도 그만큼 변했구요.'

─ 그거 듣던 중 반가운 소리구나. 그러잖아도 네가 날 좀 도와야겠다. 이번엔 그리 오래 안 걸릴 게다.

'제가 왜 그래야…….'

─ 만일 뜻대로만 움직여 준다면 그땐 미련 없이 놔주마.

참으로 다정한 욕이 아닐 수 없다. 일방적으로 통화가 끊긴 핸드폰을 들고 송연은 한참을 꼼짝할 수가 없었다.

부모가 자식을 놔줄 수도 있나. 파양을 조건으로 내세울 거였으면 진작 그래 줬으면 서로 더러운 꼴 볼 일 없었을 텐데. 이번엔 또 무엇으로 얼마나 어떻게 옭아맬 생각인지.

노예가 딸이라니, 진저리 치도록 근사한 이름이었다.

"저기요."

나지막한 목소리 하나가 어깨 너머로 불쑥 끼어든 건 그때였다.

"네?"

생각에서 깨어난 송연이 반사적으로 고개를 돌리자 뒷좌석 관객의 것이 분명한 남성 스킨 냄새가 기습적으로 덮쳐 왔다.

그는 단지 상체만 앞으로 숙였을 뿐인데, 예상치 못한 상황 때문인지 묘하게 가슴이 내려앉았다.

"아까부터 진동이 계속 울리고 있는데요."

신기하게도 남자의 말과 동시에 손안에서 발작처럼 떨고 있는 핸드폰의 진동이 느껴졌다.

발신자의 깜찍한 셀카 사진으로 꽉 찬 액정이 온몸을 발광해 대는 동안 손에 쥐고 있으면서도 전혀 느끼지 못했다.

정신을 차려 보니 내내 머리를 맞대고 앉아 있던 앞자리 커플까지 고개를 돌려 송연을 보고 있었다.

"죄송합니다."

차마 뒷자리 남자의 얼굴을 마주하지 못하고 시선을 비낀 채 사과를 한 뒤 자리에서 일어섰다. 서둘러 휴대폰을 손에 꼭 쥐고 출구를 향해 계단을 밟는 순간 송연은 멈칫하고 말았다.

런던 시내의 작은 극장에서 영화 관람 도중 한국인 관객과 대화를 하게 될 확률이 몇이나 될까.

분명 뒷자리 남자는 유창한 한국어를 구사하고 있었다. 그녀가 같은 한국인인 건 어떻게 알고 주의를 준 것인지.

질문이 꼬리를 물었지만 이내 고개를 저었다.

이제 와서 그게 뭐가 중요해.

송연은 이 순간에도 미친 듯이 울고 있는 핸드폰을 다시 한 번 꼭 쥐었다. 도대체 어디서 뭐 하느라 여태 전화를 받지 않느냐는 안나의 부르짖는 소리가 벌써부터 들려오는 것 같았다.

잔혹하고 감동이라고는 없는 오래된 흑백영화 감상은 오늘부로 끝이었다.

❖

"대역 죄인이냐? 칼만 쓰면 딱이겠네."

언제나처럼 활기찬 안나가 잔디에 아무렇게나 주저앉으면서도, 품에 들고 온 꽃다발은 소중하게 내려놓았다.

앞이 보이지 않도록 세찬 비가 내리기를 기대했던 송연의 바람과는 반대로 변덕스러운 런던의 날씨는 언제 그랬냐는 듯 화창하게 갰다. 외투 없이 걷기 좋은 가을날 오후, 굳이 하늘을 올려다보지 않아도 수면 위에 그대로 투영되는 구름들 사이로 템스 강의 백조들이 우아한 멋도 없이 관광객들을 향해 몰려다니고 있었다.

이제 한국으로 돌아가면 꾸역꾸역 겨울옷들을 겹쳐 입고 얼굴만 내밀고 살겠지. 구름이 낮게 뜨는 이곳의 하늘을 꽤 오래 그리워하게 될 것 같다.

"너 나한테 할 말 없어?"

아침내 공들여 뷰러로 찍어 올렸을 안나의 속눈썹이 파르르 떨렸다. 송연이 별일 아니라는 듯 웃어넘기려고 하자 잠시 샐쭉하더니 에코백에서 치킨 박스와 캔 맥주를 꺼내 들었다.

유난히 말수가 적은 송연에게 이미 적응 완료된 상태지만 요 며칠 어딘가 콕 집어 말할 수 없는 묘한 낌새를 느끼던 참이었다.

특히 지금처럼 죽을상을 하고 앉아 있는 걸 보니 오늘은 기필코 작정을 하고 알아내야겠다는 다짐이 들었다.

"인어공주야, 뭐야? 다 가졌는데 목소리만 잃었어? 왜 말이 없는데?"

힘겨운 타지 생활엔 공진단 대신 치맥이라며 안나가 캔 맥주를 내밀었다. 조용히 받아 든 송연은 벗어 둔 스니커즈에 자연스럽게 캔 맥주를 꽂았다. 맥주는 소중하니까 넘어지면 안 돼. 안나에게 배운 것들 중 하나였다.

"그러지 말고 어제 윈저 성에 갔던 얘기 좀 해 봐."

그래, 일단은 넘어가 준다.

맥퀸즈에서 일정이 끝나는 대로 곧장 온 탓에 목이 말랐던 안나가 거침없이 맥주를 들이켰다.

크, 목을 긁고 넘어가는 탄산의 기운에 피가 돌았다.

"내가 지금까지 본 결혼식 중에 가장 성스러운 결혼식이었지. 해리 왕자의 눈에서 꿀이 떨어지는데 주책없는 광대가 승천해서 내려오질 않는 거야. 호환 마마보다 무서운 게 결혼 적령기 남자의 우유부단함이라더니 그런 조건 없이 주는 단호한 사랑 받을 수만 있다면 어우! 맞아도 좋으니 드럼이고 싶다. 게다가 은행 협찬이라곤 1파운드도 없는 결혼이라니 이 얼마나 완벽해?"

연일 떠들썩했던 해리 왕자의 결혼식이 어제 있었다. 윈저 성의 채플까지는 못 가더라도 근처 대형 스크린으로 구경 가자는 걸 거절하고 송연은 카페 매니저를 만나러 갔다.

그곳에서 근무하는 내내 어떤 실수를 해도 잇츠 오케이였던 매니저는 그만두겠다는 송연의 말에 처음으로 난색을 표했다.

귀국 준비는 조용히 시작되었지만 가장 큰 난제가 눈앞에 있었다. 바로 안나였다.

"뉴스에서 봤는데 신부 드레스가 아름답긴 하더라."

"신부가 워낙에 예쁘니까 뭘 입어도 빛나긴 하지. 정작 그 베일 내가 쓰면 양봉으로 보이겠지만."

말은 그렇게 하면서도 동그란 이마와 무리감이 없는 콧대가 인상적인 안나였다. 날카롭고 말이라도 걸면 그대로 삼킬 것 같은 도도한 인상이지만 곁에 두고 보면 작은 코와 진한 인중이 토끼같이 귀여웠다.

블루밍 런던을 꿈꾸며 플라워 유학을 왔다가 영국의 유명 플라워 브랜드, 맥퀸즈에서 인턴 과정 중인 안나를 만난 건 숙소로 잡은 스튜디오에서였다. 호스트가 여자인 데다 무려 한국인이라니 영어가 서툰 송연에겐 다른 선택지가 없었다.

그런데 이 호스트의 남성 편력이 꽤나 화려했다. 매주 바뀌는 데이트 메이트는 인종을 뛰어넘어 뚜렷한 취향 또한 없어 보였다. 가끔은 낯 뜨거운 소음도 들려오곤 했는데 그 와중에 책 읽기 정도는 문제없었다.

송연에게 버티기란 가장 자신 있는 일이었다.

*'첼시 전체가 플라워 쇼로 변하는데 놀러 갈래요?'*

누워서 자는 것만이 구원인 사람처럼 침대 밖으로 나오지 않는 송연에게 먼전 말을 건넨 건 호스트인 안나였다.

유난히 사람 간의 장벽이 낮은 사람이 있는데 안나가 그랬다.

'꽃 알레르기가 있어서요.'

완곡한 거절이었다. 송연에게 알레르기가 없다는 것쯤은 두 사람 모두 알고 있었다. 이미 집 전체에 과제로 꽃들이 빼곡히 꽂혀 있는데도 재채기 한 번 한 적이 없었기 때문이다.

그리고 그날 밤 외출에서 돌아온 안나는 정전이 된 집 안 구석에서 패닉으로 온몸이 굳어 있는 송연을 발견했다.

'송연 씨! 괜찮아요? 괜찮은 거예요?'

안나가 묻는 말에 송연은 비명 한번 지르지 못하고 더욱 움츠러들었다. 이대로는 안 되겠다 싶어 구급차를 부르려는 걸 송연이 필사적으로 거부했다. 그래서 흠칫 놀라는 반응에도 아랑곳하지 않고 웅크린 몸부터 끌어안았다.

'술이 필요한 얼굴인데 한잔해요, 우리.'

우리. 그 한 마디가 송연을 자리에서 일어서게 했다.

한인 타운의 삼겹살집에서 소주를 마시며 소리 없는 명이나물 쟁탈전을 마치고 난 후 안나는 놀라운 사실 몇 가지를 알게 되었다.

송연은 태어나 단 한 번도 술을 마셔 본 적이 없었으며, 의외로 대식가였고, 한국에서 드라이어를 가져왔다는 점이었다.

알고 보니 전압이 센 드라이어를 한국에서 챙겨 온 어댑터에 연결했고 동시에 터져 버린 어댑터 덕분에 정전이 되어 버린 것이다.

겁이 유난히 많다고 쳐도 성인 여성이 그렇게까지 얼어붙을 일인가. 보통은 집 밖으로 일단 뛰쳐나오고 볼 텐데. 그렇게 얼마가 됐을지 모를 시간 동안 혼자 구석에서 질려 있진 않을 것이다.

하지만 안나는 묻지 않았다. 사람에겐 누구나 하나씩의 가시가 있기 마련이므로.

"내년 봄만 돼도 희미해질 지금이잖아. 애지중지 그거 간직하겠다고 무엇과도 바꿀 수 없는 이곳에서의 시간을 이렇게 낭비하고 있을 거야? 방바닥만 긁고 있기엔 오늘이 너무 아깝지 않아? 너 그거 노란 장판 감성이야. 구질구질하다고."

그날 이후로 안나는 송연을 자꾸 꼬집기 시작했다. 두 눈 가득 애정 어린 걱정을 담아서.

"한국으로 들어가야 할 것 같아."

두 번째 맥주 캔을 따던 안나가 그대로 멈췄다. 눈을 어찌나 크게 떴는지 아이라인이 눈썹까지 닿을 지경이었다.

"와아? 이건 너무 뜻밖의 전개인데?"

"오빠가…… 제대한대."

"오빠? 무슨 오빠? 설마 너 한국에 심어 둔 남친 있었어?"

평생 데이트는 해 본 적이 있을까 싶은 송연이 한국에 남친이 있었다니 믿을 수가 없다.

"아니. 그런 거 아니고."

"그럼 혹시 친오빠 말하는 건 아니지?"

대답이 없는 송연에게 재차 물었다.

"배달 음식 왔을 때 현관에서 대신 받아 오는 용도 말고는 쓸모없는 그 친오빠?"

송연이 싱겁게 웃자 조바심이 난 안나가 엉덩이를 바짝 당겨 앉았다.

"근데 그게 왜? 오빠 제대가 한송연 귀국이랑 무슨 상관인데? 어차피 여기 생활비도 다 네가 벌어서 해결하고 있잖아."

이번엔 묻지 않을 수가 없다. 오빠가 제대했는데 왜 네가 귀국해? 그럼 나는? 나는 어떡하라고?

적당히 태워서 호피 무늬가 그려진 김치 부침개 이제 누구랑 찢어 먹어? 수국으로 만든 헤드 드레스는 이제 누구에게 씌워 주고, 연애가 끝날 때마다 짬뽕이 볶음우동이 되도록 고개를 처박고 울면 이젠 누가 날 위로해 줘? 술 취한 밤 헤어진 전남친에게 전화 걸려는 내 말초신경 단속은 이제 누가 해 주는데?

"고마워, 안나야. 네 덕분에 원 없이 춤도 춰 보고 이젠 혼자서 극장도 갈 수 있게 됐어. 이곳에서 너와의 추억, 아마 평생 잊지 못할 거야. 더 늦기 전에 이 말 꼭 하고 싶었어."

한송연, 넌 어쩜 작별 인사도 이렇게 서투니.

"환장하겠네. 나 지금 아침 드라마 보고 있는 거지? 뭐가 이렇게 순식간인데?"

별일 없이 지내는 게 최고야. 뜨겁지 않으면 어때.

얼음 덩어리를 온 가슴에 문질렀는지 모조리 다 튕겨 내는 송연의 손을 잡고 런던 시내 안 가 본 곳이 없었다. 한국에서 현대무용을 전공하고 싶었지만 그럴 수 없었다는 송연의 흘리듯 한 말에 스피커를

사 주고 장소를 물색해 준 것도 안나였다.

네가 돌다리라면 까짓것 부서질 때까지 두드려 보자. 오지랖이 사람으로 태어난다면 그 이름은 조안나가 될 것이다.

주저하는 송연의 등을 밀면서 안나는 놓치지 않았다. 이미 송연의 눈에서 춤에 대한 갈망을 읽은 뒤였다.

너의 껍질이 남들보다 두껍다고 해서 안 깨지는 게 아니었어. 이제 좀 사람답게 사는 것 같아 보였는데 갑자기 왜?

"안나야, 그래도 나 스피커는 지켰다? 네가 어떤 마음으로 사 준 건지 잘 아니까 그게 너무 고마워서. 그 장미꽃 얼마나 한다고 돈 다 줘 버리고 말지, 스피커만큼은⋯⋯."

"이리 와! 이 매정한 년아."

결국 눈꼬리에 매달린 눈물을 어찌지 못하고 송연을 와락 끌어안았다.

입시, 학점, 스펙, 취업, 연애까지 모든 걸 20대에 다 이루어야 한다는 현실이 숨 막혀 도망 오다시피 한 영국이었다. 하지만 이곳에서조차 동정 어린 시선에서 자유로울 순 없었다.

그래서 더 연애라는 행위에 집착했던 건지도 모른다. 사랑이란 거, 어차피 다시 또 오는 거니까.

그러다 송연을 만났고, 그녀는 안나를 편견 없이 동등한 성인으로 대해 준 몇 안 되는 한국인이었다. 그런 송연이 없는 집으로 매일 밤 들어가야 한다니. 나이만 먹었지, 가슴 안에는 사춘기 소녀가 들어앉아 있는 안나의 등을 송연은 말없이 쓰다듬었다.

"일어나."

안나가 조금은 비틀거리며 자리를 털고 일어섰다.

"시간도 얼마 없는데 햇빛에 기미 수집 그만하고 일어서. 가자."

"어딜 가는데?"

"오늘 건수 하나 생겼어. 코리안 프로페셔널 네트워킹 파티라나 뭐라나. 누가 지었는지 이름부터 허세가 줄줄 흘러요. 아무튼 거기에 꽃이 필요한가 봐."

안나는 착실하게 커리어를 다지며 아르바이트 삼아 소소하게 꽃일을 하고 있었다. 대개가 교포들 미팅이나 유학생들 모임에 쓰일 꽃들이었는데 오늘도 그중 하나인 모양이었다.

"드레스 코드는?"

이름부터 허세가 줄줄 흐르는 파티라고 하니 적어도 드레스 코드 정도는 있을 것이다. 송연에게 그런 자리에 어울릴 법한 옷이 있을 리 없지만 티 나게 겉돌고 싶지는 않았다.

"얼굴."

"얼굴?"

"넌 얼굴만 들고 오면 돼. 한송연 얼굴이면 무조건 프리패슨데 뭐가 더 필요해? 사실 말만 거창하지, 다들 하나같이 기를 쓰고 잘난 척하러 나오는 자리일 거야. 우린 그냥 구경이나 실컷 하고 오자. 공짜 술 마시는데 그 정도 못 해 줘?"

척하는 것들이라면 이미 질리도록 봐 왔지만 안나 일이니 자리에서 일어섰다.

너무 아름다워서 길들이기 어렵다는 꽃들을 옮기고 배치하는 일이 혼자서는 힘에 부칠 때가 있었다. 그럴 때마다 종종 도왔던 터라 여력이 되는 한 손을 보태 주고 싶었다.

어디에 있든 각자의 무게로 고달픈 현생을 살아갈 텐데 런던에 있는 동안만큼은 좋은 기억으로 남고 싶다. 송연의 삶에서 안나는 유일한 친구였고 앞으로도 그럴 것이기 때문에. 그리고 오늘이 마지막 일탈이 될 거란 걸 그 어느 때보다 잘 알고 있었다.

❖

맨 꼭대기 층 테라스 문이 열리면서 불빛이 흘러나왔다. 불어오는 밤바람에 눈이 뜨이는 여자의 향기가 없었더라면 눈치도 못 챌 만큼 작은 인기척이었다.

귀가 따가울 정도로 소란스러운 실내와는 반대로 내려다보는 정원은 시간이 멈춘 듯 평화로워 보였다.

이미 밤을 잊기로 작정한 사람들이 실내의 산소를 죄다 삼켜 버렸는지 서건은 답답해서 숨을 쉴 수가 없었다. 여기까지 와서도 직업이 너희 아버지 자식인 인간들을 탐색하는 짓 따윈 전혀 흥미가 일지 않는다.

그래서 어두운 테라스 구석에 서서 투명인간이라도 되고 싶은 마음으로 정원을 적시는 조명만 노려보았다.

쉬고 싶다.

민건에게 할애한 나흘의 시간이 유일한 휴가라니. 내일 아침이면 다시 돌아가 홀딩스 사기꾼들에게 얄미운 미소나 짓고 있어야겠지.

인적이 드문 극장에 앉아 눈을 감아 보았지만 턱없이 부족했다.

묵혀 두었던 피곤함이 밀려오자 이럴 땐 평생 제 인생 살 수 있는 민건이 부러울 지경이었다.

"안녕?"

난간에 몸을 기대며 무심히 주위를 살피던 여자가 다가오는 고양이 한 마리를 발견하고 인사했다.

쓸쓸함이 전혀 어색하지 않은 뒷모습이라 굳이 퇴장을 감수하며 방해하고 싶지 않았다. 아니, 정확히 말하자면 무료함을 느낀 그녀가 먼저 퇴장해 주기를 바란 게 맞다.

"넌 이름이 뭐야?"

구정물에 주둥이만 담갔는지 입 주위가 새까만 녀석이 목을 고롱고롱 울기 시작했다. 여자가 은은하게 미소 지으며 녀석의 눈을 한참을 들여다보자 녀석도 지지 않고 응시했다.

"예전에 나비라고 부르던 아이를 돌본 적 있었는데 늘 궁금했어. 내가 나비라고 부를 때 걘 날 뭐라고 불렀을까. 내가 그 아이에게 이름을 줬을 때 그 아이도 나에게 이름을 붙여 줬을 텐데. 확실한 건 시시하게 집사라고 부르진 않았을 거야. 걘 특별했거든."

서건은 순간 난감해졌다. 이쯤 되면 공원에서 죽치고 앉아 있는 민건과 다를 바가 없어 보였다. 아무래도 여자와 고양이에게 자리를 내줘야 할 모양이었다.

그 순간 기민한 움직임을 눈치챈 녀석이 쏜살같이 달아났다.

"상당히 한가한가 봐요. 관음을 즐기고."

그깟 도둑고양이가 뭐라고 뒷모습을 사라질 때까지 보더니 놀란 기색도 없이 말하는 여자와 두 눈이 마주쳤다.

싸늘한 눈빛이 스치는 것도 잠시, 서건은 피식 웃고 말았다.

바람만 불어도 상처가 날 것 같아 보이는 여자의 얼굴이 낯이 익었다. 공원에서 온몸을 검게 휘감은 채 웃으며 욕을 하던 여자를 다음 날 어두운 극장에서 알아보고, 희끄무레한 빛무리가 전부인 이곳에서 다시 만났다.

어둠을 밀고 나온 서건이 그녀 앞에 제 모습을 드러냈다.

"사람 시선에 예민한 줄은 몰랐는데요. 이미 충분히 익숙하지 않나?"

"마치 나에 대해 잘 아는 것처럼 말하네요."

"그럴 수도."

"아닐 수도 있구요."

먼저 자리를 차지한 사람이 임자니 불청객은 알아서 비켜 주는 수밖에. 서로가 양해를 구하고 자리를 뜨면 그만이었다. 하지만 점점 다가오는 커다랗고 긴 그림자는 그럴 생각이 없어 보였다.

송연 역시 그를 알고 있었다. 빈틈없이 재단된 슈트를 입고 눈을 내리깐 채, 손이라도 씻었는지 손수건으로 닦으며 실내로 들어서던 모습이 그의 첫인상이었다.

남자를 색깔로 비유한다면 검은색 인물일 것 같다. 모든 색들로 혼재되어 결론은 하나뿐인 색. 유일무이해서 한눈에 봐도 부족함이 없어 보였다. 저런 사람은 살면서 좋은 선택을 훨씬 더 많이 하겠지. 결핍이 없으니 모난 데도 없을 것이다.

*'얼굴이 서사네.'*

나무 수형은 예쁘지만 목대가 굵어 무게가 나가는 화분의 위치를 잡느라 끙끙대던 안나가 허리를 펴며 말했다.

그 틈에 언제 남자를 본 건지 안나뿐 아니라 모두가 단체 최면이라도 걸린 것처럼 남자를 보고 있었다.

어쩐지 그 모습이 우스워,

*'오늘 저 사람 돌잔치야? 왜 다들 저 남자만 보고 있어?'*

라고 묻자 안나는 돌잔치엔 뭐니 뭐니 해도 풍성한 작약이 제격이라며 천연덕스럽게 받아쳤었다.

안나의 말대로 눈매만큼은 공공재로 남겨 둬야 한다는 이 남자와 엮일 만한 경우는 소송이나 돼야지 않을까.

그렇지 않고서야⋯⋯.

"굳이 서로에 대해 자세히 알 필요 있습니까? 때론 얼굴이 명함이 될 때도 있는데."

여자를 먼저 찾아다닐 타입 같지는 않아 보이는데.

여전히 앞을 가로막고 있는 남자의 얼굴을 올려다보았다.

수고스럽게 그 내면까지 알아야 할 필요 뭐 있어. 적당히 감추고 대충 맞춰 주며 말을 길게 나누지 않아도 될 사이. 누군지 궁금할 필요도, 깊이 이해하려고 들 것도 없이 가면조차 필요 없을 사이. 딱 그만한 사이가 보내기에 충분한 하룻밤.

그는 여유 있는 척 굴고 있었지만 두 눈은 묵중하게 가라앉아 있었다. 그 눈빛의 의미를 모른다고 할 만큼 순진하지 않았다.

"명함 내밀기 전에 눈앞의 나부터 사로잡아야 하는 거 아닌가요?"

송연의 말에 그의 웃음이 튀어 올랐다.

"여긴 좀 시끄러운 것 같은데."

"그 말은 곧 이곳이 조용했다면 자신 있다는 뜻?"

"난 너무 넘어올까 봐 오히려 걱정인데?"

그녀가 천천히 다가서자 남자의 웃음은 흔적도 없이 사라졌다.

"이제 잘 들리죠?"

"가깝고 좋은데요."

"담배 있어요?"

유난히 밝은 갈색의 눈동자가 꼼짝도 하지 않고 그에게 향해 있었다. 서건은 잠시간 양 눈썹을 모으고 그녀의 의중을 알려고 들었지만 그만두었다.

웃을 수 있다는 것. 다른 생각이 들지 않다는 것. 오늘 밤은 그거면 충분했다.

"애석하게도 하나뿐이라……."

"그럼 절반 피우고 줄게요."

붉은 입술이 망설임 없이 깊이 빨아들이자 끝이 하얗게 타들어 간다. 가늘게 내뿜는 연기 사이로 보이는 여자의 깊은 눈초리를 팔짱까지 끼고 관람이라도 하는 양 보았다.

그녀의 눈에는 옅은 권태가 있었다. 그가 아침마다 거울 속에서 보던 익숙한 그 눈을 그녀에게서도 보았다.

정확하게 절반을 태운 담배가 돌아왔지만 서건은 거절했다. 담배는 그대로 바닥으로 낙하했다.

"그쪽이나 나나 서로 말 많은 사이는 아니니까 한 마디만 할게요."

서건의 어깨를 스칠 듯이 지나치며 그녀가 속삭였다. 아주 가까운 사이가 아니면 들리지도 않을 만큼 작은 소리라서 저절로 고개가 기울어졌다. 그의 모든 감각이 오로지 한 사람을 향해 곤두섰다.

"그렇게 아무거나 함부로 줍지 마요."

정작 오늘 밤 주우려고 했던 게 뭔지도 모르면서. 남자가 겁도 없이.

여자의 향기가 옅어지자 그제야 테라스 문이 다시 닫혔다는 것을 깨달았다. 들어왔을 때처럼 눈치채지 못할 만큼 작은 인기척이었다.

지금 이 순간, 누가 남자를 와인이라고 했는지 송연은 도저히 납득할 수가 없었다. 실내로 돌아와 마주친 눈앞의 무리를 보니 나이를 먹을수록 숙성이 되는 게 내면이 아니라는 건 확실히 알겠다.

이름은 거창했지만 알고 보면 별것도 아닌 인물들이 조상의 내리사랑으로 운 좋은 삶을 자랑하려고 나온 자리.

네트워킹 파티라더니 다리 건너 알 만한 인물들은 다 나온다는 이곳에서 하필 안나의 전남친과 마주쳤다.

'핸드폰 액정에 잠깐 뜨고 사라지는 미리 보기 메시지만 보고 전화로 무슨 영화 볼 거냐고 물어. 나는 이미 송연이 너랑 영화를 다 보고 집에 도착했다고 보냈는데 이 인간은 손가락 터치 한 번 하는 것조차 귀찮아서 대충인 거지.'

성의 없는 관계 이어 가서 뭐해?

사이가 소원해지고 관계의 진전조차 귀찮은 상태인데.

안나가 가장 못 견뎌 하는 이별의 전 단계였다.

'도대체 시간을 갖자는 건 뭔 개소리야? 그냥 헤어지기 직전 마지막 코스일 뿐이잖아. 이대로 헤어지자니 어쩐지 나쁜 놈 되는 것

*같아 싫고. 같잖은 착한 남자 콤플렉스에 걸려서 고작 한다는 소리*
*가 생각할 시간을 갖자고? 딱 잘라 헤어진 것도 아니니 SNS 정리*
*도 못 하잖아. 그렇다고 새로운 사람을 만나자니 환승하는 것 같아*
*서 꺼림칙해. 지금 나랑 눈치 게임 해?'*

　이별이 목전인데 애태우고 갑질 한다며 안나는 한참을 씩씩거렸
었다. 그 후로 별말이 없기에 송연도 더 이상 묻지 않았다.
　그런데 이별 후 예의를 차리기로 한 건 안나뿐인 모양이었다.
　모임을 주최한 회장에게 페이를 받으러 간다는 안나를 찾아 테이
블을 지나치려는 순간, 목소리 하나가 귀에 거슬리기 시작했다.
　"병신 같은 년이 알고 보니 멀티탭이야. 아무나 꽂아도 되는 거더
라고."
　"영진실업의 막내 걔 말하는 거 맞지?"
　"그런 거 같은데? 첨엔 저 새끼가 다리병신이랑 만난다고 해서 내
귀를 의심했잖아. 근데 그 와중에도 고르긴 또 골랐어요. 영진실업
이면 알짜 아냐?"
　"새끼야 아무리 배고파도 막 주워 먹으면 장 꼬이는 거 몰라?"
　"그래서 먹고 버리니까 맛있디?"
　"졸라 쫄깃하더라."
　"하여튼 변태 새끼가 하다 하다 이제 장애인까지 따먹고 다녀요."
　서너 명의 남자가 소파 위에 몸을 비틀고 앉아 주위 시선에도 아
랑곳하지 않고 낄낄대고 있었다.
　홈으로 걸어 들어가기만 하면 다 되는 3루에서 태어나 세상에 홈
런이 전부인 줄 아는 머저리들. 저런 족속들을 보면 손 선생의 가르

31

침 아래 두루마리 화장지를 누가 더 많이 쓰냐가 관건인 중 2병이 제 나이에 오는 게 축복이란 생각이 든다.

"근데 걔 이름이 왜 안나인지 아냐? 지네 엄마가 또 병신 낳을까 봐 무서워서 다시는 애 안 낳는다고 안나란다. 완전 골 때리지?"

그때였다. 남자의 입에서 흘러나온 이름 하나가 송연의 발목을 잡은 것은.

할 수만 있다면 입으로 더럽힌 그 이름에 묻은 오물을 당장이라도 박박 닦아 내고 싶었다. 시시덕거리며 주고받는 밑바닥 농담 속에 안나의 인권은 휘발되고 있었다.

"그러지 말고 걔랑 떡 친 후기 좀 날려 봐. 다리 때문에 올라 탈 수는 있냐? 자고로 위에서 방아 좀 찍어 줘야 제맛인데 걔는 완전 삐거덕삐거덕……."

듣고 있자니 욕이 앞니까지 치고 나오려고 해서 참을 수가 없었다. 앵그리버드 한 마리가 가슴속으로 날아 들어와 작은 날갯짓에도 온몸이 부르르 떨렸다.

당장 눈앞에 보이는 건 목이 좁다란 올드 보틀이었다.

상대의 목이라도 되는 것처럼 한 손으로 휘어잡고 송연은 그대로 테이블 모서리에 내리꽂았다. 무참히 깨진 유리 파편들이 사방으로 튕겨져 나가면서 위스키 향이 훅하고 퍼졌다.

그제야 해물들이 입을 다물고 송연을 올려다보았다. 멍게, 말미잘, 오징어, 멸치 저 해물들을 깡그리 낚아 바다에 방생하고 싶다. 육지에는 두 번 다시 발도 못 붙이게.

"후! 이제야 좀 조용하네."

"뭐야, 이건?"

"나? 네 친구의 전여친의 친구."

"뭐?"

황당하다는 듯 코웃음 치는 얼굴에 몸통의 절반은 날아가 버린 유리병을 들이밀었다. 너 같은 조무래기들은 내가 익히 잘 알아. 그래서 더 참을 수가 없어.

"제발 법 좀 제정했으면 좋겠어. 못생긴 남자들은 함부로 여자 얘기 좀 안 하게 말이야. 그릇된 얼굴에 그릇된 정신인 거 잘 알겠으니까 좀 닥치고 살아. 멸치도 생선이라고 우겨 대지 말고, 이 멸치 대가리야."

"이게 여자라고 봐주니까 어디서 튀어나와서 지랄이야? 야, 깜찍하게 굴지 말고 좋은 말로 할 때 꺼져."

황당해서 말도 안 나오네? 친구들을 향해 거드름을 피워 대는 멸치를 송연은 거침없이 빈정거렸다.

"그럼 질문 하나만 하고 꺼져 줄게. 내가 궁금한 건 또 못 참는 성격이라서."

얼빠진 얼굴로 올려다보는 것이 뒤늦게 자존심 상했는지 멸치가 자리에서 일어섰다. 재밌는 구경거리가 생겨 신이 났는지 친구라고 앉아 있는 족속들이 낄낄대기 시작했다.

"아까부터 궁금해서 묻는 건데 세수할 때 어디까지 해? 남은 머리카락이 신생아급이라 따로 머리 안 감아도 될 것 같은데 그냥 정수리까지 세수해. 환경도 살리고 간편하고 얼마나 좋아? 그러고 보니 멸치 대가리가 아니라 문어 대가리였네. 몰라봐서 미안."

천장에 달린 샹들리에 불빛이 갈 곳을 잃고 벽마다 반사되어 눈앞에서 부들대고 있는 탈모 꿈나무의 정수리를 태웠다.

그저 영롱하게 반짝이는 저 크리스털 불빛이 안타까울 뿐이었다. 쓰레기들이나 비추려고 천장에 매달려 있는 게 아닐 텐데 말이다.

"야! 이거 완전 미친년 아냐? 너 남자한테 안 맞아 봤지? 그러니까 이렇게 나대지. 처음 보는 얼굴이라 뭘 믿고 이렇게 까부는지 모르겠지만 난 여자라고 안 봐줘."

"맞아. 이 새끼 화나면 완전 빡돌아. 그 전에 알아서 피하는 게 상책일걸? 덕분에 모처럼 재밌는 구경 했으니 오늘은 곱게 보내 줄게."

신생아급에서부터 터지기 시작해서 다리까지 굴리며 웃던 안나의 전남친이 그제야 말리는 척 중재에 나섰다. 여전히 성의라고는 찾아볼 수 없는 건성인 손짓이었다.

"설마 지금 예의 차리는 거야? 네 얼굴 자체가 무례한데 이제 와서?"

"뭐, 뭐가 어째? 야! 너 방금 뭐라고 했어?"

"이런, 이제 0개 국어도 안 되나 보네. 이래서 좀 모자란 애들은 함부로 외국물 먹이면 안 돼요. 모국어까지 못 알아 처먹는 멍청이가 되잖아."

멸치가 위협적으로 다가왔지만 송연은 눈 하나 깜짝하지 않았다.

살면서 매순간 허들이 높았던 안나의 장애였다. 평생 상처받아 본 적 없는 얼굴로 유쾌한 척 웃고 살지만 송연은 그 안을 들여다볼 수 있었다.

안나가 금방 사랑에 빠지는 이유는 아마 온몸의 세포가 관심과 인정에 목말라서일 것이다. 한때 송연이 그랬으니까. 다만 두 사람의 차이는, 송연은 금세 포기를 했다는 점이었다.

난 네가 아프지 말고 오래 행복했으면 좋겠어.

모처럼 저 깊숙한 곳에 묻어 두었던 신념이 열 받은 밤이었다.

"그럼 어디 한번 인생 후회하게 만들어 줘? 이게 진짜 내가 누군 줄 알고."

주눅 들지 않고 노려보는 송연을 이대로 곱게 보내 주는 건 더 이상 친구들 앞에서 체면이 안 선다. 두고두고 놀림 받느니 본때를 보여 주는 게 적성에 맞았다. 어차피 판사란 인간들은 법봉을 심심해서 내려치는 거니까. 뒷일은 엄마가 알아서 해결해 줄 것이다.

제멋대로 폭력에 정당성을 부여한 멸치가 주먹을 천천히 감아쥐었다.

"그래서 네가 누군데."

저음의 목소리가 둘 사이에 끼어든 건 그때였다. 아마 남자만 아니었다면 멸치의 주먹은 고스란히 송연의 얼굴 위로 떨어졌을 게 분명했다.

"넌 또 뭐야?"

"네가 누군지 궁금한 사람."

"와! 오늘 일진 왜 이러냐? 저기요, 제가 지금 몹시 바쁘거든요? 그러니까 상관없는 사람은 빠지세요. 그냥 가던 길 가시라고, 시팔!"

하지만 제 분에 못 이겨 얼굴이 시뻘게지도록 고함을 지른 것이 무색하게 멸치는 남자의 발길질 한 번에 맥없이 고꾸라졌다.

지금 이 순간 송연은 눈앞에 펼쳐지는 이 모든 상황이 어이가 없었다. 두 손을 주머니에 찔러 넣고 간편하게 발로 걷어찬 남자는 다름 아닌 테라스에서 만난 그 남자였다.

"꺼으허헉!"

주먹 한 번 쓰지 못하고 단 한 번의 발길질에 복부를 제대로 맞은 멸치가 배를 감싸고 컥컥댔다. 기습적으로 당한 것이 꽤 충격이 컸는지 굽은 허리가 펴질 줄을 몰랐다.

"한때 좋았던 사람 깎아내려서 얻는 게 뭔데. 남자 망신 그만 시키고 품위 좀 지키며 살지. 내가 다 쪽팔려서 얼굴을 들 수가 없잖아."

남자의 구두코가 한 걸음씩 다가올 때마다 그 헐떡임은 서서히 잦아들더니 나중엔 숨조차 쉬는 법을 잊은 얼굴이었다.

정승처럼 서서 표정 없이 내려다보는 그 기에 질렸는지 멸치는 남자를 올려다보는 대신에 고개를 처박는 걸 택했다. 이때 그냥 두고 볼 수만은 없다고 판단한 안나의 전남친이 처음으로 성의를 보였다.

"당신 지금 뭐 하는 짓거리야?"

"짓거리?"

방금 짓거리라고 했나? 그의 눈이 다시 한 번 물었다.

"내, 내 말은 그게 아니고……. 당신 지금 큰 실수 한 거야. 이러고도 무사할 것 같아?"

"실수는 내가 한 게 아닌 것 같은데."

"당장 폭행치상죄로 엮을 수도 있……."

"그럼 다정하게 대해 줘?"

제 나름대로 목소리를 키워 보았지만 남자의 시선에 금세 주눅이 들었다.

송연은 나중에 기회가 된다면 안나에게 묻고 싶었다. 진정성이라고는 찾아볼 수 없는 패기가 이토록 순식간에 흘러내리는 저 촛농에게서 대체 어떤 매력을 느꼈는지.

"내가 최근에 아주 기가 막힌 명언 하나를 들은 게 있는데 말이야."

재킷 안주머니에서 지갑을 꺼내 든 남자가 다음 말을 이어 갔다.

"좆같이 굴지 말고 꺼져."

지갑에서 잡히는 대로 지폐를 꺼내 든 남자가 무자비하게 흩뿌렸다. 영국 여왕의 초상들이 안나 전남친의 뺨을 때리고 멸치의 어깨 위로 먼지처럼 내려앉았다. 이쯤 되면 지나치게 다정하고 비싼 합의금이었다.

너야말로 또라이는 함부로 줍는 게 아니야. 그 순간 송연과 시선이 마주친 그의 눈이 말했다. 불청객인 그에게 화를 내야 할지 아니면 무시해야 할지 송연은 고민되었다.

그리고 오래 지나지 않아 직감으로 알 수 있었다. 그날 밤 아래층 개와는 비교할 수 없는 진짜 미친 짐승을 만났다는 사실을.

때론 첫인상을 분위기로 판단할 때가 있다.

쓸쓸함이 전혀 어색하지 않은 뒷모습을 하고 맵도록 시린 바람이 불면 금방이라도 상처가 날 것 같은 여자를 만났다.

지칠 대로 지친 신경이 어울리지 않게 이국의 정취에라도 취하고 싶었던 건지 하룻밤 정도야, 기대 없이 들어선 곳에서 취향에 맞는 누군가를 만난 것뿐.

현실감이 퇴색되어 별다른 고민 없이 여자에게 다가갔다.

사실 금방이라도 아무렇지 않게 날아가 버릴 모습에 조바심이 일었던 것도 사실이었다. 그리고 찰나였지만 격렬한 소요에 휩싸인 두 눈과 마주하자 느낄 수 있었다. 너 겨우 버티고 있구나.

수분 한 방울 느껴지지 않는 메마른 눈매가 가늘게 접히고 얼굴이 무너져라 웃던 공원에서의 그녀를 다시 한 번 보고 싶단 생각이 들었다. 한순간에 끓어오르는 낯선 열감의 끝에 뭐가 있을지 기대라는 것이 생겼다.

"자꾸 멋대로 끼어들래요?"

더 이상 상대하기도 귀찮은 조무래기들 틈에서 데리고 나온 송연의 첫마디였다. 이 와중에도 급하게 구석을 찾는 자신을 발견하고 조소하자 눈빛이 더욱 날카로워졌다.

아아, 네가 우스워서 그런 건 아니고. 두 손을 들어 올리기가 무섭게 그녀는 돌아섰다.

"무례한 것들을 보면 참을 수가 없어서."

아무나 함부로 줍지 말라는 누구 때문에 손은 쓰지 않아. 쓰레기들은 발로 쓸어버리는 거지.

어깨를 으쓱하고 두 손을 주머니에 찔러 넣었다.

"항상 그렇게 기분대로 살아요?"

"보통 다들 그러지 않나? 적당히 티 내고 적당히 억제하고 그러면서 스트레스 받고."

"글쎄요. 기분이 태도가 되는 사람치고 괜찮은 사람은 못 본 거 같아서요."

"쭉 이렇게 살아 봤는데 별다를 거 없던데?"

"그랬다면 운이 좋았네요. 계속 그런 식으로 살다간 조만간 그 생각 바뀌게 되겠지만."

그 순간 참지 못하고 기어이 웃음이 터지고야 말았다.

아아, 이번에도 널 비웃은 건 아니야. 하지만 참을 수가 있어야 말이지. 누군가에게 이런 말을 듣게 될 줄이야.

단 한 번도 타인에게서 들어 본 적 없었다. 생각이 바뀌게 될 거라는 말은.

"그럼 오늘 밤 기대해도 될까? 왠지 운 좋은 삶이 이번에도 허락해 줄 것 같은데."

송연은 무릎이 살짝 드러난 스커트 차림일 뿐인데 그의 탐욕스러운 눈은 이미 그 안을 들추고 허벅지를 타고 올라가 팬티의 도톰한 부분을 핥고 있었다.

"아까부터 느낀 건데 굉장히 한가한가 봐요. 번번이 지치지 않고 기대하는 걸 보면."

"여유가 없으니 유독 오늘 밤에 목숨 거는 거라고 생각해 주면 고맙겠어."

오늘 밤, 단 하루. 시간이 없다는 그의 상황이 처음으로 마음에 들었다.

"왜, 잘못 걸렸다 싶어?"

말이 없는 그녀를 다르게 해석한 그가 느물대며 물었다.

차라리 스트레이트로 하룻밤을 졸라 댔더라면 작정하고 걸렸을 것이다. 그런데 입술 끝에 휘파람이라도 물고 있는 것 같은 얼굴로 유감스러운 말만 해 대니 오히려 피하고 싶지 않아졌다.

근데 뭐가 이렇게 여유로워, 이 남자는?

"그렇다면 그 기대 나도 한번 걸어 볼까요? 자꾸 이러니까 나까지 흥미가 생기려고 하네?"

"부응하려면 최선을 다해야겠지."

"어두운 건 싫어요."

"원한다면 기꺼이."

서건은 송연의 눈을 바라보았다.

밝은 갈색의 맑고 깊은 눈이었다. 팽팽한 뺨에 감도는 혈색이 생기가 넘치고 건강해 보였다.

묘하게도 그녀를 보고 있으니 먹고 싶어진다. 당장에 깔끔한 선으로 그린 것 같은 저 턱선을 들어 올려 입술부터 삼키고 싶었다.

그런 다음 답답하게 조여 묶은 머리카락들을 풀어 헤치고 풍성한 잿빛 물결에 코를 박은 채 깊게 숨을 들이마시고 싶었다.

망설임 없이 그녀의 손을 잡고 넓은 보폭으로 직진했다. 그간 질리도록 붙잡고 놔주지 않던 절제라는 감정 대신 온전히 충동 하나로 움직였다. 서건은 그런 자신이 굉장히 낯설고도 새로웠다.

"여긴……."

호텔 프런트가 아닌 아파트 로비라니.

당연히 호텔로 갈 줄 알았던 송연이 의아한 눈으로 그를 보았다.

"호텔은 불편해서. 누가 썼을지도 모를 시트 밑에 깔리고 싶지도 않고."

그러니까 런던에 있는 나흘도 견디기 싫어 호텔 대신 렌트한 펜트하우스에 그녀를 데려온 건 순전히 오늘 밤에 대한 기대 때문이었다. 이런 감정이 자신 안에 흐르고 있다는 것 자체가 생소해서 누구나 드나드는 호텔로 가고 싶지 않았다.

도대체 너의 어떤 점이 날 이렇게 만드는 거지?

엘리베이터의 유리창 속에서 그녀와 눈이 마주쳤다. 런던의 잔잔한 야경 속에 박힌 그녀의 두 눈이 그 어떤 빛보다 반짝이고 있었다.

대부분은 표정 없는 얼굴로 있지만 조용히 지켜보고 있으면 꽤 다양해지는 얼굴.

무표정으로 얼굴을 덮고서 내면까지 완벽하게 감추고 싶은 거라면 그녀는 그와 같은 사람과 마주해선 안 된다. 이미 서건은 그녀가 절대로 들키고 싶지 않았을 몇몇의 감정을 캐치한 후였으니까.

"런던의 야경이 이렇게 아름다울 줄은…… 이걸 이제야 보게 되네요."

앞으로 볼 날이 며칠이나 남았을까. 송연은 애써 아쉬움을 감추며 뒤에 바짝 다가선 그의 가슴에 살며시 머리를 기댔다. 서건은 기다렸다는 듯 고개를 숙여 가늘고 긴 목에 입술을 묻었다.

"글쎄, 내가 보기엔 계속 몰라도 될 것 같은데?"

그의 입술에 예민하게 반응하면서도 이유를 궁금해하는 게 느껴졌다.

"저딴 시시한 가로등보다 지금 네가 더 아름다운 거 같아서."

뜨거운 입술로 살갗을 더듬으며 뱉은 말이라 그녀가 들었을지는 모르겠다.

촉촉하게 젖은 혀끝이 목선을 타고 올라가자 송연의 고개가 점점 더 뒤로 젖혀졌다. 야경을 배경 삼은 유리 속 남녀는 이미 서로에 대한 욕망으로 흐려져 있었다.

느리게 올라간 엘리베이터의 문이 드디어 열리더니 성큼 내려선 그가 팔을 훅 잡아당겼다. 반사적으로 송연은 빨려들듯 그에게 안겼다.

엘리베이터에서 내리면 바로 집 안의 내부로 연결되어 있다는 사실에 놀란 것도 잠시, 그의 입술에 먹히느라 송연은 아무런 생각도 할 수 없게 되었다.

"흡!"

서건의 키스는 갑작스러웠지만 깊었다. 그녀를 점점 더 조여 안으며 그의 혀끝은 집요하게 파고들었다. 서로의 숨결이 거세지고 그녀의 타액을 빨아 삼키는 소리만 공간을 채웠다. 그는 그녀 안의 모든 수분을 삼키기로 작정했는지 힘껏 빨아 댔다.

"하아……."

감당하지 못할 저돌적인 힘에 송연이 뒤로 주춤 물러서며 입술을 살짝 닫았다. 하지만 그의 혀뿌리가 강하게 밀고 들어오는 바람에 금세 다시 벌려야만 했다.

가끔 호흡을 놓쳐 버거워하는 소리와 탄식과도 같은 신음 소리가 뒤섞여 맞물린 입술 사이로 정신없이 흘러나왔다.

"왜…… 왜 이렇게……."

겨우 놓아주자 그 틈에 묻는 입술을 서건은 말없이 만졌다.

누구의 것인지 모를 타액으로 촉촉하게 젖은 입술을 엄지로 문지르고 그녀의 니트 안으로 파고들었다.

그의 손가락이 허리선을 쓸고 올라가더니 단번에 브래지어를 밀어내고 젖가슴을 움켜쥐었다. 부드럽고 탄력 있는 가슴이 그가 애무하는 대로 섬세하게 움직였다.

송연은 숨을 급하게 몰아쉬다 얼른 입술을 깨물었다.

그의 손길과 숨결 하나에 지나치게 예민해져 있는 자신이 낯설면서도 어색했다. 순수하고 어리숙하게 굴고 싶지 않았다. 처음 본 남자와 보내는 하룻밤에 이런 모습들을 들키고 싶지 않았다.

그녀가 다른 생각에 빠진 걸 눈치챘는지 서건의 엄지와 검지가 유두를 살짝 비틀었다.

"시작부터 왜 이렇게 몰아붙이냐고? 그걸 묻는 건가?"

이마를 맞댄 그가 천천히 다가서자 지탱할 힘이 부족한 송연은 주춤거리며 뒤로 물러설 수밖에 없었다.

등에 벽이 닿아 더 이상 물러설 곳도 없는데 그는 계속해서 그녀를 몰아붙였다. 그리고 서서히 밀착했다.

"네가 관음을 말할 때부터 반쯤 서 있었거든. 나조차도 몰랐던 성적 취향을 들킨 기분이랄까. 덕분에 끊임없이 리플레이 되더군. 너의 뒷모습에서 시작해 벗은 몸까지 관음하는 내 모습이. 이쯤 되면 오히려 지금까지 참은 내 인내심에 박수를 보내 줘야 하는 거 아닌가?"

"속마음은 그랬으면서 겉으론 아무렇지 않은 척 태연하게 굴었던 거네요. 더할 나위 없이 느긋한 얼굴로."

"그렇게라도 안 했으면 네 앞에서 이미 쌌을지도 모르지. 처음을 그렇게 망칠 순 없잖아. 나름대로 필사적이었는데 그걸 몰라주네."

"말도 안 돼."

"믿어. 지금 날 안 믿으면……."

서건은 송연의 얼굴을 두 손으로 감싸 쥐고 그녀의 눈동자를 바라보았다.

"너조차도 못 믿을 오늘 밤이 될 텐데 나 아니면 누굴 믿을 거야."

입속으로 들어온 그의 혀는 강렬하고 뜨거웠다. 미끈하게 쑥 들어온 혀가 입술 안쪽을 핥자 송연은 자신도 모르게 그의 재킷을 움켜쥐었다.

이미 스커트 밖으로 아무렇게나 비집고 나온 니트에, 립스틱은 보지 않아도 죄다 번졌을 테고, 자신만 잔뜩 흐트러져 있었다.

그는 한 올의 틀어짐도 없이 그대로인데.

"혹시 당신 침대 시트에 나도 깔리면 안 되는 거예요?"

구두를 벗어 던진 송연이 한 발로 밀어 버렸다.

순간 아무렇게나 나뒹구는 낡은 구두가 현실 속 자신 같았지만 송연은 생각하지 않기로 했다. 런던에서의 단 하룻밤의 밀회. 이 낯선 감각에 모든 걸 맡긴 채 느끼고 싶었다.

자신에게 녹아드는 이 남자를.

그리고 그에게 스며드는 자신을.

"그럴 리가."

그가 가볍게 안아 올리자 송연은 그의 목을 두 팔로 감았다.

집 안에 둔중하게 울리는 발걸음 소리를 들으며 그의 가슴에 살며시 기대었다.

낯설지만 그래서 새로운 두 사람의 밤은 지금부터 시작이었다.


침대 한가운데에 누운 여체가 시야를 가득 채웠다.

미끈한 종아리에서 시작된 시선은 천천히 무릎을 타고 올라가 스커트가 말려 올라간 허벅지 사이로 드러난 순백의 팬티에서 멈췄다.

숨이 막히도록 강렬한 시선에 송연은 온몸이 타오르는 기분이었다. 그녀의 두 손이 시트를 움켜쥐었다.

재킷을 벗어 던진 그가 셔츠 차림으로 침대 위로 기어 올라갔다. 두 팔 안에 그녀를 가두고 작은 얼굴에 깃든 두 눈을 내려다보았다.

흔들림 없이 지지 않고 받아치는 눈빛에 벌써부터 아래가 서는 기분이었다. 이거야 원, 감수성 예민한 사춘기 소년도 아니고.

자조의 빛을 숨기며 여전히 하얀 뼈가 도드라지도록 시트를 움켜쥐고 있는 손등에 입 맞추었다.

"긴장 풀어. 너무 힘주고 있잖아."

이번엔 손등의 살갗에 살짝 이를 박자 흠칫 놀라기까지 했다. 여린 피부가 벌써부터 붉게 물들고 있었다. 속이 드러나는 맨살에 허벅지를 감자 감촉이 서늘했는지 그녀가 작게 떨었다.

두 팔로 그녀의 머리를 감싸 안고 아까부터 단단하게 서 있는 중심을 뭉근하게 비벼 댔다.

"이렇게 입고 다니면 감기 안 걸리나?"

생각지도 못했는데 그녀의 눈꼬리가 접히더니 입꼬리가 올라간다.

"지금 내 걱정 하는 거예요?"

"음, 아마도?"

"추워서 떤 거 아닌데. 사실은 부끄러워서 그러는 건데."

모르겠다. 그녀가 왜 웃었는지. 자신의 머리가 왜 핑 돌았는지. 부끄럽다는 말이 도화선이 되었던 건 확실했다.

밀착된 그녀의 가슴이 짓눌리도록 격렬한 키스를 했다.

너의 입술은, 너의 혀는 왜 이렇게 빨아 댈수록 달콤하고 갈증이 나는 걸까.

보드라운 점막을 훑으며 혀를 휘감고 놓아주질 않았다. 이대로 쭉 잡아 삼키고 싶을 만큼 가학적인 욕구가 치솟았다.

매트리스와 그의 몸 사이에 눌린 그녀가 바르작거리자 그제야 그가 팔을 뻗어 상반신을 세웠다. 덩달아 그의 목울대에 감긴 넥타이가 너풀거리며 송연의 가슴 둔덕에 내려앉았다.

"이렇게 하루 종일 조이고 있으면 안 답답해요?"

그녀가 팔을 뻗어 타이에 손을 대며 물었다. 손끝으로 틈을 벌리고 잡아당기자 실크가 사락거리며 매듭이 풀렸다. 그녀에게 목을 내주고 타이가 풀리기를 기다리는 동안 이번엔 그가 입꼬리를 올리며 웃었다.

"지금 내 걱정 하는 거야?"

그녀가 했던 질문을 똑같이 하자 살짝 눈을 흘겼다.

"그렇게 걱정되면 다른 곳도 좀 봐 주지 그래. 정작 미칠 것 같은 건 따로 있으니까."

아까부터 비벼 대며 강력하게 자기주장을 하고 있는 그의 중심이 빠른 해방을 원하고 있었다.

송연이 어쩌지를 못하고 망설이는 사이 그가 빠르게 그녀의 니트를 들췄다. 후크를 한 번에 풀어 버린 브래지어를 밀어내고 뽀얗고 탱탱한 젖가슴이 드러나자 한입에 물고 빨기 시작했다.

언뜻 보면 지나치게 몰두하고 있는 것처럼 보였지만 솔직히 말하자면 그는 미친 사람처럼 빨아 대고 있었다.

그가 자신의 가슴에 얼굴을 묻은 채 살갗을 깨물고 핥아 대는 모습을 보자 송연은 진한 흥분을 느꼈다.

"흐…… 하앗……!"

어느새 자신도 모르게 그의 숱 많은 머리카락 속에 두 손을 묻고 허리를 뒤틀며 삼키지 못한 신음을 쏟아 내고 있었다.

그의 치밀하고 저돌적인 애무에 배꼽 아래가 뜨겁게 뭉쳤다. 둔부가 저절로 들썩였다. 그녀가 허리를 퉁기느라 솟아오른 여성이 그를 자극하자 서건은 입술 끝에 물고 있는 유륜을 한 번에 쪽 빨아 올렸다. 붉게 물든 유두가 그의 입술에서 퉁겨져 나왔다.

"아까부터 만지고 싶어 죽는 줄 알았어."

그의 손이 팬티 안으로 헤집고 들어가 그녀의 따뜻하고 부드러운 음부를 찾았다. 가운데 손가락으로 부풀어 오른 음핵을 지그시 누르며 원을 그리자 벌어진 입술 사이로 뜨거운 숨결을 토해 냈다.

이미 손바닥이 젖을 정도로 물컹하게 애액을 쏟아 내는 질구의 맛을 보고 싶어 참을 수가 없었다. 그대로 밑으로 몸을 내린 서건이 다리 사이에 얼굴을 묻었다.

"거긴……!"

깜짝 놀란 송연이 미처 말릴 틈도 없이 그는 팬티를 밀어내고 그 사이에 혀를 박고 밑에서부터 핥아 올리기 시작했다.

"흐읍!"

도리질을 치며 다리를 모으려고 했지만 그의 손에 붙잡혀 그럴 수가 없었다.

"여기 삼켜 버릴 거야. 하나도 남김없이 전부 다."

그의 촉촉하지만 단단한 혀가 송연의 깊고 은밀한 여성을 파고들기 시작했다. 동시에 가운데 손가락을 세워 천천히 그녀의 질 안으로 밀어 넣었다.

혀끝으로 음핵을 핥아 올리며 황홀할 정도로 부드럽고 좁은 그 안을 찌걱거리며 쑤셔 대자 송연은 견딜 수 없다는 듯 울부짖었다.

그는 점점 빠르고 점점 거칠어지면서 점점 깊어졌다. 본능적으로 몸속 깊은 곳에서 더 큰 자극을 원하자 송연은 허리를 들어 올리며 마른 비명을 질렀다.

가냘프면서도 애원하듯 졸라 대는 여자의 신음 소리가 얼마나 야하게 들리는지 서건은 서서히 인내심의 한계를 느끼고 있었다. 당장이라도 그녀 안으로 들어가고 싶은 극심한 충동이 그를 부추겼다. 그 상태에서 자세를 바꾸자 질 속에 잠긴 손가락이 둥글게 회전했다.

"더 이상은…… 못 참겠어."

이미 한차례 덮쳐든 절정에 온몸을 떨어 대는 송연의 모습은 그의 뇌리에 충분히 새겨지고도 남았다.

무릎걸음으로 서서 송연에게 시선을 못 박은 채 그는 천천히 와이셔츠의 단추를 풀었다. 하나씩 단추가 풀리고 셔츠가 열릴 동안 송연은 아랫입술을 물어뜯듯이 깨물었다.

그가 손목의 단추를 풀 때쯤엔 한계에 다다랐다. 일부러 애태울 속셈인지 그는 벨트를 푸는 손길마저 느긋했다.

그녀의 깊은 곳은 더 큰 자극을 원하는데 콘돔 껍질을 입으로 뜯고 있는 그는 조금도 서둘지 않고 있었다.

만져 주기라도 했으면 좋겠다.

뭉글거리며 고여 드는 열기에 발바닥까지 뜨거워졌다.

"쉿, 천천히. 같이 가야지. 너 혼자 가면 재미없잖아."

얄미운 미소를 지으며 그가 송연의 다리 사이에 자세를 잡았다. 그녀의 다리를 벌리고, 있는 대로 돌기한 그의 남근을 그대로 밀어 넣었다.

"읏!"

상상했던 것보다 훨씬 좁은 질구에 아찔함을 느낀 그가 탁하게 갈라진 신음을 내뱉었다.

한 번에 삽입하지 못하고 귀두만 겨우 물고 있는 속살을 엄지로 살짝 터치하자 움찔 놀라 꽉 죄어 왔다.

"후우…… 미치게 만드는데."

그녀의 무릎을 활짝 열고 허리에 힘을 주어 단번에 밀고 들어갔다. 그녀의 자궁 안에 자신을 온전히 묻자 한 치의 빈틈도 없이 내벽이 들러붙었다.

거대한 빨판처럼 주름진 내벽이 쥐어짜듯 페니스를 빨아들이자 그 힘은 믿을 수 없을 만큼 강렬해서 뒷머리가 바짝 설 지경이었다.

인정사정없이 조여 오며 밀착해 오는 바람에 불현듯 한 방울도 남기지 않고 모조리 쏟아 낼 수도 있겠다는 생각이 들었다.

"흐앗……! 하아…… 아, 훗!"

그가 허리를 밀어붙일 때마다 턱을 치켜들며 더운 숨을 쏟아 내는 송연의 모습이 더할 나위 없이 관능적이었다.

이토록 완벽한 섹스 파트너라니.

지금처럼 죽을 것 같은 쾌감은 처음이었다.

그녀의 골반을 붙잡고 허리를 짓쳐 올리자 온몸의 세포가 부풀어 오르기 시작했다. 전율이 혈관을 타고 올라와 골수까지 차오른 기분이었다. 근육들이 팽팽하게 수축하고 긴장하면서 그의 턱선을 타고 흘러내린 땀이 뚝뚝 떨어졌다.

두 사람의 살덩이가 밀도감 넘치게 부딪치는 소리와 짙은 쾌락의 냄새를 맡으며 서건은 서서히 속도를 높이기 시작했다. 그는 송연을 덮치듯이 껴안고 찍어 누르듯 그녀 안으로 파고들었다.

"흐흡! 하웃……."

반쯤 벌어진 입술의 유혹을 참지 못하고 한입에 삼키자 차마 내뱉지 못한 송연의 신음 소리가 입안에 잠겨 들었다.

서건은 치밀하고 집요하게 몰아붙이기 시작했다. 누구의 신음인지 모를 만큼 침실은 두 사람의 거친 숨소리만 가득 찼다.

그리고 송연이 더 이상은 버티기 어렵다고 생각할 때쯤 저 밑바닥에서 고여 들기 시작한 쾌감이 점점 부피를 키우더니 순식간에 팟!하고 터졌다. 해일처럼 모든 걸 덮쳐 버린 그것은 또 다른 전율이 되어 전신을 휩쓸었다.

"할 수만 있다면 시곗바늘에 못이라도 박고 싶다."

이렇게도 좋을 수가 있나, 쉬지 않고 흘러가는 시간이 못 견딜 정도였다. 모든 것이 정지한 시간 속에 그녀 안에만 머물고 싶었다.

아직 채 가시지 않은 사정의 여운에 그가 작게 허리를 움직이자 송연은 그의 등을 힘주어 안았다. 서건은 그런 그녀에게 깊고 진한 키스를 했다.

"뭐라도 마시자."

물? 아니면 술?

그가 물었지만 송연은 고개를 저었다. 지금 당장은 아무것도 할 수가 없었다.

그녀의 몸에서 쑥 빠져나간 서건이 뒷마무리를 하는 동안 송연은 멍한 눈으로 천장을 올려다보았다. 방금 자신이 느낀 건 허전함이었다. 그가 빠져나간 자리가 텅 빈 것처럼 공허했다.

단 한 번의 관계가 전부인 낯선 남자의 빈자리를 아쉬워하다니. 결코 반갑지 않은 감정이었다.

송연은 옆으로 고개를 돌려 그를 바라보았다. 모로 누워 자신을 보고 있던 그와 두 눈이 마주치자 한참을 그렇게 아무 말 없이 서로를 바라보았다.

두 사람이 주고받은 건 말로는 표현할 수 없는 감정의 교류였다.

"이리 와."

갑자기 그가 두 팔을 뻗어 송연을 품 안으로 끌어당겼다.

송연은 그의 가슴에 이마를 기대고 그대로 조용히 잠겨 들고 싶었다. 그에게서 나는 향이 좋았고 규칙적으로 뛰고 있는 심장 소리가 듣기 좋았다.

"저녁 먹자. 아무래도 나가는 것보다 투고 해 오는 게 나을 것 같은데…… 중국 음식 괜찮아?"

"괜찮아요."

어쩐지 그녀가 기운이 없어 보였지만 서건은 일단 침대에서 일어섰다. 조금 더 지체했다간 몇 날 며칠이고 이 자리에서 벗어날 수 없을 것 같아서였다.

그 순간 귀국을 미뤄도 괜찮겠단 생각이 불쑥 들었다. 전화는 빗발치겠지만 눈 감아 버리면 그만이었다. 덩달아 휴가 중인 기욱의 앓는 소리가 벌써부터 들려오는 것만 같았다.

일단 샤워를 하고 저녁을 같이 먹는 거다. 아직 시간은 많이 남았고 조급해할 필요는 없었다.


그녀가 좋아할 만한 메뉴를 고르고, 포장해서 돌아오는 길에 꽃도 한 다발 샀다.

금방이라도 구텐 모르겐이라고 인사할 것 같은 백발의 꽃집 주인은 야생화를 추천했다. 영국에서 흔하지만 낮과 밤의 향이 달라 매력적이라는 말을 듣는 순간 자연스럽게 그녀가 떠올랐다.

낮에는 길에서 흔히 볼 수 있는 야생화지만 밤에는 관능적으로 향이 변한다는 두 얼굴의 허니 서클. 싸늘한 눈으로 쏘아붙이다가도 침대 위에선 열정적으로 흐트러지는 나체의 여신에게 이 야생화를 안겨 주고 싶었다.

─ 형! 대체 어디야? 왜 전화가 안 돼?

아파트를 나설 때부터 극성스럽게 울려 대는 핸드폰을 받자 기다렸다는 듯 민건이 소리쳤다. 역시 받지 말 걸 그랬나.

로비에 들어서면서 손에 들고 있는 꽃을 다시 한 번 내려다보았다.

이게 뭐라고 난 또 의미 부여를 이렇게 하고 있는지.

─ 형? 내 말 듣고 있어?

"그래."

─ 아니, 갑자기 사라져서 난 또 그새 한국 들어간 줄 알았잖아.

"그러려고 했지."

─ 그럼 지금 어딘데? 아파트야?

엘리베이터 문이 열리고 탑 층을 누르며 시선은 층수를 확인했다.

하아, 빌어먹게도 느려 터진 영국식 시스템 같으니라고.

"지금 그게 중요한 게 아닌 것 같은데. 이번 학기 마치면 졸업이야. 일단 학위 수여만 해. 그럼 더 이상 네 인생에 관여 안 할 테니."

─ 진짜지? 나중에 말 바꾸면 안 돼! 라고 좋아할 줄 알았나? 난 형이 영원히 관여해 줬으면 좋겠는데? 집착해 주라. 나한테만 안달복달해 주라. 응?

이 자식이 그런데. 처음부터 받아 주는 게 아닌데 자신도 모르게 마음이 유해졌는지 달래 주니 또 기어오르려고 한다.

"바쁘니까 이만 끊자."

─ 형이 런던까지 와서 바쁠 게 뭐가 있…… 형? 형!

이때쯤이면 전화가 끊긴다는 걸 무수한 경험으로 체득한 민건이 눈치 빠르게 소리쳤지만 서건은 망설임 없이 통화를 종료했다.

코트 주머니에 핸드폰을 찔러 넣으며 다이닝룸을 지나쳤다.

가슴이 꽤 묵직하게 뛰는 걸 느끼며 서건은 침실 문을 열었다.

그리고 텅 빈 침대와 마주했다.

그녀는 어디에도 없었다. 얌전히 정리된 침대 시트만이 그를 기다리고 있을 뿐이었다.

침실에 딸린 욕실 문을 열어 보았지만 서건은 알고 있었다.

이미 그녀가 떠났다는 사실을.

놀랍게도 그녀에 대해 알고 있는 사실이 단 하나도 없다는 걸 뒤늦게 깨달았다.

이름조차 물을 생각을 못 했다니. 스스로가 믿기지 않을 만큼 어이가 없어 헛웃음이 멈추질 않았다.

그녀는 완벽하게 증발했다.

흔한 메모 하나 없이 꿈이었나 싶을 만큼 그곳에 서건 혼자만 남겨졌다.

## 2. 난 널 판단하러 온 게 아니야

귀국하자마자 송연은 아래층 개와 싸웠다.

그 개는 게슴츠레 뜬 눈꺼풀 뒤로 안광을 감추고 이악스럽게 맞대고 있는 주둥이 너머로 날카롭고 누런 이를 숨기고 있었다.

지금은 저렇게 온화한 미소를 짓고 있지만 언제 어디서 악스러운 본성이 튀어 오를지는 모를 일이었다.

모두가 인자한 한중호 이사장이라며, 가진 것이라곤 재능밖에 없는 불쌍한 여중생을 공개 입양하는 것으로 맞춤교육과 무상교육을 몸소 실천한 그의 학식과 덕망을 높이 샀다.

하지만 모두가 개 같은 먹물 소리였다.

뭔가에 대해 가장 아는 척해 대는 인간을 책으로 비유하자면 도입부 몇 장만 읽은 인간들이지 않을까.

아무도 종종 그 개가 억누르고 있는 악의 분출구가 입양한 여중생

55

이 될 거라고는 끝까지 알려고 들지 않았다.

*'내가 너의 인생을 샀다.'*

집이랄 것도 없는 가방을 싸 들고 처음 이 집의 현관을 밟은 순간 양부의 입에서 나온 첫마디였다. 세상에 나올 때도 부모를 선택할 수 없었지만 입양 역시 송연에게 선택권은 없었다.

어느 누구도 새 부모가 될 사람들이 마음에 드는지 묻지 않았다. 오히려 마땅한 연습실도 없어 그저 춤에 목말라 있는 고아에게 이왕이면 대감댁 노비가 낫다며 뒤늦게 찾아온 행운을 격려했다.

*'앞으로 내 앞에선 얼굴로 말하지 말거라.'*

첫날부터 표정을 지우는 훈련이 시작되었다.

가족사진에 슬쩍 한 자리만 차지하고 서면 완성인 완벽한 가정에 몸만 들어갔다. 송연에겐 이 가정의 일원이 된 기쁨을 사람들에게 증명해야 하는 의무가 주어졌다. 그리고 매일 밤 고개를 숙이면 표정을 숨긴다며 맞았고 고개를 들면 버릇이 없다고 맞았다.

이 집에 들어온 이후로 송연의 의지대로 하루가 채워지는 날은 없었다. 산 것도 아니고 죽은 것도 아닌 시간들이 폭력이란 두 글자로 가득 채워졌다.

*'네가 이번에 새로 왔다는 개야?'*

훈육이란 명분으로 며칠을 굶고 음식을 씹는 소리가 빗소리처럼 들린다고 생각할 때쯤, 방학 동안 뉴욕으로 레슨을 다녀온 이 집의 외아들이 나타났다.

송연보다 두 살 위인 지완은 예고에서 현대무용을 전공하고 있었으며 입양이 결정되기까지 지대한 영향력을 끼쳤음을 훗날 알게 되었다.

한낱 실기 준비를 뉴욕까지 가서 심화 레슨을 받고 올 수준이라니 웃음이 나왔지만 송연은 그다음 해부터 더 이상 비웃을 수 없게 되었다. 지완은 늘 송연에게 또 다른 공포로 다가왔기 때문이다.

*'안녕하세요. 한······송연이라고 합니다.'*
*'무슨 송연이라고?'*
*'한송연이요.'*
*'무슨 송연?'*
*'한······.'*
*'뭐?'*

분명히 들렸을 텐데 계속해서 되묻는 지완의 의도가 혼란스러웠다. 하지만 송연은 어떠한 내색도 하지 않았다. 이미 어느 정도의 훈련에 적응한 후였다.

*'요즘은 개도 주인 성 따라가나?'*

겨우 그거였니? 같은 성을 쓰는 게 불만이었어?

찰나에 스치는 조소를 지완은 놓치지 않았다.

톡, 톡, 톡. 필통에서 꺼낸 샤프심을 일일이 부러뜨리면서도 지완의 두 눈은 송연에게 고정되어 있었다.

'*주워.*'

빽빽하게 보풀이 돋은 섀기카펫 위로 쌀알만큼 작게 부러진 샤프심들이 흩뿌려졌다. 송연이 올려다보자 지완은 무심해 보이는 두 눈을 느리게 감았다 떴다.

'*네 발로 기어서 모조리 주워. 개는 개답게 굴어야지.*'

그때 송연은 깨달았다. 이 서글프고 억울한 마음은 결코 아무런 도움이 되지 않는다는 것을. 도대체 왜? 라고도 더 이상 묻지 않기로 했다. 이 집에서 살 궁리를 찾아야만 했다.

눈에 들려고 노력하기보다 눈에 띄지 않아야 살 수 있었다.

그냥 존재할 뿐이다. 그냥.

"곧 있으면 너희 엄마 기일이구나."

단 한 번도 허락된 적 없었던 그 이름이 한중호의 입에서 능청스럽게 나왔다. 실낱같은 한 줄기 빛만 허락한 어두운 서재는 잊으려고 기를 썼던 지난 시간들을 허무할 정도로 쉽게 불러일으켰다.

체벌과 체념으로 점철된 이곳에서 3년 전 지완에게 깔리던 순간, 문틈 사이로 지켜보던 한중호와 두 눈이 마주쳤었다.

살려 주세요.

송연은 그날 처음으로 삶을 구걸했다.

"사모님께선 제가 참석하는 걸 반기지 않으실 거예요."

서재 문이 열리고 지완에게서 벗어나자 네 발로 기어가 한중호의 바짓단을 붙잡고 늘어졌다.

아래턱을 덜덜 떨며 눈물과 콧물로 범벅이 된 송연에게 한중호는 그저 아직은 한강 물이 차다고만 했다. 그것은 혹시나 뛰어내릴 거면 아직은 강물이 차가우니 자살을 미루라는 애비의 잔인한 염려였다. 밖에 서서 안을 관망하는 사람이 얼마나 무서운 존재인지 한중호에게서 배웠다.

"그럴 리가 있니. 임종 직전까지 간병에 열심이었던 딸아이였는데. 네가 오기만을 기다리고 있을 게다."

"제사 때문에 절 부른 게 아니잖아요."

너저분한 가식은 집어치우고 본론으로 넘어가시죠.

굳어 있는 송연을 향해 한중호의 얇은 입술이 늘어지면서 눈매의 주름이 가지를 쳤다. 양부의 미소를 마주하고 있으니 준비되지 못한 채 맞이해야 했던 지난 3년의 자유가 꿈처럼 느껴졌다.

"자식을 두고 먼저 떠난 부모 입장에선 혼자 남겨진 자식 걱정이 발목을 잡는 법이다. 평생 아프기만 하다 간 너희 엄마 원이라도 풀어 줘야지 않겠니."

책상 위로 봉투 하나가 던져졌다. 누런 흙색의 각대봉투였다.

"스위트룸. 이걸 보고 가거라. 호텔 위치는 김 기사가 안내할 거다."

"호텔 인포에 맡길게요."

돌아서는 송연을 한중호가 조용히 붙잡았다.

소름이 끼치도록 낮은 목소리였다.

"지완이가 널 보면 얼마나 반가워할까? 입대를 하는 순간부터 전역하는 그날까지 오로지 너만 생각하고 있을 텐데. 운 좋게 피할 수 있었던 군 입대를 동생 때문에 하게 됐으니 다시 만날 날만 벼르고 있겠지. 왜 하필 서재에서 발정을 못 참았을까 자책도 하면서 말이야. 티끌보다 하찮은 년이 가슴이 커지고 눈앞에 엉덩이를 들이밀어도 들키지 말았어야지. 그런데 3년 만에 만난 동생이라는 년은 여전히 멍청하네? 이 또한 얼마나 기쁘겠어. 변한 건 시간밖에 없는 셈이니. 그간의 공백을 메꾸기 위한 집착은 오히려 걷잡을 수 없이 커지겠지. 자, 이제 어떻게 하면 좋을까? 합법적이면서도 제대로 엿먹일 수 있는 유일한 방법이 내가 봤을 땐 딱 하나밖에 없는 것 같은데."

법적으로 오빠인 지완에게서 벗어날 수 있는 합법적이고 유일한 방법. 넌 내게 남자가 생겼다고 하면 어떤 표정을 지을까. 게다가 그 사람과 결혼까지 하겠다고 하면 말이야.

"전달만 하면 끝인가요?"

"전달이 아니라 받아 와. 그 리스트는 네가 앞으로 상대해야 할 출자자 명부가 될 거다. 너와 나, 그리고 리스트 당사자만이 아는 비밀인 셈이지. 차례대로 리스트에 나열된 인사들에게 찾아가 그들이 주는 건 뭐가 됐든 모조리 챙겨 오도록 해. 만약 내가 달라는 걸 내주는 조건으로 대가를 원한다면 전부 들어줘라. 너 잘하는 거 있잖니. 지완이 홀렸던 것처럼 마음만 먹으면 누구든 어렵지 않을 게다."

자기 안의 모든 걸 비우고 나니 상대가 보였다. 송연은 이 비슷한 수법을 익히 잘 알고 있었다.

한때는 어떻게 고통 받아도 좋으니 춤만 출 수 있으면 바랄 게 없다고 생각한 적도 있었다. 그런 송연에게 한중호는 많은 부모들이 어린 자식의 재능에 속았다가 이내 실망하게 된다고 말했다. 본인 역시 송연의 재능에 속았다면서.

누구나 스텝을 밟지만 다 같은 스텝이 아니라고도 했다. 눈에 거슬리지 않게 밟으라고 했지만 그 말은 곧 춤을 그만두라는 소리와 같았다. 송연은 자신의 실력을 의심하기 시작했고, 번번이 양부를 의식하게 되자 콩쿠르를 나가는 횟수보다 강당 공연의 문지기를 하는 횟수가 더 늘어났다.

표면적인 이유는 슬럼프였지만 진짜 이유는 양모의 간병이었다.

먹여 주고 재워 준다고 해서 언제든 공짜로 부려 먹어도 된다는 듯 양부모는 송연의 시간을 탐냈다.

양모는 살아 있음이 짐인 사람이었다. 하루 종일 양모에게 시달린 날이면, 유기농 채소처럼 24시간 틀어져 있는 가습기 밑에서 잠들어 있는 그녀의 조력자살을 바라고 또 바랐다. 그리고 그런 자신을 발견할 때마다 죄책감에 괴로워했다.

*'어차피 곧 뒈질 사람이야. 나중에 후회하지 말고 지금이라도 네 마음 편해지라고 내가 기회를 주고 있다는 걸 정말 모르겠니?'*

한중호는 그럴 때마다 귀신같이 알아채서 어린 송연을 속이고 달랬다.

그런데 이번에도 알면서 당하라고?

끝내 송연은 그의 이름을 입에 올리고 말았다.

"한지완도 알아요?"

"지완이한테서 벗어나고 싶었던 거 아니었니?"

"제가 한국에 들어온 이상 쉽지 않을 거예요."

"미친놈을 상대하려면 더 미친놈을 뒤에 업으면 된다. 단 한 번만이라도 영리하게 굴었으면 좋겠구나."

이번에도 모든 것이 준비되어 있는 세트장에 송연만 걸어 들어가면 완성이었다. 무게감조차 느껴지지 않는 저 얄팍한 종이봉투는 호텔을 찾아가기 위한 표면적인 스토리텔링일 뿐이었다.

"제사에 예비 사위가 오면 너희 엄마가 참 좋아하겠구나."

한중호가 송연을 향해 활짝 웃었다. 저토록 환하게 웃을 수 있는 사람이었는지 양부가 낯설게 느껴지기까지 했다.

송연은 더 이상 그 누구도 미워하지 않기로 했다. 아니, 더 이상 미움이란 감정이 생길 수가 없게 되었다. 그저 신발 속으로 우연히 튀어 들어온 작은 모래알 같은 존재일 뿐. 거슬리긴 하지만 조금의 영향력도 끼칠 수 없다.

다시는 양모의 죽음을 바랐던 자신을 탓하거나 양부의 학대에서 도망치지 못했던 지난날을 후회하지 않기로 했다. 자신은 그저 존재하기만 했을 뿐, 송연에겐 죄가 없었다.

돌아온 한국은 각오했던 것보다 비참했으며 뼈마디가 얼어붙을 것처럼 추웠다.

❖

기욱은 바삭하게 구운 막창을 한입에 넣었다가 뜨거워 어쩌지를 못하고 도로 뱉고 말았다.

모양 빠지게 호들갑을 떨었지만 이미 입천장을 덴 직후였다. 오늘 하루가 고달프더니 결국 마무리도 이 지경이었다.

영국에서 돌아온 서건은 여전히 만성피로와 불면증에 시달렸고 느닷없이 영진실업에 대해 알아보기 시작했다. 돌려받는 것이 업인 집안이라 찾아가는 것보다 제 발로 찾아오는 것이 먼저였다. 이렇게 나서서 미리 탐색하는 건 좀처럼 없던 일이었다.

대한민국에서 기업체 좀 굴리는 이치고 이 집안 돈을 안 끌어다 본 사람이 몇이나 있을까. 재계 순위 따윈 가뿐하게 무시할 수 있는 지하경제의 코어라고 불리었다.

그래서 아무리 상장을 했다지만 작은 규모의 영리법인에 지나지 않은 영진실업에 관심을 둔 이유가 의아했다.

*"대박."*

이런 기욱의 호기심을 눈치라도 챘는지 서건은 뒷좌석에 착석과 동시에 이동 내내 눈을 감고 있었다. 표정 없는 얼굴로 숨소리조차 들리지 않을 만큼 고요했지만 그가 절대 잠들 리가 없다는 것쯤은 알고 있었다.

그래서 무심코 옆 차의 운전자를 본 순간 자신도 모르게 소리를 내는 실수를 하고 말았다.

아차 싶어 재빨리 룸미러를 힐끔거리는데 이미 서건은 눈을 뜬 후였다.

*"소란 피워 죄송합니다."*

*"무슨 일인데."*

*"저기 옆 차의 차주가…… 그러니까……."*

여간해서는 이런 적이 없는 기욱이 말을 잇지 못하자 서건의 시선
이 자연히 신호에 맞춰 정차되어 있는 옆 차로 향했다.

연식이 꽤 되어 보이는 소형차가 있는 대로 볼륨을 키운 비트 소
리로 쿵쿵대고 있었다. 직설적이고 난잡한 랩 가사에 저절로 눈살이
찌푸려질 때쯤 운전석 차창이 스르르 내려갔다.

*"어? 옷을 입고 있었네요."*

*"뭐?"*

*"그게 실은 우연히 옆을 보는데 옷을 벗고 운전하는 줄 알았거든
요. 나체인 줄 알고 그만……."*

근데 입었네요. 기욱이 작게 중얼거리는 소리에 시선이 다시 여
자에게로 향했다.

어깨에서 흘러내린 가느다란 슬립 끈이 아슬아슬하게 팔에 걸쳐
져 있었다. 여자가 팔을 내밀고 담배의 불씨를 흘리지만 않았다면
벗은 몸으로 오해할 만큼 맨살의 어깨였다.

*"이 날씨에 저렇게 벗고 창문까지 내리다니 미쳐도 단단히 미친
것 같은데요."*

*"조금만 앞으로 가 봐."*

*"네?"*
*"앞으로 가 보라고."*

신호가 파란불로 바뀌자 서건은 성마르게 재촉했다.

처음엔 알아보지 못했다. 기욱의 말대로 날씨 상관없는 미친 여자라고 넘기다가 런던에서도 비슷하게 불리던 여자가 떠올랐다. 그리고 차창 너머로 바람에 흩날리는 잿빛 머리카락이 눈에 들어왔다.

당장 확인해야 했다. 눈앞의 저 여자가 지금 떠오르는 그녀와 동일 인물이 맞는지.

*"따라붙어."*

찰나였지만 그것으로 충분했다.

정확히 절반을 태우고 돌려주던 담배 연기 너머의 깊은 눈매를 다시 확인하는 데엔 그리 오래 걸리지 않았다.

*"대표님 지금 상황이…… 그러니까 좌회전 신호를 받고 있어서 아무래도 그건 어려울 것 같습니다."*
*"네가 언제부터 그렇게 신호를 지켰는데."*
*"최대한 지금이라도 쫓아 볼까요?"*
*"늦었다. 가던 길 가자."*
*"죄송합니다. 생각이 짧았습니다."*

서건은 성마르게 이는 충동에서 미처 끝맺지 못한 지난밤의 열기

65

를 확인했다.

운전자를 확인한 순간 강한 욕구를 느꼈다. 당장 저 차를 쫓아야 겠다는 것. 그리고 운전자를 눈앞에 세워 놔야겠다는 것.

하지만 차선은 갈라졌고 직진으로 내달리는 소형차의 뒤꽁무니만 쳐다보고 있자 뒤차들의 클랙슨 소리가 빗발치기 시작했다.

이번에도 이렇게 어긋나는 건가.

*"혹시 아시는 분이십니까?"*

어쩔 수 없이 좌회전 차선을 달리면서 기욱이 물었지만 돌아오는 대답은 없었다.

아무리 되짚어 봐도 저런 여자와 엮일 만한 경우가 없는 서건이었다. 그의 일정은 모조리 꿰고 있는데 그 어떤 접점도 없었다.

혹시 런던에서 무슨 일이 있었던 걸까. 고작 나흘 남짓 체류한 게 전부인데 그사이에 여자가 있었다? 그동안 여자만큼은 수도자에 가 까웠던 권서건 대표가 단 나흘 만에 파계를 했다고? 죽어도 상상이 안 가는데.

기욱은 아까 전 소형차가 뿜어 대던 비트 소리가 아직도 귓가에 쿵쿵 울려 대는 것만 같았다.

"아무리 마누라가 죽으면 장례식장 화장실에서 웃는 게 남자라지 만 어쩜 그렇게 새파랗게 어린 애들이랑! 아오! 근데 정말 돌아 버리 겠는 건 뭔지 아냐?"

그때, 맞은편에 앉아 있던 현수가 허공에 삿대질까지 하며 목에 핏대를 세웠다.

"대체 뭔데 이 난리야?"

"아니다. 관두자."

"싱겁게 말을 왜 하다 말아?"

"차마 내 입으로는 못 하겠어서 그런다. 가끔은 귀 닫고 눈 감고 운전만 해야 하는 토 쏠리는 심정을 네가 알아?"

막창이 재가 되도록 연거푸 소주잔만 기울이더니 폭음 끝에 남은 건 주사였다. 고개까지 처박고 입만 나불거리는 현수를 보고 있자니 기욱은 한숨이 저절로 나왔다.

현수는 학창 시절 촉망 받는 단거리 달리기 선수였다. 하지만 일이 잘 안 풀려 영화판을 전전하며 좀비 역할이나 하는 걸로 재능을 낭비했다. 그러는 현수가 마음에 걸려 운전기사 자리를 소개해 준 것이 오늘날의 죄가 되었다.

명망 있는 학자 집안이라 자신 있게 소개했는데 알고 보니 진성 또라이 집단일 줄이야. 상상을 초월하는 갑질과 문란한 사생활에 오늘도 현수의 신문고가 된 기욱이었다.

"너 그냥 이쯤에서 관둬라. 이러다 술에 빠져 죽겠다."

"야, 말도 마라. 나도 마음은 굴뚝같으니까."

아버지만 아니면. 집안의 기둥이 흔들리니 선수 생활도 접고 가장이 되어야만 했다. 그런 현수의 사정을 잘 알고 있는 터라 기욱은 일어서지도 못하고 잔을 채웠다.

"그래도 나는 아무것도 아니야. 이 집 막내딸에 비하면."

"얼마 전에 런던에서 왔다던 막내? 친자식도 아니라면서."

"그러니까 불쌍하지. 진짜 인간의 탈을 쓰고 그럴 순 없는 거거든. 알고 보니 자식으로 입양한 게 아니고 앞세워 장사하려고 사 온 거더라. 포주 새끼가 주제도 모르고 감투는 쓰고 싶어서 선거 출마하려고 혈안이 돼 있어. 고작 스물네 살짜리한테 명단 쫙 뽑아서 손에 쥐여 주고 밤마다 찾아가라는 거야. 나더러 데려다는 주는데 기다리지 말고 먼저 가래. 그런데 오늘 밤은 그마저도 하지 말란다. 이게 다 무슨 뜻이겠냐?"

"스물네 살이면 성인이구만 독립하면 되지 왜 당하고 살아? 하란다고 하는 걔도 참……."

알 만하다 알 만해.

'보통'의 기준이 달라지는 그들이었다. 평범한 사람들은 이해 못할 그들만의 세계였다. 이럴 땐 여동생이라도 되는 양 열을 내고 있는 현수 녀석이 순수해 보이기까지 했다.

"이사장도 이사장인데 네가 그 집 아들을 몰라서 그래. 이 새끼가 얼마나 상 또라이냐면 노인이고 애고 눈에 거슬렸다 하면 분이 풀릴 때까지 패는 새끼래. 얘는 완전 진성이라니까? 나는 운이 좋아서 피할 수 있었지 곧 있으면 제대한다는데 막막해 죽겠다. 이사장도 감당이 안 되니까 공군으로 보내 버린 거 아냐. 덕분에 병역비리 의혹은 애초에 싹을 자른 거니 일석이조인 셈인 거지."

"그러니까 더 독립해야지. 포주 애비에 또라이 오라비인데 왜 제 발로 귀국해. 그럴수록 더 도망가야지. 결론은 그 밥에 그 나물이란 소리 아냐."

"도망가면 잡혀서 두들겨 맞고 또 도망가면 잡혀서 맞았다는데 무슨 수로 도망 가냐? 나도 잘은 모르는데 얼핏 듣기에 이 꼴통 새끼가 지 여동생까지 넘봤다나 봐. 진짜 막장도 이런 개막장이 없어요."

땅이 꺼져라 한숨을 쉬는 현수를 보고 있자니 자연히 자신이 모시고 있는 집안 어른들이 떠올랐다. 적어도 도덕적으로는 무결한 그들이었다. 하긴 어느 누가 감히 그들에게 비상식을 운운하겠는가. 그전에 없던 상식도 만들어 버리고 말지.

때마침 핸드폰이 울려 액정에 뜬 발신자를 본 기욱은 흠칫 놀랐다.

"예. 말씀하십시오. 대표님."

─ 아까 말한다는 걸 깜빡했는데.

네. 그 여자분을 본 순간부터 오후 내내 대표님답지 않으셨죠.

퇴근 후 서건에게서 전화 온 것 자체가 좀처럼 없던 일이었다.

"어떻게 자식을 앞세워 결혼 장사를 하냐 이 말이야!"

야야! 핸드폰을 두 손으로 받쳐 쥐고 눈치 없이 떠들어 대는 현수를 말렸지만 이미 눈이 풀린 인간이 알아들을 리 만무했다.

진작 나가서 전화를 받았으면 될 일을 이제 와 누굴 탓하리.

─ 밖인가 보군.

"죄송합니다, 대표님. 친구 녀석과 한잔하느라…… 하시던 말씀마저 하십시오."

─ 낮에 본 그 차 번호판 조회를 했으면 하는데.

"그러잖아도 저도 같은 생각을……."

"아오 씨! 런던에서 춤이나 추게 놔둘 것이지, 그 어린 여자애가 뭔 죄라고 한국으로 불러들여서 이리 돌리고 저리 돌리고. 고작 스물네 살짜리가 뭘 안다고 그런 일을 시키느냐 말이야. 인간이 아니라 짐승 새끼도 그렇게 안 한다고! 안 해!"

저 새끼를 그냥. 플라스틱 의자를 쭉 밀어내고 황급히 자리를 떴다. 두 손은 핸드폰을 꼭 쥐어 잡고 서건이 곁에 서 있는 것도 아닌데 저절로 허리가 굽어졌다.

"죄송합니다, 대표님. 조용한 곳으로 옮기겠습니다."

대체 죄송하단 소리를 몇 번이나 하는 거야. 일에서만큼은 프로라고 자신하던 기욱의 자존심이 말이 아니었다.

김현수 당분간 안녕이다, 안녕이야.

— 같이 동석한 친구가…….

"일전에 자리 하나를 소개했는데 적성이랑 잘 안 맞나 봅니다. 모시고 있는 이사장님의 자녀분이 최근에 런던에서 귀국하면서 신경쓸 일이 많아지니 스트레스가 심한 모양입니다. 대표님께서 이해하십시오."

— 런던에서 귀국해?

아니, 왜 자꾸 관심을 가지십니까. 그나저나 조용한 곳은 대체 어디야. 소란스러운 술집에서 상사의 전화를 받을 만한 곳은 아무리 찾아봐도 보이질 않았다.

"저도 잘은 모르지만 런던에서 춤을 춘 모양인데 사정이 생겨 귀국했나 봅니다. 친구 녀석이 워낙 세심한 성격이라 개인적으로 많이 안타까워서 술이 과했습니다."

— 어쩌면 멀리 갈 필요 없겠다. 알아보라던 차 번호판 같이 있는 친구한테 먼저 물어봐.

"네?"

가게 문을 열고 나가려던 기욱이 멈춰 서서 되물었다. 길이라는 걸 알고 방향이 정해지면 거침이 없는 대표의 성향을 잘 알고 있긴 하지만 이건 너무…….

– 지금 당장.

"아, 네네."

허둥지둥 자리로 다시 돌아가 고꾸라져 있는 현수 녀석의 어깨를 흔들었다. 어차피 지시가 떨어졌으니 이르면 내일 오전 중으로 차주부터 밝혀질 것이다.

그나저나 대체 이게 지금 어떻게 돌아가고 있는 거야.

"야야, 김현수! 정신 차리고 똑바로 대답해 봐. 너 차 번호 0124 알아, 몰라?"

아는 차냐고, 새끼야. 금방이라도 입 밖으로 나오는 소리를 삼키고 녀석의 어깨를 있는 힘껏 흔들어 대자 실눈을 뜨고 비실비실 웃으며 현수가 답했다.

"네가 그 개새끼 딸내미의 차를 어떻게 아냐?"

두 손으로 공손히 테이블 위로 핸드폰을 올려 두고 기욱은 한참을 그 개새끼 딸내미의 거취를 알아내야 했다.

흡사 서건이 앞에 서서 초시계라도 재고 있는 것 같은 초조함에 기욱 혼자서 진땀을 흘렸다. 그리고 눈꺼풀이 감기기 시작하는 현수 녀석의 등짝을 있는 대로 후려치면서 목을 조르기 직전에야 비로소 알아낼 수 있었다.

"30분 후 한남동 호텔에 도착할 예정이라고 합니다."

– 확실해?

"네. 말씀하신 분과 정황이 일치합니다."

– 결국 맞거나 아니거나 둘 중 하나란 소린데…… 확인해 보면 알겠지.

조용하고도 건조했다. 서건의 목소리에서 기욱은 정체 모를 조바심을 느꼈다. 도대체 그 여자가 누군데 이러시는 겁니까. 이미 통화가 끊긴 핸드폰을 보며 답을 들을 수도 없는 질문을 했다.

건들건들 고꾸라질 듯이 졸고 있는 현수를 보고 있자니 한숨이 저절로 나왔다. 기욱에겐 유난히도 길게 느껴지는 오늘 하루였다.

커튼이 드리워진 어두운 호텔 방에서 송연은 덫에 걸려든 것처럼 꼼짝도 할 수가 없었다.

조도가 낮고 밀폐된 공간 안에서 아주 작은 빛줄기에도 예민해지고 작은 기척에도 신경이 날카로워졌다. 지나치게 긴장한 탓인지 금방이라도 울컥하고 속에 것을 게워 낼 것만 같았다.

당장이라도 맞은편에 앉아 있는 중년의 남자에게 맹렬한 기세로 토악질을 할 것 같은 위기감을 느꼈다.

"어디 보자."

고지서라도 보는 듯 봉투 안에서 꺼낸 종이를 대충 넘기는 남자의 두 눈엔 누런 기름기가 잔뜩 끼어 있었다. 그 안엔 한중호가 정치 입문에 필요한 초석을 다질 만한 요구와 다짐이 장황하게 적혀 있었다.

담보는 송연이었다.

"오늘 밤 확실하게 대접한다고 해서 기대가 컸는데 아무리 마음이 급해도 그렇지, 딸을 보내면 어떡하나. 이것 참 난감하구만."

마저 읽지도 않고 테이블 위로 던지며 쉰 목소리로 말했다. 송연은 검지손톱으로 엄지를 꾹꾹 눌러 대며 어금니를 깨물었다.

불쾌할 정도로 들러붙는 시선이 면도날이 되어 송연의 몸 위를 가차 없이 그어댔다.

곁눈으로 쿠션 밑에 밀어 넣은 핸드폰부터 확인했다.

잘 들어. 숨소리도 내지 말고 모조리 네 귀에 담아 둬. 지금부터 시작이니까.

"여식을 보낼 정도로 한 이사장의 당찬 포부는 잘 알겠는데 그럴 만한 가치가 있는지 판단이 안 선단 말이지. 이유 없이 비쌀 순 있어도 이유 없이 쌀 순 없거든. 한송연 양은 본인이 그럴 만한 가치가 있다고 생각하나?"

한중호가 선거에 출마하기 위해 건넨 리스트 중 첫 번째 인물이었다. 사회에서 어떤 영향력을 떨치는 인물인지, 이 인물에게서 어떤 대가를 받아 와야 하는지 송연은 알고 싶지 않았다.

이 지옥에서 구제해 줄 사람은 오직 자신뿐이라는 것. 그것만 잊지 않으려고 노력할 뿐이었다.

"이사장님께서 저를 보내실 땐 그럴 만한 이유가 있을 거라 생각합니다."

"흠, 캐비어로 알탕을 끓였다고 해서 맛이 뭐 얼마나 다를까? 떠먹다 보면 국물 맛이 거기서 거기지. 결국은 캐비어든 뭐든 특별할 것 없다는 소리야. 난 적극적인 사람이 좋아. 뭐든지 열정적으로 세상을 살다 보면 안 되는 일이 없거든. 대대한 척 탯줄 따져 가며 눈물이나 질질 짜는 별당아씨는 밥맛이란 말이야."

느리게 자리에서 일어선 남자가 가운의 매듭을 풀었다. 흐늘거리며 앞섶이 벌어지는 가운 사이로 탄력이 떨어진 몸뚱이가 여과 없이 드러났다. 육기가 줄줄 흐르는 자신의 배를 쓰다듬은 손이 불쑥 솟아오른 그것에 닿았다.

"돈과 밤이 있는데 깨끗할 수가 있나."

송연은 무표정한 얼굴을 하고선 자동으로 무릎을 꿇었다. 몸이 바닥에 붙으니 차올랐던 숨도 가라앉고 마음도 가라앉았다.

그때 어디선가 작은 목소리로 송연에게 속삭이는 소리가 환청처럼 들려왔다.

사람들이 초가을의 논밭을 보며 조만간 낫질을 당할 저 벼가 얼마나 아플지 걱정해? 아니잖아. 넌 딱 그 논밭의 벼 정도인 거야. 아무도 널 걱정해 주지 않아. 그러니까 포기해, 라고 속삭였다.

"그 전에 한중호 이사장님께서 원하시는 것부터 약속해 주세요."

"송연 양 하는 거 보고 정할까 하는데."

"어디서부터 시작할까요."

"급한 불부터 꺼 주면 알게 되지 않겠나."

무릎걸음으로 남자에게 다가갔다. 천천히 아주 천천히.

나는 너를 잘 알아. 그 안에서 어디 한번 미쳐 봐.

탈영할 용기도 없으면서 달력만 동동거리며 넘기는 겁쟁이 새끼.

"어떤 취향을 원하세요? 알려 주세요."

중년 남자의 기대에 찬 거친 숨소리와 송연의 조금은 과장된 목소리 사이로 새된 고함 소리가 끼어든 건 그때였다. 잊었다고 생각했던 지완의 가시 돋친 고함 소리가 귀청을 찢을 듯 들려왔다. 송연은 연달아 신음과 욕설이 터져 나오는 핸드폰을 집어 들었다.

"죄송합니다. 제가 오빠와 통화 중인 걸 그만 깜빡했네요."

─ 한송연! 너 지금 뭐 하자는 거야? 한중호가 시켰어? 네가 이러고도 무사할 것 같아? 넌 내가 여전히 병신으로 보이지!

"요즘 군대 참 좋아졌어요. 핸드폰 반입이 가능하다니 이 정도 편의라면 제대하지 말고 오랫동안 썩어 있어도 괜찮을 것 같은데요."

싱긋 웃어 보인 송연이 가차 없이 통화 종료 버튼을 눌렀다. 물론 핸드폰 전원을 끄는 것 또한 잊지 않았다. 암흑 속에 잠긴 액정을 보고 있으니 아주 조금은 속이 시원했다.

그동안 겪었던 공포와 참담함에 비하면 지완이 지금 겪고 있는 엿 같은 기분은 새 발의 피였지만.

"이게 대체 무슨……!"

어느새 가운을 여미고 안경을 고쳐 쓰는 남자가 난감한 얼굴이더니 이내 노기가 서렸다. 이미 축 늘어진 그것처럼 감흥은 깨질 대로 깨진 뒤였다. 그래도 사회적 체면이 있으니 딸 같은 여자애를 잡아 호텔을 시끄럽게 만드는 것보다 이런 딸년을 보낸 애비를 족치는 걸로 위신을 회복하기로 했다.

남자가 핸드폰을 들자 송연도 조용히 서류 봉투를 챙겨 들었다.

"이봐, 한중호! 자네 지금 나랑 뭐 하자는 거야? 어디 사람이 없어서 날 기만해! 내가 그렇게 호락호락한 사람으로 보여? 이딴 식으로 나오면 평생 정치 바닥에 발도 못 들일 줄 알아!"

핸드폰 너머로 쩔쩔매는 한중호의 목소리가 제 등 뒤로 박혔다.

도망칠 곳이 정해진 후로 판단은 빨라졌다. 이번엔 절대로 잡히지 않을 것이다. 아무도 찾을 수 없는 곳으로 도망칠 테니까.

등 뒤로 방문이 철커덕 닫혔다. 송연은 별 일 없는 사람처럼 일정한 보폭으로 천천히 복도를 걸어 나왔다.

비록 어깨는 경직되고 핸드백 끈은 으스러질 듯이 쥐고 있었지만 그녀의 얼굴에서 어떠한 표정도 읽을 수가 없었다.

어느새 도착한 엘리베이터가 땡 하고 입을 벌렸다.

"뭐야? 이렇게 금방 나올 거면서 운 거야?"

익숙한 향기가 나서 무심코 고개를 들었는데 그가 있었다.

간신히 눈물을 삭이며 얼룩진 시야 너머로 모든 것이 블러질을 한 것처럼 흐르게 처리되었지만 그 속에 그가 있었다.

마치 누군가 오려 붙여 놓은 것처럼 선명한 그가.

"아는 얼굴이라고 반가운데?"

엘리베이터 저편에 기대고 있던 몸을 세우며 그가 아무렇지 않은 얼굴로 웃고 있었다.

"뭐예요?"

꽉 메운 울대를 누르고 겨우 짜낸 목소리로 물었다.

"이럴 땐 뭐가 아니라 왜냐고 물어야지."

막을 내린 줄 알았던 무대의 암전이 끝나고 극은 다시 시작되었다.

그녀의 젖은 시선과 그의 타는 시선이 서로 얽혀들었다.

송연은 돌연 진공 상태에 빠져든 것처럼 멍해졌다.

왜,

하필,

나는,

당신은,

이렇게.

잿빛 머리칼을 모조리 잘라 내고 눈꺼풀이 창백하게 질린 그녀와 마주하자 서건은 비로소 실감했다.

겨울로 들어서는 문턱에 우리는 다시 만났다. 여전히 같은 얼굴로 전혀 다른 생각을 한 채.

그의 작은 움직임에도 그녀의 신경이 곤두서는 걸 느꼈다.

서건은 금방이라도 '어떻게, 지금 산책이라도 갈까?'라고 할 것 같은 얼굴을 하고 있었지만 마주 닿은 시선에서 느낄 수 있었다.

그 밤의 기억이 아직까지 그를 사로잡고 있다는 것을.

"이게 지금……."

매번 놓치지 않고 받아치던 송연도 선뜻 다음 말을 이어 가지 못하고 있었다. 상황을 가늠하지 못한 채 멍하게 서 있는 그녀의 손을 잡았다. 깍지까지 낀 손을 송연이 내려다보자 재촉하듯 끌어당겼다.

"볼일 다 보고 나온 거 아냐?"

"놔줘요. 내가 지금 당신을 상대할 여력이……."

"또 너만 일방적으로 끝낸 볼일이었나 보군."

송연의 등 뒤를 힐끔거리는 그의 눈에 미처 숨기지 못한 비난이 스치고 지나갔다. 그것은 지난밤 런던에서 일방적으로 떠난 송연에 대한 비난이었다.

"그 전에 분명 그 생각 바뀔 거라고 했을 텐데요."

"아! 기분이 태도가 되는 사람?"

엘리베이터 버튼을 누르고 층수를 확인한 그가 건성으로 덧붙였다.

"그게 하루아침에 바뀌겠어? 패기가 아무리 좋으면 뭐해. 마무리가 영 아니었는데."

지하 주차장에 도착 알람 소리와 함께 엘리베이터 문이 열렸다. 거리낌 없이 밖으로 나서던 그가 송연을 돌아보았다.

"한 가지만 물어보자. 너 나랑 하고 나올 때도 지금처럼 울었나?"

"지금 그게 무슨……."

"아니란 소리지? 아, 조금은 위로가 되네. 한 사람에게 열 번 차인 기분이었는데."

적절한 여유와 건성인 말투. 하지만 송연의 손은 빈틈없이 붙잡고 있었다. 서건은 지금이라도 그녀가 이 모든 게 무슨 상관이냐며 또 연기처럼 사라질 것 같은 조바심이 들었다. 그녀와 마주하고 있으면 묘하게 따라붙는 감정이었다.

"타."

조수석 문을 열고 서 있는 그를 텅 빈 눈동자가 올려다보았다. 이것 때문일까. 아무런 감정도 담지 않고 이런 눈을 하고 있으니 자꾸만 집중하게 된다.

"내가 지금 저 위에서 뭘 하고 나온 건지 알고나 이래요?"

"난 널 판단하러 온 게 아니야. 널 보러 온 거지."

"그럼 대체 뭘 믿고 이러는데요?"

"내 선택이니까. 날 믿지 않으면 누굴 믿지?"

근데 생각해 보니 다음엔 좀 달라질 것 같기도 해. 뭐든 처음과 같을 순 없잖아. 나도 나한테 감탄하던 중이라 다음번엔 장담 못 하겠어. 좆같은 인내심이 바닥나기 직전이었으니까.

송연이 옅은 한숨을 쉬며 고개를 돌렸다. 귀밑으로 자른 머리칼이 매끈한 턱선을 돋보이게 했다. 염색으로 거칠지만 풍성한 머리칼이 자유로워 보였는데 그걸 모두 잘라 내고 트위드 재킷에 진주 목걸이라니 지루해 보이기까지 하다.

귀국까지 한 걸 보면 분명 이유가 있는 것 같긴 한데.

"그날은 서로 암묵적으로 합의한 거였잖아요. 가면조차 쓰기 싫어서 선택한 하룻밤인 걸로."

"가면은 내가 약자일 때 쓰는 거고."

"난 날 감추고 싶을 때 써요."

"애석하게도 그렇게 상관있을 것 같진 않아. 어차피 벗겨 버리면 그만 아냐?"

서건이 고갯짓으로 승차를 한 번 더 종용했다. 송연은 조수석 문을 미련 없이 닫았다.

"대체 이러는 이유를 모르겠지만."

"궁금하면 동참하든가."

"내가 지금 한가하게 당신이랑 감정놀음이나 하고 있을 시간이 없어서 그렇게는 못 하겠어요."

"그럼 너랑 짝짜꿍 놀려면 어떻게 해야 하는데?"

비아냥거리는 질문에 진실로 답할 필요가 있을까. 아니, 어쩌면 이것이 가장 큰 진실일지도 모른다.

"돈 많아요?"

아, 그거. 그거라면 뭐. 서건이 피식 웃었다.

"지금 네 기분까지 살 수도 있어."

"아…… 자꾸 이러니까 이번엔…….."

한 걸음 더 다가선 송연이 턱을 바짝 치켜들었다. 오히려 이 눈빛이 그를 흥분시킨다는 사실은 꿈에도 모른 채 맞서고 있었다.

"기분을 종류대로 나열해서 두둑하다는 그 주머니 전부 털어 버리고 싶어지는데……."

"잊었나 본데, 동참하라고 먼저 제안한 건 나였어."

"조건 없는 제안도 있어요?"

내가 사는 세계는 결코 있을 수 없는 일이거든. 송연의 메마른 눈동자가 그에게 묻고 있었다.

"조건이라……."

그가 생각에 잠긴 듯 말이 없자 두 사람 사이에 적막이 고였다.

"조건 따져 가며 하고 싶지 않은데. 그런 삭막한 사이 시작부터 감흥이 떨어져서 말이야."

"그럼 됐어요. 조건 대신할 방법이 있으면 혼자서 잘 찾아봐요."

우연이든 고의든 호텔에서 다시 만나 아무렇지 않은 얼굴로 인사하는 당신에게 그 정도는 일도 아니겠지. 천천히 서류 봉투가 들어 있는 핸드백을 어깨에 고쳐 메고 그의 눈을 한참을 바라보았다.

짙은 눈동자가 한순간도 흔들리지 않고 오로지 송연에게만 붙박였다.

"이렇게 가겠다고 하니 일단은 보내 주는데……."

그리고 이내 한숨을 푹 쉬더니 그녀의 젖은 눈에 짧게 키스했다.

"다음엔 울지 말고 보자."

귓가에 내려앉은 그의 목소리가 송연의 심장을 당겼다.

"간짜장을 마주하고 있으면 왠지 면만 있는 게 그렇게 부끄럽더라. 너무 날것 그대로잖아."

안나가 나무젓가락에 야무지게 휘감은 면발을 한입에 넣더니 익룡처럼 포효했다.

이거거든. 입은 하난데 어떻게 아무거나 막 넣을 수 있어.

내내 한국식 자장면이 그리웠다는 안나였다.

"요즘은 빨대가 제일 부러워. 늘씬하고 길쭉한 게 쭉쭉 빨아 들여도 살도 안 찌고."

"안나야. 자장면을 먹으며 할 소리는 아닌 것 같다?"

"그러게, 대체 몇 년째 외는 염불이니? 이 죽일 놈의 다이어트."

조금은 살이 붙은 것 같은 얼굴에 건강한 기운이 돌았다. 다행이었다.

내내 가슴 한편에 런던에 홀로 남은 안나가 걱정이었다. 지금 누가 누굴 걱정해, 이내 털어냈지만 불쑥불쑥 끼어드는 안나와의 추억은 한국에서의 생활을 그나마 견딜 수 있게 해 주었다.

*'한송연! 뭐 해? 이 언니가 드디어 조국 땅을 밟았는데 얼른 안 튀어 오고!'*

그렇게 쓸쓸함이 어색하지 않은 계절, 겨울에 안나가 왔다. 인천공항이라며 전화가 왔을 때 송연은 귀국 후 처음으로 큰 소리로 웃었다. 너무나 기뻐서 막무가내로 환호성부터 질러 댔다. 안나가 성인이 돼서 처음 와 봤다는 한국 땅은 미세먼지로 뒤엉킨 연무현상으로 런던 못지않게 탁했다.

*'기침이 얼마나 나는지 귀에서도 기침이 나오는 기분이야.'*

연신 재채기를 해 대는 안나의 모습에 눈물이 맺히도록 송연은 웃었다. 너무 반가워서 참을 수가 없었다. 터질 것처럼 빵빵한 캐리어를 가득 실은 카트를 대신 밀며 송연은 묻지 않을 수 없었다.

*'이제 아주 들어온 거야?'*
*'아직까진 그래.'*

평일은 회사의 것, 주말만 나의 것. 여기를 정말 다녀야 하는 걸까? 나 얼마 모았지? 이번 달 카드 값 얼마 내야 하지? 모은 돈으로 언제까지 일 안 하고 버틸 수 있지? 매일 아침 침대에 누워 자문했다고 했다.

결국 돌아오는 건 카드대금 나갈 날짜와 월요일 출근뿐이라 지체 없이 짐을 쌌단다. 마침 맥퀸즈가 한국에 정식 론칭도 해서 기회가 좋았다.

*'일도 남자도 모두 내가 노력한다고 해서 되는 것도 아니고 사과 나무도 그만 심고 싶더라고. 내일 종말이 오든 말든 알 게 뭐야? 당장에 내가 죽겠는데.'*

송연은 그날 밤 있었던 안나의 전남친과의 조우에 대해선 얘기하지 않았다. 똥차 만난 후 가장 힘든 건 남자 보는 눈이 있다고 믿었던 자신이 등신같이 느껴질 때라며 씁쓸하게 웃는 안나에게 굳이 말할 필요를 느끼지 못했다.

"그래서 돌아오니까 어때?"

"응, 뭐. 오늘 아침에 오랜만에 식구들이랑 앉아서 밥 먹는데 아빠가 수저를 들면서 대뜸 한다는 소리가 김 없어? 이거더라고. 엄마가 새벽같이 일어나서 한상 가득 차린 밥상인데 그 많은 반찬들을 앞에 두고도 김을 찾는 거야. 그때 느꼈지. 아, 나 돌아왔구나. 실감이 팍 들더라고. 근데 또 한송연이랑 이렇게 마주 앉아 배달 음식 먹고 있으니까 일단은 좋아."

"근데 정말 여기서 이렇게 먹어도 돼?"

"괜찮아, 괜찮아. 이 언니만 믿어. 그리고 신문지도 깔았잖아."

먼지 한 톨 보이지 않은 대리석 바닥에 깔린 신문지가 도무지 조화롭지 못했다. 아무리 둘러봐도 이렇게 앉아 자장면을 먹으면 안 될 것 같다. 더욱이 이곳은 안나의 클라이언트 집이었다.

남자 혼자 산다는 집이 뭐 이렇게 넓어. 테라스에서 산책해도 되겠네.

"봐! 문자로 허락까지 맡았다고."

젓가락을 입에 물고 안나가 핸드폰을 들이밀었다. 남신이라고 저장된 사람과 주고받은 메시지들이었다.

"남신?"

"어, 아주 그냥 남신이야. 처음 미팅할 때 저 멀리서 걸어 들어오는데 이 세상 아우라가 아니더라니까. 아, 진짜 이런 남자는 미세먼지에 썩지 말고 신전 갔으면 좋겠어."

주고받은 메시지들을 대충 보니 안나가 보낸 장문의 문자에 비해 답장은 간결하기 이를 데 없었다. 보통은 네, 아니요, 그렇게 하시죠인데 그마저도 여의치 않은지 ㄷ 하나만 찍힌 것도 있었다.

'응'도 아니고 하다못해 'ㅇ ㅇ'도 아닌 'ㄷ'라니.

"굉장히 바쁜 사람인가 봐."

"아빠한테 듣기론 수저 계급론 따윈 댈 것도 아니라던데? 아무리 돈이 많으면 뭐하냐. 집에 와서 화병에 물 갈 시간도 없는데. 올 때마다 시들어 있는 내 새끼들 보면 불쌍해 죽겠어. 꽃다발이 아니라서 물주머니를 달 수도 없고. 날씨가 선선해서 찬물로 열심히 갈아 주기만 하면 그래도 꽤 오래갈 텐데 어떻게 매번 이렇게 처참해."

안나는 귀국과 동시에 아버지를 통해 하우스 컨트락을 하게 되었다고 했다. 유학파 출신이긴 하지만 겨우 플라워 스쿨에서 인턴 과정을 밟은 게 다인데 꽃으로 인테리어를 해 달라는 주문이 선뜻 이해가 가지 않았다.

하지만 발사이즈만큼은 받고 싶었던 안나를 무시 못 할 페이가 흔들었다.

"근데 좀 특이해."

"누구? 이 집 주인?"

"응. 보통 한국에서는 하우스 컨트락을 잘 안 하는 편이거든. 대게 꽃다발로 정기 구독을 받는 게 보편적인데 혼자 사는 남자가 이렇게까지 하는 건 처음 봤어. 사실 메시지 답장만 봐도 '꽃이 만개하면 너무 활짝 웃는 것 같아서 제 잇몸이 다 시리군요' 라고 무뚝뚝하게 굴 것 같잖아. 도대체 무슨 심미안인 거야?"

"사람마다 취향은 다른 거니까……."

"솔직히 남자 혼자 사는 집에 들어오기 좀 그렇잖아. 그런데 본인이 먼저, 정 그러면 친구랑 같이 와도 괜찮다는 거야. 하긴 나 같은 백수가 무슨 팀이 있고 스태프가 있겠어. 가끔씩 친구 손 좀 빌린다고 하니까 되게 흔쾌히 오케이 하더라? 식사도 같이 하라면서 보너스까지 주는데 나야 땡큐지."

초반에 몇 번 시들어 버린 꽃들이 불쌍해서 안나는 화분으로 대체하기도 했다. 고집은 있어서 나무한테는 토기 화분이 좋다는 주의라 농가에서 보내 주는 나무로 직접 옮기고 심었다.

자연스레 송연도 손을 보태게 되었다. 춤이 아니라면 꽃을 만져도 좋았겠단 생각이 들었다.

지금은 모두 다 있을 수 없는 이야기가 되었지만.

"근데 송연아."

"어?"

"이제 춤은 안 추는 거야? 갑자기 귀국한 것도 그렇고 머리까지 자른 걸 보면 너 무슨 일 있는 거 같은데."

태연하게 배달 그릇을 정리하고 신문지를 접으면서도 안나는 연신 송연을 힐끔거렸다. 성격대로라면 진작 꼬치꼬치 캐물었을 텐데 유독 조심스러워진다. 송연이 단 한 번도 가족에 대해서 입에 올린 적이 없었던 터라 더욱 그랬다.

그런데 오빠 때문에 한 귀국이라니, 궁금해서 미치겠다.

"돈이 좀 필요해서. 아무래도 춤으로는 안 될 것 같아."

역시 예상했던 대로 집이 어려운 모양이었다. 그래서 귀국할 수밖에 없었던 거고.

"그럼 나랑 같이 다닐래? 매번 이렇게 도움 받는 것도 미안하고 이참에 같이 일하면서 페이도……."

"아니야. 정식으로 배운 적도 없고 그냥 지금처럼 도울 수 있게 해 줘. 잠깐이라도 너 만나서 꽃 보면 나는 그걸로 좋아."

어떡해, 생각보다 더 어려운가 봐. 그런데 이 와중에도 도와주겠다고 말하는 저 고운 심성이란. 아아, 내가 남자 복은 없어도 친구 복은 꽉 차게 받는구나.

그런 안나의 마음을 아는지 모르는지 송연이 싱긋 웃었다.

"안나야 너 오늘 입은 스커트 말이야."

"왜? 썩은 채소 같아?"

안나는 이제 집으로 돌아왔으니 그만큼 달라져야겠단 생각이 들었다. 차별과 차이를 구별할 줄 아는 나이가 되기도 했다.

어깨동무와 헤드락도 한 끗 차이인 걸 결국 마음먹기에 따라 달라지는 거 아냐. 다리 좀 불편하다고 치마 입지 말란 법 있어?

호기롭게 입고 나왔는데 역시 한국에서 아직은 무리인 모양이었다. 좋아하는 색이라 망설임 없이 샀던 풀색의 플레어스커트를 안나가 우울한 눈으로 내려다보았다.

"아니, 예뻐. 너무 예뻐서 멀리서 걸어오는데 너밖에 안 보이더라. 그냥 이대로 꽃 들고 신전 가라, 여신이네 아주."

"한송연."

"어?"

"다음 생엔 꼭 남자로 태어나라. 내가 너 확 꺾어 버릴 거니까."

안나가 덧니를 드러내며 씩 웃자 송연도 터지고 말았다.

새삼 친구의 웃는 얼굴을 마주하고 있으니 안나는 돌아오길 잘했다는 생각이 들었다.

인생 뭐 있어? 남자든 친구든 누구의 눈치도 안 보고 마음껏 사랑하며 살 것이다. 오늘은 사랑하기에도 부족한 날이었다.

3피스 볼 하나가 맞바람을 거스르고 시원하게 떠올랐다. 밥 먹고 공만 친다는 공직 골프쟁이라더니 티를 낮게 꽂고 탄도를 낮추는 폼이 아마추어 같지 않았다.

그걸 지켜보는 송연의 얼굴에는 어떠한 표정도 떠오르지 않았다.

지난밤 호텔에서 그렇게 나올 때부터 한중호의 콜은 각오를 했던 것이었다. 여전히 빛 하나 들어오지 않은 어두운 서재에서 각목같이 경직된 어깨 위로 골프채가 무수히 내리꽂혔다.

한중호는 마치 퍼팅이라도 하는 듯 감정 없는 얼굴로 채를 휘둘렀다. 서재 안은 입을 틀어막고 고통을 참는 송연의 숨죽인 비명만 울려 퍼졌다.

*'으흐흡!'*

부들거리는 두 팔로 바닥을 짚으며 겨우 몸을 지탱했다. 그나마 짙은 어둠에 싸여 자신의 고통스러운 얼굴이 보이지 않는 것이 작은 위로가 되었다.

등은 무자비하게 난타당했지만 쓰러져 울며 용서를 구하는 걸로 한중호의 가학적인 쾌감을 충족시켜 주고 싶지 않았다.

그나마 겨울이어서 얼마나 다행인가. 얼굴만 피하면 되니.

*'한 번만 더 허튼 수작 부리면 그땐 정말 각오해야 할 거다.'*

마침내 서재의 문이 열리고 쏟아지는 빛을 향해 송연은 천천히 몸을 일으켰다. 방으로 기어 올라가 의식적으로 거울을 피했다. 블라우스의 단추를 풀고 팔을 들어 올리자 악 소리가 터져 나올 것 같아 흐르는 침을 닦았다.

바퀴벌레처럼 침대 맞은편 천장에 들러붙어 있는 까만 CCTV가 그런 송연을 지켜보고 있었다.

깊은 생각이라도 할라치면 금세 백치가 되어 껍데기만 있는 삶. 어느새 필사적인 생존 방식이 되었다.

"송연 양은 원래 그렇게 말수가 적나?"

캐디에게 채를 넘기는 손이 자연스럽게 엉덩이를 스치고 지나갔다. 깔끔하게 팁은 캐디의 가슴골에 꽂혔다. 그 순간 줄곧 서로를 무시하고 있던 캐디와 송연의 시선이 부딪혔다.

팁을 받고 감내해야 하는 그녀나 다음엔 더 큰 걸 내줘야 하는 송연이나 타인을 신경 쓸 여력이 없었다. 그나마 오늘은 호텔방이 아닌 필드라서 다행이었다.

그 순간 한겨울에 땀을 쏟으며 채를 휘두르던 한중호의 당부가 떠올랐다. 이번에 만날 두 번째 리스트의 인물은 제1야당 사무총장인 만큼 절대로 실수해선 안 된다고 말했다.

"제가 골프는 문외한이라 아직 경기 규칙을 잘 모릅니다."

"그럼 지금부터 배우면 되겠네. 기생도 노기보다 신참이 낫지. 어이, 자네!"

손가락 하나로 캐디를 부르더니 송연을 향해 턱짓을 했다. 채가 촘촘하게 박힌 골프백이 송연에게로 넘겨졌다.

총장이 내미는 손에 장갑을 끼워 주자 손목이 붙잡혔다.

"자네는 그만 가 보고 송연 양은 이리 와 봐. 공도 쳐 봐야 알 거 아냐."

신경질적인 얼굴로 송연을 잡아당기더니 그라운드에 티팩을 꽂았다. 볼 앞에 송연을 세우고 그 뒤로 바짝 붙어 섰다.

엉덩이에 닿는 이물감과 등을 압박하는 무거운 체중에 숨이 잘 쉬어지지 않았다.

"처음엔 이렇게 살짝 걷어 치는 거야."

더운 입김이 귀에 닿자 오스스 소름이 돋았다. 그리고 엉덩이에 노골적으로 느껴지는 이물감은.

"이번엔 조금 깊게 눌러 쳐 볼까?"

말과 동시에 거북하게 찔러 대기 시작했다.

"총장님."

"왜? 송연 양도 짜릿해?"

구취가 섞인 텁텁한 숨결에 코를 막고 싶었지만 두 손은 이미 늙은 총장에게 잡혀 있는 상태였다.

두 사람이 친 공은 떠 보지도 못하고 아무렇게나 굴러가고 있었다. 아무리 초보라지만 형편없는 티샷이었다.

"안녕하십니까, 홍 총장님. 역시나 여기서 뵙습니다."

눈을 감고 다시 떴다. 그러자 그가 나타났다. 강렬한 햇살을 등지고 이번에는 정말 산책이라도 하는 얼굴로 서 있었다.

골프채를 질질 끌며 다가오는 서건을 본 순간 정체 모를 피곤함이 엄습해 왔다.

"아니 권 대표 아니야? 세상 바쁜 자네가 골프를 다 칠 때가 있군, 그래?"

"내기 골프가 있어 간만에 채 좀 들어 봤습니다. 마침 9홀 지나서 대기하던 참이라 무료해서 맥주 한 잔 하러 가는 길이었습니다."

그의 어깨 너머로 정차되어 있는 카트 두 대가 보였다. 총장을 알아보는 몇몇이 고개를 숙이며 인사를 건넸다. 어쩐지 민망한 장면을 들킨 것 같아 총장이 헛기침을 두어 번 했다.

"이제 캐디에게 골프까지 가르쳐 주십니까?"

그의 시선이 처음으로 송연에게 향했다. 내면의 깊이까지 파 보려는 시선이 싫어 따돌리려 했지만 짙은 눈은 자석처럼 따라 붙었다.

둘만의 무거운 공기를 오해한 총장이 그건 아니고, 라며 말을 흐렸다.

"남자 캐디 쓰십시오. 힘 좋고 경기 치르는 데 훨씬 수월합니다."

아니나 다를까 그가 타고 온 카트에 여자 캐디는 한 명도 없었다. 모두가 남자들뿐이었다.

"으흠, 앞으론 그렇게 함세. 그러지 말고 언제 한번 시간 내. 라운딩 한번 같이 돌지."

"연락 주십시오. 총장님이라면 없던 시간도 내겠습니다."

"그럼세."

정중하게 악수를 하고 그는 그대로 돌아섰다. 송연에겐 언제 그랬냐는 듯 눈길 한번 주지 않고 떠났다.

"치지도 않을 거면서 채는 왜 끌고 온 거야? 지금 누구 치기라도 하겠다는 거야? 하여간 건방진 새끼."

총장이 공 칠 맛이 떨어졌는지 채를 던지며 장갑을 거칠게 벗었다. 잔디에 떨어진 채를 주우며 송연이 특별할 것 없다는 듯 물었다.

"아는 분이세요?"

"이 바닥에서 저 새끼 모르는 사람도 있어? 돈 위에 사람도 없는 새끼. 볼 때마다 어른 어려운 줄 모르고 꼬나보는 게 영 기분 더러워."

한중호가 건넨 리스트 중에 젊은 남자는 없었다. 그는 한중호의 정치 입문에 관련이 없는 사람인 걸까. 아니면 범접하기엔 너무 거대한 상대인 걸까.

"아직 젊어 보이는데 가진 게 많나 보네요."

"윗대부터 이 나라 돈 줄기였으니 많기도 하겠지. 몇 푼 대 주고 완장 뒤에 숨어서 멋대로 쥐락펴락 해 대니 나라꼴이 우습지 아주. 에잇! 기분도 잡쳤는데 그만 하자고."

막무가내로 돌아서는 총장 때문에 송연은 졸지에 무거운 골프백을 메고 따라가느라 곤욕을 치렀다. 채로 맞아 멍든 어깨로 가방을 짊어지려니 괴로움이 말이 아니었다.

결국 클럽 하우스에 들어서자마자 가방을 내려놓기가 무섭게 화장실로 향했다.

어쩔 수 없이 거울 앞에 서서 한쪽 팔을 벗자 참담함이 이루 말할 수 없었다. 시꺼멓게 멍이 올라 부은 어깻죽지는 뜨끈한 열감까지 느껴질 정도였다.

무향의 소염 연고를 발랐지만 효과는 크게 기대하지 않았다.

"어머!"

"세상에……."

마침 화장실로 들어서던 여자 둘이 송연을 보고 기겁을 했다. 덕분에 등은 또 얼마나 처참할지 보지 않아도 알 수 있었다.

이럴 줄 알았으면 탈의실로 갈 걸 그랬나. 하지만 그곳이라고 사람들의 시선에서 자유로울 수 있을까.

더디게 팔을 도로 끼워 넣으며 거울 속 자신과 마주했다. 의식적으로 피했던 그 모습을 한참을 노려보았다.

아무 생각 하지 마. 감정은 생각 뒤에 따라오는 거야. 그러니까 그만해. 걱정도 생각도 습관이니까.

점점 최선이 최악으로 되고 있는 건 아닌지 피어오르기 시작하는 의심들을 빠르게 지워 버렸다.

"그사이 취직까지 하느라 바빴겠는데?"

여자 화장실 앞에서 천연덕스럽게 서서 기다리고 있는 남자를 마주하니 새삼 놀라울 것도 없었다.

"돈이야 많으면 많을수록 좋은 거니까."

송연은 또다시 가면을 썼다. 이번에도 자신을 감추기 위해 쓰는 가면이었다.

"당장 누구 하나 죽일 것 같은 그런 얼굴로?"

"일하는데 기쁜 순간이 있으면 그건 일하는 게 아니지."

"너 말이야."

그가 다가왔다. 그의 걸음에는 늘 자신감이 있었다.

"네 모습은 보여?"

"거울이라면 방금도……."

"아니. 내가 봤을 때 넌 너조차 보이지 않은 것 같아서. 차라리 데뷔라도 하지 그래? 그렇게 쓸 거면 떳떳하게 팔아. 그게 더 나을 지경이니까."

비꼬는 그의 말에 기분이 나빠야 하는데 그렇지가 않았다. 그의 말에 일희일비할 만큼의 감정적 여유가 없었다.

"걱정은 고마운데 기한이 정해진 퀘스트라서 견딜 만해. 질문에 답이 됐으면 이만 가도 될까?"

우두커니 서서 앞을 막고 있는 그의 얼굴을 올려다보았다. 인생이 무너지기 직전의 사람에게 이깟 시비쯤이야.

"지금 찾고 있는 중이니까 서."

스치면서 닿기라도 할까 봐 아픈 어깨를 움츠리는 송연을 서건이 붙잡았다. 비틀어 빼는 작은 손을 그는 순순히 놔주었다.

"네가 찾으라는 그 방법 찾고 있으니까 가지 말고 들으라고."

"지금은 선약이 있어서 말이야. 그쪽도 잘 알잖아. 내가 지금 누굴 상대하고 있는지. 그러니까 방법은 혼자서 찾아."

"이렇게 멍청하게 서서 예의 따지고 매너 지키다 내 거 놓치면?"

"혹시 자위할 때 내 생각 해?"

"뭐?"

순간 말문이 막힌 그가 웃기 시작했다. 지나간 사람이 돌아볼 정도로 큰 소리였다.

"살짝 황당하긴 한데 너한테 아직 익숙하지 않은 걸로 해 두자."

"그것도 아니면 되게 뒤끝 있는 스타일인가 봐. 첫인상으론 전혀 눈치 못 챘던 건데."

이렇게 고리타분하게 굴 줄 알았으면 당신이랑 안 잤어. 그녀의 눈이 노골적으로 말하고 있었다.

"네가 그날 밤 빠뜨리고 간 게 있어서. 난 그걸 얘기하고 싶은 것뿐이야."

런던에서 그의 침실을 나오면서 몇 번이고 뒤를 돌아보았다. 가방 한번 열지 않았고 그가 벗겨 버린 옷은 다시 입었다.

그의 아파트에 그 어떤 것도 흘리고 나오지 않았다.

"그런 게 있을 리 없어."

"아니. 넌 그날 밤 가장 중요한 걸 빠뜨리고 갔어. 정작 널 두고 간 거지. 난 하룻밤으로 끝낼 거라고 말한 적 없어. 어차피 결론은 가질 수 있는 것과 없는 것 둘 중 하나인 거 아냐?"

그가 한 템포 쉰 후 말했다.

"여태 갖기만 해 봐서 그 외는 관심 밖이야. 따지고 보면 이러지 말아야 할 이유도 없고. 안 그래?"

"되게 자신감 있네. 모든 게 다."

"내가 한다면 말인 거야. 입으로만 뱉는다고 말이 아니라."

당신의 그 오만의 끝은 결국 타인에 대한 동정인 걸까. 답을 알 수 없는 질문들만 하고 있는 당신의 결론은 끝내 동정이라는 거지. 모든 게 넘치는 사람이니까.

여유가 없어 시비쯤은 가뿐히 넘길 수 있다고 생각했던 마음이 묘하게 비위가 틀고 어그러지기 시작했다.

"그럼 우리 내기할까? 내가 지금 자리로 돌아가면 홍 총장이 과연 나와 다음 밤 약속을 할 건지 아닌지 무척 궁금해지는데. 공 치는 거 밖에 모르는 사람이라고 하니 해볼 만한데 어때?"

"내가 왜 그래야 하지?"

"심심해 죽겠으니까. 아니야?"

그러니까 내가 놀아 준다고. 기꺼이.

"그래서 내가 얻는 건?"

"날 걸게. 비워. 그래야 채우지."

"채우기만 하다 넘치는 수가 있어."

"그건 그때 가 보면 아는 거고."

"그 전에 하나만 묻자. 우리가 언제 친구 먹기로 했던가?"

적어도 전의 만남까진 존대를 썼던 송연이었다. 그런데 오늘은 톡톡 쏘듯 그의 모든 말을 반말로 받아치고 있었다. 갑자기 태도를 바꾼 그 이유가 궁금해졌다.

지지 않으려고 뾰족해져 있는 게 오히려 구미를 당긴다고 하면 재미없게 구려나.

　서건은 뭐가 됐든 상관없었다. 다만 친구만큼은 사양이었다. 고작 친분이나 쌓으려고 주행 도중 멈춰 서도 이상할 것 없어 보이는 똥차를 쫓아 스케줄 속에 라운딩을 끼워 넣는 억지를 부린 게 아니었으니까.

　"상대방 동의도 없이 멋대로 말을 놓더니 이젠 방법을 모르겠다며 질척이기까지 하는데 존대까지 해 줘야 해?"

　질척인다고? 그가 어이없다는 표정으로 바라보았다. 송연 역시 희미하게 짓고 있던 미소마저 지우고 서건을 보았다.

　당신이나 홍 총장이나 피차일반이야. 결국 나한테서 원하는 건 똑같잖아. 그러니 새삼스럽게 기분 나쁠 것도 없겠지. 어차피 뭘 해도 죽지 않을 만큼만 고통스러울 테니까. 내 인생은 늘 그랬어.

　등 뒤에 남은 그가 한참을 보고 서 있다는 것을 알았지만 송연은 결코 뒤돌아보지 않았다. 앞만 볼 뿐이었다.

　눈알 한번 굴리지 않고 앞만 보는 병신.

　지금 이 순간만큼은 지완이 아닌 송연 자신이었다.

[D-7]

　다른 말은 없었다. 오로지 숫자만 매일 하나씩 줄어들 뿐이었다. 호텔 방에서 일방적으로 통화를 종료한 후로 늘 같은 시간에 오는 문자 메시지였다.

자신의 재귀를 알리는 지완의 경고.

일주일 후면 지완은 마지막 휴가를 얻어 집으로 돌아올 것이고 얼마 안 가 제대를 하게 된다.

남은 시간은 단 7일. 그동안 계획대로 진행할 수 있을까. 예고된 재앙 앞에서 멍해져서 위기감조차 느껴지지 않는다.

"잠시 실례함세."

맞은편에 앉아 있는 홍 총장을 바라보았다. 짧고 간결한 통화를 마친 후 총장은 어딘가 불편해 보였다. 송연이 말을 걸었지만 한참을 입을 허 벌리고 앉아 있더니 별안간 자리에서 일어섰다. 이미 일행인 그녀는 안중에도 없는 얼굴이었다.

그리고 주문한 아이스 라떼가 얼음이 다 녹아 두 개의 층이 생기도록 자리로 돌아오지 않았다. 핸드폰을 밀어낸 송연은 창밖으로 시선을 돌렸다.

어느새 태양도 숨고르기에 들어가는 해 질 녘 필드 위로 야간 조명이 보초를 서고 있었다. 엷은 금빛으로 물든 하늘을 숨죽인 채 바라보았다. 하루하루 바쁘게 고개만 숙이고 다니느라 잊고 있었다.

손대면 금이라도 갈 것처럼 선명한 초겨울의 하늘을.

"이 양반이 원두 구하러 에티오피아라도 가셨나."

서건이 홍 총장의 자리에 털썩 앉았다. 그사이에 샤워실이라도 다녀왔는지 손질하지 않은 머리가 자연스럽게 이마를 덮고 있었다. 조금은 편하고 유해 보이는 얼굴. 덕분에 그날 밤이 떠올랐다.

송연은 내내 벗은 몸 위로 유영하는 그의 얼굴을 확인하고 싶었다. 점점 아득해지는 정신에 차마 그러지 못했지만 깊이 들어오는 그의 눈빛을 보고 싶었다. 그 순간만큼은 우습게도 그가 조금은 진지하기를 막연히 바랐었다.

"이쯤이면 그 늙은이는 그만 기다려도 될 것 같지 않아?"

"잠시만 실례한다고 했어. 곧 돌아오겠지."

"순진한 거야, 아니면."

그가 송연을 향해 몸을 숙였다.

"정말 뭘 모르는 거야?"

"아직 시작도 안 한 내기야."

"아, 그거?"

그가 무신경하게 고개를 두어 번 끄덕이더니 자리에서 일어섰다.

"그 인간이라면 이 자리로 다시 안 와. 그러고 보니 영 매너가 없네. 숙녀분께 말은 하고 가야 할 거 아냐."

국개가 하는 짓이 그렇지. 조용히 뇌까리던 그가 물었다.

"어차피 이렇게 된 거 나랑 하는 건 어때? 그 내기라는 거."

휴대폰을 핸드백 안으로 밀어 넣으며 송연은 자리에서 일어섰다.

"하긴 누가 됐든 무슨 상관이야."

그와 두 눈이 마주쳤다. 송연은 천천히 다음 말을 이어 나갔다.

"그날 밤 못 먹은 저녁, 지금도 유효해?"

단단한 그의 입매가 서서히 풀어지는 걸 송연은 말없이 관전했다. 시치미를 뚝 떼고 서서 그의 대답을 기다렸다.

"술도 사지."

일주일. 일주일이면 지완이 집으로 돌아온다. 그리고 시간은 어떻게든 간다.

송연에게 시간이 얼마 남지 않았다는 소리였다.

화려하게 애쓴 티가 난다. 손바닥을 펼치면 가려질 만큼 작은 얼굴에 깃든 눈코입이 색조 화장으로 뒤덮여 있었다.

요령 좋게 집어 올린 속눈썹에 마스카라를 올리고 짙은 라이너로 맑은 눈매를 감추었다.

촘촘하고 섬세한 피부를 덮은 복숭아 빛의 블러셔가 조금은 아쉽기도 했다. 창백했지만 감정의 변화를 느낄 수 있었던 민낯이었다.

그 순간 서건은 그녀의 귓불 뒤로 비친 조명이 귀걸이처럼 빛나는 것을 보았다.

수수해도 반짝이는 여자인데 이제 그 모습은 못 보는 걸까.

"그런 걸로 고민하지 마. 모두 주문해."

어차피 분위기를 먹으러 온 곳, 송연은 선뜻 결정하지 못한 채 고개만 숙이고 있었다. 애석하게도 지금 그녀가 집중하고 있는 건 반대편에 앉아 있는 그가 아니었다.

난 널 이렇게 뚫어지게 보고 있는데 너는 고작 빠져 있는 게 메뉴판이라니.

"한잔할까 해서."

"여기 맥주 괜찮아. 허브가 들어가서 도수가 높진 않을 거야."

"보호자 필요해서 밥 사 달라고 한 거 아냐."

"미성년자는 나도 사절이야."

메뉴판을 정독하던 시선을 그제야 들어 올렸다. 그와 두 눈이 마주치자 얼른 다른 곳으로 피하더니 다시 제자리로 돌아왔다.

"후식은 커스터드푸딩으로 할게."

태연한 얼굴로 전채를 맛보고 식사에 열중했지만 그녀가 선택한 것은 방패가 아니라 칼자루였다. 호흡을 멈추고 칼날을 그에게 겨냥하고 있다는 사실을 그녀는 모르고 있을까?

그럴 리가.

붉은 혀로 아랫입술을 살짝 적시고 후식으로 나온 푸딩을 찔러 대는 모습이 서건의 눈에 느리게 재생되었다. 탱글탱글한 순두부 같은 속살을 포크로 받쳐 올려 혀끝으로 살짝 핥아 올린 후 작게 벌린 입술 사이로 포크가 빨려 들어갈 듯이 사라졌다.

촉촉하게 젖은 입술을 보며 그 속에서 짓이기고 있을 혀 놀림을 상상하게 만들었다.

그리고선 시선은 그에게 고정한 채 나른한 목소리로 속삭였다.

"혀에서 녹아. 이렇게 부드러운 건 처음이야."

"누군가 그 소릴 들으면 무척 좋아하겠군."

서건은 기꺼이 주방장을 불러 화려하고도 정갈한 정찬을 칭찬했다. 물론 과한 팁도 잊지 않았다. 지갑에서 여러 장의 수표를 꺼내면서도 그의 시선은 송연에게 고정되어 있었다.

굳이 이렇게까지 하지 않아도 충분히 눈치챌 수 있었다. 하지만 그는 보여 주고 있었다. 네가 그토록 필요하다는 그것, 이미 자신에겐 넘치게 많다는 사실을.

그러니 더 이상 아닌 것들에 휘둘리지 마. 그의 눈이 정확하게 경고하고 있었다.


*'방금 화장실에서 나간 여자 너도 봤지? 그거 맞아서 생긴 멍 아냐? 대체 얼마나 맞으면 사람 등이 그래?'*

'나이도 어려 보이던데 대체 누구한테 맞은 거야? 혹시 남친?'

'에이, 설마. 그 얼굴로 왜 그러고 사니 정말.'

'하여튼 여자 때리는 새끼들은 다 고자로 만들어 버려야 한다니까.'


클럽 하우스에서 돌아선 송연의 뒷모습을 보고 있는데 화장실에서 나온 두 명의 여성이 하는 소리가 들렸다. 방금 나간 여자라면 그녀인 걸까.

내내 경직되어 있는 송연의 어깨를 보았다. 다이닝룸 안으로 들어서면서 자연스럽게 허리에 손을 대자 움찔 놀라더니 금세 감추었다.

조금이라도 닿을까 한껏 움츠러들면서도 표정만큼은 평온하기 이를 데 없다.

"집으로 데려다주지."

그가 열어 준 차 문을 붙잡고 서서 차 지붕 너머로 송연이 바라보았다. 어디 호텔 방이라도 잡을 줄 알았는데 순순히 집으로 데려다주겠다는 소리에 눈빛이 흔들리고 있었다.

본인은 모르겠지만 이럴 땐 꽤 행동이 읽히는 스타일이었다. 그래서 고민하게 된다. 모두 알면서도 속아 주고 싶을 만큼.

"전화 안 받아? 아까부터 계속 울리는데."

안전벨트를 매 주려고 다가가자 벨트를 죽 잡아당기더니 냉큼 버클을 채워 버렸다. 그러면서 눈은 행선지에 대한 불안으로 흔들리고 있었다.

대체 너의 본심이 뭐야.

사이드 브레이크를 비틀어 당기는데 이젠 울려 대는 핸드폰까지 받으라고 한다.

보지 않아도 발신자를 예상할 수 있었다. 그와 상대하는 사람이라면 이 시간에 전화를 걸지 않는다. 분명 조모의 돈을 빨아들이느라 갖은 애를 쓰는 사람들 중 하나일 것이다.

개인 번호는 또 어떻게 알았는지 비서도 통하지 않은 걸 보면 어지간히도 급한 모양이었다.

"말씀하시죠."

한 손으로 운전대를 감으며 전화를 받자 송연은 가방에서 핸드폰을 꺼내 들었다.

가끔씩 보이는 세상 통달한 것 같은 눈빛을 내리자 인터넷 검색이나 하는 그 나이 또래로 보였다.

그런데 포털 사이트에 뜨는 사진이 의외의 인물이었다.

「제 3 하노이 공장 완공되면 기업의 패러다임이 바뀔 것」

대제목 아래 그의 사진이 실린 기사를 송연이 검색해서 읽기 시작했다.

서건은 자체 기술로 고성능 무인항공 드론을 연구하고 개발하는 기업을 운영하고 있었다. 기업이 자체 개발한 신공법이 국산화에 최초로 성공하여 그는 설립 몇 년 만에 수천억대의 이윤을 창출한 차세대 기업인으로 소개되고 있었다.

사진 속 팔짱을 끼고 다리를 꼰 채 기대서서 카메라의 뷰파인더를 바라보고 있는 모습에서 긴장감이라곤 찾아볼 수 없었다.

기자는 그와의 인터뷰 내용을 소개하며 그의 도전 정신과 기업 경영에 대한 소신을 기사 몇 줄로 한껏 꾸며 대고 있었다.

세 번째 하노이 공장을 설립함으로써 글로벌 기업으로 거듭나겠다는 그의 포부에 깊은 신뢰감을 느낀다는 사족 또한 잊지 않았다.

송연은 마치 사진 속 그가 '실패? 인생의 예방주사? 그딴 거 왜 맞아야 하는데? 내가 한다면 하는 거야.'라고 말하고 있는 것 같아 웃음이 나왔다.

"다시 전화드리죠."

정작 서건은 뭐가 못마땅한지 인상을 잔뜩 찌푸리더니 통화를 일방적으로 끊었다. 상대방은 아직 용건이 남았는지 다급하게 목소리를 키웠지만 그는 휴대폰을 던지듯이 내려놓고 길가에 차를 세웠다.

영문을 모르겠다는 듯 서건을 보자 그가 급하게 입술을 부딪쳐 왔다. 내내 억누르고 있었던 열기가 순식간에 터졌다. 갈급이 들린 듯이 송연의 숨을 들이켜자 더운 피가 끓어올랐다.

절제 따윈 개나 주라지.

서건이 삼킬 듯이 몰아붙이자 송연이 어쩌지를 못하고 시트 안으로 파고들었다. 그녀도 모르게 움츠러드는 목을 그가 한 손으로 감싸 쥐자 조금씩 호흡을 되찾았다.

비록 혀로 입 속을 문지르고 훑어 버리자 금세 흐트러지고 말았지만.

"갑자기 왜……."

아랫입술이 물린 채 겨우 내뱉은 말에 서건은 그제야 놔주었다.

하지만 이마를 맞대고 콧대가 부딪친 상태. 그는 딱 거기까지만 물러섰다.

"그 전에 내 기사를 검색해 본 이유를 말해 봐."

숨을 헉헉 몰아쉬며 뒤로 무르려는 고개를 다시 감싸 쥐었다. 엄지손가락으로 가녀린 살결을 쓸어내리자 두 눈이 스르르 감겼다.

서건은 내려앉은 눈꺼풀 위로 자잘한 키스를 하며 대답을 기다렸다.

"당신만 다 아는 것 같아서 억울해서."

"뭐가 그렇게 억울하셨을까."

"나에 대해 어디까지 아는데?"

"글쎄?"

팔딱거리며 맥박이 뛰는 그녀의 손목으로 입술을 내리는 그의 얼굴을 보지 않아도 웃고 있다는 것을 알 수 있었다.

손목 안쪽 여린 살에 그의 혀끝이 닿을 때마다 송연의 숨결도 뜨거워졌다. 손목을 들어 올리고 살짝 깨무는 그와 두 눈이 마주치자 내면을 파고드는 강렬함에 다시 잠기고 싶어졌다.

대체 당신은 어디까지 알고 있는 건데. 고작 송연이 아는 거라곤 홍 총장에게서 들은 그의 이름이 전부였다.

하지만 서건은 차를 출발하면서부터 지금까지 송연에게 그녀의 집주소를 묻지 않았다.

"아! 이건 알겠어."

서건의 손가락이 송연의 입술 선을 쓸고 지나갔다. 이미 절반은 지워진 코랄 색 립스틱이 그의 손가락에 마저 묻어났다.

"넌 이런 색보다 붉은색이 더 어울려."

붉게 물들어 반쯤 벌어진 입술이 마음에 드는 듯 그가 흡족하게 웃었다. 그리고 다시 그의 얼굴이 가까워졌다.

"이만하면 너에 대해 잘 아는 거 아냐?"

두 번째 키스는 부드럽고 상냥했다. 그가 젖은 혀로 훑으면 송연의 입술에서 과즙이 뚝뚝 흘렀다.

달다. 너 미치게 달아.

"그럼 내가 지금 무슨 생각 하는지도 알겠네?"

줄곧 가죽 시트만 움켜쥐고 있던 송연의 손이 서건의 허벅지에 닿았다. 비록 팽팽하게 팬츠로 감싸여 있는 그 위를 검지 손톱을 세우고 긁어내리자 금방 붙잡히고 말았지만.

"미리 말하지만 너 삼키는 거 나한테 일도 아니야."

"말로만?"

당신이 정말 하고 싶은 말은 그게 아니잖아. 무슨 서론이 이렇게 길어. 나랑 자고 싶다 한마디면 되는데.

"아무래도 오늘 밤 꿈에 네가 나올 것 같다."

만약 오늘 밤 풀지 못한다면 내일 아침 사춘기 시절로 돌아가는 색다른 경험을 하게 될 것이다. 이 나이에 눈앞의 여자를 꿈속에까지 끌고 들어가 기껏 한다는 게 몽정이라니.

"그럼 미리 예고해 줄까?"

송연과 두 눈이 마주쳤다.

"잔말 말고 빨리 나한테 오지 그래? 난 이렇게 말할게."

그가 피식 웃더니 운전대를 성마르게 꺾었다. 풀 액셀로 아스팔트와 거친 요철을 일으켰지만 승차감 좋은 차 안은 진동조차 느껴지지 않았다.

송연은 밤바람보다 더 쉽게 흐르는 그의 충동적인 욕망에 죄책감은 없었다. 계획은 바뀌었을 뿐 죄의 바탕은 달라지지 않았다.

아마도 내가 당신 꿈속에 나타난다면 그건 사신의 모습이겠지. 나도 죽었으면서 당신을 지옥으로 안내하는.

그러니 모조리 삼켜. 당신 말대로 일도 아닐 테니까.

차창 밖으로 빠르게 스쳐 가는 평면적인 도로를 감흥 없는 얼굴로 바라보았다. 아웃사이드 미러에 부딪치고 지나가는 밤바람 소리만 들릴 뿐, 차 안은 고요했다.

마른 몸에 프로틴 쉐이크와 억지 웨이트로 인위적으로 세공한 몸이 아니었다. 몸 구석구석에 두텁게 자리 잡은 근육들에서 집요한 그의 성격이 보였다.

탄탄한 등 근육이 조였다 풀리고 그의 움직임에 따라 셔츠가 흔들렸다. 그의 손에 단추가 하나씩 풀어질 때마다 몸의 실루엣이 고스란히 드러났다. 상당히 잘빠진 몸피였다.

그날 밤에는 미처 보이지 않았던 것들이 보이기 시작했다.

"무슨 생각 해?"

손목시계의 스트랩을 풀던 서건이 고개를 들고 물었다.

"음, 이런 생각?"

송연이 다가가 발꿈치를 살짝 들고 그에게 입 맞추었다. 빤히 내려다보는 그에게 눈매를 접고 살포시 웃었다.

"여기가 아닌가."

가느다란 손끝이 그의 단단한 턱선을 따라 그리더니 목울대로 내려갔다. 그녀의 손길이 스치고 지나갈 때마다 살갗의 표피가 일어날 만큼 그가 긴장하는 게 느껴졌다.

쇄골을 훑고 가슴에 손이 내려앉자 그가 손목을 거머쥐었다. 이번에도 비틀어 빼는 손을 쉽게 놔주는 그였다.

"왜 이리 성급하게 굴어?"

"나도 한번 삼켜 볼까 해서."

깊은 생각 없이 어쩌자고.

치기 어린 허영이라고 넘기기엔 깊고 간곡한 도발이었다.

"난 한번 꽂히면 끝을 보는데 괜찮겠어?"

"지금 그 말, 나 무서워해야 해?"

"너 하는 거에 따라 달라지지 않을까 싶은데. 한 사람에게만 집중하는 거."

"그럼 당신도 그런 당연한 것들을 사정하게 만들지 마. 시간이 지나면서 점점 흐려지는 관계, 벌써부터 생각만 해도 지루하고 질려."

그녀의 성실한 손은 아랑곳하지 않고 갈라진 복직근 사이를 긁고 내려갔다. 한참을 벨트의 버클을 손끝으로 그리더니 그의 손을 잡고 이끌었다.

침대가 아닌 소파에 그의 어깨를 누르고 송연은 그 앞에 무릎을 꿇고 앉았다.

"누가 썼을지 모를 시트 밑에 깔리기 싫다고 했잖아."

서건은 굳은 얼굴로 말없이 바라만 볼 뿐이었다. 그의 다리 사이에 자리를 잡고 그에게 시선을 고정한 채 벨트의 버클을 풀기 시작했다. 이미 터질 듯이 앞섶이 부풀어 올랐지만 송연은 태연하게 늑장을 피웠다. 서건의 피를 말릴 만큼 무척이나 더딘 손길이었다.

"목소리가 저음인 남자의 신음 소리가 궁금해. 겨우 참고 억누른 뒤에 토하듯 내뱉는 그 소리가 얼마나 섹시한지…… 당신 입으로 듣고 싶어."

그는 식사 내내 송연과의 대화에 열중했다. 상체를 앞으로 기울이고 지그시 보는 눈빛으로 사소한 말에 쉽게 웃다가도 한참을 아무 말 없이 바라볼 때도 있었다.

하지만 자기가 우위에 있다는 숨길 수 없는 그의 과시욕에 송연은 묘한 오기가 생겼다. 그녀의 손길과 숨결 아래에서 허물어져 가는 그가 보고 싶었다. 런던에서의 그 밤 자신만 몸부림쳤다는 사실이 송연을 더욱 부추겼다.

"그러니까."

벌어진 팬츠 사이로 송연의 손이 미끄러지듯 파고 들어갔다.

"내 마음대로 해도 되지?"

브리프 밑에서부터 손가락을 집어넣고 천천히 기어 올라갔다. 탄탄하게 돋은 허벅지 위로 밀고 올라가는 손끝에 까슬까슬한 체모가 감겼다.

금방이라도 브리프를 끌어 내리면 튕겨 오를 것 같은 페니스 옆으로 송연의 손이 바짝 다가갔지만 거기까지였다.

그녀의 손은 주위만 맴돌 뿐 정작 원하는 걸 내어 주지 않았다.

하아…… 그의 숨소리가 거칠어졌다.

서건은 그녀와 키스하기 위해 허리를 숙였지만 송연이 더 빨랐다. 브리프를 내리고 튕기듯이 솟은 그것을 감싸 쥐었다.

크고도 굵은 그것이 눈앞에 드러나자 송연은 아찔해지는 걸 느꼈다. 이미 쿠퍼액이 흘러나오는 선단을 살짝 혀로 훑어 올리자 그의 숨결이 대번에 뜨거워졌다.

"이젠 정말 네가 생각날 것 같은데?"

숨소리는 점점 더 거칠어지고 있었지만 표정에는 변함이 없었다. 아무렇지 않은 얼굴로 자위할 때마다 송연을 생각할 거라고 말하고 있었다. 그가 자신을 떠올리며 페니스를 위아래로 훑을 걸 생각하니 저 깊은 곳이 뜨거워졌다.

"그럼 잊지 않게 잘 봐."

눈을 가라뜨며 천천히 훑던 그것을 단숨에 삼켰다. 말끝이 뭉그러지고 얼굴 홍조가 블러셔를 뚫고 나올 것만 같았다.

숨이 막힐 것 같아 얼른 고개를 뒤로 무르자 그가 욕설을 거칠게 내뱉었다. 두 눈에 촉촉한 물기를 가득 머금고 올려다보자 팔꿈치를 잡아챈 그가 송연을 일으켜 세웠다.

"왜 모두가 다 너에게 대박이라고 하는지 이제 알겠어."

알 수 없는 소리를 하더니 그대로 송연의 입술을 삼켰다. 거침없이 뚫고 들어와 입속 점막을 모조리 빨아들이더니 미끄러지듯 물러났다. 그리곤 다시 도망치는 송연의 혀를 휘감았다.

키스만으로도 섹스를 하는 기분이었다. 그는 고개를 비틀며 자유자재로 송연의 모든 걸 꿰뚫었다.

"침대로 가자."

"그날이야."

"삽입하지 않아도 방법은 많아."

돌아오는 대답이 없었다.

설마 지금 여기서 그만두겠다고? 송연이 살짝만 웃어도 벌떡거리는 페니스가 그녀의 타액과 점액으로 번들거리고 있었다.

송연이 허리를 세우고 일어서자 그녀의 허벅지에 기둥이 닿았다.

자칫 비벼 대기라도 한다면 치미는 허리 짓을 참지 못할 지경이었다.

"농담하지 마. 이제 시작이야. 분명히 각오하라고 했을 텐데."

"……했잖아."

지금 나랑 장난해? 어금니를 지르문 턱이 불뚝 솟았다.

"하지 않은 거랑 뭐가 달라."

"앞으로 밤은 많아. 연락해."

천연덕스럽게 테이블로 다가가 그가 올려 둔 핸드폰을 들어 올렸다.

누군가를 이토록 뚫어지게 노려본 적이 있었던가. 고작 스물네 살짜리 여자가 자신을 쥐락펴락하고 있었다. 자신의 것을 입에 가득 물고 어쩌지 못한 눈으로 올려다보더니 지금은 거리 속 행인이라도 보는 눈으로 서 있었다.

고맙게도 이미 외워 버린 연락처까지 손수 저장을 해 주시니 이 은혜를 어떻게 갚아야 하나. 이름도 아닌 'ㄱ'이라고 저장되어 있었다. 덕분에 연락처 맨 위에 얄밉게 저장되어 있었다.

쏟아 내지 못하고 발광하기 직전의 그것을 내려다보자 웃음밖에 나오지 않는다.

잊지 않고 봐 두라더니 이렇게 빨리 써먹게 될 줄이야.

서건은 이번에도 허공을 향해 헛웃음을 날렸다.

## 3. 절박하면 붙잡아야지

그러니까 이건 동화 같았다.

페이지마다 등장하는 고난을 이겨 내면 끝은 해피엔딩일까.

모두가 똑똑한 송연이 착하게 자라서 명문가 집안에 하나뿐인 딸이 됐다고 말했다. 하지만 막이 내린 무대 뒤편으로 돌아가 보면 말보다 손이 먼저 나가는 양부와 보이지 않은 곳에서 조금씩 숨을 조여 오는 양오빠가 있었다.

아, 송연이 나무진을 빨아 먹고 기생하는 벌레라도 되는 듯 경멸로 가득한 병든 양모도 빠트릴 순 없었다.

"세상에! 얼마나 배가 고플꼬."

그날은 식탁에 앉아 있었다고 서재로 불려 갔다. 하루 종일 굶은 것이 안쓰러워 안양댁이 챙겨 준 밥을 막 한술 뜨려던 순간이었다.

애를 잡을 거면 배 속이라도 편하게 해 줄 것이지, 지지리 복도 없는 것. 안타까운 시선을 뒤로하고 불려간 그곳에서 한중호는 체중 관리를 하지 않는다고 골프채를 휘둘렀다.

이대로는 맞아 죽을 것 같아서 서재에서 뛰쳐나와 무작정 밤길을 내달렸다. 콩쿠르가 다음 주로 다가왔다. 이번만큼은 무대에 반드시 서고 싶었다.

숨이 넘어갈 지경에 지구대의 유리문을 열고 들어서자 반쯤은 눈이 감긴 순경이 송연을 맞이했다.

"사, 살려 주세요. 지금 이, 이사장님이 저를……."

"이사장님?"

더듬거리며 주소를 읊어 대자 뒤에서 듣고 있던 연식이 되어 보이는 경찰이 고개를 쭉 빼 들고 알은체를 했다.

"아, 한 이사장님 댁? 그 사학 재벌이라는? 그 점잖으신 분이 왜?"

송연은 얼마 안 가 깨닫게 되었다. 누구도 돕지 못하고 돕지 않을 상황에 자신이 처했다는 사실을.

"학생, 울지 마. 여기는 우는 곳이 아니야."

대체 여기가 아니라면 어디서 울어야 해요? 순경의 무심한 눈을 보며 주먹손으로 눈물을 거칠게 훔쳐 냈다.

"딸아이가 사춘기라서 감정 조절이 서툰 모양입니다. 바쁘실 텐데 죄송합니다."

정중하게 사과를 하는 한중호에게 독실한 경례를 하는 경찰을 보는 순간 송연은 두 눈을 감았다.

한때는 한중호가 마시는 찻잔에 주방세제를 타서 말할 때마다 비눗방울이 나오는 상상을 하는 소녀였던 적도 있었다. 하지만 이제는 안다. 송연을 지킬 수 있는 사람은 자신밖에 없다는 사실을.

야옹. 해 질 녘 붉은 노을을 등에 지고 집으로 돌아오는 길에 고양이 한 마리를 만났다. 눈물 자국이 심한 오드 아이의 길 고양이 한 마리가 웅크리고 앉아 열일곱의 송연을 바라보고 있었다.

"너도 상처가 많은가 보구나."

송연이 손을 내밀자 등을 세우며 경계부터 했다. 사람 손은 타지 않지만 어쩐지 도망은 가지 않는 모습에 그날 이후로 지극 정성으로 녀석을 보살폈다. 용돈이라곤 없었기 때문에 새벽에 부엌에서 훔쳐 온 반찬이 전부였지만 늘 밥자리에서 송연을 기다렸다.

"나비야, 많이 먹어. 그리고 아프지 말자. 우린 아프면 안 돼. 너도 알지?"

콧물이 번들거리는 녀석을 동물병원에 데려가지 못한 게 내내 미안했다. 콩쿠르에 나가면 상금이 나왔지만 결국 지난주에 있었던 콩쿠르에는 나가지 못했다. 그날 밤 지구대에서 돌아와 걸어서 학교에 갈 수 있을 만큼만 한중호에게 맞은 탓이었다.

"이 새끼 존나 웃기는 새끼라니까. 거기서 꼰대한테 대들긴 왜 대들어? 돈구멍 막히면 지만 손해지."

"뭣도 모르면 닥쳐. 에프킬라가 옆에 있었으면 눈에 쏴 버렸을 거니까. 벌레 같은 노친네 졸라 소름 끼쳐."

"병신, 지랄하네. 카드 잘리면 한 마디도 못 하고 질질 짤 거면서."

등 뒤로 한 무리의 남학생들이 송연과 고양이를 지나갔다.

제발 그냥 지나쳐. 못 본 척해 줘.

간절히 바랐지만 무리 중 하나가 가던 길을 멈춰 섰다.

"잠깐만."

"왜?"

"벌레 같은 게 우리 집에도 있어서."

"그게 뭔 소리야?"

저벅저벅 다가오는 발걸음에 송연이 천천히 자리에서 일어섰다. 등 뒤로 지완이 다가와 섰다는 것을 돌아보지 않아도 알 수 있었다.

지완이 내쉬는 특유의 숨소리가 점점 짙어졌다.

"넌 오빠를 보고도 인사도 안 하냐?"

"안녕하세요."

"성의가 없잖아. 다시."

허리가 좀 더 숙여졌다. 땅으로 향하는 머리 위로 지완의 무리들이 아우성치는 소리가 들렸다.

"졸라 못생겨서 볼 때마다 역겹다며? 근데 뭐야, 역대급으로 예쁘잖아?"

"와! 한지완 꼴에 여동생이라고 챙기는 거 봐라?"

"안경 써, 새끼들아."

무리를 향해 건성으로 대꾸 하면서도 송연에게는 속삭이듯이 말했다.

"고개 들어."

송연의 낡은 운동화를 툭툭 쳤다.

"너 한중호 포럼 간 거 알지?"

"네."

"그럼 오늘 집이 빈 것도 알겠네?"

지완과 두 눈이 마주치자 송연은 마음을 단단히 여몄다.

정신 차려. 긴장을 늦춰선 안 돼. 까실하게 일어난 아랫입술을 초조함으로 씹자 지완이 그 모습을 노려보았다.

초 단위로 제멋대로 날뛰는 그 심기가 이번엔 또 뭐 때문에 불편해졌는지 얼굴이 일그러졌다. 지완이 무리들을 향해 돌아보았다.

"오늘 밤 우리 집에서 놀자."

"너 레슨 있다며?"

"그것보다 훨씬 꼴리는 게임을 할까 하고. 너희들도 껴. 미친 듯이 재밌을 거니까."

지완이 메고 있던 가방을 던지자 무리 중 하나가 잽싸게 낚아챘다. 다들 영문은 모르지만 기대로 가득 찬 얼굴들이었다. 제대로 미친 한지완이 한다면 진짜인 거다.

지완이 송연의 손목을 낚아채고 막무가내로 집으로 향하자 요란하게 휘파람을 불어 댔다. 저항 한번 하지 못하고 붙잡혀 끌려가면서 송연은 어금니가 바스러져라 물었다.

한중호가 심어 둔 악의 종자. 이사장 부부가 실수로 뱉어 놓은 너 같은 인간한테 내가 질 것 같아?

왈칵 치솟는 울음을 꾹 눌렀다.

다시는 울지 않기로 결심한 송연이었다.

"귀속이라는 말 들어 봤냐?"

안양댁과 집 안에 있던 사람들을 모두 몰아낸 지완이 거실 한복판에 서서 물었다.

"대답 안 해?"

"틀리면 때릴 거잖아요."

"정답이라고 안 맞을까?"

비스듬하게 서서 담배를 입에 물자 뒤에서 냉큼 라이터를 대령했다. 송연의 얼굴 위로 연기를 쏟아 내면서 지완이 빙그레 웃었다.

"네가 쓰는 연습실, 네가 신는 슈즈, 프로그램 비용 모두 네가 춤 좀 춘다고 해서 하늘에서 떨어지는 거 아니잖아. 돈으로 출발선 그어 줬으면 갚을 줄도 알아야지."

"그래서……요?"

"난 이상하게 그래서란 말을 들으면 욕이 다발로 나오더라. 보통 그래서 그러면 안 된다, 이거잖아. 상대편이 아무리 좆같이 나와도 너는 그러면 안 된다는 말인데 내가 왜 그래야 하는데?"

무슨 말을 해도 엮일 거면서 또 말려들고 말았다. 그렇다고 가만히 듣고 있으면 또 다른 방식으로 대가를 치러야 했다.

"자꾸 두 번 묻게 하지 말고 좋은 말로 할 때 대답해라? 한송연."

카펫 위로 떨어진 꽁초를 발로 짓이기며 지완이 고개를 돌렸다. 그러고 보니 신발도 벗지 않고 거실 한복판에 서 있었다. 지완이 시계 방향으로 목을 돌리자 우두둑 소리가 났다.

"그럼 어떻게 해야 하는데요. 원하는 걸……."

"갚으라고."

투자를 받았으면 갚아야지.

하지만 연습실, 슈즈, 프로그램 모두 받아 본 적이 없는 것들이었다. 콩쿠르에 나가지 못하니 자연히 필요가 없어졌다. 겨우 학교에서 실기 시간 때나 출 수 있게 된 춤이었다.

"어떻게요. 어떻게 갚을까요."

커튼 다 쳐. 지완의 고갯짓 하나에 충성심 높은 무리들이 일제히 거실의 모든 커튼을 닫았다.

"한중호가 즐겨 듣는 CD가 여기 있을 텐데…… 여기 있네. 하여튼 예술도 모르는 변태 새끼."

지완이 느릿느릿 교복 바지에 손 하나를 찔러 넣고 오디오 앞에 서더니 CD를 재생시켰다. 카스트라토(변성기가 되기 전 거세한 남자 가수. 소프라노)의 째지고 얇은 노래가 거실을 가득 채웠다.

"간단해. 넌 그냥 숨기만 하면 돼. 대신 절대로 잡히지 마. 그 뒤는 나도 장담 못 할 거 같으니까."

뒤에 서 있는 무리들을 천천히 훑어본 지완이 송연에게 나른하게 속삭였다. 혈기 왕성한 남고생들이 이미 잔뜩 흥분해 있었다.

"그리고 마지막으로 부탁하는데 겁에 질려서 섣불리 포기하지 말아 줘."

그럼 너무 시시하잖아.

학교에선 실기실에서만 살더니 하얀 얼굴이 창백하게 질렸다.

"씨발, 뭐 해? 빨리 시작해!"

무리 중 하나가 재촉하자 지완의 웃음이 더욱 비열해졌다.

"건승해라. 한송연."

그렇게 지완의 무리들이 말하는 숨바꼭질이 시작되었다. 집 안의 모든 불빛이 소등되고 스피커가 찌르는 듯이 소리를 지르는 집에서 모두가 술래였다. 오로지 송연만 제외하고.

사방을 두리번거리며 어둠에 적응하기가 무섭게 귓가에 거친 날숨이 쏟아졌다.

"도망치라고! 멍청하게 서 있지 말고!"

누군가 정신 차리라고 뒤통수를 세게 친 기분이었다. 송연이 달리기 시작하자 술래들이 환호성을 질러 댔다. 송연은 재빨리 이층으로 가는 계단 옆 커다란 화분 뒤에 몸을 숨겼다. 최대한 웅크리고 앉아 무릎에 턱을 파묻었다.

쿵쿵쿵. 세찬 박동 소리를 들은 누군가 금방이라도 어둠 속에서 팔이라도 뻗을까 봐 숨을 있는 대로 참았다. 그리고 맞은편 현관을 노려보았다. 곧장 달려서 현관문을 열고 이 거지 같은 집구석에서 완전히 탈출하는 거다.

하나, 둘, 셋. 어둠에 익숙해진 시야가 미친 듯이 가시거리를 더듬었다. 조금만 더, 조금만 더 달리면 이 집에서 해방된다. 충동이 순식간에 희망이 되었다.

그동안 왜 견디기만 했을까. 바보같이.

현관 턱을 밟는 순간 어둠 속에서 튀어나온 손 하나가 송연의 머리채를 낚아챘다.

손아귀에 휘어 잡힌 긴 머리채가 모조리 뜯겨질 듯 아팠다. 반사적으로 뿌리쳤지만 힘으로 겨루기엔 역부족이었다.

부서질 듯이 세게 쥔 아귀가 송연을 벽 쪽으로 던지듯이 내팽개쳤다. 숨이 턱 막히는 것 같은 고통에 억 소리도 내지 못하고 벽에 기댄 채 그대로 쓰러졌다.

"이게 처 돌았나. 도망가긴 어딜 도망가?"

"도망치라며!"

악에 받쳐 소리 지르는 송연 앞으로 지완이 무릎을 굽히고 앉았다. 마치 구경이라도 하듯 송연의 턱을 잡고 얼굴을 이리저리 돌려 댔다.

"아직도 모르겠냐?"

치켜 들린 얼굴 위로 지완이 천천히 다가왔다. 엄습해 오는 공포에 전신이 옥죄었다. 제발 이러지 마. 온몸의 세포가 울부짖었다.

뺨에 뜨거운 숨이 닿더니 이내 축축한 혀가 들러붙었다.

지완이 혀로 송연의 얼굴을 핥아 올리며 속삭였다.

"넌 내가 발랐어. 그러니까 어디에도 도망 못 가. 또 멍청하게 깜빡해라?"

"지옥에나 처박혀 버려."

발광에 가까운 악다구니를 기를 쓰고 참았다. 미친 듯이 도리질 치는 턱을 단단하게 붙잡은 지완이 웃었다.

"혼자 천국 가서 지루하게 있지 말고 지옥에서 같이 즐기는 게 어때?"

내내 바닥을 기던 희망은 부지불식간에 표면 위로 떠오르더니 순식간에 번졌다. 왜 벗어날 생각을 하지 못했을까. 답은 의외로 간단했다. 하고 싶다고 해서 할 수 있는 게 아니었다.

자리에서 일어서 자신을 내려다보는 지완을 보며 깨달았다. 결코 충동적으로 해결할 수 있는 성질의 것이 아니었다. 치밀하게 시간과 공을 들여야 가능한 일이었다. 그런 뒤 그들의 방식대로 갚아 줄 것이다. 이것이 바로 나의 호주머니에 꽂힌 돈의 대가였다.

"나비야!"

그리고 얼마 후 아무리 찾아도 녀석이 보이지 않기 시작했다. 매일 밥자리에서 송연을 기다리던 녀석이었는데 며칠 전부터 나타나지 않았다. 치밀어 오르는 걱정을 꾹 누르고 동네를 몇 바퀴 돌며 차 밑을 죄다 뒤졌지만 찾을 수가 없었다.

움찔거리며 경계는 했지만 주변을 떠나지 않던 녀석이었는데 좋은 주인이라도 만나서 떠난 걸까. 병원에 가서 진료를 받을 수 있게 해 주는 주인이면 참 좋을 텐데.

그날 밤 내내 녀석을 찾다 실패하고 기운 없이 현관으로 들어서는 송연에게 지완이 파우치 팩 하나를 내밀었다.

"너 춤추면서 관절 많이 쓰잖아. 그래서 특별히 준비했어."

지완이 하얀 이를 드러내며 상큼하게 웃었다.

"나비탕이야."

송연은 그 자리에서 기절했다.

총알 같은 차들의 흐름 앞에 막막하기 그지없었다.

차창에 부딪혀 유리를 타고 흐르는 빗물을 쉬지 않고 밀어내는 와이퍼의 충실한 몸짓을 송연은 멍한 눈으로 바라보았다.

거부하고 싶어도 들러붙는 겨울비가 꼭 지완 같았다.

오늘도 숨통을 조이는 지완의 문자 메시지였다. 팝업창이었다면 오늘 하루 보지 않기를 1초의 망설임도 없이 클릭했을 것이다. 사실 그럴 수만 있다면 새로 고침해서 삭제해 버리고 싶었다. 영원히.

휴대폰을 시야에서 밀어낸 송연은 얕은 한숨을 내쉬었다.

그날 이후로 서건에게선 아무런 연락이 없었다.

그날 밤 그대로 밤을 보냈더라면 끝이 달라졌을까. 그저 그에게 벗은 등을 보이고 싶지 않았던 것뿐인데. 나조차도 끔찍한 상흔들을 그 남자에게 보여서 얻을 수 있는 건 단 하나도 없었다. 어쩌면 그의 입장에선 경멸을 느낄지도.

도대체 어떤 자만심이었던 거야, 한송연.

그가 당연히 연락을 해 올 거라 생각했다니 입안 가득 얼음을 물고 있는 것처럼 얼얼하기만 했다. 어쩌면 자신이 꿈꾸는 희망은 헛된 바람에 갇혀 제멋대로 비틀거리고 있는 게 아닐까.

지완을 생각하면 전원을 끄고 싶지만 서건의 연락을 놓칠까 봐 그러지 못했던 휴대폰이 결국 바람개비가 정신없이 돌기 시작하더니 방전되어 버렸다.

"내가 진짜 얼굴이 서사라서 참는다."

두 번 신으면 지우개처럼 때가 탈 것 같은 순백의 스니커즈로 브레이크를 밟으며 완급 조절을 하던 안나가 툴툴댔다.

사춘기 시절 태풍에 우산이 뒤집힌 적이 있었는데 잡히지가 않아서 한참을 그런 채로 걸었던 날이 있었다고 했다. 모두가 다리를 절름거리며 뒤집어진 우산을 어쩌지 못하는 자신만 쳐다보는 것 같아 이 세상에서 소멸하고 싶었다고도 했다.

그래서 그날 이후로 비 오는 날이면 외출을 꺼려하는 안나였다. 그런 그녀를 집 밖으로 끌어낸 사람은 다름 아닌 클라이언트였다.

"이 비 오는 날 꼭 가져다줘야 하냐고. 정작 본인은 베트남에 있다면서 대체 누구를 위한 꽃이야? 특이해도 너무 특이한 거지."

"어쩌면 네 말대로 엄청난 심미안의 소유자인 줄도 모르잖아."

"그러기엔……."

"어?"

"아니야. 그나저나 무슨 비가 이렇게 정성껏 내려? 빠져 죽겠네."

"조안나 씨가 어쩐 일로 말을 하다 마실까?"

"우리 그러지 말고 후딱 갖다만 놓고 트러플 오일 샐러드에 돔페리뇽 때릴래? 보너스도 두둑이 받았겠다, 이 언니가 한송연을 위해 미식 나이트 느낌 있게 쏜다!"

힘이 들 땐 파이팅! 보다 지금 어디야? 가 더 와 닿는다. 비가 오는 날 안나의 전화를 받았을 때 송연은 스스럼없이 만나자고 했다.

기압이 낮아져서인지 비가 오면 안나의 다리는 더욱 불편해졌다.

재활병원 의사가 훈남이라며 자, 지금부터 제가 어디가 아프면 되죠? 라고 너스레를 떨지만 통증은 고질병처럼 안나를 괴롭히고 있었다. 그걸 이제는 안다.

"뭐야? 이 양아치는!"

지나치게 캐묻는 보안 요원의 검문을 거치고 도착한 주차장에 안나는 차에서 내리지도 못한 채 갇히고 말았다.

후방주차를 대기가 무섭게 굉음을 내며 따라 들어온 슈퍼카 한 대가 안나의 차 옆에 바짝 붙여 주차를 한 탓이었다. 겨우 한 뼘이나 열릴까 운전자가 도저히 내릴 수가 없는 틈이었다.

"이봐요!"

열 받은 안나가 고개를 미어캣같이 내밀고 소리쳤지만 오히려 남자는 거들먹거리며 화를 돋웠다. 남자의 두 귀에는 콩나물 대가리 같은 무선 이어폰이 꽂혀 있었다.

"안나야 내가 다녀올게. 갖다만 놓으면 되는 거지?"

"아냐, 내가 조수석으로 내리면 돼."

"뭐하러. 주인도 없다면서. 얼른 갖다만 놓고 올게. 현관 비밀번호나 알려 줘."

"그래도……."

"어차피 둘이나 혼자나 다를 거 없잖아."

오늘을 위해 말아 놓은 호엽란 컬이 잘 나왔다며 만나자마자 신이 나서 말했던 안나였다. 두 팔로 받쳐 들어야 옮길 수 있는 토기분이라서 어차피 송연의 손이 필요했다. 마지못해 비밀번호를 알려 주며 미안해하는 안나에게 활짝 웃어 보이고 송연은 혼자 나섰다.

삐리릭. 현관 개폐 소리가 텅 빈 집 안에 맑게 울렸다. 괜히 주인
도 없는 집에 무단 침입하는 것 같아 계세요? 라고 목청을 키웠다.

계세요가 뭐야, 촌스럽게. 이내 머쓱해지고 말았지만.

현관에서 오른쪽으로 돌아서 복도를 쭉 가다 보면 두 번째 방.

안나가 일러 준 대로 미로와 같은 실내를 걸어 두 번째 방문을 열
었다. 그곳은 다름 아닌 집주인의 드레스룸이었다.

그리고 아주 익숙한 향기가 났다.

이건 그러니까 그에게서 나던 향인데…….

"좋지 않으면 큰일 날 가격이죠."

낯선 목소리에 고개를 들어 무심히 주위를 살피다 남자를 발견하
고 흠칫 놀랐다. 그런 송연을 보고 남자가 더 놀란 눈치였다.

"아…… 집에 계실 줄은……."

분명 인기척을 냈을 땐 아무런 대답이 없어서 당연히 빈집이라고
생각했다. 남자는 이제 막 샤워를 하려던 참이었는지 허리춤에 감은
타월이 차림의 전부였다.

어쩐지 서건의 향기가 반가워 자신도 모르게 수납장에서 향수병
을 들어 올렸었다. 주인이 버젓이 집 안에 있는 줄도 모르고 멋대로
만졌다는 사실에 몹시 난처해졌다. 호엽란만 놔두고 나오면 될 걸
괜한 짓을 했다.

얼굴이 화끈거리는 걸 느끼며 음음, 목을 가다듬었다. 시선 둘 곳
을 몰라 허공을 더듬자 남자가 두 눈을 크게 뜨고 송연을 보았다.

"우리 어디서 본 적 있죠? 굉장히 낯이 익은데…….'

"네?"

그와 두 눈이 마주치자 느닷없이 펄쩍 뛰어 올랐다.

"런던 거지!"

옷부터 좀 입었으면 좋겠는데. 뭐가 그렇게 놀라운지 자리를 빙빙 돌며 흥분하는 남자의 허리춤에 매달린 타월이 아슬아슬했다.

"머리를 잘라서 못 알아봤잖아요. 나 기억 안 나요? 코벤트 가든에서 버스킹 할 때 내가 연락처도 주고 그랬잖아요. 아, 왜 아이돌할 생각 없냐고 물었는데. 진짜 기억 안 나요?"

"아……."

"와! 어떻게 여기서 만나냐?"

어슴푸레 기억이 날 것도 같았다. 초여름 맨발에 슬리퍼를 끌고와서 핸드폰 번호를 적은 냅킨을 내밀었었다. 아직은 사업 구상 중이라 명함이 없다는 소리에 가뿐히 무시했었는데.

그 한량이 안나가 말한 특이한 심미안의 클라이언트일 줄이야.

"사실은 안나가 같이 오긴 했는데 상황이 좀 그래서 제가 대신 들고 왔어요. 화분은 저쪽 테이블 위에 올려놨어요."

"안나? 그게 누군데요?"

도무지 알아들을 수 없다는 얼굴로 남자가 되묻자 송연은 진심으로 난처해졌다. 아직 서로 통성명을 하지 않은 걸까.

딱히 안나도 클라이언트에 대해 별다른 설명이 없긴 했다. 그저 특이하다고만 했었지.

그때 송연을 구해 줄 목소리가 거실에 크게 울려 퍼졌다.

"송연아! 한송연! 어디 있어?"

이내 드레스룸 문이 열리고 그 사이로 안나가 등장했다. 그리고 남자와 두 눈이 마주쳤다.

"너 왜 핸드폰이 꺼져 있…… 뭐야? 이 웃통 깐 양아치는?"

124

"그러는 그쪽은 누군데요? 아니, 잠깐! 방금 나한테 양아치라고 한 거예요?"

"그러게 주차를 왜 그따위로 해요? 더불어 사는 세상에서 지 혼자 편하겠다고 남 배려 안 하는 게 양아치지 그럼 뭐예요? 내가 조수석 으로 내리면서 얼마나 고생했는지 알아요? 그리고 웃통은 왜 까고 있는데요?"

"내 집에서 그럼 웃통도 못 까요?"

"이 겨울에 퍽이나 시원도 하시겠네요."

남자가 소리를 빽 지르자 안나가 어이가 없다는 듯 위아래로 훑어 보았다. 콧날에서부터 복근을 거쳐 종아리 근육까지 부위마다 점수 가 매겨지는 게 귀에 들릴 정도였다.

첫눈에 주차장에서의 양아치를 알아보다니 대단한 눈썰미였다.

눈썹이 프리다 칼로야 뭐야. 뭐가 저렇게 짙어? 누가 들어도 들릴 만큼 안나가 크게 중얼거렸다.

"근데 여기가 왜 그쪽 집인데?"

"형 집이 내 집이지 그럼?"

어쩐지 성숙함과는 거리가 멀어지는 말다툼에 송연이 나섰다.

"안나야, 그만하고 나가자."

"송연아, 잠깐만 있어 봐. 이 집 주인이 형이라구요?"

"네! 권서건! 우리 형 집이라구요. 근데 내가 이걸 왜 설명하고 있 는 거야, 지금?"

"확실해요?"

"아, 그럼 직접 확인해 보든가요. 웃통 깐 양아치가 동생 권민건 이 맞냐고 물어보시라고요!"

왜 소리를 지르고 난리야. 따갑다는 듯 귀를 후비던 안나가 송연을 돌아보았다. 너 별일 없는 거지? 여전히 반나체인 남자를 턱짓으로 가리키며 묻자 생각에 빠졌던 송연이 고개를 들었다.

런던, 베트남 출장, 그리고 권서건. 연쇄반응처럼 기다렸다는 듯 뇌리를 스치는 아귀들이 하나씩 들어맞기 시작했다.

거실에 신문지를 깔고 자장면을 먹어도 'D'라고 답장을 보내는 남자가 그였다니.

특이한 심미안의 소유자가 다름 아닌 그 남자였다니.

"그럼 이 집 주인이라는 남자는 언제 돌아오는데요?"

송연이 묻자 두 사람이 동시에 돌아보았다. 그걸 네가 왜 궁금해하냐는 얼굴이었지만 송연은 그저 말없이 대답을 기다릴 뿐이었다.

피로한 밤 한가운데에 휘황한 도시의 불빛이 거리를 환하게 비추었다.

아직까지 굵직한 현안은 서건이 직접 챙겨야 했기에 어쩔 수 없이 오른 하노이 출장길이었다. 정신없이 휘몰아치는 일정을 마치고 돌아온 한국은 여전히 삭막했다.

"겉보기엔 멀쩡해 보여서 손님인 줄 알았는데 자꾸 집 앞에 서 있는 게 심상치가 않았다고 합니다."

수행비서 기욱의 말에 뒷좌석에 앉은 서건이 턱을 문지르며 대꾸했다.

"그래서."

"워낙에 경비가 철저한 곳이라 보안이 가서 살짝 제지를 한 모양입니다."

"나한테 한마디도 없이?"

"본래 바쁘시기도 하고 빌라 내부에선 드물긴 하지만 으레 있을법한 일이기도 하니까요."

몸이 피로할수록 말수가 극도로 줄어드는 서건을 잘 알기에 쥐 죽은 듯이 입국 절차를 밟던 참이었다.

그런데 공항에서 전화 한 통을 받더니 묘하게 그 긴장이 틀어지기 시작했다. 그건 근무하는 내내 오로지 서건에게만 집중하고 있는 기욱이기에 눈치챌 수 있는 미세한 변화였다.

정확히 말하자면 그건 충족이었다. 어떤 기대에 대한 도달.

서건은 분명 기분이 좋아 보였다. 빌라 보안센터에서 전화가 오기 전까지는.

일은 엄한 데서 질렀는데 왜 자신이 불편한 분위기를 감내해야 하는지 기욱은 억울하기까지 했다. 하지만 이럴 때일수록 사력을 다해 서건의 행동 하나하나에 열중하게 된다. 서건 밑에서만 8년. 저절로 그렇게 돼 버리고 만다.

"잠깐. 차 세워 봐."

마침 노란 불로 바뀌는 신호를 감지하고 서행을 하던 차에 뭔가를 발견했는지 서건이 말했다. 즉시 갓길에 차를 세우자 시트에 파묻었던 상체까지 일으키고 대상을 뚫어지게 보기 시작했다. 그의 시선이 머문 것은 맞은편 보도블록 위를 걷고 있는 여자였다.

"네 눈에도 저 여자가 잡상인으로 보여?"

맞은편 도로에 서 있는 송연을 가리키며 묻자 기욱이 난처한 얼굴로 대답을 하지 못했다. 당장 아는 분이십니까 묻고 싶었지만 도저히 그럴 얼굴이 아니었다.

서건의 집 앞을 서성였다는 사람이 저 여자인 걸까.

"음……."

별다른 말없이 신음만 하는 소리에 기욱의 시선이 다시 건너편 거리로 향했다. 행인 하나가 여자에게 말을 붙이고 있었다. 지극히 나이가 들어 보이는 너저분한 행색의 남성이었는데 한 손에는 주인과 다를 바 없어 보이는 노견의 목줄을 잡고 있었다.

4차선 너머의 도로라서 두 사람이 주고받는 소리까지 듣는 건 무리였다. 기욱은 직감적으로 자신이 나서야 할 때임을 깨달았다.

"제가 가 보겠습니다."

"됐어. 그냥 둬."

금방이라도 차 문을 열고 나설 줄 알았던 서건은 어찌 된 게 다시 시트에 몸을 파묻었다. 여전히 시선은 여자에게 향한 채로.

지금 뭐 하자는 거지, 한송연?


― 형! 내 말 놀라지 말고 잘 들어.


공항을 밟기가 무섭게 어디서 지켜보기라도 한 듯 민건의 전화가 빗발치기 시작했다. 두 눈이 너무 **뻑뻑**해 무시할까 하다가 근성을 부리면 골치가 아픈 녀석이라 마지못해 핸드폰을 받아 들었다.


― 런던 거지를 만났어. 그것도 형 집에서. 진짜 대박이지?

'그래.'

– 그래? 그게 다야? 형이 그새 까먹었나 본데 런던에서 내가 캐스팅하고 싶다던 버스커 있잖아. 그 여자를 형 집에서 만났다니까? 처음엔 형인 줄 알고 문을 열었는데 웬 여자가 서 있는 거야. 그래서 난 또 형이 숨겨 놓은 여친이라도 되는 줄 알았지. 반가운 마음에 깜빡하고 몸으로 마중을 나갔는데 친구 대신 꽃을 배달했다는 거야. 어쩜 이런 우연이 다 있어? 아니지, 이건 인연이야. 그래! 인연인 거야.

'몸으로 마중을 나가?'

– 지금 그게 중요한 게 아니고 그 여자랑 나랑 인연이란 게 핵심이라니까?

인연 같은 소리 하네. 지금 누가 누구랑 인연이라는 거야.

'골이 다 울린다. 쓸데없는 소리 할 거면 이만 끊자.'

– 잠깐만! 아직 할 얘기 남았다고!

'너 지금 한가하게 전화할 시간 있어? 귀국은 언제 한 거야? 그리고 본가로 안 가고 왜 거기로……'

– 에헤이, 또 장난 모드 발동하시네. 잠깐 들른 거야, 잠깐. 그러지 말고 내 얘기 더 들어 봐. 친구가 형 집으로 꽃 배달을 하나 본데 형이 언제부터 그런 쪽 취향이었어? 권서건이 꽃을 배달시키다니 놀라운 게 한두 가지가 아니야. 아무튼 그 말은 곧 정기적으로 형 집으로 올 수 있다는 소리잖아. 그럼 나도 그때 형 집으로…….

'누구 마음대로?'

– 아, 왜!

'비밀번호 바꿀 거니까 그리 알아.'

– 그 여자가 형 언제 귀국할 거냐고 물었단 말이야. 그건 앞으로도 배달할

때 같이 오겠다는 소린데 이 절호의 찬스를 지금 놓치라고?

그게 왜 그렇게 해석이 되냐.

'분명히 말하는데 이번 학기에 대학원 졸업 못 하면 네 인생을 졸업하게 될 거다.'

– 아, 또 인류애가 사라지려고 그러네. 갑자기 화제가 왜 거기로 튀냐?

'네 귀에는 내가 그냥 더럽게 할 일이 없어서 그냥 질러 보는 소리로 들리지?'

– 알았어, 알았다고 교수님을 칠 수 없으니 논문이라도 칠게. 한다고, 그깟 졸업!

영문을 알 리 없는 민건이 멋대로 해석하고 있었지만 서건은 그대로 전화를 끊었다.

언제 귀국하는지 물었다고 했다. 나쁘지 않은 진전이었다.

그런데 집 앞에서 보안에게 제재를 당했다는 소리를 들었다. 친구 대신 배달을 올 정도면 비밀번호도 안다는 소리인데 왜 밖에 서서 그런 꼴을 당한 건지. 무턱대고 기다려선 또 어쩌자는 건지. 수가 얕은 거 같기도 하고 절박한 것 같기도 했다.

대체 네 인생이 이렇게 덜컥거리는 게 뭐 때문이야. 아니면 누구 때문이지?

그렇게 집에 거의 도착했을 무렵 맞은편에서 걷고 있는 송연을 발견했다. 눈도 제대로 못 뜰 만큼 세찬 겨울바람에 짧은 머리칼이 몰아치며 얼굴 위를 쉴 새 없이 때리고 있었다. 성가신지 머리칼을 연신 쓸어 넘겼다.

널 발견한 내가 운이 좋은 걸까, 아니면 내 눈에 띈 네가 운이 나쁜 걸까.

그때 남루한 행색의 남자가 다가와 송연에게 목줄을 건네며 말을 걸었다. 송연이 고개를 내젓자 미련 없다는 듯 비틀대며 그녀 뒤의 연인에게 다가갔다. 남자가 똑같이 목줄을 건네자 그들도 난처한 얼굴로 머뭇거리더니 이내 고개를 저었다.

그러자 송연이 빠른 걸음으로 다가가 남자의 손에 들린 목줄을 낚아채듯 빼앗았다. 남자가 어색하게 웃으며 허공으로 뻗쳐 올린 팔로 어딘가를 가리키더니 인사를 꾸벅하고 사라졌다.

노견은 걸을 기운도 없는지 송연의 발 옆에 그대로 엎어져 두 눈만 끔벅거렸다. 가끔씩 그런 노견의 머리를 쓰다듬고 다정하게 속삭이면서 못이라도 박힌 듯 그 자리에서 주인을 기다렸다.

대체 언제까지 그렇게 서 있을 건데.

한참이 지났지만 주인은 돌아오지 않았다. 결국 겨울의 길 위에 송연과 노견만 남겨졌다.

"암만 봐도 주인이 개를 버리고 간 것 같은데요."

"아무래도 네가 가 봐야겠다."

"네. 여자분을 모셔 올까요?"

"아니. 개만 데려가."

"네?"

이건 또 뭔 소리야. 기욱이 몸을 틀고 서건을 돌아봤다.

"새 주인이라고 해. 뭐가 됐든 개만 데려가. 그렇게라도 안 하면 계속 기다릴 얼굴이야."

"그럼 개를 어디로……."

서건이 말없이 보자 기욱이 고개를 끄덕였다. 그런 것까지 말해 줄 필요 있냐는 말을 알아들은 것이다. 서건이 손을 내밀자 묵묵히 차 키를 건넸다.

이 추운 날 저 노견을 데리고 차도 없이 어디로 간단 말인가.

암담했지만 최대한 신뢰가 가는 얼굴로 여자에게 다가가 새로운 개주인이라고 자신을 소개했다.

"금방 돌아오겠다고 하셨어요. 개가 나이가 들어 기운도 없으니 물지도 않을 거라고 잠시만 맡아 달라고 하셨거든요."

순진한 거야. 어디 모자란 거야. 곧이곧대로 그 말을 믿다니 이 아가씨 보기와 다르게 맹한 구석이 있네.

"사실은 제가 입양하기로 한 사람이거든요. 이 근처에서 만나서 넘겨받기로 했는데 길이 어긋났네요."

하하하. 스스로도 어색한 웃음을 짓자 여자가 미심쩍은 얼굴로 물었다.

"구매하신 거예요?"

"네?"

"입양하셨다면서요. 돈 주고 사신 거냐구요."

"아뇨. 그건 아닙니다."

기욱은 주인과 금전 거래는 물론이고 대면조차 한 적이 없으니 엄밀히 따지면 거짓은 아니었다. 최대한 단호하고도 명쾌하게 대답했지만 그녀는 여전히 불신의 눈빛이었다.

"그럼 연락처를 주시겠어요? 아무래도 지금은 그 방법밖에 없는 것 같아서요."

도대체 개를 맡긴 주인에겐 군소리 없이 응하는 것 같더니 입양하겠다는 자신에겐 왜 이렇게 뾰족하게 구는지 알 수가 없었다. 순순히 휴대폰 번호를 일러 주고 전화까지 주고받고 나서야 목줄을 넘겨받을 수가 있었다.

"그럼 전 이만."

묵례를 하고 돌아서는 기욱에게 여자가 조용히 말했다.

"또 버릴 거면 입양하지 말아 주세요."

아주 작은 소리라 겨울바람에 묻히고 말았다.

"네? 무슨 소린지 잘……."

"이번엔 버리지 말고 잘 키워 주셨으면 좋겠어요. 원주인은 아니지만 대신 부탁드려요."

그 순간 기욱은 여자에게 강한 호기심을 느꼈다. 그건 이성으로서가 아닌 한 인간에 대한 순수한 궁금증이었다. 심지어 어디서 본 건지 얼굴까지 눈에 익었다. 한눈에 알아보지 못했지만 아무리 생각해 봐도 처음 본 얼굴이 아니었다. 대체 어디서 본 거지?

그리고 건조하기 이를 데 없지만 어딘가 슬퍼 보이는 여자와 서건이 엮이게 된 접점이 몹시 궁금해졌다. 서건에게 물으면 대답해 줄 리 만무하니 일단 답답한 마음은 접어 두기로 했다.

언젠가 어떠한 계기로든 곧 알게 될 것임을 그동안의 경험으로 익히 알고 있기 때문이었다. 기욱의 모든 관심이 서건에게 집중되어 있는 한 반드시 알게 될 것이다. 길 위에서 만난 여자의 정체를.

그러니 지금 이 순간 기욱이 가장 신경 써야 할 건 걷기조차 귀찮아하는 노견의 행선지였다. 이번엔 기욱과 노견이 길 위에 남겨졌다.

－어디냐.

"호텔이에요."

질문에 답하고,

－몸이 괜찮겠니? 마음이 아파서 견딜 수가 없구나. 그렇게 왜 말을 안 들어서 애비를 화나게 만들어.

"괜찮아요. 방법이 있겠죠."

회유에 거짓을 말하고,

－그래. 모처럼 마음에 드는 대답을 하는구나. 총장님 잘 모셔야 한다. 네가 잘만 닦아 놓으면 훌륭한 디딤돌이 될 게야. 예쁜 건 예쁜 것으로 할 일을 다 해야지. 애비는 널 믿는다.

"네."

강요에 눈을 감았다.

아마도 한중호는 어두운 서재에서 안광을 번뜩이며 앉아 있을 것이다. 안경을 추켜올리며 광기를 감추고 자알리톨 껌처럼 반듯한 앞니를 드러내며 웃고 있을 모습이 보지 않아도 알 수 있었다.

당선을 꿈꾸며 피부과 시술을 받고 치아까지 갈아 버린 인간. 한중호의 철저한 계산속에 처참하게 깨지고 피를 흘리는 건 송연이었다.

그런데 어찌 된 영문인지 한중호는 여전히 홍 총장과 관계를 지속하고 있다고 믿고 있었다. 그 말은 곧 총장이 입을 열지 않았다는 소리인데……. 총장은 한중호가 원하는 무엇을 순순히 내준 걸까.

"길바닥이 언제부터 호텔이었어?"

드디어 그가 왔다. 송연은 숨을 꾹 참고 눈앞의 그를 바라보았다.

134

서건은 모자를 쓰고 있었다. 운동을 하고 오는 길이라고 했다.

대체 베트남에서 언제 귀국한 거지? 분명 오늘 저녁이라고 했는데. 적을 알아야 공략이 가능한데 형편없는 정보력이었다.

"우리가 이웃사촌은 아니고 여기까지 어쩐 일이야?"

그가 묻는 말에 허리에 힘을 주고 어깨를 폈다. 덕분에 여미지도 않은 코트의 앞섶이 느슨하게 벌어지면서 안에 입고 있던 원피스가 드러났다.

이 날씨에 코트 깃을 바짝 세워도 모자랄 판에 속옷이 비치는 얇은 레이스 원피스라니. 당장에 헐렁하고 얇은 코트부터가 보온을 기대하기 어려워 보인다.

넌 대체 언제까지 여기 서 있을 생각이었던 거지?

송연은 기욱이 사라진 그 길을 한참을 보고 서 있었다. 그 모습을 지켜보다 도저히 안 되겠다 싶어 콘솔박스에서 모자를 찾아 눌러 쓰고 송연에게 다가갔다. 일부러 운동까지 하고 온 길이라고 거추장스러운 설명까지 덧붙이면서.

사실 그녀와 마주하자 피곤에 찌든 몸을 트레드밀 위에 올려 한계치를 넘어선 초흥분 상태가 된 것 같은 착각이 들기도 했다.

"만나러 왔어."

"나를?"

다른 핑계를 댈 줄 알았는데 시작부터 솔직했다. 서건은 날 선 바람에 멋대로 나부끼는 그녀의 머리칼을 넘겨 주고 저 허술해 보이는 코트 대신 자신의 것을 입혀 주고 싶었다.

"집은 어떻게 알아냈는지 안 물어봐?"

"너도 나한테 묻지 않았으니까."

프렌치 디너를 먹은 그날 밤 그는 자연스럽게 송연의 집으로 차를 몰았다. 서건은 주소를 묻지 않았고 송연 역시 내색하지 않았다.

"그래서 계속 이렇게 길 위에 세워 둘 거야?"

"그건 내가 할 소리 같은데. 이번에도 세워 놓고 튀려고?"

"잊었나 본데."

송연은 천천히 그에게 다가섰다. 추위에 지친 행인들과 차들의 부산한 경적 소리가 아득해졌다. 소음이 전멸한 세계에 오로지 그와 그녀, 두 사람만이 존재했다.

"분명히 앞으로 밤은 많다고 했잖아."

"그건 일방적인 너의 말이지."

"그래서 연락 안 한 거야? 호텔까지 찾아와 우연인 것처럼 가장하던 그 객기는 모두 어디 간 건데?"

"마치 내 연락을 기다리기라도 한 것처럼 말한다?"

"그랬다면. 핸드폰을 보고 또 보고 기다렸다면?"

"갑자기 노선을 바꾸니까 어지럽기까지 해. 계기가 뭐야? 알고나 있자."

"이상형이야."

그의 모자로 향하던 손목이 그대로 붙잡혔다. 아까부터 그의 눈을 가리고 있는 것 같아 거슬렸다. 송연은 자꾸만 묘하게 어긋나는 것 같아 마음이 다급해졌다.

그가 알 수 없는 눈빛으로 말없이 내려다보고 있는 걸 느끼자 침을 삼키는 목구멍이 저릴 만큼 간질간질거렸다.

"의도는 돋보였는데 식상해. 이건 너무 뻔하잖아. 넌 좀 다를 거라 생각했는데."

가차 없는 시선이 송연에게로 날라들었다.

굳이 모자를 벗지 않아도 이젠 알겠다. 그는 처음부터 이런 눈으로 자신을 보고 있었던 것이다. 애초에 그를 낚은 것이 섹스였다면 계속 붙들 수 있는 건 무엇일까. 내밀 수 있는 카드가 없었다.

"집이 싫으면 호텔로 갈래? 아, 거기가 싫으면⋯⋯."

서건이 턱을 살짝 들어 올리자 숨은 눈빛이 드러났다. 그는 좀 질린다는 표정이었다.

"넌 너를 좀 아껴야겠다."

송연의 귀에 그의 말이 눌러앉더니 그대로 칼이 되어 그녀를 찔렀다.

"당신 돈 많다면서? 그래서 이상형이라는데 뭐 잘못됐어?"

"그런 넌 뭐가 그렇게 가난하고 부족한데?"

"돈을 말하는 거야? 아니면, 마음을 말하는 거야?"

"그럼 질문을 바꿔서. 도대체 뭐가 널 이렇게 노골적이게 만드는 거지?"

"어차피 뭐가 됐든 상관없잖아. 그쪽이야말로 갑자기 고상하게 굴지 말고 꾸준히 솔직해져 봐."

내 몸 원한 거 아냐? 그래서 돈만 주면 기꺼이 올라가 준다고, 당신 침대에.

그의 침묵으로 명치가 뻐근할 정도로 속이 얹힌 기분이었다.

결국 자기 자신은 스스로 달래는 게 가장 좋았다. 구구절절 털어놓은들 누구도 내가 될 수 없었다. 모든 것들에는 분명 그럴 수밖에 없는 이유가 존재한다지만 송연은 일일이 설명할 생각이 없었다.

그가 미처 숨기지 못한 동정의 시선을 보내기라도 한다면 그땐 정말 자신의 처지가 비참해질 것 같아서였다.

서건은 그대로 송연을 스치고 지나갔다. 마치 마주한 적 없는 낯선 행인처럼 멀어지고 있었다.

이대로 끝인 걸까. 기껏 단 한 번의 밤으로 그를 붙잡을 수 있다고 생각했다니 결국 객기를 부린 건 자신이었다. 송연은 조금 실망했고 실망하는 스스로 때문에 더욱 실망했다.

"고작."

돌아보니 그가 자신의 외투를 벗고 있었다. 서건은 다시 다가와 송연의 어깨 위로 자신의 것을 둘렀다. 이불처럼 뒤집어쓴 옷에서 그의 냄새와 체온이 느껴졌다.

"이 정도로 날 엮을 수 있을 거라 생각한 건가?"

여전히 웃지 않은 여자가 그를 올려다보았다. 생기 잃은 얼굴로 이상형이라고 말하면서 선뜻 그의 안으로 들어서지도 못한 채.

"왜 이렇게 서 있어? 절박하면 붙잡아야지."

"당신이 올 줄 알았으니까."

그가 어이가 없다는 듯 웃자 송연의 입가에도 쓸쓸한 미소가 떠올랐다 사라졌다.

"방금 느낀 건데 아무래도 스토킹에는 소질이 없는 것 같아."

"정성이 없으니 별로인 거야. 이참에 정성을 좀 키워 보지 그래? 앞으로 내 전화를 받고 나와 만나고 밥을 먹고 낮과 밤을 보내. 그리고 매 순간 최선을 다하고 있는지 너조차 의심이 되어 강박감으로 짓누르기 직전까지 나에게 집중해. 지금부터 우린 서로에게 솔직해지는 거야. 그러니까 결정해. 차는 건너편에 있어."

서건은 천천히 송연을 향한 지배의 촉수를 세웠다. '너'라는 목표를 정하고 그 행간을 차근차근 계획하면 쉽게 얻을 수 있었다.

그의 인생은 늘 그랬다. 원하는 것 이상으로 당연하듯이 얻었고 큰 장애 없이 물 흐르듯 살아왔다. 그녀 스스로 해결하게 하면 훨씬 더 좋은 선택을 하게 된다. 처음부터 송연을 향해 세운 계획이었다.

하지만 갈수록 조바심이 일었다. 마지못해 내미는 손을 성마르게 재촉하는 것만 같은 기분을 애써 떨쳐 내며 자신의 옷에 파묻힌 송연을 바라보았다.

너의 그 궤도 안에 나도 포함이라면 기꺼이 응해 주지. 뭐가 됐든 상관없으니까.

이번엔 정말 미련 없이 돌아섰다. 그러자 키 작은 그림자가 따라 붙었다. 송연은 그렇게 서서히 그의 안으로 들어서고 있었다.


길바닥 호텔보단 집이 낫겠지.

차를 출발시키며 그가 한 말이었다.

짙은 어둠 속 네온사인만이 도로를 밝히는 시간. 거실 통 창 너머로 검은 강물 위에 아른거리는 불빛이 다른 생각 할 여유 없는 송연을 그나마 몰두할 수 있게 했다. 지금 이 밤을 활개 치는 건 송연을 향한 그의 욕망과 그녀의 또 다른 욕망이었다.

간접 조명이 켜지고 야경을 등지고 돌아서자 서건이 잔을 건넸다. 자극적이도록 붉은 와인을 아주 천천히 입안으로 흘려 삼켰다.

글라스가 콧잔등을 덮는 동안에도 그에게서 눈을 떼지 않았다.

"넌 참 억울하겠어."

송연이 잔을 내밀자 받아 든 서건이 단숨에 삼켰다.

잔을 내려놓은 그가 다가왔다.

"조금만 더워도."

어깨에 걸쳐져 있던 그의 외투가 바닥으로 떨어졌다. 송연의 코트 역시 힘없이 그 뒤를 따랐다.

"살짝만 부끄러워도."

그의 손에 목덜미에서 시작된 원피스의 지퍼가 벌어졌다. 타이트한 레이스 원피스는 옷을 입은 게 아니라 바른 수준이었다. 코트 더미 위로 떨어지는 원피스를 보며 서건은 눈살을 찌푸렸다. 누가 됐든 한 놈은 봤을 생각에 열기가 치솟았다.

"지금처럼 당황해도."

좋지 않은 그의 기색에 정작 송연은 영문을 모르겠다는 얼굴이었다. 그런 그녀의 입술을 엄지손가락으로 덧그리며 한 발자국 더 다가섰다. 더 이상 파고들 수 없을 만큼 둘 사이가 밀착되었다.

"붉게 물들잖아. 이러다 다 들키겠어."

"그러는 당신은 뭐가 이렇게 자연스러운데?"

그의 손이 어깨 위의 브래지어 끈을 밀어냈다. 껴안듯이 등 뒤로 간 그의 손에 후크는 쉽게 열렸다. 헐거워진 것도 잠시 벗은 어깨 위로 그의 입술이 내려앉았다.

"내가 지금 얼마나 기를 쓰며 말하는지 안 느껴지나?"

"거짓말."

그의 손이 젖가슴을 움켜쥐자 흡 숨을 들이켰다. 한 손에 넘치듯 짓뭉개지는 살 무덤이 그의 손길에 멋대로 흔들렸다.

"한송연."

그가 유두를 비틀며 송연을 향해 고개를 숙이자 그의 목을 두 팔로 감았다.

"널 빨고 싶어."

그대로 입술로 내려앉을 줄 알았던 그의 얼굴이 가슴으로 향했다. 이번엔 그가 송연 앞에 무릎을 꿇었다.

젖가슴을 한 입에 쪽 빨아 삼킨 그의 혀가 원을 그리며 유륜을 훑아 올리자 있는 대로 예민해진 유두가 뾰족하게 솟아올랐다.

서건은 그걸 아주 달게 빨기 시작했다. 살과 혀가 부대끼는 소리가 여과 없이 들려오면서 타액으로 번들거리는 젖꼭지가 더없이 선정적으로 보였다.

몰아붙이는 입술에 지탱하지 못하고 한두 걸음 물러서다 보니 등 뒤로 유리창의 서늘함이 느껴졌다. 흥분 때문인지 갑작스런 냉랭함 때문인지 송연의 몸이 파르르 떨렸다.

"하아…… 벌써부터 느낌이 이상해."

"듣던 중 반가운 소린데."

자신의 가슴골에 얼굴을 묻고 살 냄새를 깊게 들이마시는 그를 내려다보자 묘한 감정이 일었다. 그건 육체적인 만족을 넘어선 정신적인 쾌감이었다. 오만하고 자신만만한 그를 무릎 꿇릴 수 있는 사람은 자신뿐이란 생각에 밑이 울컥거렸다.

"이런, 벌써부터 흘리면 안 되지. 아직 시작도 안 했는데."

"이미 알고 있어서, 그래서 더 흥분돼."

런던에서 그날 밤 당신이 날 그렇게 만들었잖아. 속삭이는 소리에 그의 손이 미세하게 움츠러드는 허벅지 사이로 파고들었다.

두 손으로 스타킹을 북 찢어 버린 그가 한참을 그대로 있자 그 모습이 너무 외설스러워 송연의 다리가 저절로 모아졌다.

자리에서 일어선 서건이 입술을 부딪치며 팬티를 헤집었다.

"거긴……."

"여기가 왜."

"거긴 너무……."

"엄청 젖었어. 그리고 따뜻해. 이 안에 얼른 묻고 싶어서 견딜 수 없을 만큼."

그의 엄지손이 음핵을 지그시 눌렀다. 물컹하게 젖은 그것이 잦게 뛰고 있었다. 예민해진 살점이 벌써부터 움찔거리며 그의 삽입을 재촉하고 있었다. 밑에서부터 쓸어 올린 손길에 송연이 예민하게 반응했다.

애액에 젖은 손을 치구에 비벼 대며 그가 뜸을 들이자 송연이 다시 한 번 그의 목을 두 팔로 감으며 그에게 매달렸다. 그건 의지와는 상관없는 견디기 힘든 조급함이었다.

서건은 두 눈을 그녀에게 고정한 채 가운데 손가락을 여성 안으로 집어넣었다. 미세하지만 분명하게 느낄 수 있는 내벽의 돌기를 찾아내어 집요하게 자극하기 시작했다.

"여기였어?"

꾸밈없는 신음 소리에 만족감이 차오르는 걸 느끼며 입을 맞추었다. 키스는 부드러웠지만 그 아래 송연의 내벽을 쑤셔 대는 손은 더없이 거칠었다.

단단하게 팽창한 그의 팔 근육을 붙잡고 도무지 적응이 될 것 같지 않은 낯선 감각에 몸부림쳤다.

"흐핫! 어, 어떡해…… 나……."

작게 몽글거리며 어딘가 간지러운 것 같기도 한 열락은 그의 쉬지 않은 공략에 순식간에 터져 오르며 잔잔히 부서졌다.

커다란 파도처럼 눈 깜짝할 사이에 아찔한 쾌감이 밀려와 송연을 고스란히 덮쳐 버렸다.

"팔 올려."

그에게 두 손목이 붙잡힌 채 그대로 머리 위로 결박당했다. 송연이 가쁜 숨을 내쉬며 아랫입술을 윗니로 살짝 물자 서건이 사납게 으르렁거리며 입술을 삼켰다.

으음. 채 삼키지 못한 신음 소리가 송연의 목 안으로 잠겼다. 타액으로 젖은 송연의 입술이 마음에 들었는지 얼굴을 든 그가 쪽 하고 입 맞추었다.

"침대로 가고 싶어."

잔뜩 힘을 주고 서 있었던 탓에 그제야 종아리가 뻐근해지는 걸 느꼈다. 보지 않아도 스타킹 속에 숨은 발가락까지 하얗게 질려 있을 거란 걸 알 정도였다.

송연의 모든 것이 지나치게 긴장되고 흥분해 있었다.

"불은……."

"어두운 게 좋겠지."

그의 품에 안겨 침실로 향하던 송연이 그를 보았다.

"알고 있으니까."

어두운 섹스가 취향이라면 기꺼이 맞춰 줄 것이다.

시야가 차단된 침대 위에서 오로지 촉감과 냄새만으로 파고들 수 있는 그녀의 안은 대단히 좋을 테니까. 미칠 것 같았던 지난밤의 기억이 떠오르자 벌써부터 허리 아래로 피가 쏠렸다.

"위에서 보면서 하고 싶어."

침실로 들어서자 송연은 대치했다. 그의 아래에 누워 어쩌지를 못하고 그가 이끄는 대로 온몸을 맡기는 게 민망했다.

한 번쯤은 주도하고 싶었다. 이 밤의 주인은 그가 아니라 자신이 기를 과감히 바라 본다.

"오기 부리지 마. 너만 손해야."

"그건 두고 보면 아는 거잖아."

아! 이 비슷한 말을 했던 너를 잘 알지. 그렇게 말해 놓고 뒤도 안 돌아보고 떠났던 너를.

서건이 두 손을 들어 올리자 이번에도 그의 어깨를 내리눌렀다.

내가 너에게 엄격해질 수 있을까. 눈으로 묻자 송연은 의미심장하게 웃었다.

"벗어."

등 뒤로 니트를 잡아 올려 머리 위로 벗어 던진 그가 팔꿈치로 상체를 지탱했다. 반 눕다시피 한 그의 가슴을 밀어내고 벗은 살 위로 느리게 기어 올라갔다. 마치 앙큼하고 도발적인 고양이 같은 몸짓에 그녀를 보는 두 눈이 더욱 짙어졌다.

기대감으로 치미는 흥분이 고스란히 페니스로 쏠려 어서 빨리 그녀 안으로 밀어 넣고 싶었다. 이런 그의 마음을 아는지 모르는지 벨트의 버클을 푸는 손길이 더 없이 더디기만 했다.

"날 피 말려 죽일 생각이면 이미 성공이야."

"원래 소풍 가기 전날 밤이 제일 두근거리는 거 몰라?"

이건 또 무슨 깜찍한 소리지?

이 와중에도 피식 웃게 만드는 너는 정말.

"아, 이런. 잠깐."

별안간 든 생각에 침대 옆 콘솔로 손을 뻗으려는 서건의 손을 송연이 붙잡았다.

"이번엔 내가 해."

미리 피임약까지 삼키고 맞이한 이 밤이었다. 서건은 송연의 눈을 읽었다. 이럴 수밖에 없었던 어떤 마음이 그녀 안에 있었다.

"내가 말했었나?"

"지금 그럴 정신이……."

"너 미치게 섹시해. 내가 의욕만 앞서는 사춘기 중학생이었으면 벌써 쌌을 정도로."

다리를 벌리고 서건을 올라탄 송연이 그의 페니스를 붙잡고 그대로 밀어 넣었다. 정확히 꿰뚫어지면서 빠듯하게 조여 오는 질벽에 어쩔 도리 없이 신음이 터져 나왔다. 목소리가 저음인 남자의 신음 소리가 귀에 박힌다. 그의 것을 핥아 올리자 참아 내던 그 표정이 동시에 떠올라 송연을 뜨겁게 달구었다.

"흐읏…… 하…… 아……."

그의 신음을 듣고 있으면 저절로 팬티 안으로 손을 집어넣고 싶어졌다. 클리토리스에 조금만 압박을 줘도 금방 달아오를 만큼 자극적이었다. 송연이 서서히 허리를 움직이며 앞뒤로 문지르기 시작하자 가슴이 탄력 있게 원을 그리며 흐트러졌다.

넣을 때의 너의 표정, 눈을 가라뜨고 입술이 벌어지면서 그 사이로 보였을 분홍빛 혀. 그리고 지금 이 순간. 그녀의 모든 것이 서건을 미치게 만들었다.

"하으……."

송연은 조금 힘에 부치는지 두 팔로 그의 가슴을 짚고 상체를 숙였다. 어두운 침실이라 표정을 읽을 순 없지만 그래도 얼굴이 가려지는 건 싫었다.

그녀의 두 손에 깍지를 끼고 서건이 밑에서부터 허리를 쳐올리며 밀고 들어갔다. 그가 허리를 튕길 때마다 송연의 전부가 흔들렸다.

이미 들켜 버린 송연의 스팟을 집중적으로 문지르며 찔러 대자 금세 신음 소리가 날카롭게 변했다. 그의 손이 붙잡고 있지 않았다면 진작 허물어졌을 만큼 강하고 지속적인 결속이었다.

"그, 그만!"

"정말 그만하길 원해?"

"흐…… 아…… 더 이상은…….."

"아직 멀었어. 너도 이젠 알잖아."

우리의 밤은 지금부터 시작이란 걸. 날 애태운 대가 정도는 각오했어야지. 송연의 허리를 낚아채듯 붙잡은 서건이 순식간에 그녀 위로 올라탔다.

"넌 어떻게 허리가 이렇게…….."

오목한 굴곡미가 느껴지는 잘록한 여체가 감탄스러울 만큼 아름다웠다. 그 와중에도 빼지 않고 그대로 쑤셔 대는 그의 페니스에 송연은 침대 위에 누운 사실도 잊은 채 밀려오는 충족감에 정신을 차릴 수가 없었다.

닿고 싶다. 아무리 밀어 넣어도 부족했다. 숨이 넘어가게 느리게 시작해서 뒷골이 당길 정도로 속도를 올리며 그녀 안에서 무한한 변주를 하면서도 서건은 만족스럽지가 않았다.

왜 넌 가질수록 더 부족한 거지?

가녀린 두 발목을 붙잡고 그대로 벌리자 그녀 안으로 질컥거리며 파고드는 검붉은 기둥이 보였다. 허리를 세우고 둔덕에 잔뜩 힘을 주자 송연의 목이 꺾였다.

두 손으로 바르작거리는 허리를 붙잡고 더 이상 밀착할 수 없을 만큼 쳐올렸다.

비로소 나에게 딱 맞는 조각을 찾았다. 넌 차갑지만 내가 널 녹일 테니 결국 우린 맞춰질 것이다.

시트를 꽉 움켜쥐고 있는 작은 손을 깨물고 그녀 안으로 묻고 또 묻었다. 가쁜 숨을 내쉬며 허공을 향하던 두 눈이 서건에게로 돌아왔다.

"깊게 뿌려 줘. 지금 당신 느껴 보고 싶어."

분홍빛 혀를 내밀어 입술을 적시며 속삭이는 말에 서건을 붙들고 있던 마지막 끈이 뚝 하고 끊어졌다. 목에 핏대가 서고 움푹 파인 근육과 혈관이 급속도로 수축했다.

납작해진 복근을 있는 힘껏 끌어 모으고 강렬하게 몰아치는 쾌감이 절정에 다다라서야 서건은 사정했다.

그게 무엇이든 지금껏 한계를 느껴 본 적 없었다. 그런데 분명 좋았다고 생각했던 송연과의 첫날밤이 어느새 가물거릴 만큼 강렬한 지금이었다.

"한 번 더 하자."

그의 말이 어지간히도 놀랐는지 질벽이 움찔거렸다. 덕분에 아직 빠지 않은 그의 것이 그녀의 수축에 바로 반응했다.

"끝난 거 아니었어?"

진심이냐고 묻는 순진한 눈망울에 장난기가 동했다.

"고작 한 번에?"

"그렇지만……."

147

"이렇게 쉽게 끝낼 밤 아니잖아. 차차 더 알게 되겠지만."

이제 겨우 행위의 의미를 알려 주었을 뿐이었다. 이젠 그를 확인 시켜 줄 때였다. 그의 밤은 길고 멈추지 않을 테니.

햇볕이 사납지 않은 계절의 늦은 오후, 침실 한 면을 차지하는 커 다란 창으로 붉은 기운이 배어들었다. 어쩌면 해가 짧은 겨울의 이 른 해 질 녘 노을일지도 모른다.

송연은 강물에 노을빛이 반사하며 이루는 물비늘을 실눈을 뜨고 바라보았다. 푹 자고 일어났더니 하루를 두 번 산 기분이었다.

이대로 그의 체취가 배어 있는 시트에 몸을 묻고 다시 잠을 청하 고 싶었다. 잠을 자고 또 자도 눈이 자꾸만 감겼다. 무작정 내일의 나에게 모든 걸 미루고 싶은 하루의 시작이었다.

잠깐, 하루의 시작? 지금이 하루의 시작이라고? 그 순간 정신이 번쩍 들었다. 대체 몇 시간을 잔 거지?

*'잘 자. 한송연.'*

아득하게 들려오는 그의 인사를 끝으로 잠이 들었었다. 그게 아 마도 동이 틀 무렵의 새벽이었던 것 같은데. 아무리 그래도 반나절 을 무방비 상태로 잠에 빠져들다니.

흘러내리는 시트를 붙잡고 자리에서 일어섰다. 침대는 비어 있었 고 그는 보이지 않았다. 핸드폰을 찾았지만 그것 역시 찾을 수가 없 었다.

이쯤에서 남은 속옷을 마저 벗었던 것 같은데. 침대 밑으로 발을 내리던 순간 송연은 멈칫하고 말았다. 침실은 밝았고 그녀는 실오라기 하나 걸치지 않고 있었다.

모두 드러난 자신의 나체를 그도 보았을까. 여전히 멍이 가시지 않아 눈을 돌리고 싶은 몰골의 벗은 등까지도.

*'그의 주위를 계속 맴돌면서 관심은 또 덜 주는 거야. 그러면 비교적 공략이 쉬워져.'*

언젠가 증명된 적 없는 개똥철학이라며 깔깔거리던 안나의 말이 떠올랐었다. 남자에 관해선 경험도 방법도 모르는 송연이 당장 할 수 있는 건 그의 주위를 맴도는 것뿐이었다.

하지만 송연이 간과한 것이 있었으니 정작 그의 연락처를 모른다는 것과 그녀에겐 남은 시간이 얼마 없다는 사실이었다.

휴대폰 번호를 알려 줬을 뿐 그의 번호를 저장하지 못했을 만큼 어수룩했다. 그래서 무작정 그의 집 앞에서 기다렸다. 비밀번호를 알고 있다고 해서 감히 집 안으로 들어갈 생각은 하지 않았다.

그럴듯한. 그럴듯한 연애. 그걸 하자고 하면 그는 어떤 표정을 지을까. 송연에게 지금 가장 필요한 건 그럴듯한 눈속임이었다.

얼마간의 시간을 벌 수만 있다면 더없이 좋겠지만 그러기엔 지완의 메시지가 송연을 초조하게 만들었다. 결국 도발까지 하며 감행한 어젯밤이었는데 그가 본 것일까.

어두운 건 싫지만 그에게 한중호의 흔적을 들키고 싶지 않았다.

그래서 조금이라도 침실이 어둡기를 바랐던 건데. 이젠 모두 소용이 없어졌다.

"이거 찾아?"

문이 열리고 그가 서 있었다. 그의 손에는 송연의 옷가지와 핸드폰이 들려 있었다.

"그게 왜 당신 손에 있어?"

"오후 내내 전화가 미친 듯이 와서. 넌 자고 있었고 난 깨우고 싶지 않았거든."

"혹시…… 받은 거야?"

"역시 그럴 걸 그랬나?"

밤을 같이 보낸 사이라고 해서 송연의 전화를 대신 받아도 되는 권리는 없었다. 다만 그녀가 깨기 전에 침실에서 치우는 게 우선이었는데 잠시도 쉬지도 않고 울려 대는 핸드폰이 심상치가 않았다.

저장도 되어 있지 않은 발신처가 궁금하지 않다면 거짓이었다.

대체 누가 너에게 이런 식으로…….

"일단 뭐 좀 먹자."

서건은 한 발 뒤로 물러서는 걸 택했다. 묻는다고 해서 대답을 할 것 같지도 않았다. 며칠 밤을 지새운 사람처럼 자고 일어난 그녀에게 껄끄러운 질문보단 식사가 필요했다.

"안 그래도 배가 고파서 혼났어. 지금 같아선 뭐가 됐든 다 먹을 수 있을 것 같아."

아무렇지 않은 얼굴로 대답하는 송연에게 서건은 옷을 건넸다. 그리고 조용히 방을 나갔다. 닫힌 방문을 보며 송연은 한참을 그대로 서 있었다.

그는 묻지 않았다. 핸드폰 발신자도 그리고 멍이 든 등에 대해서도. 이미 거리낄 게 없는 사이인데 뒤늦은 매너라도 부리기로 한 건지 그녀가 편하게 옷을 입을 수 있도록 방을 나갔다.

어쩌면 그녀가 불편할 수도 있을 모습에서 그가 먼저 배려하고 있는 것일지도.

"이번엔 내가 안내할게."

여전히 레이스 원피스가 못마땅한 서건에게 송연이 씩 웃었다.

"라면 좋아해? 바로 코앞이 한강인데 나가서 먹는 게 어때?"

라면? 그가 조금은 놀란 얼굴로 되물었다. 슬슬 어둠의 장막이 깔리기 시작한 늦은 오후이니 아직은 산책 등을 하며 몸을 움직이는 사람들이 있을 것이다.

자판기에서 끓인 라면을 받아 들고 면발을 후르르 삼키면 평소엔 불편한 이 남자에게 조금은 익숙해지지 않을까. 자고로 라면은 추운 한강에 앉아서 먹어야 제맛이긴 한데……

"혹시 한 번도 안 먹어 본 건 아니지?"

차 키를 챙기던 서건이 굳이, 라며 말을 흘렸다.

정말이야? 송연은 놀라지 않을 수가 없었다.

"여태 라면도 안 먹어 보고 인생 헛살았네."

"고작 라면 하나에 인생을 운운할 것까지야."

"한 개 끓여서 둘이서 먹는 라면이 얼마나 맛있는데 여태 그 맛을 모르고 산 거잖아."

"듣고 보니 끌리긴 하네."

"정말?"

"그 맛있다는 둘이서 먹는 라면 너랑 같이 먹는 거면 끌린다고."

그가 현관문을 열고 서자 송연이 고개를 숙이며 그 앞을 지나갔다. 어쩌지 못하는 표정을 숨기는 기색이 역력했다.

"너 이런 말 좋아하는구나?"

"아냐."

"에이, 맞는데? 같이, 함께, 우리 뭐 이런 말 좋아하는 거 같은데?"

"라면 안 먹을 거면 다른 걸 먹든가."

괜히 말을 돌리는 송연의 손을 잡은 서건이 힘차게 흔들었다.

"그럼 우리 마주 보고 앉아 함께 맛있는 거 먹으러 갈까? 생각만 해도 좋은데? 너랑 같이 먹는 밥."

"장난치지 말고."

놀리는 기색이 역력한 서건에게 살짝 눈을 흘리자 그가 고개를 숙였다. 그리고 송연의 귓가에 입술을 대고 느른하게 속삭였다.

"이렇게라도 안 하면 자꾸만 다른 생각이 들 것 같아서 말이야. 다시 침대 위로 가자고 하면 네가 곤란하잖아. 그러니까 일단 먹자고. 너 말고 밥."

조수석 문을 대신 닫아 주고 차머리를 돌아오는 그를 보며 송연은 인정했다. 평소엔 도무지 편해지지 않을 것 같은 남자. 그에 대한 생각은 당분간 바뀔 것 같지 않았다.

"여기 셰프가 너한테도 맞을 것 같아서."

서건의 차가 멈춰 선 곳은 도산공원 근처에 위치한 이탈리아 레스토랑이었다. 아마 그와 함께가 아니었으면 범접할 수 없는 외관에 그 앞을 지나치기만 했을 곳이었다. 평생 그는 라면 대신 몇 가닥 되지도 않은 이런 파스타를 삼키고 살아왔겠지.

지금 서건에게 거리감이 느껴지는 건 그와의 관계에 대한 지나치게 이입한 감정 탓이었다. 송연은 발현되려고 하는 잡생각들을 꾹 눌렀다.

그의 바람과는 반대로 별맛도 느껴지지 않은 식사가 무미건조하게 끝났다. 서건은 송연의 의자를 빼 주고 자연스럽게 허리에 손을 둘렀다. 누가 봐도 지극히 친밀한 연인 사이처럼 보였다.

"손님, 죄송하지만 예약을 하신 분에 한해서만 식사가 가능하십니다."

기념일인지 케이크 상자를 들고 서 있는 커플에게 매니저가 입구에서부터 철통 방어를 시전하고 있었다. 지금이라도 예약이 가능하냐는 말에 매니저는 이 달은 이미 완료라고 답했다. 곳곳에 빈 테이블이 보였지만 대답은 단호했다.

송연은 서건이 미리 예약을 해서 가능한 식사였다고 생각되지 않는다. 결국 사람 봐 가면서 밥장사 하는 곳인지 그녀의 말투에 가시가 돋쳤다.

"저렇게 콧대를 세울 만큼 특별히 맛있는 것 같지도 않은데 왜들 그렇게 기다리면서까지 먹으려고 하는 거야?"

"모두 다 그걸 직접 확인하고 싶으니까. 그래서 기다리는 거야."

고개를 돌려 그를 보았다. 점점이 밝혀 오는 가로등 불빛 아래 명암이 선명한 그의 옆모습이 드러났다. 이렇게 보니 꽤 날 선 얼굴이었다.

유난히 검은 머리카락, 쭉 뻗은 짙은 눈썹, 깊지만 예민해 보이는 눈꼬리, 완강하게 뻗은 콧대, 강인한 입술의 윤곽.

벗은 상체를 보며 잘빠진 몸피라고 생각했던 시선을 들어 그의 얼굴을 천천히 새겼다. 이쯤에서 또 하나 인정할 수밖에 없는 건 그는 제법 괜찮게 생긴 남자라는 사실이었다.

"그런 넌 확인 다 한 건가?"

"무슨 확인?"

"이 새끼가 하는 거 봐선 모든 여자들의 딜도라도 되는 양 섹스에 미친 것처럼 구는데 과연 다음을 또 기약해도 되는지에 대한 네 나름의 확인. 방금 그거 한 거 아냐?"

"그럼 내가 어떤 결론을 내렸는지도 궁금하겠네."

"그건 지금 말고 다음에 듣자."

다음을 기약하면 저절로 알게 되는 것들. 서건은 그녀가 고의로 그은 성냥불처럼 잠시만 타오르는 관계로 끝내고 싶지 않았다. 타오른 성냥불은 뜨겁고 강렬하지만 그 끝도 순간이었다.

겨우 하루, 고작 이틀 밤으로 끝낼 불장난이 아니었다.

지금 그는 다음을 향한 여지를 분명히 두고 있었다.

"연락할게."

씁쓸한 표정을 감추지 못하고 송연이 말했다.

그러니 이번엔 당신이 기다려. 때론 채우는 것보다 공백이 주는 힘이 더 크다는 걸 당신도 알았으면 좋겠어.

틈틈이 울리지 않는 핸드폰을 들여다보며 나에 대해 그리고 우리가 보냈던 지난밤에 대해 곱씹어. 그럴수록 나라는 존재가 당신에게 선명해질 테니까.

고작 내세울 수 있는 건 섹스가 전부인 그와의 관계에서 송연이 할 수 있는 나름의 일격이었다.

## 4. 너 때문에 미치겠다

괴적하기만 하던 정원에 모처럼 인기척이 감돌았다. 슬슬 입이 근질거리는 한중호는 대중들에게 넌지시 속내를 흘리기 시작했다. 증권가 찌라시가 나돌고 정치 입문을 밝힌 인터넷 뉴스가 잠시간 검색어 순위에 오르기도 했다.

병든 아내를 극진히 간호하다 먼저 떠나보내고 홀로 자녀들을 키우며 부부간의 의리를 지키는 호감 형 외모의 학자 출신. 거기에 공개 입양한 딸아이까지 중년 여성을 타깃으로 정해도 될 만큼 드라마틱한 요소들을 충분히 갖추었다.

"이사장님, 먼저 인터뷰 요청에 흔쾌히 응해 주신 점 진심으로 감사드립니다."

차가운 정오의 햇볕이 내리쬐는 정원에 여성지 기자들과 운전기사 사이를 안양댁이 바쁘게 오갔다.

모두가 한중호의 눈부신 야망을 위한 파편들이었다.

그리고 누렇게 시든 잔디를 주인도 객도 아닌 송연이 밟고 서 있었다. 기자의 한마디 질문에 한중호가 열변을 토하는 동안 유속 없이 얕은 인공 연못을 멍한 눈으로 보았다. 당장이라도 그 안으로 빨려 들어갈 기세였다.

"따님께서 굉장한 미모의 소유자신데 이렇게 장성하도록 이사장님 노고가 대단하셨을 것 같습니다. 교육자의 공개 입양이라는 선입견을 가진 사람들이 가장 외면하고 싶은 모습이지 않을까 하는데요. 송연 씨만 괜찮다면 공개 입양을 하게 된 계기를 본지를 통해 전해도 될까요?"

화장기 없는 숏 커트의 여기자가 노트북을 열며 질문했다.

기사의 도입 부분을 차지할 사소한 질문 하나둘을 거쳐 본격적인 인터뷰가 시작되었다. 아마도 독자들은 한중호가 과연 앞으로 정치를 잘 해낼 것이냐보다 그의 사생활에 더 큰 관심을 가질지도 모른다.

"송연아, 괜찮겠니?"

더없이 자상한 아비의 얼굴로 한중호가 물었다.

네. 작은 목소리로 송연이 대답했다.

"송연이가 이렇게 착한 아입니다."

"제 눈에도 그래 보이네요."

웃어 보이는 기자에게 한중호가 안경을 치켜 올리며 말을 이어 나갔다.

"특별하지 않은 이야기죠. 흔히들 말하는 인도주의적 관점도 아닙니다. 개인적인 영달을 위해서 결정한 것은 더더욱 아니고요. 처음 이 아이를 본 순간 내 자식이다 싶었습니다. 데리고 와야만 했죠.

다행히 잘 커 주었고 지금은 보기에도 아까운 하나뿐인 제 딸아이가 됐습니다."

앞자리에 앉아 있던 한중호가 굳이 고개를 비껴 올리고 뒤에 서 있는 송연을 향해 웃어 보였다. 마주 보는 송연의 얼굴에 미묘한 미소가 스치고 지나갔다. 그것은 면면히 떨어지는 진실의 조각을 감추기 위한 수줍은 미소였다.

얼굴이 떨어질 듯 매서운 겨울바람이 블라우스를 뚫고 스며들었지만 단언하건대, 한 페이지 전면에 실릴 부녀 사진은 봄날을 예고하듯 더없이 산뜻할 것이다.

"정말 꿀 떨어지는 부녀지간이 아닐 수 없네요. 이렇게 애지중지 키운 송연 씨가 남자 친구라도 데려오는 날엔 이사장님 가슴이 미어지시겠는데요?"

여기자가 노련하게 분위기를 이끌어 나갔다. 아직은 언론에 서툰 한중호 가족을 배려하는 모습이었다.

"그러잖아도 일찍 시집을 보낼까 생각 중입니다. 제가 아무리 신경을 써 준다 한들 먼저 가 버린 제 엄마의 빈자리가 클 겁니다. 속이 옹골진 아이라 티는 안 내도 어쩔 수 없는 외로움이 있겠지요. 그래서 조심스레 말하자면 올해 안으로 집안에 경사가 있지 않을까 싶은데요. 송연이는 이미 지난 3년간 런던에서 영문학적 소양까지 갖추기도 했습니다. 장차 사돈댁에 누는 끼치지 말아야 하니까요."

"어머! 벌써 결혼을요?"

"그것 역시 특별하지 않은 이야기죠."

"혹시 상대 집안에 대해 살짝 들을 수 있을까요?"

눈을 빛내며 묻는 기자에게 한중호가 대답 대신 미소만 느긋이 풍

157

졌다. 정중한 사절이었다. 어쩔 수 없는 아쉬움을 내비치며 기자는 질문의 상대를 송연에게로 옮겼다.

"이번엔 송연 씨의 말을 들어 볼까요? 평생 학자였던 아버지가 정치에 뜻을 밝히셨는데 그 점에 대해 어떻게 생각하시나요? 아무래도 여성지다 보니 독자들은 이런 관점도 듣고 싶어 하거든요."

자신의 어깨 위에 올린 송연의 손을 한중호의 손이 덮었다. 두어 번 토닥이는 걸로 내성적인 딸을 격려했다. 하지만 송연은 숨겨진 그 뜻을 안다. 허튼소리를 하게 되면 오늘 밤 서재에서 걸어 나오지 못하게 될 거라는 나름의 위협이었다.

"청춘이니까 참아, 초년에 견뎌야 성공할 수 있어, 우리 땐 더했어. 으레 기성세대가 주는 강요와 평가 모두 보이지 않은 폭력이라고 생각합니다. 알면서도 그 세대가 처음부터 이해하려 들지 않는 것들이죠. 오랜 세월 대학에 몸담았던 아버지라면 세대 간의 조율을 잘해 내시리라 믿습니다. 요즘은 젊은 세대들도 정치에 관심이 많으니 우리를 이해할 수 있는 정치인이 필요한 시점이기도 하구요."

"세상에, 따님께서 정치해도 되겠는데요?"

기자의 말에 흡족함을 감추지 못하고 한중호가 너털웃음을 지었다.

"이렇게 내실이 단단한 아이랍니다."

"좋습니다. 괜찮은 기사가 나올 것 같네요. 그럼 날이 더 추워지기 전에 포토 타임 한번 가실까요?"

"그 전에 받아 적은 것 좀 볼 수 있겠습니까?"

황당함을 감추지 못하는 기자에게 다가간 한중호가 거침없이 노트북을 들여다보았다. 아무리 먹물 출신이라지만 사전 검열은 허용할 수 없는 월권이었다.

기자가 불쾌함을 드러내며 자신의 것을 지키려 했지만 한중호가 더 빨랐다.

"소멸이라는 단어가 어울리는 겨울의 한가운데에 행복으로 충만한 이 가족을 만났다. 큰 임팩트는 없지만 무난한 도입부네요. 근데 전반적으로 제 가정사에 너무 치우쳐 있는 거 아닌가요? 지금 상황이 상황인 만큼 정치 입문에 대한 소명이 더 부각되어야 할 것 같은데요. 너무 밋밋하고 짧아요. 또, 어디 보자…… 큰 상처가 있어도 나를 지지해 주고 믿어 주는 가족이 있다는 사실에 송연 양의 상처는 금세 스쳐 지나간다. 최 기자, 보기와는 다르게 멘트가 참 서정적입니다."

일일이 터치펜으로 줄을 긋고 괄호를 치며 첨삭하는 한중호를 여 기자가 어이없다는 듯 쳐다보았다. 당장이라도 그가 치는 괄호를 찢어 버리고 싶다는 얼굴이었다.

송연은 더 이상 이 자리에 있는 것이 견딜 수가 없었다. 조용히 정원을 벗어나 저택 외벽 구석으로 향했다. 이사장 가족을 피하고 싶지만 차마 대문 밖으로 도망치지 못할 때마다 숨어든 곳이었다. 축축하고 거친 이끼로 뒤덮인 창고 앞에 서서 담배를 꺼내 들었다.

"불 좀 빌릴 수 있을까요?"

고개를 돌려 보니 방금 전 기자가 담배를 꺼내 물며 다가오고 있었다. 송연이 조용히 내민 불에 얼굴을 숙이고 깊게 빨아 들였다.

"아! 이제야 살겠네. 어찌나 구변이 좋은지 도취돼서 졸도하는 줄 알았거든요. 다시 한 번 느끼는 거지만 참 별로란 말이죠, 저 인간."

송연 옆에 나란히 서서 하늘을 향해 화풀이하듯 담배 연기를 내뿜었다.

기자가 지금 말하는 사람은 한중호인 것일까. 송연은 묵인했다.

"송연 씨 결혼은 있죠, 혼자 있어도 외롭지 않을 때 그때 해야겠더라구요. 해 보니까 알겠어."

"그럼 아마 평생 못 할 거예요."

"그래서 대충 양아버지가 찍어 준 아무개랑 후딱 해치워 버릴려구요?"

송연은 피고 있던 담배를 미련 없이 던지고 기자와 마주 섰다. 인터뷰를 독려하고 호쾌하게 분위기를 이끌던 기자로서의 모습은 사라지고 없었다.

"제 분량은 다 채운 걸로 아는데요. 오늘의 주인공은 제가 아니라 한중호 이사장님 아니었던가요?"

"허구한 날 밥 먹고 한다는 게 사람 만나고 얼굴 보며 글로 꾸미는 거라 관상을 좀 볼 줄 알게 됐어요. 그렇다고 촉이 전부 다 맞는 건 아닌데…… 솔직히 그거 다 맞추면 작두 타야지, 이 짓 하고 있겠어요? 그래도 대체적으로는 맞는 편이에요. 덕분에 송연 양이 숨기고 있는 그 무엇 살짝 눈치챘다고나 할까? 이게 아침 드라마가 되느냐, 아니면 현실보다 막장인 사회면 뉴스가 되느냐. 사실은 한 끗 차이거든."

"도대체 뭘 눈치챘는지 모르겠지만 이런 식으로 떠보는 건 너무 촌스러운 수법 같은데요."

"이러나저러나 사는 게 어차피 서러움을 참는 일이긴 하죠. 안 그래요? 한송연 씨?"

"더 이상 듣고 있을 필요 못 느끼겠네요."

다분히 의도적으로 기자의 어깨를 치고 지나갔다. 뭘 안다고 마치 다 이해한다는 듯 굴어 대는 모습을 더 이상 참을 수가 없었다.

"국내 아동 복지 단체 사단 총장까지 역임하면서 비행기는 몇 천만 원 호가하는 비즈니스 좌석만 선호하고 초호화 해외여행을 즐긴다? 아, 물론 가진 게 많으시니 충분히 누릴 권리 있으시겠죠. 하지만 온갖 채널을 통해 측은지심 쥐어짜 내며 모금한 그 돈들이 어디로 흘러 들어갈지 자연히 의심이 가지 않겠어요? 특히 우리처럼 가진 게 없는 서민들은 일단 눈꼴이 시리거든. 거기에 청렴한 이미지로 밀고 나오면 막 까발리고 싶어져."

"혼자서 계속 이렇게 장황하게 떠드실 건가요?"

"아! 하나만 더요. 송연 씨가 틀렸어요. 오늘의 주인공은 한중호 이사장이 아니라 그의 아들 한지완이에요. 내가 실은 사회부 출신들이랑 자주 어울려요. 업이 많다 보니 어찌어찌 그렇게 됐는데 그래서 뼛속 깊은 곳에 같잖은 정의감이 있죠. 사회부 그네들이 원하는 떡밥 어떻게 하면 멋지게 던져 줄까 늘 궁리 중이구요."

멀어지던 송연이 자리에서 멈춰 섰다.

"글쎄요. 그 아들 열심히 군 생활 잘하다 제대 앞두고 있으니 그것만으로도 무슨 짓을 저질렀든 충분히 다 덮을 수 있을 것 같은데요. 정치인 아들이 해야 할 숙제는 군 입대 하나면 끝이니까요."

"그럼 질문 하나만 할게요. 과연 군 면제가 걸린 한국 남자를 이길 수 있는 게 무엇일까요? 내내 그 지랄 맞은 심신 미약이란 이유로 입대 면제가 코앞이었어요. 덕분에 다른 것도 교묘하게 빠져나갈 수 있었고요. 그 부분은 아직 증거가 없으니 말은 아낄게요. 그런데 그런 한지완이 갑자기 공군 현역으로 입대를 했다? 이유가 궁금하잖아. 고작 한중호의 정치 입문을 위해 자신을 희생했다고? 엑스터시를 조울증 약으로 착각하고 대마초를 전자 담배인 줄 알고 폈다는 그 떨쟁이 새끼가?"

아, 미안해요. 한지완이 오빠였죠? 나도 모르게 욕하고 말았네. 그녀가 전혀 미안하지 않은 얼굴로 사과했다.

"나도 결국은 저 집 사람인데 처음부터 패를 이렇게 다 보여 주면 어떻게 해요?"

"허수아비도 옷 잘 입으면 사람 같아요."

내가 말했잖아요. 나 관상 잘 본다니까. 그녀가 찡긋 웃으며 코트 주머니에서 명함을 꺼내 들었다.

"할 말 있으면 힘 있게 나와 봐요. 혹시 또 알아요? 내가 꽤 쓸 만한 조력자가 될지."

그나저나 사진은 다 찍었을라나. 짜증 나는 꼰대 같으니라고. 중얼거리며 기자가 사라졌다.

홀로 남겨진 송연은 한참을 그 자리에 서서 꼼짝할 수가 없었다. 한 손에는 차마 구기지도 못한 종이 명함을 바들거리며 쥔 채 찬 바람을 온전히 맞고 서 있었다.

월 패드에서 그의 차가 주차장에 진입했다는 안내 음성이 흘러나왔다. 그에게 보낸 한 장의 사진이 불러일으킨 결과였다.

늦은 오후, 송연은 그가 없는 빈 집으로 들어와 옷을 하나씩 벗었다. 풍만한 젖가슴을 꽉 모아 주는 레이스 브래지어와 은밀한 그곳을 겨우 가리는 폭이 좁은 시스루 팬티만 입은 채로 그의 침대 위로 올라갔다.

침대 한가운데에 무릎을 꿇고 앉아 허리부터 이어진 절묘한 골반의 라인이 돋보이도록 가슴을 내밀고 허리를 꼿꼿하게 세웠다. 마치 수줍은 듯 쭉 뻗은 팔로 팬티 앞을 교묘히 가리자 살 무덤이 안으로 밀리면서 가슴골이 더욱 깊어졌다.

그 상태로 핸드폰 카메라를 들어 사진 한 장을 찍었다. 메시지도 입력하지 않은 사진 하나가 서건의 핸드폰으로 전송되었다.

그에게서 전화가 온 것은 한참의 시간이 흐른 뒤였다. 진홍빛 노을이 침실을 삼키기 시작할 때 보낸 사진은 검은 밤이 돼서야 답이 되어 돌아왔다.

"지금."

전화를 건 사람도 받은 사람도 한참 동안 말이 없었다.

그 침묵을 먼저 깬 것은 송연이었다.

"지금 당신이랑 해야겠어."

다른 말은 필요 없었다.

- 기다려. 지금 갈게.

도발에 대한 답은 간결했다. 그가 얼마나 바쁜지 어떤 중요한 비즈니스 미팅을 하고 있는지 알고 싶지 않다. 그의 상황까지 헤아릴 여력이 송연에겐 없었다.

인터뷰 내용이 흡족했는지 한중호는 더 이상 서재로 부르지 않았다. 어쩌면 다음 리스트를 염두에 두고 몸을 사리고 있는 걸지도 모른다.

새벽부터 집을 나와 거리를 헤맸다. 언제든 상관없다며 알려 준 서건의 현관 비밀번호가 머릿속에서 떠나질 않았다.

있기는 한 건지 의심이 가는 희망이 송연을 조급하게 조여 왔다. 어서 빨리 그를 낚아. 그리고 그 지옥에서 당장 나와. 시간이 얼마 남지 않았어. 서둘러. 사방에서 독촉이 끈질기게도 달려들었다.

드디어 정적을 깨는 경쾌한 개폐 알람 소리와 함께 현관문이 열렸다.

달빛이 창백하게 비치는 적막한 거실에 송연 홀로 서 있었다. 지나치게 커 보이는 그의 가운을 걸치고 있었지만 오히려 그 안이 상상이 될 만큼 자극적이었다.

그를 향해 천천히 다가가며 송연은 허리의 매듭을 풀었다. 조용히 관망의 시선을 보내던 서건은 결국 참지 못하고 구두를 벗고 집 안으로 들어섰다.

거세게 몰아치는 그의 욕망 앞에 송연은 미련 없이 가운을 벗어 던졌다. 그리고 발밑에 떨어지기가 무섭게 뛰듯이 달려가 그에게 안겼다. 아무것도 걸치지 않은 알몸의 그녀를 서건이 숨이 막히도록 껴안았다.

"하…… 너 때문에 미치겠다."

그녀의 정수리에 턱을 묻고 길게 탄식했다.

"너 정말…….'

"응?"

송연이 턱을 들고 그를 올려다보았다. 둥그렇게 뜬 눈이 상황과 어울리지 않게 귀여워 미소가 지어졌다.

"사람 돌게 하는 데 소질 있어."

"그래서 불편해?"

바르작거리는 송연의 몸을 그가 더욱 옭아맸다. 숨을 쉴 수가 없었지만 이대로도 좋았다. 화려한 천국과 지독한 지옥이 공존하는 느낌. 그의 품에 있으니 따뜻한 욕조에 몸이라도 잠긴 기분이었다. 내내 겨울바람을 맞으며 거리를 헤매던 꽁꽁 언 마음이 녹아들었다.

"이것만큼 잘 표현된 고통은 없는 것 같은데."

당장이라도 지퍼를 열면 튕겨 나올 것 같은 페니스가 존재감을 드러냈다. 송연이 부풀어 오른 앞섶을 쓸어 올리자 그가 거친 숨을 내뱉었다. 속삭이듯 낮지만 허스키한 그의 소리가 송연은 좋았다.

거침없이 지퍼를 열고 드로즈에 감싸인 페니스를 움켜쥐었다. 한 손으로 쥐기에도 버거운 큰 기둥이 뜨겁게 요동치고 있었다.

"침대 위에서 당신 기다리는 동안 하고 싶어 미치는 줄 알았어."

촉촉하게 젖어 올려다보는 눈에서 아찔한 색기를 느끼는 건 단단히 돈 탓일까. 당장이라도 저 눈알을 핥고 모조리 다 삼켜 버리고 싶었다.

지난 경험으로 예고되는 허기는 서건을 더욱 조급하게 만들었다. 드로즈를 내리고 튕겨 오르는 페니스를 두어 번 훑으며 송연에게 키스했다.

"헉!"

팽팽한 엉덩이를 두 손으로 받치고 꼭 껴안은 몸을 들어 올리자 송연이 급하게 숨을 들이켰다. 동시에 서건은 그녀의 질구에 페니스를 맞추었다.

자연스럽게 그의 허리를 휘감으며 송연이 허벅지에 힘을 주자 두 사람은 정확하게 꿰맞춰졌다. 온 감각을 만족시키는 충족감에 누가 먼저일지도 모르는 신음 소리가 동시에 터져 나왔다.

내 침대 위에서 날 기다리는 동안 넌 야한 상상을 하며 이렇게 젖어 있었던 거야.

그동안 송연과 키스하기 위해 허리를 숙여야 했던 서건은 이 순간만큼은 동등한 선상에서 그녀의 두 눈을 뚫어지도록 응시하며 입을 맞추었다.

"움직여 줘. 느끼고 싶어."

꼼지락거리며 엉덩이를 움찔거리자 그의 양미간이 좁아졌다. 침대까지 갈 여유가 없었다.

사정을 두지 않고 쳐올리는 그의 허리 짓에 그의 목을 껴안은 송연이 신음을 참지 못하고 넓은 어깨에 얼굴을 파묻었다.

지나치게 강하고 크게 와 닿는 자극이었다. 꼿꼿하게 선 굵은 성기가 질 안을 가득 채우자 뜨거운 속살이 빡빡하게 에워쌌다.

그가 허리를 쳐 올릴 때마다 방만하게 벌어진 엉덩이가 속절없이 위아래로 흔들렸다. 누구의 것인지 모를 체액이 뒤섞여 바닥으로 뚝뚝 떨어졌다.

"후우…… 미칠 것 같아……."

그가 말라 버린 송연의 아랫입술을 핥으며 당장 눈에 띄는 곳에 송연을 내려놓았다. 키스를 하고 목덜미를 빨며 입술은 점점 아래로 향했다. 젖가슴에 닿기가 무섭게 게걸스럽게 빨아 대자 가까스로 상체를 버티고 있던 팔이 후들거리기 시작했다.

"그만 버텨. 지금까지도 충분해."

그의 말과 동시에 송연은 그 자리에 눕고 말았다. 차가운 대리석 기운에 그제야 자신이 식탁 위에 눕혀졌단 사실을 깨달았다.

서로가 서로를 먹기에 완벽한 장소였다. 한입에 가득 문 가슴을 쪽 빨아내고 혀끝으로 유두를 핥아 올리자 탄력 좋게 튕겨 올랐다.

쉴 새 없이 나불대는 바이어의 짜증 나는 입을 보면서도, 사원들을 독려하며 공장을 돌면서도, 회의 도중에도 내내 이 꼭지를 물고 싶었다고 말하면 넌 어떤 표정을 지을까.

섹스에 미친 변태라고 질린 얼굴을 할까. 아니면 지금처럼 넣고 싶게 만드는 눈으로 내 성기부터 더듬을까.

서건이 두 손으로 송연의 무릎을 잡고 활짝 벌리자 넘치게 젖어 있는 여성이 드러났다. 그 순간 빨갛게 익은 음핵이 크게 움찔거렸다. 그의 시선을 느낀 송연이 긴장한 게 느껴졌다.

그대로 얼굴을 박고 한 입에 삼켜 버리자 송연의 허리가 튀어 올랐다. 고개를 저으며 다리를 오므리려고 하자 밑에서부터 한 번에 핥아 올린 서건이 귓가에 대고 속삭였다.

"이렇게 빨아 달라고 졸라 대는데 아니라고?"

"이건…… 너무……."

도저히 부끄러워 견딜 수가 없다는 얼굴이었다.

"이젠 적응해야지. 나는 계속 이렇게 허기가 지는데 이것도 못 하게 하면 너무 가혹하잖아."

감각은 차오르는데 그걸로는 턱없이 부족했다. 네 밑에 머리를 박고 네가 몸부림치는 거라도 봐야 성에 찰 것 같았다.

빨갛게 익은 속살을 흡입하듯 애무하고 튕기듯이 놓아주었다가 다시 바짝 빨아 들였다. 혀끝을 세워 삽입이라도 하는 것처럼 박아 대자 날카로운 신음 소리가 공간을 메웠다.

혀뿌리에 힘을 주어 질 속에 집어넣고 엄지손가락으로 위에 살을 문지르자 송연은 금세 절정을 맞이했다. 허리를 뒤틀며 미친 듯이 움찔거리는 질구에 짧게 입 맞춘 후 서건은 그대로 밀고 들어갔다.

"아…….."

여전히 진동을 해 대는 송연의 질벽이 서건을 쥐어짜듯이 물고 놔 주질 않았다. 이거였다. 이 꼭지가 돌 것 같은 쾌감. 침대 위에서 그를 지배하던 감각.

탄탄한 근육으로 감싸인 그의 힙을 조였다 풀며 겨우 밑에 두어 개 단추만 푼 와이셔츠를 치켜 올렸다. 송연과 연결되어 있는 걸 보니 흥분이 극도로 치솟았다.

복근이 수축하고 목에 핏대가 서자 숨 막히게 죄어 누르는 넥타이가 견딜 수가 없었다. 성난 손길로 거칠게 풀어 젖히자 위아래로 잔뜩 졸린 것 같은 압박에서 그나마 숨통이 트였다.

잡아먹을 수만 있다면 어떻게 해서든 그렇게 했을 것이다. 당장이라도 침이 뚝뚝 떨어지는 날카로운 송곳니를 벌리고 한 입에 꿀꺽 삼켜 버리고 싶었다. 아니면 이대로는 아쉬우니 혀로 천천히 녹여서 맛을 음미해 볼까.

"네가 나와 연결되어 있는 걸 보면 극도로 흥분돼."

자꾸만 얼굴을 가리는 송연의 두 손을 누르고 속도를 가했다. 넘어갈 것 같은 그녀의 신음 소리와 간혹 쥐어짜듯 새어 나오는 그의 신음 그리고 살덩이끼리 서로 부딪히는 소리만 주방에 가득 울렸다.

송연에게 자신을 묻고 후퇴하기를 반복하며 쾌감을 절정으로 끌어 올린 그가 진한 사정을 한 것은 한참이 지난 후였다. 그제야 정지된 사고가 돌아오고 잔뜩 수축된 혈관에 피가 확 도는 기분이었다.

"돌아 버리게 좋았어."

너 정말 소질 있어. 날 미치게 만드는 데.

고작 한 번의 정사에 기운을 모두 소진한 송연을 안아 올렸다. 그의 가슴에 얼굴을 묻는 그녀의 정수리에 입 맞추고 서건은 침실로 들어섰다.

네가 깜찍하게 사진을 보냈을 때부터 지금을 예감했어야 했다. 지난밤 여실히 보여 줬던 자신을 간과했던 거라면 다시는 깜빡하는 일이 없도록 오늘 밤 제대로 알려 줄 생각이었다. 자신을 도발하면 충분한 대가가 따라올 거라는 분명한 사실을.

– 무표정은 끼리한데 웃으면 귀엽고 스윗해.

전화 속 안나의 목소리는 어느 때보다 들뜨고 활기찼다.

당장 아무 수다나 떨고 싶은 월요일 오후, 송연에게 무조건 만나야만 할 일이 생겼다고 말했다. 한국으로 돌아와 모처럼 연애를 시작한 건지 듣고 있는 송연까지 덩달아 기분이 좋아지는 목소리였다.

늘 그랬듯 안나의 사랑을 응원한다. 혹여 또다시 이별하게 될지라도 다시 시작할 수 있는 그녀가 좋았다.

"그날 뭘 입었는지 날씨까지 기억하잖아."

적어도 배란기만큼은 칼로리와 내장지방을 등가 교환하기로 합의했다는 안나는 전투적으로 휘핑크림을 잔뜩 올린 핫 초코를 주문했다. 그러면서도 그와의 첫 만남이 기억나는지 꿈이라도 꾸는 듯 몽롱했다. 생각만 해도 기분이 좋은지 실실 웃기까지 했다.

그런 친구의 모습을 송연은 새삼스러운 눈으로 보았다.

사랑에 빠지면 이런 얼굴을 하게 되는구나.

"필라테스 하러 갔다가 우연히 보게 됐는데 백스텝하고 넋 놓고 봤잖아. 마치 허허벌판 폐허 위에 홀로 우뚝 선 족보 있는 개 존잘 수목 느낌이랄까."

"그 정도야?"

"응. 하루 종일 잠시도 쉬지 않고 내 머릿속을 지배해. 미친 듯이 생각나고 자꾸만 보고 싶어. 낮에는 핸드폰, 밤에는 컴퓨터, 자기 전에는 태블릿을 도저히 손에서 놓을 수가 없어."

이렇게까지 호들갑을 떠는 건 처음 보는 것 같은데.

"그러고 보니 안나 너 좀 변한 것 같아."

확실히 상기된 뺨과 두 눈에 생기가 넘쳤다.

"나? 몸무게는 그대론데?"

"앞머리 잘랐는데? 이렇게 보니까 잘 어울려."

귀엽기도 하고. 송연이 미소 짓자 안나가 후후 입으로 바람을 불어 앞머리를 날렸다.

"어려 보일 줄 알고 확 잘라 버렸는데 이 50가닥이 엄청나게 거슬리는 거 있지. 동안이고 싶은 욕심에 괜히 잘라서 매일매일 고통 받고 있잖아. 심지어 어려 보이지도 않아. 귀찮아 죽겠어."

"아냐, 새내기 같아. 상큼해."

"어디? 평생교육원?"

안나가 심드렁하게 되받아치자 결국 웃음이 터졌다. 한참을 웃다가 송연이 물었다.

"그런데 그렇게 갑자기 확 빠져들 수도 있어?"

"누구, 남자한테?"

송연은 말없이 빨대로 아이스 아메리카노를 쭉 빨았다.

이 한파에 아이스라니 너도 참 한결같아. 안나가 그런 송연에게 고개를 들이밀고 몹시 진지한 얼굴로 말했다.

"송연아, 타이타닉호에 탄 잭은 만난 지 며칠 되지도 않은 로즈를 위해 목숨을 바쳐. 그 짧은 승선에 마차에서 할 건 또 다 했어요. 그거 보면 몰라? 시간은 아무런 상관이 없어. 기-섹-걸이면 충분해. 뭐, 경우에 따라선 선 섹스 후 연애가 될 때도 있지만."

커피가 잘못 넘어갔는지 사레들린 기침을 쏟아 내는 송연에게 냅킨을 건넨다. 그러게 한겨울에 아이스는 무리라니까.

"그나저나 이 인간은 왜 여태 안 와?"

하여튼 느려 터져 가지고는. 쯧쯧거리며 혀를 차는 안나에게 송연이 의문의 시선을 보냈다. 여기에 올 사람이 또 누가 있어?

"여기야, 여기! 야, 조도팔! 여기라고!"

마침 도착했는지 팔을 번쩍 든 안나가 카페 입구를 향해 세차게 흔들었다. 안나와 비슷한 또래로 보이는 남자가 급하게 뛰듯이 다가왔다.

"쪽팔리게 그렇게 크게 부르면 어떡해?"

"네가 또 멍청하게 서서 두리번거릴까 봐 그랬지."

"내가 언제!"

"코트 뭐냐? 못 보던 거다? 구두는 왜 또 그렇게 큰 걸 신었데? 또 깔창 위에 탑승하셨네. 내가 분명히 옷 신경 써서 입고 오라고 했어, 안 했어? 마법사냐?"

"네가 하도 그래서 어제 매장 가서 새로 뽑은 거거든? 이게 다 얼마짜린 줄이나 알고…….”

“시끄럽고, 호그와트나 가.”

이게 진짜 보자 보자 하니까!

하고 싶은 말은 많지만 맞은편에 앉아 있는 송연이 의식되는지 사력을 다해 참고 있는 얼굴이었다.

안나의 하루를 지배하기 시작한 새로운 연인은 안나와 무척 닮은 얼굴이었다. 처음부터 그런 점에 끌린 건지 아니면 사랑을 하며 닮게 된 건지 두 사람은 오래된 연인처럼 친밀해 보였다.

“송연아 인사해. 여긴 우리 오빠, 조도훤. 여긴 둘도 없는 내 친구, 한송연.”

안나가 턱짓으로 가리키며 소개를 하자 남자가 정중하게 인사했다. 송연도 자리에서 일어나 족보 있는 개존잘 수목에게 인사했다.

“만나서 반갑습니다. 얘기 많이 들었어요. 역시 듣던 대로 대단한 미인이십니다.”

“안나가 안 해도 될 소리를 했나 봐요. 칭찬은 감사히 들을게요.”

“아닙니다. 조안나 유학에 쏟아부은 돈이 아깝지 않은 유일한 순간인데요?”

“네?”

송연이 놀라 묻자 안나가 두 눈을 부릅뜨고 덤벼들었다.

“네가 보내 줬냐? 네 돈이야? 용돈이나 한번 주고 말해!”

목젖이 보일 지경으로 고래고래 따지는 소리에 도훤은 불경이라도 듣는 얼굴로 태연히 미소 지었다. 이미 거칠고 험한 유년 시절을 안나와 보낸 탓에 득행에 다다른 얼굴이었다.

“혹시 안나의 남자 친구분 아니신…….”

가요?

질문을 채 끝내기도 전에 도훤이 화들짝 놀랐다.

태연하던 얼굴이 폭격이라도 맞은 것처럼 일그러졌다.

"남자 친구라뇨? 뭔가 대단히 큰 오해를 하신 것 같은데요."

"한송연 미쳤냐? 내가 이런 인간이랑 사귀게?"

"야, 그건 내가 할 소리야. 내가 어디 여자가 없어서 너 같은 애랑…….."

나란히 앉아서 서로를 헐뜯기 바쁜 지나치게 닮은 옆모습.

둘은 다름 아닌 남매 사이였다.

그런데 안나는 왜 갑자기 오빠를 이 자리에 부른 것일까. 보기엔 사이도 그다지 좋아 보이지도 않았다. 심지어 런던에 있는 3년 동안 안나에게 오빠가 있는지조차도 몰랐었다.

"음, 이 인간이 보기엔 철이 없고 별로 같아 보여도 일단 비전이 있어. 일찍 건물을 받은 게 있어서 임대료만 보면 쨍하고 해 뜰 날이거든. 다들 조물주 위에 건물주라고 하잖아. 가끔 멘탈이 찰랑찰랑 흔들릴 때가 있긴 한데 적어도 돈으로 쪼잔하게 굴지는 않을 거야. 그리고 또…….."

아무리 쥐어짜 보아도 내세울 게 없는 친오빠의 장점이었다. 칭찬인지 욕인지 알 수 없는 안나의 말에 도훤의 표정이 실시간으로 변했다. 송연만 아니었으면 정말 대차게 한 판 치를 얼굴이었다.

"한 마디로 송연이 너한테 소개할 만큼 나쁘지 않다는 소리야. 물론 네가 몹시 아깝긴 한데 돈이 많아, 돈이."

결국 장점은 돈 말고는 없다는 소리였다. 이제야 돌아가는 상황을 이해한 송연이 도훤을 보자 그가 어색하게 웃으며 말했다.

"사실은 우연히 안나 핸드폰에서 송연 씨랑 같이 찍은 사진을 보게 됐는데 솔직히 말씀드리자면, 첫눈에 반했습니다. 그래서 제가 안나한테 소개해 달라고 엄청 졸랐거든요. 미리 말하면 거절하실까 봐 제가 자연스럽게 자리 좀 마련해 달라고 한 건데 불쾌하셨다면 죄송합니다."

"아…… 네……."

달리 떠오른 말이 없었다. 그러니까 전혀 예상하지 못한 상황이었고 점점 이 자리가 불편해지기 시작했다. 목 안으로 헛기침을 삼키고 있자 도훤이 눈치 없이 자리를 지키고 있는 안나를 툭툭 치는 게 보였다.

주선자가 빠져야 진전이 되는데 안나는 세상 재밌는 구경거리를 만난 얼굴로 일어설 기미가 없어 보였다.

"그럼 새로 생겼다는 네 남자 친구는?"

"아! 내 뉴 돌?"

안나가 자랑스럽게 꺼내 보인 핸드폰 메인 화면엔 입술에 틴트를 바른 미소년이 치명적인 표정을 짓고 있었다.

좋아하는 어린 오빠, 그들은 계속 태어나니까요. 한눈에도 어려 보이는 보이그룹에게 안나는 제대로 덕통사고를 당했다. 오징어 같은 현실 남친보다 평생 안 사던 음반까지 쟁이게 만드는 아이돌 덕질에 푹 빠져 버린 것이다.

"지금은 월드 슈스가 돼서 한국에도 잘 없어. 좀 멀어진 별들이라 서운하긴 한데 한국에 있다고 언젠 뭐 가까웠냐? 그저 태어나 준 것만으로도 감사해야지. 아유! 진짜 요즘 내 삶의 활력소, 자양강장제, 밀크시슬 같으니라고."

"안 가냐?"

"간다, 가! 그러잖아도 누구 눈에 떨어지는 꿀이 소름 끼치게 달달해서 이 닭으러 갈려고 했어."

결국 도훤의 성화에 못 이겨 안나가 자리에서 일어섰다. 정말 가려고? 송연이 눈으로 붙잡자 안나가 나중에 전화하라며 손짓을 하더니 도훤의 어깨를 한 번 툭 치고 카페를 나갔다.

"송연 씨도 오빠가 있다고 들었는데 방금은 이해하죠? 사실 안나처럼 드센 여동생은 드물지만요."

도훤은 둘만 남은 자리에 무리하게 대화의 주제를 넓히는 것보다 아직은 만만한 안나로 물꼬를 텄다.

보통의 남매 사이. 송연이 아는 오빠와 여동생 사이는 폭행, 폭언, 협박이 전부였다. 그리고 그 선을 감히 넘으려는 패악까지. 송연은 평생 알지 못할 보통의 남매 사이였다.

"혹시 영화 좋아해요? 마침 얼마 전에 개봉한 영화 티켓이 생겼는데 같이 보러 갈래요?"

"그게 사실은……."

아무래도 말을 해야 할 것 같다. 안나가 모르는 남친 따위는 없지만 서건의 존재는 무시할 수 없었다. 그리고 이 상황에 안나의 오빠까지 끼워 넣을 생각 따윈 추호도 없었다.

난처한 표정을 감추지 못하고 조심스레 말을 꺼내려 할 때쯤 테이블 위에 올려 둔 송연의 핸드폰이 울렸다. 서건이었다.

"잠시만 통화 좀 할게요."

"네! 얼마든지요."

반쯤 엉덩이를 떼고 일어선 도훤에게 눈인사를 하고 송연은 자리에서 벗어났다.

번화가의 유동인구가 주 고객층인 카페는 크고 넓었다. 테이블들을 지나쳐 모퉁이를 돌아서 쥐고 있던 핸드폰을 막 들어 올릴 때쯤 쌉싸름한 냄새가 훅 끼쳤다. 특유의 냄새가 번쩍 고개부터 들게 했다.

"안녕?"

코부터 막고 싶은 체취가 온 감각을 순식간에 장악했다. 송연은 이 냄새를 아주 잘 알고 있었다.

턱은 더욱 뾰족해지고 까칠하게 마른 지완이 눈앞에 서 있었다.

심장이 땅 끝으로 떨어졌다.

"존나 즐거워 보인다?"

여전히 울려 대는 핸드폰을 꼭 쥐고 송연은 그대로 돌아섰다.

턱이 덜덜 떨리고 눈앞이 캄캄해졌다.

부지불식간에 나타나서 송두리째 흔들려고 하는 지완에게서 당장 벗어나야겠다는 생각밖에 들지 않았다.

"방금 나간 다리 저는 그년 때문이야. 아니면 멍청하게 앉아 있는 저 새끼 때문이야?"

안나만큼은 절대로 안 돼. 상상만 해도 끔찍해지는 그날의 악몽이 재생되었다.

최대한 아무렇지 않은 얼굴로 여기서 벗어나자.

막 걸음을 떼려는 송연에게 지완이 재차 물었다.

"널 웃게 하는 게 누구 때문이냐고 묻잖아."

"신경 꺼."

"우리 송연이 많이 바빴겠다. 웃고 떠들고 즐겁게 지내느라."

그래서 기뻐.

지완이 천천히 다가와 송연의 뒤에 바짝 다가섰다. 두 손을 바지에 찔러 넣고 허리만 숙인 채 송연의 귓가에 대고 속삭였다.

"메시지에 답이 없으니 내 발로 찾아오게 되잖아. 새로 온 기사 새끼가 말귀가 어두워서 찾는 데 하루나 걸렸어. 한송연이 운전을 다 할 줄 감히 짐작이나 했겠어?"

"소름 끼치니까 제발 나한테서 떨어져."

"넌 하나도 안 변했네."

변한 사람에게 변하지 않았다고 말하고 있었다. 그토록 기를 쓰며 변하려고 했던 지난 시간들을 지완은 한순간에 짓밟고 있었다.

"차라리 하던 대로 그냥 때리고 끝내. 그렇게 해서라도 풀릴 것 같으면 원 없이 맞아 줄게. 그리고 다시는 보지 말자. 너라는 인간 정말 진절머리가 나."

"거봐, 아직도 기억하고 있잖아."

"어차피 그럴 거 아니었어?"

오랜만에 그동안 키운 맷집 시험해 볼 거 아니었냐고! 당장이라도 악을 바락바락 쓰며 저 소름 끼치는 시선을 털어 버리고 싶었다.

"근데 여긴 좀 그렇지 않냐? 관객이 많으니까 새삼 떨리잖아."

"언제부터 네가 그렇게 사람들 시선을 신경 썼……."

그 순간 여성지 기자의 말이 떠올랐다. 군 면제가 걸린 한국 남자를 이길 수 있는 그 무엇.

강남역 한복판에서 눈이 마주쳤다는 이유로 동급생의 얼굴을 주먹으로 두들기던 한지완이었다. 그런데 지금은 사람들 시선을 의식한다? 도대체 무엇 때문에?

돌아선 송연이 지완과 마주 섰다.

"3년이야."

"그랬지."

"변하는데 전혀 어색하지 않은 시간이 흘렀어. 나는 변했고 예전처럼 당하고 있지만은 않아. 그러니까 좋은 말로 할 때 꺼져."

"나는 네가 이럴 때마다 더 꼴리더라. 그걸 아니까 네가 지금 이러는 거지? 근데 경고를 하자면 적당히 수위 조절하는 게 좋을 거야. 묵힐 만큼 묵혀 놔서 조금만 자극해도 팍! 터질 것 같거든."

"제대가 코앞인데 시끄럽게 군다고? 그래서 네가 얻는 게 뭔데?"

씨발. 좆같은 군대. 입에 익은 욕을 내뱉는 지완의 눈빛이 금세 흐트러진다.

너의 버튼이 이거야? 널 발작하게 만드는 게?

"오늘 밤 거기로 와. 어딘지는 말 안 해도 알지? 네 말대로 지난 3년부터 호텔에서 네가 한 전화까지 우리 할 얘기 많잖아? 제대로 나눠 보자고."

"내가 거기로 갈 일은 절대로 없어. 대화? 꿈도 꾸지 마."

"넌 날 찾아오게 돼 있어. 이번에도 내가 그렇게 만들 거니까."

원래의 성질대로라면 당장 송연의 머리채부터 낚아채서 밖으로 끌고 나갔을 지완이었다. 그런데 답지 않게 신사적이라니. 매번 당한 기억밖에 없다 보니 모든 것이 의심스러웠다.

돌아서서 멀어지는 지완이 마지막으로 당부했다.

"잊지 마. 난 널 몹시 기다렸어."

누군가에겐 달콤하게 들렸을 남자의 고백이었다. 주변 여성들의 감탄 어린 시선에 지완은 인상을 쓸 뿐 예전처럼 누군가를 지목하거나 손을 올리지도 않았다. 변한 건 송연만이 아니었다.

대체 뭐가 널 이렇게 만든 거지. 그리고 뭘 그리고 있는 거야.

송연은 바로 핸드폰부터 들었다. 신호가 얼마 가지 않아 귀에 익은 목소리가 들려왔다.

"안나야, 너 맥퀸즈에 언제부터 출근한다고 그랬지?"

지완의 마지막 뒷모습을 눈으로 좇는 송연의 얼굴이 그 어느 때보다 가라앉았다. 그리고 마음속으로 간절히 바라 본다.

부디 흘러가는 시간에 초연할 수 있기를.

다시는 낯선 흐름 속에 휩쓸리지 않고 잘 버텨 낼 수 있기를.

붓끝에서 그려지는 산수가 담백했다.

군불을 어찌나 잘 빨아들였는지 뜨끈한 구들에 앉아 있으려니 입고 있는 니트까지 답답해졌다.

2시간째 정좌를 하고 앉아 노인의 그림이 끝나기를 기다리던 서건은 찻잔을 들어 올렸다. 갈증이 난 줄 알았더니 입으로 가져가는 대신 애꿎은 찻잔만 흔들어 댄다.

그렇게 하릴없이 여린 녹차 잎의 잦은 멀미를 감상하고 있었다.

"바람 한번 참 급하다."

정물처럼 앉아 가파르게 치솟는 산봉을 그리는 데에만 몰두하던 노인이 입을 열었다.

"그림이 잘 안 되시나 봅니다."

"오늘은 내가 아니라 너인 것 같구나. 뭐가 이리도 조급해?"

일정까지 빼고 들어온 본가에는 늘 기본이란 게 있었다. 반드시 사내자식 둘을 꿇어 앉혀 놓고 병풍 취급하는 노인의 무심함을 몇 시간이고 견뎌야 했다.

이 집에 들어오면서부터 뼈에 익은 관습이 됐지만 머리가 커지면서 둘 중 하나는 핑계를 대며 기술 좋게 빠져나가기 시작했다.

미련할 정도로 제가 그은 선은 절대로 밟지 않은 서건만 질긴 인내심을 자랑했다. 그런데 오늘은 목덜미에 손이 올라가고 숨소리부터 가라앉아 있었다. 노인의 귀에는 그 미세한 숨결의 변화가 낡은 돌쩌귀보다 요란스럽게 들렸다.

"늘 느끼는 거지만 좌식은 저랑 안 맞는 것 같아요. 이참에 무릎도 안 좋으신데 입식으로 바꾸시는 게 어떠세요. 요즘 세상에 아궁이 고집하시면서 일하시는 분들 그만 귀찮게 하시구요."

"올 때마다 벌 받는 기분이라 싫은 건 아니고?"

"제가 혼날 일 있나요. 민건이도 아니고."

"착실하게 학교 잘 다니는 민건이 머리채는 왜 잡아? 문제라곤 돈 문제만 조금 있었지, 그 정도야 푼돈도 아니었다마는."

"당분간 기획사 얘기는 안 꺼낼 것 같아요. 대학원 졸업이 우선이기도 하고요."

"평소에 자잘하게 골머리 썩이는 자식보다 크게 한 방 먹이는 자식 때문에 늙는 게 부모다. 민건이는 걱정 안 해. 술에 술 탄 듯 물에 물 탄 듯 세상 재미지게 사는 아이 걱정을 왜 해? 느닷없이 근심을 떠안은 네놈이 정작 문제지."

노인의 부름을 받을 때부터 어느 정도 눈치는 챘었다. 다만 이렇게까지 일찍 알아내실 줄은 몰랐다. 여러 갈래의 소식들이 조만간 그 귀에 들어갈 거라 생각은 했지만 서건이 예상했던 것보다 한참이

180

나 일렀다. 이토록 건재함을 자랑하시니 잠시 노인에 대한 염려는 내려놓아도 될 것 같다.

"이마가 반듯하고 선이 고운 아이더구나."

저절로 가냘픈 목에 하얀 얼굴이 떠올랐다. 지난 일주일간 일정이 바빠 보지 못한 그 작은 얼굴이.

송연은 서서히 그 안에 똬리를 틀었다. 일과 그녀 사이에서 중심을 지켜야 하는데 묘하게 집중력이 틀어지는 게 신경을 건드렸다.

그래서 일부러 바쁘게 움직였다. 그렇게 일주일을 간단한 통화만 하고 송연을 찾지 않았다.

하지만 본가로 들어오는 차 안에서 깨달았다. 저 혼자 바쁜 건 시간일 뿐, 흘러간다고 해서 다 같은 시간이 아니라는 것을. 못난 자존심에 쓸데없는 아집으로 결국 제풀에 지쳐 스스로만 고달파졌다.

"사진으로 보셨어요? 실물은 더 예쁜데요."

덜 떨어진 놈이라고 핀잔이라도 들을 줄 알았는데 노인은 조용히 붓을 내려놓을 뿐이었다.

백발만 성성할 뿐 일평생 사내들 위에서 호령하다 보니 어느 장부 못지않은 기개가 있었다. 돈줄을 뚫어 주고 그 대가로 명령일하가 떨어질 시 절대적인 충성을 거둬들였다.

민건은 그런 노인을 보며 우리 할머니 카리스마 개 쩔어, 라고 방정을 떨어 댔지만 서건의 눈에는 보였다. 속주름이 썩어 갈지라도 감히 티 내서는 안 될 무한한 고독이. 육십을 바라보는 초로에 하나뿐인 아들을 앞세워 떠나보낸 그 심정으로 무슨 일을 못 견뎌 낼까.

"나이에 비해 들뜨지 않았더구나. 헌데 팔자가 너무 극성스러워."

역시나 다 알고 계신 건가.

서건은 뻐근한 고개를 젖히고 천장을 올려다보았다.

그녀가 귀국한 걸 알게 된 날, 차 번호판 조회를 말하자 그다음 날 책상 위로 보고서가 올라왔다.

이름, 나이, 주소, 연락처, 출신, 입양……. 거기까지만 읽고 서류 철을 덮었었다. 더는 알고 싶지 않아서였다. 기시감 드는 관계가 싫어 말았던 것뿐인데 어디까지 알고 계시는 걸까.

자세를 바로 하고 잠시간 노인의 얼굴을 보았다.

아버지의 기일이면 황혼이 스며드는 툇마루에 주저앉아 마른 눈물을 삼키는 노인이었다. 들리지는 않지만 눈에는 보이는 통곡을 알게 된 후로 더 이상 원망할 수 없게 되었다.

"판단하지 마세요."

"권 대표."

"우리가 알고 있는 건 표면적인 프로필일 뿐, 진짜 이야기에 대해선 모르잖아요. 섣불리 나서서 지난 시간들 헤집으며 상처 주고 싶지 않아요. 만약 그렇게 한다면 그건 가십에 호들갑 떠는 연민밖에 되지 않을 테니까요."

그 누구도 송연의 불행에 지나치게 동조할 수 있는 권리는 없다. 아무도 그럴 자격이 없었다. 단 몇 줄의 간략한 신상만으로 사실은 뒷조사를 해 보니 네 인생이 참 가엾더라, 너 그동안 견디기 어려웠겠다, 어설픈 위로 할 생각 전혀 없었다.

그래서 모른 척하고 있었다. 함부로 그녀를 동정하고 싶지 않았기 때문에.

"하지만 그게 현실 중 아주 작은 조각이라면 어떻게 할래? 네가 알고 있는 전부가 겨우 겉핥기에 불과하다면 말이다."

"상관없습니다."

"너무 서둘지 말거라. 너답지 않게 이게 무슨……."

차라리 대놓고 편을 들었으면 호통이라도 치며 헤어져라 어깃장을 냈을 것이다. 그런데 이미 모든 걸 떠안겠다는 얼굴로 미리부터 쳐 내고 있으니 또 다른 악몽이 될까 봐 두려움이 일었다.

그래, 그것은 두려움이었다.

총소리도 파묻어 버리는 산골의 적막이 지금도 생생했다.

탕! 내 관자놀이에 대고 쏘기라도 한 것처럼 그 총성은 내내 메아리처럼 골을 울렸다.

쥐 죽은 듯이 고요한 그 산길 위에서 피투성이가 된 아들을 끌어안고 내장을 쏟아 낼 듯 울음을 토해 냈었다. 말라 버린 나뭇잎 위로 넓게 번지기 시작한 피가 도무지 사실 같지 않아 바들바들 떨며 손을 뻗자 진득한 그것이 손끝에 묻어났다.

아들이 권총으로 자살을 했다.

부정하고 싶은 현실은 온몸이 갈가리 찢어지고 단전이 끊어질 것 같은 고통이 되었다. 어미는 이토록 하늘이 전신을 덮치기라도 한 듯 눈앞이 캄캄한데 죽은 아들의 얼굴은 웃고 있었다. 곧 만나게 될 아내 생각에 설레기라도 하듯이.

생때같은 자식 둘을 두고 죽음을 선택한 아들이 모질까. 아니면, 손주를 둘이나 낳은 며느리가 여전히 뼛속까지 미워 죽음을 공모한 자신이 모질까.

두 번 실수하지 않을 것이다. 그게 아무리 기껏 고른다는 게 근본 모르는 입양아인 송연일지라도. 그래서 더욱 되풀이되어서는 안 되었다.

아들을 잃은 충격으로 폐허를 자초하며 은둔할 수도 있었지만 그럼에도 그녀가 의연하게 버틸 수 있었던 건 두 손자 때문이었다. 특히 장손인 서건은 그 시절부터 삶의 이유가 되었다.

"권 대표. 서건아."

"지쳤던 것 같아요. 보여 드리고 싶어서, 증명하고 싶어서 독립했는데 책임감과 의무감이 누적되더라고요. 일단 감당만 하자 싶었죠. 그러던 차에 만났고. 덕분에 극점에 달했을 때 숨 좀 쉬었어요. 그것만으로도 고맙게 생각해요. 내내 줄 하나로 허공에 매달린 기분이었는데."

"그래, 네 삶에도 환기가 필요한 때이기도 하지. 하지만 불쌍해서 그러는 거면……."

"불쌍하긴 누가 불쌍합니까."

고아였다 입양되었다는 송연? 아니면 할머니가 몰고 간 어머니의 죽음을 눈치챈 자신? 죽은 아내 따라가겠다고 총으로 두개골을 날려 버린 아버지를 둔 민건? 그것도 아니면 평생 곳간만 지키다 결국은 빈손으로 떠날 노인?

따지고 들자면 불쌍하지 않은 사람은 아무도 없었다.

그런데 감히 그녀를 동정해? 그녀보다 나을 것 하나 없어 보이는 내가?

"그도 아니면 어떻게 하겠단 소리니? 결혼이라도 하겠단 소리야!"

"결혼은 또 누가……."

서건이 답답한지 숨을 훅 몰아쉬며 얼굴을 쓸어내렸다.

그런 손자를 보는 노인의 얼굴에도 깊은 회한이 서렸다.

"절대로 그럴 일 없습니다. 제 인생에 결혼은 없어요."

"그것 참 간단하구나. 그냥 네놈이 헤어질 때만 기다리고만 있으면 되니."

당장에 되바라진 손자의 선언에 격노할 줄 알았던 노인은 고요한 얼굴로 서건을 바라보았다.

함부로 사람을 들이지 않은 네놈이 먼저 시작한 인연인데 그렇게 쉽사리 끝을 낼 수 있을 것 같으냐.

그 성질에 그렇게 쉽게 끊어 낼 인연이었으면 처음부터 시작도 안 했을 거란 걸 정작 본인은 모르고 있다니. 누가 지 애비 아들 아니랄까 봐 똑같이 눈먼 소리만 하고 있었다.

분명 큰소리쳤으니 이제 지키는 일만 남았다. 인생이 어디 그렇게 네놈 기대만큼 흘러가는지 두고 보자.

쉬운 길을 놔두고 돌아가려고만 해서 애간장을 태우더니 이제는 사사건건 맞서는 게 괘씸했다. 한 나무에서 났지만 가지가 다른 두 녀석을 생각하면 살아온 세월이 무색하게 심란해진다.

그래서 오로지 하나만 바라기로 했다.

서건아. 난 네가 외로움을 몰랐으면 좋겠구나.

그런 할미의 마음을 아는지 모르는지 무신경한 손자 놈은 반상 위에 올려 둔 핸드폰의 전원을 기어이 켜고야 말았다. 어쩌다 한번 찾아오는 독대의 시간이 끝났다는 제 나름의 신호였다.

"어디야."

천연덕스럽게 앞에서 전화를 걸더니 다정하게도 말을 건넨다.

– 잠깐 나왔어요.

"저녁 아직 전이지? 거기서 기다릴래? 지금 데리러 갈게."

– 도착하면 전화해요.

나긋한 목소리에 수다스럽지 않은 대답이었다. 소란스런 팔자지만 심성만큼은 차분한 모양이었다.

이러니 더욱 괘씸해진다. 나중에 인간은 망각의 동물이라며 어물쩍 말만 바꿔 봐라. 입으로 구업을 쌓는 인간이 어떻게 되는지 똑똑히 보여 줄 테니.

노인은 다시 고요한 얼굴로 돌아와 붓을 들고 산수화를 마저 그리기 시작했다. 붓에 흠뻑 묻은 먹물이 화선지에 거침없이 스며들었다.

창밖으로부터 시선을 거둔 송연이 서건을 바라보았다. 마치 다른 나라의 언어라도 들은 얼굴이었다.

"뭘 그렇게 놀라?"

"그럼 안 놀라?"

"보통은 기뻐해야 정상 아닌가?"

환호성까지 기대한 건 아니지만 이건 너무 심심하잖아.

그의 손끝이 테이블 위를 톡톡 두드렸다.

"아직 로또 당첨된 게 아니라서."

"그건 두 번 당첨은 어렵지만 난 지금부터 시작인데?"

그러니 밑지는 장사는 아니지. 검지로 관자놀이를 지그시 누르던 서건이 쐐기를 박았다.

"너 돈 좋아한다며. 기껏 차 한 대 갖고 이렇게 놀라면 안 되지."

송연은 테이블 위에 놓인 차 키를 생경한 눈으로 보았다.

심히 공교롭게도 나체로 오인받을 차림으로 운전을 하던 그녀를 목격한 후부터 낡은 차가 내내 마음에 걸렸었다. 그녀와 어울리는 레드 색상의 카레라가 출고되자마자 선팅부터 진하게 해서 선물한다는 것이 오늘이었다.

그런데 반응이 영 시원치가 않았다.

"너한테 그렇게 중요한 거라더니 왜 아무 말이 없어? 한 번은 말이 나올 법도 한데 네가 입을 닫고 있으니까 멋대로 선물하게 되잖아."

"그럼 원하는 걸 말하기라도 하면 다 들어주겠다는 소리야?"

시간이 없으니 선물로라도 때우겠다는 심사인가.

맨몸으로 전장이라도 뛰어들 기세로 휘몰아치더니 갑자기 점령군처럼 구는 그를 송연도 몰랐던 게 아니었다.

지난 일주일, 그에게 필요한 시간이었겠지만 송연은 계획을 바꿔야 하나 싶을 정도로 매순간 갈등에 빠지게 했던 시간이었다.

지완이 휴가를 나온 이상 집으로 들어갈 순 없었다. 꿀이라도 발라 둔 것처럼 착실하게 문턱을 넘던 그 집 현관을 여벌의 옷만 챙겨서 나왔다.

만약 사정을 아는 누군가 그녀에게 도대체 그 집에서 나오지 않은 이유를 묻는다면 이렇게 대답할 것이다. 자신은 지금 적절한 때를 기다리고 있는 것뿐이라고. 모두가 여러 번의 실수로 체득한 경험치였다.

한참을 생각에 빠져 있던 서건이 씹듯이 대답했다.

"처음부터 그러려고 시작한 관계 아닌가?"

어차피 넌 내가 가진 것들에만 관심을 갖고 시작한 거잖아. 그러니 네가 원하는 게 뭔지 말해. 처음부터 노골적으로 밝혔던 돈? 아니면 현물? 기쁜 마음으로 내어 줄 준비 되어 있으니.

"H사학재단 한중호 이사장이 아버지야."

"그런데."

역시나 그는 알고 있었어.

송연이 허리에 힘을 주고 깊게 숨을 들이마시자 가슴이 부풀어 오르면서 블라우스가 금방이라도 미어질 것처럼 벌어졌다.

정작 그 모습을 보고 있던 서건은 인상부터 사나워졌다. 당장 저 손목을 잡아채고 이곳에서 나가고 싶었다. 그녀의 봉긋한 가슴을 위에서 힐끔거리며 지나가는 종업원의 시선에 기분이 더러웠다.

"얼마 전에 정치 입문 의사를 밝혔어."

개나 소나 다 한다고 나서는 정치병에 걸린 모양이군.

심사가 뒤틀리니 모든 것이 삐딱해졌다.

"그게 그렇게 하고 싶다는데 자식 된 도리로 기꺼이 조력해 드려야겠지."

"한송연이 이렇게 효녀일 줄은 미처 몰랐는데. 그래서 목표는?"

"교육감."

"고작?"

시작은 지역교육 수장인 교육감이었다. 더 나아가 한중호가 최종으로 꿈꾸고 있는 큰 틀이 있었지만 그것까진 말하지 않았다.

그건 절대로 일어나지 않을 일이 될 테니까. 무슨 수를 써서라도 자신이 막을 것이다. 그것이 만약 목숨을 걸어야 하는 일이라면 기꺼이. 기꺼이 그렇게 할 것이다.

"한중호 이사장을 서울시 교육감이 될 수 있게 만들어 줘."

"교육은 정치가 아니야."

"그럼 진짜로 정치하는 정치인이 몇이나 되는데. 그게 무슨 의미가 있어."

서늘한 미소가 송연의 입가에 번졌다.

한중호가 국가와 국민에게 헌신하고자 정계 진출에 욕심 부릴 리 없었다. 부수적으로 따라오는 명예와 야욕에 꽂혀 눈이 멀었을 뿐.

그래도 사학재벌 소리까지 듣는 한중호가 출자자 명부까지 작성해서 자금을 구하고 다니는 걸 보면 탄탄한 재정적 정치 기반이 필요하단 뜻이었다. 그것만 봐도 겨우 교육감에서 그칠 야망이 아니었다.

"그 대신 조건이 있어. 내가 주는 차 키부터 받아."

당장 언제 폐차시켜도 문제없을 똥차 끌고 다니지 말고. 네가 그런 차 몰고 다니는 거 더는 못 보겠으니까.

"그럼……."

송연이 자리에서 일어서자 그의 시선도 따라붙었다.

"시승식 먼저 해야겠지?"

오만하게 서서 내려다보는 눈길에 서건은 느긋한 자세로 기대앉으며 대답했다.

"지금 당장 여기로 가지고 오라고 하지."

"좋아. 그렇다면 내 차에 처음 탈 수 있는 영광을 줄게."

"아! 깜빡했는데 조건이 하나 더 있어."

뭐야, 송연이 인상을 찡그리자 서건은 단호한 얼굴로 말했다.

"아무리 춥고 더워도 차창은 절대로 내리지 마. 이게 내 마지막 조건이야."

당신 정말 이상한 남자인 거 알아? 그녀는 황당한 눈을 하고 있었지만 서건은 그제야 안심하는 눈치였다.

이제 더 이상 어떤 새끼도 운전대를 잡은 그녀의 벗은 어깨를 볼 수 없을 것이다. 폭염에도 온몸을 가리고 다니라고 할 수 없으니 애초에 시선을 차단해 버리면 그만이었다. 자꾸만 치솟는 졸렬한 시기가 송연을 그의 시선 안에만 가두고 싶게 만들었다.

❖

액셀을 밟는 대신 그의 허벅지 위에 올라탔다. 사이드 브레이크 대신 그의 벨트를 잡아당기고 운전대가 아닌 바지의 지퍼를 내렸다.

출발은 좋았다. 문제는 최근 들어 유난히 잦은 것 같은 겨울비였다. 한적한 곳에 부드럽게 정차한 차 안은 숨소리도 들리지 않을 만큼 고요했다.

말은 시승식이었지만 서건은 조수석에 착석함과 동시에 송연의 다리만 노려보고 있었다.

*'그렇게 노려본다고 해서 스커트가 찢어지겠어?'*

오늘 밤 송연은 옆으로 깊은 슬릿이 들어간 블랙 스커트를 입었다. 덕분에 액셀과 브레이크를 밟을 때마다 터진 아귀 사이로 얇은 스타킹을 신은 허벅지가 밀고 나오는 진풍경을 볼 수 있었다.

서건은 은밀하게 그 사이로 손을 집어넣는 대신, 차창에 기댄 팔에 턱까지 괴고서 관람을 하고 있었다.

'런던에선 그렇게 사람 시선에 예민하게 굴더니 그런 척하는 거야, 아니면 매사가 무관심인 거야?'
'그건 또 무슨 소리야?'

실내등도 꺼진 어둠 속에서 그의 시선을 느꼈다. 어떠한 감정도 섞이지 않은 날것 그대로의 눈. 그것은 굶주린 야수의 눈이었다.

'취향이면 존중을 하고…….'

답답한지 넥타이를 잡아당기더니 그마저도 풀어 버리고선 뒷좌석으로 던져 버렸다.

'아니면 이번에도 모른 척 넘어가 줄까 하고.'

남자가 시각적 동물이긴 한가 보군. 들릴 듯 말 듯 혼잣말을 내뱉더니 와이셔츠의 첫 단추가 그의 손에 풀렸다.

'설마 오늘 입은 이 옷을 두고 하는 소리는 아니지?'
'왜 아니라고 생각해? 종종 넌 못 벗어서 안달 난 사람처럼 보이는데.'

그의 말을 듣고 있자니 송연은 기가 막혔다.
쇄골까지 덮은 좁은 라운드 넥의 검정색 블라우스와, 같은 색상의 스커트였다. 특히나 스커트는 폭이 좁아 활동성을 보장하기 위해

밑단에 조금 깊은 트임이 있을 뿐 지극히 단순한 디자인이었다.

그런데 사람을 한순간에 노출증으로 몰고 가다니 황당하기 짝이 없었다. 아까부터 차창을 절대 내리지 말라는 조건을 내거는 것하며 오늘 그는 정말 이상했다.

'그냥 당신에게 잘 보이고 싶은 노력이라고 가상히 여겨 주면 안 돼?'

브레이크에서 발을 떼고 헤드 레스트에 머리를 기대며 송연이 물었다. 굵은 빗방울이 차 지붕을 두드리고 냉한 습기가 차 안을 감돌자 차라리 지붕을 열어 내리는 비를 고스란히 맞고 싶어졌다.

그래서 모두 다 씻겨 내려갔으면. 지금의 상황도, 점점 자리를 차지하는 그에 대한 복잡한 마음도 모두 다 흘러가 버렸으면.

'그러잖아도 매순간 너랑 하는 상상 때문에 곤혹스러우니까 애쓰지 않아도 돼. 덕분에 다른 새끼들 눈만 호강하잖아.'

슬릿 사이로 보이는 길고 날씬한 다리를 훔쳐보는 시선들을 모두 다 도려내 버리고 싶었던 내 심정을 네가 알까.

팔을 뻗어 가냘픈 어깨를 끌어안자 거부감 없이 머리를 기대 온다. 손을 내려 벨트를 푸는 그녀에게 서건은 고개를 비틀고 입술에 키스했다. 따뜻하고 부드러운 살갗을 열고 들어가자 말캉거리는 혀가 기다렸다는 듯 얽혀 들었다.

모든 감각을 오롯이 입술에 맡긴 채 터질 듯이 부풀어 오른 젖가슴을 움켜쥐었다. 당장에 야들야들한 가슴살을 만지려면 블라우스 단추부터 풀어야 했다. 번거로우니 처음부터 전부 벗겨 버릴까.

"차라리 내일부터 집 밖으로 나오지 말라고 하지 그래?"

"그렇게 하라면 그럴래? 네 입으로 듣고 나니 정말 그렇게 만들고 싶어지는데."

말을 말자. 송연은 고개를 저으면서도 그의 손길에 달뜬 숨을 내쉬었다. 서건의 엄지손가락이 가슴 위로 둥글게 덧그리더니 손끝으로 브라 컵을 잡아 내렸다. 벗지 않은 블라우스 위로 잔뜩 흥분한 유두가 뾰족하게 솟아올랐다.

손톱으로 원을 그리고 튕기듯 긁어 올리자 송연이 그의 품 안으로 더욱 파고들었다.

"근데 나 궁금한 게 있어."

이 와중에? 역시 아까 모두 벗겨 버릴 걸 그랬어. 눈치 없이 질문을 해 대는 그녀의 정수리에 턱을 묻으니 늦은 후회가 몰려왔다.

"아까 당신 수행비서가 했던 말 무슨 뜻이야?"


레스토랑 주차장으로 차를 가져온 기욱을 본 순간 얼어붙던 송연은 작은 목소리로 알은체를 했다.

"혹시 그때 그 노견을 데려간 분 아니신가요?"

언젠가 걸릴 줄은 알았지만 막상 상황이 닥치자 기욱은 빠르게 서건을 보았다.

처음엔 한 손에 여자의 허리를 감고 서 있는 대표의 낯선 모습에 놀랐지만 티 내지 않았다. 그런데 눈앞의 여자가 길 위에서 목줄을 건네주며 노견의 안녕을 당부하던 그녀와 동일 인물임을 깨닫자 표정을 감추는 데 애를 써야 했다.

이 정도로 티 낼 만큼 어리숙한 기욱이 아니었지만 어물쩍거리느라 그만 퇴장할 타이밍을 놓치고 말았다.

"왜 안 가고 서 있어?"

서건이 묻자 기욱은 뒷머리를 긁으며 멋쩍은 웃음을 지었다.

"저번부터 분명히 어디서 뵌 것 같은데 도저히 기억이 안 나서요."

"네가 기억해도 될 사람 아니야."

지나치게 냉랭한 서건의 옆모습을 올려다보던 송연이 기욱에게 물었다.

"걔는 잘 있어요? 궁금해서 몇 번 문자 보냈는데 답이 없어서 걱정했어요. 잘 있는 거죠?"

"문자를 보내?"

"갑자기 나타나서 데려간다고 하니 믿을 수가 있어야지."

서슬이 퍼런 서건을 가볍게 무시하고 송연은 기욱의 대답을 기다렸다. 지나치게 예민하게 굴어 대는 대표가 대단히 신경 쓰였지만 기욱은 슬며시 고개를 끄덕였다. 정말 잘 있기를 바라는 심정으로 묻는 게 느껴졌기 때문이었다.

"저희 시골집에서 밥 잘 먹고 건강하게 잘 있습니다. 걱정은 안 하셔도 됩니다."

"정말이죠? 그렇다면 정말 다행이에요. 피부병을 앓고 있는지 털도 다 뭉치고 벗겨져서……."

"아! 생각났다! 나체 운전!"

별안간 기욱이 소리를 지르자 송연의 시선이 서건에게로 향했다.

대체 저게 무슨 소리야? 그에게 물었지만 그는 잔뜩 굳은 얼굴로 기욱만 노려보고 있었다.

"기욱아."

"죄송합니다, 대표님. 내내 기억이 날 것 같으면서도 안 나서 답답했던 차라 저도 모르게 그만 실수했습니다. 바로 퇴근하겠습니다."

질러 놓고 재빠르게 내빼는 기욱의 꽁무니에 한동안 그가 말이 없어 미처 묻지 못했다. 그런데 무작정 덮어 버리고 무시하기엔 키워드가 너무 원색적이었다.

나체 운전이라니?


"그러니까, 당신 비서가 말했던 그 나체 운전이 무슨 뜻이냐구."

송연이 대답 없는 서건에게 다시 한 번 물었다.

민건은 런던 거지라 부르고 기욱이 녀석은 나체 운전이라 부르고 넌 참 별명 많아 좋겠다.

"지금 다른 새끼를 입에 담는 거야? 답도 없는 문자를 해 댄 것도 모자라서?"

"그게 아니⋯⋯."

"내가 너무 매너 있게 굴지? 지금?"

서건은 빌어먹을 슬릿을 두 손으로 잡고 그대로 찢어 버렸다.

그리 좋은 소재는 아닌지 스커트는 힘없이 골반 아래까지 벌어졌다. 송연이 미처 손쓸 틈도 없이 스타킹과 팬티가 동시에 벗겨졌다.

돌돌 말려진 뭉치들은 순식간에 무릎을 지나 발목까지 끌어 내려졌다. 발등에 걸린 것들을 마저 벗느라 무릎을 세우고 들어 올리자 그 사이로 서건의 손이 파고들었다.

"이렇게 젖었는데 궁금한 것도 참 많아, 너는."

"하읏!"

그의 손가락이 거침없이 갈라진 분홍 속살 안으로 쑥 미끄러져 들어왔다. 가운데 손가락으로 받쳐 올리듯 깊숙이 묻자 송연의 엉덩이가 저절로 들렸다. 왼손으로 그녀의 뒷목을 감싸 안고 오른손으로 아래에 불을 지폈다. 단숨에 온몸으로 열기가 퍼지기 시작했다.

그는 너무도 쉽게 그녀를 장악하고 있었다. 그것이 못 견디게 부끄럽고 거부하고 싶었지만 어느새 그의 손에 질질 끌려 쾌락 아래에 몸부림치는 자신과 마주하게 되었다. 추운 냉기로 가득 찬 차 안에서 송연은 뜨거운 신음을 토해 내고 있었다.

손끝으로 느껴지는 오돌토돌한 살점의 돌기를 문지르듯 흔들어 대자 송연은 날카롭게 울부짖었다. 그의 목덜미에 열기로 가득한 뜨거운 숨을 토해 내며 매달리자 일순간 서건은 모든 동작을 멈췄다.

방금 전 집요했던 자극이 꿈이었던 것처럼 태연한 얼굴로 그녀 안에서 손가락을 빼고 자리로 돌아가 자세를 고쳐 앉았다.

"갑자기 왜……."

그만두는 거야. 아직 채 가시지 않은 여운과 채워지지 않은 욕구로 진저리 치는 몸을 어쩌지 못하고 말을 맺지도 못했다.

"시승식을 마저 할까 해서."

재킷을 벗는 그의 말뜻을 눈치챈 송연이 발끝에 걸리는 팬티 뭉치를 밀어내고 망설임 없이 그의 자리로 건너갔다. 상체를 기울이며 건너오려는 송연의 허리를 붙잡은 서건이 단번에 허벅지 위에 그녀를 앉혔다.

"그런 시승이라면 끝까지 완주해야겠지?"

송연은 새침하게 말하며 스위치를 눌러 조수석의 시트를 뒤로 젖혔다. 시트 위에 완전히 누운 서건이 스커트 밑으로 손을 밀어 넣자 송연은 블라우스의 단추를 천천히 풀었다.

풀어 헤쳐진 그 사이로 브래지어에 감싸인 가슴이 모습을 드러내자 서건이 참지 못하고 상체를 세웠다. 두 손으로 가득 모은 젖가슴 사이로 얼굴을 묻었다.

"으음."

서건이 가슴골에 고인 숨을 깊게 들이마시자 송연의 목이 뒤로 길게 젖혀졌다. 그의 어깨를 꽉 붙들고 밑에를 비벼 대자 브라 컵을 쭉 잡아당긴 그가 튕겨 나온 가슴을 한입에 삼켜 버렸다.

"흐읍…… 하앗…… 아웃…….."

"넌 코너링 테스트를 이렇게 하나?"

"차가 멈춰 설 때부터 이미 당신 눈이 올라타고 싶게 만들었잖아."

"네가 그렇게 말하니까 묘하게 인정받은 기분인데?"

선홍빛의 유두를 이 사이로 잘근잘근 깨물자 송연의 허리 놀림이 더욱 빨라졌다. 리듬을 타며 골반을 흔들어 대자 서건 역시 슬슬 한계를 느꼈다.

이미 팬티를 벗은 송연의 여성에서 흘러내린 애액이 서건의 바지를 물들고 있었다. 잔뜩 흥분해 있던 터라 그의 부풀어 오른 페니스로 인해 생긴 거대한 볼륨감은 또 다른 자극이 되어 멈출 수가 없었다. 송연은 본능적으로 느낌을 쫓아 거세게 앞뒤로 문질러 댔다.

그의 앞섶이 흠뻑 젖어 드는 것도 모른 채 뻗으면 금방이라도 잡힐 것 같은 쾌감에 그의 목을 껴안고 귓불을 핥아 댔다.

"하아…… 한송연…… 오늘 상당히 예민한데?"

"나를 이렇게 길들인 건 당신이잖아."

이를 악물고 신음을 참으면서 하는 말이 그를 한계의 극점으로 몰고 갔다. 더 이상은 서건도 무리였다.

"조금만…… 조금만 더……."

절정이 몰아닥치는지 송연은 턱을 치켜들고 가슴을 내밀었다. 이미 그의 타액으로 탱탱 부어오른 가슴을 입을 크게 벌려 한 입에 빨아 들였다. 입에 넣고 혀로 녹일 듯이 살살 굴리며 후르륵 소리 내어 삼켰다.

"하핫……흐……핫……!"

순식간에 다다른 절정에 흡착하듯 들러붙은 그의 머리를 송연이 꽉 껴안았다.

"본 게임은 시작도 안 했는데 벌써부터 이렇게 집중해 버리면 어쩌자는 거야."

"모르겠어…… 비가 와서 그런지 느낌이…… 이상해……."

"오늘부터 일기 예보를 정독해야겠는데?"

알 만하다는 듯이 송연이 눈을 흘기자 서건이 시치미를 뗐다.

"날이 조금만 궂어도 일단 떠나고 보는 거야. 그리고 야외 자쿠지에서 비를 맞으며 날이 새도록 섹스하자. 어때, 죽일 것 같지?"

정말 못 말리는 남자야. 송연이 가슴을 아프지 않게 때리자 그의 입술이 점점 가까이 다가왔다.

"생각만 해도 좋을 것 같다. 너와 함께라면."

입술과 입술이 맞닿았다. 송연의 웃음기는 사라지고 밀려 들어오는 그의 혀는 달콤했다. 처음 하는 키스도 아닌데 간지러운 느낌이 온몸에 느릿하게 번져 올랐다. 그를 상대하는 사람들은 그의 입술이 철저한 줄로만 알지 이토록 섬세할 거란 건 꿈에도 모를 것이다.

서건은 그녀를 안은 채로 시트에 다시 누웠다. 송연의 손이 자연히 그의 벨트를 찾고 바지를 열고 지퍼를 내렸다. 한 손으로 쥐기에도 벅찬 페니스가 송연의 손길에 힘차게 고동쳤다.

"이제 키는 내가 쥐고 있어. 어디 한번 애원해 봐."

"지금. 지금 그런 소리가 나와?"

"최대한 간절하게. 아니면 본 게임은 없어."

"하아…… 너 정말……."

허리를 살살 흔들며 싫어? 라고 묻는 여우 짓에 서건이 이를 악물고 말했다.

"어떻게 말해 줄까? 움켜잡고 박아 달라고?"

"그보다 더 간절하게."

"후…… 움켜잡고 박아 줄래? 돌아 버리기 전에 제발?"

이번엔 고개를 끄덕이며 얄미운 미소를 흘렸다. 질구에 귀두를 맞추고 그대로 허리를 내리자 송연의 눈과 입이 동시에 벌어졌다.

아래가 터질 듯 가득 차오르는 느낌에 잠시간 얼은 채로 감각이 간직하는 쾌락의 기억을 거듭 핥았다.

"윽."

서건 역시 숨을 들이켜야만 했다. 비좁기만 한 입구를 지나쳐 단번에 삽입하자 빠듯하게 에워싸기 시작했다. 그러더니 끝 간 데 없이 그를 빨아들이기 시작했다.

이러니 틈만 나면 할 궁리만 하게 되는 거다. 이렇게 잘 흐르고 잘 흔들리고 잘 흔들어 대는 여자가 곁에 있는데 어떻게 상식적인 생각만 할 수 있을까.

물어뜯고 뽑아 버리기라도 할 듯이 자신을 압박을 해 오자 서건은 가쁜 숨을 죽이고 치밀어 오르는 사정을 참아 내야 했다. 지금이 아니었다. 더욱 더 맛보고 싶었다. 온몸을 뒤덮는 이 뜨거운 불길을.

쾌감이 서서히 심장으로 모여들고 열락이 전신을 에워쌌다.

"으, 웃…… 하…… 아응……."

자꾸만 허물어져 내리는 그녀의 손을 단단히 붙잡고 밑에서부터 골반을 튕겼다. 죽을 것같이 죄어드는 쾌감 속에서 서건의 좁아진 미간 사이로 땀방울이 맺혔다. 혀끝이 말려들고 입안이 타들어 갔다.

"지금 이거 나만 느끼고 있는 건가?"

너도 느끼고 있잖아. 네 말대로 나에게 길들여졌으니 이제 넌 어느 누구에게서도 만족할 수 없어. 그 누구도 지금처럼 야하게 젖은 너의 눈, 탄력 좋게 튕기는 젖가슴, 절대로 잊을 수 없는 속살, 그 어떠한 것도 너에게서 맛볼 수 없어.

오직 나만이 널 가질 테니까.

"대답해. 이번만큼은 들어야겠어."

나만 미쳐서 너에게 안달 난 거라고 하지 마.

너도 날 원하고 있잖아.

서건은 스스로의 시간을 갖고 나자 모든 것이 명확해졌다.

이미 시작되었고 더 이상 끝은 없었다. 그녀와 자신, 두 사람의 관계는 오로지 지금만 있을 뿐이었다.

"원해. 너무도…… 흐…… 흣…… 그러니까 지금, 지금이야!"

점점 고조되는 감정이 그녀의 한마디에 울컥하고 치밀어 오르더니 자신의 모든 것을 쏟아 내듯 그녀 안에 사정했다.

송연 역시 숨결이라도 끊어질 듯 지독한 쾌감에 정신없이 소리를 내지르더니 또 한 번의 절정을 맞이했다.

두 사람이 동시에 들어맞은 완벽에 가까운 일치였다.

"하악…… 하아……."

아직 가쁜 숨을 내쉬는 그녀의 등을 껴안았다. 자꾸만 되새겨지는 소유욕에 이미 사정했지만 놓아주고 싶지가 않았다. 그가 한참을 그러고 있자 송연이 벗어나려고 버둥거리기 시작했다.

"집에 들어가지 마."

일순간 그녀의 모든 움직임이 멈췄다.

서건은 힘을 주어 다시 말했다.

"오늘 밤 같이 있자, 우리."

송연은 대답 대신 두 눈을 질끈 감고 말았다. 그가 너무도 달콤한 목소리로 말하는 '우리'라는 말에 흔들리는 자신을 느꼈기 때문이다.

그 누구도 그녀에게 함께라는 말로 결속을 짓지 않았다. 그래서 유독 힘없이 끌려가고 만다.

아직까지도 자신은 타인의 관심과 애정에 목말라 있는 걸까. 그토록 무수히 많은 실망을 하고 포기를 했으면서도.

무심코 뱉었을 말 한 마디에 우습게도 생각이 많아졌다. 송연은 넓은 품속으로 파고들며 그의 등을 아스러질 듯 꽉 껴안았다. 서건은 말없이 그런 그녀의 등을 쓰다듬어 주었다.

차창 밖으로 비가 내리는 겨울밤, 그와 그녀의 체온이 서로에게 스며들었다.

## 5. 절대로 내 손에서 너 안 놔

창문 밖으로 봄이 쏟아지던 오후, 열일곱의 송연이 비장한 얼굴로 말했다.

"춤을 추면 오로지 나에게 집중할 수 있잖아."

"듣고 보니 꽤 심오한데? 난 그냥 대학 가려고 시작했는데."

그때 그 남자애의 이름이 뭐였더라. 그 당시 꽤 충격을 줬던 아이였는데 지금은 이름조차 기억나지 않는다.

신장은 다른 남자 무용수들에 비해 작은 편이었지만 꽤 힘이 좋았고 유연성이 나쁘지 않았던 걸로 기억한다.

그리고 송연의 예고 전학 후 첫 실기 파트너이기도 했다.

"내 몸이 깃털이라고 생각하는 거야. 단 1그램도 무게감이 느껴져서는 안 돼. 너희들은 지금부터 무중력 상태가 되는 거지."

파트너를 지정해 주고 실기 수업은 무중력을 표현하기 위한 집요한 고찰로 시작되었다.

선생님의 수용하기 난해한 요구에 이제 갓 고등학교 신입생인 무용반 아이들이 아우성을 쳤다. 하지만 고1 때부터 예대 입시를 준비하는 곳이 이곳이었다. 그중에 유독 송연만이 눈을 빛내고 있었다.

미소까지 짓고 있는 송연이 신기했는지 파트너인 남자애가 물었다. 넌 춤이 그렇게도 좋아? 라고.

무대 장치 하나 없이 조명뿐인 공간을 오로지 자신의 리듬만으로 장악한다는 것 자체가 생각만 해도 근사했다. 송연은 춤만 출 수만 있다면 당장 굶어 죽어도 상관없었다.

"난 꼭 엔딩 무대에 설 거야. 나로 인해 이 무대가 끝이 났으면 좋겠거든."

"아마 2학기 중간고사 끝나고 예무제가 있을 걸? 그때 1학년들도 무대에 설 수 있을 거야. 보나마나 엔딩은 한지완이 되겠지만."

"한지완?"

"아, 맞다! 너 한지완 동생이라고 그랬지?"

"어? 응."

"그래서 결원도 없는데 전학 올 수 있었던 거구나?"

"그게 무슨 소리야?"

"너 우리 학년 유일한 전학생이잖아. 그래서 애들이 뒤에서 수군거리는 거 몰라?"

초등학교 4학년쯤부터 이상하게 여자애들과 겉돌기 시작했다. 짓궂게 장난을 치던 남자아이들도 어느 순간부터 거리를 두더니 어색해지고 말았다. 모두가 자신이 보육원 출신이라 그래서 그런 거라 생각했다.

중학교에 들어가서도 딱히 달라진 것은 없었다. 그래서 친구란 존재는 먼 나라에 존재한 신비로운 유니콘과도 같은 존재였다.

한 이사장에게 입양이 되고 꿈에 그리던 예고로 전학 올 수 있게 되자 세상을 다 가진 기분이었다. 그래서 남자애의 말을 크게 신경 쓰지 않았다.

"그 자리에서 점프! 깃털처럼, 가볍게! 몸의 축 안 잡을래? 정신 줄 안 잡을 거야!"

불호령처럼 떨어지는 선생님의 지적마저도 달콤하게 들렸다. 모든 신경을 다 동원해 모조리 외우고 잊지 않게 되새겼다.

하교 후 따로 개인 레슨을 받는 반 아이들과는 다르게 송연은 학교 수업이 유일했다.

"한송연 나 너 좋아하는 거 같아. 우리 사귈래?"

1학기 중간 실기를 앞두고 매일을 짝인 남자애와 연습을 했다. 따로 시간이 없었던 송연이 악착같이 연습에 목을 매자 처음엔 버거워 하던 남자애도 제법 맞춰 주던 참이었다.

그런데 점심시간에 별안간 매점으로 끌고 가더니 빵을 내밀며 고백했다. 학생들로 가득 찬 그곳에 모두의 시선이 송연에게로 쏠렸다. 누군가 휘파람을 불고 누군가는 사귀어라! 키스해! 장난스럽게 연호하기도 했다.

송연이 체중 조절 때문에 내내 점심을 건너뛴 것이 아니라는 것쯤은 금세 눈치챌 수 있었다. 그래서 마치 빵 하나로 마음을 얻겠다는 듯 매점에서 산 걸 내밀었다.

"왜?"

"뭐?"

뜻밖의 질문에 남자애는 꽤 놀란 눈치였다.

"내가 왜 좋은데?"

"그냥…… 네가 춤출 때마다 수줍고 다정한 시선으로 봐 줘서 좋아."

"그건 너 때문이 아니라 연습 시간이라서 저절로 그렇게 된 거야. 오해하지 마."

"알아."

"그럼 내 대답도 알겠네."

매몰차게 돌아서는 송연을 남자애가 다급하게 붙잡았다.

"잠깐만! 그럼 좋아하는 사람이 생기면 그런 눈으로 봐 주겠다는 소리네?"

"점심시간 끝나면 실기실로 와. 아직 더 맞춰 봐야 하니까."

아직 할 말이 남았는지 머뭇거리는 남자애를 세워 두고 송연은 쌀쌀맞게 돌아섰다.

아직 제 앞가림도 못 하는 동급생이랑 연애나 하며 허투루 시간을 보낼 생각 따윈 없었다. 덕분에 전교생들에게 까인 남으로 불리겠지만 그 사정까지 봐줄 여유가 송연에겐 없었다.

"존나 바빠 보인다?"

막 매점 문을 나서려던 송연과 마침 안으로 들어서던 지완과 맞닥뜨린 건 그때였다. 그사이에 여친이 또 바뀌었는지 옆구리에 끼고 있는 여자애가 당장에 경계하는 시선으로 송연을 보았다.

송연이 무표정으로 일관하자 여자애가 아니꼽다는 듯 째려보았다. 송연은 일단 고개를 숙이고 조용히 지나치기로 했다.

학교에선 절대 알은척하지 말라고 한 건 지완이었다.

"너 지금 내 말 씹냐?"

"학교에선 알은척하지 말라고 했잖아요."

"그래도 감히 내 말을 무시해선 안 되지. 나 쫌 기분이 상하려고 하는데?"

"그럼 할 말이……."

"수업 끝나고 음악과 뒤에 있는 공터로 와."

"네?"

"알아들었으면 꺼져. 밥맛 떨어지니까."

그 후로 오후 수업 내내 남자애는 안절부절 어쩔 줄을 몰라 했다. 너무 심하게 거절했나 싶을 정도로 초조해 보였다.

"있잖아, 송연아."

"왜 자꾸 부르는데? 할 말이 아직도 남았어?"

몇 번을 이름을 부르고 송연이 대답하면 주저하기를 반복하면서도 남자애는 끝내 뒷말을 삼켰다.

그리고 수업이 끝나고 썰물처럼 학생들이 빠져나간 조용한 학교에서 송연은 이내 그 이유를 알 수 있었다. 한지완과 그 무리들이 남자애를 건물 벽으로 몰아 세워 놓고 조롱하고 있었다.

"머리에 피도 안 마른 좆만 한 새끼가 추라는 춤은 안 추고 연애질을 하시겠다?"

"그, 그게 아니라……."

"누가 한지완 동생한테 함부로 고백하래? 그 전에 미리 허락부터 받아야 할 거 아냐?"

"죄, 죄송합니다. 다시는 안 그러겠습니다. 이번 한 번만 봐주세요. 정말 모르고 그랬어요."

금방이라도 무릎이라도 꿇고 손을 비벼 댈 것처럼 남자애의 얼굴이 절박했다. 압박하며 다가오는 선배들의 위협에 무릎이 후들후들 떨리는지 자꾸만 주저앉으려는 몸을 겨우 지탱하고 있었다.

"야, 지완아. 이 새끼 이러다 오줌이라도 지리겠는데?"

"병신 같은 게 시팔 갈수록 좆같이 구네."

"송, 송연이 털끝 하나도 안 건들게요. 맹세해요. 각서도 쓸게요."

"그거 가지고는 기분이 안 풀리고."

"그, 그럼 도, 돈이라도……."

"이게 지금 누굴 거지로 보나."

"그럼 제가 어떻게 해야 화가 풀리실까요?"

"아니, 난 그냥……."

그때 뒤로 다가서는 송연을 눈치챘는지 지완이 어깨 너머로 슬쩍 시선을 던졌다. 남자애도 송연을 발견하고 간절한 눈빛을 보냈다.

제발 너희 오빠 좀 말려 줘. 다시는 네 앞에 얼씬도 안 할게. 그러니 이번 한 번만 도와줘.

"남자 무용수가 귀하니 그에 맞는 대접을 해 줄까 하고."

지완의 날카로운 린치가 정확하게 남자애의 명치에 꽂혔다.

태어나 처음 겪는 숨이 턱 막히는 고통에 남자애는 끽소리도 못 한 채 바닥에 쓰러졌다.

"애들아 뭐 하냐."

밟아. 지완이 고갯짓을 하자 신호가 떨어지기가 무섭게 운동화를 신은 발들이 무자비하게 쏟아졌다. 남자애는 두 팔로 얼굴과 머리를 감싸며 감히 한지완의 동생에게 고백한 대가를 감내해야만 했다.

"그만둬요! 제발. 저러다 죽겠어요."

"제발?"

"그만해요. 이렇게 부탁할게요. 진짜 나랑은 아무 상관 없는 애라고요."

"그런데 네가 이렇게 빈다고?"

결국 송연은 지완의 팔을 붙잡고 말리기 시작했다. 이렇게 말려들면 안 된다는 걸 알면서도 지금은 그럴 수밖에 없었다.

처절한 응징에 핏덩어리가 된 남자애의 얼굴이 알아볼 수도 없게 짓뭉개지고 있었다. 남자애는 무용수였다. 저렇게 처참하게 당해서는 안 된다. 송연은 오로지 그 생각뿐이었다.

"너 지금 내 몸에 손댄 거야?"

"그러려고 그런 게 아니라……."

"예쁘다고 끌리고."

송연의 머리채를 한 번에 낚아챈 지완이 사정없이 잡아당겼다. 턱이 치켜 올라가고 두피가 떨어져 나갈 것처럼 아파 왔다.

그의 몸에 손을 댔다는 이유로 체벌이 시작되었다.

"멋지다고 좋아하면."

움켜쥔 머리채를 흔들어 대자 눈알이 뽑힐 것 같은 고통에 차라리 두 눈을 감아 버렸다.

"존나게 못생긴 애들은 도대체 누구한테 환영받는데?"

아무리 벗어나려고 했지만 한번 잡힌 손아귀에서 도저히 헤어 나올 수가 없었다. 어서 지완의 흥미가 식기만을 기다릴 뿐이었다.

제발 시간이 빨리 흘렀으면…….

"질질 짜지 말고 말해 봐, 쌍년아."

어쩔 수 없이 감은 눈 사이로 흘러내리는 눈물을 거칠게 닦아 내자 몇 번을 더 흔들린 다음에야 손아귀에서 벗어날 수 있었다.

"똑바로 서."

비틀거리며 바닥에서 몸을 일으키자 냉혹한 린치가 이번엔 송연의 얼굴 위로 떨어졌다.

눈앞에 번개가 번쩍이더니 저 멀리 시멘트 바닥 위로 나가떨어졌다. 불이 날 것 같은 뺨을 감싸고 고개를 숙이자 새빨간 코피가 뚝뚝 흘렀다.

"다시."

눈앞이 빙그르 도는 현기증에 휘청거리며 일어서자 지완은 얼굴이 날아가도록 따귀를 세차게 갈겼다. 머리채를 단단히 옭아매고 연거푸 따귀를 후려갈겼다.

"학교에 꼬리나 치고 다니라고 한중호한테 전학시켜 달라고 한 줄 알아?"

"그런 게 아니⋯⋯."

"아니긴 뭐가 아니야. 내가 똑똑히 봤는데. 내 눈이 정답인데 네가 감히 아니라고 해?"

일방적으로 당하는 패전에 입술에 바들바들 경련이 일었다. 송연은 부어 터진 아랫입술을 꼭 깨물고 온 힘을 다해 지완을 노려보았다.

진득하게 흘러내리는 코피를 닦지도 않고 한 치의 흔들림도 없이 지완에게 시선을 꽂은 채 단 한 대도 피하지 않고 고스란히 맞았다.

선명한 핏빛은 지완을 자극할 뿐이었다. 그럴수록 지완은 더욱 미쳐 가고 있었다.

"인근에 사는 새끼들 단골이나 되라고 전학시킨 줄 아냐고! 왜 대답이 없어?"

두 눈이 벌게지도록 고함을 지르는 지완에게 송연이 마른기침을 하며 입을 열었다.

"쟤부터 놔줘요. 뭐든 하란 대로 다 할 테니 상관없는 사람 그만 보내 주라구요."

기침에 섞여 나온 핏물이 턱을 타고 흘러내리자 별일 아니라는 듯 손으로 스윽 닦고 말았다.

어느새 검푸르게 부풀어 오른 뺨이 눈두덩이까지 밀고 올라와 벌써부터 한쪽 눈으로 보이는 세상이 흐릿했다.

"애들아."

지완의 한 마디에 모든 것이 일시 정지되었다. 핏덩이를 뱉는 남자애의 쿨럭이는 기침 소리만 들려올 뿐 모든 것들이 고요해졌다.

지완이 흐트러진 교복 넥타이를 고쳐 매자 무리들은 하나둘 가방을 찾아 들고 사라졌다.

그 뒤를 따르던 지완이 생각이 났다는 듯 돌아서서 말했다.

"너 나한테 빚진 거야. 언제가 될지 모르니까 항상 갚을 준비 하고 있어. 그럼 오늘 밤 집에서 보자, 동생아?"

복받쳐 오르는 분노를 안간힘으로 누르고 남자애에게 다가가자 그럴 힘이 남아 있는지 송연의 손을 매섭게 뿌리쳤다.

남자애의 가방에서 핸드폰을 찾아 머리맡에 놔주고 그곳에서 나왔다. 정문 경비실에서 졸고 있는 아저씨에게 알릴 생각은 애초에 하지도 않았다. 송연은 조용히 학교를 빠져나왔다.

그리고 그날 이후로 더 이상 학교에서 남자애를 볼 수 없게 되었다. 경기도의 한 인문계 고등학교로 전학을 갔다고 얼핏 들은 기억이 났다.

전입생이 왔으니 전출생이 생긴 것뿐, 학교는 아무 일 없었다는 듯 평화로웠다. 한중호가 어떻게 합의를 봤는지 남자애의 부모는 문제를 삼지 않았다.

지완이 택한 것은 자숙이 아니라 은폐였다.

며칠 후 송연은 모두가 잠이 든 새벽에 조용히 2층 욕실로 향했다. 부기가 내린 뺨을 슬쩍 만지며 이제야 온전히 보이기 시작한 두 눈으로 목표물을 찾아 나섰다.

손에 들고 온 압박붕대를 천천히 풀어서 목에 감았다.

확실하게 매듭을 묶고 수건걸이에 또 다른 매듭을 묶을 때쯤 욕실 문이 벌컥 열렸다. 지완의 손에는 욕실 열쇠가 들려 있었다.

송연의 목에 감긴 붕대를 한번 슥 훑어본 지완이 아무렇지 않은 얼굴로 변기 앞에 가서 섰다. 바지 지퍼를 쭉 내리고 마치 송연이 투명인간이라도 되는 것처럼 태평하게 오줌을 쌌다.

마저 털어 내고 변기의 레버를 내리자 조용한 욕실에 물 내려가는 소리만 요란하게 울렸다. 뭉크러진 쓰레기처럼 구석에 처박혀 있던 송연에게 지완이 입을 연 것은 그때였다.

"누가 네 맘대로 죽으래?"

"내 목숨이야. 유일한 내 거니까 내가 결정해."

"누구 마음대로 네 거라는 건데? 누가 그래, 어?"

지완이 서서히 다가오자 송연이 저절로 뒤로 물러섰다.

무릎 뒤로 욕조가 닿자 송연은 구명줄이라도 되는 것처럼 샤워 커튼을 붙잡았다.

저도 모르게 얼마나 힘을 주고 잡아당겼는지 커튼이 후드득거리며 레일에서 뜯겨 나갔다.

"하긴 이 집에 들어온 이상 살아서 나갈 순 없을 거야. 그래도 죽는 것만큼은 네 맘처럼 쉽지 않을걸? 뭐 그것뿐만은 아니지만. 어쨌든 내 허락 없이는 못 죽어. 말했잖아. 넌 내가 발랐다니까?"

"그러면 그럴수록 나는 더욱 치밀해질 거야. 더 이상 오빠로서의 존중도 끝났어."

"그래서 지금 기어오르기라도 하시겠다? 이거 완전 재밌게 구네?"

"어디 한번 열심히 때리고 굴려 봐. 그래서 죽을 수만 있다면 나는 더 환영이니까."

"나더러 그렇게 쉽게 끝내라고? 평생 장난감인데 그럴 순 없지. 아! 그리고 한 가지 더 알려 주자면 내 눈은 어디에든 있어. 그래서 네 목숨 네가 결정하는 그런 귀여운 짓 쉽지 않을 거야."

그길로 지완에게 끌려가 끔찍하게도 싫은 그 방에서 날을 새워야 했다. 그리고 정확히 다음 날 온 집 안에 CCTV가 깔렸다.

보이지 않아도 숨통을 조여 오는 감시의 눈이 송연의 모든 걸 단속하기 시작했다. 단지 세상에서 흔적도 없이 사라지고 싶었던 송연은 스스로 목숨을 끊을 수 있는 기회마저 빼앗기고 말았다.

그래도 고3이 되면 무대의 마지막을 차지할 수 있을 거라 품었던 기대조차 결국엔 산산이 부서졌다.

그로부터 1년 후, 1학기 기말고사를 마치고 송연은 자퇴서를 내야만 했다. 사유는 아픈 어머니의 병간호였다.

오늘도 꿈을 꾸었다.

런던에선 조금씩 잊고 지냈던 악몽이 지완과 재회 후로 잦아지기 시작했다.

땀으로 흠뻑 젖은 이마를 짚고 한참 동안 멍한 눈으로 천장을 바라보았다.

오늘 밤 같이 보내자는 말에 그의 집으로 돌아와 몇 번의 치열한 섹스를 하고 지쳐서 잠이 들었다. 그런데 그 와중에 지완의 꿈을 꾸다니…… 기분이 진창에라도 빠진 것처럼 더러워졌다.

"일어났어?"

적막을 깨는 소리에 송연은 자리에서 천천히 일어났다. 창을 통해 스며드는 새벽녘 잔광에 물들어 있는 그가 보였다.

서건은 등을 돌린 채 테이블에 기대어 창밖을 보고 있었다. 무심하도록 검은 하늘을 응시하고 있는 모습이 마치 무채색의 목탄화 같았다.

고개를 돌리지 않아도 송연이 일어난 것을 알아챈 걸 보면 그의 모든 신경이 그녀에게 향해 있기라도 한 걸까.

"이리 와."

명령하듯 부탁하는 목소리가 송연을 움직이게 했다.

스커트는 그의 손에 찢겨졌고 송연은 주저 없이 벗은 몸 그대로 그에게 다가섰다.

그의 무릎 사이로 파고들며 그의 얼굴을 두 손으로 감쌌다. 여전히 내면의 깊이까지 느껴지는 짙은 눈이 오롯이 그녀에게 붙박았다.

"안 잤어?"

"자다가 깼지."

"혹시 나 때문에 깬 거야?"

서건은 말없이 송연을 보았다. 온몸이 식은땀으로 젖은 채 세차게 고개를 저으며 꿈을 부정하던 그녀가 떠올랐다.

매번 치솟는 설움을 꾹꾹 누르고 살아서인지 꿈속에서 송연은 펑펑 울고 있었다. 베개가 축축하게 젖어 들도록 감은 눈에서 눈물이 쉬지 않고 흘렀다.

*'차라리 죽어 줘…… 살고 싶지 않아…… 부탁이야…… 제발 날……'*

잠꼬대라고 치부하기엔 끔찍한 소리였다.

놀란 서건이 벌떡 일어나서 송연을 흔들었지만 도통 꿈에서 헤어 나오지를 못했다.

*'쉬…… 쉬…… 괜찮아, 송연아.'*

결국 끌어안고 달래자 서서히 흐느낌이 잦아들었다. 이내 고르게 변한 숨소리에 안도했지만 서건은 더 이상 잠들지 못했다.

이젠 알아야겠다. 너를 이렇게 울게 하는 사람이 누구인지. 더 이상 묻어 둘 수만은 없었다.

어둠을 등지고 서 있는 그녀의 얼굴을 서건은 한참을 바라보았다. 그리고 입 밖으로 꺼내는 대신 눈으로 송연에게 말했다.

송연아.

응?

나쁜 꿈을 꾸고 있는 것 같으면 재빨리 눈을 떠.

그게 말처럼 쉬워?

넌 할 수 있어. 자꾸 하다 보면 금방 익숙해질 거야.

그럼? 그다음엔?

네 옆에서 널 지키고 있는 날 확인해. 그다음엔 눈을 감고 잠에 드는 거야.

그게 뭐야.

그럼 다시는 악몽 따위 꾸지 않을 거야.

순 엉터리.

잊지 마. 네 옆엔 항상 내가 있다는 걸.

방금 그 말 어디서 많이 들어 본 노래 가사 같지 않아?

사람 마음 다 똑같나 보지.

그게 어떤 마음인데?

지켜 주고 싶은 마음.

서건은 어색하게 굳어 있는 그녀를 끌어안았다. 작은 한숨과 함께 송연은 그의 머리를 부드러운 손길로 쓸어 넘겨 주었다.

"춤 다시 시작할 생각 없어?"

그가 묻자 예기치 못한 통증 비슷한 것이 가슴속에 스치고 지나갔다. 단수 높은 질문이라도 들은 것처럼 송연은 선뜻 대답하지 못했다.

"아니면 뭐가 되고 싶은 게 있다거나. 네가 하고 싶은 게 있을 것 같은데."

아무도 묻지 않은 걸 그가 묻고 있었다. 어려운 질문이 아닌데 송연은 난감하기만 했다. 답을 찾을 수가 없어서였다.

자신이 하고 싶은 일. 되고 싶은 것.

또다시 춤? 아니면 안나처럼 꽃을 만지는 일? 모르겠다. 아무것
도 떠오르지가 않는다.

"근데 춤을 다시 시작하려면 도약할 때 발을 좀 더 높이 들어야겠
더라. 힘도 좀 빼야겠고. 턴할 때도 너무 급해."

"그거야 오랜만에 춰서 그런 거고, 안무 없이 생각나는 대로……."

갑작스런 그의 지적에 쉽게 발끈하던 송연이 이내 입을 다물었
다. 한참을 장난스럽게 빛나고 있는 그의 눈을 내려다보았다.

"본 거야? 어디서?"

"런던에서. 공원에서 버스킹 하던 널 봤지."

이미 서건은 그전부터 자신을 알고 있었다. 그래서 그날 테라스
에서 사람 시선을 운운했던 것이었다.

"당장 그렇게 물어 오니까 어떻게 대답해야 할지 모르겠어. 뭐부
터 시작해야 할지도."

"급한 거 아니니까 천천히 생각해. 그래도 괜찮아."

그의 괜찮다는 말에 이상하게 가슴이 철렁 내려앉았다. 그는 자
꾸만 남들이 하지 않았던 말들만 골라서 하고 있었다.

"사실은…… 세상 속으로 섞여 들어가야 하는데 자신이 없어. 난
여전히 관계 맺기가 어렵고 무서워."

"확실히 사람 관계란 게 춤하고 다르긴 하지. 연습한다고 쉬워지
는 게 아니니까."

"늘 눈을 감고 사는 것처럼…… 앞이 어둡기만 했거든."

"그래서 네 안으로 비집고 들어가려고 기를 쓰는 내가 안 보이나
보군."

점점 경계의 날이 무뎌지려 했다. 처음부터 튼튼하지 못했던 송

연을 지키는 방어막이 중심을 잃고 휘청거렸다. 자꾸만 요령 좋게 파고드는 그에게 허점이 자꾸 찔렸다.

그의 양쪽 귀를 쭉 잡아당기자 인상을 쓴 그가 고개를 뒤로 젖혔다. 송연은 조용히 얼굴을 내려 입술을 포갰다.

"으음……."

한 손으론 송연의 목덜미를 감아쥔 서건이 남은 손으로 허리를 끌어당겼다. 송연이 혀를 엮으며 그에게 안겨 들자 늘 눈을 뜨고 키스를 하던 그가 천천히 두 눈을 감았다.

"기브 앤."

살짝 입술이 떨어진 틈을 타 송연이 속삭였다. 그리고 서건의 손을 잡고 자신의 가슴으로 이끌었다.

가득 감싸 올리는 그의 손을 부드럽게 어루만졌다.

"테이크."

사람 사이에 이것만 잘 지키면 되는 거지?

눈썹까지 치켜 올리며 묻는 그녀의 모습에 서건은 웃고 말았다.

"그런데 어쩌지? 암만 생각해 봐도 내가 주는 거보다 너에게서 더 많은 걸 받을 것 같은데. 큰일 났다, 한송연."

서건은 조금도 서두르는 기색 없이 천천히 송연에게 키스했다. 이미 오래전부터 서로에게 익숙한 연인처럼 그의 모든 것이 자연스러웠다.

송연아, 행복하게 해 줄게. 웃게 해 줄게. 내가 꼭 그렇게 만들어 줄게.

그러니 나의 네가 되어 줘.

한강 너머로 동이 트면서 어느새 짙게 깔린 어둠이 서서히 밀려나고 있었다. 새벽과 아침이 교차하는 그 사이에 서건과 송연은 서로에게 한 걸음 더 다가서고 있었다.

현수의 얼굴에 어느 때보다 긴장이 서렸다. 가슴 깊이 끌어 올린 숨을 훅, 하고 몰아쉬었지만 좀처럼 마음의 안정이 되지 않았다.

어쩔 수 없이 옆에 서 있는 기욱의 얼굴을 힐끔거렸지만 녀석은 동상처럼 서서 요지부동이었다.

짜식, 한 번쯤은 좀 봐주지. 긴장되게시리.

오늘 오전, 기욱은 느닷없이 전화를 걸어와서는 권서건 대표가 찾는다고 통보했다. 그 바람에 현수는 시간을 빼느라 혼났다. 급한 대로 한중호 이사장에게 배탈이 났다고 말하자 버러지를 보는 듯 손을 내저었다.

어서 꺼지라니 바라시는 대로 해 드리죠. 그대로 권 대표가 있다는 체육관으로 직행한 참이었다.

그런데 벌써 1시간 가까이 격투기 경기만 관람하고 있었다. 권 대표는 뭐가 그렇게 쌓인 게 많은지 상대 선수가 불쌍할 지경이었다.

"야, 샌드백도 저렇게는 안 차겠다. 너희 대표 장난 아닌데?"

긴장을 늦추고 싶어 부동자세로 서 있는 친구에게 넉살을 떨었지만 녀석은 째려만 볼 뿐 대답이 없었다.

권 대표가 너한테 월급 주지, 나한테 주냐? 하여간 유난은.

현수는 소리 없이 툴툴거리면서도 자세를 다잡았다.

"대표님! 그러다 선수 죽어 나갑니다. 살살 합시다, 네?"

체육관 관장으로 보이는 남자가 보다 못해 나섰다. 하지만 헤드기어도 쓰지 않은 그의 귀에는 들리지 않은 모양이었다.

체급은 비슷한데 스트라이커의 타격 기술에서 이미 급이 달랐다. 수차례 빈틈을 틈타 펀치를 찔러 넣은 상대의 얼굴이 시퍼런 멍으로 부어올라 봐줄 수가 없었다. 본인도 악만 남았는지 짐승이나 내는 기괴한 소리를 내지르며 서건을 향해 돌진했다.

하지만 가볍게 U자 위빙으로 피한 서건이 백스핀해서 팔꿈치로 가격하자 그대로 링 위로 쓰러졌다.

그의 공격은 민첩하고 정확했다.

고통으로 몸부림치며 나뒹구는 선수의 발목을 잡아 겨드랑이 사이에 끼었다. 순식간에 상대를 허벅지로 찍어 제압한 뒤 그대로 팔을 조여 발목을 꺾었다.

"저러다 부러질 것 같은데……."

UFC에서나 보던 기술이 눈앞에서 펼쳐지자 현수는 저도 모르게 침을 꿀꺽 삼켰다. 결국 극심한 고통에 상대가 바닥을 치며 항복을 선언하자 경기는 끝이 났다.

깔끔하게 일어선 서건이 악수를 청했지만 상대 선수는 알아들을 수 없는 외국어로 욕을 지껄이더니 거칠게 마우스피스를 뱉었다.

"뭐야, 일본 선수였어?"

역시 대답이 없는 기욱이었다. 저 새끼가 진짜. 현수가 눈을 부라렸지만 기욱은 재빠르게 타월과 생수를 챙겨 들고 서건에게로 향했다.

글러브를 벗어 던진 서건이 그 자리에 서서 생수 한 병을 다 비워 냈다.

그리고 여전히 분이 풀리지 않은지 악다구니를 질러 대는 일본 선수를 향해 가볍게 손짓했다. 신호를 알아들은 관장이 사람들을 몰고 나갔다.

씻은 듯 조용해진 체육관에는 서건과 기욱, 현수 세 사람만 남았다.

"기욱이 친구라고 들었습니다."

"인사 먼저 드리겠습니다. 김현수라고 합니다. 그리고 말씀 낮추십시오, 대표님."

"그건 차차 하기로 하고. 일단 앉죠."

거친 운동 끝이라 아직 호흡이 돌아오지 않은지 서건이 숨을 크게 들이마셨다. 그러자 신중하게 다듬은 복근이 더욱 선명하게 패였다.

몸 한번 죽여주네. 대체 몇 년을 공들인 거야? 어떻게 앉아 있는데도 군살 하나가 접히질 않냐.

현수는 속으로 잡생각을 할지언정 겉으로는 현역처럼 칼같이 각을 잡고 앉았다. 타월로 얼굴에 흐르는 땀과 튀어 오른 핏자국들을 닦으며 서건이 눈을 치떴다.

가파른 눈초리에 무릎 위에 올려 둔 주먹에 진땀이 고였다.

"종이로 보고서를 받은 적이 있는데 직접 듣는 게 빠를 것 같아서 따로 시간을 요청했습니다. 양해 부탁합니다."

"아닙니다, 양해라니요! 앞으로 언제든 필요한 일 있으시면 기탄 없이 불러 주십시오. 기욱이가 모시는 대표님이신데 저도 깍듯이 모셔야죠."

"그럼 편하게 얘기하겠습니다. 사실 일정이 빠듯하기도 하고."

넵! 현수의 우렁찬 대답에 서건 뒤에 서 있던 기욱이 처음으로 힐끔 쳐다보았다.

입 모양으로 뭐? 라고 묻자 고개를 절레절레 저었다.

두고 보자, 강기욱.

"한중호가 최근에 여러 정계 인사들과 접촉하고 있는 걸로 아는데 단순히 정치 입문 때문인가?"

서건은 출중한 스트라이커답게 본론부터 훅 치고 들어왔다.

순간 말문이 막힌 현수는 쉽사리 입이 떨어지지 않았다. 한 이사장에 대한 충성 때문이 아니었다.

그 인간에게 충성을 해? 그건 절대 아니지. 단지 전혀 예상치 못했던 질문이라 놀란 것뿐이었다.

현수가 머뭇거리자 찌르는 듯 서늘한 눈빛이 단박에 날아들었다.

참 생긴 건 폭염에도 땀 한 방울 안 흘리게 생겼다. 서건의 눈초리에 현수는 서늘하다 못해 춥기까지 했다.

"맞습니다."

"인망이 그렇게 얕아서 무슨 정치를 하겠다고?"

"일평생 학계에만 몸담으셨던 분이라 한창 발을 넓히고자 열을 올리고 계십니다."

"그런데 거기에 한송연은 왜 끼워 넣으실까?"

"네?"

이거 너무 깊게 들어오는데.

현수는 이번에도 대답을 머뭇거리고 말았다.

서건은 살짝 짜증이 나는지 들고 있던 타월을 테이블 위로 던졌다. 그리고 상체를 기울여 현수의 두 눈을 뚫어지게 보며 말했다.

"다음 일정까지 시간이 없어서 그러는데 대답을 재깍 해 주면 고맙겠어."

"성상납입니다."

에라, 모르겠다. 현수는 두 눈을 질끈 감아 버렸다.

"성상납이라…… 잘 이해가 안 가는데. 한송연이 한중호의 입양된 딸 아니던가?"

"친자식은 아니란 소리죠."

노인이 말한 게 이걸 염두에 두고 했던 걸까.

서건이 알고 있는 송연에 관한 표면적일 뿐인 아주 작은 조각. 앞부분만 읽고 덮었던 보고서가 전부였던 서건이었다.

"그날 밤 한남동 호텔부터 시작해서 야당 사무총장을 거쳐 아마 리스트가 더 있을 겁니다. 이사장 입장에선 딸을 바칠 만큼 투지를 어필해서 좋고 의원들 입장에선 특권의식 생색내서 좋고. 그 누구도 발설하지 않을 안전하고도 신뢰가 가는 거래인 셈이죠."

깍지 낀 손에 턱을 묻은 서건이 한동안 말이 없었다.

현수는 점점 초조해지기 시작했다. 왠지 예감이 불길했다. 암만 봐도 타오르기 시작한 소각장에 화염병을 제대로 던진 게 분명했다.

"양모는 투병 끝에 사망이라 그렇다 치고 양오빠가 하나 더 있는 걸로 아는데."

"한지완을 말씀하시는 거라면 이사장보다 더하면 더했지 덜하지 않을 겁니다."

말년 휴가를 나오자마자 송연의 거취를 캐물으며 적잖은 괴롭힘을 당한 현수였다. 누누이 들었던 폭력 사태는 없었지만 피가 말릴 정도로 사람을 괴롭혀 댔다.

그래서 현수는 그날부로 사직서를 내고 후임자가 들어오기만을 기다리고 있는 상태였다. 마침 한중호의 사적인 부분까지 뒤치다꺼리하느라, 매번 쏠리는 욕지기를 참으면서까지 이 짓을 해야 하나 자괴감이 들던 참이었다.

"이제 겨우 스물여섯 살인데 골수부터 또라이라고 보시면 됩니다. 저는 본 것만 얘기하겠습니다. 송연 씨더러 먼티 같다고 했습니다."

"먼티?"

"싸고 편하고 더러워지면 세탁기에 돌려서 탁탁 털어 널면 끝이라고요. 간혹 때가 너무 많이 묻어 재사용이 불가능해지면 쓰레기장에 버리면 그만이라고 했습니다. 반드시 갈기갈기 찢어서 버리겠다며 송연 양이 전화를 받지 않자 반 미쳐서 했던 말입니다."

쉬지 않고 송연의 핸드폰을 울려 대던 연락처로 저장도 되어 있지 않은 번호가 떠올랐다.

모두 한지완의 짓이었다니.

"그런데도 한송연은 그런 집구석에서 아직도 나오지 않고 있다?"

왜? 뭐 때문에?

널 이해한다고 생각했는데 지금 보니 전혀 아니었다. 서건은 상식이 통하지 않는 곳에서 판단력까지 잃은 기분이었다.

현수는 서건에게서 깊은 절망을 보았다. 처음엔 한중호를 견제하는 정치 사냥이라 생각했는데 알고 보니 한송연이었다. 그래서인지 그와 대면하는 것이 점점 거북스럽게 느껴졌다.

"송연 양에 대해선 딱히 드릴 말씀이 없습니다. 저 역시 제대로 대화를 나눠 본 적이 전무하고 목소리를 들은 적도 손에 꼽아서요. 그리고 워낙에 존재감이 없어서 그 집에서 일하는 사람들도 송연 양

224

을 무시하는 게 일상입니다. 다만…….”

으으, 나 정말 이렇게까지 말해도 괜찮은 걸까.

서건이 말없이 재촉하자 현수는 잠시 주춤했던 말을 마저 이어 나갔다.

“종종 이사장의 서재로 불려 가곤 했습니다. 한참이 지나서야 그 문이 다시 열리는데 제가 몇 번 이사장 주치의를 모시고 가야만 했던 적이 있었습니다. 송연 씨 때문에요. 대표님, 저는 본 것만 얘기합니다.”

현수는 들어서 알고 있는 것까지 얘기하지 않았다. 이것도 가슴이 조마조마한데 지완이 송연을 넘보고 있다는 것까지 얘기하면 정말 무슨 사달이라도 날 것 같은 강한 예감이 들었다.

권 대표의 얼굴을 보니 단순한 기우가 아니었다.

“그래서…….”

그랬던 거였어. 클럽 하우스 화장실에서 나오면서 여자들이 했던 말들이 이제야 설명이 되었다.

그들이 본 것은 역시나 송연의 처참한 등이었다. 그날 내내 움츠러들던 송연을 간과해서는 안 되는 것이었다.

침실이 항상 어둡기만을 바라는 걸 단순한 취향으로만 치부하고 넘겼었는데. 자는 동안에도 경직된 정자세로 누워 있어서 무의식중에도 어색해서 그런 줄로만 알았다.

그런데 모든 게 폭행의 흔적을 감추기 위한 제 나름의 방어였다니.

뒷골이 쪼개질 듯이 얼얼하면서 눈알이 뜨거워졌다. 뜨겁다 못해 시리기까지 해서 두 눈을 감아 버렸다. 그러자 지난밤 자신을 가슴에 안고 머리카락을 쓸어 넘겨 주던 그녀의 손길이 떠올랐다.

너는 마를 날이 없었겠네. 늘 울고 있느라.

"사실은 이것도 제가 더 이상은 못 견디겠어서 사직서를 낸 김에 말씀드리는 겁니다. 객식구인 저도 일 년을 못 채우는 집구석인데 송연 씨는 10년 가까이 그렇게……."

이번에도 기욱이 녀석이 쓸데없이 감정 이입한다며 핀잔을 줄 게 뻔하지만 현수는 인간적으로 송연이 가여웠다.

서재에서 바들거리며 숨만 겨우 쉬고 있는 그 작은 등을 보았더라면 기욱이 녀석도 그렇게 말하지 못할 것이다.

"아무래도 개사냥을 해야 할 거 같은데……."

눈을 뜬 서건이 전혀 다른 얼굴로 말을 꺼냈다. 더 이상 절망감 따윈 그의 얼굴에서 찾아볼 수 없었다.

"반년. 어쩌면 그보다도 짧을 수도 있고. 반년만 더 한중호 밑에 있어."

"네?"

반년을 더 그 밑에 있어야 하다니 현수는 눈앞이 캄캄했다. 아무리 상대가 서건이라고 해도 쉽게 대답이 나오지 않았다.

"그렇게만 한다면 퇴직금은 내가 챙겨 주지. 평생 운전대 잡을 일 없게 해 줄 테니 반년만 버텨."

기욱이 기사 자리를 소개했을 때 선뜻 하기로 결정한 이유는 점점 자리를 잡아 가는 녀석의 기반이 부러워서였다.

시골에 계시는 부모님의 집을 사 드리고, 전세지만 서울에 아파트도 장만했다고 했다.

워낙에 녀석이 착실한 것도 있었지만 윗사람을 잘 만난 복도 크다는 것을 이 일을 하고 나서야 깨달았다.

그런데 6개월만 버티면 평생 이 짓을 안 해도 되다니. 뇌가 우동 사리가 아니고서야 마다할 이유가 없었다.

현수는 이번만큼은 대답을 하는 데에 있어서 머뭇거리지 않았다.

반년 안에 반드시 한지완의 뒤통수부터 갈기고 나오리라. 생각만 해도 통쾌한 현수였다.

연말을 맞아 소극장에는 많은 관람객으로 휘덮였다.

소규모 객석이 이 많은 사람들을 수용할 수 있을까 의문이 들 만 큼 입구는 인산인해였다.

체감으로는 전혀 느껴지지 않는 연말인데 분위기는 소외된 이웃 사랑을 부추겼다.

클래식한 구세군 냄비의 등장을 시작으로 성탄절 전야의 들뜬 분 위기는 불우이웃에 대한 성원으로 잇따랐다.

그런 의미에서 공연은 유료 입장이었지만 전부 불우이웃 성금으 로 기부될 예정이라고 했다. 전형적인 연말연시용 공연이었다.

"C열 5, 6번 자리입니다. 확인 후 착석 부탁드립니다."

극장 안으로 안내하는 스태프에게 서건이 건네는 티켓에는 공연 의 제목, 지정 좌석만 인쇄되어 있을 뿐 관람료는 없었다.

분명 유료 공연으로 알고 있었던 송연은 이상했지만 더욱 의뭉스 러운 건 서건이었기에 따로 묻지 않았다.

*'공연 보는 거 좋아해? 티켓이 생겼는데 같이 보러 가지.'*

사립 미술관에서 개인전이나 볼 것 같은 남자가 전통춤을 보러 가자는 소리에 의아하지 않을 수 없었다. 그것도 승무라니.

따라는 나섰지만 입고 있는 옷도 불편하고 마음도 불편했다.

송연은 자리를 향해 계단을 내려 밟으며 무릎에 치이는 원피스 자락을 보았다.

지극히 본질에 충실한 캐시미어 소재의 원피스는 가볍고 따뜻했다. 무릎을 덮는 기장에 오트밀 색상의 심플한 디자인이었지만 손끝에 만져지는 텍스처는 지금껏 느껴 본 적 없는 부드러움이었다.

지난 새벽 그에게 지나치게 많은 속내를 보인 것 같아 잠에서 깼을 땐 민망함이 몰려왔다.

술을 마신 것도 아닌데 뭐에 취했던 건지 그 누구에게도 털어놓은 적 없는 말을 잘도 해 댔다.

미쳤던 거지. 그에게 관계에 대한 두려움을 털어놓은 건.

이미 서건은 출근을 했는지 그의 집에 송연만 남았다.

전날 그의 손에 찢겨진 스커트는 도저히 입을 수 있는 수준이 아니었다. 보란 듯이 쓰레기통에 던져 버리고 어찌해야 할까 고민하던 차에 핸드폰이 울렸다.

역시나 양반은 못 되는 남자였다.

"내가 맨몸에 코트만 걸치고 여기를 나가면 이번에도 보안센터에서 출동하려나?"

─ 이런, 에스프레소 몇 잔을 마셔도 안 되던 걸…….

잠시 자리 좀 비켜 주지. 서건이 곁에 있는 누군가에게 양해를 구하자 멀어지는 구둣발 소리에 이어 문이 닫히는 소리가 뒤이었다.

그러자 그의 숨소리까지 들릴 만큼 조용해졌다.

— 한송연이 해내네. 생각만 해도 정신이 번쩍 든다.

"누구 덕분에 도저히 스커트를 입을 수가 없게 돼서 말이야. 방법이 없으니 벗고라도 가야지, 별수 없잖아."

— 왜 가려고만 하지? 내가 퇴근할 때까지 기다릴 수도 있잖아.

"이대로 더 있다간 별의별 소리를 다 해 버릴 것 같아서. 민망해지기 전에 가려고."

— 그럼 10분 후에 오는 사람들 현관문은 열어 주고 가.

"사람이 온다니?"

이건 또 무슨 소리야. 대체 이 집에 누가 온다는 소리야.

송연은 곧장 그의 드레스룸으로 향했다. 안나 대신 호엽란을 들고 열었던 룸에는 여전히 익숙한 그의 향으로 가득했다.

가슴 깊이 끌어 마시며 빠르게 그의 와이셔츠들을 눈으로 스캔했다.

졸지에 영화 속 여주인공처럼 보이프렌드 룩을 연출하게 생겼다. 그것도 처음 보는 사람들 앞에서.

— 찢었으니 책임을 져야겠지. 남성복 담당만 알고 있어서 여성복은 처음인데 네 마음에도 들었으면 좋겠다. 아마 주차장에서 네가 일어나기만을 기다리고 있을 거야. 10분 후에 올라갈 테니까 마음에 드는 거 있으면 전부 골라. 대신 어제처럼 슬릿이 깊게 들어간 건 안 돼. 가슴이 파인 건 더더욱 안 되고.

"그러니까 내가 입을 옷을 들고 사람이 직접 여기로 온다는 소리야?"

- 명심해. 사람들 눈에 띄는 디자인보다 기능에 충실한 옷을 고르는 거야. 미리 당부를 해 놔서 그쪽에서 알아서 가져가겠지만. 듣고 있어, 한송연?

서건의 셔츠를 걸쳐 입고 빠르게 단추를 채워 내려가면서도 송연은 황당하기 그지없었다.

여태 주차장에서 기다리고 있다고 하니 되돌아가라고 할 수도 없고 당장에 입고 나갈 옷도 없었다.

여러모로 그의 삶의 방식은 송연을 놀라게 했다.

"만나서 반갑습니다. 퍼스널쇼퍼 김은성이라고 합니다. 한송연 씨 맞으시죠?"

정확히 10분 후에 현관 벨이 울렸다. 주저하며 문을 열자 가장 선임으로 보이는 여자가 상냥한 미소를 베어 물고서 명함을 내밀었다. 뒤이어 부하 직원으로 보이는 여자 둘이 상당히 많은 짐들을 들고 집 안으로 들어섰다.

"그럼 시작해 볼까요?"

철저하게 준비해 온 행거에는 코트부터 블라우스와 스커트, 원피스들이 질서정연하게 걸리기 시작했다.

그것도 모자라 슈 박스들이 쌓이고 제법 부피가 나가는 더스트 백들까지 줄을 잇자 아연실색한 송연이 이렇게까지 필요 없다고 말했다.

"분명히 거절하실 테니 어떻게 해서든 전부 선택할 수 있도록 도움을 주라고 대표님께서 거듭 당부하셨습니다."

그가 쓸데없는 짓을 했다.

생각에 잠긴 송연은 눈앞에 있는 그녀들의 수고가 헛되기 전에 핑계를 대기로 했다.

"그럼 당장 입을 옷 한 벌만 제외하고 나머지는 매장으로 가서 고를게요. 아무래도 집에서 이러는 건 처음이라 어색해서요."

"사실은 다른 고객이 터치한 옷은 가져오지 말라고 하셔서 모두 본사에서 갓 나온 신상들만 내려온 겁니다. 아무래도 매장에서의 쇼핑은 힘드실 것 같은데요."

"그럼 일단 한 벌만 먼저……."

"전부 택하라고 하셨습니다. 이제 매칭을 시작해 볼까요?"

거실 한복판에 난데없는 패션쇼가 시작되었다. 쇼퍼가 의류들마다 브랜드를 설명하고 스타일링 연출법까지 알려 주는 바람에 시간이 꽤 소요되었다.

나중엔 디자인의 선택보다 사이즈를 맞추기 위한 탈착의가 되고 말았다.

그러던 중 송연은 공통점을 발견하게 되는데 의류들이 하나같이 심플하고 단정한 스타일이라는 점이었다. 지금 입고 있는 이 코트와 원피스처럼 말이다.

"어디 불편해?"

송연이 먼저 객석에 앉을 수 있도록 에스코트하던 서건이 안색을 살피고 물었다.

"불편하긴 하지. 이 옷들이."

차마 물어보지도 못했던 가격들이 송연의 마음을 무겁게 짓눌렀다. 조금이라도 구김이 갈까 좀처럼 맘 편히 움직일 수도 없었다.

"그럼 지금이라도 갈까? 당장에 벗겨 줄 수 있는데."

"됐어."

송연이 뾰로통해서 그의 어깨를 살짝 치다가 금방 그에게 붙들리고 말았다.

서건은 그녀의 손가락에 입을 맞추고 자신의 팔에 감았다.

자연스럽게 송연이 그에게 기대자 어둠 속 무대 위로 조명 하나가 켜졌다.

극소량의 조명만 허락된 무대는 완강한 침묵으로 막을 열었다. 열일곱 송연이 꼭 독차지하고 싶었던 조명 아래 독무가 시작되었다.

홀린 듯이 바라보는 무대 위에는 객석을 향해 웅크린 채 절을 하고 있는 무용수가 있었다. 머리에 하얀 고깔을 써서 얼굴은 잘 보이지 않았지만 서서히 몸을 일으키고 발을 내딛는 순간 카리스마가 관객들을 압도하기 시작했다.

정신을 소란스럽게 하는 역동적인 비트 대신 둥둥 울려 대는 북가락에만 의지한 채 춤사위는 고요했다가도 금세 급박해지기도 했다. 무대 위를 밟는 하얀 버선발 끝에는 혼의 조각이 묻어났다. 그리고 긴 장삼이 텅 빈 공중에 휘날리자 송연은 허리를 세우고 앉아 넋을 놓고 보기 시작했다.

그런 그녀에게 서건이 무어라 속삭였지만 그 순간만큼은 그 어떤 말도 귀에 들어오지 않았다.

무용수가 두 팔에 매단 장삼을 위로 흩뿌리자 하얀 곡선이 허공을 휘젓고 바닥으로 사뿐히 내려앉았다. 다시 팔을 접어 장삼을 거둬들이는 회귀의 몸짓이 유일하게 역동적인 춤사위였다.

뿌렸다가 다시 거둬들이는 단순하고도 현란하지 않은 기교가 송연의 가슴을 두드렸다.

눈과 귀 대신 마음으로 깊이 담아 두고 울림을 느끼게 하는 춤이었다. 승무는.

절로 시작한 무대는 절로 끝이 났다. 공연이 끝나자 만좌의 관람객들이 일제히 기립 박수를 쳤다. 유독 서건과 송연만이 자리에서 일어서지 않았다.

송연은 무대의 신선한 충격에 젖어 있었다고 하지만 서건은 왜 일어서지 않은지 새삼 그를 보게 된다.

그녀의 시선을 느낀 서건이 어깨를 으쓱했다.

"내 눈엔 그렇게 대단한 무대는 아닌 것 같아서. 기립 박수감은 아니지 않아?"

만일 무대의 주인이 듣게 된다면 내상을 입을 소리를 아무렇지 않은 얼굴로 하고 있었다.

"근데 아까 공연 중에 뭐라고 한 거야? 무대에 집중하느라 놓쳤어."

자리에서 일어서서 객석을 나가려는 송연의 손을 서건이 붙잡았다.

의아해서 돌아보는 그녀에게 그가 흔들림 없이 말했다.

"너도 저기에 서고 싶지 않아? 그저 보고만 있는 춤이 아니라 네가 그리는 진짜 춤을 추면서 말이야, 라고 말했어."

"그 얘기라면 이미……."

"무용수가 무대에서 사라질 때까지 뚫어져라 봐 놓고 부정하는 거야? 이런데도 뭘 하고 싶은지, 뭐가 되고 싶은지 모르겠다고?"

"하지만……."

"이거 권 대표 아닌가? 역시나 여기서 만나는군, 그래."

두 사람 사이에 불쑥 끼어드는 목소리에 송연은 한숨을 마저 삼켜

233

야만 했다.

어딘가 낯이 익은 얼굴. 다름 아닌 공직 골프쟁이라는 홍 총장이 서건에게 알은체를 하고 있었다.

"총장님도 초대를 받으신 모양입니다."

"이게 다 권 대표 덕 아니겠는가. 그날 건네준 선물에 내가 얼마나 마음이 뿌듯한지 모를 걸세. 그리고 보면 권 대표는 참 재주도 좋아. 아니 대체 그걸 어디서 구한 거야? 내가 알기론 족히 두 장은 줬을 채인데 선뜻 내주니 받기는 했지만 고마움이 가시질 않아서 말이야. 덕분에 매일이 홀인원이라니까?"

"다 주인 찾아간 거 아니겠습니까. 총장님께서 잘 쓰신다니 그걸로 됐습니다. 지금 대기실에 가실 예정이십니까?"

"아, 물론 가 봐야지. 가서 얼굴도장 찍어야지. 여기 있는 사람들 다 그러려고 온 거 아니겠는가. 가만있자, 근데 이게 누구야?"

총장이 곁에 서 있는 송연을 발견하고 알은체를 했다.

"오랜만이네, 송연 양? 덕분에 귀한 선물 받았으니 고마운 인사를 해야겠지."

"그럼 먼저 가시죠."

총장의 시선이 송연에게 머물렀지만 서건이 그녀의 어깨를 끌어당기는 바람에 더 이상 말을 붙이진 못했다. 대신 알 만하다는 시선이 검질기게 들러붙었다.

"알았네. 먼저 가 있을 테니 대기실에서 보세."

돌아선 총장이 손짓을 하자 어디선가 비서로 보이는 남자가 달려와 꽃다발을 건넸다. 그걸 가슴에 품고 대기실로 향하는 뒷모습이 어색하기 그지없었다.

"나 때문에 귀한 선물을 받았다니 무슨 소리야?"

몇몇의 인사들이 서건에게 말을 붙이려고 다가섰지만 그는 가벼운 묵례만 할 뿐 더 이상의 대화는 거절했다. 그중에는 송연에게도 낯이 익은 정재계 인사들도 있었다.

"별거 아냐. 그깟 채 하나에 호들갑은. 그나저나 나랏일 하는 사람이 매일이 홀인원이라니 일은 대체 누가 하지?"

"내가 말했잖아. 진짜로 일하는 정치인이 몇이나 되겠어."

송연은 고개를 저으면서 저절로 따라붙는 의구심들을 떨쳐 냈다.

클럽 하우스에서 심각하게 전화를 받은 홍 총장은 자리를 뜬 후 다시 돌아오지 않았다. 그리고 서건이 나타났고 당연하다는 듯 자리에 앉았다.

꿰어 맞춰지듯 자연스럽게 흘러가는 그날의 기억에 서건을 올려다보자 누군가를 발견한 그의 얼굴이 잔뜩 굳어 있었다.

"형!"

멀리서부터 장신의 남자가 서건을 향해 두 팔을 벌리며 뛰어오고 있었다.

정작 서건은 못 본 거라도 본 얼굴로 눈살을 찌푸렸다.

"공연도 끝났는데 이제 온 건 아니지?"

"이미 국악당에서 연습하시는 걸 눈이 짓무르도록 봤거든? 눈 감아도 그릴 수 있을 지경인데 관객 한 분이라도 더 모셔야지. 서로 앉으려고 안달인데 객석 양보는 팬으로서 미덕 아냐?"

"대기실은? 인사는 드려야 하잖아."

"그러잖아도 방금 막…… 어? 런던 거지 아니세요?"

멀리서부터 서건에게만 꽂혀 있던 민건의 시야가 드디어 넓어진 모양이다. 곁에 서 있는 송연을 발견한 눈이 있는 대로 커졌다.

확장된 동공 안으로 송연의 어깨를 감싸고 있는 서건의 팔이 꽉 차게 들어왔다.

"런던 거지는 누가…… 인사해. 여기는 동생 민건, 이쪽은 한송연."

"안녕하세요. 또 뵙네요."

"아…… 네, 네……."

떨떠름한 얼굴로 서 있던 민건이 부연 설명을 요구했지만 서건은 그럴 생각이 전혀 없어 보였다.

이곳에 데리고 와 공연을 같이 보고 친밀하게 굴 수 있는 사이. 무슨 설명이 더 필요할까.

"그럼 잠깐 이야기 좀 나누고 있어. 대기실에 다녀올게."

서건이 송연의 어깨를 토닥이자 고개를 끄덕였다. 그 모습을 지켜보던 민건이 오지랖을 부렸다.

"대기실로 같이 가서 인사드리는 거 아니었어? 말은 안 하셔도 기다리고 계실 텐데."

"지금은 보는 눈이 너무 많아. 다음에 정식으로 인사드릴 생각이야. 그리고 너."

"나 뭐?"

"그 어떤 질문도 금지야. 헛소리도 안 돼. 알았어?"

"아, 진짜! 형이 자꾸 이러면 송연 씨가 날 뭐라고 생각하겠어?"

민건이 펄쩍 뛰어 올랐지만 가볍게 무시한 서건이 송연에게 말했다.

"다녀올게. 잠깐이면 될 거야."

"응."

꽃다발 하나 정도는 필요해 보이는데. 근사한 공연을 마친 무용수에게 빈손은 좀 성의 없는 거 아닌가.

하물며 홍 총장도 챙기는 꽃인데 그는 빈손으로 대기실로 향했다.

여전히 곧은 걸음으로 멀어지는 뒷모습을 보고 있자 민건이 헛기침을 하며 자신의 존재를 확인시켰다.

"축하해요."

"네?"

"오늘도 예쁘시네요."

서건의 동생이라는 남자는 꽤나 싱거운 사람인 모양이었다. 하지만 악의라곤 전혀 찾아볼 수 없는 싱그러운 미소에 송연은 저절로 웃음이 나왔다.

한눈에 봐도 구김살이라고는 없어 보이는 소년의 얼굴이었다.

"그나저나 와! 발 빠른 권서건. 내가 난리를 칠 땐 그렇게 시치미를 뚝 떼고 있더니 이렇게 통수를 치냐?"

"그게 무슨……."

"아니에요. 헛소리하지 말라고 했으니 적당히 해야죠. 형이랑 만난 지는 얼마나 됐어요? 런던에서부터? 아니면 혹시 그 전부터? 그러고 보니 나 잡으러 온 게 아니라 송연 씨 보러 온 거예요? 공원에선 그렇게 시치미를 딱 잡아떼고서?"

서건이 분명 질문은 금지라고 했던 것 같은데. 송연이 말없이 웃고만 있자 민건이 핸드폰을 내밀었다.

"질문하지 말라고 했지, 번호 따지 말라는 소리는 안 했잖아요.

그래도 형이 만나는 분인데 번호 정도는 알고 싶어서요. 안 될까요?"

"안 될 리가요."

송연이 번호를 찍은 후 건네자 민건이 연락처로 저장하며 하는 소리가 가관이었다.

"형……수……님…… 오케이, 저장 끝! 가끔 연락해도 되죠?"

"아…… 네."

"종종 형이 바빠서 데이트할 시간이 부족하면 그럴 때마다 저한테 하소연하세요. 나쁜 애인은 없고 바쁜 애인만 있는 거잖아요. 사실 제 기준에선 그게 제일 나쁜 거지만."

"친구가 필요할 때 연락하면 되는 거죠?"

일상이 나이스할 것 같은 민건에게 송연이 웃으며 묻자 흐흐 하고 웃었다.

"물론이죠. 대신 형 카드 들고 나와요. 전 학생이라 돈이 없거든요."

"요즘 자판기 커피에도 카푸치노 정도는 있어요."

"불쌍한 우리 형 애인 잘 만나 그러잖아도 넘치는 돈만 세다 죽게 생겼네요."

마치 남자 조안나를 마주하고 있는 기분이었다. 속은 어떨지 모르지만 얼굴은 더없이 밝고 여유가 넘쳤다.

서건이 불이라면 민건은 시원한 탄산수 같았다. 형제인데도 이렇게 다르다니 보는 입장에선 신기할 지경이었다.

"근데 여기까지 왔는데 대기실로 가서 인사드리고 싶지 않아요? 어떻게 보면 송연 씨 입장에서 서운할 수도 있을 것 같은데."

"아뇨, 서운할 것까지야…… 사실 제가 전통춤은 잘 몰라서 무대 하신 분에 대해서 정보가 부족해요. 인사라면 좀 더 공부한 다음에 드리고 싶어요. 단순히 좋았다고 말씀드리기엔 오늘 받은 감동이 너무 크거든요."

"오, 방금 그 말 할머니가 들으면 되게 좋아하실 것 같은데요?"

"네?"

송연이 되묻자 도리어 민건이 의아한 얼굴로 물었다.

"형이 말 안 해요? 오늘 독무 주인공이 우리 할머니라고."

하아…… 도대체 이 남자는 무슨 생각으로…….

기립 박수 속에 태연하게 앉아 있던 서건의 얼굴이 떠올랐다.

예상조차 할 수 없는 일을 태평하게 꾸미고 시종일관 모른 척 앉아 있던 그의 얄미운 인중을 기회가 된다면 반드시 치리라, 송연은 그 순간 다짐했다.

"잠시만요."

그때 민건의 얼굴이 갑자기 굳어지더니 어딘가로 거침없이 다가갔다.

구김살 없던 소년의 얼굴에서 묘하게 서건이 연상되는 눈빛으로 돌변하는 데 걸리는 시간은 그리 길지 않았다.

"내놓으시죠?"

모자를 눌러쓴 체구가 작은 남자에게 민건이 손을 내밀었다. 한눈에도 체급의 차이를 감지한 남자가 주저하며 핸드폰을 내밀었다.

핸드폰에는 민건과 마주 보고 서서 웃고 있는 송연의 모습이 사진으로 찍혀 있었다.

"본인 짓이에요? 아니면, 누가 시켰어요?"

민건은 온화한 얼굴로 물었지만 서서히 다가오는 커다란 체격은 충분히 위협적이었다.

남자가 굼뜬 손길로 백팩에서 박스 하나를 꺼내더니 민건을 향해 거칠게 집어 던지고 재빨리 도망쳤다.

민건의 가슴팍에 맞은 종이 박스는 바닥으로 떨어졌다.

소란스런 발소리를 내며 소극장 유리문 너머로 빠르게 사라지는 남자의 뒷모습을 좇던 민건이 박스를 주워 들었다.

"평소에 이상한 시선 못 느꼈어요?"

"아니요. 잘⋯⋯."

"아무래도 스토커가 붙은 거 같은데요. 보아하니 형은 아직 모르나 봐요. 알았으면 이런 일 절대로 안 일어났을걸요?"

"서건 씨한테는 말하지 말아 줘요."

"아무래도 그게 낫겠죠? 생각만 해도 머리가 아파 오는데."

송연은 민건이 들고 있는 박스 안에서 하얀 스니커즈 한 짝을 발견했다. 그리고 그 옆에는 화훼용 가위가 들어 있었다.

비가 잔뜩 오던 날 안나는 클라이언트를 향해 투덜거리며 이 스니커즈를 신고 액셀을 밟았었다. 주차장에서 민건을 만났던 날이기도 했다.

박스 안에는 두 번 신으면 때가 탈 것 같다고 생각했던 그 스니커즈가 들어 있었다. 그리고 가위에는 안나의 이름이 인그레이빙 되어 있었다. 스니커즈도 가위도 모두 안나의 것이 분명했다.

피가 하얗게 식는 기분이었다.

"자! 이제 어떻게 할까요? 스토커 핸드폰이 손에 들어왔는데 알게 된 이상 그냥은 못 넘어가죠. 형한테 알리지는 않겠지만 이대로 모른 척은 못 하겠어요. 저런 악질은 맛을 좀 보여 줘야 세상 무서운 줄 알거든요."

"핸드폰이라면 부수든지 버리든지 해요. 누가 그랬는지 대충 감이 오니까."

"헐, 처음이 아닌가 보네요? 누군데요? 제가 이래 봬도……."

"미안한데 서건 씨한테는 급한 일이 생겨서 먼저 갔다고 전해 줄래요? 그리고 마지막으로 부탁하는데……."

눈빛은 더없이 고요한데 목소리가 떨렸다. 이대로 보내면 안 될 것 같은데 송연은 이미 들고 있던 핸드백을 어깨에 고쳐 메고 있었다.

"서건 씨한테는 방금 있었던 일 절대로 말하지 말아 줘요."

"자꾸 그러니까 기분이 쌔한대요. 나중에 형이 알면 날 죽이려 들 텐데 그러기엔 리스크가 너무 커요."

"부탁해요. 나중에 자판기 카푸치노 말고 핸드드립으로 살게요."

"그거 가지고는 안 될 것 같은데……."

"그럼 연락해요."

송연은 뭐에 쫓기기라도 한 것처럼 빠르게 돌아섰다. 어딘가로 전화를 걸더니 나중엔 반 뛰다시피 하며 소극장을 나섰다.

민건은 살면서 그렇게 예감이 맞는 편은 아니었지만 이것만큼은 알겠다. 조만간 서건에게 죽지 않을 만큼 혼이 날 거란 예감이 그 어느 때보다 강렬하게 들었다.

"인간만큼 게으른 동물도 없지."

서건의 시선이 한곳으로 향하더니 그 자리에 우뚝 박혔다.

시선의 끝에는 거울을 들여다보며 화장을 지우고 있는 노인이 있었다.

결국은 모자로 가릴 건데 공들여 화장은 왜 한 건지 이해가 가지 않았지만 서건은 조용히 기다렸다.

상황이 상황이니만큼 어설프게 대거리를 하며 노인의 심기를 거슬리고 싶지 않았다.

"방구석에 앉아 차려진 밥상만 받아먹으려고 하면서 무슨 대업을 이루겠다고. 쯧쯧."

"역시 알고 계셨군요."

예상대로 노인은 한중호 이사장에 대해 이미 많은 걸 알고 있었다.

"네가 외면하고 싶어서 무작정 눈부터 감아 버린 건 아니고? 갖고 싶을수록 정면 대응해야 한다는 걸 왜 몰라?"

"그러고 싶지 않았으니까요. 미리 다 알고서 시작하고 싶지 않았어요."

"핑계하고는."

가느다란 목에 하얀 살결이 객석에서 눈에 띄었다.

예술도 모르는 음흉한 눈을 하고 있는 독사들 사이에서 단연 돋보이는 아이였다. 적어도 하품을 삼킨다거나 의도가 불순해 보이는 눈으로 무대를 대하진 않았다.

한평생 가슴에 쌓아 둔 한을 풀 길이 없어 이수받기 시작한 승무인데 춤의 본성만 좇는 순수한 눈을 마주한 건 실로 오랜만이었다.

아이는 실물로 보니 제법 성깔도 있어 보였다.

차라리 맹탕보다는 낫겠지.

마음에 썩 차지도, 그렇다고 부족하지도 않았다. 그저 여자에게 홀딱 빠져서 정신을 못 차리는 손주 놈이 가소로울 뿐.

그런 서건이 웬일로 공연이 끝나고 대기실까지 행차를 다 하셨다. 늘 바쁘다며 공연만 겨우 보고 가던 터라 반가운 마음이 앞서는 게 사실이었다.

어쩔 땐 그마저도 시간이 안 되는지 꽃바구니만 보내던 서건이 직접 걸음을 했을 땐 그만한 이유가 분명 있을 테지만.

노인의 눈은 거울 속 자신에게 열중하고 있었지만 모든 신경은 서건에게로 향해 있었다.

"한중호 이사장이 서울시 차기 교육감 선거에 출마하고 싶은 모양이에요."

"자식 팔아서 얻은 자리면 상처뿐인 영광이겠구나."

"그래서 기꺼이 만들어 볼 생각입니다."

"그 아이 때문에? 그 아이가 지 애비 당선되게 도와 달라고 하던?"

"딱 거기까지입니다. 그 이상은 안 해요."

"그 이상이 되고 싶어 혈안이 되어 있는 그치가 들으면 청천벽력 같겠구나."

"사실 부탁드리려고 왔어요."

네놈이라고 별수 있나. 결국 이 할미에게 손을 내밀 수밖에 없는 것을.

내심 속으로 회심의 미소를 지으며 녀석의 얼굴을 올려다보았다.

노인네 고개 아프게 좀 앉을 것이지 끝까지 뻣뻣하게 굴기는.

기어이 굽어보며 서 있는 것이 어쩜 저렇게 지 애비랑 한 치도 안 다를꼬.

"뭔데 이러는지 어디 한번 들어나 보자."

"무관심. 무관심이 필요해요."

이건 또 무슨 산 위에서 물고기 찾는 소리인가. 피로한 노인의 꺼진 눈자위가 서건에게서 떠날 줄을 몰랐다.

"사람을 심어 두긴 했는데 만일 문제가 생기면 그놈 참, 고소하다 하실지언정 끝까지 모른 척해 주시란 말씀이에요. 모두 제 선에서 해결할 수 있으니 더 복잡하게 엮지 마시구요."

"그 말은 그러니까 말리는 시누이 짓은 하지 말아 달라? 느긋하게 앉아서 구경만 하고 있어라, 이 말인 게냐?"

맨입으로? 빈손으로 달랑 와서 입으로만 부탁하면서 들어 달라고?

노인이 티켓에 따로 가격을 명시하지 않은 이유는 기부에 값을 매기고 싶지 않아서였다. 자연히 쥐고 있는 것에 비해 터무니없이 적게 낸 사람도 있었고 허풍을 떨며 눈에 띌 만큼 내는 사람도 있었다.

각자의 배포를 구경하는 재미도 쏠쏠해서 매회 고수하는 방식인데 정작 손주라는 놈이 얌체 짓을 하고 있었다.

노인의 어이없는 눈빛에 서건은 표정 하나 바뀌지 않고 말했다.

"꽃 들고 왔잖아요. 계속 제 옆에 있었는데 못 보셨어요?"

"뭐야?"

"부탁하는 입장인데 저도 정성을 보여야죠."

살다 보니 서건에게서 우스갯소리를 다 듣는다. 노인은 새삼스런 눈으로 손자를 다시 보았다.

늘 마음에 걸렸던 장손이었다. 차라리 민건처럼 치마폭에 안겨들면 어르고 달래서 세상에 내보낼 텐데 서건은 기둘 때부터 속이 우물처럼 깊어서 헤아릴 수가 없었다.

그런 손주 놈에게 여자가 생겼으니…….

마음에 차지 않더라도 이번만큼은 두 눈 질끈 감고 덮어 줘야겠지.

어쩔 수 없이 자꾸만 차오르는 욕심을 버리고 또 버렸다.

"아무리 친자가 아니라지만 내 새끼 가슴 뻥 뚫린 채 평생 방황하게는 만들지 말아야지. 금수만도 못한 인간 상대할 만큼 기운 없다. 네놈이 하는 말 무슨 뜻인지 알아들었으니 이만 가 봐. 여자 혼자 기다리게 하는 거 아니다."

"지금 민건이랑 같이 있어요. 아시잖아요, 녀석 변죽."

그때 재킷 안주머니에 꽂혀 있던 핸드폰이 짧게 울렸다. 귀가 가려웠는지 민건이 보낸 메시지였다.

[형. 약속이 있어서 먼저 가. 송연 씨도 급한 볼일이 생겼다고 이만 간대. 할머니한테는 나중에 연락드린다고 전해 줘!]

곧바로 전화를 걸었지만 민건은 받지 않았다.

송연에게도 걸었지만 역시 통화가 되지 않았다.

말없이 먼저 갔을 리가 없는데 못된 버릇은 이미 한 번으로 끝난 거 아니었나?

자꾸만 끼어드는 불길한 예감에 차에서 대기하고 있을 기욱에게 전화를 걸었다.

통화 연결음이 울리기가 무섭게 전화를 받은 기욱에게 서건은 짧게 말했다.

"사람 좀 붙여야겠다."

이건 단순히 지나치게 곤두선 그의 신경이 예민하게 찔러 대고 있는 것뿐이었다.

민건의 말대로 송연은 갑자기 잊고 있었던 약속이 떠올랐을 수도 있었다. 예정에도 없는 공연을 보러 가자고 한 것은 자신이었으니.

노인이 머리를 꼿꼿이 치켜들고 앉아 자신을 보고 있다는 것도 잊은 채 서건의 시선은 허공에 박혀 있었다.

무작정 택시부터 잡아 탄 송연은 안나의 동네로 향했다. 생각이 닿는 곳마다 그날의 기억이 선명하게 떠오르고 눈길이 멎는 곳마다 불길한 꿈처럼 두려움이 송연을 덮쳤다.

나비라고 부르던 길 고양이. 시멘트 바닥 위에 피떡이 되어 쓰러진 채 원망과 적의로 가득 찬 눈으로 자신을 보던 첫 파트너. 어서 빨리 고3이 되어 예무제의 마지막 무대를 장식하고 싶었던 열일곱의 자신.

일부는 소중했고 일부는 의미가 있었던 존재들은 하나같이 송연을 떠났다. 모두다 지완의 손에 의해서.

송연의 인생에서 아마도 마지막이자 유일한 친구라는 존재. 지완이 안나를 지목한 건 충분히 예상 가능한 일이었다.

'출근은 아마도 내년 봄이나 돼야 할 수 있을 것 같아. 이래저래 한국 지사 오픈이 자꾸 늦춰지나 봐. 근데 그게 그렇게 궁금했어? 이렇게 헤어지기가 무섭게 내 생각을 또 할 만큼?'

지완을 카페에서 다시 마주한 날, 송연은 안나에게 전화해 맥퀸즈 출근 날짜부터 물었다.

당분간 집에서 쉴 거라는 소리에 안심했는데 너무 안일했다.

'넌 날 찾아오게 돼 있어. 이번에도 내가 그렇게 만들 거니까.'

지완의 말을 빈말로 넘겨선 안 되는 거였는데.

송연은 한참을 눈이 먼 채로 앉아 무섭도록 쿵쾅거리며 뛰어오르는 심장 소리만 듣고 있었다.

"도대체 전화는 왜 안 받는 거니……."

신호는 가지만 들리지 않는 안나의 목소리에 애꿎은 스커트만 쥐어짰다. 그런 송연을 택시 기사가 백미러 너머로 힐끔거렸다.

처음 탑승할 때부터 최대한 빨리 가 달라며 재촉하더니 멀미라도 하는 사람처럼 하얗게 질려 있는 그녀를 걱정하는 눈빛이었다.

"손님 요 앞 사거리에서 정차하면 될까요?"

안나의 정확한 집주소도 모른 채 언젠가 들었던 기억으로 근처 동네까지는 왔지만 당장에 할 수 있는 게 없었다.

택시에서 내린 송연은 번화가 사거리에서 핸드폰만 붙들고 서 있었다.

제발 받아라. 제발…….

－ 여보세요?

지금처럼 안나의 목소리가 반가웠던 적이 또 있을까.

여전히 밝고 별일 없다는 듯 평온한 인사에 눈물이 나올 것만 같았다.

－ 송연아? 안 들려? 여보세요?

"왜, 왜…… 전화가 안 돼? 걱정했잖아."

－ 전화했었어? 핸드폰 침대 위에 던져 놓고 주방에 있느라 몰랐어.

"그랬구나. 그럼 지금 집인 거지?"

－ 응. 오늘 하루 종일 집에 있었는데? 그러잖아도 아까부터 계속 배에서 굴삭기 소리가 나서 냉장고에 있는 족발 뼈만 핥아 먹을까 고민하고 있었지. 그러는 넌 어딘데?

"나? 나도 집이야."

그때 오토바이 한 대가 굉음을 내며 요란하게 지나갔다.

－ 에이, 집 아닌데? 아직 밖이면 내가 지금 거기로 갈까?

"아니, 다음에. 다음에 보자. 날도 추운데 오늘은 집에 있어. 괜히 밖에 나오지 말구."

－ 알았어. 그럼 불금에 소주 한잔 하자. 우리 요즘 너무 소홀했잖아.

"응. 그래, 그러자."

－ 그럼 얼른 들어가! 고운 우리 송연이 얼굴 추운 겨울바람에 상할라.

이대로 끊으려는 안나를 송연이 급하게 붙잡았다.

"안나야 나 부탁이 있는데 혹시 들어줄 수 있어? 아니, 이건 꼭 들어줘야 해."

－ 뭔데 그래? 나야 네가 하는 부탁이라면 무조건 오케이지만.

"혹시라도 무슨 일이 생기면 꼭 나한테 먼저 알려 줘. 알았지?"

－당연하지. 근데 너 오늘따라 왜 그래? 목소리도 그렇고 무슨 일 있어?

"아니, 밖이 너무 추워서 그런가 봐. 이제 진짜로 집에 들어가야 겠다. 잘 자, 안나야."

－응. 우리 송연이도 내 꿈 꿔. 이따 꿈에서 만나, 자기.

하마터면 줄이 끊긴 관절 인형처럼 길거리에 맥없이 주저앉을 뻔했다. 안나와의 통화가 끝이 나서야 비로소 숨을 쉴 수 있었다.

다행이야. 안나는 무사해.

극에 달한 공포로 스스로 갇혔던 감정 지옥에서 빠져나올 때가 됐는데 여전히 휘청거리느라 감정이 쉽게 추슬러지지 않는다.

한지완. 넌 내가 당장 전화부터 걸기를 바랐겠지. 울며불며 두려움에 떠는 날 즐길 생각에 계획할 때부터 흥분했을 거야.

너의 그 여전한 유치한 장난질이 신물 나게 지겨워. 그러니 이제는 좀 알아줬으면 좋겠어. 더 이상 예전의 내가 아니라는 사실을. 네가 이런 식으로 나온다면 나도 생각이란 걸 하게 되잖아.

그 순간 손에 쥐고 있던 핸드폰이 서건이 걸어오는 전화로 지치지 않고 울려 댔다.

당장에 그의 전화를 받아야 하는 걸 알면서도 송연은 쉽사리 지옥에서 빠져나오지 못하고 있었다.

좀 전에 굉음을 내며 지나쳤던 오토바이가 또다시 그 앞을 지나갔지만 송연은 눈치채지 못했다.

머릿결에서 시작한 서건의 입술은 귓불을 지나 목덜미에서 오래도록 머물렀다.

따뜻하고 촉촉한 혀가 흥분으로 뛰는 맥박 위를 한참 동안 빨아 삼켰다. 곧바로 붉게 물드는 자흔을 보자 이제야 조금 마음이 풀리는 것 같다.

졸렬하고 같잖은 가학이었다.

갑자기 친구와의 약속이 떠올라 잠시 얼굴만 보고 왔다는 송연의 말을 믿어야 했다.

통화 기록을 열람하고 탑승했던 택시를 수소문하고 싶은 충동을 누르며 의연한 척 자신을 포장했다.

그리고 그것으로 끝이어야 했다. 이렇게 섹스로 집요하게 굴며 뒤끝 있게 굴 게 아니라.

"널 만지면 기분이 좋아져."

그의 손끝이 허벅지를 타고 내려가 무릎을 긁고 발목을 애무하자 송연은 그의 품 안으로 안겨 들었다.

"난 날 만지는 당신 눈빛이 좋아. 눈빛만 봐도 갈 것 같은 거 알아?"

허리를 비틀어 대며 서건의 가슴팍을 어루만지자 그가 뜨겁게 입술을 부딪혀 왔다.

그녀와 떨어지는 단 1초도 못 견디는 사람처럼 그의 입술과 손길이 송연과 맞닿아 있었다.

흡입하듯 빨아 삼킨 귓불을 혀끝으로 굴리자 간지러운지 소리 내어 웃었다. 입꼬리를 끌어 올리며 베이비 키스를 할 줄 알았던 서건은 여전히 날이 선 눈빛이었다.

표정은 더 없이 차가운데 손길은 그 어느 때보다 뜨거웠다.

그녀의 가슴 둔덕을 빨며 다른 손은 유두를 비틀어 댔다.

그의 입술은 거침없이 갈비뼈를 지나 허리선을 배회하더니 신음하는 송연의 입술을 단번에 삼켰다.

입안에 넣고 혀로 녹일 듯이 맛을 보더니 그녀를 으스러져라 껴안았다.

빈틈없이 얽어매는 그의 입술에서 해방되자 분풀이라도 하듯 송연은 그의 목덜미에 이를 박았다.

"혹시 화났어?"

뚜렷하진 않지만 묘하게 다른 그를 감지하고 묻자 그가 고개를 내리고 마주 보았다.

눈가를 덮은 그의 머리칼을 쓸어 넘기니 얼크러진 잡념들로 가득한 두 눈이 고스란히 드러났다.

차라리 텅 비어 버리면 좋을 텐데.

이 남자도…… 그리고 자신도…….

"네가 보기엔 어떤 것 같은데."

"이유는 모르겠지만 평소랑 좀 다른 것 같긴 해."

"이유를 모르겠다……."

한 손에 들어오는 가느다란 발목을 들어 올려 종아리 안쪽을 입술로 누르자 송연의 감각이 다시금 예민해지기 시작했다.

그의 손에 의해 송연의 두 발목이 교차해서 들어 올려졌다. 서건은 혀로 송연의 무릎을 핥으며 다리 사이를 문질러 댔다.

"하앗!"

가운데 손가락을 세워 질구 밑에서부터 치구 위까지 긁어 올리자 팬티가 순식간에 젖어 들었다.

송연이 몸서리를 치며 두 팔로 무릎을 힘껏 끌어안자 둥그렇게 치솟는 엉덩이의 둔덕이 서건의 눈에 박혔다.

커다랗고 탐스러운 엉덩이 사이에 끼인 듯 좁은 팬티를 밀어내고 당장에 박아 버리고 싶은 욕구를 간신히 내리눌렀다.

서건은 지치지 않고 그녀의 감각을 집요하게 끌어내기 시작했다. 송연은 그에게 너무 많은 걸 내보이는 게 싫어 깊이 감추려고 했지만 내버려 둘 그가 아니었다.

이번엔 추르륵거리며 종아리를 빨아 대더니 두 무릎을 안고 있는 송연의 손을 떼어 내고 무릎을 더욱 높이 들어 올렸다.

그리고 서건의 혀뿌리는 다리 사이에 숨은 여린 살을 핥아 대기 시작했다.

참을 수 없는 감각에 고개를 외로 돌리며 달뜬 숨을 내뱉자 그의 손가락이 갈라진 속살 안으로 깊숙이 들어왔다.

"하읏……."

"벌써 생각을 그만둔 거야? 내가 왜 화가 난 것 같은지 궁금하지 않아?"

"지금 아무 생각도 할 수 없게 만드는 게…… 누군데……."

"그럼 알아낼 때까지 계속 몸부림쳐 봐. 그 전까진 절대로 내 손에서 너 안 놔."

그가 이렇게까지 한다는 건 화가 났다는 소리가 분명했다. 알아 달라고 투정 부리는 어린 아이도 아니고 이런 식으로 사람을 몰고 가다니 당혹스럽기 짝이 없다.

"설마 내가 먼저 가서 화난 거야?"

"확실해?"

확신하냐고 묻잖아.

두 손으로 송연의 무릎을 잡고 벌리며 그 안에 자리를 잡는가 싶더니 그녀의 골반을 잡고 휙 돌려 세웠다.

송연은 소파 팔걸이에 얼굴을 묻고 엎드린 자세로 그를 기다려야만 했다. 빌어먹을 스무고개 따위 그만두고 어서 빨리 넣어 주길 바라면서.

"두 번 다시."

서건의 혀가 엉덩이의 골에서부터 척추를 타고 핥아 올라갔다. 등줄기에 쏟아지는 그의 뜨거운 입맞춤에 온몸으로 흥분이 감돌자 엉덩이가 저절로 치켜 올라갔다.

"말없이 사라지지 마. 다른 사람에게서 너의 행적 전해 듣게 하지 마. 한 번은 참지만 두 번은 없어."

너와 연락이 안 되는 그 잠시 동안 피가 타던 내 심정을 네가 안다면 앞으로 그런 일 절대로 없겠지.

브래지어 후크를 풀어 버리자 갇혀 있던 젖가슴이 출렁하고 아래로 쏟아졌다. 그 살덩어리를 두 손으로 가득 쥐고 치켜든 엉덩이 사이에 하체를 밀착시켰다.

서건은 이미 잔뜩 곤두선 페니스를 삽입도 하지 않은 채 문질러 대기 시작했다. 귀두 끝에서 흘러내리는 맑은 점액이 둔부의 골 사이를 적셨다.

미끄덩거리며 기름칠을 제대로 한 그 사이에 페니스를 끼우고 사납게 쑤셔 댔다. 셔츠를 풀어 헤치며 격렬해지는 허리 짓에 송연의 신음도 점점 커져 갔다.

"제발……."

송연은 담고 싶은 욕구에 팔을 뒤로 뻗어 그를 재촉하려 했지만 서건은 삽입 대신 얼굴을 내려 엉덩이 사이로 혀를 박았다. 배꼽처럼 길게 다물고 있는 속살을 헤치고 빨아올리자 입술 가득 맑은 애액이 묻어났다.

손등으로 입술을 훔치며 이번엔 제대로 진하게 맛보고 싶어졌다. 소파에 등을 대고 바닥에 앉은 서건이 그녀의 손을 잡고 이끌었다.

"이리 와."

"시, 싫어."

"매번 나만 애타잖아."

"그게 왜……."

"그러니까 너도 한번 느껴 보라고. 그게 얼마나 좋으면서도 미칠 것 같은지."

이미 허벅지를 타고 흘러내리는 송연의 꿀들을 밑에서부터 핥아 올리며 모조리 삼켜 버릴 것이다. 한 방울도 남김없이 전부 다.

그가 이끄는 대로 다리를 벌리고 그 앞에 서자 여성 아래 서서히 벌리고 있는 그의 젖은 입술이 보였다.

"내 어깨 잡아."

서건이 그녀의 골반을 붙잡고 그대로 내리자 속살에 닿는 그의 혀가 소름 끼치도록 선명하게 느껴졌다.

밑에서 빨아 대고 핥아 대는 혀 놀림에 송연은 금방이라도 허물어져 내릴 것 같은 위기감을 느꼈다.

"아…… 흐응……아읏!"

밀려드는 희열에 어쩔 줄 몰라 그의 어깨만 붙잡고 부들거렸다. 그럴수록 극한으로 쾌감을 몰고 가는 그의 혀가 달라붙어 송연에게

서 떨어질 줄을 몰랐다.

꼼짝할 수 없게 강한 힘으로 붙잡고 있는 손아귀에서 벗어나고 싶었지만 송연의 아래는 이성과는 반대로 움직이고 있었다.

벅차오르는 희열을 느끼며 그의 혀에 대고 자신도 모르게 아래를 문질러 대기 시작했다.

할짝거리는 소리에 야릇한 허리 놀림은 더욱 격렬해졌다. 극한으로 몰고 가는 쾌감을 향한 몰두는 정점을 찍고 날카롭게 내지르는 신음 소리와 함께 삽시간에 녹아내렸다.

그의 어깨를 짚고 겨우 버티던 송연이 무너지자 그녀를 소파에 눕히고 젖은 다리 사이로 서건의 페니스가 파고들었다.

"으, 읏……."

그의 숨소리가 점점 거칠게 흩어졌다. 조였다 풀리며 아직 쾌감의 여운에 잠겨 있던 송연의 내벽이 페니스를 꽉 물고서 놔주질 않았다.

금방이라도 치밀어 오를 것만 같은 절정의 고비에서 엉덩이를 뒤로 살짝 빼자 당장에 의아한 시선이 날아들었다.

"송연아."

고개를 내젓느라 아무렇게나 흐트러진 머리칼들로 송연의 얼굴이 뒤덮였다.

그런 줄도 모르고 가쁜 숨을 내쉬는 송연을 대신해 그가 부드러운 손길로 넘겨 주었다.

깃털 같은 속눈썹에 키스하며 그가 속삭였다.

"예쁜 얼굴 보여 줘야지. 하면서도 보고 싶잖아."

송연의 허벅지를 잡고 들어 올리자 이미 부풀 대로 부풀어 오른 여성이 저절로 벌어졌다.

그 사이로 서건은 망설임 없이 귀두를 밀어 넣었다.

그녀의 귓불을 빨며 팬티를 죽 잡아당긴 다음 골반을 튕기기 시작했다.

그럴수록 송연은 그에게 더욱 매달렸다. 그의 몰아붙이는 힘을 더 이상 견디지 못하고 다리를 모으자 더욱 비좁아진 여성에 서건이 숨을 크게 들이켰다.

"이렇게 조여 대서 잘리겠어? 힘 풀어. 이러니 매번 너만 지치지."

모르겠어. 그냥 당신이랑 하면 이렇게 돼 버려. 말라 버린 입술 사이로 흐느끼듯이 뱉은 그녀의 말이 또 다른 전율이 되어 그를 휘감았다.

아직은 서툰 탓이었다. 조절할 줄도 모른 채 느끼는 대로 조여 대는 통에 서건의 인내심이 극에 달했다.

잔잔하게 휘몰아치기 시작한 열락이 점점 깊어지더니 이내 전신에 잠겨 들었다.

그 순간 이 밤 내내 그녀에게 젖어 들고 싶단 생각이 들었다. 사실을 말하면 송연은 기겁을 하겠지만 이대로 흠뻑 적셔 주기를 바랐다.

"하훗!"

서건은 순식간에 온몸을 후벼 파는 쾌감에 잠식당했다. 비틀어 대며 들어 올리는 송연의 허리를 붙잡고 과격하게 몰아치자 질컥거리며 엉덩이가 흔들린다.

그 안에 자신을 묻고 또 묻으며 거세게 휘몰아쳤다. 그리고 북받쳐 오르는 환락에 취해 온몸의 피가 뽑힐 듯 사정했다.

그의 것이 빠져나가자 가득 담긴 정액이 쿨럭 하고 흘러내렸지만 송연은 손 하나 까딱할 수가 없었다.

이미 반은 감기기 시작한 눈을 결국 이기지 못하고 그의 손길에 자신을 맡겼다.

"너에게 문 같은 사람이 되고 싶은데 가끔 넌 날 벽같이 굳게 만들어."

그의 목소리가 들려왔지만 송연은 그대로 잠이 들었다.

무슨 뜻이냐고 물었던 것도 같은데 그것조차 확실하지 않다.

그대로 그의 품에 안겨 깊은 잠 속으로 빠져들었다.

서건은 그 후로 한참 동안 잠이 든 송연을 가슴 안에 조여 안았다.

– 학부모 시위 하나가 없고 교직원 채용 과정에도 잡음이 없습니다.

야심한 새벽, 정적을 깨는 전화에 서건은 조용히 침대에서 일어섰다.

가운을 걸치며 뒤를 돌아보자 여전히 잠에 취해 있는 송연이 보였다. 다행히 지난밤처럼 악몽으로 몸을 뒤채지 않았다.

서건은 유난히 고른 그녀의 숨소리가 반가웠다.

"상식적으로 이해하기 힘든 궤적인데. 털어서 먼지 하나 안 나오는 후보자도 있나?"

침실을 나와 서재로 향하는 서건의 눈빛이 순식간에 돌변했다.

– 둘 중 하나겠죠. 사학비리 하나 없이 진실로 깨끗하거나 아니면 뒤로 열심히 입막음한 피나는 노력의 결과이거나.

"불법 증여도 없어? 아들 한지완한테 뭐라도 넘겨줬을 거 아냐? 빌딩, 아파트, 하다못해 그린벨트로 묶인 땅이라도 미리 증여했을 텐데."

송연은 부직포 같은 코트를 입고 고물차를 타고 다닐지라도 직업도 없이 놀고먹는 한지완만큼은 뭐라도 챙겨 줬을 것이다.

비록 해제 후에는 환지 보상으로 쏠쏠하겠지만 지금 당장은 나라에서 묶어 버린 땅일지라도.

– 가족부터 물고 늘어지는 게 이 바닥이다 보니 증여 여부는 아직 안 밝혔습니다. 이제 막 후보자 등록 신청을 한 상태이구요.

"알아봐."

– 넵! 알겠습니다.

"후보자 등록을 했으면 재단에선 물러났을 텐데 지금 누가 이사장 자리에 앉았지?"

– 그게 원래부터 이름뿐인 이사장이었던 터라 이미 총장이 직무 대리를 맡고 있습니다. 편법 승계도 아니니 가장 안전한 방법이기도 하고요.

학교도 모르는 교수 출신이 유치부부터 아우르는 전반적인 교육 개혁을 목 놓아 외친다? 블랙 코미디 축에도 끼지 못하는 립싱크에 불과했다.

그런데 한중호는 한동안 정파와 인맥에 목숨을 거는 것 같더니 갑자기 주춤했다.

"후보자 등록까지 했다면서 요즘 왜 이렇게 조용해? 한창 여기저기 얼굴 도장 찍고 다녀야 할 때 아냐?"

대놓고 교육위원들과 접촉하면서 돈 봉투 전달은 못 하더라도 기탁금을 납부했을 테니 슬슬 선거 캠프를 꾸려야 할 때였다. 그런데 어찌 된 게 조용하기만 했다.

- 출장을 갔습니다. 한 이사장이 국내 아동 복지 단체 사단 총장을 역임하고 있는데 방학 때마다 소속 아이들을 데리고 장학 혜택으로 해외 연수를 가곤 합니다. 보름 전 함께 출국했습니다.

갑자기 침묵이 떨어졌다. 서건의 눈빛이 순간 번뜩였다가 곧 사그라졌다.

공개 입양한 딸은 주치의를 불러올 정도로 폭행을 일삼으면서 대외적으로는 인심 좋게 장학재단이나 굴리고 있다니.

게다가 시국이 이러한데 팔자 좋게 해외 연수를 가셨다?

"그런데 넌 왜 한국에 있어? 비서도 없다면서 수행기사 없는 출장도 있나?"

늘 자신이 본 것만 얘기한다는 현수가 선뜻 대답을 하지 못했다.

그건 곧 입 밖으로 꺼내기 껄끄러운 심증만 존재하는 무언가가 있다는 소리였다.

"지금 네 머릿속에 떠오르는 그 얘기를 해 봐. 괜찮으니까."

- 이게 만약 공개된다면 파장이 어마어마할 겁니다.

"누군가가 바라던 일이 되겠군."

물론 그 누군가는 자신이 되겠지만. 서건은 참을성 있게 현수의 다음 말을 기다렸다.

- 동성애자입니다.

"한중호가?"

- 네. 그리고…… 소아성애자로 의심됩니다.

"분명 피해 아동이 있을 텐데 그럼에도 잡음 하나가 없다? 수완 한번 더럽게 좋군."

– 대상이 복지 단체에 소속된 남아들이라 그렇습니다. 가끔씩 성적이 좋은 애들에게 격려 차원으로 포상을 주는데 그게 지나치게 개인적인 것들이라…… 매번 서재로 불러들인 다음 전화가 오면 주치의를 대령해야 했습니다. 처음엔 폭행인 줄 알았는데 겉은 또 멀쩡한 게…… 그런데 바닥에 혈흔은 흥건하고 이상해서 학생과 눈이 마주치면 그 눈빛이…… 너무나도…….

"그럼 이제 증거만 찾으면 되겠군."

아무리 인간사 별의별 군상이 다 있다지만 조금은 놀랄 줄 알았던 서건은 그런 내색 하나 없이 사무적으로 말했다. 오히려 의아한 것은 현수였다.

기욱이 녀석이 언젠가 말했던 보통의 기준이 다른 그들만의 세계가 바로 이거란 걸까.

– 그게 말처럼 쉽지가 않습니다. 그 집에서 유일하게 CCTV가 없는 곳이 바로 서재인데 외출 시엔 항상 잠겨 있거든요. 그리고 해외 연수도 국내는 보는 눈들이 많고 위험부담이 커서인지 방학 때마다 동행하는 걸로 추측이 됩니다. 비서도 없이 혼자 움직이는 사람입니다. 그만큼 철저하게 몸을 사리고 있어 쉽지 않을 것 같습니다.

"집 안에 CCTV가 있어?"

– 저도 처음에 보고 놀랐던 기억이…….

"한송연 방에도 있다는 소린가?"

– 들어가 본 적은 없지만 당연히 있지 않을까 싶은데요. 언젠가 한번 볼일이 급해서 2층 욕실로 갔다가 카메라를 발견하고 기겁해서 나온 적이 있었거든요. 상황이 이런데 그 방이라고 없을까요.

부모도 없이 의지할 곳 없는 아이들을 데려다 추행하고 폭행하고 인생을 송두리째 흔들고 있는 한중호를 한 마디로 축약하자면 악마였다.

　경기권까지 포함한 학생 수가 대한민국 전체 학생의 절반을 차지했다. 그 아이들의 교육을 책임질 교육 수장 후보가 알고 보니 소아성애자라니. 아무리 후보가 난립하는 교육감 선거라지만 최소한의 허용치라는 게 있었다.

　송연은 과연 이 사실을 알고 있는 것일까.

　"한송연도 알고 있어?"

　─ 아마 모를 겁니다. 이것도 그나마 제가 눈치채서 겨우 추측할 수 있었던 거고 최측근인 주치의만 아는 눈치입니다. 저 역시 처음 인수인계 받을 때도 들어 본 적 없었던 사안이구요.

　이걸 다행이라고 여겨야 하나.

　지금처럼 기분이 엿 같은 적도 없었다.

　치밀어 오르는 욕지기를 누르고 다문 이 사이로 짓이기듯 말을 내뱉었다.

　"인권 살인."

　─ 네?

　"탈루, 체납, 투기, 특혜 논란, 증여. 어차피 상대 후보가 다 까발릴 것들이야. 인사 청문회도 없는 교육감 선거이니 엄한 데서 힘 빼지 말고 개인사로 가지. 사람 하나 침몰시키는 것, 그만한 것도 없을 테니."

　─ 근데 왜 증거를 찾으려고 하십니까? 있던 증거도 묻어야 할 판인데요. 이사장을 교육감으로 만들겠다고 하셨잖습니까. 그런데 침몰이라니…….

"그랬지. 그랬는데……."

담배를 입에 물고 라이터를 당기느라 서건은 한동안 말이 없었다. 뜸을 들이는 순간에도 그는 깊은 고민에 빠졌다.

결국 몇 번 빨지도 않은 꽁초를 재떨이에 비벼 끄며 서건은 말했다.

"도저히 비위가 상해서 참을 수가 있어야 말이지. 아무래도 판을 뒤집어야 할 것 같다."

— 그럼 최종적으로 그리시는 그림은 한중호 이사장의 낙선입니까?

"일단 증거부터 확보해. 영상이든 사진이든, 피해 아동들 진술이면 더 좋고."

심증만 가지고 소설을 쓸 수는 없었다. 서건은 사냥의 방식을 바꾸기로 결정했다. 목표물은 여전히 동일했지만 방법과 목적이 달라질 것이다.

반면에 아직 내놓을 만한 증거도 없이 섣불리 입을 놀린 게 뒤늦게 심란해졌는지 현수가 한숨을 쉬었다.

"뭘 그렇게 걱정하고 있어?"

— CCTV도 없는 그곳에 몰카라도 심어야 하나 갑갑해서요.

"이미 방법이 나왔군."

— 대표님께서 잠시 제 상황을 깜빡하셨나 본데 이사장이 가는 곳마다 동행을 해야 하는 처지입니다. 게다가 이사장이 자택에 있을 땐 늘 서재에 있다 보니 그게 그렇게 말처럼 쉬운 게 아니라고요.

"잘 궁리해 봐. 다들 그렇게 머리 쥐어뜯으며 사는 거니까."

세상사 두려울 게 없는 대표님이야 태평하시죠.

잃을 것도 없지만 가진 것도 없는 저는 딱 죽을 맛입니다.

도대체 무슨 수로 입증할 만한 증거를 찾습니까, 네?

복잡한 심경이 고스란히 느껴지는 한숨을 또 한 번 크게 내쉬는 현수였다.

## 6. 이제는 쉬운 게 싫어?

인파로 붐비는 도시 위에 하얀 눈송이가 소복이 쌓였다.

서정적이지만 현실은 삭막한 그 거리에 서서 송연은 한참 전부터 안나를 기다리고 있었다.

눈 덮인 겨울 거리 위로 제설제가 살포되는 걸 감흥 없이 바라보다 메시지가 울리자 핸드폰을 꺼내 들었다.

추위에 굽은 손이 자꾸만 헛나가서 한참을 애먹어야 했다.

**[나 10분 후 수업 끝! 어디에서 볼까?]**

안나는 요즘 자격증 준비에 여념이 없었다.

내년 봄까지 좀이 쑤시기도 했지만 스펙 좋아하는 고객들 구미에 맞추려면 어쩔 수 없다며 화훼 장식 기능사 합격에 열을 올리고 있었다.

[지금 학원 앞이야. 정문에서 기다릴게.]
[진짜? 그럼 내 차로 움직이자.]
[그래. 천천히 나와.]


마침 오늘은 금요일이었고 하늘에서 눈까지 내려 주시니 이 밤에 소주를 마시지 말아야 할 이유가 없었다. 처음으로 한송연과 현지에서 싱싱한 한국 소주를 마시게 됐다며 안나는 잔뜩 신이 나 있었다.

안나만 생각하면 몽글몽글 아인슈페너의 크림이 떠오른다. 끝 맛은 쌉싸름하지만 생크림 거품에 입술을 대면 금세 마음이 달달해진다.

송연의 인생에서 유일하게 손을 내밀어 준 그녀였다. 그러니 무조건 지켜 낼 것이다. 어느 누구도 안나를 해하거나 아프게 하지 못하도록.

"짠!"

백 송이쯤 스파이럴로 잡는 건 일도 아니라는 안나가 한 아름의 꽃을 들고 학원을 나섰다.

수업에서 완성한 꽃꽂이를 내미는 안나의 얼굴이 뿌듯함으로 가득 차 있었다.

"학원은 어때? 다닐 만해?"

"강사님들도 좋고 수강생들이랑 수다 떨면서 꽃 만지니까 재밌어. 근데 실기가 문제야. 정해진 시간에 과제를 완성해야 한다는데 생각만 해도 쫄려 죽겠어."

266

"에이, 맥퀸즈에서도 잘해 냈는데 그깟 시험에 떨면 조안나가 아니지. 무조건 합격할 거니까 걱정하지 마."

"송연아."

"어?"

가방에서 차 키를 꺼낸 안나가 트렁크 문을 열었지만 송연은 고개를 저었다. 그대로 조수석에 꽃을 안고 타는 송연을 안나가 한참을 바라보았다.

"넌 왜 남자가 아닌 거니? 나 자꾸 성 정체성이 흔들리려고 그러네?"

"또 시작이야? 조안나 씨, 다음 생엔 꼭 남자로 태어나 줄 테니 지금은 현생에 충실합시다. 소주가 우리에게 속삭이고 있어요."

"걔가 뭐라고 속삭이는데?"

"이리 와, 힘들었지? 라고 속삭이는데 안 들려?"

그러니까 빨리 가자. 능청스럽게 재촉하는 송연 때문에 결국 웃음이 터지고야 말았다.

이미 잔뜩 얼어 버린 얼굴만 봐도 언제부터 와서 기다리고 있었는지 가늠이 안 되었다.

눈 내리는 밤, 학원 앞에서 수업이 끝날 때까지 기다리는 것도 모자라 꽃꽂이는 트렁크 대신 무릎 위에 올려 두었다.

늘 송연은 그랬다.

백 마디의 수다 대신 말없이 손을 내밀고 언제나 자신이 필요로 할 때 단 한 번의 거절이 없는 심성 곱고 얼굴 착한 내 친구. 널 곁에 둘 수 있다는 게 얼마나 큰 행운인지 몰라.

런던에선 지지리도 안 내리던 눈을 오랜만에 봐서 그런지 날씨가 사람을 잡았다.

"여기 물이 그렇게 끝내준다는데 우리도 방문을 해 줘야 내수 경제가 활성화되지 않겠어?"

이유 한번 거창하게 대며 안나가 주차한 곳은 청담 사거리에 위치한 실내 포장마차 건물이었다. 건물 자체는 더없이 도회적인데 비닐 천막을 치고 공간을 넓힌 포차에는 이미 젊은 주객들로 북적이고 있었다.

"500ml 정도면 세 입 컷이지."

처음은 가볍게 생맥주로 시작하자는 안나가 기세 좋게 건배를 외쳤다. 귀국해서 처음 맛본 술맛은 시원하면서도 달았다.

"어우! 조도팔 사람 질리게 하는 데 진짜 재능 있다니까."

아까부터 끈질기게 울리는 핸드폰을 안나가 진저리를 치며 가방 안으로 밀어 넣었다.

"오빠야?"

"어, 너랑 술 마실 거라니까 아까부터 어디냐고 징징대는데 장독 같이 생긴 게, 이참에 확 깨부숴 버릴까?"

"그날 보니까 너희 많이 닮았더라. 남매라서 그런가……."

"와! 애가 웃으면서 사람을 맥이네?"

말 그대로 단 세 모금 만에 잔을 비운 안나가 벨을 누르더니 머리 위로 빈 맥주잔을 흔들었다. 멀리서 다가오던 알바가 그걸 보더니 디스펜서 앞으로 걸음을 돌렸다.

"말이 나와서 말인데 나 오빠 핸드폰 번호 좀 알려 줄 수 있어?"

"너 설마 생각이 바뀐 거야?"

"그건 아닌데……."

안나에게 사실대로 말하려면 어디서부터 설명을 해야 할까.

그냥 네가 안녕했으면 좋겠어. 내가 너희 오빠에게까지 너의 안부를 묻는 일만큼은 일어나지 않게.

며칠 전 안나와 연락이 안 되자 당장 아쉬운 게 도휜의 연락처였다. 다행히 아무 일 없이 넘어갔지만 알고는 있어야겠단 생각이 들었다.

"사실 조도휜 얼굴이 보기엔 어디서 얻어터진 눈사람같이 생기긴 했어도 그렇게 나쁜 인간은 아니야. 너랑 잘 안 되니까 요즘 안색이 똥색인데 보고 있으면 짠하긴 하더라."

손발이 오그라드는지 안나가 맥주잔을 벌컥벌컥 들이켰다.

술을 마시면 폭식하고 뱃살이 찌는 건 술 때문이 아니었다. 인간 자체가 신의 실패작이라서 그런 것이다. 이 세상에 술만큼 완벽한 것도 없다.

깡은 있어도 마름이 없어 깡마르지 못한다는 안나의 철학이었다.

"안녕하세요?"

그때 양복쟁이 하나가 둘 사이에 불쑥 끼어들었다.

"두 분이서만 오셨나 봐요?"

30대 초반으로 보이는 남자의 인상은 깔끔했다. 헤어 왁스로 솜씨 좋게 넘긴 머리는 강풍이 불어도 단정함을 유지할 것만 같다.

남자의 양복 재킷에 꽂힌 손톱만 한 금색 배지가 눈에 띄자 저절로 송연의 시선이 안나에게로 향했다.

외. 상. 금.

안나가 입 모양으로만 벙긋거리자 그걸 알아들은 송연이 고개를 끄덕였다. 외고 출신의 상경계열 금융인. 한국에서 대치 키즈로 자라 영국으로 유학을 왔다가 런던 금융계에 자리를 잡은 안나의 전남친이 떠올라서였다.

왼손으로 안나의 어깨를 감싸고 오른손으론 딴 년이랑 왓츠앱을 하던 남자 여우로 밝혀져 결국 헤어지고 말았지만.

몇 번째 남친인지 기억도 나지 않으니 이제 와 속상할 것도 없었다.

"저도 친구랑 둘이 왔는데 합석하실래요?"

남자가 가리킨 손끝에는 비슷한 인상의 또 다른 양복쟁이가 두 사람을 향해 눈인사를 하고 있었다.

"죄송하지만……."

"좋아요!"

거절하려는 송연과 승낙하는 안나가 동시에 대답했다. 송연이 무언의 눈빛을 보내자 안나는 상큼하게 미소 지었다.

송연은 저 미소의 의미를 안다. 보통의 사람에게 아이큐, 이큐가 있다면 안나는 심큐까지 있었다.

지나치게 너그럽고 넘쳐흐르는 타인에 대한 허용치. 안나가 늘 활짝 열어 두고 있는 관계의 가능성이 오늘이라고 예외일 리가 없었다.

남자는 타이밍을 놓치지 않고 냉큼 의자를 끌어다 앉았다.

"혹시 혼혈이세요?"

굳은 얼굴의 송연보다 생긋거리는 안나가 만만한지 남자의 상반신이 이미 안나에게로 반은 돌아가 있었다. 그 와중에 소주를 주문하는 노련함 또한 잊지 않았다.

"아닌데요?"

선수끼리 장사 하루 이틀 하니? 이쯤 되면 어느 정도 감이 오기 시작했다.

안나의 얼굴이 남자의 드립에 대한 기대로 한껏 차올랐다.

"진짜요? 첫눈에 천국과 한국 사이에서 태어난 혼혈인 줄 알았는데 인간이시라니 믿을 수가 없네요. 어떻게 이렇게 아름다우실 수 있죠? 고작 인간인데?"

품! 송연은 입에 머금고 있던 물이 콧구멍으로 역류할 뻔했다.

이래도 계속 내버려 두겠다고? 안나에게 눈빛을 쏘았지만 정작 당사자는 한쪽 어깨만 으쓱할 뿐이었다.

"죄송하지만 단둘이 마시고 싶어서요. 자리 좀 비켜 주시겠어요?"

보다 못한 송연이 나섰다. 그러자 남자는 더욱 매달렸다. 꼭 이렇게 분위기 초 치는 친구들이 하나씩 있어요. 안 그래요? 안나에게 동조의 눈빛을 보냈다. 하지만 정작 안나는 이렇다 말이 없었다. 송연이 싫다는데 고집할 이유가 없었기 때문이다.

자고로 오는 사람 안 막고 간다는 사람 등 떠미는 게 조안나였다.

"어? 방금 누가 뒤에서 제 다리를 발로 찬 거 같은데요?"

남자의 느닷없는 말에 안나가 고개를 쭉 빼 들고 그 뒤를 보았다. 아무리 봐도 남자의 뒤에는 아무도 없었다.

"그래서 지금 주저앉아 버려서 일어날 수 없을 것 같아요."

"뒤에 아무도 없는데요?"

"아! 누가 찬 게 아니라 두 분 미모에 눈이 부셔서 일어설 수가 없는 거였네요."

이번만큼은 안나가 박수를 치며 남자에게 인정을 보냈다. 노력이

가상하지 않냐는 안나의 눈빛에 송연은 고개를 저었다.

"자! 그럼 천사 같은 두 분을 위해 건배 한번 할까요?"

"근데 친구분은 저대로 둬도 돼요?"

"역시 얼굴만큼 마음씨도 고우시네요. 정 마음에 걸리시면 당장 이리로 오라고 할게요."

조안나 참 친절하다, 친절해. 송연에게 눈을 찡긋거린 안나가 친히 의자 위에 올려 둔 핸드백을 챙겨 들었다.

그 자리에 남자의 친구까지 동석을 하게 되었다.

"그럼 이것도 인연인데 다 같이 짠하죠?"

암만 봐도 진행에 취미가 있어 보이는 남자가 먼저 소주잔을 내밀었다. 그러자 남자의 친구가 물었다.

"오늘 밤 술은 언제까지 마신다?"

안나가 술잔을 부딪치며 대답했다.

"쓰레기차 볼 때까지!"

죽이 척척 맞는 세 사람을 보고 있자니 송연은 담배 생각이 저절로 났다. 자리에서 일어서는 송연에게 안나의 시선이 따라붙었다.

설마 지금 도망가려는 거 아니지? 너 그거 배신이다.

말을 하지 않아도 충분히 알아들을 수 있는 경고의 눈빛에 송연이 짧게 대답했다.

"답답해서 잠깐 찬바람 좀 쐬고 올게."

"빨리 와. 술 식는단 말이야, 어?"

고개를 끄덕이고 비닐 문을 열고 나오자 차가운 밤바람이 오히려 상쾌하게 느껴졌다. 습기로 가득 차 뿌연 비닐 막 너머 사람들의 웅성거림이 아득하게 느껴질 만큼만 걸어 나갔다.

그곳에 서서 송연은 담배를 꺼내 물고 불을 당겼다.

"뒤에 서서 바람막이나 하라고 그러던가요?"

한 모금 깊게 빨아들인 송연이 연기를 뱉으며 물었다. 그제야 어둠 속에 숨어 있던 남자가 모습을 드러냈다. 제 딴에는 조심을 했겠지만 요즘 들어 유난히 신경이 예민해진 탓에 진작 눈치를 채고 말았다.

처음엔 한지완 짓일까 싶었지만 소극장에서 발각됐던 모자를 쓴 남자를 떠올리면 눈앞의 남자는 몸집 자체가 달랐다. 다부진 체격의 남자는 위협적이기보다 경호에 가까운 자세로 서 있었다.

그럼 이런 짓을 할 수 있는 또 다른 사람. 자연히 서건의 얼굴이 떠올랐다.

"대표님께는 아직 보고드리지 않았습니다. 동석은 이쯤에서 그만두시는 게 좋을 것 같습니다."

"이젠 경고까지 하시네요."

"경고가 아니라 요청입니다."

"그럼 나도 요청 하나 할까요? 대표라는 사람한테 가서 전해요. 감시당하는 게 얼마나 기분 더러운지 안다면 다시는 이런 짓 하지 말라고요. 하긴 모르니까 했겠지만."

남자는 대답이 없었다. 벽창호처럼 서서 송연 앞만 가로막고 서 있었다.

"안 해요?"

"전 대표님 결재만 받습니다."

"그럼 내가 직접 하죠."

핸드폰을 들고 서건에게 전화를 걸었지만 그는 받지 않았다.

이러려고 사람을 붙인 거니? 뭐든 돈으로 대신하려고? 그렇게 과시하고 싶어 미치겠어?

그가 미치는 영향은 송연이 생각하는 것보다 훨씬 더 잦고 넓었다.

마침 그걸 깨달은 참이었는데 뒤에 사람이나 붙이다니.

한중호의 집에는 한지완이 붙인 감시 카메라가 있었고 집 밖으로는 권서건이 붙인 감시자가 있었다.

때론 사소한 감정들이 걷잡을 수 없이 커져 버리기도 했다. 그것이 호감으로 시작한 좋은 감정일 때도 있지만 지금처럼 송연이 느끼는 분노일 때도 있었다.

포차로 돌아온 송연은 자리에 앉자마자 술잔부터 단숨에 들이켰다.

차가운 알코올이 목을 타고 찌르르 넘어갔다.

"오호, 술 마실 줄 알았네요?"

이미 적당히 취기가 오른 남자가 연달아 잔을 비워 내는 송연이 놀랍다는 듯 물었다.

"이제 마음 놓고 마셔도 될 것 같아서요."

뒤에서 든든하게 지켜 주는 사람이 있으니 걱정할 필요가 없었다. 제아무리 한지완이라도 더 이상 두렵지가 않았다.

대리 운전기사도 믿을 수가 없어서 안나 대신 운전대를 잡으려고 입에도 대지 않았던 술을 거침없이 들이켰다.

"한송연 간만에 터졌네."

이 모습을 물끄러미 보고 있던 안나가 말했다.

"뭔지는 모르지만 이왕이면 같이 터지시죠?"

남자가 잔을 부딪치자 송연은 연이어 술잔을 입안으로 털어 넣었다.

"쟤한테 함부로 대적하지 말아요. 완전 주당이니까."

안나가 말렸지만 이미 저쪽 테이블에서부터 송연을 찍었던 남자는 적극적으로 술잔을 부딪치기 시작했다.

"송연아. 정말 괜찮겠어?"

"응, 당연하지."

지금 이 순간 송연은 두 가지 거짓말을 했다. 늘 괜찮지 않으면서 괜찮으냐고 묻는 안나에게 하는 거짓말. 그리고 당신에게 필요한 건 돈뿐이라고 그의 눈을 속이는 거짓말.

"난 정말 괜찮아. 괜찮지 않을 이유가 하나도 없잖아."

송연은 자신의 하찮은 삶을 지키기 위해 모두를 속이고 있었다.

머리 뒤로 무인항공기 수십 대가 시행 비행을 하고 있었지만 서건의 신경은 온통 핸드폰에 쏠려 있었다.

실내 비행장을 가득 채우는 모터들의 소음에 전화가 온 줄도 몰랐다. 일할 때만큼은 핸드폰부터 철저하게 밀어 두고 시작하는 편인데 언젠가부터 가끔씩 찾아보게 된다.

잠시 발표자가 긴장으로 헛기침을 쏟아 내는 PPT 발표 도중이나 스타트업일 때부터 공들였던 하이브리드형 드론의 특허권을 확인하는 지금처럼 불쑥불쑥 생각이 났다.

"대표님, 이건 정말 혁신입니다. 하이브리드에 자율 주행까지 가능하다는 건 미래 운송 사업에 새로운 대안이 될 것입니다. 내달 중 순이면 미국 G 사의 전략 투자가 시작될 것이고 이르면 올 봄부터 공동 연구를 진행할 수 있을 것 같습니다."

기획 실장의 말대로 장난감 같은 작은 기계가 몸집의 배를 넘는 화물을 달고 2시간 이상의 비행에 성공했다. 좀 더 세밀하게 보완한 다면 앞으로 교통이 불편한 도서 산간 지역으로 트럭 대신 드론으로 간편하게 운송을 할 수 있게 된다는 소리였다.

자연히 국내에서 이 분야로는 스타트업에 속하는 서건의 기업은 독보적인 입지를 다지게 될 것이다. 회사로서는 경사였고 노력의 결 실이었다.

분명 부재중 전화를 확인하고 전화를 걸기 전까지 서건의 기분 또 한 나쁘지 않았다.

"전화 온 줄 몰랐는데 지금 어디……."

– 술 채또.

시끄럽고 어수선한 소음 속에 익숙하면서도 낯선 목소리가 흘러 나왔다.

귀에서 핸드폰을 떼고 다시 보았지만 송연에게 한 전화가 맞았 다.

"술 마셨니?"

– 나…… 취해써. 마니.

"지금 어딘데."

그때 핸드폰 너머 '송연 씨 뭐 해요? 빨리 안 오고!'라며 외치는 목 소리가 들려왔다.

지금 남자랑 같이 있으시다?

발음부터 꼬이는 송연을 붙잡고 물어 봤자 원하는 대답은 듣지 못할 것이다.

통화를 종료한 서건이 뒤에 서 있는 기욱에게 물었다.

"지금 어디에 있어?"

"청담 사거리 포장마차에 계십니다."

"포장마차?"

"친구분과 함께 계십니다."

"친구가 남자야?"

"아니요. 지난번 알아보라고 하셨던 영진실업의 자녀분과 함께 계십니다."

그럼 안나와 같이 있다는 소린데 방금 남자는 누구란 소리지? 정확하게 송연의 이름까지 부르며 친밀한 척 굴고 있었다.

한송연. 너 지금 뭐 하고 돌아다니고 있는 거야?

"데리고 와야겠다."

"대표님, 오늘 전체 회식이 잡혀 있……."

"박 상무한테 카드 줘. 회식 자리에 대표가 없는 게 더 편한 거 아니야? 눈치껏 빠져 준 거라고 둘러대."

기욱에게 카드를 건네주고 차에 타자마자 서건은 넥타이부터 흔들어 풀었다.

목부터 조여 오는 답답함에서 벗어났지만 기분은 좀처럼 나아지지 않았다.

"당장 쓸데없는 것들부터 치워. 내 눈에 띄기 전에."

골치 아픈 상황이 벌어지기 전에 미리 눈앞에서 치워 버리는 게 나았다.

전화 속 남자는 단순히 또 다른 친구일 수도 있었고 안나의 일행일 수도 있었다. 하지만 남자의 목소리로 전해 들은 송연의 이름에서 참을 수가 없었다.

그 어떤 누구도 송연의 이름을 함부로 불러서는 안 된다. 그것이 자신의 귀에 들어와서는 더더욱.

"도착하시기 전에 치우시랍니다."

전화를 건 기욱이 서건의 말을 전했고 한참 후 청담동 쪽으로 진입해서야 보고 전화가 왔다.

말없이 듣고만 있던 기욱이 전화를 끊고 상황을 전했다.

"둘 다 취해 있는 상태라 말을 듣지 않아 애를 좀 먹었답니다. 현재 여성 두 분만 계십니다."

소극장에서 돌연 사라진 후 서건은 송연의 뒤에 사람을 붙였다. 오로지 보호하기 위해서였다. 송연과 그 암담함을 두 번 다시 겪고 싶지 않은 자신을 위해 신경을 쓴 건데 이런 식으로 쓰일 줄이야.

"둘 다라니?"

"남자가 둘 있었다고 합니다. 손님으로 왔는데 그쪽에서 합석을 원했다고 합니다."

짝이라도 맞춰서 놀았단 소린가. 송연에게 홀린 눈을 하고 술잔을 부딪쳤을 새끼들을 생각하자 후회가 밀려왔다.

이참에 아무나 함부로 건들면 어떻게 되는지 똑똑히 보여 줬어야 했는데.

미친 듯이 치밀어 오르는 이 지랄 맞은 기분을 풀고 싶은데 당장 방법이 없었다.

기욱이 미처 주차를 마치기도 전에 차에서 내린 서건은 거침없이 안으로 들어섰다.

문을 열고 들어서자 한눈에 찾을 수 있었다. 낯익은 뒷모습이 그의 두 눈에 가득 들어왔다.

그런데 마주 앉은 안나의 모습이 가관이었다. 안주로 나온 감자튀김 두 개를 입에 물고 송연을 향해 두 손을 치켜들고 있었다.

"으하하! 나는 미녀 피만 빨아 먹는 뱀파이어다!"

감자튀김 끝에는 케첩이 흉측하게 묻어 있었다. 그리고 마주 앉아 있는 송연은 양 손바닥 안으로 얼굴을 구겨 넣고 있었다.

자꾸만 팔꿈치가 미끄러져 금방이라도 테이블 위로 쓰러질 것처럼 위태로웠다.

후우…….

일단 서건은 심호흡부터 깊게 해야 했다.

"어? 남신이다!"

한참이 지나서야 서건을 발견한 안나가 대뜸 손가락부터 가리키며 외쳤다.

"남신?"

아직은 그럴 정신이 남아 있는지 송연이 가물거리며 물었다.

"D밖에 모르는 오지게 특이한 심미안 있잖아."

"아…… 그 남자라면 나도 잘 알지."

팔을 내리더니 건들거리는 고개까지 들고 그를 올려다보았다. 금방이라도 쓰러질 것 같으면서도 용케도 중심을 잡고 앉아 있었다.

"어? 진짜네. 진짜 왔네?"

서건은 가슴 깊숙이 숨을 크게 들이마신 다음 손을 들어 올렸다. 그러자 뒤에 서 있던 남자가 다가와 고개를 숙였다.

"이 여자분 차 어디에 주차했는지 알지?"

"네."

"아직 정신이 있는 것 같으니까 주소 물어보고 집까지 안전하게 데려다줘."

"알겠습니다."

남자가 안나를 조심스럽게 일으켜 세우자 흐린 눈으로 대리 기사 세요? 라고 묻더니 군소리 없이 따라나섰다.

누군지 따지지도 않고 순순히 따라나서는 모습에 서건은 세 번째 심호흡을 해야 했다.

"일어나."

이제 남은 것은 송연이었다.

"나한테……."

송연은 포차의 가벽에 달린 불빛이 시린지 잠시간 감았던 눈을 떴다. 그런데 두 눈 가득히 물기가 차올랐다.

"명령하지 마."

"한송연."

지금 기분이 엿 같은 사람이 누군데 이런 눈으로 보면…….

지끈거리는 앞이마를 꾹꾹 누른 서건은 영혼까지 끌어모아 달랬다.

"친구도 갔는데 이제 집에 가야지."

"안나가 갔어? 어! 진짜네?"

이번만큼은 순순히 자리에서 일어선 송연이 순간 발을 헛디디며 비틀거리자 서건이 재빨리 부축했다.

단단하게 붙드는 그에게 몸을 온전히 기대어 왔지만 무게감은 느꺼지지 않았다.

낭창거리는 허리를 한 팔로 껴안자 망설임 없이 그의 품으로 파고들었다.

한창 분위기가 무르익어 가는 포차 한복판에 서서 그의 가슴팍에 얼굴을 묻으며 송연은 안겨 들었다.

"오빠 한번 대 줘."

"뭐?"

"오빠 되게 잘해. 그래서 볼 때마다 하고 싶어. 아니, 매일 하고 싶어."

"너 지금······."

"그런데 오빠가 그런 눈으로 날 보고 있잖아? 그럼 누가 목이라도 조여 오는 것처럼 숨이 막혀."

"자극하지 마. 충분히 참고 있으니까."

"어쩌면 유리 지붕 아래 갇혀 있는 건지도 몰라. 가끔 그런 생각이 들어. 그럼 조금은 편해져."

서건은 가슴팍이 젖어 드는 게 느껴졌다.

"차라리 토하는 게 낫겠다. 우는 것보다."

휘청대던 송연의 몸이 허공에 떠올랐다. 색다른 광경에 깜짝 놀란 손님들 사이를 송연을 안아 든 그가 빠르게 지나갔다.

등 뒤로 쏟아지는 아우성에 기욱이 달려오는 게 보였다.

"됐으니까 차 문 열어."

손을 내밀어 대신 안아 들 수도 없는 노릇이라 어정쩡하게 서 있는 기욱을 지나치며 서건이 말했다.

어느새 잠이 들었는지 품에 안겨 고른 숨을 쉬고 있는 송연을 내려다보자 웃음밖에 나오질 않았다.

이러니 화도 못 내겠다. 플레이 한번 기가 막히게 하고 있는 한송연이었다.

이렇게 나오시니 기꺼이 놀아 드려야겠지.

뒷좌석에 송연을 조심스럽게 내려놓자 그 틈에 기욱이 다가와 안전벨트를 당겼다.

"너 지금 뭐 하냐?"

"벨트를 하셔야……."

"비켜. 내가 해."

기어이 허리를 숙이고 서건이 직접 벨트를 채웠다.

아무리 사심 없는 기욱일지라도 그녀 몸에 손길이 닿는 게 싫었다.

"집으로 가자."

중심을 잃은 송연의 고개가 멋대로 흔들리자 서건은 벨트를 풀어 버리고 어깨를 끌어안았다. 그런데 그마저도 불편한지 꼼지락거리더니 허벅지 위로 툭 떨어진 고개가 그대로 자리를 잡았다.

거기가 어딘지도 모르고 꼭 껴안고 뺨까지 비벼 댄다.

"속도 올려."

결국 이를 악물고 기욱을 재촉해야만 했다. 서건이 그러거나 말거나 송연만 속 편한 밤이었다.

이거 어디서 많이 맡아 본 향기인데.

익숙하고도 매번 느낄 때마다 숨을 크게 들이마시게 하는 그의 냄새. 순간 얼음물을 뒤집어쓴 것처럼 정신이 들었다.

송연은 감각이 제대로 돌아오지 않은 팔을 짚고 당장 몸을 일으켰다. 어두운 침실에 창을 통해 들어온 야경의 빛만이 번져 흐르고 있었다.

"이제는 쉬운 게 싫어?"

창가에 기대선 그가 술잔을 비우고 있었다. 여전히 창밖에 시선을 둔 채 한 모금씩 천천히 흘려 삼켰다.

"도대체 언제⋯⋯."

그의 집으로 오게 된 건지.

기억을 더듬어 보려 했지만 골을 쑤셔 대는 숙취가 몰려오자 이내 생각이란 걸 그만두었다.

언뜻 그의 한숨이 기억이 날 것도 같았지만 일단은 생각 밖으로 밀어 두기로 했다.

"옆에 약 있어. 그거부터 삼켜."

그의 말에 손을 뻗어 알약부터 삼켰다.

드링크를 따고 단숨에 마시자 갈증이 조금은 해소되었다.

숙취해소제의 알싸한 기운이 식도를 타고 퍼지면서 그제야 머리가 조금씩 돌아가기 시작했다.

하나.

소란스러운 술집 한가운데에 우두커니 서서 자신을 보던 그의 얼굴이 떠올랐고.

둘.

무섭도록 쿵쾅거리며 뛰던 그의 심장 소리가 떠올랐다.

이유 모를 감정들이 벅차올라 그의 가슴에 얼굴을 묻고 조금 울었던 것 같은데.

이유 없이 울다니, 눈물은 다 지웠다고 자신했던 지난날들이 전부 다 착각이었다.

셋.

침대 위에 자신을 눕히며 한숨을 쉬던 그가 마지막으로 떠올랐다.

미친 거다.

미치지 않고서야 그런 진상을 피울 순 없었다.

머릿속은 드문드문 기억나는 잔상들로 괴로워 미치는데 당장 눈에선 마셨던 소주가 넘쳐흐를 것만 같아 꾹 감아 버렸다.

그 순간 미처 지우지 못한 화장과 명치를 꽉 누르고 있는 브래지어 모두가 코르셋처럼 느껴졌다.

지금 당장이라도 모든 걸 벗어 던지고 샤워부터 하고 싶었다. 그럼 좀 개운해지려나.

"차라리 펑펑 우는 것도 하나의 방법이 될 수도 있어."

그전에 눈앞에 남자가 남아 있었다.

뒤에 사람을 붙이고 때에 맞춰 늘 타이밍 좋게 등장하는 그가.

두 사람은 서로에게 할 말이 남아 있었다.

"울 때 비 맞은 똥개 같아서 그 뒤로 안 울어."

"그럼 몇 시간 전에 그건 뭐지?"

"침 흘린 거야."

조용히 술잔을 내려놓은 그가 몸을 틀고 송연을 보았다.

어두운 데다 야경의 빛마저 등지고 있어서 그의 표정이 전혀 보이지 않았다.

늘 송연이 꺼리는 모습이었다. 그의 눈을 보지 못한다는 것은.

그가 어떤 생각을 하는지 전혀 알 수가 없었다.

"그럼 그 손은 꽃받침인가?"

자괴감으로 두 손 안에 턱을 묻고 괴로워하는 송연에게 그가 물었다.

헛소리엔 헛소리로 대응하겠다는 소리였다.

"뒤에 사람을 붙인 이유부터 설명해 봐."

"이제야 정신이 돌아왔나 보군."

"감시까지 당하면서 당신을 견뎌야 해?"

"감시가 아니라 보호라는 생각은 안 하나?"

"결국 이름 붙이기 나름이잖아. 어차피 내 모든 행적들이 당신 귀에 들어가는 건 똑같을 텐데. 이런 식으로 나오면 완벽하게 증발해 버리는 수가 있어."

"그 전에 한중호부터 당선시켜야지. 네가 원한 게 그건데 지금 그 협박이 과연 먹힐까? 글쎄, 나한테까지 부탁한 한송연인데 그렇게 경솔하게 굴 리 없잖아."

"마음만 먹으면 그딴 게 무슨 상관이야. 어차피 인생 끝자락인데 당선 따위 신경 안 써."

"송연아."

"뒤에 붙인 꼬리부터 치워. 보호는커녕 그 무엇도 할 수 없게 사라지기 전에."

"내가 널 어떻게 생각하는지 자꾸 확인하고 싶지? 그래서 이러는 거지?"

목소리만 들어도 그가 얼마나 감정을 억누르고 있는지 느낄 수 있었다.

잔을 들고 모조리 삼켜 버린 그가 한참을 아무 말 없이 송연을 보았다. 온 얼굴이 따가울 만큼 강렬한 눈빛이었지만 송연도 지지 않았다.

뒤에 달린 꼬리가 일거수일투족 그에게 모조리 고해바칠 걸 생각하면 견딜 수가 없었다.

"내가 바라는 건 딱 하나야. 말했잖아, 도와 달라고. 그것 말고는 필요 없어."

"아, 그거라면 잘 알고 있지. 그런데…….."

결국 넌 내게서 바라는 건 눈에 보이는 조건들뿐인 거야.

눈에 보이지 않는 네 마음은 절대 주지 않을 각오로 이를 악물고서.

그런데 교육감 선거가 끝나면? 그 뒤엔. 그 뒤엔 어떻게 할래? 게다가 그 결과가 낙선이라면 넌 어떻게 할 건데.

감정의 고조가 전혀 느껴지지 않은 목소리로 서건이 말을 이었다.

"날 미치게 하는 두 가지가 있어. 하나는 감히 내 것을 넘보려 하는 주제 모르는 것들이고 다른 하나는 내 것이 자꾸 내 손에서 벗어나려고 애를 쓰는 걸 내 눈으로 확인하게 되는 거야. 그런데 넌 오늘 기가 막히게 그 두 가지를 전부 해냈지. 내가 지금 밑바닥을 보여도 하등 상관이 없는 상황인데 거기에 대해서 어떻게 생각해?"

"권서건이 지금 내 앞에서 밑바닥을 보인다고? 절대로 그럴 리 없어."

그에 대해선 완벽하게 알지 못한다고 해도 적어도 이것만큼은 안다. 감정은 극한으로 치닫겠지만 결코 자신에게 해를 입히진 않을 거라는 사실.

송연은 자신도 모르는 사이에 그에 대해서 자신하고 믿기까지 하고 있었다.

"맞아. 난 절대 너에게 보여 주지 않을 거야. 만약 보게 된다면 그땐 정말 네가 도망이라도 갈 것 같거든. 하지만 경고는 할 수 있겠지."

그는 말을 멈추고는 술잔을 다시 채웠다. 그 모습을 보고 있던 송연이 침대 밖으로 발을 내렸다. 이미 꽤 많은 술을 마신 그였다.

"나한테서 벗어나지 마. 비슷한 시도도 하지 마. 만약 내 눈에 또 보였을 땐 그땐 나도 장담 못 해. 어떤 미친놈이 내 안에서 튀어나올지는."

잠시 멈칫하던 송연은 한숨과 함께 그에게 다가갔다. 그리고 그의 손에 들린 잔부터 뺏어 들었다.

"술 마시는 남자 싫어. 그만해."

"혀 짧은 소리로 오빠 한번 대 주라고 안기던 사람이 누구더라?"

눈빛이 흔들릴 만큼 크게 놀랐지만 송연은 애써 침착함을 유지했다.

저 남자는 지금 자신이 기억을 못 한다는 걸 알고 장난을 치고 있는 것이다.

아무리 취했다지만 자신이 그런 소리를 했을 리 없었다.

"그냥 동족 혐오라고 해 둬. 덕분에 깨달은 게 두 가지가 있는데……."

방금 전 누구를 연상케 하는 비슷한 말을 송연도 하고 있었다.

"하나는 당분간 술은 입에도 안 댈 거란 거고, 나머지 하나는 나 정말 큰일 났다는 거야. 아무리 생각해 봐도 잘못 걸려든 것 같아."

"그래서 후회해? 내 눈에 띈 걸?"

"사람은 더 이상 붙이지 않을 거라고 약속해."

결국 이 싸움에서 승자는 송연이었다.

무슨 수로 이길 수 있겠어, 너를.

"사람들 말 틀린 거 하나도 없어."

승리의 미소를 숨길 수 있도록 서건은 송연을 감싸 안았다.

어디 한번 내 품에서 마음껏 웃어 봐.

"역시 진상은 호구가 만드는 거였어."

누가 진상이고 누가 호구라는 소리야?

발끈한 송연이 고개를 들고 따지듯이 보자 서건은 웃고 말았다.

"해장이나 하러 가자."

아직 동이 트지도 않은 새벽에 두 사람에게 필요한 건 24시간 해장국집이었다.

땀이 맺히기 시작했다.

골격은 크지만 얼마나 문질러 댔는지 미끈거리는 살결 위로 땀방울이 뚝뚝 흘렀다.

젖꼭지까지 덮은 긴 생머리를 거친 손으로 치워 버리자 야한 몸짓을 하며 아래를 들썩였다.

커다란 가슴이 지완의 눈앞에서 흔들리자 억세게 움켜쥐었다.

"앗흥…… 아…… 응, 너무 좋아."

오히려 여자는 거친 손길에 흥분되는 모양인지 굵은 신음을 흘리며 엉겨 붙었다.

그런 여체 위로 올라탄 지완은 유난히 작은 유륜을 입에 물었다. 평생 젖 냄새는 풍길 리 없는 가슴이 누워 있어도 퍼지지 않고 형태를 유지하고 있었다.

급래머. 언젠가 덜떨어진 새끼 하나가 이런 가슴을 보고 이죽거렸던 말이 떠올랐다.

혀끝에서도 보형물이 느껴지는 것 같아 얼굴을 들어 올렸다.

"오빠, 나 이쪽도. 이쪽도 빨아 줘, 응? 오빠."

성대 수술은 아직 전인지 여자는 숨길 수 없는 중저음의 목소리로 조르고 있었다.

당장 하나 남은 속옷마저 벗겨 내자 평균의 것보다 축소된 작은 살덩어리가 덜렁하고 모습을 드러냈다.

"씨발."

싸늘한 기운이 뼛속까지 스며들었다. 침대에서 일어선 지완이 당장 손에 잡히는 대로 술병부터 집어 들었다.

약기운에 물처럼 마셔 댔는지 겨우 몇 모금 남은 걸 입구에 혀까지 집어넣고 빨아 삼켰다.

그래도 목이 타는 것 같아 생수를 따서 정신없이 입안으로 쏟아부었다.

온몸을 부르르 떨리게 하는 에탄올 향을 콸콸 쏟아지는 냉수로 잠재웠다.

"오빠 아직 멀었어? 빨리 와서 나 좀 어떻게 해 줘 봐."

당장 눈알이 빠질 듯이 아파 오면서 고막은 진공 상태로 웅웅거렸다. 그래서 일단은 살려 두었다. 캔디만 아니었으면 저 주둥이로 오빠 소리는 두 번 다시 못하게 진작 뭉개 버렸을 것이다.

"너 아직도 밑에 달고 다니냐?"

여자라고 해야 할지 아니면 아직은 남자라고 해야 할지 단정 짓기 어려운 얼굴이 환각 상태에서 여태 헤어 나오질 못하고 있었다.

풀린 눈에 구변에는 잔뜩 침이 고여서는 잡히지도 않는 지완을 향해 허공에 팔을 휘저었다.

"같은 말 두 번 하게 하지 말고 똑바로 대답해."

"요즘 오빠들은…… 달린 걸 더 좋아한단 말이야."

아무리 더듬어도 지완이 잡히지 않자 쉽게 포기한 손이 중심으로 향했다.

아직도 덜 자란 것 같은 그것을 잡고 미친 듯이 흔들어 대기 시작했다.

그 순간 목소리 하나가 삽시간에 지완을 지배했다.

'엉덩이를 더 들어 올려. 팔에 힘주고. 더 빠르게, 더 커지게!'

바지를 벗고 뚜벅뚜벅 다가오던 한중호가 떠오르자 지완은 테이블 위부터 더듬었다.

맨 정신으론 환청을 견딜 수가 없어 약부터 찾았지만 캔디는 이미 다 먹고 없었다.

누구처럼 인심 좋게 나눠 준 것도 아닌데 주제도 모르고 내 것을

290

삼켜?

속도를 올리며 절정을 향해 치닫는 가증스러운 몸뚱이를 들어 올려 뺨을 갈겼다.

여자는 침대 위로 고꾸라졌지만 흔들어 대는 손은 여전히 멈추지 않았다.

당장에 들끓는 이 욕구부터 어떻게 처리해야 할지 도저히 모르겠다. 약 때문인지, 기억 때문인지, 아니면 눈앞의 자화상 때문인지 지완은 속이 뒤틀렸다.

"감히 좆도 안 뗀 새끼가 날 가지고 놀아? 내가 너 같은 새끼들이 넘볼 구멍인 줄 알아!"

감당할 수 없을 만큼 치솟는 한중호를 향한 분노와 자신을 향한 역겨움, 그리고 송연을 향한 숨이 막힐 것 같은 집착을 담아 여자의 뒷목을 낚아채 또다시 뺨을 갈겼다.

한 번, 두 번, 세 번. 이를 악물고 손바닥에 힘을 모아 입술이 터지고 코에서 핏줄기가 흐르도록 쳐 댔다.

"사, 살려 줘…… 오빠…… 내가 잘못했어. 다시는 안 그럴게."

아직 채 돌아오지도 않은 의식 중에도 여자는 빌고 또 빌었다.

"방금 뭐라고 그랬어?"

지완이 달래듯 조용히 물었다.

"오, 오빠…… 제발……."

일순간 사방이 공허해졌다. 그리고 어둠과 공포 속에서 웅크리고 있던 희미한 얼굴이 떠올랐다.

지완은 숨통이 끊길 만큼의 괴로움으로 짐승과도 같은 괴성을 내지르기 시작했다.

"누구 마음대로 나한테서 도망쳐!"

여자는 순식간에 호텔 바닥으로 나가떨어졌다.

지완은 룸 한가운데 서서 미쳐 가기 시작했다. 송연을 향한 살의와도 같은 욕망이 지완을 떨게 만들었다.

평범한 사람들 속에 네 자신을 감춘다고 해서 네가 그들과 같아질 거라고 생각해? 천만에. 넌 절대 평범하게 살 수 없어.

여자의 눈화장이 눈물로 범벅이 되어 엉망으로 번지고 입술은 피로 물들어 원래의 색은 기억도 나지 않는다.

화장이 지워지고 하얀 피부가 발가벗은 것처럼 드러났지만 그렇다고 해서 한송연이 될 수는 없었다.

"넌 송연이가 아니잖아. 그렇지?"

현실과 생각이 구분이 가지 않기 시작한 건 약을 하기 전부터 그랬다.

아니, 서재에서 송연을 깔아뭉갰다는 이유로 정신병원에 갇히면서부터 지완은 이미 제정신이 아니었다.

심신미약. 그 개같은 병명으로 강제 입원당해야 했던 죽음과도 같았던 1년간의 시간. 그리고 군대에서의 2년.

모두가 서서히 지완을 좀먹고 있었다.

두 눈을 뜨고 두 발로 서서 세상 속에 섞여 있는 것 자체가 견디기 힘들 만큼 생살을 저미는 고통의 시간들이었다.

기다시피 해서 테이블로 다가간 지완이 수화기를 집어 들었다.

"가위 가져와."

당장에 눈에 거슬리는 저 새끼의 긴 머리칼부터 잘라 버릴 것이다. 그럼 송연과 조금은 비슷해지지 않을까.

그런 지완을 친절하지만 감정 없는 목소리가 달랬다.

─ 손님, 저희 호텔에서는 가위와 같은 위험 요소가 있는 물품은 제공하지 않고 있습니다.

"좋은 말로 할 때 가위 가져와."

─ 손님…….

"씹할! 가져오라면 가져올 것이지, 무슨 잡소리가 많아!"

내던진 수화기가 탁자에 부딪혀 튕겨 오르더니 전화기 줄에 대롱대롱 매달렸다.

인포에선 손님을 애타게 불렀지만 지완의 시선은 이미 여자에게로 향했다.

구석에서 떨고 있는 여자에게 천천히 다가가 허리를 굽히고 물었다.

"넌 한송연이 아니지?"

"그게 누, 누구……."

"송연이 목소리가 아니잖아. 너처럼 머리가 길지도 않아. 그리고 너처럼…….'

대뜸 술병을 잡아챈 지완이 그대로 절반을 날려 버렸다. 카펫 위로 유리 파편이 깔렸지만 아무렇지 않게 맨발로 그 위를 걸어 여자에게로 다가갔다.

여자는 더 이상 비명도 지를 수 없을 만큼 겁에 질려 있었다.

"얼굴이 뭣 같지도 않아."

막 치켜든 병을 여자의 얼굴 위로 내리꽂으려는 순간 초인종이 울렸다. 연이어 호텔 직원들이 방문을 두드려 대기 시작했다.

지완이 손에서 깨진 유리 조각을 놓자 안도한 여자가 그제야 소리 내어 흐느끼기 시작했다.

정신을 놓은 사람처럼 저벅저벅 걸어간 지완은 방문을 여는 대신 테이블 위에 올려 둔 핸드폰을 집어 들었다. 언제부터였는지 비명을 질러 대고 있는 핸드폰을 이제야 알아차린 것이다.

지완에게 전화를 걸어올 사람은 단 한 사람뿐이었다.

조용히 들어 귓가에 대자 언제나처럼 자상한 한중호의 목소리가 기다렸다는 듯 흘러나왔다.

— 나다.

목이 메어서 대답을 할 수가 없었다.

눈을 감아 버리자 인정할 수 없는 물기가 얼굴을 타고 흘렀다.

— 지완아? 듣고 있니?

"네……."

— 휴가를 나왔으면 집으로 올 것이지, 왜 방황을 하고 그래.

"귀국하셨어요?"

— 그랬지. 당분간은 나가기 힘들 것 같아서 회포 좀 풀고 왔다.

"즐거우셨겠네요."

지완이 빈정대자 잠시 멈칫하더니 태평하게 말을 이었다.

— 오랜만에 식구끼리 저녁 식사를 할까 하는데 너도 올 거지?

"가야죠. 제가 빠질 수야 있나요."

— 그래. 그럼 올 거라고 믿고 우리 세 식구 오랜만에 마주 앉아 밥 한 끼 먹자꾸나. 잊지 말고 참석해야 한다. 알았지?

"송연이도……요?"

— 그럼, 당연하지. 하나뿐인 오누이 사인데 너희 너무 오래 떨어져 있었잖니. 곧 있으면 출가할 아이니 오빠인 네가 가는 날까지 살뜰히 챙겨 줘라. 그

러잖아도 밖에서 3년이나 보내고 들어온 아인데 이 집에서 좋은 기억만 안고 갈 수 있게 해 줘야지.

"출가를 해요?"

— 올해 안에 시집보낼 생각이다.

"누구 마음대로요?"

— 어허! 그렇게 혼이 나고도 아직도 마음 하나 다스리지를 못해! 전역하자마자 또다시 입원이라도 하고 싶은 거냐?

"이사장님."

— 지완아, 넌 이미 단물이 다 빠지고 껍데기만 남았다는 걸 잊어선 안 돼. 징그럽게 커 버린 널 아직도 내 아들로 두고 있는 이유는 네 밑구멍이 헐도록 내게 바친 그 정성이 갸륵해서다. 지난번은 입대를 앞두고 잠시였지만 다음엔 평생 그 안에서 썩게 할 수도 있어. 그러니 더 이상 이 애비 마음을 아프게 하는 일은 없었으면 좋겠구나.

거미줄처럼 두려움이 지완을 덮쳤다. 끈끈하게 들러붙는 지난날들을 떼어 내 버리고 싶었지만 그럴수록 더욱 더 깊숙이 엉겨 붙었다.

지완은 밀려드는 감정들을 주체하지 못하고 창밖으로 시선을 던졌다. 그곳에는 가슴 깊이 후벼 파는 지독한 혐오감으로 몸서리치고 있는 자신이 있었다.

"다음 주면 복귀해요."

— 그럼 이번 주말 저녁에 보면 되겠구나. 늦지 않게 오거라.

"그때 뵐게요."

통화가 종료된 핸드폰을 내려놓고 지완은 한참을 우두커니 서 있었다.

이렇게 죽지 않을 것처럼 살아서 무슨 의미가 있을까. 차라리 불구가 되어 버리면 속이라도 시원할까.

카펫 위로 흩어져 있는 유리 조각 하나를 집어 들고서 무심한 눈으로 왼 팔목을 내려다보았다.

이미 울긋불긋 엉망으로 아문 흉터들 위로 날카로운 유리 조각이 거침없이 금을 치고 지나갔다.

서걱서걱 피부 표피를 긋는 소리에 환희가 차올랐다.

비릿한 냄새가 진동을 하며 우두둑 바닥으로 떨어지는 핏줄기들을 보자 지완은 미소 지었다.

그 모습을 여태 지켜보고 있던 여자가 온전히 정신이 돌아왔는지 온 힘을 다해 비명을 지르기 시작했다.

룸 안에는 직원들이 눌러 대는 벨소리와 여자의 울부짖는 소리로 요란했지만 지완만큼은 평온하기 그지없었다.

"무덤을 지키는 게 노송밖에 더 있을까요."

아무도 들어 주지 않는 혼잣말을 중얼거리던 지완은 깊은 심연으로 떨어졌다.

지완이 풀린 눈으로 주위를 둘러보자 대낮처럼 밝은 객실 안에 사람들이 하나둘씩 보이기 시작했다.

알몸에 시트를 감고서 사람들의 부축을 받으며 나가는 여자의 뒷모습, 카메라로 주변을 신중하게 찍어 대는 낯선 남자, 그리고 팔짱을 끼고 앉아 자신에게 열중해 있는 또 다른 남자.

뻣뻣한 팔로 침대를 짚고 일어서려고 했지만 깊은 물속에 가라앉은 듯 몸은 말을 듣지 않았다.

침대? 내가 지금 침대에 누워 있어?

한중호의 전화를 끝으로 정신을 잃었다. 나머지 것들은 전부 가물거려도 한중호의 목소리만큼은 선명하게 기억에 남는다. 뼛속까지 새겨진 복종의 수신호가 죽을 만치 괴로웠다.

씨발, 근데 이건 또 뭐야?

무심코 들어 올린 팔에는 바늘이 꽂혀 있었다. 눈을 치켜뜬 채 성실하게 떨어지고 있는 수액을 죽일 듯이 노려보았다.

"왜 사냐?"

정적의 공간에서 드디어 남자가 입을 열었다.

답을 할 수 없는 질문에 지완은 천천히 입술을 늘이며 웃었다.

그러게.

"무모한 거야, 멍청한 거야?"

남자는 잠시 말을 멈추고는 담배를 길게 빨았다. 이미 그의 앞에는 장초들로 쌓인 재떨이가 자리하고 있었다. 얼마나 줄지어 피워 댔는지 니코틴을 잔뜩 머금은 공기가 매캐했다.

"캐릭터 설정은 확실하게 잡아. 그래야 내가 안 헷갈리지."

"누군지 모르겠지만 입 좀 다물 수 없어? 머리통이 박살이 날 것 같은데 대체 뭐라고 지껄이는 거야?"

"그럼 한 마디만 하고 닥쳐 주지."

"지랄, 진작 그랬으면 좋았잖아."

남자가 손끝에 닿을 만큼 필터를 깊게 빨더니 꽁초를 재떨이에 비벼 끄며 말했다.

"네가 벌인 일들 내가 꾸밀 거야. 나중에 놀라지 말고 알고나 있으라고. 미리 알려 줘야 할 것 같아서."

적어도 누구한테 당하는지는 알고 있어야지.

본능대로 움직이는 멍청한 새끼한테는 직진으로 예고하는 게 덜 수고스러웠다.

"그건 또 뭔 개소리야?"

"그럼 할 말 다 했으니까 쉬어라."

자리에서 일어선 남자가 눈길 한 번 주지 않고 떠났다. 그 뒤로 사방을 카메라로 찍어 대던 남자도 군소리 없이 따라나섰다.

순식간에 정적이 찾아 들었다. 모두가 떠난 텅 빈 도시에 홀로 남은 기분이었다.

당장 팔에 꽂힌 바늘부터 뜯어 버리고 자리에서 일어섰다.

족쇄라도 매달린 것 같은 무거운 두 발로 바닥을 딛기가 무섭게 눈앞이 휘청거렸다. 또다시 몰려오는 새하얀 어둠에 눈이 멀려고 하자 자조의 빛이 스치고 지나갔다.

제 몸 하나 가누질 못하면서 지금 누굴 갖겠다고.

가뭇없이 사라져 버린 송연에게 다시 전화를 걸었지만 이번에도 받지 않았다.

대체 어떻게 해야 널 되찾을 수 있는 거지? 지완은 묻고 또 물었다. 하지만 이번에도 답을 할 수 없는 질문일 뿐이었다.

모아진 가슴 사이로 세워진 손끝이 골을 헤집고 지나간다.

검지와 중지 사이에 유두를 끼어 넣고 흔들어 대자 송연은 참지 못하고 신음했다.

"흐응……."

이미 그의 손길에 익숙해져 있는 몸이 단숨에 열기가 올랐다. 고개를 떨어뜨리는 송연의 턱을 뒤에서 넘어온 손이 잡아채 옆으로 돌렸다.

"어딜 봐."

"뒤로 숨은 게 누군데."

"내 손길에만 집중하면서 더 예민하게 느끼고 있잖아. 벌써부터 여기가 이렇게 울고 있는데."

모로 누운 송연의 뒤로 바짝 붙은 서건이 손을 밑으로 내려 부드러운 숲 안으로 비집고 들어갔다.

이미 촉촉해진 그 속을 가볍게 누르자 송연은 참지 못하고 엉덩이를 비벼 댔다.

이미 있는 대로 발기한 그의 페니스가 찔러 댈 때마다 귀두에 엉덩이를 치댔다.

뽀얀 둔덕이 페니스가 움찔대며 뿜어 대는 체액으로 번들거리며 젖어 들었다.

"이제 네 숨소리만 들어도 알겠어. 네가 날 얼마큼 원하는지."

"그럼 지금은…… 지금은 어떤 거 같아?"

치커든 엉덩이로 그의 분신을 밑에서부터 훑어 올렸다. 귀두에 다다르자 살짝 힘을 주어 문지르더니 또다시 반복했다.

어깨 너머로 힐끗거리는 눈이 어디 한번 버텨 보라는 듯 자신에 차 있었다.

서건이 그녀에 대해 잘 아는 것만큼 송연 역시 그를 알고 있었다. 그가 어떤 체위를 더 좋아하는지, 그녀의 어떤 눈빛에 돌변하는지 아주 잘······.

허벅지를 살짝 들고 벌어진 골 사이로 리듬감 있게 밀어 올리자 그가 거친 숨을 내쉬며 송연의 턱을 움켜쥐었다. 저절로 고개가 돌아 가면서 벌어지는 입술을 그대로 덮쳐눌렀다.

물고 삼키고 뜨겁게 혀를 빨면서 목 밑으로 팔을 집어넣어 그녀를 더욱 조여 안았다.

"어서 빨리 넣어 달라고 말해."

"아직 그만큼 안달 난 건 아니라서."

"그래?"

그렇단 말이지. 그의 왼손이 판판한 아랫배를 쓸고 지나가더니 순식간에 비부에 닿았다. 그 속에 숨어 있는 여성을 손끝으로 확인 하고 서건은 훗, 하고 웃었다.

이렇게 꿀을 흘리고 있으면서, 입술을 내려 삼키지도 못하게 팔을 콱 움켜잡고 있으면서 아직 아니라고?

갈라진 꽃 살 사이로 파고드는 기다란 침입자를 그녀의 내벽이 콱 물었다. 진퇴를 반복하며 손끝으로 뭉툭하게 긁어 대자 송연이 속도 에 맞춰 서서히 골반을 흔들기 시작했다.

"으응······하아······."

"이래도?"

좀 더 강하게 찔러 대자 송연의 신음 소리가 단박에 날카로워졌 다. 귓불에서부터 목덜미까지 붉게 물들어 손만 대도 익어서 터질 것 같다.

그 작은 귓구멍 안으로 혀를 밀어 넣으며 허벅지로 그녀의 다리를 밀어 올렸다. 활짝 벌어지는 속살 사이로 서건의 손이 점점 속도를 올렸다.

그의 팔이 단단하게 근육이 뭉치고 힘줄이 불거지도록 그녀를 몰아갔다.

"이렇게 뜨겁고…… 미끈거리고…… 끈적거리는데 아직도 아니야?"

찌를 때마다 움찔거리는 통에 서건 역시 이를 악물어야 했다.

이미 무섭게 기립한 페니스가 송연의 허벅지를 연신 찔러 대고 있었다.

"지금 당장 넣고 싶어 안달 난 사람은 따로 있는 거 같은데."

짧은 절정에 밑으로 정신없이 쥐어짜고 있으면서도 말로는 지지 않는 입술을 단숨에 빼앗았다. 동시에 그의 것이 그녀 안을 터질 듯이 가득 채웠다.

아아…… 이 느낌, 이 충족감.

뜨겁고 강렬한 압박에 송연은 온몸이 녹아들었다. 몰려오는 쾌감에 애가 달아서 자신을 감싸고 있는 강인한 팔에 이를 박자 그가 강하게 밀어붙이기 시작했다.

"후…… 훗……."

목덜미에 얼굴을 묻은 그의 입술이 가냘픈 어깨선을 따라 올라갔다. 세차게 뛰고 있는 맥박에 입술을 누르고 귓불을 깨물었다.

의도적으로 귓가에 대고 흘리고 있는 남자의 야한 숨결을 견디질 못하고 송연은 도리질을 쳤다.

이미 침대 시트는 발밑으로 엉망이 된 채 밀려나 있었다.

"네 안에 들어와서 환장 떠는 날 느끼니까 어때?"

다리 한쪽을 밀어 올린 그가 한 손에 받쳐 들고 더욱 깊숙이 들어왔다. 뜨거운 불길이 치받쳐 오르는 그곳을 검지가 깔짝거리자 송연이 달뜬 신음을 토해 내며 고개를 젖혔다.

"미칠 것 같아…… 느낌이…… 너무……."

"날 봐."

단호한 목소리를 쫓아 고개를 틀자 그가 얼굴을 바짝 대고 물었다.

"너 누구 거야?"

"유치하게…… 이럴 거야?"

그의 허리 짓에 죽을 것만 같은 쾌감에 젖어 들면서도 두 눈은 예리하게 빛났다.

"대답해."

질긴 소유욕이 그의 눈 속에서 사납게 타오르고 있었다.

송연은 어설픈 웃음으로 얼버무리는 대신 단호한 얼굴로 말했다.

"내가 택한 사람은 당신 하나뿐이야. 더 이상 무슨 말이 필요해?"

나지막하게 욕설을 뇌까린 서건이 인정사정 두지 않고 몰아붙이는 건 그때부터였다. 침대 위에는 오직 두 사람의 신음 소리로만 채워졌다.

송연은 눈가에 맺힌 눈물로 대답을 대신하고 소용돌이치는 감각을 주체하지 못하고 소리 내어 울부짖었다.

송연에겐 자신을 붙잡느라 너무도 힘겨운 그와의 섹스였다.

점점, 너의 안으로. 점점, 더 깊숙이…….

서건은 조금의 틈도 허용하지 않으면서 파고들었다.

302

어느 곳 하나 빠짐없이 스치고 지나가는 그의 입술과 손길 아래서 송연은 넘칠 듯 절정에 이르고 있었다.

"서둘지 마. 아직이야."

"못 참겠어…… 하읏…… 갈 것 같아……."

그녀의 마르고 차가운 손가락 사이로 단단하고 기다란 그의 손이 얽혀 들었다. 잡힌 손이 가늘게 떨며 그를 움켜쥐자 페니스가 그녀 안에서 쑥 빠져나갔다.

고개를 휙 돌리는 송연의 얼굴에 키스하며 서건은 그녀의 목을 감고 있던 팔을 풀고 그녀 위로 올라탔다. 여전히 그녀의 손을 놓지 않은 채였다.

서건은 조금의 서두르는 기색 없이 송연의 이마와 콧날에 입을 맞추었다. 그의 입술은 턱에서부터 가슴까지 세심하게 애무했고 송연은 온몸에 쏟아지는 뜨거운 숨결을 고스란히 느꼈다.

이 남자만이 해소해 줄 수 있는 열기였다. 그걸 알기에 자신도 모르게 그에게 조르고 싶어진다. 처음부터 그걸 노렸던 건지 그는 퍽 만족스러운 얼굴이었다.

"그렇게 내 걸 담고 싶어? 응?"

"어서 빨리 들어와. 내가 꽂아 버리기 전에."

"알아? 너의 말 한마디가 끝내주게 흥분되는 거?"

강한 힘으로 내리누르는 서건을 향해 다리를 더욱 벌리고 그의 허리를 완벽하게 감쌌다.

그는 살짝 뒤로 무르는 것 같더니 등을 둥글게 말면서 밀고 들어왔다. 이번엔 절대 봐주지 않겠다는 듯 송연이 허리 아래로 힘을 주자 그가 살짝 인상을 쓰며 내려다보았다.

"다시는 중간에 빼지 마."

"그럼 감당해. 전부."

두 번은 하지 않았으면 하는 장난질에 대한 경고를 서건은 다른 뜻으로 해석하고 있었다.

수용에 대한 그의 남다른 방식 덕분에 송연은 그 밤 날이 새도록 잠을 잘 수가 없었다. 중간에 빼지 말라는 그 말을 성실하게 이행하는 서건이었다.

지독하게 융통성이 없어 고지식하기까지 한 그는 다음 날 아침, 며칠을 내리 푹 잔 사람처럼 산뜻한 얼굴로 출근했다.

믿을 수 없는 그의 체력에 혀를 내두르며 송연은 까무룩 잠이 들었다. 그리고 식사도 거른 채 잠이 든 그녀를 챙기기 위해 서건이 잠시 들른 후에야 겨우 눈을 뜰 수가 있었다.

"인사해."

그의 손에는 하얀 말티즈 강아지 한 마리가 들려 있었다.

## 7. 너 내가 저 집에서 건져 올렸잖아

시작은 너의 시선을 잠시 빌리는 것이었다.

접대용 소파에 앉아 서건은 천천히 사무실 안을 둘러보았다.

자잘한 집기 하나 없는 백색의 공간은 따분하면서도 강박적으로 보였다.

그나마 유일하게 눈에 띄는 것이 연도별로 벽에 걸린 사진 액자들이었는데 하나같이 과시하기 위함이었다.

표정 없는 얼굴로 어깨를 나란히 하고 서 있는 고만고만한 소년들과, 그 가운데에 환하게 웃고 있는 한중호 이사장이 있었다.

유년기를 꾸역꾸역 이어 나갔을 사진 속 소년들은 저 자리에 서서 희망을 꿈꿨을까. 아니면, 절망을 보았을까.

한송연 넌 어땠을까. 한중호의 곁에 서서 어떤 눈을 하고 세상을 보았을까.

온몸에 역겨운 분노가 스멀스멀 번지기 시작했다.

"저 아이들은 하나같이 인정을 받고 싶어 합니다."

맞은편에 앉아 있던 한중호가 안경을 추켜올리며 말했다.

액자 속의 소년들의 얼굴을 훑던 서건의 시선이 다시 제자리로 돌아왔다.

시선의 끝에는 사무실의 주인답게 말끔한 한중호가 있었다.

향수 냄새가 진동을 하고 주름 하나 잡히지 않은 광이 번쩍이는 얼굴을 마주했다.

나는 너의 과거에 바짝 다가선다. 지금 이 시간부로.

"인정이라…… 누구나 다 그렇지 않습니까."

"저 아이들은 유독 그 욕구가 강한 편이죠. 말 그대로 사람의 정에 굶주리고 확인을 받고 싶어 합니다. 그래야 존재 근거를 찾을 수 있다고 여기는 거죠."

"그래서 저 아이들을 거두기로 결심하신 겁니까? 재단 설립의 동기치고 꽤 특이한데요."

"권 대표님처럼 후원의 손길이 없었더라면 혼자 힘으론 턱없이 부족한 일이죠. 지난주 후원 의사를 밝히셨을 때 어찌나 감사하던지 이렇게 뵙기만을 고대했습니다. 덕분에 우리 아이들이 올 한 해 따뜻하고 시원하게 보낼 수 있게 됐습니다."

"퍼 줘도 아깝지 않은 게 정 아니겠습니까."

지난주 서건은 한중호가 운영하고 있는 아동 복지 단체에 기부 의사를 밝혔다.

최근 호재가 있었던 회사 입장에선 홍보도 되고 나쁘지 않은 선택이었다.

이사진들의 표결은 쉽게 통과되었고 서건은 한중호에게 일주일간의 시간을 주었다. 대표 권서건에 대해서 충분히 알아볼 수 있는 시간을.

"항간에 교육감 선거에 출마하신다는 소문이 돌던데……."

서건은 한중호의 한쪽 눈 밑이 떨리는 걸 놓치지 않았다.

"이것 참, 말씀드리기 쑥스럽습니다만 소문이 아니라 사실입니다. 이제 막 캠프를 꾸리고 유세를 시작하려던 참입니다."

"아, 근본 없는 막춤이 환호받는 그곳 말씀하시는 겁니까?"

한중호의 울대가 눈에 띄게 꿀렁거렸다. 서건은 찻잔을 들어 한모금 길게 마셨다.

"권 대표님께서 교육감 선거까지 챙기시고 사회 이슈에 눈이 밝으신 모양입니다."

"유권자 입장에서 인지도 낮은 교육감 선거에 관심이야 있겠습니까. 후보 1번이냐 2번이냐 고민하다 도장 찍기 연습만 하다 오겠죠. 그마저도 선거 당일에 한가해야지 가능한 일이지만."

"그럼 어떻게 아시게 된 건지……."

"얼마 전 모임에서 야당 원내대표를 만난 적이 있습니다. 한창 핵심 선거구 경쟁력 파악에 열을 올리고 계시던데 이런저런 이야기 속에 말씀하시더군요."

"모임이라면, 정계인사들과도 연이 있으신 모양입니다."

"사업을 하다 보면 진보냐 보수냐, 때에 따라서 만나는 사람도 달라지지 않겠습니까. 그런 모임들이야 흔한 일이죠."

두 사람 사이에 어색한 침묵이 흘렀다. 한중호는 찻잔을 쥐고 있는 서건의 손을 보았다.

깨끗하고 섬세한 손끝이었다. 저 손이 쥐고 있는 돈이 얼마나 될까. 그리고 내놓을 수 있는 건 또 얼마나 될까. 저절로 계산기를 두드리게 된다.

별 소득 없이 음흉한 쥐새끼들 대가리 수만 채울 게 아니라 대어 하나만 제대로 낚을 수 있다면.

하는 말마다 심기를 거스르며 입꼬리를 쳐올리고 비웃기라도 하는 얼굴이지만 일주일간 알아본 서건은 결코 무시할 수 없는 인물이었다. 한중호의 얼굴에 형언할 수 없는 긴장이 서렸다.

"오다 보니 학교 부지가 꽤 넓던데 저대로 방치하기엔 아깝지 않습니까?"

"갑자기 거긴 왜……."

"역세권에 상가 인프라 형성도 잘되어 있던데 관상용으로 놀리지만 마시고 건물 하나 올리시죠. 주상복합으로 오피스텔 잘 지어 올리면 학생들 덕에 분양도 걱정 없을 것 같은데."

이야기가 왜 느닷없이 관심도 없는 재단 부지로 튀는지 용건이 따로 있는 한중호 입장에선 조바심이 일었다.

하여튼 돈밖에 모르는 저급한 사업가 새끼 같으니라고. 한중호는 속내를 숨기고 신중하게 미소 지었다.

"그 문제라면 교육청에 허가도 받아야 하고 꽤 복잡해집니다. 사학재단에 그런 자율권을 줄지도 미지수기도 하고."

지금 한가하게 재단이나 돌보며 교육청 잔챙이 공무원들에게 허리 굽힐 생각 따윈 없었다.

빠르게 화제를 바꾸려는 한중호가 막 입을 떼려고 할 때 서건이 먼저 선수를 쳤다.

"팔자 피고 싶으면 비위부터 좋아야죠. 그 정도도 못 하면서 무슨 민생을 돌보겠습니까. 안 그렇습니까?"

"이야! 이거 나이만 젊은 줄 알았더니 사업 수완이 남다르십니다. 이거 말로 얻어맞으니 정신이 아찔해집니다."

"다음엔 과연 말에서 끝날까요?"

"예?"

"아닙니다. 농담이었습니다."

무안할 정도로 빤히 쳐다보는 서건의 눈빛에 한중호는 저도 모르게 침을 꿀꺽 삼켰다.

탯줄 한번 기가 막히게 잘 쥔 어린놈인 줄로만 알았더니 상대하기가 여간 만만치가 않았다.

오랜 세월 강단에 서서 수많은 눈들을 마주하다 보니 체득한 것이 있었다. 주어진 반경에서 태만하게 삶을 부리지 않고 그 이상을 쟁취해야 직성이 풀리는 분투한 얼굴. 이런 치들은 확률이 조금이라도 있으면 일단 뛰어들고 본다.

만약 이 젊지만 가진 것 많은 놈의 목표와 자신의 목표가 동일시된다면.

열심히 머리 굴리는 소리를 서건도 눈치를 챘는지 회심의 일격을 가했다.

"묵은 얼굴의 정치인만큼 식상한 것도 없죠. 새로운 얼굴 필요한 때에 멀리 보셔야지 않겠습니까. 이왕 발 담갔으니 이참에 큰 그림 그리시죠."

"그러니까 그 말은……."

자꾸만 이치에 눈이 먼 척하는 어리숙한 연기가 짜증 났는지 서건이 표정을 숨기지 않고 말했다.

"서로 원하는 걸 제시하고 조건을 맞춰 보죠. 제가 바빠서 말입니다."

"저는 교육감 당선이 우선 목표인지라……."

"그건 당연한 거고."

"그렇다면 조심스레 국회의사당에 진출해 봄이……."

"발판 내 드리면 이사장님께선 뭘 주시겠습니까?"

두 사람의 눈이 마주쳤다. 한중호의 두 눈이 점점 커지더니 이내 가는 실눈을 뜨고서 서건을 보았다.

"돈만큼 정직한 것도 없습니다."

쐐기를 박는 서건의 말에 한중호가 말없이 자리에서 일어섰다.

말끔하게 치워진 책상으로 돌아가 서랍을 열더니 책 하나를 꺼내 들었다.

서건의 앞에 수고스럽지 않게 페이지까지 펼쳐서 내놓은 건 주부들이 즐겨 보는 흔한 여성지였다.

"제 딸아입니다."

사무실 벽에는 소년들의 얼굴을 줄지어 걸어도 딸아이 사진 하나 책상 위에 올려 둘 정성은 없는지 기껏 보여 준다는 것이 잡지 속 사진이었다.

한 면 가득 한중호와 송연이 더없이 애틋한 부녀의 모습으로 인쇄되어 있었다.

"젊고 예쁜 아이죠."

서건은 말없이 잡지 속 송연을 바라보았다.

완벽하게 세팅된 모습으로 여전히 표정 없는 얼굴을 보자 목울대가 치밀어 올랐지만 아무 말도 할 수가 없었다.

그 모습을 자기 편할 대로 해석한 한중호가 비죽이 웃으며 말을 이었다.

"올해 안에 시집을 보낼까 합니다."

한중호가 일으킨 바람은 서건에게 티끌만큼도 영향을 주지 못했다. 그래야만 했다.

결혼을 해? 누가? 누구 마음대로.

"그래서, 축하라도 드려야 합니까?"

"아직 상대 집안이 정해지지 않아서 대표님 축하는 다음에 받도록 하겠습니다. 그런 의미로 이번 주말에 오랜만에 떨어져 있는 자식들을 모아 저녁 식사를 할까 합니다."

"이사장님 개인사나 듣자고 내가 지금 이렇게 앉아 있는 걸로 보입니까?"

"대표님이야 가진 것이 많으니 내줄 것도 많으시겠지만 전 가진 거라곤 자식밖에 없어서 말입니다. 그걸 알려 드리고 싶은 것뿐입니다."

딸을 못 팔아서 안달 난 개새끼 같으니라고.

경매장에서 판돈을 올리는 페이스메이커에 대단한 소질을 보이는 한중호의 면상을 더 이상 참을 수가 없었다.

"너무 오래 지체한 것 같군요. 배웅은 나오지 마시죠. 번거롭고 귀찮으니까."

자리에서 일어선 서건의 뒤를 한중호가 쫓았지만 안중에도 없는지 곧장 차로 향했다.

숨이라도 넘어갈 것처럼 헐떡거리며 기념사진을 요청했지만 서건

311

은 무시로 답을 대신했다. 서건답지 않게 성급한 마무리였다.

"한지완이 한중호의 친자인지 확인해 봐."

겨우 짜낸 목소리로 기욱에게 지시하고 서건은 눈부터 감았다.

정문까지 배웅 나온 한중호의 그림자가 길어지는 만큼 견딜 수가 없었다.

변태 성벽을 가진 정신병자를 처리하는 건 서건에게 용건 축에도 끼지 못한다. 그런데 왜 이렇게 기분이 더럽기만 한지 숨이라도 턱 막힌 것처럼 견딜 수가 없었다.

내내 떠오르던 얼굴을 당장에 눈으로 확인을 해야 기분이 나아질 것 같다.

하지만 그전에 직접 들어야 할 말이 있었다. 서건은 지체 없이 핸드폰을 들어 전화를 걸었다.

"권서건입니다. 기자를 하나 찾을까 하는데 연락처 좀 알 수 있겠습니까?"

그의 눈이 어느 때보다 예리하게 빛났다.

"찾았다!"

들입다 외치는 소리에 송연은 꽃잎에 머물던 시선을 들어 안나를 보았다. 마침내 화훼 가위를 발견한 안나가 가슴에 끌어안고서 감격에 차 있었다.

지완이 무슨 재주로 손에 넣었는지는 모르지만 안나가 이름까지 새기고 작업할 때 늘 손에 들고 있던 가위였다. 그걸 잘 알고 있는 송연은 안나가 그의 집으로 꽃을 들고 오기로 한 전날 밤에 거실 콘솔 위에 미리 올려 두었다.

"세상에, 이걸 여기에 흘리고 간 줄도 모르고 한참을 찾았잖아."

"그 가위 되게 애지중지하던 거 아니었어?"

송연이 모른 척 묻자 안나가 혀를 차며 고개를 저었다.

"분명히 학원 수업까지 챙겨 간 기억은 나거든? 근데 감쪽같이 사라진 거 있지. 진짜 더 황당한 건 뭔 줄 알아? 수업 끝나고 저녁 먹으러 갔는데 스니커즈를 한 짝만 잃어버렸다니까? 요즘 정신 줄이 오락가락한 게 보통 일이 아니야."

"그래도 찾아서 다행이야."

"그러게, 근데 이 집 주인이 보고 흉봤으면 어쩌지? 칠칠맞게 가위나 흘리고 다닌다고 말이야."

"그 남자라면 못 봤을 거야."

"어?"

이런, 안나에게 지난밤 내내 그가 침실에만 있느라 거실은 나와 본 적도 없다고 말할 순 없었다. 서건과 지치지 않은 섹스를 하고 그가 잠시 샤워를 하는 사이에 거실로 나와 올려 둔 가위였다.

그러니 이 집 주인이 알 리 없었다.

"꽃에 물 갈 시간도 없이 바쁜 사람이라면서. 못 봤겠지."

"하긴, 것도 그래."

"근데 왜 이번엔 화병이야? 늘 말라 죽는 게 마음 아프다고 화분으로 가져오더니?"

안나가 들고 온 꽃은 살구색의 비단향꽃무였다. 도매 시장에서 직접 사 왔다는 실린더 화병에 어레인지 될 풍성한 꽃송이들이 벌써

봄이 온 것 같은 기분이 들게 했다.

"이제 그런 걱정은 안 해도 될 것 같아서."

마치 중대한 비밀이라도 되는 양 안나가 입까지 가리고 속닥거렸다.

"아무래도 이집 주인한테 여자가 생긴 것 같거든."

"그걸…… 안나 네가 어떻게 아는데?"

"첫 번째, 침대 맡에 꽃이 있으면 좋겠대. 혼자 사는 남자가 침실에 꽃이 필요하다는데 그게 무슨 뜻이겠어? 두 번째, 화분들에서 짙은 여인의 향기가 나. 충분한 수분 섭취에 양지 바른 햇살 냄새가 나고 있어. 누군가의 손길에 관리가 아주 잘된 느낌이랄까. 세 번째, 조만간 이사 갈 계획이래. 나더러 정원이 있는 펜트하우스로 옮길 거라고 데크 조경도 부탁한다던데?"

"이 집 주인이 이사를 가?"

"응. 가족이 늘 거라 지금 집이 좁아서 넓혀 간대."

흥부가 온 가족을 끌고 와서 축구를 해도 충분한 이 집이 좁아서 이사를 간다는 남자는 정작 송연에겐 말이 없었다.

가족이 늘 거라는 건 그가 결혼이라도 한다는 소리일까.

그렇다면 굳이 사실대로 그녀에게 말할 필요가 없었다. 지극히 사적인 사유까지 말할 이유가 없는 사이니까.

하지만 단 한 번도 생각해 본 적 없었다. 그의 결혼은.

"데크 화분에 설유화나 후룩스같이 줄기를 따라 피는 꽃들로 심을까 해. 봄기운으로 꽉꽉 응축된 애들로 예쁘게 심으면 꽃망울이 터지면서 완전 근사한 봄날이 될 거야. 그때 송연이 네 손길도 필요할 것 같은데 도와줄 수 있어?"

그와 그의 아내가 살 집에 화단을 가꾸고 꽃을 심는다…….

과연 자신은 어떤 얼굴로 그의 정원에 서게 될까. 구질구질하게 눈물이나 심고 있지 않겠지. 아마도 덤덤한 표정을 짓게 될 것이다.

지금처럼.

"응. 당연히 도와야지. 안나 네 일인데."

"역시, 한송연! 넌 날 저버리지 않을 줄 알았어. 그나저나 저 꼬맹이가 슬슬 용트림을 하는 게 잠에서 깬 것 같지 않아?"

하늘색 구름처럼 포근한 방석에 고개를 괴고 잠이 들었던 새끼 강아지가 입을 힘껏 벌리며 하품을 하고 있었다.

한창 성장기인 탓인지 녀석은 내내 먹고 자고 싸는 것이 주된 일과 중의 하나였다.

"쟤만 봐도 딱 여자라니까. 이 집 주인이 혼자서 강아지나 키울 남자는 절대 아니거든."

확신에 찬 안나의 말에 송연의 시선이 강아지에게로 향했다.


며칠 전 그가 데리고 온 한 뭉치의 솜털 같은 생명체는 새끼 말티 즈였다.

품 안에 안고 있기가 두려울 정도로 작아서 선뜻 손을 내밀지 못하고 있는 송연에게 그가 웃으며 말했다.

"졸지만 말고 엄마한테 인사해야지."

엄마? 지금 엄마라고 했어?

얼어붙은 송연을 그가 가슴에 안았다. 덩달아 그의 품에 갇힌 강아지가 답답한지 낑낑거리자 송연은 얼른 그의 가슴을 밀어냈다.

"어미는 폐가에 묶인 채 유기됐다는데 출산하고 얼마 안 가서 눈을 감았다나 봐. 그래서 새끼들만 남았는데 모두 입양되고 이 녀석만 임시 보호 중에 있는 걸 데려왔지. 눈이 귀여운 게 네 생각이 많이 나더군."

그 겨울의 거리에서 기욱에게 노견의 목줄을 건네기 전 돈을 주고 산 거냐고 물었다고 했다.

그래서 애견 숍이 아닌 유기견 보호 센터에서 이 녀석을 데려왔다.

강아지로 담보를 잡는 저열한 짓인 것 같아 가슴 한구석이 불편했지만 송연의 얼굴을 보자 아주 실패한 건 아니었다.

"이제 네가 엄마가 돼서 밥도 챙겨 주고 잘 키워 봐. 앞으로 이 녀석은 한송연이 책임지는 거야."

그러니까 기욱이 녀석에게 개 안부나 물으며 답장에 목매지 말고 여기에 전념해. 내 집에 있는 이 작은 생물체에게.

하지만 그가 간과한 것이 있었으니 송연은 방법을 모른다는 것이었다.

이렇게 하루 종일 잠만 자도 아픈 게 아닌지, 어떻게 돌봐야 할지 방법을 모르니 종일 그 주위를 맴돌았다.

어쩔 줄을 모르면서도 곁을 떠날 줄 모르는 송연을 보며 정작 애가 닳는 건 서건이었다.

덕분에 퇴근하고 돌아오면 그녀가 집에 있어 좋았지만 그 뒤만 졸졸 따라다니고 있으니 태어난 지 백일도 안 된 강아지를 상대로 질투나 하고 있는 자신의 신세가 참담했다.

전혀 생각지도 못했던 부작용이 며칠째 이어지자 급기야 서건이 토로했다.

"그렇게 작은 것들에 정을 줘서 어떻게 하려고. 그럴수록 네가 울어야 할 일들이 너무 많아지잖아."

인상까지 쓰며 하는 말에 송연으로선 당황스럽기까지 했다.

언제는 엄마가 되라더니 변덕 한번 참 심한 남자였다.


"어머, 어머! 쟤 좀 봐. 이쪽으로 오려나 봐!"

역시나 뭉치에게 한눈에 반한 안나가 호들갑을 떨어 댔다.

그러거나 말거나 하얀 뭉치는 밀림의 왕이라도 되는 듯 용맹하게 앞발을 딛더니 방정을 떨며 송연에게로 달려들었다.

꼬리가 떨어져라 흔들며 앞발을 들어 반기는 강아지에게 안나가 눈을 흘기며 개도 인물 따지냐며 핀잔을 주었다.

"근데 이 댕댕이 이름은 뭘까?"

"뭉치."

"응?"

송연이 네가 어떻게 알아?

당장에 날아드는 의문스러운 눈빛에 어색하게 웃었다. 웃는 것도 아니고 우는 것도 아닌 실없는 얼굴이었다.

"그냥. 하얀 솜뭉치같이 생긴 게 그럴 것 같아서."

싱겁기는.

안나가 송연의 가방을 향해 턱짓을 했다. 아까부터 가방 안에 둔 핸드폰이 진동을 하며 울리고 있었다.

안나 앞이라 무시하려고 했지만 어쩔 수 없이 가방에서 꺼내 들어야 했다.

정작 안나는 송연의 그런 모습들을 빠짐없이 지켜보고 있었다.

분명 집이 어려운 걸로 아는데, 입고 온 코트하며 가방까지 모두가 기천은 들었을 차림이었다.

그리고 늘 표정이 단조로웠던 송연의 얼굴이 요즘 들어 감정을 눈치챌 수 있을 정도로 변했다. 지금처럼 슬그머니 일어서서 전화를 받으러 가는 저 얼굴만 봐도…….

설마 한송연, 너 지금 설레고 있는 거야?


"지금 안나랑 있어."

눈에 띄는 방으로 들어온다는 것이 그의 침실이었다.

몸이 이제는 알아서 기억을 한 모양인지 익숙한 침대 앞에서 서건의 목소리를 기다렸다.

– 내가 집으로 갈까?

"아니."

– 그럼.

"내가 거기로 갈게."

– 그래.

그의 대답을 끝으로 통화는 끝이 났다.

아주 짧은 통화였는데 핸드폰 액정에 비친 송연의 얼굴은 웃고 있었다.

너 지금 웃고 있는 거야? 한송연. 정신을 잃지 마. 네가 절대로 꿈꿔선 안 될 사람이잖아.

그는 어쩌면 다가오는 봄에 새로운 가정을 꾸릴지도 모른다. 꼭 그것만이 아니더라도 생각조차 해서도 안 되는 것이었다.

송연은 숨을 깊게 몰아쉰 다음 방문을 열었다.

"방금 그 남자랑 키스하면 양치하기 싫은 맛이야?"

어레인지를 모두 끝낸 안나가 화병을 들고 서서 방에서 나오는 송연에게 물었다.

그건 또 무슨 뜬금없는 소리야? 맥락 없는 질문에 대꾸조차 못 하고 서 있자 안나가 덧니를 드러내며 씩 웃었다.

"들으려고 한 건 아닌데 보다시피 꽃병을 침실에 둬야 해서. 전화 받는 목소리가 상당히 간지럽던데 너 남자 생긴 거 맞지?"

"아……."

"아니라고 하지 마. 내 촉이 분명 그렇다고 하니까."

"지금은…… 나중에 다 말할게. 서운하겠지만 조금만 기다려 줘. 미안해."

"야, 한송연! 우리 사이에 무슨 그런 걸로 미안하고 그러냐? 네가 그렇다면 그럴 만한 이유가 있는 거겠지."

서운하지 않다면 거짓말이지만 안나는 기다릴 수 있었다.

처음 목격하게 되는 송연의 연애를 덮어 놓고 축하부터 하고 싶은데 사정이 그렇지 않아 보이니 그게 더 마음이 상했다.

"그럼 나 이거 하나만 물어봐도 돼?"

침을 꿀꺽 삼키며 묻는 안나의 얼굴을 송연은 대답도 미룬 채 바라보았다.

"혹시 그분 다리가 세 개야?"

"어?"

얼른 이해가 가지 않아 되묻자 안나가 손끝으로 배꼽 아래와 두 다리를 차례로 가리켰다.

그것도 모자라 입 모양으로 '커?'라고까지 묻자 송연의 얼굴이 순식간에 불타올랐다.

"립스틱만도 못한 길이면 이 연애 반대야."

"야! 조안나!"

"아니, 난 그냥 네가 침대 위에서 노동요는 안 불렀으면 해서. 내가 알기론 한송연의 첫 연애인데 분위기 깨기 싫어서 억지 신음 소리나 내고 있으면 내 심장이 부서질 것 같단 말이야."

"어우, 진짜!"

"핸드폰이나 받으셔. 통화 끝낸 게 언젠데 그새 못 참고 또 전화질이라니? 촉촉하다, 촉촉해."

그사이 또 울려 대는 송연의 핸드폰을 안나가 놀려 댔다. 송연의 연애에 본인이 더 신난 얼굴이었다.

"여보세요. 아직 할 말이 더 남았……."

— 들어와야겠다. 이번 주말에.

핸드폰 너머 들려온 건 서건의 목소리가 아니었다.

앞발을 들고 낑낑거리며 발아래에서 매달리는 뭉치 때문에 급하게 전화부터 받은 것이 실수였다.

음산하고도 눅눅한 목소리가 고막에 질척이며 밀려들자 송연은 두 눈을 감아 버렸다.

1월의 회색 도시는 모든 것이 흐리기만 했다.

런던을 연상케 하는 무채색의 풍경 속에 앙상하게 마른 가로수만이 얼마 안 남은 겨울을 견뎌 내고 있었다.

차에서 내린 송연은 물기 하나 없이 메마른 대기에 잠긴 빌딩숲 속으로 걸어 들어갔다.

— 회사로 오시랍니다.

안나와 헤어지고 그에게 전화를 걸었지만 서건 대신 전화를 받은 건 기욱이었다.

주소를 전해 듣고 그의 회사 앞에 당도하자 송연은 한참 동안 빌딩을 올려다보았다.

새삼 그의 위치가 자각되었다.

"대표님께 직접 모셔다 드릴까요?"

로비에 있는 경비에게 그의 이름을 말했을 뿐인데 지나치게 정중한 태도로 송연을 맞이했다.

지금 이 순간 송연이 바라는 건 무사히 로비를 지나쳐 조용히 그의 사무실에 입성하는 것뿐이었다.

경비의 친절을 거절하려던 순간 목소리 하나가 어깨 너머로 알은체를 해 왔다.

"여기서 송연 씨를 다 만나네요?"

차갑지만 그만큼 성숙한 성인 여자의 목소리.

한중호의 정원에서 인터뷰를 했던 기자가 송연을 향해 빙긋이 미소 짓고 있었다.

"안녕하세요."

"송연 씨도 잘 지낸 얼굴인데요?"

"그럼 전 볼일이 있어서 이만……."

"권서건 대표가 이렇게까지 하는 이유가 궁금했는데 송연 씨 때문이었군요. 어느 정도 예상은 했지만…… 뭐, 좋아요. 남자는 돈과 시간으로 사랑을 한다더니 낯간지럽지만 이렇게 보니 틀린 말도 아니네요."

대면할수록 신경을 긁어 대는 여자였다. 이번에도 모든 걸 다 안다는 듯 굴어 대는 얼굴을 더 이상 마주하고 있을 이유가 없었다.

눈인사를 하고 지나치려는 송연 앞으로 또다시 명함을 내밀었다.

"혹시나 찢어 버렸을지 몰라서요. 자요. 받아요."

"저한테 필요 없을 것 같은데요."

"사람 일은 모르는 거예요."

기자는 송연이 반드시 연락을 해 올 거라는 확신으로 가득 찬 얼굴이었다.

그래서 묻지 않을 수 없었다.

"제가 왜 연락할 거라 생각하는 거죠?"

"그럴 수밖에 없을 테니까요. 그리고 절대로 후회하지 않게 할 거구요. 그러니까 새벽이어도 상관없으니까 꼭 연락 줘요. 이번에 맞추면 정말 작두 타야 되나 진지하게 고민해 봐야 하니까. 아참! 얼른 올라가 봐요. 권 대표 기다리고 있을 텐데."

제 할 말만 하고 돌아선 기자는 머리 위로 손까지 흔들며 로비를 걸어 나갔다.

엘리베이터를 타는 내내 기자가 했던 말을 곱씹어 봤지만 달라지는 것은 없었다. 기묘하게 사람을 자극하며 유쾌한 척 굴었지만 결코 유쾌하지 않은 여자였다.

"기다리고 계십니다."

밑에서부터 연락을 받았는지 기욱이 엘리베이터 앞까지 마중을 나와 있었다. 이럴 필요까지 없는데 괜한 짓을 했나 싶었다.

숨길 수 없는 호기심으로 가득 찬 비서들을 지나쳐 기욱의 안내로 그의 사무실 안으로 들어섰다.

등 뒤로 문이 닫히자 순식간에 고요해졌다.

서건은 데스크 위에 팔을 괴고 손으로 이마를 짚은 채 눈을 감고 있었다.

그녀가 왔다는 걸 알고 있을 테지만 송연은 말없이 기다렸다.

그 자세로 서건이 두 눈을 뜨고 송연을 뚫어지게 보기 시작한 것은 한참이 지난 후였다.

"앉아."

하지만 송연은 소파로 가는 대신 그를 향해 천천히 다가갔다. 조용한 사무실에 스틸레토 굽 소리만 울렸다.

순순히 내 말을 따르면 그건 한송연이 아니지. 서건은 다가오는 송연을 말없이 지켜보았다.

"뭉치가 이제는 제법 적응을 한 모양이야. 아까는 먼저 안기기까지 하더라구. 사람에 대한 경계도 많이 수그러든 것 같아."

어쩐지 그의 눈빛이 심상치가 않았다. 그 어색한 분위기가 싫어 일부로 뭉치 얘기를 꺼내 풀어 보고 싶었다.

서건은 여전히 생각에 잠긴 듯 입을 굳게 다물고 있었지만.

"먼저 퇴근해요. 강 실장까지 전부 다."

인터폰을 들고 무찌르듯이 지시한 그가 수화기를 내려놓기가 무섭게 자리에서 일어섰다.

못 견디겠다는 얼굴로 타이를 잡아당기더니 그마저도 풀어서 던져 버렸다.

"그쪽은 햇볕이 너무 강해. 소파로 가서 앉아."

힐끗 일별한 그가 툭 던진 말을 송연은 다른 뜻으로 해석했다.

밀려 올라간 블라인드 밑으로 늦은 오후의 겨울 햇살이 쏟아지고 있었다.

생기 잃은 저 햇살까지, 모든 것이 그의 돈으로 송연이 누리고 있는 것들이었다.

그녀가 벗은 코트가 소파 등받이에 툭 하고 걸쳐졌다.

신고 있던 구두에서 내려오자 데스크에서 돌아 나오던 서건이 멈춰 섰다.

"뭐하는 거야?"

"이러려고 만나자고 한 거잖아."

"너 지금 내 밑에 깔리면 죽어."

그의 말에 송연은 알 수 없는 미열을 느꼈다.

이 남자는 지금 뭔가 단단히 꼬여 있었다. 송연에겐 그 매듭이 풀어야 할 숙제로 남았다.

그러기 위해서 서건은 만나자고 한 것이다.

"늘 당신 밑에 깔리면서 언젠가 그럴 수도 있겠단 생각은 했어."

팔짱을 끼고 다리를 꼬며 송연은 말했다.

피부에 밀착된 반투명 스타킹에 감싸인 가늘고 긴 종아리가 섹시하게 드러났다.

그 모습을 말없이 지켜보던 서건은 송연에게 다가가는 대신 데스크에 기대 서 있는 걸 택했다.

팬츠 주머니에 찔러 넣은 두 손이 앞으로 벌어질 일에 대한 방어로 보였다.

"요 며칠 널 이해해 보려고 노력했는데 나 혼자선 역부족이라서. 아무래도 네 입으로 설명을 들어야 할 것 같은데."

서건은 데스크 위에서 낚아채듯이 집어 든 잡지를 바닥으로 던졌다.

마치 벌레라도 되는 듯 내던진 잡지 속에는 한중호와 송연의 사진이 있었다.

"먼저 이 인터뷰에 대해 설명해 봐."

"한중호의 계획이라면⋯⋯."

"아니, 너의 계획. 너에 대해서 설명해."

성의 없는 시선으로 보는 기사 속에는 한중호의 사적인 계획이 있었다. 올해 안에 결혼을 시키고 싶은 여식에 대한 아비의 애틋한 계획이.

"그게 왜?"

도리어 이번엔 송연이 물었다. 그의 미간이 꿈틀거리며 좁혀 들어갔다.

"보통의 사람들은 고통을 피하려고 애쓰는데⋯⋯."

말을 멈춘 서건이 울대를 꾹 눌렀다.

"넌 왜 그걸 죄다 감당하고 있지?"

"터널에서 빠져나오기 위한 해답. 결혼 말고 달리 또 없는 것 같아서."

"너 하나 갈아 넣어서 지켜지는 건 평화가 아니라 너에 대한 또 다른 폭력이야. 그걸 왜 몰라?"

"그럼 다행이지. 세상에 나 혼자만 바보 되면 그만이잖아."

"그럼 너의 그 계획 속에 놀아난 난?"

서건이 쓰라린 얼굴로 물었다.

그의 등 뒤로 늦은 오후의 서글픈 해가 경계선으로 곤두박질치고 있었다.

서서히 붉게 물들어 가는 그를 응시하던 송연이 한참 후에야 입을 열었다.

무슨 말이든 해야 했다.

"나를 잊는 것…… 당신에게 가장 쉬운 일이 될 거야. 당신 인생에 나 따윈 기억도 안 날 테니까."

그와의 침묵이 또 다른 대화가 될 수 있음을 그 순간 알았다.

송연은 여전히 방어적인 눈빛으로 서건을 보았다. 그는 들끓고 있는 감정들을 간신히 삭이고 있었다.

"난 왜 네가 너의 감정을 숨기기만 하고 해소하지 못하고 있다는 소리로 들리지? 네가 너무 네 마음을 꽉 잡고 있어서 힘든 거라고는 생각 안 해?"

"그게 편하다면 좋을 대로 해석해."

"외면도 너의 방식인가?"

"그것도 편할 대로 생각해."

상관없었다. 이제 와 새삼스럽게 그와의 미래를 그려 볼 생각은 송연에게 없었다.

각자의 계획대로 살아가는 것이다.

그는 그대로, 자신은 자신대로.

"대답이 됐으면 이만 가 볼게."

"내가 아직 말하고 있잖아. 아직이야."

자리에서 일어선 송연을 그가 붙잡았다.

그의 목소리는 낮으면서도 단호했다.

살면서 가장 부러운 사람은 넘치는 사랑을 받는 사람도 아니고 배가 부른 사람도 아니었다. 그저 상처받지 않은 사람이 가장 부러웠다.

그래서 송연은 부지런히 노력했다. 오로지 상처받지 않기 위해서. 그래서 그가 이러는 이유를 깊게 생각하지 않으려고 한다.

상처받고 싶지 않기 때문에.

"머뭇거릴 거면서."

"뭐?"

아주 작은 그녀의 목소리에 그가 인상을 쓰며 되물었다.

"먼저 감정을 드러내면 머뭇거릴 거잖아. 그렇게 당한 것 같은 기분이면 나랑 결혼이라도 해. 그래서 그 거지 같은 곳에서 벗어날 수 있게 해 줘. 그럼 다 해결되는 거 아냐?"

남자는 침묵으로 여자를 오해하게 한다.

그와 눈이 짧게 마주쳤다.

송연은 그때 깨달았다. 한 사람이 놓으면 한순간에 끝나는 관계가 있다는 것을.

자괴감이 발목에서부터 시작해 느릿하게 기어 올라오기 시작했다. 그동안의 시간들이 사치로 느껴질 만큼 모든 순간이 허상이 되어 버렸다.

할 말이 목젖을 옥죄었지만 도저히 입 밖으로 나오질 않아 조용히 자리에서 일어섰다.

코트도 집어 들지 않고 돌아선 송연의 등 뒤로 집기들이 쓰러지는 소음만 요란하게 울렸다.

❖

언제 봐도 호리호리한 몸에 턱선이 갸름하고 눈빛이 살아 있었
다.

취향이 달랐더라면 진작 탐을 냈을 아이였다. 하지만 정작 중요
한 그것이 반응이 없었다.

송연은 목을 뻣뻣이 세우고 짜릿하게 노려보고 있는데 허리 아래
그것은 맥없이 축 늘어져 있었다.

싱싱한 젊은 여자의 살가죽에서 맡을 수 있는 육향이 서재 안에
진동을 하는데 입맛이 동하지 않는다.

"꼭 먼저 연락을 해야지만 얼굴을 보여 주는구나."

"아시다시피 바빴어요."

"내가 그동안 모르고 있었을 거라 생각하는 건 아니겠지?"

송연의 날 선 눈빛이 비수처럼 날아들었다.

제 딴에는 분노로 똘똘 뭉쳐 오슬오슬 떨어 대고 있지만 하나같이
보잘것없는 것들이었다.

그렇게 수없이 얻어맞고도 단념을 할 줄 모르니 이래서 없는 것들
이 기를 쓰면 불쾌해서 견딜 수가 없다.

"어떻게 해서든 원하시는 대로 만들어 드리면 되잖아요."

"그럼 서둘러야지. 왜 이리 미적대고 있어? 내가 마냥 한가해서
널 두고 보고만 있다고 생각하는 건 아니겠지. 이래 가지고 이 집에
서 나갈 수야 있겠니?"

"노력하고 있어요."

"어영부영 시간이나 때울 생각이라면⋯⋯."

"반드시 해요. 이 집에서 나가 드릴 테니 약속이나 지키세요."

한중호는 엄격한 눈을 내리고 새삼스럽게 송연을 보았다.

쏘아보는 커다란 눈에 저주라도 퍼붓고 싶은 분노가 앙금처럼 고여 있었다.

저러니 사내새끼들이 하나같이 몸이 달아오르지. 지완을 이해 못할 것도 없었다.

문제는 점점 정도를 모르고 몸집을 키워 나가는 싹수였다. 버릇사나운 짐승은 매로 다스려야 명답인데 그러지를 못하니 손이 근질근질했다.

"이렇게 말대꾸를 하고 있으니 네가 자식이긴 한가 보구나. 하지만 잊지 말아라. 세월은 흘러도 은덕은 오래가야 한다는 것을. 그러니 갚아. 그게 네가 할 일이야."

그 순간 어느 누구도 눈치채지 못하도록 뼛속에 새긴 복수심이 손끝까지 저리도록 혈관을 타고 온몸으로 흘렀다.

송연은 시선을 들어 서재 안을 천천히 둘러보았다. 악의 얼굴을 오래 봐서인지 서재 안의 불빛도 악의 혼령 같았다.

그만큼 공간에 대한 기억은 집요한 것이었다.

"질문 하나 해도 돼요?"

말대꾸도 모자라 이젠 묻기까지? 감히 토를 달고 되바라지게 질문을 해?

한중호는 허허 웃었지만 눈두덩에 렌즈가 닿을 지경으로 안경을 치켜 올렸다.

한중호의 손끝이 안경테에 닿을 때마다 송연의 등에는 피멍이 들었었다.

그런데 지금은 손이 부들대도록 가해의 욕구를 참고 있었다.

이토록 절실한 한중호의 열망을 보고 있으니 송연은 가루가 되도록 부숴 버리고 싶어졌다. 두 번 다시 정치는 꿈도 꿀 수 없게 산산이.

"제가 또다시 도망칠 거란 생각은 안 하세요? 이렇게 보니 저에 대한 믿음이 꽤 두터우시네요."

"송연아. 정말 무서운 게 뭔 줄 아니?"

그간 한중호의 학대로 빚어진 억누르기만 했던 서러움과 증오가 천천히 고개를 추켜들었다.

지금 당장 내 몸이 벗어날 수 없다면 내 영혼이라도 도망칠 수 있기를. 감히 바라 본다.

"폭력이 일상이 되다 보면 어느새 거기에 젖어 든다는 사실이지. 물론 처음엔 길을 걷다 무심코 밟은 개미 새끼 한 마리에도 죄책감이 들겠지. 하지만 잠재된 폭력을 마주할 때마다 자신을 혐오하게 될 거다. 점점 그렇게 스스로를 갉아먹게 되는 거야. 그러고 보면 인간의 학습 능력이란 게 참 흥미로워. 보고 배운 것이 폭력이다 보니 점점 무뎌지고 아무렇지 않게 되는 걸 보면 말이다. 이 모든 것이 지난 수년간 너희 남매에게 공들인 학습의 결과였다."

말을 안 들으면 목줄을 쥐어짜면 된다.

침을 꼴깍꼴깍 삼키다 숨소리부터 달라질 때 목줄을 콱 쥐어틀면 복종은 자연히 따라오게 된다. 적공의 끝에는 지완이 있었고 가장 심혈을 기울인 것도 그 아이였다.

그런데 감히 도망을 가? 지완이도 못 하는 걸 네가?

"넌 그렇게 못 한다. 내가 장담할 수 있는 것 중의 하나지."

한중호가 휘두른 실체 없는 채찍에 맞아 심장이 터져 버린 것 같았다.

차라리 피가 터지게 맞으면 아물면 그만이지만 한중호는 정신까지 지휘하려고 들었다.

"혼란스러울 것 없어. 어차피 행복은 순간이고, 슬프고 아픈 게 삶의 본질이니."

그러니 넌 평생 아파하고 슬퍼해. 너에게 행복은 잠시의 찰나가 될 테니까.

송연은 몰려드는 절망을 삼키기 위해 고개를 들었다.

그러자 악령의 불빛에 가려져 보이지 않았던 것들이 홀연히 드러나기 시작했다.

그동안 이 악무는 상황만 수차례, 그럴 때마다 투명해지면 된다고 생각했다.

이제는 참자, 삼키자 그만두고 싶다. 기필코 자신의 손으로 이 모든 걸 끊어 낼 것이다.

"이사장님."

방문의 노크가 침묵을 깨고 크게 튀어 올랐다.

"도착하셨습니다."

열린 문틈 사이로 안양댁이 송연의 전신부터 훑었다.

으레 있던 폭행의 흔적이 없자 안도의 눈빛이었다.

송연이 눈인사를 보내자 서재의 문은 다시 조용히 닫혔다.

"드디어 적시타가 나타났군. 제깟 놈이 안 오고 배겨?"

흡족한 미소를 띠며 한중호는 자리에서 일어섰다. 천천히 걸어 나와 송연의 등에 손을 대더니 슬며시 앞으로 밀었다.

"자, 이제 보여 줘야지. 네가 얼마나 예의 바르고 예쁜 아이인지."

마침내 한중호가 그토록 강요했던 은덕을 갚아야 할 차례가 왔다.

"자네가 이 시간까지 웬일이야?"

서재 문을 열고 나오자 마침 앞을 지나던 젊은 남자를 한중호가 불러 세웠다.

송연이 기억하기론 한중호의 운전기사였는데 여태 퇴근을 하지 않은 모양이었다.

"혹시나 박사님을 모시고 와야 할지도 몰라서요."

현수는 뒷머리를 만지며 멋쩍게 웃었다.

번거롭게 집에 도착해서 다시 불려 나오느니 미리 대기하고 있는 게 나았다. 그런데 오늘은 주치의가 필요 없는 모양인지 송연은 멀쩡하게 걸어 나왔다.

여러모로 지나치게 근태가 성실한 현수였다.

"쓸데없이 지금 뭐 하자는 짓이야?"

역정을 누르는 한중호에게 꾸벅 인사를 하고 현수는 물러났다.

현관은 그쪽이 아닌데…… 반대 방향으로 멀어지는 그가 의아했지만 송연은 깊게 생각하지 않았다.

이미 거실로 들어선 한중호가 야단스럽게 손님을 맞이하고 있었기 때문이다.

"아니, 이게 누구십니까!"

그런데 등을 보이고 서 있는 남자의 뒤태가 낯설지가 않았다.

갖춰 입은 남자의 양복 재킷을 벗어 던지는 걸 수도 없이 봐 왔다. 침대 위의 나체를 훑던 눈으로 한중호를 보고, 온몸을 애무하던 손으로 악수를 하고 있었다. 이미 안면이 있는 사이인지 미소까지 짓고 있었다.

"누추한 이곳까지 발걸음을 해 주시다니 대단히 영광입니다."

"겸손이 너무 지나치신 거 아닙니까. 초대를 받았으니 응해야 도리죠."

한중호가 말하는 타이밍 좋게 등장한 적시타는 바로 서건이었다.

도대체 이 남자가 왜 이 집 거실에 서서 한중호와 안부를 주고받는지 설명이 필요했다.

거실로 들어서던 걸음을 멈춰 선 그녀를 서건이 비껴 보았지만 그뿐이었다.

지금과 같은 눈을 본 적이 있다. 골프채를 질질 끌고 다가와 산책이라도 나온 얼굴로 그녀를 보았었다. 낯선 이를 마주한 것처럼 감흥 없는 눈을 하고서.

"이리 와서 인사해라."

한중호의 손짓에 송연은 천천히 두 사람에게 다가갔다.

당신 지금 뭐 하자는 거야?

빤히 바라보는 그녀의 눈빛을 고스란히 받아 내면서도 서건에게선 아무런 대답도 들을 수 없었다.

"인사하시죠. 제 하나뿐인 여식 한송연입니다. 그리고 이분은 권서건 대표님. 오늘 저녁 식사를 같이 하시기로 했다."

한중호는 혀에 기름이라도 칠한 것처럼 은근하고 부드러웠다.

서건과 눈이 마주쳤지만 두 사람 모두 서로에게 인사하지 않았다. 그는 무감한 얼굴로 서 있었지만 연기까지 할 생각은 없어 보였다.

"이런, 손님을 모셔 놓고 대접이 형편없었습니다. 어서 자리에 앉으시죠. 안양댁, 뭐 하고 있어? 얼른 식전 차부터 내오지 않고."

두 사람 사이에서 유독 한중호만 부산을 피워 댔다.

서건의 맞은편에 앉은 송연은 안양댁이 내온 찻잔을 받아 들었다.

상황과 어울리지 않게 온기가 느껴지는 사기잔을 두 손으로 감싸 쥐고 시선을 들었다.

침침한 실내등 아래 각각의 표정을 짓고 있는 사람들의 모습이 눈에 들어왔다.

가장 상석에 앉았지만 서건에게 쩔쩔매고 있는 한중호와 무료한 얼굴을 숨기지 않은 그가 있었다.

이미 한중호를 완벽하게 파악한 듯한, 그래서 적당히 놀아 주고 있지만 노골적으로 드러내고 있었다. 서건의 얼굴을 스치고 지나가는 건 피로함이었다. 그리고 찻잔 너머 그를 뚫어지게 바라보는 자신이 있었다.

각자의 지금은 다르지만 모두의 시간은 같이 흐르고 있었다.

"젊고 예쁜 딸아이."

정적을 걷어차고 먼저 입을 연 것은 서건이었다.

"이사장님 말씀이 틀린 게 없군요. 이렇게 제게서 신뢰를 챙겨 가십니까."

"하하! 부족하기만 한 제 여식을 어여뻐 봐 주시다니 몸 둘 바를 모르겠습니다."

자신은 완벽하게 배제된 둘의 대화를 송연은 제삼자의 시선으로 보았다.

이들이 나누는 건 대화가 아니라 소음이었다. 말을 삼키고 참기만 한 것이 비단 오늘뿐일까.

"굳이 이사장님께서 직접 나서지 않아도 될 만큼 대단한 미인인데요. 이 정도면 걱정도 병입니다."

"보기엔 이래도 연애 한 번 해 본 적 없는 아입니다. 아비 입장에선 당연히 걱정이 되지요."

"장담하십니까?"

"예?"

"함부로 장담해서는 안 되는 게 자식이라고 들었습니다."

미혼인 대표님께서 모르시는 게 없습니다, 라고 한중호가 웃으며 말했다.

크게 호응하지 않는 서건 때문에 겸연쩍을 만도 한데 일말의 신경도 쓰지 않는 얼굴이었다.

"가둬 놓고만 키운 탓에 세상 물정 모르고 자란 아이라 근심이 커서 제가 나서게 된 겁니다. 제 딸이어서가 아니라 몸과 마음이 정말 아름다운 아이죠. 물론 요즘이야 워낙에 출중한 미모들이 많습니다만, 송연이는 분위기가 있습니다. 겪어 보시면 여러모로 남다른 아이란 것을 아시게 될 겁니다."

자식을 판매하고 있는 한중호의 열띤 얼굴을 송연은 물끄러미 바라보았다.

엄밀히 따지자면 너덜너덜한 아름다움이 맞을 것이다. 진작 시들어 생기를 잃어버린 꽃도 아름답다고 할 수 있다면 말이다.

"이사장님께서 이러시니 더욱 궁금해지는데요. 이토록 예쁜 얼굴로 무슨 생각을 하고 있는지, 왜 그런 결론이 났는지 뭐 그런 것들 말입니다."

"남녀 사이에 이만한 청신호가 또 있겠습니까? 자꾸 궁금하고 그래서 보고 싶고. 다들 그렇게 시작하는 거지요."

"시작이라……."

송연은 그에게 끝을 말했고 서건은 시작을 말하고 있었다.

편하게 앉아 있던 서건이 상체를 숙이고 허벅지 위로 팔꿈치를 기댔다.

덕분에 그와의 사이는 좁혀졌다.

그의 숨소리까지 들릴 만큼 더욱.

"그럼 일전의 여성지 인터뷰 건은 신경 쓰지 않아도 된다는 소립니까?"

"아이고! 기자가 하도 꼬치꼬치 캐묻기에 대충 둘러댄다는 것이 곡해가 있었던 모양입니다. 애비 입장에서야 물론 하루빨리 자식이 좋은 둥지를 틀기 바라지요. 개인적인 제 바람이 그렇다는 것뿐이지, 대표님께서 전혀 신경 쓸 필요 없습니다."

"그럼 정해진 계획은 없는 걸로 알겠습니다."

"네, 물론이죠."

"따님도 같은 생각인지 궁금하군요."

"송연이는 물어볼 필요도 없습니다. 워낙에 심성이 고운 아이라서 제가 하자는 대로 군말 없이 따를 겁니다. 아비가 과업을 이루겠다는데 도움을 마다할 자식이 누가……."

"이사장님 따님은 입이 없습니까?"

내내 과장되게 짓던 한중호의 너털웃음이 그제야 멈췄다.

줄곧 송연을 없는 사람 취급하던 서건이 처음으로 그녀를 보았다.

지금 이 순간 송연은 저 폭이 좁은 넥타이로 그의 목을 감는 상상을 해 본다. 조금씩 조이기 시작하면 저 태연한 얼굴이 잠시라도 일그러지는 걸 볼 수 있을까.

입속 여린 살을 지그시 깨물었다.

"잠시 딴생각을 한 모양인데 다시 물을까요? 같지도 않은 핑곗거리가 사라졌는데 이제 어떻게 할래요? 이사장님 말에 넙죽 동의만 할 게 아니라 그 작은 머릿속에 든 생각을 알고 싶은데. 아! 이젠 먹히지도 않을 효녀 코스프레 따윈 집어치우고."

무례하고 일방적인 그를 한중호는 전혀 탓할 생각이 없는 모양이었다. 오히려 눈을 게슴츠레 뜨고 송연의 대답을 주시하고 있었다.

"아무리 생각을 해 봐도……."

송연이 표정 하나 고치지 않고 말을 이었다.

"예측 가능한 남자와 지루한 일상을 보내는 게 결혼밖에 없는 것 같아서요. 이젠 좀 지루해지고 싶거든요. 그래서 한번 해 볼까 하는데, 그 결혼이라는 거. 하지 말아야 할 이유도 없구요."

"송연아."

비아냥조로 답하는 송연을 한중호가 득달같이 단속했다.

"마치 못 해서 안달 난 사람으로 보이는군. 그래서 찾았습니까? 예측 가능한 남자는?"

"아직요."

"조건은 여전히?"

"돈만 많으면 아무나 상관없어요."

"아! 역시."

익히 잘 알고 있지. 너의 그 조건은.

그의 입가에 어린 조소를 마주한 순간 진한 통증이 서서히 송연의 가슴 안으로 번졌다.

그런데 왜 이렇게…… 아픈 걸까.

"가난이 왜 사악한지 알아요?"

아마도 서건에겐 단어 자체가 생경한 질문이 될 것이다.

일평생 허덕일 리 없는 남자에게 처음부터 대답은 기대하지도 않았다.

"사람의 희망 자체를 지워 버리거든."

"한송연."

여전히 한중호의 주의는 들리지 않았다.

돈만 밝힌다고 비난할 거면 얼마든지 해. 여기서 벗어날 수만 있다면 못 할 것이 없었다.

"그래서 돈 많은 남자와 지루하게 살고 싶어진 건가? 보이지도 않는 희망 고이 간직하고 싶어서? 정 원한다면 그렇게 만들어 줘?"

지금 이 순간 차가운 그의 눈빛은 무언의 언어였다.

감히 내 앞에서 다른 새끼와의 결혼을 생각해? 과연 상대방도 너와 생각이 같을지 궁금해지는군. 확실한 건 어느 누가 됐든 네가 지목한 순간 그 새끼는 바닥으로 떨어지게 될 거란 거야. 내가 그렇게 만들 거니까.

"대표님까지 왜 이러십니까. 세상 물정 모르는 아이가 떠들어 대는 말이니 이해하십시오. 원래 이런 애가 아닌데 참…… 송연아, 왜 안 하던 짓을 하고 그러니. 애비가 널 그렇게 가르치던?"

한중호가 서건에게 말할 때와 송연에게 말할 때의 온도 차는 분명했다.

서건이 혹시나 자리를 박차고 나갈까 봐 안절부절못하면서도 송연에겐 엄밀히 경고하고 있었다.

오늘 밤 서건이 떠나면 서재로 다시 불려 가겠지만 송연은 두렵지 않았다.

나를 잃는 곳에서 송연은 점점 저 자신을 지워 가고 있었다.

"결혼이야 뭐, 수틀리면 이혼하면 그만이죠. 모두가 시한부인 걸 알면서도 무시한 채 살잖아요. 결혼 그게 뭐라고 기를 쓰고 완성할 필요 뭐 있겠어요?"

송연은 열의 없이 뜨뜻미지근한 목소리로 잘도 나불거리고 있었다. 여전히 눈빛은 방어적이면서 작정을 하고 서건의 속을 긁어 댔다.

인생 한번 멋대로 사네. 그가 비슷하게 중얼거린 것 같았지만 정확하지는 않았다.

한참 침묵을 고수하던 그가 자리에서 일어서더니 송연을 보며 말했다.

"이쯤에서 한번 진지하게 고민해 봤으면 좋겠는데. 지금의 지옥 누가 만드는지."

잠시 실례하죠. 한중호에게 눈인사를 하더니 그는 곧장 거실에서 나갔다.

이대로 그가 자리를 뜰까 봐 조바심이 난 한중호가 벌떡 일어서더니 제자리를 맴돌았다.

터지기 직전까지 분노가 차올라 얼굴이 벌겋게 상기되어 있었다.

"따라가."

가까스로 화를 누르고 송연에게 명령했다.

"맞아 뒈지고 싶지 않으면 저 새끼 당장 내 눈앞에 데려오는 게 좋을 거다."

구겨지고 일그러진 몸을 일으켜 자리에서 일어섰다.

천천히 그의 자취를 좇았지만 쉽게 찾을 수 없었다. 어쩌면 처음부터 의욕이 없었기에 눈에 띄지 않은 걸 수도 있다.

현관을 나와 정원으로 진입하는 돌계단을 밟으려는 순간 구상나무 아래 서 있는 그를 발견할 수 있었다.

등을 돌리고 서서 전화 통화를 하고 있는 그 모습이 뇌리에 찍힌 것처럼 선명했다.

"이번엔 또 딴 새끼네?"

몸이 먼저 느끼는 인영의 기운에 고개를 획 돌리자 어둠 속에서 그 모습을 드러냈다.

달갑지 않은 불청객은 지완이었다.

"날씨가 씨발 존나게 춥잖아. 너를 떠올리기에 적절하고 딱인 날씨라 참을 수가 있어야지."

"내가 여기 있는 건 어떻게 알았어?"

"너나 나나 이사장한테서 벗어날 수 있다고 생각해?"

서건을 초대하고 지완을 오게 만들었다. 능구렁이 같은 인간이 도대체 무슨 속셈으로…….

"테스트야. 내가 널 만나러 오는지 안 오는지 시험하고 싶었겠지. 어디까지나 내 개인적인 문제니까 알 것 없고 네 안부나 들어 보자.

우리 할 얘기 많잖아. 어떻게 할래? 여기서 할래? 아니면 조용한 곳
으로 갈까?"

"오빠."

지완의 눈빛이 순식간에 돌변하면서 한 걸음에 다가와 송연의 머
리채를 낚아챘다.

"내가 오빠라고 부르지 말라고 몇 번을 말해. 참고 있는 거 안 보
여?"

"하도 가증을 떨어 대서 죽을 때가 된 줄 알았지. 근데 괜한 걱정
이었네."

"이게 진짜!"

"놔."

여린 몸 어디서 그런 괴력이 나오는지 손등에 힘줄을 있는 대로
세우고 지완의 손을 떨쳐 내려 기를 썼다.

쏟아질 기세로 쏘아보는 눈망울을 지완이 잠시 내려다보더니 이
번엔 쉽게 손을 놓았다.

손아귀에서 벗어나자 송연은 떨리는 손을 숨기기 위해 머리칼 속
에 찔러 넣고 쓸어 넘겼다.

"도대체 그런 찌질이는 어디서 구한 거야?"

"누구? 아! 그 사진 찍다 걸린 멍청한 새끼? 군대 간 사이에 최저
시급이 많이 올랐더라고. 싼 맛으로 쓰긴 했는데 아무래도 돈을 더
쓸 걸 그랬지? 그럼 사진 몇 장은 더 건질 수 있었을 텐데."

"늘 느끼는 거지만……."

머리 정돈을 마친 송연이 침착한 얼굴로 물었다.

"병신 짓은 네가 하는데 왜 굴욕감은 늘 내가 가져야 해?"

"병신 짓? 진짜 병신 짓이 뭔지 보여 줘? 다리병신인 네 친구 하루만 쫓으면 전부 다 나와. 멍청하게 학원에서 실실 쪼개다 마트나 들러서 개인정보 질질 흘리고 다니겠지. 왜들 그렇게 적립을 못 해서 안달인데? 덕분에 핸드폰 번호, 이름 정도는 우습게 따게 되잖아. 집은 또 어떨까? 이름을 알고 있으니 몇 호에 사는지 정도는 우편함 뒤지면 그걸로 게임 끝. 그다음엔 내가 어떻게 할 것 같아? 맞춰 봐."

"안나 건드리면 죽여 버릴 거야."

난 안나라고 말한 적 없는데? 순순히 이름까지 알려 주네? 지완이 조소했다.

"이것 봐, 넌 하나도 변하지 않았잖아. 내가 왜 그따위 가위나 보낸 걸로 그쳤는지 궁금하지 않아? 정말로 너에게 시간이 얼마 안 남았다는 생각 안 들어?"

그런데 정작 본인은 어딘가 굉장히 불안하고 초조해 보였다. 시선은 송연에게 향해 있었지만 알 수 없는 무언가를 향해 신경을 곤두세우고 있었다.

눈에 보이는 게 없이 굴던 한지완이 지금은 감정을 짓누르고만 있었다.

"이럴 거면 차라리 한번 싸지르고 말아."

"아니지. 넌 정신적으로 만족을 줘야지. 한번 싸 버리면 그걸로 끝이지만 그러기엔 쌓은 정이 너무 아쉽잖아."

"그럼 뼈를 갈라서 줄까? 어디에다 심을래?"

"내 희생으로 네가 3년간 자유를 얻었는데 겨우 그걸로 때우게?"

"희생? 방금 희생이라고 했어?"

지금까지 욱여 두었던 응어리진 마음들이 마침내 폭발했다.

가늘게 떨어 대던 송연은 결국 참지 못하고 손을 들어 올렸다.

너 같은 추악한 종자 앞에 서려면 코부터 막고 서야겠지. 하지만 지금은 도저히 참을 수가 없어. 헤아리는 척 관용이라도 베풀었다는 듯 굴어 대는 너의 그 역겨운 얼굴을.

"왜, 뺨이라도 갈기게? 그럼 네가 나랑 다를 게 뭔데? 아직도 모르겠냐? 이게 지금 한중호가 가장 바라는 모습이란 거?"

"길 좀 비켜 주지."

그때 서로 고함을 지르며 맞버티는 두 사람 사이로 목소리 하나가 끼어들었다.

돌계단 끝에 서 있던 서건이 천천히 밟고 올라섰다.

"아니면 배웅을 나온 건가?"

그는 눈앞의 사람을 삭제하는 데 천부적인 재능을 가지고 있었다. 지완에겐 눈길 한 번 주지 않은 채 이번엔 송연만 보고 있었다.

무시당하는 건 못 참는 지완이 발끈했지만 서건은 등을 돌려 송연으로부터 완벽하게 차단했다.

"저거 때문이었어? 네가 기를 쓰고 결혼하려는 진짜 이유?"

"이사장이 할 얘기가 남은 모양이야. 용건은 마쳤으면 해."

"대답 안 하면 내 멋대로 생각해. 그래?"

차분하게 가라앉은 그의 표정에 송연은 긴장이 일기 시작했다.

서건은 오늘 밤 아슬아슬하게 지탱하고 있던 이성의 끈이 뚝, 하고 끊어진 얼굴이었다.

처음 보는 모습에 송연이 서건의 팔을 붙잡았지만 달라지는 것은 없었다. 그 모습을 전부 지켜보고 있던 지완의 표정도 곧 험악해져

갔다.

나의 살로메가 저토록 애절한 눈으로 다른 남자를 보고 있다니. 흥분이 혈관을 타고 돌기 시작했다.

"야, 이 새끼야. 안 비켜? 왜 눈앞을 가리고 지랄이야!"

천천히 돌아선 서건이 정원등 아래 얼굴을 드러냈다. 죽일 듯이 노려보고 서 있던 지완의 눈빛이 잠시간 흔들렸다.

이 정체 모를 새끼의 얼굴이 어딘가 낯이 익어서였다.

"잠깐. 우리 어디서 보지 않았어?"

왜 기억이 안 나지?

희뿌연 안개 속에 에워싸인 것처럼 형체는 있지만 정체를 알 수가 없었다.

인내심이 길지 않은 급한 성미 탓에 머리카락을 털어 대는 손길부터가 신경질적이었다.

"들을 귀 있으면 무시하지 말고 들어."

"아까부터 뭔데 자꾸……."

"지금 이 시간부로 한송연은 이 집과 아무 상관이 없는 사람이 된다. 그 말은 곧 이 집에 있는 인간들과도 두 번 다시 엮이지 않을 거란 소리지."

"씨발, 하는 말마다 기분 엿같이 만드네."

"네가 아직 상황 파악이 안 되나 본데 지금 이렇게 입만 나불대고 있을 때가 아닌 것 같은데. 여동생 희롱이나 하면서 네가 우위에 있다는 알량한 착각이라면 이쯤에서 그만둬. 본인 앞가림도 못 하면서 폼 잡는 거 구경하는 입장에선 굉장히 안쓰럽거든."

"그렇게 말하면 내가 순순히 물러설 것 같나 봐? 미안하지만 한송연은 절대 안 놔. 그게 날 위한 길이거든.”

“아니. 널 위한 길은 곧 울리게 될 한중호의 전화나 받는 거지.”

때마침 기다렸다는 듯 지완의 핸드폰이 울리기 시작했다.

기가 막힌 타이밍에 여유를 부리고 있는 건 서건뿐이었다.

“지금 받아야 할 것 같지 않아?”

한중호의 사무실에 걸려 있던 액자들 속에 소년 하나가 눈에 걸려든 것은 우연이었을까.

한중호의 곁에 서서 카메라를 찌르듯이 보던 영민한 눈동자는 환각에 찌들어 건들거리고 있었다.

입만 살아서 겁이나 주고 있는 너 같은 망종 치우는 건 나한테 일도 아니지. 다만 너의 종속을 눈으로 확인해 보고 싶었다.

역시나 지완은 주저하면서도 핸드폰을 꺼내 들고 있었다.

“네.”

핸드폰 너머로 쏟아지는 한중호의 고함 소리에 송연은 그 자리에서 돌아섰다. 무작정 달리기 시작했다.

여기까지가 한계였다. 내내 아랑곳하지 않고 버티고 섰지만 더 이상은 견딜 수가 없었다.

누가 뒤에서 뒷덜미를 낚아챌 것만 같은 위기감에 전속력을 다해 대문 밖으로 뛰쳐나갔다.

코트도 입지 않은 등줄기에 식은땀이 돋았다. 계속되는 내리막길에 가속도가 붙으면서 금방이라도 발을 헛디디면 앞으로 고꾸라질 것 같았지만 송연은 이를 악물고 달렸다.

제 인생을 두고 멋대로 휘두르는 인간들에게서 환멸이 났다.

지척을 분간하기도 어려울 만큼 어둠에 젖은 배경들이 빠르게 지나갔다. 이대로 모든 걸 내던지고 아무도 모르는 곳으로 도망치고 싶었다.

그때 끈끈한 손 하나가 송연의 팔을 낚아챘다. 벗어나기 위해 발버둥을 쳤지만 부질없게도 그 손에 감겨들고 말았다.

"내리막길을 그렇게 세게 달리면 어떻게 해!"

잡아당기는 힘을 이기지 못하고 반동으로 튕겨 오르면서 구두굽이 그의 발을 밟았다. 하지만 서건은 눈 하나 깜짝하지 않았다.

송연은 숨이 턱까지 차서 헐떡이는데 그는 거친 숨만 조금 내쉴 뿐 타격조차 없는 얼굴이었다.

"체력 약한 줄 알고 조심했는데 괜한 짓이었군."

서건은 그 자리에서 한 다리를 꿇고, 남은 다리는 무릎을 세우고 앉았다. 땅바닥에 무릎이 닿았지만 괘념치 않은지 그의 손이 송연의 발목으로 향했다.

"지금 뭐 하자는 거야?"

"쓸렸는지 보려는 거야. 구두를 신고 그렇게 달리면 살갗이 남아나겠어? 춤을 출 수도 있는 발인데 네 몸을 좀 아껴야지."

"하지 마."

그만둬. 뒷걸음을 치는 송연의 발목을 뚫어지게 보던 서건이 한숨을 쉬었다. 그대로 고개만 들어 송연을 올려다보았다.

"결혼도 모자라 수가 틀리면 이혼까지 한다고 했던가?"

"어차피 상관없잖아. 그날 당신 사무실에서 난 그렇게 알아들었는데."

"그럼 그간 알고 지낸 정으로 충고 하나 할까? 너에게 이혼이 최후의 수단이 되더라도 목표는 되지 마."

"그럼 내 목표는 뭐가 돼야 하는데?"

"나. 앞으로 네 목표는 나야."

또다시 원점. 교묘하게 핵심은 피하면서 소유만 하고 싶은 편리한 이기심이었다. 그는 그대로, 송연은 송연대로 서로 이기적으로만 굴고 있었다.

그러니 계속 부딪치는 것이다. 갖고 싶은 것만 앞세우면서 포기하기는 싫어서.

"그럼 이혼이라도 하고 다시 올게. 그때쯤이면 당신 목표로 삼을 수 있을 것 같은데. 이왕 이렇게 된 거 좀 더 기다리지 그래?"

일부러 그를 자극하는 소리만 골라서 하는 송연을 보던 서건이 천천히 자리에서 일어섰다.

그는 조금 화가 난 얼굴이었다.

"너 내가 저 집에서 건져 올렸잖아. 아까 안 듣고 뭐 했어?"

"그걸 왜 당신 마음대로……."

"그럼 네 반경 안에 나 말고 믿을 만한 사람, 또 누가 있지?"

그의 비위를 맞추느라 안달이 나던 한중호가 떠올랐다.

그녀의 기억 속엔 무섭고 두렵기만 하던 지완이 그의 앞에선 한낱 치기 어린 감상에 불과했다.

확실한 건 서건은 모든 것에서부터 완벽하게 막아 낼 수 있는 힘이 있었다.

"이제 너의 집은 나와 함께하는 우리 집이 될 거야. 네가 말했던 말 많은 사이 한번 돼 보자. 아! 이렇게 말하면 한송연에게는 안 먹히려나? 그럼 이건 어때? 집에 있는 뭉치가 엄마를 애타게 찾고 있어. 책임감 없이 이대로 외면할 건가?"

송연의 대답은 상관없다는 듯 핸드폰을 꺼내 든 서건이 기욱에게 지시했다.

"지금 나왔다. 아래로 내려와."

핸드폰을 도로 재킷 안주머니에 찔러 넣으면서 그가 덧붙였다.

"네 눈 속에 내가 있어야지. 네 말대로 네가 택한 사람은 나 하나 뿐이잖아. 안 그래?"

너에 관해선 대단히 무식한 편이라서 말이야.

능청스러운 얼굴로 서 있는 남자에게서 떠오르는 단어는 하나였다.

이중구속.

송연은 지금 섶을 지고 불속으로 뛰어 들어가고 있었다.

한 치 앞도 내다볼 수 없는 음습한 그림자가 겨울 길 위로 눅진하게 녹아내렸다.

지난 3년간 너에 대한 소식을 미련으로 들었다.

손발이 묶이지는 않았지만 구속을 당하는 기묘한 체험을 하면서 너를 향한 갈망은 더욱 깊어 갔다.

어린 널 처음 봤을 때부터 부정하고 싶었던 감정들이 혼자가 돼서야 봇물처럼 터졌다. 감정의 양은 정해져 있는지 충분히 표현하지 못했던 대가가 뒤늦게 오고 있었다.

그때로 돌아간다면 덜 설레고 덜 무시하고 덜 눈에 담을 수 있을까. 그날 너와 눈을 마주치지만 않았더라면 이렇게까지 되지 않았을지도 모르지.

막무가내로 구겨 두기만 했던 마음들을 한 장씩 펴서 차곡차곡 쌓아 두었다. 덕분에 약에 취해 멍하게 있다가도 꺼내서 볼 수 있게 되었다.

미친 듯이 어긋나도 난 너만 기다릴 것이다. 너의 곁에 있기 위해서 나는 무엇이든 할 수 있었다. 네가 누구의 것이라면 기필코 그 사람에게서 훔쳐 올 수도 있었다. 그렇게 수없이 다짐했다.

그러니 송연아, 멀리 빠르게 도망쳐.

그래야 내가 부지런히 따라가지.

너만 두고 혼자 오니 어색한 기분이 든다. 네가 없는 이곳의 민낯은 이토록 처참한데.

"휴가를 나왔으면 조용히 찌그러져 있을 것이지, 사진이 찍혀?"

전화로 고함을 지르던 한중호는 지완이 서재 안으로 들어서자 언제 그랬냐는 듯 침착함을 유지했다.

"심신미약이니까요."

"지완아."

"이제 절 벌하실 건가요? 군 입대 중이라 당장 입원 치료는 어려울 것 같은데요."

"아니, 오히려 잘된 일이지."

코트부터 벗기 시작하던 지완의 움직임이 멈췄다.

한중호의 분노가 급격하게 고요해진 데에는 이유가 있었다.

"기사를 무마해 주는 조건으로 송연이를 내줬다. 젊은 놈이 입만 열면 오장을 뒤집더니 보는 눈은 있어서 덥석 채 가더구나. 지완이 넌 오늘 일을 고맙게 생각해야 한다. 송연이 덕분에 네가 무사할 수 있게 됐으니."

그제야 생각이 났다. 부옇기만 하던 정체는 다름 아닌 호텔 방에서의 그 남자였다.

달고 온 떨거지가 사진을 그렇게 찍어 대더니 이렇게 써먹다니. 손수 예고까지 하더니 전부 이러려고 그랬던 거였다.

코앞에 두고도 알아보지 못했다. 미리 예고를 하고 파 놓은 함정에 걸려든 자신을 구제해 주는 친절한 씹새끼를.

"그나저나 그년이 밤일은 잘하더냐? 못 이기는 척 보내긴 했다만 제 몫을 해낼지 걱정이 태산이구나."

코끝으로 흘러내리는 안경을 치켜 올리는 한중호의 얼굴을 바라보았다. 지완은 서재 안의 간이침대에 조용히 앉았다. 지난 수년간 이곳에서 일어났던 모든 일들이 자동 재생되었지만 무시했다.

"밑구멍이 헐거워서 재미없었어요."

"그렇지? 내가 그래서 계집애들이 싫은 거다. 박히는 대로 늘어나잖아."

지완의 대답이 흡족한지 한중호의 얼굴에 흐뭇한 미소가 떠올랐다. 지완은 말없이 메마른 손만 쥐었다 피는 것만 반복했다.

출발하면서 삼켰던 약발이 떨어져서인지 손끝이 눈에 띄게 떨리고 있었다. 거짓을 계속하기 위해선 들켜서도 안 되었다.

지완은 두 손을 단단히 감아쥐었다.

"그나저나 이제 곧 전역인데 어쩔 생각이니? 춤을 다시 시작하기엔 늙었고, 할 줄 아는 게 없으니 시간만 축내기 딱 좋겠구나."

"이사장님께서 시키는 대로 해야죠. 언제나 그랬듯이."

충직한 개는 주인의 명령만 기다렸다.

열세 살, 계집애인가 싶을 정도로 예쁜 지완은 처음 본 순간부터 밤만 되면 생각이 났다. 할 줄 아는 거라곤 송장처럼 누워 있는 게 다인 마누라에게 씨를 뿌린다는 것 자체가 끔찍했다.

2세에 대한 장인의 압박이 시작될 무렵, 마누라의 의식이 가물거리는 틈을 타 합의는 끝났다.

장손이 필요하니 남자아이의 입양이 결정되었다. 생산 능력이 없는 것은 당신 딸이니 장인도 반박하지 못했다. 그렇게 지완은 한중호의 장남이 되었다.

그 후로 밤마다 서재로 불러들여 어른의 행동을 이해시켰다. 작은 몸으로 자신을 받아들이면서도 단 한 번도 저항하지 않았다.

그런 지완이 유일하게 원한 것이 송연의 입양이었다. 원하는 걸 얻기 위해 그 야들한 몸으로 어찌나 사람을 녹이는지 못 이기는 척 들어주고 말았다. 입양은 처음이 어려웠지 두 번째는 물 흐르듯이 쉬웠다.

'다 할게요. 이사장님께서 원하시는 거라면 전부 다요.'

지완은 마치 그 은공을 갚기 위해 살아가는 아이처럼 자신의 발밑에서 기었다. 증명이라도 하듯 많은 장소를 두고 집 안에서만 송연을 때리고 다루며 괄목할 만한 폭력을 일삼기도 했다. 모두가 송연과 연관된 행동들이었다.

보여 주기 위함임을 알고 있었지만 한중호는 굳이 나서서 말리지 않았다. 즐기지 말아야 할 이유가 전혀 없었기 때문이다.

'잘 아시잖아요. 절대로 제가 그럴 리 없다는 거. 송연이가 너무 저항하니까 저도 모르게 그만…… 잠시, 아주 잠시 미쳤던 것뿐이에요. 그러니 이번 한 번만 못 본 척해 주세요. 이렇게 빌게요, 네?'

그러다 끝내 들키고 말았다.

포기할 줄 모르는 성실한 송연이 정확히 열 번째로 도망쳤다 붙잡혀 온 밤, 기념으로 모든 옷을 벗겼다. 그리고 일부러 통화를 하며 잠시 서재를 비웠다. 지완은 보기 좋게 미끼를 물었다.

눈이 시뻘게져 미치광이가 된 지완의 얼굴을 본 순간 한중호는 강한 발기를 느끼고 몸을 부르르 떨었다.

'지완아. 그런 걸 심신미약이라고 한단다. 그러니 치료를 받아야겠지?'

송연의 런던행이 결정되고 며칠 후 지완의 입원 치료가 시작되었다. 두 아이의 사랑스러운 일탈에 웃는 건 한중호였다.

"전역하면 좀 쉬도록 해라. 송연이한테도 시간을 줘야 하니."

말없이 주먹을 쥐었다 펴기만 반복하던 지완의 움직임이 멈췄다. 그 와중에도 눈빛은 숨기고 싶었는지 얼굴까지는 들지 못했다.

"이제 막 불씨를 흘렸으니 타오를 시간을 줘야지. 보아하니 권 대표가 한눈에 반한 눈치인데 덕분에 일이 수월해지겠어. 그놈한테서 가져올 수 있는 건 전부 가져와야지. 그러니 당선 때까지는 그대로 두어라."

"쉽지 않은 상대예요."

"지완아. 돈 한 푼 쓰지 않고 사람을 한순간에 무너지게 하는 방법, 뭔지 아니?"

한중호의 눈빛이 간교와 비열로 뒤섞였다.

지완의 숙인 머리 위로 교활한 음성이 떨어졌다.

"그 사람의 일부가 되는 소중한 것을 뺏어 오는 것. 그것만큼 쉬운 방법도 없지."

"그다음은요?"

선거가 끝나면 그다음엔 어떻게 하실 생각이죠?

지완의 눈빛이 미세하게 흔들렸다. 그것은 두려움이었다.

이런, 아직 치료가 더 필요한 모양이구나. 가엾은 것. 한중호는 혀를 끌끌 찼다.

"숨통을 끊어. 아! 아니지. 그러면 수습하기 골치 아프니 좀 쉽게 해 줘라. 얼마나 편하고 좋으니? 인생사 어차피 고행인데 아등바등 살아서 무엇해? 평생 누워서 숨만 쉬기만 하면 되니 이것만큼 고마운 일이 없지."

지완아, 너야말로 억울하지 않니? 넌 겨우 가슴에 담았을 뿐인데 그 대가로 감내해야 했던 지난 시간들이 분하지 않아? 갚을 수 있는 기회를 주마. 그 전에 잠시 숨을 고르기만 하면 돼.

지완은 무심한 얼굴로 한중호를 바라보았다.

철저한 자제력이 자리 잡고 있었지만 그 속에 도사리고 있는 건 절망이었다.

그러게 애초에 조심했어야지.

멈췄어야지. 다가가지 말았어야지.

왜 나한테 들켜서 인생을 망치는 게야.

"남은 이야기는 나부터 해결 본 다음에 차차 하도록 하자. 자, 시간도 많이 남았으니 오랜만에 이리 오너라. 지완이 넌 뭐든지 열심히 하는 아이잖니."

지완은 또다시 주먹을 감아쥐었지만 한중호는 신경 쓰지 않았다. 말없이 벗어 든 안경을 책상 위에 올려 두었다.

이 작은 서재 안에서도 엄연히 정치라는 게 존재했다. 박고 박히는 게 권력의 문제라면 쟁취할 수 있는 사람은 오로지 자신이어야만 했다.

지완이 굼뜨고 느리게 일어섰지만 굳이 재촉하지 않았다.

앞으로 삶 자체가 벌이 될 아들을 향한 애비의 정다운 부성이었다.

자신을 벽에 대고 압박해 오는 서건을 밀어냈다.

송연은 금세 허물어질 듯 기대어 서서 낮고도 깊은 숨을 토해 냈다.

오는 내내 차 안을 무겁게 짓누르던 정적에 질식할 지경이었다. 정작 침묵을 고수하던 그는 현관으로 들어서기가 무섭게 송연의 뒷목을 끌어당겼다. 타인의 눈길로 낯설기만 하던 그는 이제 없었다.

"몰입이 빠른 편이라서."

태연한 얼굴이 다가와 입술이 입술에 닿았다. 송연을 꿰뚫어 버릴 듯이 응시하면서 입을 열고 혀를 섞었다. 매듭처럼 단단히 얽혀드는 키스에 감당하기 버거운 열기가 송연에게로 옮겨졌다.

"벗지 마. 그래야 네가 견뎌."

사실은 내가 지금 못 참겠거든.

구두를 벗으려던 송연의 움직임이 멈췄다. 무섭게 타오르는 서건의 눈에서 그의 마음을 읽었다.

가끔씩 네가 입을 닫고 잠겨 있을 때마다 작은 머리통에 가득 차 있는 그 생각들이 궁금하면서도 외면하고 싶었어.

그러니 지금은 아무 생각 하지 마. 더 이상 널 외면하고 싶지 않아.

어느새 목덜미에 닿을 만큼 자란 그녀의 머리카락을 뒤로 넘겼다. 잔머리들을 입김으로 불어 내고 귓바퀴에 입을 맞추었다. 밀려드는 남자의 거친 숨결에 송연의 고개가 수그러들었다.

"으음……."

철저하게 그의 혀끝에 놀아나는 기분이었다. 둥근 귓바퀴를 따라 따스한 살덩어리가 스치고 지나갈 때마다 소름이 돋을 만큼 감각에 날이 섰다.

희고 부드러운 귓불을 앞니로 잘근대는 애무가 야릇해서 결국 참지 못하고 신음 소리를 뱉고 말았다. 그럴수록 서건의 숨소리는 더욱 거칠어져 갔다.

한중호의 거실 한복판에 서서 다가오는 송연을 본 순간부터 안고 싶었다.

잘록한 허리에서부터 흐르듯이 떨어지는 이 스커트의 밑단을 들추고 싶은 충동에 시시때때로 사로잡혔다.

"후……."

미친놈처럼 애액을 줄줄 흘리며 기둥을 품은 붉은 속살이 눈앞에 아른거리다니. 분명한 금단이었다.

매일 밤 지칠 줄 모르고 안았던 그녀를 그러지 못했던 단 며칠 만에 앓고 있었다.

덕분에 표정은 점점 굳어 가고 한중호의 역겨운 얼굴을 참는 데에도 인내가 필요했다. 비록 자신에게서 느껴지는 이질감에 송연은 불편했겠지만.

"살갗이 쓸릴까 봐 걱정하던 사람은 어디 갔어?"

고작 구두를 신고 달렸을 뿐인데 그는 송연이 맨발로 자갈밭을 달리기라도 한 것처럼 화를 냈다.

누군가에게서 이토록 진심이 느껴질 정도로 걱정을 받아 본 적이 있었던가. 격분하는 남자의 얼굴이 처음으로 두렵지가 않았다.

그 순간 현관의 센서 등이 감도 조절에 실패하고 점멸했다. 짙은 어둠이 깔리고 피부 위로 느껴지는 뜨거운 그의 눈빛을 견뎌 냈다.

"내가 오늘 밤 어떤 생각으로 버텼는지 넌 상상도 못 할 거야."

송연이 깊게 내쉰 숨이라도 감지했는지 등은 다시 켜졌다. 짙은 음영이 드리운 그의 눈이 폐부를 찌르듯 송연을 보고 있었다.

"그럼 지금 당장 안아 줘."

송연은 천천히 팔을 뻗었다. 서건은 단숨에 송연을 품에 안아 들었다. 거실로 들어서 소파 위로 내려놓기가 무섭게 허리만 굽힌 채 입을 맞추었다. 키스가 깊어질수록 재킷을 벗고 타이를 푸는 손길이 다급해졌다.

"뭉치는……."

송연은 금방이라도 짧은 꼬리를 흔들며 뭉치가 달려올 것만 같았다. 하지만 잠 많은 사고뭉치는 주인이 들어왔는데도 잠에 푹 빠져든 모양인지 조용하기만 했다.

"호텔에 맡겼어."

잔뜩 도발해 놓고 눈치 없이 강아지 걱정이라니. 서건이 한숨을 쉬며 말했다.

"하루 종일 혼자서 주인만 기다리고 있는 게 걸려서. 강아지 걱정에 일에 집중을 못 하다니, 한송연 덕분에 매일이 흥미로워."

"이젠 그러지 마."

"그럼 네가 이곳에 있어야지."

뭉치는 서건한테 볼모로 잡혀 있는 셈이었다. 송연을 묶어 두기 위해서 작은 강아지 따위야.

회의도 미루고 집에 들러 뭉치를 품에 안고 애견 호텔로 간 보람이 있었다.

"그래도 여긴 좀 좁은 것 같은데……."

"무슨 상관이야. 네가 내 위에 올라타면 되는데."

서건의 인내심은 거기까지였다. 현관을 벗어난 걸로 그의 배려는 끝이었다.

허리춤에서 셔츠를 죽 잡아당긴 서건이 찢어발기듯 풀어 헤쳤다. 거리낌 없이 벗어 던진 셔츠가 신호탄이라도 되는 듯 송연에게 사납게 달려들었다. 그 힘을 이기지 못하고 그의 품에 안긴 채 뒤로 넘어가고 말았다.

서건의 가슴을 팡 때리자 설핏 웃는 것 같더니 그의 입술은 금세 진지해지기 시작했다.

움푹 들어간 쇄골 안으로 더운 숨결이 고이고 작은 돌기가 우뚝 솟을 만큼 입술이 가슴을 적셨다. 그는 정말 맛있는 음식을 음미하듯 송연을 조금씩 먹어 치웠다. 그가 입맛을 다실 때마다 송연은 흥분에 젖어 들었다.

"흐핫……."

섬세한 애무로 송연의 감각을 최대치로 끌어 올린 그의 혀가 미끄러지듯 배꼽 아래로 향했다. 반사적으로 다리를 모으는 송연의 허벅지를 잡고 벌리자 잔뜩 젖은 팬티가 드러났다.

서건은 참지 못하고 한입에 삼켜 버렸다. 누구의 것인지 모를 체액으로 팬티는 흥건하게 젖어 들었다.

"보여 줘."

"흑!"

한 번에 벗겨 버리자 오늘 밤 내내 그의 신경을 어지럽히던 붉은 속살이 모습을 보였다.

"너 진짜 맛있게 생긴 거 알아? 그래서 미친 듯이 먹고 또 먹고 싶어져."

혀끝으로 살며시 핥아 올리자 크게 움찔하며 입을 오므렸다. 서건의 엄지가 튀어나온 살을 튕기듯 건들자 다시 벌어진 입 사이로 맑은 물이 주룩 흘렀다. 서건은 기다렸다는 듯이 달게 삼켰다.

"하! 하웅!"

서서히 송연이 반응을 보이기 시작했다. 서건은 그녀의 음부를 단단히 받쳐 올렸다. 아랫입술을 스치고 나간 혀는 달콤한 속살을 맛보고 윗입술을 감으며 들어왔다.

송연의 치구에 코를 박고 혀 놀림이 빨라지자 송연의 쾌감도 몸집을 키우기 시작했다. 간드러지는 교성과 함께 그의 집요함으로 송연은 금방 절정으로 치달았다.

"너에게 닿고 싶어."

자리에서 일어선 서건이 손을 내밀었다. 열감으로 눈자위가 붉게 물든 송연이 잠시간 그의 손을 바라보더니 자리에서 일어섰다.

그의 목을 두 팔로 껴안자 송연을 안아 든 서건이 소파 위로 앉았다. 자연히 그의 허벅지 위로 올라타게 된 송연이 그에게 키스하며 엉덩이를 살며시 들어 올렸다.

"흐읏!"

그대로 벌린 다리 사이로 서건의 페니스를 밀어 넣었다. 그의 것을 품고 허벅지 위로 내려앉자 서건이 인상을 찌푸리며 송연의 골반을 꽉 붙잡았다.

낯설진 않지만 좀처럼 적응이 될 것 같지 않은 그가 천천히 움직이기 시작했다.

쫀쫀하게 들러붙는 속살 사이를 페니스가 밀고 들어가자 말려 들어간 여린 살이 후퇴와 함께 딸려 나왔다.

"하아…… 앗흐응…… 흐핫……."

서건이 튕겨 올리는 허리힘에 소파가 흔들거렸다. 한 손으로 골반을 잡아 올리며 남은 손으로 음핵을 문질러 대자 송연의 허리가 뒤로 젖혀졌다.

눈앞에서 자지러지는 젖가슴이 침샘을 뻐근하게 했다. 입 속으로 당겨 물자 송연의 벌어진 입술 사이로 교성이 터져 나왔다.

"이렇게 나한테 길들여진 몸으로 다른 선택지를 생각했다는 것 자체가……."

나를 향한 오만한 도전이고 너에 대한 기만이었어.

네가 다른 새끼한테서 만족할 수 있을 거라 생각했다면 대단한 착각이야. 넌 누구에서도 지금처럼 만족할 수 없을 테니까.

너의 밤은 이미 나에게 길들여졌거든.

뿌리 끝까지 깊게 파고든 서건이 속도를 올리며 힘차게 박아 올렸다. 묵직하게 자극되는 지점을 찔러 대는 빠른 움직임에 불꽃처럼 자잘한 희열이 일기 시작했다.

간지러우면서도 아릿한 쾌감은 점점 가슴으로 치받쳐 올라 온 신경을 떨게 만들었다.

그가 얼굴을 들어 키스하자 송연도 눈을 뜨고 그를 보았다. 그의 눈이 송연에게 말하고 있었다.

가을에 만난 넌 어느새 겨울비처럼 내게 내렸어. 너에게 젖어 들 수만 있다면 어떠한 일이든 상관없어. 그저 내가 너에게 소나기 같은 사람이 되지 않기를 바랄 뿐이야. 그러니 계속 내려 줘.

난 너라는 비가 그치지 않았으면 좋겠다.

송연은 그의 눈에 배어든 절실함에서 눈을 뗄 수가 없었다. 잔잔하게 부풀어 오르던 그를 향한 마음이 찌릿하고 저려 왔다.

"나의 괴로움을 전시하고 싶지 않았어. 당신에게서 동정받았다면 그거야말로 견디기 힘들었을 거야. 그래서……."

본능에 이끌려 시작한 하룻밤이었으니 깊은 생각 따윈 접어 두면 되는 줄 알았다.

시작이 그랬으니 내내 눈을 가린 채 연기만 하면 끝일 줄 알았는데.

오해로 묶어 둔 그의 마음을 직면한 순간 송연 역시 자신을 들여다볼 수 있게 되었다.

"꺼내."

짧고도 강한 그의 말이 송연을 두드렸다.

"네가 그토록 바라는 별거 없는 어떤 하루, 내가 만들어 줄게. 넌 그냥 꺼내서 버리기만 해. 그러면 돼."

난 미래의 한송연이 기대돼. 너의 웃음은 지금보다 더 밝아질 테고 목소리는 더 커지겠지.

내가 반드시 그렇게 만들 테니 새롭게 시작해. 단, 내 품 안에서.

잔잔하게 일던 파문은 그녀의 아랫도리에도 영향을 끼쳤는지 가득 품고 있던 남근을 힘주어 물었다. 서건은 표피를 벗겨 버릴 정도로 아찔하게 빨아 당기는 힘에 당장 치밀어 오르는 사정감부터 참아 내야 했다.

급할 것은 없었다. 이제 백지가 된 송연은 새롭게 그리는 일만 남았다. 앞으로 무수히 많은 시간들을 흡수하고 자신만의 삶을 그려 나갈 것이다.

"웃으면서 우는 일, 이젠 없을 거야."

땀에 젖은 몸이 서로에게 엉켜들었다.

그 밤 내내 본능적이고 아름다운 실루엣은 지칠 줄을 모르고 서로를 탐했다.

언젠가 안나가 말하기를, 남자의 엉덩이가 궁금하면 연애를 시작하라고 했다.

당시엔 무슨 말도 안 되는 소리냐며 웃고 넘겼는데 이 남자의 뒷모습을 보고 있으니 새삼 그 말이 떠올랐다.

서건은 잠옷 바지만 걸친 채 주방에 서서 무언가에 열중인 상태였다.

　간혹 미세먼지에 도둑맞은 대기가 봄날같이 따뜻했지만 아직은 추위가 기승을 부리는 겨울날이었다.

　그런데 세상과 동떨어진 온실 같은 이 집에서 그는 맨가슴으로 활보하고 있었다.

　"일어났어?"

　인기척을 느낀 서건이 고개만 살짝 틀고 인사했다.

　송연은 망설임 없이 다가가 그의 허리를 뒤에서 끌어안았다. 그가 잠시 멈칫하는 게 느껴졌지만 개의치 않았다.

　"당신 엉덩이에 보조개 있는 거 알아?"

　허리에서 힙으로 이어지는 둔덕에 척추를 기점으로 선명하게 팬 화살표 모양의 아폴론 딤플. 비너스의 홀이라는 그 밑으로 아슬아슬하게 걸쳐진 바지가 눈길을 끌었다.

　분명 잠옷일 뿐인데 묘하게 섹시했다.

　"너 그러다 후회한다?"

　"응?"

　그의 등에 뺨을 비비자 끙, 앓는 소리를 냈다.

　송연의 장난기 어린 손이 복근을 따라 점점 위로 향했지만 아쉽게도 금방 붙잡히고 말았다.

　"지금 꽤 중요한 순간이라서."

　도대체 뭘 하는데? 그의 뒤에서 고개만 쑥 내밀자 서건의 손에 들린 라면 봉지가 눈에 띄었다.

　"라면?"

"뒤에 있는 설명서를 보니까 물과 조리 시간이 꽤나 디테일한데? 물 550cc에 4분 30초라……."

설명서가 아니고 조리법이겠지. 무슨 라면 봉지를 암기라도 하듯 노려보고 있나.

보다 못한 송연이 나서려고 하자 서건이 어림없다는 듯 치켜들었다.

"뭐 하는 거지?"

"내가 끓일까 해서."

"그건 안 될 말이지. 그 맛있다는 둘이서 먹는 라면 역사적으로 처음 끓여 보려고 하는데."

"역사적일 것까지야……."

"가서 앉아. 넌 그냥 가만히 앉아서 내가 끓인 라면 먹어 주기만 하면 돼. 나머진 내가 다 알아서 할게."

테이블 앞까지 등 떠밀리는 바람에 앉아서 구경하는 수밖에 없었다.

조리법의 습득을 완료한 서건이 계량컵에 생수를 담고 타이머를 맞췄다.

비장한 얼굴로 시선까지 낮추며 계량컵의 눈금을 주시하는 모습에서 그의 유년기를 보지 않고도 상상할 수 있었다.

꼬맹이 주제에 허리는 직각으로 세우고 앉아 똘똘한 눈으로 선생님들을 노려봤겠지. 잠깐의 실수도 용납하지 않겠다는 얼굴로.

"뜨거우니까 조심해."

김이 오르는 면발 위에 자리한 날계란 하나가 인상 깊었다.

이건 너무 날것 그대론데? 의문을 담은 시선에 서건이 대가의 얼굴로 대답했다.

"포장 전면에 프린팅된 이미지 사진하고 똑같지 않아?"

완벽하게 재현해 냈다는 자부심으로 가득 찬 그에게 송연은 고개를 끄덕였다. 그리고 재빨리 젓가락을 들고 라면을 휘저었다.

본격적으로 먹기 전에 미리 손목의 스냅을 풀려는 것뿐이야. 둘러대는 말에 이번엔 서건이 고개를 끄덕였다.

"어때?"

면발이 송연의 입안으로 사라지기가 무섭게 서건이 물었다.

테이블 위에 팔꿈치를 괴고 앉아 부담스러울 정도로 송연의 입 모양만 주시하고 있었다.

"기대 이상이야."

검색을 해도 나오지 않은 밥집은 둘 중 하나였다. 정말 숨은 맛집이거나 아니면 지지리도 맛이 없어 후기조차 쓸 시간조차 아까운 곳이거나.

송연은 지금 후자와 같은 심정이었다. 그가 외식 사업을 안 하길 다행이란 생각이 들었다.

어떻게 조리법 그대로 끓였는데 맛이 이럴 수가 있지? 탄식이 나오는 경우는 여러 의미로 다양했다.

"같이 먹어."

서건에게 젓가락을 건네주며 송연이 말했다.

두 사람이 처음으로 한 개 끓여서 나눠 먹는 라면이었다.

"지금 이게 맛있다고? 이건 사람이 먹을 수 있는 음식이 아닌데?"

테이블 위로 젓가락을 탁 내려놓은 서건이 생수부터 찾았다. 처음 겪어 본 별식의 세계는 충격 그 자체였다. 그와는 반대로 송연은 묵묵히 한 그릇을 모조리 비워 냈다.

깔끔하게 국물까지 마신 그녀가 테이블 위로 그릇을 내려놓으며 물었다.

"그런데 갑자기 웬 라면이야?"

아마도 그는 소울푸드가 라면인 송연과, 단 한 번도 라면을 먹어 본 적 없어 인생을 헛살고 있는 자신과의 간극을 줄이고 싶어서 그 랬을 것이다. 하지만 예상과는 다르게 그의 입에서 의외의 대답이 흘러나왔다.

"엄마가 없는 너에게 엄마가 돼 줄까 하고."

가슴속으로 쿡 박히는 그의 말에 심장이 죄어들었다.

별일 아니라는 얼굴로 말하는 그에게 별일 없다는 듯 대답해야 하 는데 목소리는 한참이 지나서야 나왔다.

"보통의 엄마는 아침부터 라면을 주지 않아."

"그런가? 사실 나도 엄마란 존재가 그렇게 익숙한 건 아니라서."

그 순간 그에 대해서 아는 것이 별로 없다는 사실을 깨달았다.

본의 아니게 조모의 공연을 관람하고 민건을 소개 받았지만 그뿐 이었다.

자신의 고통에만 눈이 멀어 그에 대해서 알려고 들지도 않았다.

"방금 흔들렸지?"

가라앉은 분위기를 감지한 서건이 장난스런 얼굴로 물었다.

"뭐가?"

"방금 내가 한 말에 흔들린 것 같은데?"

"아닌데?"

"에이, 아닌 게 아닌데?"

"아니라니까?"

"괜찮아. 원래 감정이란 게 설레지 않은 척 숨기려고 할 때부터 시작되는 거야."

송연은 그의 눈을 빤히 쳐다보았다.

"대답이 없는 것도 대답이야."

여전히 말이 없는 송연을 향해 서건이 피식 웃으며 일어섰다. 팔을 뻗어 송연의 머리를 쓰다듬으며 나지막이 말했다.

"그래. 내 마음 먹고 쑥쑥 커."

입술 끝을 살짝 올리고 웃는 그 모습을 송연은 놓치지 않고 바라보았다.

빈 그릇을 들고 싱크대로 향하던 그가 갑자기 생각났다는 듯 돌아서서 물었다.

상당히 중요한 사안인지 사뭇 진지하기까지 했다.

"근데 설거지할 때 세제는 몇 cc 사용해야 하는지 혹시 알아?"

송연의 치열하고도 저열했던 겨울이 지나가고 있었다.

"한지완의 복귀는?"

– 목요일 오전에 했습니다.

역시나 역량도 부족하면서 의욕만 앞서는.

그렇게 송연을 되찾고 싶었으면 발악이라도 했어야지.

착실하게 군대 복귀나 하고 있으니 이미지만 상한다.

한지완을 지나치게 과대평가했다. 이렇게 허무할 정도로 조용할 줄이야.

"전역은?"

— 마지막 휴가였으니 원래는 주중에 하는 게 수순인데 치료 때문에 어떻게 될지 아직 미정입니다.

"치료?"

— 그날 밤 폭행이 있었습니다. 가해자는 이사장이었고요. 친자식도 그 지경으로 만든 걸 보면 정상이 아닌 인간입니다. 주치의가 본 후 바로 앰뷸런스부터 불렀으니까요. 한 이틀 치료받다 군병원으로 이송됐습니다. 사인은 골절과 항문 파열이었는데 스키장에서 넘어진 걸로 대충 넘긴 모양입니다.

과연 한중호는 친자식이 아니기 때문에 한지완에게 그랬을까?

인면수심의 파렴치한에게 친자 여부는 그다지 중요할 것 같지 않다.

문득 한지완의 그 지랄 맞은 성격은 살아남기 위한 수단일 수도 있을 거란 생각이 들었다.

한지완을 이해하려고 들다니 미칠 노릇이었다.

"그럼 한중호는?"

— 선관위에서 일정 부분 허용을 해서 슬슬 선거 운동을 시작했습니다. 4월 지방선거까지 얼마 안 남았으니까요.

유세 띠를 두르고 인자한 얼굴로 명함을 뿌리고 다니겠지. 아이들이 미래의 희망이라는 잔인한 소리를 해 대면서.

— 그런데 요즘 건설업체 이사들과 접촉을 하고 있습니다. 시공사 선정에 열을 올리는 게 시기상 그럴 때가 아닌데 좀 특이하긴 합니다.

드디어 한중호가 또 다른 미끼를 물었다.

서건의 얼굴에 비릿한 미소가 스치고 지나갔다.

이로써 점점 완벽해지고 있었다. 단순히 가십이 될 정치적 시비나 스캔들이 아닌 영원히 한중호를 침몰시키기 위한 계획들이.

"다음 미팅이 잡히면 보고해. 그리고 카메라는 안녕하지?"

– 왜! 대표님. 그날만 생각하면 심장이 터질 것 같다니까요? 덕분에 서재에 무사히 설치 마쳤습니다. 그렇게까지 도와주실 필요 없는데 대표님께서 직접 오시다니 깜짝 놀랐잖아요.

"네가 하도 못 하겠다고 끙끙대니 시선 끌어 준 거잖아."

– 제가 언제 또 끙끙댔다고 그러십니까. 충분히 혼자서 할 수 있었다고요.

고등학교 동창이라는 기욱과 현수는 판이하게 성격이 달랐다.

과묵하고 진중한 기욱이 다소 가벼운 성향의 현수와 어울린 데에는 밉지 않은 녀석의 넉살 때문일 것이다.

– 그런데 카메라에 문제 영상이 잡혔다고 한들 과연 그게 증거가 될까요? 제가 법 쪽으로 잘은 모르지만 상대가 어린아이들인 만큼 증인으로 삼기엔 좀 불완전하다고 해야 하나? 암튼 쉽지 않을 것 같은데요. 몰카 설치 자체가 불법이라고 주장하면 도리어 역풍을 맞을 수도 있구요.

"너 있잖아."

– 네?

"증언할 준비나 하고 있어. 증인은 너 말고도 많으니까 그런 걱정은 안 해도 될 것 같다."

– 저야 뭐, 선서하라면 선서하고 하라고 하면 못 할 것도 없는데…… 저 말고 또 누가 있는데요?

"한지완."

– 네?

이번엔 진짜 놀랐는지 현수가 목청껏 소리쳤다.

기욱이 봤다면 또 고개를 절레절레 저었을 수선이었다.

"한지완만큼 확실한 증인도 없을 것 같은데. 생각만 해도 완벽하지 않나?"

─ 하긴 그런 맥락이라면 송연 씨도…….

"한지완으로 충분해. 송연이가 법정에 설 일은 절대로 없어."

현수는 무심코 한 말에 아차 싶었다.

이 경솔한 주둥이야, 대체 무슨 생각으로 권 대표 안전에 한송연을 고한 게냐.

암묵적으로 이 모든 계획에서 철저하게 배제된 이름이 딱 하나 있었다. 모든 일의 시발점인 한송연이었다.

─ 그런데 어디십니까?

사실 아까부터 서건의 목소리에 묻어 나오는 음악 소리가 어수선하긴 했었다.

제 딴에는 화제를 돌린답시고 물은 것이 기욱이라면 감히 묻지도 못할 질문이었다.

"공원."

집무실에 앉아 만년필 자랑이나 하고 있을 서건이 공원이라니.

퍽이나 어울리는 장소에 현수는 또다시 네? 라고 되물었다.

"이만 끊자. 보고는 놓치지 말고."

멀리서 송연이 다가오는 게 보였다. 그녀의 양손에는 커피 캐리어와 강아지 목줄이 들려 있었다.

하얀 솜뭉치 같은 녀석이 송연의 동선 언저리를 맴돌며 짧은 다리로 껑충대고 있었다.

며칠 떨어져 있었다고 저렇게 애틋할 수가 있나. 주인이고 개고

24시간을 붙어 있으니 소외되는 건 서건이었다.

그날 이후로 한송연의 세계가 궁금했다. 그동안 명목 없이 소모한 시간들을 서건은 대신 보상해 주고 싶었다.

예대부터 예술 학교까지 국내 모든 댄스 스쿨의 입시 전형들을 찾아 송연 앞에 펼쳐 두었다.

*'네가 끌리는 곳을 골라. 입시에 성공할 때까지 개인 레슨을 붙여 줄게.'*

송연은 한참을 그의 얼굴을 바라보았다. 그리고 형형한 눈빛으로 또렷하게 물었다.

*'내가 다닐 대학을 왜 당신이 안절부절인데? 엄마가 돼 주겠다더니 이참에 학부모로 나서기로 한 거야?'*

송연은 그동안 절박했을지 모를 상황 속에서도 순진하거나 쉬워 보이려고 자신을 포장하지 않았다.

오히려 더 뾰족하고 당당했는데 그래서 더더욱 요즘의 그녀를 알 수가 없었다.

도대체 무슨 생각 중인지 말이 없으니 애가 탔다.

가져도 가진 것 같지 않은 너란 여자는 정말이지…….

"여기 커피가 무료야!"

잔뜩 상기된 얼굴로 테이크아웃 컵을 내미는 송연을 올려다보았다.

제법 자란 머리칼을 야무지게 묶고 화장기 없는 맨얼굴로 가쁜 숨을 내쉬고 있었다.

활동량 많은 강아지와의 걷기는 산책보다는 경보에 가까웠다.

더운 입김을 하얗게 내뿜은 그녀에게 서건이 웃으며 손을 내밀었다.

당연히 무료겠지. 내가 설치한 커피 부스니까.

기욱이 녀석이 일을 제대로 하고 있는 모양이었다. 정황을 알 리 없는 송연은 그에게 커피를 건네고 옆자리에 앉았다.

산책이 끝났다는 사실을 인정할 수 없는 뭉치가 낑낑댔지만 송연이 잠시만 쉬자며 달랬다. 이젠 제법 능숙한 견주의 모습이었다.

"무료치고 맛이 괜찮은데?"

송연의 칭찬에 기욱의 보너스 올라가는 소리가 들렸다.

그저 흔히 만날 수 있는 커피 회사의 홍보 정도로 알고 있는 그녀가 한참을 그 향을 음미했다.

서건은 지금 이 순간 부랴부랴 회사 로고가 찍힌 현수막을 내리고 임직원 가족들을 소란 없이 통솔하고 있을 기욱에게 심심찮은 위로를 보냈다.

"커피를 꽤 좋아하나 보군."

"좋아한다기보다 사실 질린 게 맞아. 런던에 있을 때 카페에서 일했거든. 14시간 넘게 몇백 잔을 만들고 집에 가면 온몸에 밴 커피 찌꺼기 냄새가 질리도록 싫었어. 근데 또 이렇게 마시고 있는 걸 보면 마냥 싫었던 기억만은 아닌가 봐."

"그래서 다시 돌아가고 싶나? 런던에?"

"나쁠 것도 없지."

어쩐지 씁쓸해지는 표정을 감추기 위해 서건은 커피 잔을 들었다.

"그래서 권서건이란 남자를 만날 수 있다면. 다시 런던에 가는 것도 나쁠 것 없지."

서건은 송연의 어깨를 감싸 안았다. 천천히 기대어 오는 작고 가녀린 어깨를 이제는 놓을 수가 없었다.

송연의 정수리에 입 맞추며 서건은 뜨거운 한숨을 내쉬었다.

눈앞에 지나치는 대다수의 사람들이 어딘가 낯이 익다는 사실이 그나마 그를 멈칫하게 만들었다. 이 모든 것들이 송연을 위한 것인데 왠지 제 꾀에 넘어간 기분이다.

*'굳이 이렇게까지 하실 필요가 있습니까?'*

동계 임직원 가족 초청 행사.

창립 이래 처음으로 때에 맞지 않은 행사 주최를 우겨 대는 서건에게 기욱은 처음으로 반문했다.

*'강남역 한복판에 앉아 낯선 사람 보면서 스토리 만들어 낼 수는 없잖아. 조직 사회 좋다는 게 뭐야. 이럴 때 도움 좀 받자?'*
*'무슨 말씀인지 이해가 잘······.'*
*'그런 게 있어.'*

기욱이 여전히 눈빛으로 항의했지만 대표의 강한 의지를 막을 수는 없었다.

서건은 그녀에게 보여 주고 싶었다. 각기 다른 인물들과 각자의 이야기가 만난 풍경의 힘이 얼마나 매력적인지.

그래서 세상 속으로 섞여 들어가는 게 두렵다는 송연에게 마냥 겁먹을 필요는 없다는 것을 알려 주고 싶었다.

그리고 그 사실을 전혀 알 리 없는 송연은 행사 한복판에 앉아 그에게 안겨 있었다.

몇몇 중년의 이사진들이 어색한 얼굴로 지나갔지만 당당함은 서건의 몫이었다.

"꼬마 아가씨가 고집이 있네."

예쁜 딸과 그런 딸을 보는 더 예쁜 엄마 사이에 균열이 일어나고 있었다.

표정이 보일 만큼 적당히 떨어진 거리에 서서 아이는 엄마를 향해 고집을 꺾지 않고 있었다.

마치 어린 한송연을 본 기분이랄까.

"뭐든 즉흥적인 게 재밌긴 하지."

아이의 엄마가 화를 누르고 건넨 과일 주스를 아이는 바닥에 뿌리고선 들고 있던 나뭇가지로 그림을 그리기 시작했다.

모든 아이들은 예술가라더니 표현하는 게 꽤 심오했다.

"너무 귀엽지 않아? 아이 엄마는 화가 많이 난 것 같지만."

"그래도 기다려 주고 있잖아. 스스로 그림을 완성할 수 있게. 지금 저 사랑의 원천은 인내심인 거지."

"마치 잘 아는 것처럼 말하네."

그의 입에서 나오는 사랑이란 말이 이토록 생경할 수가 있을까.

그의 품에서 벗어나 서건의 얼굴을 바라보았다. 그는 무성영화라도 보는 관객의 눈으로 자신만의 해석을 하고 있었다.

"한송연이 자기 힘으로 일어설 수 있도록 묵묵히 바라보며 기다려 주는 것. 난 그걸 사랑이라고 생각하는데."

한동안 말이 없는 송연을 보며 서건은 생각했다.

언제나 변화란 게 거북하게 느껴지긴 하지. 사람을 싫어하는 게 아니라 경계부터 하는 네가 당장 변하는 걸 기대하지 않아. 하지만 시간이 흐르면서 조금씩 네가 변했으면 해. 그걸 나와 함께했으면 좋겠다.

그 이후로도 사람들의 일상에 섞여 둘만의 나직한 수다는 계속되었다. 아이의 익살스러운 표정에 덩달아 코를 찡긋거리며 웃고 무리에 발붙이지 못하고 겉도는 중년의 이사진들과 같은 시선으로 행사를 관찰했다.

서서히 느리지만 분명한 속도로 송연이 바라보는 세상의 채도가 바뀌고 있었다. 서건 역시 찍어 낸 것 같은 사무실에서 벗어나 송연과 같은 장면을 바라볼 수 있어 좋았다.

겹겹이 두 사람의 시간이 쌓여 가고 있었다. 서건은 그 점이 가장 좋았다.

## 8. 난 그런 너만 보며 살고 싶다

송연은 작은 계획들로 일상을 채워 갔다.

가장 먼저 할 일은 입시 학원을 알아보는 것이었다.

하지만 상담과 동시에 수강료부터 확인해야만 했다. 수강료를 내기 위해선 일을 해야 했고 그러기 위해선 일자리를 알아봐야 했다.

런던에서 겪었던 일련의 과정들을 다시 시작했다.

다만 어디서나 존재하는 차별이 문제였다. 런던에서 인종 차별이 있었다면 지금은 최종 학력이 문제였다. 검정고시 출신의 송연을 환영하는 곳을 찾기란 쉽지 않았다.

눈을 감고 하루를 반추하면 이력서와 불합격 문자 메시지가 전부인 날들이 계속되었다.

서건은 자못 궁금해하는 눈치였지만 현재로선 그에게 할 수 있는 말이 없었다.

그러던 중 가까스로 카페 알바 면접을 볼 수 있게 되었다.

"한송연 씨 맞죠?"

카페의 점장이라고 자신을 소개한 20대 후반으로 보이는 여성이 송연의 이력서를 한참을 들여다보았다.

특별할 것 없는 반응이라 그사이 송연은 카페 안을 둘러보았다.

산뜻한 보사노바 음악이 흐르는 카페 안에 자리하고 있는 사람들이 하나둘 눈에 들어왔다.

서로 어깨를 치며 추임새를 넣기 바쁜 중년의 여성들과, 동영상 강의와 눈싸움 중인 고독한 대학생이 있었다.

모두가 나름의 시간을 카페라는 공간에서 짜임새 있게 보내고 있었다.

"경력이 좀 특이하네요?"

"네."

면접을 봤던 모두가 런던에서의 3년을 짚고 넘어갔다. 역시 예상을 웃도는 질문에 송연은 짧게 대답했다.

그다음엔 고등학교를 중퇴한 이유를 묻겠지.

"여기 급여로는 그런 가방 못 살 텐데 괜찮겠어요?"

뜻밖의 질문에 송연의 시선이 점장에게로 향했다.

그녀의 턱 끝이 옆에 둔 가방을 가리키자 송연은 말없이 어깨를 으쓱했다.

"카페 일이 보기엔 깔끔해 보여도 실상 노가다예요. 해 봐서 알겠지만 시급도 그렇게 센 편도 아니구요. 하지만 성실히만 해 준다면 점주님께 말씀드려서 급여 인상은 약속할 수 있을 것 같아요. 물론 꾸준히 쥐꼬리만큼만 오르겠지만. 그래도 괜찮겠어요?"

"네."

얼떨결에 대답하자 당장 목요일부터 출근할 수 있냐고 물었다.

주말에는 바빠질 테니 그 전에 인수인계부터 받는 게 좋겠다는 말에 송연은 고개부터 끄덕였다.

"그럼 점주님과 상의한 후 이 번호로 연락드릴게요."

살짝 부풀었던 마음이 푸시시하고 바람이 빠졌다.

당연한 수순이란 걸 알면서도 당장 출근할 수 있냐는 질문에 기대를 한 탓이었다.

자리에서 일어서려는 점장에게 송연이 물었다.

"면접은 이렇게 끝나는 건가요?"

"왜요? 더 마주 앉아 있어야 해요?"

"그건 아니지만……."

사생활을 꼬치꼬치 캐묻는 사장부터 이상형을 묻는 매너저도 있었다.

그동안 별의별 면접을 다 겪어 보니 눈앞의 그녀가 담백해 보일 지경이었다.

"처음 본 사이에 스무고개하면 뭐해요? 현장에서 같이 부대끼고 손발 맞춰 봐야 알게 되는 거죠. 그럼 연락할게요."

점장은 희망고문만 잔뜩 하고 쿨하게 돌아섰다.

어쩐지 기운이 빠지는 걸음으로 카페를 나서자 번화가 한복판에서 자신만 외톨이가 된 기분이었다.

다들 저렇게 바쁘게 걸어가는데 일자리 하나 구하기가 이렇게 힘이 들 수 있을까.

크게 바라는 것 없이 그저 성취감을 느낄 수 있는 곳이면 되는데 그게 가장 어려운 일이 되었다.

지난밤 서건이 채워 준 가죽 시계는 어느새 오후 6시가 훌쩍 지난 시간을 가리키고 있었다.

자신의 것과 같은 디자인에 알이 더 작은 시계를 채워 주며, 그는 서로에게 같은 시간이 흐르기를 바란다고 했었다.

그의 말처럼 시간은 계속 흐르고 있는데 자신감만 상실하고 있었다.

"한송연, 지금 무슨 생각하고 있는 거야? 이제 겨우 시작이잖아. 왜 벌써부터 우울해하고 그래? 할 수 있어. 할 수 있다고."

살다 보면 이런 날도 있는 거지. 별거 아닌 일들은 모두 털어 내고 씩씩하게 잘 살자.

스스로를 안아 준다는 생각으로 가슴을 토닥토닥 다독이며 지하철을 탔다. 퇴근길 인파에 끼어 파김치가 되었지만 집으로 가는 언덕길을 엉덩이를 쑥 빼고 힘차게 걸어 올라가기로 했다.

"누구지? 이런 표정 선물한 사람?"

"깜짝이야!"

어깨 너머로 불쑥 끼어든 목소리에 소스라치게 놀라고 말았다.

언제 다가왔는지 서건이 팔짱을 끼고 송연을 보고 있었다.

살다 보면 한 번쯤 듣는 말 '연락드릴게요.' 절대로 들어 본 적 없는 얼굴을 하고서.

"무슨 일인데? 표정이 왜 그래?"

"내 표정이 뭐?"

"이건 마치 머릿속으로 상견례까지 완료한 썸남에게 거사를 치르기도 전에 대차게 까인 얼굴이잖아."

"까이긴 까였지."

"뭐?"

"숱하게 많은 점주들과 매니저들에게."

입 밖으로 꺼내니 더욱 처량했다. 하지만 송연은 고개를 흔들었다. 애써 털어 냈는데 다시 주워 담을 필요는 없었다.

"그렇다면 난 위로가 아닌 축하를 해 주고 싶은데?"

그런데 이 남자가 지금 무슨 소릴 하는 거야.

송연은 그에게 다가가 반듯한 넥타이를 괜히 바로 잡았다. 그리고 다시 한 번 다짐했다.

내가 언젠가 이 타이 꽉 잡아당겨 본다. 반드시.

"어차피 밤에는 못 하는데 왜 굳이 일을 하려고 그래? 난 네가 험한 꼴 겪는 거 죽어도 못 보겠는데."

"밤에는 왜 못 하는데?"

"네가 있어야 내가 잘 수 있으니까."

"보모 필요한 나이는 지나지 않았어?"

"보모가 섹스도 해 주나?"

이 남자가 진짜! 누군 아등바등 살 길을 찾고 있는데 도와주지는 못할망정 초를 치고 있었다.

"그러지 말고 같은 고용주 입장에서 대답해 봐. 대체로 어떤 타입의 신입 사원을 선호하는지."

"공격적이고 자율적이며 자기주도적인 인간."

"뭐?"

"그러고 보니 딱 한송연이네. 이토록 공격적이고 자율적이면서 자기주도적일 수가 없어. 곧 있으면 상반기 공채 시즌인데 우리 회사에 지원하지 그래? 내가 낙하산 잘 태워서 한 방에 합격시켜 줄 수 있는데."

"대표 백이라니 그 낙하산 한번 기가 막히겠네."

서건이 손을 내밀자 송연은 그 손을 마주 잡았다. 두 사람은 손을 꼭 잡고 천천히 오르막길을 오르기 시작했다.

서건이 살고 있는 빌라엔 상가 건물이 따로 없어서 길목에 자리한 편의점이 전부였다.

그 앞을 지나치다 무심코 입구에 걸린 팻말에 눈길이 닿았다.

"반려동물 출입 금지? 이런, 우리 송연이는 어쩌지?"

"그러게. 뭉치에게도 개 껌을 고를 수 있는 견권이 보장돼야 하는데, 우리 꼬맹이가 알면 얼마나 서운할까?"

"아니, 너 말이야. 하긴 지금은 술 안 마셨으니 출입할 수는 있겠네."

그 말을 이해하기까지 몇 초의 정적이 흘렀다.

지금 포차에서 술 취한 그 밤을 두고 놀리는 거지? 술 마시면 개가 된다는 소리를 이렇게 돌려서 까니?

"아무리 그래도 반려동물까지는 아니지 않아?"

"내가 너 키우고 있는 거 몰랐어?"

서건의 입에서 금방이라도 자신이 했다고 우겨 대던 '오빠 한번 대 줘'가 재생될까 봐 송연은 얼른 그의 손을 끌어당겼다.

대 주긴 뭘 대 줘? 내가 절대로 그런 상스러운 말을 했을 리 없잖아.

얼굴이 달아올라 앞장서 걷는 송연에게 끌려가면서도 서건은 뭐가 그리도 즐거운지 한참을 웃었다.

"우리 좀 더 걸을까?"

삼엄한 경비 태세를 갖추고 있는 정문에 다다르자 서건은 갑자기 방향을 틀었다. 이번엔 그의 손에 송연이 끌려갔다.

어쩐지 오늘은 이대로 집에 들어가기 아쉬웠다. 너와 함께라면 1분이면 지나칠 수 있는 거리를 몇십 분이 걸려도 좋을 것 같다.

1분이면 끝나는 추억이 몇십 배는 늘어날 테니까.

"생각해 보면 난 참 운이 좋은 것 같아."

입주민을 위한 산책로에 접어들면서 두 사람은 한동안 말이 없었다. 손을 마주 잡고 체온을 느끼며 서로의 숨소리에 한참을 집중했다. 어느새 그와는 말을 하지 않아도 어색하지 않은 사이가 되었다.

그 정적을 깨고 먼저 입을 연 건 송연이었다. 서건은 말없이 그녀의 다음 말을 기다렸다.

"평범하지는 않았지만 굶어 죽지 않고 어떻게든 버텨서 런던까지 갈 수 있었잖아. 그곳에서 안나를 만나고 당신을 만나고 그것만으로 충분히 운 좋은 삶이지. 어렸을 땐 대답도 없는 누군가에게 원망도 많이 했는데 덕분에 지금은 어지간한 일은 웃고 넘길 수 있게 됐어."

평범하진 않지만 굶어 죽지도 않았다라…….

그래서 운이 좋았다…….

넌 그렇게 아무렇지 않게 말할 수 있구나. 듣는 난 어린 네가 떠올라 가슴이 이렇게 얼얼한데.

하긴 그 시절에 곁에 있지도 않았던 내가 네 고통을 어떻게 다 이해할 수 있을까.

"송연아."

"응?"

"힘들 땐 울어도 돼. 다른 사람 시선 신경 쓸 필요 없어. 너보다 더 힘든 사람이 있다고 해서 네가 덜 힘든 게 아니니까."

힘들 때 웃는 사람이 무슨 프로야? 소시오패스지. 안 그래?

그의 말에 송연은 웃고 말았다.

힘들어, 피곤해, 스트레스 받아, 그리고 슬퍼.

그녀의 입에서 이런 투정들이 나올 때마다 서건은 고맙다고 말할 것이다. 네 감정을 삼키지 않고 내게 표현해 줘서.

갑자기 걸음을 우뚝 멈춰 선 그가 송연의 얼굴을 돌아보며 말했다.

"난 그런 너만 보며 살고 싶다."

송연의 머리칼이 밤바람에 흔들렸다 다시 휘날렸다. 서건의 손가락이 그녀의 머리칼을 쓸어 넘겼다.

그의 조용한 고백은 송연을 더 나은 사람이 되고 싶게 만들었다. 그의 곁에서라면 무슨 일이든 해낼 수 있을 것 같은 자신감이 들었다.

그 밤, 비가 지독히도 내렸다. 유난히도 잦았던 겨울비는 마지막이지 않을까 싶을 정도로 미련을 보이며 오래도 내렸다.

태어나 처음으로 갖고 싶은 것이 생겼다. 유리창에 부딪히는 굵은 빗줄기들을 보며 송연은 인정했다. 그러니 무슨 일이 있더라도 반드시 지켜 낼 것이라고.

서건은 그날 이후로 더욱 바빠졌지만 송연은 바쁜 애인에게 투정 부리지 않았다. 잠시라도 함께 있는 그 순간이 더욱 소중하게 느껴졌기 때문에.

 ─ 이번 주부터 출근 가능하다고 했죠? 송연 씨. 우리 잘해 봐요.

 그리고 목요일 아침, 송연은 지하철 속 출근 인파에 끼어 카페로
출근했다.

 번화가에 위치한 탓에 어렵지 않게 찾을 수 있는 카페는 오묘하고
도 혼란스러운 곳이었다.

 인원은 여섯인데 주문한 커피는 두 잔이었고, 따뜻한 물이 담긴
머그잔을 넉 잔 더 요구했다.

 집에서 가져온 방울토마토를 담을 접시가 필요하다며 당당하게
요구하기도 했으며 주문 전 김밥을 먹는 걸로 본식과 후식을 한자리
에서 해결하기도 했다.

 소개팅이라는 공동의 소임 아래 수줍은 눈으로 서로를 탐색하며
찬란하게 빛나던 남녀는 같은 자리에서 분노와 실망을 쏟아 내며 살
벌하게 끝이 났다.

 이 모든 게 불과 보름 사이에 일어난 일들이었다.

 "여기에서 일하니 인간의 희로애락은 전부 경험하는 기분이에
요."

 단체 주문이 계속 밀려드는 바람에 출근 후 처음으로 한숨 돌리던
참이었다. 멍한 얼굴로 중얼거리는 송연에게 점장이 웃으며 커피를
내밀었다.

 "손님한테만 만들어 주지 말고 송연 씨도 한잔 마셔."

담백하게 툭툭 내뱉는 말투가 인상적인 그녀였다.

"고맙습니다."

"초반부터 빡세긴 했지?"

"그래도 진상 손님이 없어서 다행이에요. 차라리 스티밍을 백 잔 하는 게 낫지, 으, 생각만 해도…….."

"온다, 와. 긴장하자, 송연 씨. 몽타주들을 보니 느낌이 오싹해."

중년 남성 넷이 무리를 지으며 수선스럽게 등장했다.

이런 경우 보통은 둘 중 하나였다.

아주 신사적이거나, 아니면…….

"아메리카노 넷."

"커피는 따뜻하게 드릴까요? 아니면 아이스로 드릴까요?"

"그럼 이 날씨에 아이스를 먹을까?"

웰컴. 오늘의 첫 진상 손님에 당첨되셨습니다.

계산을 진행하며 송연은 입꼬리를 최대한 끌어 올렸다.

작은 트집도 잡히지 않겠다는 일념이 흔들림 없는 미소에 담겨져 있었다.

"포인트 적립 번호가 있으실까요?"

"아, 됐어."

"현금영수증 하시겠어요?"

"이 아가씨 참 말 많네. 잔말 말고 잔돈이나 빨리 내놔."

송연이 잔돈과 함께 진동 벨을 내밀었지만 손님은 잔돈만 챙겼다.

막상 아무것도 안 물어보면 서운해할 거면서. 역시나 진동 벨은 거부할 줄 알았다.

"귀찮게 이런 건 뭐하러 줘?"

"손님 혹시나 2층에 자리하시게 되면 진동 벨이 있으셔야 합니다.
그래야…….."

"아가씨가 직접 가져다주면 되잖아. 나 집에서 물 한 잔도 내 손
으로 안 떠다 마시는 사람이야. 내가 주는 월급인데 그 정도도 못 해
줘?"

손님께서 월급을 준다니요. 그런 혁신적인 발상을 하게 된 근본
적인 계기는 도대체…….

"여기 사장이면 인정."

고개를 돌려 보니 민건이 서 있었다.

송연을 힐긋 쳐다보는 걸로 인사를 대신한 그가 중년의 남성과 정
면으로 마주했다.

코 밑으로는 생글생글 웃고 있는데 눈은 서늘하기 그지없었다.

"주문 다 하셨으면 비키시죠?"

"어흠…….."

놀랍게도 헛기침이 대답의 전부였다.

만만한 젊은 여자에게는 온갖 갑질은 다 하면서 젊은 남자 앞에서
는 말 한 마디 꺼내지도 못한다.

민건이 내민 진동 벨은 얌전히 손님의 손에 넘겨졌다.

"카푸치노 마시러 왔는데요."

모서리가 없이 둥근 녀석. 언젠가 서건이 말한 대로 민건은 서글
서글한 얼굴로 웃고 있었다.

"자판기 커피가 아니니 그때 진 빚은 충분히 갚은 거예요."

"음. 아무리 생각해도 밑지는 기분인데요."

"아마 마셔 보면 그런 생각 안 들걸요?"

며칠 전 전화를 걸어온 민건이 대뜸 친구 안 필요해요? 라고 물어 왔다.

친구가 필요하면 연락하겠다던 송연의 말을 기억하고 있었던 모양이다.

나쁜 애인은 없고 바쁜 애인만 있다더니 서건이 출장을 간 사이 연락을 해 온 타이밍에 송연은 웃으며 말했다.

*'카푸치노 마시러 올래요?'*

그날이 아무래도 오늘인 모양이었다.

민건이 손을 내밀자 송연은 친절한 미소와 함께 진동 벨을 내밀었다.

"혹시 오늘 끝나고 약속 있어요?"

"오후까지 근무라서 좀 늦을 것 같은데 괜찮겠어요?"

"저야 기다리라면 새벽까지도 기다릴 수 있죠."

"매장에서 기다리려고요?"

"한 다섯 잔 마시면 될 것 같은데…… 차에서 노트북부터 챙겨 와야겠는데요."

등 뒤로 점장의 강한 시선이 느껴졌다. 일손이 부족하다 보니 풀로 근무하는 점장 혼자 음료를 만들고 있었다.

그런데 민건이 미적거리며 자리를 떠나지 않고 있었다.

"송연 씨, 내가 말했던가요? 유니폼 진짜 잘 어울린다고요."

어제 만난 사람처럼 친밀하게 구는 그를 송연이 바라보았다.

그 순간 갈 곳 잃은 눈동자가 쳐다볼 듯 쳐다보지 않고 있었다.

"나한테 할 말 있죠? 수고스럽게 기다리지 말고 지금 해요."

"어…… 음…… 그러니까……."

"이미 눈치챘다니까요?"

미치겠네. 중얼거리던 민건이 머리를 한 손으로 긁으며 멋쩍게 웃었다.

"할머니가 보자는데요."

"저를요?"

"네."

"언제요?"

"사실 며칠 전부터 말씀하셨는데 제가 좀 그랬어요. 할머니는 지금이라도……."

"그럼 근무 끝나고 찾아뵐게요. 어디로 가면 돼요?"

송연은 알고 있었다. 지금 이 순간 드는 이 초조하고 불편한 마음은 회피한다고 해서 해결되는 문제가 아니란 것을.

언젠가 맞닥뜨려야 할 일이라면 받아들이는 수밖에 없지 않을까.

한사코 근무를 마칠 때까지 기다리겠다는 민건에게 내민 건 테이크아웃 잔에 담은 카푸치노 한 잔이었다.

그 후로 눈 코 뜰 새 없이 바쁜 탓에 잡념이 끼어들 틈이 없어 그나마 다행이었다.


늦은 오후, 맨살을 드러내는 서까래 지붕 아래 송연은 조용히 양무릎을 붙이고 앉았다.

집주인은 변화를 꺼리는 성향인지 짚이 섞인 흙벽돌에 마름질이 잘된 마루가 인상 깊었다. 다과상이 어울릴 법한 이곳에 널따란 입식 테이블이 이질적으로 겉돌았다.

송연은 도심 한복판에 이토록 거대한 기와집이 있을 거라곤 상상도 하지 못했다. 그리고 전략이 없는 지금의 전략이 유효할 수 있기를 부디 바랐다.

"우리 애를 보냈는데 버스를 타고 왔다구요."

"알바가 끝날 때까지 시간이 꽤 남았는데 민건 씨가 기다리기엔 지루할 것 같아서요. 다행히 한 번에 오는 버스가 있어서 근처까지 어렵지 않게 올 수 있었습니다."

"알바라……."

무대 위에서 독무를 하던 무용수는 백발이 성성한 노인이었다.

승무 모자 한 겹만 벗었을 뿐인데 노인의 얼굴에 지난 시간들이 보였다.

음성은 땅이 울릴 정도로 힘이 있었지만 우묵 들어간 눈에 야윈 얼굴이었다.

"며칠 전에 서건이 부모의 합동 제사가 있었어요. 장남이란 놈이 뭐가 그리도 바쁜지 이번엔 참석도 못 하고 전화 한 통이 전부더군요. 그런데 목소리부터가 달라요. 그래서 결심했죠. 송연 양을 만나야겠다고 말이죠."

그는 전혀 그런 기색을 보이지 않았다. 그저 함께하지 못해서 미안하다고만 했었다. 왠지 송연이 알지 못했던 진짜 권서건에게 한발 다가서는 기분이었다.

"말을 하지 않아서 몰랐어요. 그리고 말씀은 낮추세요."

"그럴 수야 있나요. 우리 집 손님인데."

손님.

노인이 분명하게 드러내는 경계에 송연은 말없이 기다렸다.

지금 이 순간 가장 필요한 건 입을 닫고 경청하는 것이었다.

"가끔은 자식만큼 먼 사람도 없구나 싶을 때가 있어요. 핸드폰을 어디에 뒀는지는 깜빡해도 자식 낯빛이나 몸태만큼은 절대 놓치는 법이 없거든요. 어쩔 땐 끼니 거르지 말라는 당부에 남처럼 보는 시선에 가슴이 서늘해져요. 그런 손주 놈이 언젠가부터 들뜨기 시작하더니 생전 하지도 않은 농담을 하는 게 요놈 봐라 했죠. 사실 사진을 계속 받아 보니 구경하는 재미가 쏠쏠해서 내버려 둔 것도 있어요. 서건이 그놈이 고작 여자애 하나 때문에 머리를 굴리는 게 뒤늦게 손자 재롱이라도 본 기분이었으니까."

노인이 지금까지 사진을 받아 봤다니 전혀 눈치채지 못했다. 꾸준히 뒤를 밟혔다는 사실에 머릿속이 아득했다.

"저 때문에 그 사람이 머리를 굴린다는 소리가……."

"혹시 송연 양이 그 집에서 나온 후로 한 이사장에게 흘러 들어간 돈이 얼만지는 알아요?"

아……

이번엔 정말 말문이 막혀 아무 말도 할 수가 없었다.

왜 거기까지 생각하지 못했을까. 한중호가 순순히 자신을 내줬을 리가 없는데.

"손주 돈으로 대신 생색낼 생각은 없어요. 하지만 알고는 있어야죠. 이미 강남권 아파트 한 채 값이 푼돈처럼 넘어갔는데."

하여튼 정치병에 걸리면 패가망신하기 십상이에요. 노인이 덧붙였지만 송연의 귀에는 들리지 않았다.

한중호는 은밀하게 뒷손을 내밀었고 서건은 그 손을 잡았다. 거래의 조건은 고작 한송연 하나였다.

"아마 보기에 낡고 촌스럽지만 한 번도 접해 본 적 없었기 때문에 설렌 거겠죠. 헌데 그 설렘이 얼마나 갈까요?"

그건 이 집도 마찬가지 아닐까요? 낡고 촌스럽지만 돌아오는 길엔 설렐 수 있는 거.

하지만 입 밖으로 꺼내지 않았다.

그저 노인이 용건을 꺼낼 수 있도록 전제를 깔아 줄 뿐이었다.

"그럼 제가 어떻게 하길 원하세요?"

그 소리가 여운을 타고 노인을 과거 속으로 젖어 들게 했다.

두 눈에 눈물이 그렁그렁해서 똑같은 질문을 하던 아이가 있었다. 가슴에 멍이 들도록 두들겨 대던 그 모습이 그때는 왜 그리도 보기가 싫었는지.


'어머니 손주 둘을 낳았어요. 아직도 제가 그렇게 미우세요? 도대체 어떻게 해 드리면 될까요? 어떻게 해야 저 좀 봐 주시겠어요?'

'네가 그토록 사랑한다는 내 아들 인생 망치는 짓, 이쯤에서 그만둬라. 널 내 눈에서 치울 수만 있다면 무슨 일이든 다 할 생각이야. 평생 돈 걱정은 없게 해 줄 테니 순순히 떠나.'

'죄송해요. 그것만큼은 못 하겠어요.'

'그래? 그렇다면 별수 있니. 내 손으로 직접 널 치우는 수밖에.'


가진 것도 없는 게 오기로만 채워진 것 같아 몸서리치게 미웠다.

작정하고 덤벼든 여우 꾐에 멍청하게 휘말린 아들 녀석의 몫까

390

지, 원망은 모두 서건 어미에게로 향했다.

갖은 수를 써서라도 떼어 내고 싶은데 찰거머리처럼 붙어서 꿈쩍도 하지 않았다. 결국 가진 걸 이용해 손을 빌렸고 며느리는 허무하게도 길에서 죽었다.

고작 못 견딜 만큼 미움이 크다는 이유로 손주들에게서 어미를 빼앗았다.

*'왜 그러셨어요. 도대체 왜!'*

울부짖는 아들 면전에 두고 코웃음을 쳤다.

*'죽음도 못 가르는 사랑? 그딴 게 뭐가 그리도 중요해? 건사해야 할 아들이 둘이나 있는 놈이 고작 사랑 놀이에 빠져서 지금 누구 앞이라고 징징대는 게야! 누구나 끝이 있기 마련이다. 그 아이는 그 끝이 조금 색달랐던 것뿐, 유난 떨지 말거라.'*

참 모질게도 아들의 가슴에 대못을 박았다.

그저 고부간에 쌓인 골이 깊었을 뿐이다. 남편처럼 여겼던 아들을 빼앗겼으니 다시 되찾는 일만 남았다고 생각했다.

하지만 며느리의 첫 번째 기일이 있기 전날 밤 아들은 지독히도 어미에게 충실했다. 어미의 말대로 조금 색다른 방식으로 생을 끝낸 것이다.

"송연 양의 그 말은 곧 내가 시키는 대로 따르기라도 하겠다는 소린가요?"

"절 부르신 진짜 이유가 있을 거라 생각합니다. 말씀 들어 보고 판단하겠습니다."

해를 넘겼으니 올해 스물다섯일 것이다. 인생을 2회 차라도 사는지 또래에 비해 유난히 의연했다. 서건의 어미와는 또 다른 모습이었다.

"서건이와 헤어져요."

이보다 명확한 이해가 또 필요할까.

두 사람 사이로 무거운 침묵이 내려앉았다.

송연은 눈물로 대답을 대신하거나 동정으로 호소하지 않았다.

그저 잠시 동안 감정을 삼키기 위해 고개를 젖힐 뿐이었다.

지난번에 서건도 저 자리에 앉아서 똑같이 고개를 젖혔던 것 같은데…….

"그래서 제가 얻을 수 있는 대가를 알 수 있을까요?"

"재밌네요. 아직 어려서 그런지 솔직해서 마음에 들어요. 얼마를 줄까요?"

"전부 다요. 귀한 손주인데 그 정도는 생각하셨겠죠. 어른께서 소유하고 계신 전부를 주신다면 그때 생각해 보겠습니다."

"송연 양은 지금 이 자리가 장난으로 보여요?"

"그럼 어른께는 남의 고통이 흥밋거리인가요?"

"고통이 약점이 되는 순간 공격당하는 건 당연한 거예요. 그러니 들키지 않게 잘 감췄어야죠."

서건은 꺼내라고 말하고 노인은 감추라고 말했다. 두 눈을 굳게 감았다 뜬 송연이 입을 열었다.

"어떠한 부분이든 바꾸려 들지 않고 저라는 인간 자체를 인정해 주는 사람이에요. 아직 어리지만 일평생 그런 사람 만날 수 있는 행운 쉽지 않다는 것 정도는 알고 있어요. 죄송하지만 놓아야 할 이유 없고 그럴 생각도 없습니다."

"서건이만큼은 빛만 보며 살게 하고 싶어요. 굳이 어둠까지 짊어져야 할 필요가 있을까요? 제 딴에는 송연 양에게 눈이 멀어 그림자라도 되고 싶은 모양인데 인생이 어디 그렇게 순탄하기만 할까. 요즘 젊은이들은 이기적이라 모르겠지만 곁을 지키고 싶다면 함께하는 사람 힘들게 하지 말아야죠. 그게 그 징글징글한 사랑 아닌가요?"

"이미 이겨 내기로 마음먹었고 그 과정 속에 있습니다. 제가 짐이 될 거란 생각은 안 해요."

"고작 카페 알바나 하면서요?"

노인은 끈질기게 존대를 놓지 않으면서도 송연의 허점을 찔러 댔다.

송연이 세상에 나가기로 결심한 이유 중 하나가 바로 서건 때문이기도 했다. 안나에게서 그의 결혼에 대한 가능성을 듣게 된 순간 막연한 상실감을 느꼈다. 당장 무엇 하나 내세울 게 없다는 자신감 상실이 송연을 뒤흔들었다.

"그게 어때서요?"

노인에겐 하찮을 수 있지만 송연에겐 도약이 될 일이었다.

기죽지 않고 되묻는 얼굴을 본 순간 노인은 더 이상 죽은 아이와 비교하는 걸 그만뒀다.

두 아이가 오버랩 되기엔 결이 달라도 한참이나 달랐다. 거목 앞에서 나이테 자랑이나 하고 있는 명랑한 아이에게 노인은 장고 끝에 악수를 두었다.

"친부모를 찾아 줄 수도 있어요. 아니면 역으로 이용할 수도 있겠고. 어느 집 씨인지는 알아야 상대를 하더라도 하죠. 내 입장에서 안 그렇겠어요?"

"아…… 친부모……."

송연은 한참을 곱씹으며 고개를 주억거렸다.

"찾게 되면 저에게도 알려 주겠다는 말씀이시죠? 듣고 보니 궁금하긴 하네요. 자식을 버린 무책임한 인간들의 말로가요."

천륜을 향한 피가 끓는 그리움? 그딴 건 송연에게 없었다. 죽일 수만 있다면 그러고 싶을 만큼 원망스러웠다. 차라리 눈에 띄지 않기를 바랄 지경이었다.

이 자리에서 나가면 당장 세수부터 해야지. 그럼 아무도 자신의 눈물을 눈치채지 못할 것이다. 부디 성능 좋은 마스카라가 잘 버텨 주기를 바라 본다.

"계속 이대로 버티다가는 송연 양도 울게 될 거예요."

"그럴 수도 있겠죠. 두렵지 않습니다."

"이러고 보니 한 이사장이 자식 농사는 아주 기가 막히게 잘 지었네요. 말이 나온 김에 양아버지에 대해서 이야기해 볼까요?"

결국 송연은 또다시 고개를 젖혀야만 했다. 자꾸만 감정들이 몰려와 삭이기 위해서 기를 썼다.

"친부모로는 흥미를 못 끌었으니 이번엔 한 이사장을 걸어 보죠. 교육감은커녕 영원히 눈앞에서 사라지게 할 수도 있어요. 악연의 고리가 완벽하게 끊어지는 셈이죠."

순간은 진실했다.

흔들리는 송연의 두 눈을 마주한 순간 노인은 비로소 웃었다.

자리한 이후로 처음 보는 얼굴이었다.

"복수가 필요하다고 생각되면 제가 직접 해요. 남의 손 빌릴 생각 없습니다."

"송연 양, 그렇게 우습게 생각했다간 다쳐요. 한 이사장 결코 함부로 넘볼 만큼 어설픈 위인 아니에요. 그러다 도리어 당하는 수가 있다는 걸 알아야 해요."

"제가 왜요. 끝까지 오래오래 살아서 서건 씨 옆에 있을 건데요."

한중호를 겪은 건 자신이었고, 안다면 자신이 더 잘 알았다. 몰라서 입으로만 떠들어 댄 것이 아니었다.

"송연 양은 원래 이렇게 매사에 자신감이 넘치나요? 내 앞에서 이러기 쉽지 않을 텐데요."

"이래야 절 오래 기억하실 테니까요."

노인의 입이 벌어졌다 다시 닫혔다. 할 말이 있지만 아끼는 눈치였다.

송연은 천천히 자리에서 일어섰다.

"헤어지게 된다면 그 사람과 저, 둘만의 문제라고 생각합니다. 절자를 수 있는 사람은 오로지 서건 씨밖에 없다는 걸 알려 드리고 싶었어요. 소중한 시간 내주셨는데 원하는 답 드리지 못해 죄송합니다."

일일이 어른에게 대응하느라 소모되는 감정들이 점점 송연을 지치게 했다.

시간이 흐를수록 노인은 강경한 수를 두고 있었고 송연은 점점 건방져 갔다. 더 이상 버티기 싸움은 무의미하다는 걸 깨달았다.

자리에서 일어선 그녀를 노인이 물끄러미 바라보았다.

"한중호가 뒤로 일을 꾸미기 시작했어요. 늙은 내 눈에는 보이는데 서건이가 놓칠 수도 있을 것 같다는 생각이 드네요. 그 알량한 자존심에 뻣뻣하게 굴 게 뻔하니 송연 양이 날 찾아와요. 때론 염치 있는 사람이 사리에 밝을 때도 있는 법이니까."

"그 대가로 헤어지라는 소리라면……."

"서건이 곁에서 끝까지 오래 살아남겠다면서요. 자식도 앞세웠는데 손주 놈까지 등 돌리게는 만들지 말아야죠. 전투도 기력이 있어야 하는 거지, 무슨 수로 늙은이가 젊은 사람을 말리겠어요."

그러니 어디 한번 버티려면 버텨 봐요.

노인의 기백에서 서건의 눈빛을 엿볼 수 있었다. 돌변하는 민건의 눈빛이 이해되는 순간이기도 했다.

바짝 곤두서 있던 눈을 내리니 노인에게 남은 것은 하나였다. 바로 후회였다.

"내 집에 온 손님이니 밥을 먹여 보내는 게 도리인데 아직 그 정도 그릇이 못 돼요. 차를 내줄 테니 이만 돌아가요. 하루 종일 서서 일했을 텐데 버스 타지 말고."

묻고 싶은 건 모두 물었고 듣고 싶은 것도 모두 들었다. 미련 없이 돌아서는 노인을 향해 송연은 허리 숙여 인사했다.

언제부터 서서 기다렸을지 모를 기사가 열어 주는 차를 타고 집으로 돌아왔다. 잠깐 걸어도 바닥이 올라오는 기분이 들어서 차에서 내려서도 한참을 서 있었다.

최대한 속을 내보인다고 애를 썼지만 노인의 이해까지 바라지 않는다. 바람이 불면 흔들리는 대로 내버려 둘 생각이었다.

언젠간 바람은 잦아들 테고 평온이 찾아올 거란 걸 송연은 알고
있었다.

❖

"잠긴 단추가 풀리지가 않아."

한 손으로 핸드폰을 들고 나머지 손으로 단추를 풀려고 하니 쉽지
가 않았다.

귀와 어깨 사이에 핸드폰을 끼고 단추를 풀기 시작하자 낮게 웃는
서건의 음성이 들렸다.

— 오늘은 무슨 색이지?

"스킨색."

— 보고 싶은데.

"그냥 아무 무늬 없는 심플한 디자인이야."

— 아니, 네 가슴. 보고 싶어.

며칠째 못 봤더니 미칠 것 같아.

곁에서 말한 것처럼 생생하게 들려오는 숨소리에 소름이 돋았다.

흔들리는 송연의 숨결을 서건도 들었는지 웃음기는 완전히 사라
졌다.

— 왼손으로 오른쪽 젖가슴을 움켜쥐어.

"한 번도 그래 본 적이 없어서……."

— 지금 날 이렇게 만든 건 너야.

산책이라도 가는 듯 하노이 출장을 짧은 일정으로 다녀온 서건은
지금 실리콘밸리에 있었다.

자세한 상황은 알 리 없는 송연은 그의 귀국을 묵묵히 기다렸다. 금단의 밤은 쌓여 갔고 서건은 작은 도발에도 미쳐 갔다.

*'밤에 혼자 자기 무섭지 않아?'*

이제 동이 트기 시작한다는 그곳은 미세한 소음도 들리지 않을 만큼 고요했다. 그래서 더욱 집중하게 된다. 중저음의 목소리, 나직한 웃음소리, 진득하게 습기가 밴 숨결 전부 다.

*'침실이 어두워서 치킨에 집중해서 먹기 좋아.'*

평범한 일상 속 안부에 가볍게 던진 농담이었다. 그런데 서건의 숨소리는 점점 거칠어져 갔다.

그의 귀에 걸려든 포인트는 무엇일까? 치킨? 설마. 침실이 어두워서 먹기 좋다는 소리? 이건 아니겠지…….

"거기 지금 이른 아침이지 않아?"

– 몰랐어? 남자는 저녁만큼 아침에도 미쳐.

"저번엔 낮에도……."

– 보통의 남자가 그렇다는 거지, 지금 날 비교하는 건 아니지? 그럼 자존심 상하는데.

너에게 밤낮 구분 없이 미쳐 있다는 거잖아. 낮이라서 네가 생각 안 나고 아침이라고 참을 수 있을까.

"그런 뜻으로 한 말이 아니……."

– 뒤로 누워.

단호한 말에 송연은 침대 위로 누웠다.

흔들리는 대로 맡기자고 결심한 지 불과 몇 시간도 지나지 않았다. 그런데 자꾸 침이 고이고 핸드폰을 쥔 손에 힘이 들어갔다.

"시트에서 당신 향기가 나."

— 하…… 덕분에 집중하기 수월하겠어. 지금부터 움직이는 건 네 손이 아니라 내 손인 거야. 눈을 감고 날 떠올려.

"그러다 잠이 들면 어떡해?"

— 송연아.

한 번도 해 본 적 없는 색다른 경험이 시작되려 하고 있었다.

긴장되면서도 부끄럽기까지 해서 분위기를 바꿔 보려고 했지만 서건에게 통하지 않았다.

— 처음 네가 전화를 받는 순간부터 섰어. 네 목소리만 들어도 이 지경인데 이걸 해결해 줄 사람도 너밖에 없는 것 같은데. 어떻게 생각해?

잠이 들 리 없잖아.

당신이 지금 무엇을 하려는지 너무도 알겠는데.

송연은 침을 꿀꺽 삼켰다.

— 왼손 검지와 중지 사이에 유두를 끼워 넣고 천천히 원을 그려 봐. 이미 잔뜩 곤두서 있겠지? 쳐다보기만 해도 단단해지는 그 귀여운 꼭지가 얼마나 날 자극하는지 넌 모를 거야. 당장 혀뿌리가 뻐근해지도록 입속에 넣고 빨아 대고 싶어.

"그렇게 말하니까 느낌이 이상해."

— 그래? 그럼 좀 더 노골적으로 말해 볼까?

송연의 모든 감각이 예민하게 곤두섰다.

손가락 사이에 느껴지는 단단한 젖꼭지가 짓눌리도록 힘이 들어

갔다. 그 짜릿한 감각에 아랫입술을 지그시 깨물었다.

– 손끝으로 선을 그리며 배를 타고 내려가. 배꼽을 지나쳐서 팬티에 닿으면 천천히 집어넣어.

그의 음성이 송연의 몸을 야릇하게 어루만지기 시작했다.

쇄골에서부터 볼록한 가슴을 거쳐 은밀한 곳까지 휘감으며 밀착해들었다.

그의 뜨거운 입김이 생생하게 느껴지는 건 착각인 걸까.

송연은 파자마 바지 속으로 손을 집어넣었다.

– 따뜻하고 부드러워.

마치 자신이 만지고 있는 것처럼 그가 속삭였다.

그의 말대로 따뜻하고 부드러운 음부의 감촉이 느껴지자 송연은 손가락을 쫙 펴서 그곳을 덮었다.

살짝 문지르자 촉촉하게 젖은 물기가 손바닥으로 배어들었다.

아주 작은 터치일 뿐인데 송연의 몸이 점점 뜨거워지고 있었다.

– 이제 찢어질 것처럼 팽팽해진 팬티를 벗어. 네가 만지기엔 너무 좁거든.

"그러기엔……."

커다란 침대에 혼자 아래를 발가벗고 눕는 건 생각만 해도 부끄러웠다. 발끝이 저절로 꼬였다.

– 괜찮아. 지금 당장 그걸 끌어 내리고 찔러 대고 싶은 나도 있으니까.

다리를 벌리고 무릎을 세워.

그의 말을 송연은 조용히 따랐다.

시트 위로 발이 스칠 때마다 사그락거리는 소리가 들렸다.

"벗었어."

– 손으로 가리지 마.

그는 마치 보고 있는 것처럼 말했다.

– 다리를 더 벌리고 만져 봐. 이렇게나 크게 부풀었잖아. 벌써 뜨거워지고 있어.

"흐흣……."

– 느껴.

서건이 달콤한 목소리로 속삭였다.

– 좀 더 느껴도 돼.

"하윽…… 느낌이…… 이상해……."

삽입 대신 맞닿은 살 사이를 꿰뚫고 처음으로 진입한 손가락이 본 능이 이끄는 대로 움직였다.

찌걱거리며 느끼는 대로 찔러 대자 끈적끈적한 소리가 두 사람 귀 에 자극적으로 들렸다.

– 엉덩이를 들어 올리고…… 깊게 밀어 넣어.

천천히 손가락을 돌려 대자 깊숙한 곳에서 울컥하고 애액이 흘러 나왔다.

잔잔하고 고요한 감각은 서서히 작은 포말처럼 일더니 모든 걸 쓸 어버리는 파도처럼 점차 커져 갔다.

송연은 도저히 그 안에서 손을 뺄낼 수가 없었다.

자석처럼 점점 더 깊숙이 안으로 끌려 들어갔다.

– 느낌이 어때?

"손가락을 꽉 조여 와. 그리고 깊고…… 또 깊어……."

– 후…….

서건의 숨소리 역시 고르지 못하고 점점 흩어지고 있었다.

탄식과도 같은 그의 신음 소리가 전율이 되어 전신을 휩쌌다.

— 미치겠다. 하고 싶어서.

아웃! 송연의 아래가 점점 축축하게 젖어 들었다.

송연은 신음 소리가 새어 나가지 않게 성대를 꾹 눌렀다.

— 송연아, 소리 내도 괜찮아. 참지 마.

"하지만 소리가 너무……."

— 무슨 상관이지? 너랑 나만 듣는데.

그 말과 동시에 열기가 확 돌면서 뜨거운 쾌락이 저 밑바닥에서부터 솟구쳤다.

그때부터 기억이 잘 나지 않았다. 서건은 송연이 미처 발견하지 못했던 감각들을 귀신같이 찾아냈고 송연은 견디지 못하고 고개를 내저었다.

어둠 속에서 송연의 숨소리가 전보다 훨씬 더 거칠게 들려왔다.

"흐핫…… 아! 하웃!"

첫 절정에 송연은 가볍게 몸서리쳤다. 그리고 연달아 다음 절정으로 치닫자 강렬한 떨림이 송연을 찾아왔다.

송연의 손이 움직이는 한 절정은 몇 차례고 쉬지 않고 잦아들었다. 배꼽 아래를 쥐어짜는 것 같은 쾌감에 정신을 차릴 수가 없었다.

"시트가 젖은 것 같아."

탈진하듯 다리를 쭉 뻗고 꼼짝하지 않고 누웠다. 그리고 서건의 신음 소리를 숨죽인 채 들었다.

— 다음엔 영상 통화야. 봐야겠어. 흥분한 네 얼굴.

송연은 조용히 그의 베개에 얼굴을 묻었다. 익숙한 그의 향기를 맡으며 그리운 마음을 잠재울 수 있기를 바랐다.

❖

지완은 이미 철저하게 대상화되어 있었다.

미행을 눈치챈 것은 집 근처 신호에서부터였다. 좌회전 신호를 받고 핸들을 틀던 도중 어깨를 삐끗하고 말았다. 지난번 한중호로 인해 골절된 어깨가 낫지 않은 탓이었다.

이를 악물고 직진으로 달리자 주변 차들의 경적 소리가 빗발치기 시작했다.

씨발 새끼들. 거칠게 욕설을 내뱉으며 액셀을 힘주어 밟았다.

누구 하나 걸려들었으면 하는 심정으로 밟아 대는데 신기하게도 미꾸라지처럼 잘도 피해 갔다. 그리고 더욱 신기한 것은 같은 노선을 타고 있는 바로 뒤차였다.

만만찮은 미친 또라이였다. 바짝 따라붙은 검은 세단을 조소하다가 문득 기시감 하나가 지완을 일깨웠다.

도대체 뭘까.

이 알 수 없는 두려움에서 기인하는 예민해진 촉각은.

"이 새끼가 진짜."

집으로 갈 것도 없이 골목에 주차를 하고 차 밖으로 뛰쳐나왔다. 평소와 같은 보폭으로 걷던 지완은 서서히 뛰기 시작했다.

골목을 벗어나 비탈길을 달리자 뒤에 붙은 그림자 역시 속도를 올렸다.

잡힐 듯 잡히지 않은 뒷덜미가 오싹했다. 저 멀리 대문이 희미하게 시야에 드러났다.

"씨발."

숨이 턱에 닿도록 달리는 대신 자리에 멈춰 섰다. 그리고 지나온 길을 빠르게 되밟아 내려갔다.

지완은 추격에 쫓기는 대신 정면 승부를 택했다.

"뭔데?"

하나둘씩 등불처럼 켜지는 가로등 아래 날렵한 몸체가 드러났다.

검고 예리한 눈이 지완을 뚫어지도록 쳐다보고 있었다.

"멍청하게 굴지 말고 영리하게 구시랍니다."

"뭐?"

*'무모한 거야, 멍청한 거야?'*

그 순간 호텔 방에서 무감한 눈으로 묻던 얼굴이 떠올랐다.

"이 씨발 새끼가 어디서 수작질이야! 뒤에서 지랄하지 말고 나와! 내가 그렇게 만만……."

"더 이상 헷갈리는 일 없도록 캐릭터 설정을 확실히 하시랍니다. 이번이 마지막 경고라고 하셨습니다."

그럼 전해 드렸으니 전 이만. 남자는 미행 따윈 없었다는 듯 단출하게 돌아섰다.

한중호도 모르는 전역이었다. 군병원에서 입원이 길어지는 바람에 모든 것이 미정인 상태였다.

쥐도 새도 모르게 전역 신고식을 치르고 나온 참인데 어떻게 알고 있는 거지?

어디서부터 뒤를 밟힌 건지, 인적 없는 언덕길에 서서 지완은 치를 떨었다. 발을 디딜 때마다 분노가 고이고 미처 쏟아 내지 못한 울화가 머리 꼭대기까지 차올랐다.

급하게 뛰쳐나오는 바람에 차에서 약도 챙기지 못했다는 사실을 깨닫자 손끝이 덜덜거렸다.

간신히 끼익거리는 철문을 열고 정원으로 들어섰다. 성큼성큼 걷는 발끝에 소년 하나가 걸려들었다.

"안녕하세요."

이제 곧 중학교 입학을 앞두고 있을 법한 소년이 예의 바르게 인사했다. 일그러지는 지완에게 전혀 주눅이 들지 않은 얼굴이었다.

이미 훈련이 잘된 모습에 어쩔 수 없이 어린 한지완이 떠올랐다.

"비켜."

"여기서 잠시 기다리라고 하셔서요. 죄송합니다."

서슬이 파란 눈초리가 이번엔 먹혔는지 주춤 뒤로 물러섰다. 내장이 솟구치듯 역한 것이 치밀었다.

지완은 서둘러 저택 안으로 들어섰다. 지완의 전역을 몰랐던 안양댁이 허둥대며 현관으로 나왔다.

"이사장은?"

"손님이 오셔서 서재에……."

"나 왔다는 사실 말하면 어떻게 되는지 알지?"

십수 년을 이 집 밥을 먹다 보니 늘어난 건 눈치뿐인지 안양댁은 빠르게 자취를 감췄다.

지완은 기척을 죽이고 서재 앞에 섰다.

아직 움직이기 불편한 어깨를 느리게 돌리자 문틈으로 새어 나오는 한중호의 목소리가 들렸다.

"도자기 같은 놈이지요."

"도자기요?"

손님으로 추정되는 걸걸한 목소리가 대거리를 했다.

"허우대는 멀쩡한데 유약하기가 이를 데 없다는 소립니다. 부족한 것 없이 자란 놈이 밑바닥 세계를 어찌 알겠습니까. 살짝 금만 가도 쩍쩍 갈라질 게 안 봐도 뻔하죠."

"듣고 보니 그럴듯한데 그렇게 만만히 볼 인물이 아닙니다. 들리는 소문에 의하면 일찍이 아들을 앞세운 탓에 조모가 각별히 공들여 키웠다고 합니다. 그 집 새끼를 어설프게 건들었다간 큰코다칠 겁니다."

"그러니 제대로 해야지요."

"제대로요?"

"제 딸년이 그놈 손에 있지 않겠습니까."

한참이 지나서야 감탄의 소리가 흘러나왔다. 함축된 그 뜻을 알아들은 모양이었다.

불현듯 한중호가 상대하고 있는 손님이 궁금해졌다. 지완은 한발 더 다가섰다.

"귀한 따님이 인질로 잡혀 있다니 이사장님 심정이 오죽하시겠습니까. 이거 서둘러야겠는데요."

"그래서 한 번에 해치울 생각입니다."

"예?"

되묻던 사내가 하하하고 웃었다. 이사장님 야심이 대단하십니다, 라고 덧붙이는 것 또한 잊지 않았다.

"사실 딸년 외에도 성가신 아들놈이 하나 더 있습니다. 어려서부터 심성이 여리더니 결국 약에 손을 대는 바람에 골치가 지끈거립니다. 선거 유세에 전념을 다해도 모자랄 판에 최근엔 사진까지 찍혔지 뭡니까. 수습하느라 애먹은 걸 생각하면……."

"누구나 심지가 타들어 가는 폭탄 하나씩은 품고 사는 법이죠. 참 그러고 보면 자식 농사만큼 어려운 것도 없습니다. 이러다 교육감 되시면 남의 새끼들만 좋은 일 시키는 거 아닙니까."

이번에도 소리 내어 웃는 사내에게 이사장은 소리를 낮추고 말했다.

안경을 치켜 올리며 고개를 내밀고 있을 모습을 보지 않아도 그릴 수 있었다.

"그래서 김 사장님 도움이 필요합니다."

"제가요? 하긴 말 안 듣는 자식에게 회초리만 한 명약도 없죠. 필요하시면 언제든지……."

"회초리라뇨. 이미 5공 때나 했을 법한 체벌 아닙니까. 속 썩이는 딸년이나 성가신 아들놈이나 부모 말을 거역하면 어떻게 되는지 이참에 본때를 보여 줄 생각입니다."

"본때라…… 그럼 이야기가 또 달라지지요. 이사장님 눈에는 건달로 보일지 모르지만 제가 이래 봬도 사업하는 사람입니다. 설마 맨입으로 부탁하시는 건 아니겠지요?"

"재단 부지에 신축으로 건물을 크게 올릴 생각입니다. 공사 시공권, 경쟁 입찰 없이 김 사장님 회사에 전격 일임하겠습니다."

"이사장님 성격 한번 참 시원시원하십니다. 좋습니다! 이제야 대화할 맛이 나는군요."

재단 경영에 분기점이 될 프로젝트인 고층의 오피스텔 시공권과 상가 임대권을 넘겨주는 조건으로 두 사람 간의 긴밀한 협상이 시작되었다. 이 모든 걸 듣게 된 지완은 상황 파악이 되자 서서히 뒷걸음질 치기 시작했다.

말썽 많은 자녀를 향한 애비의 단순한 역정이 아니었다. 진부한 신파극은 획기적인 모의로 변모했다. 어느 부모도 눈에 거슬린다는 이유로 자식을 영원히 치워 버릴 계획을 세우지 않는다.

그동안 이곳에서 흘러나왔을 송연의 숨죽인 비명이 어느 때보다 생생하게 들려왔다.

"괜찮으세요?"

도망치듯이 현관을 나와 빠르게 정원을 가로지르는 지완을 소년이 붙잡았다.

순수한 눈동자가 오롯이 지완에게 고정되어 있었다.

"얼굴이 어디 아픈 사람 같아요."

제 앞날이 어떻게 될지도 모르면서 생판 모르는 남을 걱정하고 있는 꼬락서니가 상당히 거슬렸다.

지완은 발걸음을 강하게 붙드는 소년을 무시하기 위해 시선을 돌렸다.

"궁금한 게 있는데요. 정말 갈비찜 먹을 수 있어요?"

"뭐?"

"이사장님 집에 가면 갈비 뜯을 수 있다고 그랬거든요. 장학생이 되면 대학까지 보내 준다고 하던데요?"

소년은 들떠 있었다. 찰나였지만 소년의 눈에 스치고 지나가는 그 빛이 희망이라도 되는 것 같아 견딜 수가 없었다.

결국 지완의 걸음이 멈춰 섰다.

"나 같으면 여기 서 있느니 굶어 뒈지겠어."

"사실 저도 말만 그렇지, 어떻게 되든 상관없어요. 영양실조에 걸리면 잠자면서도 심장마비로 죽을 수도 있다고 했거든요."

"어떤 멍청한 새끼가 그런 소리를 해."

"생활지도원 선생님이요."

아! 그 병신들을 나도 잘 알지. 한중호 재단에서 월급 받아 간다는 이유로 소년들을 도매급으로 넘기면서 눈 가리고 아웅 하는 인간들이었다.

"잘 들어."

지완은 쥐면 바스라질 것 같은 소년의 어깨를 쓸어 당겼다. 소년의 몸이 휘청하고 맥없이 딸려 왔다.

오늘 밤 서재에서 일어날 참극이 저절로 연상이 되자 지완이 눈을 부릅뜨고 말했다.

"지금 즉시 돌아서서 이 집에서 나가. 당장 도망칠 용기가 없으면 손가락이라도 집어넣어서 신물이라도 토해. 그리고 그 병신 같은 선생들한테 말해. 장염에 걸려서 속이 안 좋다고. 결벽증 있는 한중호니 며칠은 벌 수 있을 거야."

"무슨 소린지 잘……."

"지구대는 절대로 가지 마. 그들은 네가 원하는 소리를 해 주지 않을 테니까."

알았어? 낮은 목소리로 빠르게 을러 대자 소년은 고개를 끄덕였다.

"그런데 저한테 왜 이런 소리를 하시는 거예요?"

"나도 너랑 똑같았으니까."

그러게. 내 자신도 헤아릴 길이 없으면서 지금 누가 누구를…….

"그러니까 여기서 도망쳐. 지금 당장."

돌아선 등을 툭 치자 소년은 앞으로 고꾸라질 듯하더니 이내 중심을 잡고 달리기 시작했다.

어울리지도 않은 빌어먹을 감상에 취한 건 약발이 떨어져서였다.

지완은 큰 걸음으로 걸어가 철문을 활짝 열었다.

*'다 치워 버려야지요. 마누라도 보냈는데 두 자식놈 처리 못 하겠습니까.'*

한중호의 목소리가 두고두고 메아리처럼 들려 지완은 고막을 틀어막고 싶었다.

온몸을 떨게 하는 공포에 지완은 잠식당하고 있었다.

배는 불러 오는데 그만큼 금세 고팠다.

어린이집도 이거보단 많이 주겠네.

안나는 긴 스파게티 면도 포크에 감기 귀찮아서 몇 번 찍으면 사라지는 팬네로 바꾼 것을 후회했다.

하지만 이제 와 후회한들 무슨 소용이 있을까. 눈앞에 앉아 있는 남자의 얼굴만 봐도 한숨이 나오는데.

남자는 자고로 얼굴이 잘생겨야 바라만 봐도 배가 부르는 법인데 지금은 아무리 배를 채워도 허기가 가시지 않을 것 같다.

"안나 씨는 이상형이 어떻게 되세요?"

"성실한 남자요."

개념도 성실하고 얼굴도 성실하고 밤에도 성실한 남자가 이상형입니다만. 모든 것이 불성실해 보이는 그쪽 덕분에 또 하루 멀어져가네요.

"전 절 좋아하는 여자가 이상형입니다."

미안하지만 널 좋아할 여자는 없어 보여.

이번에도 눅눅한 확신이 들었다. 엄마의 성마른 잔소리를 피하지 못할 거라는 확신.

엄마는 장애를 가진 막내딸의 결혼이 인생의 숙원 사업이라도 되는 듯 어미 새처럼 중매를 물어 왔다.

스스로 죄인이 되어야만 했던 엄마를 위해 군소리 없이 응하고는 있지만 갈수록 가관이었다.

한숨을 푹 쉰 안나의 눈이 저절로 송연에게로 향했다. 멀리서 손님을 응대하던 송연이 시선을 맞추며 소리 없는 파이팅을 외쳤지만 응할 기운도 없었다.

선을 보는 남자마다 어쩜 이런 인종이 한반도에 남아 있는지 심층 다큐에 제보라도 하고 싶었다.

그들이 원하는 조건, 맞벌이 여부, 가부장적인 가치관들을 책으로 엮으면 채플린도 울고 갈 인생의 비극이 될 것이 분명했다.

특히 식사 중 '그럼 회사 지분은 얼마를 가져오실 수 있나요?', '꽃만지는 일이 과연 직업이 될 수 있을까요?', '일요일마다 가족 예배가 있는데 함께하실래요?'라고 묻는 오늘의 남자는 역대급으로 참기 힘들었다.

얼른 후딱 해치우고 알바 끝난 송연이랑 밀린 수다나 떨어야지.

왜들 그렇게 마시지 못해 안달인지 식사 후 차 마시기는 늘 송연이 일하는 카페로 향하는 안나였다.

"단도직입적으로 말씀드리면 전 안나 씨가 마음에 듭니다. 저희 집에서도 안나 씨 상황은 전혀 문제로 삼지 않으실 테고요. 본격적으로 결혼을 전제로 만나고 싶은데 어떠신가요?"

아마 저들은 안나가 어떤 상황에 처해 있어도 상관없을 것이다. 이미 집안끼리 주고받을 거래라는 키를 들고 나선 선발 주자에 불과할 테니.

그런데 저는 전혀 그럴 생각이 없습니다. 이럴 땐 날이 잘 든 칼이고 싶네요. 단칼에 아니, 라고 자를 수 있게요. 그러니 아리수 마시고 정신 차리세요.

"말씀 중에 죄송하지만 친구가 여기서 일을 하고 있어서요. 잠시 인사만 하고 올게요."

일부러 자리에서 일어서 보란 듯이 송연에게로 걸어갔다. 비틀거리는 걸음을 과시라도 하듯이.

"어, 어? 어!"

키가 큰 켄티아야자를 지나치는 순간 커다란 잎에 가려져 미처 보지 못한 낯선 남자와 부딪치고 말았다.

뭐야, 이 카드 명세서같이 긴 그림자는?

문제는 남자의 손에 들린 아이스 커피였다. 슬로우 모션처럼 촤핫! 하고 쏟아진 커피는 안나의 니트부터 스커트까지 광범위하게 영역을 표시했다.

점박이 누렁이가 된 기분으로 남자를 올려다보았다.

"이런, 아이스커피라 그나마 다행이에요. 괜찮으세요?"

412

다행? 겨울 녘 가로수길 한복판에서 얼음 커피를 뒤집어썼는데 다행? 내 안의 양떼목장이 발현되려는 순간이었다.

간만에 성대 자랑할 작정으로 눈을 치켜뜬 안나와 남자의 눈이 동시에 마주쳤다.

"어!"

"웃통 깐 양아치?"

서로를 한눈에 알아본 둘은 잠시 얼음처럼 굳었다.

클라이언트의 동생이라고 우기며 주차 매너 따윈 모르는 웃통 깐 양아치를 다시 만났다.

"안나야, 다친 데 없어? 민건 씨 괜찮아요?"

한걸음에 달려온 송연이 안 되겠는지 청소 도구를 들고 다시 나타났다. 송연이 수건으로 닦아 냈지만 니트를 구제하기엔 늦었다.

안나는 자리를 향해 힐끔거렸지만 결혼을 전제로 만나자는 남자는 핸드폰을 보며 실실거리고 있었다. 그리고 눈앞의 남자에게 붙잡혀 있는 오른팔을 내려다보았다.

이상하게 아까부터 찌릿거리고 있었다. 맞선남의 얼굴을 보다 눈앞의 남자를 보자 개안한 기분이었다.

아무래도 내일부터 못이라도 한 주먹 들고 다녀야겠다. 파상풍보다 더 무서운 건 아무 남자에게나 스파크가 튀는 정전기였다.

"근데 내 잘못만은 아닌 거 알죠?"

뭐라는 거야, 이 호모사피엔스 새끼가.

잠시 호르몬의 농간에 놀아날 뻔한 안나는 정신이 번뜩 들었다.

서로 옆을 보지 않고 직진만 하느라 부딪친 거니 잘잘못을 따지기엔 애매한 상황이었다.

그런데 이 와중에 먼저 선수를 치는 남자가 상당히 얄미웠다.

"그런 식으로 따지면 제 잘못만도 아닌 것 같은데요."

"그럼 CCTV로 판독해 볼까요?"

양아치가 자기 고집과 철학까지 있었다. 어이가 없어 코웃음을 치자 송연이 나섰다.

"민건 씨 방금 소름 끼치게 재미없었던 거 알죠?"

"음, 너무 나가긴 했죠?"

송연은 별일 아니라는 듯 흘린 커피를 치웠고 민건은 그런 송연을 도왔다. 자연히 그의 손이 떠난 팔꿈치가 허전했다.

오늘 밤부터 청정한 독경을 틀어 놓고 따라 읊어야지. 한국 와서 연애를 너무 오래 쉬었다.

"송연 씨 만나러 온 거죠?"

허리를 세운 민건이 말끔한 얼굴로 물었다.

"그런 셈이죠."

"나돈데. 이왕 이렇게 된 거 같이 기다릴까요? 세탁 비용은 오늘 저녁으로 대신하고요."

"네?"

"아! 혹시 일행이 있는 건……."

"아니요. 혼자 왔어요. 방금."

선택지는 아주 간단했다.

안나가 어깨동무도 할 수 있을 만큼 눈높이가 맞는 남자와 하품이 나오는 지루한 시간을 보내느냐, 아니면 다른 방식으로 만났더라면 힐끔거렸을 피지컬이 우수한 아드레날린 주동자와 저녁 시간을 보내느냐.

앓다 죽느니 쪽팔려 죽는 게 나았다. 화장실로 간 안나는 맞선남에게 원활하지 못한 배변 활동에 대해 토로했고 통화는 아주 깔끔하게 종료되었다. 다음 만남을 기약했지만 인사치레에 불과했다.

"저녁으로 뭐가 좋겠어요? 무슨 음식 좋아하세요?"

한송연의 퇴근이라는 공통된 목표로 안나와 민건은 합석을 했다.

통성명을 하고 대화를 주고받으며 깨달은 건 전혀 지루하지 않다는 것이었다.

남자 피부가 어쩜 모공 하나가 없어. 자비가 없네. 넓은 어깨며 모든 것이 매우 적절해. 민건의 얼굴을 보고 있으니 지루할 틈이 없었다.

"로스트 치킨 좋아해요."

"역시. 치맥만 한 게 또 없죠."

꼬챙이에 꽂혀 장작불 위로 빙글빙글 돌아가는 헐벗은 닭들을 보며 괜히 나를 보는 것 같아 울적했던 날들이여. 다 죽어 가는 불씨를 보며 왜 더 이상 타오르지 못하니, 구워야 할 닭들이 이렇게나 많은데. 주접 떨었던 날들이여. 이젠 안녕.

"두 사람 많이 친해졌어?"

언젠가 송연은 민건을 보며 남자 조안나 같다는 생각을 한 적이 있었다. 역시나 둘이 잘 통할 줄 알았다.

유니폼을 벗고 퇴근한 송연이 합류하면서 세 사람은 카페에서 나왔다. 각자의 차가 있었기에 장소를 정하고 다시 만나기로 했다.

건물 안에 주차한 송연과 반대로 옥외 주차장에 주차한 두 사람은 길이 갈라졌다.

조금은 느린 안나에게 발을 맞추던 민건이 두 사람분의 주차료를 정산하러 뛰어갔다.

그 틈을 타 안나가 송연에게 가만히 속삭였다.

"송연아, 나 재 엉덩이가 궁금해."

그럴 땐 연애를 시작하라던 안나였다.

벗은 상반신은 이미 봤으니 이제 아래만 남았어. 안나가 찡긋 웃더니 멀어져 갔다.

하여튼 못 말린다니까. 고개를 저으면서도 돌아선 송연의 얼굴에 웃음이 어렸다.

그리고 그가 생각났다. 이따금씩 카페 안으로 정장을 입은 손님이 들어설 때나 잠깐의 틈이 날 때면 서건을 생각했다.

[민건 씨가 카페에 와서 친구랑 같이 저녁을 먹을 것 같아. 식사는 잘 챙기고 있어? 보고 싶어.]

그에게 보낼 메시지를 입력하고 송연은 망설였다. 처음으로 내비치는 감정이었다.

전송을 머뭇거리고 있는 사이 등 뒤로 누군가 말을 걸어왔다.

"저기요, 말씀 좀 물을게요."

"네?"

무심코 돌아선 눈앞에 등산복 브랜드 로고가 가득 들어왔다.

남자와 지나치게 가깝다는 생각에 뒤로 물러서자 송연의 입은 그대로 틀어막히고 말았다. 비명을 지르며 발버둥 치는 송연을 남자는 단단히 결박했다.

밧줄에 묶인 것처럼 속수무책으로 끌려가 강제로 차에 태워졌다.

죽을힘을 다해 몸부림을 쳤지만 남자의 힘을 당해 낼 수가 없었다.

차 안에는 남자 말고도 여럿이 더 있었다. 탑승과 동시에 송연의 눈이 가려지고 손발이 묶였다. 송연은 전신을 옥죄어 오는 섬뜩한 공포에 짓눌렸다.

"괜히 힘 빼 봤자 본인만 손해니까 조용히 갑시다."

남자의 말에 온몸을 뒤틀며 저항했지만 아무것도 달라지는 것은 없었다. 차로 끌려가면서 보았던 사람들의 무심한 눈이 떠올랐다. 그들은 그저 우악스럽고 강압적인 납치를 구경할 뿐이었다.

누군가는 핸드폰을 꺼내 촬영을 하는 것도 같았지만 나서서 말리는 사람은 아무도 없었다. 그들의 외면이 송연을 더욱 두렵게 만들었다.

승합차를 따라 붉은 노을이 따라오는 늦은 오후, 송연은 철저하게 혼자가 되었다.

## 9. 그럼 눈빛부터 발정이 났어야지

　새벽 2시가 넘어서야 숙소로 돌아온 서건은 소파에 털썩 주저앉
았다. 재킷을 벗을 기운도 없어 머리를 기대고 눈을 감았다.

　G 사의 공격적이고 전략적인 투자는 분명 회사 입장에선 호재였
다. 하지만 곧 진행될 공동 연구를 코앞에 둔 지금, 본색을 드러내며
무리한 요구를 해 오기 시작했다.

　결국 일정을 쪼개 실리콘밸리에 올 수밖에 없었고 귀국은 무한정
연기되고 있었다.

　노골적인 그들의 위계 놀이에 서건은 중심을 잃지 않기 위해 노력
했다. 하지만 드론을 조정하는 무선 전파의 거리 단 50m를 두고 일
본의 경쟁 제품과 비교를 했을 땐 꽤 많은 인내심이 필요했다.

　굳은 미소로 한국에서부터 줄지어 따라온 실무진들이 바라는 대
표의 역할을 충실히 해내야만 했다.

덕분에 지금 이 시간 서건은 완벽하게 번아웃되고 말았다.

[오늘도 많이 바빴어? 보고 싶다, 송연아.]

어느 때보다 그녀가 필요했다.

미들 근무라고 했으니 곧 카페에서 퇴근할 시간이었다.

주저함 없이 감정을 담은 문자를 보낼 때면 송연은 답장 대신 전화를 걸어왔다. 태연한 목소리로 식사를 했냐고 물었다.

역시나 이번에도 진동이 울리는 핸드폰을 집어 들었는데 발신자는 의외의 인물이었다.

– 형!

다급한 민건의 목소리에 가슴이 덜컥거렸다.

노인에게 무슨 일이라도 생긴 걸까.

– 아무래도 송연 씨한테 문제가 생긴 것 같아. 내 선에서 해결하려고 했는데…….

"그게 무슨 소리야."

– 오늘 같이 저녁을 먹기로 했거든. 그래서 약속하고 만나기로 했는데 아무리 기다려도 오지를 않아. 전화도 받지 않고 촉이 이상해서 카페 앞으로 왔더니 목격한 사람이 있어. 납치가 된 것 같은데…… 저번에도 스토커가 붙은 걸 잡은 적이 있거든. 아무리 생각해 봐도 경찰서에 신고부터…… 형! 내 말 듣고 있어?

횡설수설하는 민건의 말들 속에 단어 하나가 귀에 박혔다. 납치.

자리에서 일어선 서건은 여권부터 챙겼다. 민건이 애타게 서건을 불렀지만 대답 대신 통화는 종료되었다.

핸드폰의 통화 연결음조차 기다릴 수가 없어 기욱의 방문을 두드렸다. 근처 객실에서 묵고 있던 기욱이 가운 차림으로 방문을 열었다.

"대표님, 무슨 일……."

"인천행 비행기부터 알아봐."

서건의 표정만 봐도 상황은 충분히 파악할 수 있었다.

"가장 빠른 걸로 알아보겠습니다."

"서둘러."

기욱이 일 처리를 하는 사이 서건은 송연의 위치 추적부터 했다.

송연의 뒤에 사람을 치우는 대신 손목에 추적기를 심어 놨다.

자신과 같은 모델의 여성용 시계에 추적기를 심고 송연에게 선물했다. 사실을 알 리 없는 송연이 항상 차고 다녔으니 분명 추적할 수 있을 것이다.

핏줄처럼 서로 얽혀 있는 도로들 사이를 빨간 화살표가 서행하고 있었다. 신사동 카페 앞에서 납치되어 그사이 동두천을 향해 이동하고 있었다.

급히 공항으로 향하면서 기욱에게서 한중호와 한지완의 행선지를 전해 들었다. 그리고 서건은 한국으로 전화를 걸었다.

"도박꾼이 판을 못 읽고 돈만 잃게 생겼는데 그 뒤는 각오를 하신 겁니까?"

상대방에게 생각이란 걸 할 정도의 말미를 주고 있었지만 한 꺼풀만 벗겨 보면 뼛속까지 싸늘한 냉혹함이 있었다.

기욱은 맹세컨대 서건의 이런 얼굴을 단 한 번도 본 적이 없었다.

이미 이틀째 깨어 있으면서도 서건은 긴 비행 동안 생각에 잠겨 있었다.

　재가 되도록 속을 태우고 있는 그에게 식사와 수면은 의미 없는 행위들일 뿐이었다.

　눈을 가리고 있던 천이 벗겨지자 당장에 동공을 찢는 빛이 달려들었다. 송연은 눈이 멀 것 같은 불빛에 묶인 손으로 이마를 가리고 찡그렸다.

　처음 끌려왔을 때부터 후각 깊숙이 파고들던 케케묵은 냄새의 근원지를 그제야 알 수 있었다.

　네 평 남짓한 허름한 모텔 방이었다.

　침대조차 없어 층층이 개어 올린 이불, 뒤가 뚱뚱한 컬러 텔레비전, 전단지 스티커가 덕지덕지 붙어 있는 미니 냉장고.

　그리고 한지완이 있었다.

　거울 하나가 전부인 화장대 앞에 서서 송연을 응시하며 보드카를 붓고 있었다.

　여인숙에 가까운 이곳과 보드카라니.

　지완과 두 눈이 짧게 마주쳤다.

　"만족해?"

　잔뜩 갈라진 목소리로 묻자 지완은 대답 대신 술을 부었다.

　잔이 흘러서 넘치고 있었다. 그럼에도 멈추지 않았다.

　"한지완. 너의 밑바닥이 고작 이거였어?"

　"의심하랬잖아. 병신 같은 네 친구 년이 됐든 네가 애지중지 키우는 개새끼가 됐든 언제 어떻게 될지 모르니까 의심했어야지. 그렇게 무방비한 얼굴로 친절하게 길이라도 알려 주고 있으니 이 꼴을 당하지."

"네가 뭐가 무서워서?"

지완은 넘실거리는 머그컵을 들어 입안으로 들이부었다. 물처럼 투명한 액체가 턱을 타고 흘러내렸다.

"넌 네가 대단히 변한 것 같지?"

컵을 내려놓으며 지완은 혼자 웃었다. 쓸쓸하게 웃는 그의 입가에 자조의 빛이 스쳤다.

"넌 하나도 변하지 않았어. 그냥 우리에겐 시간만 흘렀을 뿐이야. 여전히 넌 내 말에 일일이 발끈하고 두렵지 않은 척 떨고 있잖아. 너의 착각을 우기지 마."

"그런 넌 어떤데?"

지완의 웃음이 멎었다. 무표정을 가장하고 있었지만 송연은 알 수 있었다.

도대체 너에게 지난 3년 동안 무슨 일이 있었던 거야.

"넌 그대로냐고 묻잖아."

"나?"

지완은 깊게 숨을 몰아쉬었다. 그리고 한참이 지나서야 입을 열었다.

"네가 떠난 후로 미친 듯이 괴로웠지. 널 뺏겨서가 아니라 나 혼자만 남겨졌다는 생각에. 그래서 무조건 널 되찾기로 결심하게 된 거야. 변한 거라면 내가 더 변한 것 같은데?"

"역겨운 가식은 집어치워."

423

"너를 아프게 하는 모든 것 내가 다 죽여 버릴 거야. 이젠 아무것
도 생각할 수 없어. 오로지 너야."

"위선도 떨지 말고."

지완은 천천히 송연의 앞으로 다가왔다. 몸을 낮추고 시선을 맞
추자 술 냄새가 코를 찔렀다.

두 사람의 콧등이 마주 닿을 만큼 가까워졌다.

"날 네 세상 밖으로 내쫓지 마."

"이게 네 한계야. 입으로만 떠들어 대고 있잖아. 이런 네가 뭐가
두렵겠어?"

지완은 손을 들어 송연의 흐트러진 옷매무새를 고쳤다. 몸부림치
다가 단추가 떨어진 셔츠의 앞섶을 한 손에 틀어쥐고 다른 손으로
멍이 든 이마를 매만졌다.

끌려오다가 모퉁이에 부딪치기라도 했는지 어느새 검푸른 멍이
들어 있었다.

"그러게. 그러고 보니 어디에도 네가 내 거라는 증거가 없네."

속삭이는 지완의 말은 다음을 예고하고 있었다. 앞으로 벌어질
일들을 송연은 정확히 예측할 수 있었다.

속수무책으로 한지완의 밑에 깔려 절망적으로 발악을 했던 서재
에서의 그날 밤.

모든 흐름이 3년 전 그날과 닮았다.

"널 갖는 데 3년이나 걸렸어."

송연은 가빠 오는 숨을 죽이느라 안간힘을 썼다.

맹렬히 고개를 저으며 거부했지만 아무런 소리도 낼 수가 없었
다.

지완의 입술이 송연의 비명까지 죄다 삼켜 버리고 말았다. 진저리가 쳐질 만큼 끔찍하고 고통스러운 입맞춤이었다.

혀가 씹히기 직전에 지완은 입술을 떼고 말했다.

"맛이 달라."

악문 이 사이로 괴로운 신음을 뱉어 냈다. 뜨겁게 부딪치는 그 숨결이 사지가 오그라들 정도로 싫었다.

송연은 벽에 머리를 쿵쿵 찧으며 온몸을 비틀기 시작했다. 케이블 타이에 묶인 손발의 살갗이 벗겨져 피가 흐를 정도로 질긴 몸부림이었다.

"그 새끼 짓이지?"

더 이상 나만의 네가 아닌 건 전부 그 새끼 때문이야. 그렇지? 이토록 변했다고 주장하는 그 이유에는 그 새끼도 포함되어 있었던 거야.

돌연 숨통이 끊길 만큼 지완이 고함을 내지르기 시작했다.

"이것도 그 새끼가 사 준 거지!"

낚아채듯 송연의 멱살을 잡고 뒤흔들었다. 힘없는 헝겊 인형처럼 송연은 지완의 손에 휘둘렸다.

셔츠는 더욱 벌어지고 손목에서 흐르는 피가 시계를 물들였다.

송연의 손목을 들어 올린 지완이 작게 속삭였다.

"내가 너 혼자 설레게 놔둘 것 같아?"

스트랩이 풀린 시계는 지완의 손에 내동댕이쳐졌다.

누런 장판 위로 나뒹구는 시계에 송연의 시선이 닿자 지완이 뺨을 내려쳤다. 송연의 얼굴이 휙 돌아가면서 중심을 잃은 몸이 옆으로 고꾸라졌다.

"나한테도 묻은 먼지 너한테 안 묻었을 리 없잖아. 그러니까 벗어."

더 이상 송연은 사력을 다하지 않았다. 지완을 밀어내려 발버둥 치지도 않았다. 모로 누워 셔츠의 단추를 찢듯이 벗겨 내는 손길을 감내할 뿐이었다.

"지금이라도 말해. 너에게서 그 새끼를 완전히 지우겠다고."

단추가 튕겨져 나가고 풀어 헤쳐진 셔츠 사이로 브래지어가 드러났다.

핏발이 선 지완의 눈 때문인지 난방이 안 된 음산한 공기 때문인지 송연은 창백하다 못해 파리하게 질려 있었다.

"말 안 해?"

브래지어를 밀어 올리고 손을 집어넣으며 사납게 을러 댔다. 지완의 손은 얼음장처럼 소스라치게 차가웠다.

"잊었나 본데 난 버티기에 도가 튼 사람이야."

"그래? 그럼 이번엔 어디까지 버틸 수 있는지 볼까?"

거칠게 주물러 대던 가슴 위로 얼굴을 내리는 지완에게 송연이 말했다.

사실 그건 지완이 아닌 송연 자신에게 한 소리에 가까웠다.

"그 사람과 난…… 우린 서로를 구했어. 내게서 그 사람을 지우기엔 이미 늦었어."

"우리? 누가 우리야? 누가 우린데!"

"악연으로 엮인 한지완과 내가 아니라……."

지완은 거침없이 송연의 뺨을 후려쳤다. 분노에게 잠식당한 지완을 막을 수 있는 건 이곳에 없었다.

쏟아지는 주먹을 송연은 눈물 한 방울 흘리지 않고 전부 인내했다. 그리고 끊임없이 서건을 생각했다.

누군가에게 감정을 의지하는 순간 기대라는 것이 생길까 두려웠다. 그래서 힘들 때마다 떠오르는 사람을 만들지 않았다. 기대한 만큼 자신을 구해 주지 않은 누군가에게 실망할 게 뻔했으므로.

하지만 이제는 상관없었다. 그가 구해 줄 수 없더라도 서건을 생각하는 것만으로 버틸 수 있었다.

송연은 그걸로 충분했다.

"넌 끝까지 이 모양이야. 절대로 빌지 않지. 맞아 죽기로 결심한 것처럼 사람 속을 뒤집어. 대체 어떻게 해야 되냐? 어떻게 해야 널……."

"그럴 필요 뭐 있어."

"뭐?"

핏물이 가득 고인 송연의 눈이 그제야 지완을 바라보았다.

"나에게 넌 아무도 아닌데."

눈앞에서 지완의 주먹이 멈췄다.

눈알이 빠질 것만 같았지만 송연은 피하지 않았다. 시린 눈물이 눈꼬리에 맺혀도 절대로 울지 않았다.

그 눈이 지완을 미치게 만들었다.

"넌 살아서 그 새끼한테 못 가. 죽을 때까지 넌 내 거야."

지완이 극에 달한 분노로 송연을 일으켜 세우던 순간 방문이 크게 흔들렸다.

문고리가 덜컥거리면서 노크치곤 과격한 두드림이 이어졌다.

"총각! 안에 있는 거 다 아니까 문 좀 열어 봐요!"

문밖에서 주인으로 추정되는 중년의 여성이 다급하게 소리쳤다.

"지랄하지 말고 꺼져."

그러자 다른 목소리가 끼어들었다. 젊은 남자의 목소리였다.

"한 이사장님께서 보내셨습니다."

믿을 수 없게도 모든 움직임이 멈췄다.

너의 종속이 이 정도였어? 무릎을 꿇고 쥐 죽은 듯이 숨만 쉬고 있는 지완이 믿을 수가 없었다.

엉덩이를 뒤로 밀며 송연은 지완에게서 물러섰다. 등 뒤에 벽이 닿을 때까지 최대한 멀어졌다.

"이 모든 게 한중호 짓이었어?"

송연이 묻자 그제야 지완이 고개를 들었다.

공허가 스며든 두 눈엔 방금 전의 거센 욕망 따윈 이미 사라지고 없었다.

"총각! 이분이 지금 급하다니까 얼른 문 좀 열어 봐요. 아니면 열쇠로 따고 들어……."

"시끄럽게 웬 지랄이야?"

결국 문이 벌컥 열리면서 지완은 험악한 기세로 물었다.

하지만 송연은 볼 수 있었다. 등 뒤로 흘리는 거악에 대한 두려움을.

뭐가 이토록 한지완을 떨게 하는 걸까.

"어휴! 내가 원래 이런 법이 없는데 이분께서 하도 중요한 일이라고 성화여서 말이야."

주인이 수선을 떨며 호기심을 이기지 못하고 지완의 어깨 너머를 힐끔거리자 등 뒤로 방문이 닫혔다.

송연에게서 타인의 시선을 완벽하게 치워 버린 지완이 남자의 얼굴을 유심히 쳐다보았다.

당장 기억이 나지 않은지 눈을 가늘게 뜨자 현수가 이사장님 운전기사……라며 말을 흘렸다.

"이사장이 내가 여기에 있는 걸 어떻게 알아?"

"저도 자세한 건 모릅니다. 다만 김 사장님 전화를 받고 여기로 가면 된다고만 하셨습니다. 당장 집으로 들어오시랍니다."

"양아치 새끼가 이렇게 뒤통수를 쳐?"

지완은 몰려드는 배신감에 머리를 쓸어 넘겼다. 눈초리가 치켜 올라갈 만큼 갈퀴 같은 손이 앞머리를 억세게 쓸고 넘어갔다.

애초에 머리 대신 주먹이 먼저인 새끼를 믿는 게 아니었다. 이렇게 쉽게 뒤통수를 칠 줄이야.

지완은 혼자 힘으론 역부족이란 것을 빠르게 인정했다. 그래서 대문 밖에서 한중호와 내사를 꾸미고 나온 김 사장을 기다렸다.

조용히 뒤를 밟으며 이 인물이 곧 간판뿐인 건설 회사를 굴리고 있는 조직의 중간 머리라는 것을 알게 되었다. 매사가 쫓기는 인생인 탓인지 지완은 쉽게 노출되었다.

'내리시죠.'

김 사장의 기사가 차창을 두들기자 지완은 순순히 차에서 내렸다.

그렇게 시작되었다. 한지완과 김 사장의 또 다른 거래가.


*'사람 하나만 잡아 주시죠.'*

*'그럼 그 대가로 자네는 나한테 무엇을 줄 텐가?'*

*'설마 신축 공사 시공권만 먹고 물러설 생각은 아니시겠죠.'*

*'아무리 한 이사장의 아들이라지만 직책 하나 없는 자네가 재단 내에서 무슨 힘이 있다고?'*

*'이사장이 구속되면 그땐 이야기가 달라지겠죠.'*

*'구속이 돼?'*

*'증거가 이미 넘치게 있지 뭡니까. 이사장이 구속된다, 그럼 주인 잃은 재단은 어떻게 될까요? 총장이 직무 대리로 있다지만 진짜 주인은 아니죠. 시간 드릴 테니 견적 한번 잘 빼 보시죠.'*

*'허허. 서로 못 죽여 안달인 부자지간이라니 그것 참 재밌는 집구석이구만. 그래서 누구를 보쌈해서 모셔다 드릴까?'*

*'한송연. 여동생을 제 눈앞에 데려다 놓으세요.'*


그런데 그사이를 못 참고 이사장이랑 붙어먹다니.

잔뜩 얼어 있는 현수에게 지완이 마지막으로 물었다.

"이사장이 날 부른 게 확실해?"

"정 못 믿겠으면 지금이라도 이사장님께 전화해 보시죠."

물론 한중호가 전화를 받을 확률은 희박했다. 한창 유세 차량을 타고 목청이 터지도록 확성기를 불고 있을 테니.

손수 전화까지 걸 생각은 없는지 지완이 한쪽 손을 뒤돌려 문고리를 잡아 돌리는 걸로 잠긴 방문을 확인했다.

주머니에 손을 찔러 넣고 차 키를 찾는 모습에 현수가 조용히 타일렀다.

"술을 많이 마신 것 같은데 운전은 안 하시는 게 좋을 것 같습니다. 선거철인데 이럴 때일수록 조심하셔야죠."

만약 두 대의 차량이 출발하게 된다면 일이 귀찮아질 것이다. 최대한 심기를 거슬리지 않도록 차 문까지 열어 주며 지완을 뒷좌석에 태웠다.

지완은 방문을 잠갔지만 현수는 주인에게 눈짓하는 것을 잊지 않았다. 이미 주인의 손에 꽤 많은 현찰을 넘긴 후였다.

"서울까지 가는 동안 눈 좀 붙이시죠. 피곤해 보이는데."

"신경 끄고 운전이나 똑바로 해."

룸미러를 힐끔거리자 희게 질린 지완의 얼굴이 보였다.

떨쟁이 새끼가 약을 얼마나 처먹었는지 창밖을 노려보면서도 덜덜 떨었다.

저런 새끼가 권 대표를 건드렸으니. 현수는 고개를 절레절레 저었다.

인적 드문 야심한 도로 위에 뒤차가 쌍 라이트를 켜며 신호를 보냈다. 규정 속도 안에서 서행하던 현수의 차가 천천히 갓길에 멈춰 섰다.

"갑자기 배가 아파서……."

고막이 얼얼할 정도로 지완에게 갖은 욕을 들으며 현수는 운전석에서 내렸다. 그리고 이미 뒤차에서 내려 걸어오는 남자와 눈인사를 나눴다.

그는 다름 아닌 지완을 미행하던 남자였다. 하지만 그 사실까지

431

알 리 없는 현수는 남자가 내린 차에 올라탄 후 급하게 유턴을 했다.

백미러로 남자가 뒷문을 열고 지완을 제압하는 게 보였다.

"그러게 좀 제대로 살지 그랬냐."

혀를 차며 현수는 기욱에게 전화했다. 하지만 전화로 업무 중인지 통화로 연결되지 않았다.

"사람 일 시켜 놓고 이 자식은 어딜 이렇게 통화 중이야?"

현수는 불과 2시간 전 일을 회상했다.


그간 저녁을 먹을 틈도 없이 본격적인 선거 유세에 박차를 가하고 있는 한중호 때문에 현수는 고충이 이만저만한 게 아니었다.

정치에 대해서 잘 모르는 현수가 보기에도 그는 선관위에서 정한 유세 시간을 훨씬 웃돌고 있었다.

하지만 한중호는 일말의 거리낌 없이 매일을 공격적인 유세에 총력을 가했다. 다른 후보들에 비하면 모든 출사표가 빠른 한중호였다.

그때, 미국에 있는 걸로 알고 있는 기욱에게서 전화가 걸려 왔다.


*'여, 왓츠 업!'*

– 너 지금 당장 동두천으로 가.

*'엥? 이건 또 뭔 소리야?'*

– 급해. 일단 주소 보내 줄 테니 바로 모셔 와.

*'누구를?'*

– 한송연 씨.

통화는 종료되었고 곧바로 주소가 찍힌 문자메시지가 도착했다.

한송연과 관련된 일이라면 문제가 달랐다. 다급한 기욱의 목소리에서 분위기 파악은 쉽게 되었다. VIP의 여자인 만큼 현수는 한중호의 허락도 없이 즉시 차를 몰았다.

나중에 따라올 후환이 걱정되었지만 알 게 뭐야. 똥인지 된장인지 먹어 봐야 구별하나. 노선 하나는 확실하게 탈 줄 아는 현수였다.

동두천으로 가는 동안 권 대표의 귀국과 대략적인 계획도 알게 되었다.

현수의 역할은 지완을 속여 그곳에서 빼내 온 다음에 뒤따라오는 남자에게 넘기는 것이었다. 그리고 다시 모텔로 되돌아가 송연을 모셔 오면 모든 게 끝이었다.

지완에게 태평하게 연기를 하면서도 내심 걸리지 않을까 심장이 쪼그라들기도 했지만 일단 지금은 송연을 구하러 모텔로 다시 가는 데 성공했다.


"아니, 세상에 내가 숙박업을 하면서 이런 경우는 또 처음이지 뭐야! 사람을 얼마나 두들겨 팼으면 아가씨 얼굴이 어휴!"

자꾸만 발목을 잡는 주인의 호들갑이 묘하게 어색했다.

송연이 있는 방으로 가려는 현수의 앞을 과하게 막아서는 것 또한 심상치가 않았다.

"그런데 이 아줌마가 왜 자꾸 이러실까? 남은 급해 죽겠는데?"

"그게 실은……."

현수가 침을 꿀꺽 삼키고 주인을 바라보았다. 왜 불길한 예감은 틀리지 않는 걸까.

"삼촌이 일러 준 대로 총각이 나가자마자 방문부터 따고 들어갔지. 그런데 아가씨가 초죽음이 되어 있잖아. 허겁지겁 묶인 손발부터 풀어 주는데 그 틈에도 사정사정을 하는 거야. 부어올라서 눈도 못 뜨면서 서울을 가야 한다는데 딸 생각도 나는 게 어찌나 짠하던지……."

"그래서요?"

"시계를 준다기에 돈을 좀 빌려줬지. 삼촌! 오해할까 봐 미리 말하는데 시계는 내가 달라고 한 게 아니야. 그 아가씨가 먼저 내민 거지. 그걸 알아야 해."

"와……."

"왜? 저 방에서 아가씨만 빼내면 되는 거 아니었어?"

"아줌마 그거 알아요?"

"뭐, 뭔데 그래?"

"우리 지금 좆 됐다고요."

얌전히 좀 기다리고 계시지. 그 몸을 하고서 참으로 부지런도 하시네요. 그사이를 못 참고 그 틈에 도망을 가시다니요.

급하게 모텔 밖으로 뛰쳐나왔지만 황량한 밤바람만이 현수를 훑고 지나갔다.

"아오! 미치고 팔짝 뛰겠네."

송연을 어디서부터 어떻게 찾아야 하는지 눈앞이 캄캄했다.

지완은 주먹으로 코언저리를 문질렀다.

손등에 한 줄기 핏물이 진득하게 묻어났다. 기습적으로 등장한 남자가 연속으로 맨주먹을 찔러 넣은 결과였다.

얼빠진 기사 새끼 말만 듣고 따라나서는 게 아니었는데. 정신을 차렸을 땐 이미 손발이 묶인 후였다.

"일진 한번 더럽게 좋네."

아주 깔끔한 방법으로 송연을 데려왔으니 모든 것이 완벽한 하루였다. 손에 닿지도 않는 지난날에서 벗어날 수 있다는 생각에 잠시 들뜰 만큼…….

그래서 한중호가 모든 걸 알았다는 소리를 들었을 땐 비로소 비울 수 있었다. 다시 시작하기 위해선 한중호는 끊어 내야만 하는 추악한 과거와의 고리였다.

그런데 이 모든 게 덫이었다니.

"그 새끼 짓이지?"

차는 한참을 달려 인적 없는 공사 현장에 도착했다. 뒷문이 열리고 발을 풀어 주는 남자에게 물었지만 대답을 들을 수는 없었다.

그대로 차에서 끌어 내려져 뒷덜미를 잡힌 채 끌려갔다. 여전히 묶여 있는 손목을 틀어 보았지만 꼼짝도 할 수가 없었다.

"그래도 안면 튼 사인데 대답 좀 해 주지 그래?"

"지금부터 말을 아끼는 게 좋을 겁니다."

"이야! 친절하게 충고까지 해 주는 거야? 퍽도 감동이라 눈물이 다 나네?"

두 사람을 태운 외벽 엘리베이터가 건물의 꼭대기 층까지 올라갔다.

두꺼운 철근들이 절커덕대는 소리에 비로소 올가미에 걸려들었다는 자각이 들었다.

거대한 건물 속에서 지완은 공황 상태에 빠져들었다.

"좆 까! 씨발 새끼들아!"

몰아닥치는 공포의 격발을 감추기 위해 냅다 고성을 내질렀다.

남자가 덜미를 늦추자마자 묶인 손부터 휘둘렀다. 하지만 가볍게 제압당하고 말았다.

아무것도 보이지 않았다. 온통 암흑뿐인 사각의 공간 안으로 몰아넣은 남자는 지완의 손을 풀어 주었다. 그리고 한참을 문가에 서서 말없이 내려 보았다.

그것은 약자에 대한 연민이 아니었다. 앞으로 소란을 피우면 어떻게 될지 본인도 장담할 수 없는 암묵적인 주의였다.

"으아악!"

어둠 속에 지완은 홀로 갇혔다. 지금이 몇 시인지, 얼마의 시간이 지났는지 어느 것 하나 가늠할 수가 없었다.

등 뒤로 닿은 벽이 유일한 버팀목이라도 되는 양 지완은 그 자리에서 벗어나지 못했다.

겨우 하룻밤이 지났을 뿐인데 사방이 막힌 그곳에서 지완은 미쳐 갔다.

핸드폰도 놓치고 약도 뺏겼다. 빛 하나 없는 그곳은 극한으로 치닫는 공포뿐이었다.

마침내 문이 열렸을 땐 자신도 모르게 오줌을 지리고 말았다.

"분명히 멍청하게 굴지 말라고 경고했을 텐데."

차단기가 올라간 형광등이 깜빡거리며 실내를 밝혔다.

시멘트 바닥에 깔린 흙먼지가 전부인 공실에 서건이 들어서고 있었다.

양복 재킷을 벗고 와이셔츠의 소매 단추를 풀어서 걷어 올렸다. 넥타이는 이미 비행기를 탑승하면서부터 풀고 없었다.

"사람이 도는 이유, 사실 몇 가지 없긴 해. 가장 소중한 것을 뺏기거나. 뺏긴 것을 영원히 잃을지도 모른다는 생각이 들 때. 그때 도는 거지. 완전히 미친놈이 돼서."

지완이 비틀거리며 자리에서 일어서자 서건은 조소했다.

고작 오줌이나 지리는 이런 새끼 때문에 송연이가…….

생각만 해도 피가 역류하는 것 같았다.

"이 씹새끼가 도대체 뭐라고 지껄이는 거야? 교양 떨지 말고 본색이나 드러내."

"뭘 그렇게 서둘러? 이 기분을 풀려면 며칠이 걸려도 시원찮을 것 같은데."

"그럼 잔말 말고 시작하든가!"

악에 받친 지완이 달려들자 미동 없이 서 있던 서건이 손만 들어 지완의 얼굴을 갈겼다.

바닥으로 쓰러진 지완을 일으켜 세운 뒤 쉬지 않고 후려갈겼다. 지완의 입가에 피가 흐르는 것도 개의치 않았다.

아직 본격적으로 몸을 풀기도 전인데 지완은 벌써부터 맥을 못 추리고 있었다.

"서."

넘어지지 않게 단단히 붙잡은 뒤 벽으로 몰아세웠다. 그리고 팔꿈치로 목울대를 찍어 눌렀다.

지완의 턱밑까지 얼굴을 바짝 들이댄 서건이 나직이 속삭였다.

"왜 맞고만 있어? 입으로는 잘도 떠들어 대면서 정작 본 게임에선 지질하게 구는 건가?"

"씹…… 이거…… 안 놔?"

지완의 흰자위에 돋은 핏발이 좀처럼 수그러들지 않았다.

아직은 버틸 만하다 이거지.

뒤로 물러선 서건이 사정거리를 두었다.

손발도 풀어 줬으니 동등하게 상대가 될 조건은 충분히 갖춘 셈이었다.

"이제 집중해야지?"

"뒈져, 이 개새끼야!"

서건을 향해 발돋움을 하자 축축한 청바지가 허벅지에 감겨들었다.

절대적인 열세였다. 처음부터 지완은 서건의 상대가 되지 못했다. 그 사실이 견딜 수가 없었다.

지완은 고함을 지르며 머리로 돌진해서 밀고 들어왔다. 서건의 허리를 껴안고 구석으로 몰아가는 지완의 복부를 허벅지로 찍어 올렸다.

"겨우 이 정도면서."

지완은 숨이 멎는 것 같은 고통에 절절매면서도 허리를 옭아맨 팔은 풀지 않았다.

이번엔 등을 찍어 누르자 시멘트 바닥 위로 무릎이 꺾였다.

"주제도 모르고."

끝까지 매달리며 악으로 버티는 머리카락을 움켜쥐었다.

"송연이를."

뚝뚝 끊으며 한기에 얼어붙을 것 같은 목소리가 치켜든 얼굴 위로 꽂혔다.

"탐냈다는 거지."

단 한 차례의 주먹이면 충분했다. 무너져 내리는 지완의 멱살을 들어 바닥으로 내던졌다.

부옇게 일어나는 흙먼지 속에 쿨럭거리는 지완의 기침에도 걷잡을 수 없는 분노가 일었다. 기를 쓰며 벽에 기대앉으려는 모습도 가소로웠다.

서건은 입국 심사를 밟으면서 송연이 완벽하게 사라진 것을 알았다. 그리고 속도를 잃었다. 오롯이 송연 하나만을 생각하며 달려온 길인데 방향마저 잃고 말았다.

"송연인 처음부터 내 거였어. 어디서 굴러 들어온 새끼가 지랄이야!"

"그럼 뺏기지 않게 잘 지켰어야지."

"그래서 지금 되찾으려는 거잖아. 더 소비되기 전에."

"소비?"

"이사장한테서 돈으로 사 간 거 아냐? 너 같은 새끼한테 한송연은 놀다가 버릴 잠깐의 소유물 아니냐고!"

"차라리 그랬으면 좋겠군."

송연인 어디에나 있고 어디에도 없었다. 잠깐이어도 좋으니 소유할 수 있다면 바랄 게 없을 지경이었다.

439

하지만 구구절절하게 감정들을 열거할 생각은 없었다. 뒤에서 조잡한 장난질이나 하는 멍청한 놈 앞에선 더더욱.

"나한텐 한송연 자체가 환각제야. 보고 있으면 온몸이 나른해져서 당장에 어떻게 해 버리지 않으면 미쳐 버릴 것 같은 얼굴을 하고 있어. 지금 나한테 이 이상 뭐가 더 필요한데?"

천천히 다가온 구두가 바로 눈앞에서 멈춰 섰다. 이미 부어오른 눈두덩을 하고서 지완은 기어이 서건을 노려보았다.

코에선 검붉은 피가 실처럼 얼굴을 그으며 흘러내리고 있었다.

"그럼 눈빛부터 발정이 났어야지. 이렇게 흐려 터진 눈으로 발악할 게 아니라."

"좆같은 소리 집어치워. 내가 너 하나 못 죽일 것 같아?"

"그럼 네 손에 죽기 전에 질문 하나 해 볼까?"

무릎을 굽히고 앉은 서건이 손을 들어 지완의 눈썹을 밀었다. 보기 좋게 그려진 눈썹의 절반이 말끔하게 지워졌다.

서건의 손을 거칠게 쳐 낸 지완이 씩씩거리며 숨을 몰아쉬었다.

왁싱한 눈썹, 지나치게 밝은 머리카락. 체모를 뽑고 염색을 할 정도로 지완은 마약 사범으로 구속되는 걸 두려워하고 있었다.

"김 사장과 가장 먼저 접촉한 사람이 과연 누굴까?"

"내가 그것도 모를 것 같아? 한중호잖아. 둘이서 작당하는 소리를 내가 똑똑히 들었거든."

"틀렸어. 하긴 너도 만나 봤으니 알겠군. 네 말대로 김 사장이 고작 시공권만 먹고 물러설 위인이 아니란 걸."

대체 이 새끼가 그걸 어떻게 알고 있는 거지? 얽히고설킨 진실에 지완은 머리가 깨질 것만 같았다.

"빌빌 꼬지 말고 말해. 내가 김 사장이랑 만난 걸 네가 어떻게 알아? 그 양아치 새끼가 도대체 몇 명한테 붙어먹은 건데!"

"당연히 알 수밖에. 처음부터 김 사장이란 인물을 만든 건 나였으니까."

김 사장이 굴리고 있는 건설 회사는 물리적 실체가 없는 유령회사였다.

처음부터 H사학재단 내 부지를 걸고넘어진 것도 서건이었고 한중호에게 본격적으로 미끼를 던질 김 사장을 섭외한 것도 서건이었다.

학자랍시고 일평생 책상물림이나 하고 있는 한중호를 속이는 건 그리 어려운 일이 아니었다.

재단을 흔들고 사생활을 고발하고 선거법 위반을 유도하며 한중호를 완전히 침몰시킬 모든 것이 서건의 계획대로 움직이고 있었다.

지완이 피라미처럼 붙기 전까진. 그리고 통째로 재단을 삼키고 싶은 순간의 욕심에 김 사장이 눈이 멀기 전까진 순조로웠다.

*'한송연이 사라졌습니다. 김 사장님과 연관 있는 일입니까?'*

송연의 납치를 듣고 가장 먼저 떠오른 인물에게 전화를 걸었다. 김 사장은 터무니없는 질문이라며 펄쩍 뛰어올랐다.

*'허! 신인공노할 일일세. 도대체 사람을 뭐로 보고⋯⋯.'*
*'마지막으로 묻겠습니다. 연관이 있습니까?'*
*'이거 참, 권 대표 일단 내 말 좀 들어 보게.'*

'도박꾼이 판을 못 읽고 돈만 잃게 생겼는데 그 뒤는 각오를 하신 거겠죠.'

'아니 글쎄 어린놈이 제 발로 기어 와 증거가 있다면서 제 아비를 구속시킨다는데 솔깃 안 할 사람이 누가 있겠나? 이왕 건드는 김에 뿌리째 흔들어 보자 했지. 눈에 뭐가 씌어도 단단히 씌었던 게야. 내가 다 수습함세. 그러니 이번 한 번만 눈감아 주게. 그렇게만 해 준다면…….'

'방금 증거가 있다고 했습니까?'

'이미 넘치게 많다고 했었네. 한송연을 넘겨주는 조건으로 우리 애가 받아 왔으니 허튼소리는 아닌 셈이지. 아직 보지는 않았네만, 아마 영상도 있다지?'

'한송연 먼저 찾아내십시오.'

'그 문제라면…….'

'반드시, 반드시 찾아내야 합니다. 만일 그렇지 못하면 이만한 일을 저지른 데에 대한 책임, 제대로 지셔야 할 겁니다.'


지금쯤 김 사장은 송연을 찾는 데 혈안이 돼 있을 것이다.

벌써 송연이 사라진 지 이틀째였다. 서건이 김 사장을 봐준 시간이 그만큼 흘렀다는 소리였다.

늦어도 오늘 밤이 가기 전엔 송연을 눈앞에 데려다 놓아야 할 것이다. 그렇지 못할 땐 서건도 뒷일을 책임지지 못했다.

"모든 게 계획된 거였다고?"

상황을 파악한 지완의 표정이 무너졌다. 가느다랗게 숨만 쉬고 있는 얼굴에 성난 힐난이 날아들었다.

"넌 사람 좋아하는 방법이 틀렸어. 봐 달라고 떼만 쓸 게 아니라 보고 싶게 만들었어야지. 네가 그토록 지키고자 했던 여자를 위해 한 일이 뭐가 있지? 내가 대신 대답해 볼까? 고작 네가 한 거라곤 침묵뿐이었어. 가장 비겁하고 무책임하게 침묵을 고수하며 회피했지. 이래도 한송연을 되찾을 권리가 있다는 건가?"

"난 최선을 다했어. 그럼 그 개같은 집구석에서 내가 어떻게 했어야 했는데! 걘 어차피 가슴 때문에 춤 못 췄어. 그렇게 야한 몸을 하고서 누구를 홀리려고……."

그 순간 서건의 주먹이 연타로 이어졌다. 피를 토하며 쓰러진 지완의 명치를 구둣발로 꽉꽉 비벼 대며 짓밟았다.

지완은 마디마디가 아리고 쑤셔 오는 것 같은 고통에 바르르 떨었다.

"사람을 좋아하는 방법도 화를 내는 방법도 모르면서 무조건 우겨 대는 게 딱 열세 살, 그대로야. 그런 널 지금까지 지배한 게 뭔지 알 만하군. 아마도 이 모든 책임을 물어야 할 사람이겠지."

재킷에서 핸드폰을 꺼내 든 서건이 어딘가로 전화를 걸었다. 그리고 억양 없는 음성으로 지시했다.

"한중호 소재부터 파악해. 김 사장한테 받아 온 증거들 최 기자에게 확실히 넘겼겠지? 무조건 언론 먼저야. 절대로 먼저 찾아가지 말고 한중호가 찾아오게 만들어."

이제 모든 것이 분명해졌다.

그동안 표적을 향해 여러 번 겨냥하기만 했던 연습을 드디어 끝낼 때가 왔다. 화살은 시위에 매겨졌으니 힘껏 잡아당긴 다음에 쏘기만 하면 된다.

날아간 화살이 과녁 한가운데에 정확히 꽂힐 일만 남았다.

"너 같은 새끼들이 가장 역겨운 게 뭔 줄 알아? 뭐라도 되는 양 뻐기면서 간편하게 명령만 내린다는 거야. 나더러 입만 나불댄다고? 그런 넌 뭐가 그렇게 대단한데!"

재킷을 들고 나가려는 서건의 등 뒤로 다급한 목소리가 따라붙었다. 서건은 차가운 눈으로 지완을 비껴 보았다.

"열등감도 질환이야. 징징대는 건 의사 앞에서나 해."

문은 닫혔고 지완은 다시 홀로 갇혔다. 잠시간 분이 풀리지 않은 주먹을 허공에 대고 휘둘렀지만 그랬던 것이 무색하게 금세 허물어져 내렸다.

얼마의 시간이 흘렀을까. 몽롱한 시야 사이로 한 줄기 빛이 새어 들어왔다.

그 빛을 향해 간신히 몸을 일으켜 비척비척 걸어 나갔다.

정적의 공간에서 벗어난 지완은 세상과 마주했다. 어느새 동편 하늘에서 먼동이 희붐하게 밝아 오고 있었다.

여명은 슬프도록 아름다웠다.

## 10. 모든 행동에는 이유가 있는 법이니까

여성지 기자 최선진은 종이봉투 위로 볼펜을 탁탁 내려쳤다.

목을 뒤로 젖히고 스트레칭을 하니 뒷덜미가 햄버거처럼 접혔다.

소화가 안 된 몸이 무거워서 속눈썹도 죄다 뽑아 버리고 무작정 침대로 기어 들어가고 싶은 목요일 밤이었다.

사는 게 아무리 봤던 드라마 또 보는 기분이라지만 이럴 땐 당장 꺼 버려도 아쉬울 게 없었다.

틀어 놓고 딴 짓을 해도 줄거리 파악이 되는 일일 드라마가 아니었다. 차라리 마약보다 가난이 더 죄인 세상이라며 비꼬는 막장 드라마에 가까웠다. 심지어 엔딩까지 추측이 돼서 재밌지도 않았다.

"정신 차리자. 지금 이럴 때가 아니다."

고개를 흔들고 목을 가다듬었다.

자, 이제 데스크를 향해 목청껏 외쳐 보는 거다.

특종! 서울 교육감 후보인 전 H사학재단 한중호 이사장이 알고 보니 소아성애자이며 그 아들은 무려 합성마약 중독자래요. 제가 이렇게 확실한 증거까지 확보했지 뭐예요. 그나저나 우리는 월간 여성지인데 이 대박을 어느 세월에 터트리죠?

"입이 근질거려서 다음 호까지 어떻게 참냐고……."

속기사처럼 키보드를 두들겨도 모자랄 판에 기사의 첫 줄부터 막혔다.

마지못해 핸드폰을 들고 풀린 눈동자로 연락처의 스크롤을 죽죽 내렸다.

이 특종을 토스 받을 강단 있는 인물들을 물색하기 시작했다. 외압에 휘둘리지 않으면서 타성에 젖지 않을 인간이 누가 있더라…….

마감이라는 이유로 집단 피로에 빠진 사무실의 공기가 못 견디게 답답했다.

선진은 텀블러를 챙겨 들고 자리에서 일어섰다. 쓰디쓴 사약 같은 아메리카노 대신 이슬만 먹고 사는 여자가 바로 최선진이었다.

편의점을 향해 사무실을 나서자 뒤통수가 껄껄했다.

문손잡이에 가방끈이라도 걸렸나 뒤를 돌아보는데 인기척이 느껴졌다.

"안녕하세요."

고개를 돌려 보니 송연이 서 있었다. 전혀 안녕하지 못한 모습인 채로…….

"송연 씨?"

"핸드폰 번호를 외우지 못해서 잡지사로 오게 됐어요. 혹시 시간 있으세요?"

지금이 전화가 귀한 시대도 아니고 잡지사로 연락을 해도 될 텐데 직접 찾아오기까지 했다.

사실 송연의 얼굴을 마주한 순간부터 선진의 머릿속이 띵했다.

눈두덩에 짙게 밴 검푸른 피멍이 뺨까지 번져 있었다. 부석부석 솟은 눈이 흔들림 없이 선진을 보고 있었다.

모든 것이 명백한 폭행의 흔적들이었다.

"바쁘시면 돌아갈게요."

더없이 건조한 음성인데 젖어 있는 것 같은 착각이 드는 건 왜일까.

정신이 번쩍 든 선진이 송연의 손목을 붙잡았다. 이미 붕대로 감겨 있어서 힘주어 쥘 수조차 없었다.

"이게 대체 무슨 일이에요? 우선 병원 먼저 가요."

"지금 병원에서 막 오는 길이에요."

"그럼 여기서 이럴 게 아니라 내 차로 가요. 가서 얘기해요."

아직 사무실엔 야근을 하고 있는 에디터들이 남아 있었다. 불필요한 주목을 받는 것보단 차라리 지하 주차장이 나았다.

조수석에 송연을 태운 다음 담배를 건네자 말없이 받아 들었다.

"내가 너무 경황이 없었죠? 일단 이렇게 찾아와 줘서 고마워요. 저녁은 먹었어요? 식전이면 뭐라도 먹을래요?"

두서없는 말들이 정신없이 쏟아져 나왔다. 송연이 고개를 내젓자 선진은 헛기침으로 목을 가다듬었다.

지금은 송연의 말을 들어야 할 때였다.

"녹취 필요해요?"

"아니요."

"그럼……."

"기자님께 부탁하러 왔어요."

덤덤한 목소리로 송연이 말했다.

"제가 알려 드린 주소로 가시면 봉투가 있을 거예요. 한때 한중호의 선거자금이 될 뻔한 출자자 명부가 그 안에 있어요."

"음…… 무슨 얘긴지는 알겠어요. 그런데 실상 선거자금이 될 뻔한 명부는 힘이 없어요. 정확히 자금을 주고받은 증거가 있어야 하는데 그것도 정치적 후원이었다고 발뺌해 버리면 흐지부지 넘어가기 십상이거든요."

"만일 그 대가가 저였다면요? 그럼 이야기가 달라지는 거 아닌가요?"

내내 감정의 동요가 없던 송연의 얼굴에 싸늘한 냉소가 감돌았다.

명부를 들고 호텔을 가고, 골프장을 다니면서 녹음을 했다. 그들의 인간성에 반하는 쾌락에 대한 노골적인 탐닉들이 전부 음성으로 남겨져 있었다.

한 마디도 놓치지 않기 위해 귀를 기울이던 선진이 모든 걸 알게 됐을 땐 신물이 나고 속이 메슥거렸다.

종국에는 치가 떨리기까지 했다. 낱낱이 드러나는 만행들이 한중호를 살인자에 버금가는 악종이라고 가리키고 있었다.

"하! 진짜 먹은 밥 아깝게 왜들 그러고 사니? 이럴 땐 같은 인간이란 게 환멸이 나네요."

"따로 인터뷰가 필요하다면 얼마든지 응할게요. 그러니 전부 터트려 주세요."

워낙에 기이한 세상이니 권 대표의 수행비서에게 건네받은 증거들은 기함으로 끝날 수도 있었다.

하지만 이건 무슨 종합 선물 세트도 아니고 양녀를 앞세워 성상납까지 했다니. 영혼이 너덜너덜해지는 기분이었다.

"송연 씨가 만났던 인간들부터 출자자 명부까지 죄다 까발려지면 세상이 시끄러울 거예요. 송연 씨 또한 완전히 자유로울 수 없을 거구요. 검찰조사 역시 불가피할 테고…… 아마 각오를 단단히 해야 할 거예요."

"열다섯부터 버티기만 했어요. 앞으로 어떤 일이 일어난다고 한들 두렵지 않아요."

한중호의 인터뷰로 처음 만났을 때 송연은 가시 돋친 쐐기풀 같았다.

하지만 지금은 가시는 전부 뗀 얼굴만 남은 장미랄까, 간결하고 아름다웠다. 얼굴에 선명하게 물들어 있는 멍도 보이지 않을 만큼.

"근데 나 질문 하나만 해도 돼요?"

차분한 얼굴이 선진을 향했다. 송연의 눈이 처음으로 호응하고 있었다.

"절대로 연락 안 할 것처럼 굴더니 날 찾아온 이유가 뭐예요?"

"기자님은 저에게 완벽한 타인이거든요."

틀린 말은 아니었다. 고개를 끄덕였지만 선진의 얼굴은 설명이 더 필요해 보였다.

"나와 가깝다는 이유로 주위 사람들이 다칠까 봐 그게 가장 무서웠어요. 내가 감내해야 할 일들은 전혀 두렵지 않은데 친구가 인질이 된다면 전혀 다른 이야기가 되더군요. 그래서 나와는 접점이 없는 완벽한 타인이 필요했어요. 핸드폰 번호를 외우기는커녕 연락처에 저장조차 되어 있지 않지만 이 일을 화두로 던질 수 있는 사람, 기자님밖에 없었어요. 그리고 보니 이제 작두 탈 일만 남으셨네요. 이렇게 제가 기자님을 찾아왔으니까요."

송연은 승합차에 태워지자마자 가방을 통째로 뺏겼다. 핸드폰까지 뺏긴 상태에서 모텔 주인에게 시계를 내주고 돈을 빌렸다. 납치를 방관하는 행인들에게 외면당하고도 사람의 도움을 구하는 아이러니는 계속되었다.

*'병신 같은 네 친구 년이 됐든, 네가 애지중지 키우는 개새끼가 됐든 언제 어떻게 될지 모르니까 의심했어야지.'*

지완의 말이 떠올라 안나에게 연락을 할 수도, 뭉치가 있는 집으로 갈 수도 없었다.

한중호가 불러서 자리를 비웠으니 언젠가는 모텔로 돌아올 것이다. 빈방을 보고 미쳐서 날뛸 지완이 언제 어디서 급습할지는 모를 일이었다.

*'이 모든 게 한중호 짓이었어?'*

지완에게 물었지만 대답을 들을 순 없었다. 송연은 그 침묵을 긍정으로 받아들였다.

뒤에서 지완을 사주하고 조정하는 짓. 한중호에겐 전혀 어색하지 않은 일이었다.

분노가 억수같이 쏟아지자 뒤엉켰던 머릿속이 오히려 명백해졌다.

송연은 서건이 귀국하기 전에 거악에 대한 복수를 시작하려 했다.

"좋아요. 작두는 일이 끝나면 타기로 하고. 우선 송연 씨가 일러 준 대로 출자자 명부부터 챙겨 올게요. 송연 씬 어떻게 할래요? 괜찮으면 우리 집에서 쉬고 있어도 상관없는데. 남편도 출장 가서 집에 아무도 없거든요."

"전 아무래도 집으로 가야 할 것 같아요."

"집이라면……."

"드디어 은덕을 갚아야 할 때가 왔거든요. 그래도 아직은 부녀 사이인데 직접 얼굴을 보고 얘기하는 게 마지막 예의 아닐까요?"


집 근처에 송연을 내려 주면서 선진은 인생을 좀 더 제대로 살아야겠다는 생각이 들었다.

타인의 시선으로부터 온전히 기자 최선진으로 살아가기 위해선 지금보다 더 치열해져야 했다.

"선배, 내가 그동안 술 많이 얻어 마셨지? 그 빚, 한 방에 갚을 테니까 집이면 당장 튀어 오고 보도국이어도 당장 튀어……."

송연이 일러 준 주소에 도착해 역시 알려 준 비밀번호를 누르고 현관으로 들어섰다.

그 와중에도 강아지가 잘 있는지 봐 달라고 했었다.

어디 있니, 뭉치야? 그나저나 무슨 집이 이렇게도 으리으리해? 라고 잠시 생각했다.

거실 한복판에서 권 대표와 마주치기 전까지는.

– 이야, 최선진! 드디어 버티기 섭외에 성공했구나?

핸드폰 너머로 선배가 수선을 피워 댔지만 선진의 귀에는 하나도 들리지 않았다.

강아지에게 개 껌을 주고 있는 권서건이라니. 이보다 더 이질적인 장면이 또 있을까.

"최 기자가 내 집에는 무슨 일입니까?"

여기가 권 대표의 집이라고?

역시나 인생을 좀 더 치열하게 살았어야 했다. 그렇지 못해 밀린 독촉장을 한 번에 받은 기분이었다.

텀블러에 든 소주를 연거푸 마신 것처럼 선진은 얼떨떨하기만 했다.

❖

"오랜만이네요. 잘 지내셨죠?"

선진이 손을 내밀며 인사를 청했다.

천천히 자리에서 일어선 서건은 악수 대신 팔짱을 끼고 선진의 앞에 섰다.

하긴 나라도 집으로 쳐들어온 불청객에게 악수할 생각은 안 들 거야. 머쓱해진 선진이 손을 내렸다. 그 와중에도 곁눈으로 동선을 훑는 것을 잊지 않았다.

오른쪽으로 두 번째 방, 드레스룸에 있는 에코백. 그 안에 명부가 들어 있었다.

"도둑치고 지나치게 예의 바른 거 아닙니까?"

"아! 오해는 사절이에요. 엄연히 집주인 부탁으로 비번 누르고 현관에서 신발까지 벗고 들어온 거니까요."

집주인? 서건은 눈을 치켜뜨고 선진을 보았다.

한송연이 권서건과 한집에 살고 있을 줄 내가 알았나. 새어 나오는 한숨을 삼키고 선진이 말했다.

"송연 씨가 잡지사로 찾아왔어요. 한중호 이사장이 야당 의원들에게 한송연 편에 보낸 선거 자금 출자자 명부, 제보하겠다면서요. 안타깝게도 이 집에 있다고 해서 이 야밤에 이렇게 실례를 무릅쓰게 된 거랍니다."

"방금 송연이라고 했습니까? 지금 어디에 있습니까?"

"아마 한 이사장을 만나러 집으로 간 것 같아요. 인터뷰 때 저택을 방문한 적이 있어서 알거든요."

늘 오만하다고 느꼈던 남자의 표정이 송연의 이름을 듣는 순간 일변했다. 그의 얼굴에 확연히 드러나는 감정의 변화들이 선진은 흥미로웠다.

저런 눈을 할 줄도 아네, 권 대표.

"기욱아. 한지완 뒤는 놓치지 말고 계속 따라붙어. 교부책이랑 접선한 사진들은 잘 찍었겠지? 그러려고 풀어 준 거니까 전부 모아서 박 검사에게 넘겨. 오늘 밤 약속은 잠시 미루자고 하고. 대신 출국 정지를 내리든 마약사범으로 만들어 기소를 때리든 알아서 하라고 전해."

서건이 핸드폰으로 지시를 하고 보고를 받는 사이 선진은 조용히 몸을 틀었다. 우려했던 것과는 다르게 의류 매장을 방불케 하는 드레스룸에서 에코백을 찾기란 아주 쉬웠다. 얇지만 파급력은 어마어마한 봉투를 들고 재빨리 방을 나섰다.

"최 기자의 직업의식이 의심 가는 순간이군요."

이대로 고이 신발을 꿰차고 흔적도 없이 퇴장하면 모든 것이 완벽했다. 그런 선진의 계획을 서건이 막고 섰다.

그가 손을 내밀었지만 선진은 절대로 봉투를 내놓을 생각이 없었다.

"최 기자는 뭘 믿고 내게 송연이의 행선지를 알려 줍니까? 경찰이 물어도 함구해야 하는 게 기자 정신 아닙니까?"

"권 대표님이 그럴 사람이 아니란 걸 알고 있으니까요."

지금 동화 씁니까? 서건은 어이가 없다는 듯 선진을 보았다.

"권 대표님은 폭행에서 끝낼 게 아니라 결말을 지을 사람이거든요. 설마 강아지한테 개 껌이나 주면서 여자 얼굴을 그 지경으로 만드는 사이코패스는 아니시겠죠?"

"송연이가 다쳤습니까?"

이봐, 하늘이 무너질 것 같은 얼굴을 하고 있잖아. 당신 지금 이 얼굴 자체가 동화라니까.

선진의 암묵적인 대답에 서건은 눈을 질끈 감았다.

"병원에 다녀왔다고 했어요. 얼굴은 좀 상했는데 움직이는 데도 지장 없고 크게 걱정할 건……."

"시간 없으니까 그만 내놓으시죠. 그거 찢고 바로 출발해야 하니까."

"네?"

눈 뜨고 당한다는 소리는 지금을 두고 하는 말이었다.

선진의 품에서 아주 빠르고 간편하게 봉투를 뺏어 간 서건은 명부를 슥 훑더니 그 자리에서 찢었다. 그것도 아주 갈기갈기.

"지금 뭐 하는 거예요!"

"한송연이 언론에 노출되는 일, 절대로 없습니다. 증인, 인터뷰, 참고인 조사, 전부 안 됩니다. 송연이 없어도 한중호 죽이기 문제없습니다. 최 기자 말대로 내가 결말을 지을 거니까."

이제 알겠다. 저렇게 뒤도 돌아보지 않고 서둘러 자리를 뜨는 남자가 여태 머물렀던 이유를.

그는 선진이 명부를 찾아서 나오기만을 기다렸던 것이다.

아까부터 죽지도 않고 울려 대는 핸드폰을 꺼내 들었다. 일방적으로 통화가 종료되었던 선배의 애달픈 구애였다.

"선배, 인터넷 뉴스부터 시작하자."

이제는 보여 줘야 할 때였다. 기자 최선진의 진짜 직업 정신이 무엇인지를.

밤의 안개에 흠씬 젖은 정원을 지나 적의 성안으로 들어섰다. 축축한 습기만이 지완을 고요히 감싸 주었다.

여전히 고단한 처지인 안양댁 앞에선 갈등의 흔적을 신속히 지웠다. 안양댁은 형편없이 구겨진 지완의 얼굴과 먼지를 뒤집어쓴 행색을 훑어만 볼 뿐 별다른 말이 없었다. 지완이 들고 있는 물건에 잠시 시선이 머물렀지만 절대로 묻지 않았다.

늘 그랬듯 오늘도 한지완은 광기 어린 또라이가 되어야만 했다.

"뒈지고 싶지 않으면 전부 이 집에서 나가."

재수 없게 걸려 분풀이가 되고 싶지 않은 피로한 얼굴들이 집 안에서 전부 빠져나갔다.

지완은 정적의 무게에 짓눌려 한참을 우두커니 서 있었다.

흡사 넘실거리는 수평선 끝에 홀로 떠 있는 것 같은 멀미를 느꼈다.

"전부 꺼져 버려. 니들이 언제 나한테 관심이나 있었어? 돈 앞에선 아가리부터 닥치는 거지새끼들 같으니라고."

겉으로는 분별력 없이 날뛰고 있었지만 오늘 밤에 대한 불길한 예고는 끈질기게 엉겨 붙었다.

지완은 공사장에서부터 챙겨 온 양철통의 손잡이를 고쳐 들었다. 그리고 서재를 향해 느린 발걸음을 옮겼다.

문을 열자 익숙한 배경이 드러났다. 열세 살 그 밤부터 늘 자리를 지켰던 잔인한 무대 한가운데로 들어섰다.

그러자 잔잔하던 감정이 갑자기 복받치면서 분노가 일었다. 불안정한 내면의 기복이 순식간에 지완을 삼켰다.

당장 주머니에서 하얀 약통을 꺼내 들었다. 부들거리는 손으로 알약을 집을 수조차 없자 아예 통째로 입안으로 털어 넣었다.

"병신같이……."

미처 삼키지 못한 약들이 바닥으로 쏟아졌다. 빠짐없이 전부 주워 삼키려던 차에 현관문이 벌컥 열렸다.

지완은 재빨리 구석으로 몸을 밀어 넣었다.

"권 대표님, 제 말 좀 들어 보십시오. 처자식까지 있던 제가 뭐 때문에 그 어린애들에게 손을 대겠습니까. 생각을 해 보십시오. 제 나이가 자그마치 쉰아홉입니다. 손주뻘인 아이들을 추행하다니요. 이건 추잡한 정치적 모략이고 명백한 함정입니다. 제가 죄가 있다면 부모도 없이 자라서 보기에도 가여운 그 아이들을 거둔 죄밖에 없습니다."

한중호가 서재로 들어서며 핸드폰에 대고 하소연을 했다. 목소리는 애가 끓는데 얼굴은 석고상처럼 굳어 있었다.

뒤따라 들어온 중년의 남성을 향해 소파에 앉으라고 손짓했다.

지완은 책장과 벽 사이 틈으로 깊숙이 파고들었다.

"이번 한 번만 막아 주십시오. 지난번 지완이 사건 때 힘써 주신 은혜, 잊지 않고 있습니다. 이제 믿을 사람은 권 대표님밖에 없습니다. 그래도 제가 송연이 애비 아닙니까. 송연이를 봐서라도…… 제가 이렇게 간곡히 읍소드립니다."

통화 속 상대의 짧은 답변에 한중호의 얼굴은 급격히 굳어 갔다. 급히 손가락을 까딱이자 맞은편에 앉은 남자가 즉시 담배를 대령했다.

결벽증인 한중호가 서재에서 담배를 피울 정도면 대단히 중대한 일이 터진 모양이었다.

"그럼 일단 찾아뵙겠습니다. 아닙니다. 제가 무조건 그리로 가겠습니다. 이번 한 번만 시간 내주십시오."

한참을 사정사정을 한 후에야 통화는 끝이 났다. 그러기가 무섭게 핸드폰을 바닥에 내리꽂으며 한중호는 분개했다.

"누구야! 누가 천지 분간도 못 하고 뒤에서 장난질이야! 최선진 그 요망한 년이 살살거릴 때부터 알아봤어야 했는데. 감히 제보를 해? 이래서 계집년들이 설쳐 대면 재수가 털린다니까."

"아직은 인터넷 기사뿐이지만 더 늦기 전에 수습해야 합니다."

"그래야지. 무조건 막아야지. 이제 막 캠프 개소식 마쳤는데 여기서 꺾일 순 없지."

"그러기 위해선 권 대표의 도움이 절대적으로 필요합니다."

"말하는 거 들어 보니까 이번엔 쉽지 않겠어. 후원자금은 턱턱 잘도 내놓은 새끼가 이번엔 영 떫은 감 같단 말이야. 도대체 어떻게 해야 이 건방진 새끼를 내 수족처럼 굴릴 수 있을까……."

한참을 소파 팔걸이를 두들겨 대던 한중호가 안경을 치켜 올리며 말했다.

"아무래도 송연이, 그년을 데려와야겠어. 김 사장더러 나 좀 보자고 전해."

"어쩌시려고요?"

"어허! 박 실장 요새 너무 많은 걸 알려고 들어. 자네는 회계 담당인 만큼 제 몫만 잘 차고 나가면 되는 거야. 홍보물이랑 유세 차량 계약은 깔끔하게 마무리되었겠지? 절대로 뒷말이 나와선 안 돼. 무엇보다 업자들 입단속이 우선이야. 결국은 서로가 좋자고 하는 일 아니겠는가."

"그 부분은 걱정 마십시오. 제가 책임지고 말끔하게 처리했습니다. 그럼 김 사장에겐 지금이라도 전화 넣을까요?"

"자네가 대신 모셔 와. 송연이 데려오려면 그 똘마니들이 필요할 테니 알아서 비위 맞춰 줘야지. 그나저나 이 기사 새끼는 어디로 튀어서 코빼기도 안 보여? 언제 한번 싹 다 묻어 버리든가 해야지 짜증이 나서, 원!"

"그럴 게 아니라 이참에 아드님께서 돕는 게 어떨까요? 유권자들

보기에도 얼마나 좋습니까. 부자지간에 이럴 때나…….”

“그 새끼가 여태 살아 있겠는가?”

“네?”

자리에서 일어서던 남자가 제법 놀란 얼굴로 물었다.

딸의 납치를 도모하고 아들의 생사조차 모르는 애비라니. 이 바닥이 아무리 부도덕으로 판을 친다지만 흔히 볼 수 있는 배덕이 아니었다.

“어디서 약 처먹고 고꾸라져 뒈졌겠지. 용케 살아 있다고 한들 결국 내 손에 뒈지는 것밖에 더해? 이러나저러나 쓰레기들은 미리 치워 버려야 세상이 아름답지. 내 직접 선행했으니 다음 정권 땐 환경부 장관이나 노려 볼까 싶네.”

시답잖은 농담에 남자가 어설픈 미소를 지으며 인사했다.

서재에 혼자 남은 한중호는 담뱃재가 바닥으로 떨어지자 호들갑을 떨며 안양댁을 불렀다.

아무리 불러도 대답이 없자 욕을 지껄이며 책상으로 다가갔다. 그 위에서 티슈를 한 장 뽑아 드는 순간 책장 옆에 서 있는 지완과 두 눈이 마주쳤다.

질겁해서 뒷걸음을 치는 한중호에게 차게 웃으며 지완이 다가왔다.

“네, 네가 여기가 어디라고 와!”

“왜요? 제집인데 제가 못 올 데라도 왔어요?”

“그런데 도둑 새끼처럼 숨어서 염탐을 해? 도대체 어디서 배워 먹은 버르장머리야!”

“제가 누구한테 배웠겠어요? 다 아버지한테서 배운 거지.”

아버지. 그 단어에 한중호가 경기하며 소리 질렀다.

"누가 네 아버지야! 난 너 같은 아들 둔 적 없다. 두 번 다시 내 앞에서 그런 소리를 지껄이면……."

"지껄이면요?"

"그땐 입을 찢어 버려야지."

"어디 한번 해 보세요."

지완이 한 발자국 더 다가섰다. 일종의 위협 비슷한 거라도 느꼈는지 안경을 치켜 올리는 한중호의 손이 미세하게 떨렸다.

지완은 그 순간 안경 너머로 치뜨는 저 흰자위를 안경다리로 찔러 죽이는 상상을 해 보았다.

상상뿐인데도 기분이 상쾌해졌다.

"우리 가설을 한번 세워 볼까요? 악인 한중호를 죽이면 과연 전패륜아가 될까요? 아니면 정당방위가 될까요? 가설에는 검증이 필요한데 이럴 땐 어떻게 해야 하죠? 논문을 많이 써 보셨으니 잘 아실 거 아니에요."

"실없는 소리 집어치우고 당장 이 집에서 나가."

"그러지 말고 제 얘기 더 들어 보세요. 아버지도 충분히 흥미로우실 거예요."

"내가 그렇게 부르지 말라고……."

"씨발, 알았으니까 일단 처 들어 보라고!"

그제야 지완의 발 옆에 놓여 있는 사각의 양철통이 눈에 띄었다.

선명하게 새겨진 우레탄 희석제라는 글씨가 한중호를 기습했다.

그제야 지완에게 다닥다닥 붙어 있는 섬뜩한 독기가 보였다.

"너 지금 뭐, 뭐 하자는 거야."

"왜? 갑자기 시녀를 보니까 발발 떨려? 난 15년을 그렇게 떨었는데 육십 줄에 처음 겪어 보니까 기분이 어때? 무섭지? 두렵지? 얼른 이 시간이 끝났으면 좋겠지?"

"지, 지완아. 일단은 진정을 하고 우리 대화를 해 보자꾸나. 네가 지금 심신미약인 상태이니 차분히……."

"까는 소리 하고 있네."

조용히 속삭이던 지완이 느닷없이 고함을 지르기 시작했다. 목이 터질 것처럼 굵은 핏대를 세우고 머리를 쥐어뜯으며 자리를 맴돌았다.

그놈의 심신미약. 그 단어가 지완을 발작하게 만들었다.

한중호가 곁눈으로 문가를 힐끗거리는 게 보이자 그 발작은 더욱 격렬해졌다.

급기야 횡포한 손길이 책장에 꽂힌 책들을 휩쓸고 지나갔다. 양장한 전공 서적들이 와르르 쏟아졌다.

그렇게 무방비로 펼쳐진 페이지 속에서 사진 한 장이 발견되었다.

10대 초반으로 보이는 소년의 벗은 상체가 찍힌 사진 위로 간단한 메모가 기재되어 있었다.

2년 전 날짜와 3.5라는 숫자가 소년에게 점수처럼 매겨졌다.

지완은 무릎을 꿇고 다른 책들도 뒤집어 털기 시작했다. 그러자 여러 장의 사진들이 바닥으로 떨어졌다.

모두가 숫자가 적힌 각기 다른 소년들의 사진이었다.

"이게 다 뭐야."

"지완아, 우리가 성인인 만큼 차분하게 대화로 풀어 나가도록 하

자. 넌 지금 너무 지쳐 있어. 내가 널 안아 줄 테니 일단 진정부터 하고……."

"이게 뭐냐고 묻잖아!"

대답을 듣지 않아도 지완은 알 수 있었다. 잊기 위해서 기를 썼던 그날의 기억이 선명하게 되살아났기 때문이었다.

그 밤, 눈앞에서 터지던 카메라의 플래시를 어떻게 잊을 수 있을까.

살기가 솟은 눈이 한중호의 대답을 닦달했다.

"그냥 학생들이 제출한 리포트에 그랬던 것처럼 점수를 매긴 것뿐이야. 나에게 일종의 컬렉션이고 리포트인 셈이지. 그러니 오해 말거라. 지완이 너만큼 우수한 아이는 그 후로도 드물었으니까."

지완은 조금씩 균열이 가며 무너지기 시작했다.

이 집에 발을 들여놓으면서도 밑바닥에 깔려 있던 복종과 수시로 끼어드는 두려움 때문에 갈등이 깊었다.

하지만 이제 남은 것은 저주와 살의뿐이었다.

눈에는 불꽃이 일어서 한중호의 어깨를 난폭하게 잡고 섰다.

"지완아, 이제 무슨 짓이니? 넌 이런 애가 아니잖니. 애비 마음 아프게 왜 이리 변한 거야, 응?"

"언제는 아버지라고 부르지 말라면서요. 이런 아버지 밑에서 한결같지 않은 게 정상이죠. 이것만 알려 주세요. 저도 보통 사람처럼 살 수 있을까요? 이미 너무 늦은 건 아니겠죠?"

"지완아, 아이야."

음침하게 가라앉은 한중호의 눈이 지완을 직시했다.

한중호는 그제야 알 수 있었다. 내면 깊숙이 저며진 자기모멸과 골수까지 배어든 지리한 울분이 지완을 완벽하게 지배했다는 사실을.

되돌려 받은 공포와 직면한 한중호가 격렬하게 저항하기 시작했다.

하지만 치사량의 환각제를 삼킨 지완의 힘을 이기기엔 역부족이었다.

기운을 소진한 한중호가 헐떡거리며 최후의 카드를 꺼냈다.

"송연이를 데려다줄게. 그 시절 네가 그토록 원해서 송연이를 입양했던 것처럼 이번에도 네 눈앞에 데려다줄게. 그럼 네 기분이 나아지겠니?"

찰나였지만 지완이 흔들리는 것을 보았다.

한중호가 득의양양한 미소를 숨기려던 순간 또 하나의 음성이 끼어들었다.

"한지완이 원해서 입양을 해?"

송연이 문턱을 밟고 서 있었다. 지완이 얼어붙은 얼굴로 그런 송연을 무연히 쳐다보았다.

그 틈을 타 지완의 손아귀에서 벗어난 한중호가 문을 향해 질주했다. 그 앞을 송연이 문고리를 잡고 막아섰다.

"물러서."

송연의 손에 들린 핸드폰이 총칼이라도 되는 양 한중호를 겨냥하고 있었다.

고작 그걸로? 싸늘한 비웃음을 띄우며 한중호가 물었다.

"그 핸드폰으로 뭘 어쩌려고?"

"나도 이제 영리하게 살아 볼까 해서. 핸드폰 녹취가 일상이 되다 보니 잡음이 너무 들리잖아. 그래서 통화로 대체해 봤는데 어떨지 무척 기대가 되네? 이왕 이렇게 된 거 인사 한번 하시죠, 한중호 서울 교육감 후보님?"

송연은 스피커폰 상태로 전환된 핸드폰 액정을 들어 보였다. 상대가 누군지도 알 수 없는 통화가 연결되어 있었다.

"기껏 거둬서 키워 놨더니 뭐가 어째? 감히 네년이 이렇게 뒤통수를 쳐? 이래서 검은 머리 짐승은……."

"그래서 이렇게 갚으려고 왔잖아."

송연이 점점 다가오자 등 뒤로 지완이 양철통을 끄는 소리가 들려왔다.

시체 같은 몰골로 영혼만 앙상하게 남은 두 자식 사이에 한중호는 갇혔다.

"먼저 이건 밤마다 서재로 불러들여서 학대한 은혜."

송연이 던진 인쇄물들이 한중호의 발밑에 펼쳐졌다. 그중 한 장을 집어 들어 읽어 내려가던 얼굴이 사색으로 뒤덮였다.

인쇄물은 호텔과 골프장을 드나들며 녹음한 것들을 활자로 옮긴 것이었다. 의원들의 세세한 음성까지 전부 대사 처리 되어 프린트 되어 있었다.

"그리고 이건 사익을 위해 자식을 앞세워 성상납을 요구한 은혜."

이번엔 진단서들이 한중호 앞에 펼쳐졌다.

유난히 완력 조절에 실패한 날이면 늘 탈이 나곤 했었다. 그럴 땐 오랜 세월 공들여 청탁을 넣어 둔 주치의가 방문해 아이들을 치료했다.

헌데 그의 날인이 찍힌 지난날 한송연의 골절과 상해에 대한 진단

서가 눈앞에 있었다. 모두가 양부인 한중호에 의해 의도된 치상들이라고 기록되어 있었다.

이걸 손에 넣기 위해 송연은 모텔에서 탈출 후 곧장 주치의를 만나러 갔다. 아연실색해서 발뺌하기 급급한 그치에게 결국 녹취록에 대해서 털어놓을 수밖에 없었다.

한중호는 반드시 법의 심판을 받게 될 것이다. 그러기 위해서 송연은 어떠한 고충도 불사할 각오를 한 상태였다.

다행히 주치의의 빠른 상황 판단은 진단서 발급이라는 기민한 행동력으로 이어졌다.

"마지막으로…… 나 또한 당신을 지나치게 허용해서 스스로를 학대한 것에 대한 은혜."

두께가 꽤 되는 수첩이 끝으로 던져졌다. 수첩은 송연이 이 집에서 지낸 첫날 밤부터 수기로 적은 일기장이었다. 그 안에는 한중호의 야만적인 학대들이 낱낱이 기록되어 있었다.

서재에서 풀려나면 방으로 기어 올라와 이를 악물고 적었던 나날들이었다.

"거절했으면 됐잖니."

바닥에 떨어진 일기장을 밟으며 한중호가 말했다.

"우둔하고 어려서 거절하는 방법을 몰라 놓고 이제 와 날 탓하면 안 되지. 이미 투자란 투자는 다 받아 놓고 말이야."

"아, 그 지긋지긋한 투자? 하긴 엄청나게 받긴 했지. 덕분에 런던에서 서건 씨를 만날 수 있었으니까."

"권 대표를 런던에서부터 알고 있었다는 소리야?"

송연의 깊숙한 시선과 마주치자 한중호는 비로소 당했다는 사실을 깨달았다.

누구라도 거저 얻은 것에는 애착이 덜한 법인데 서건이 유독 유난을 떤다 싶었다. 그런데 그놈 손에 제대로 놀아난 것은 자신이었다.

생각해 보니 기십 억을 순순히 내놓으면서 서건이 원한 것은 송연 하나뿐이었다.

한눈에 반해서 얼뜨기 짓이나 할 놈이 아니었는데 그걸 멋대로 묵 인했다니.

혼란스러운 한중호의 등 뒤로 격양된 목소리가 들려왔다. 애써 마음을 추스르고 있지만 언제 터질지 모르는 시한폭탄과 같은 지완 이었다.

"송연이를 런던에 보내지만 않았어도. 정신병원에 날 처넣지만 않았어도. 그 새끼랑 송연이가 만날 리 없다는 소리네?"

한중호만 아니었으면 송연인 진작 내 것이 될 수 있었다.

슬며시 모습을 드러내는 복수에 대한 유혹이 지완을 뒤흔들었다. 그것은 생각만 해도 짜릿하고 흥분되는 것이었다.

삶의 조각인 한중호를 영원히 떼어 내는 것에 대한 강렬한 욕망이 지완을 떨게 했다.

"모두가 다 너 때문이야."

지완이 목소리를 낮추어 은근히 속삭였다. 그러자 누군가가 도대 체 무엇에 갇혀 여태 미적거리느냐고 꾸짖는 소리가 들려왔다. 귓가 에 대고 속삭이는 것처럼 생생해서 지완도 한껏 낮추어 대답했다.

"알았어. 더는 늦지 않게 할게. 그러니까 너무 재촉하지 마. 나도 떨린단 말이야."

"약에 찌들 대로 찌들어 망상에 갇혀 헛소리나 해 대고 있는 꼴이라니…… 아무 쓸모 없는 자식 같으니라고."

미친 사람처럼 혼잣말을 중얼대는 지완은 한중호의 빈축을 샀다.

방금 뭐라고 그랬어? 지완이 되묻자 한중호가 몸을 틀었다. 그러자 양철통의 뚜껑을 따는 지완의 모습이 시야를 가득 메웠다.

"이 미친놈이 지금 뭐, 뭐 하려는!"

"세수 한번 하실래요? 아니, 목욕이 더 낫겠네요."

한중호는 이미 씻을 수 없는 죄를 졌으니 마무리는 한지완이 해낼 것이다.

지완이 쏟아부은 신나는 조금씩, 서서히, 고통스럽게 한중호를 덮쳤다. 코를 확 찌르는 강렬한 냄새에 송연은 머리가 깨질 것만 같았다.

"으악! 눈! 내 눈!"

귀청을 찢는 비명 소리가 서재에 꽉 차올랐다.

이곳에선 모두가 삼켜야만 했던 그 비명을 한중호가 가장 요란하게 질러 대고 있었다.

고막을 울리는 그 소리는 지완에게 또 다른 경보가 되었다.

대부분의 사람들이 미완성인 채로 살아가. 그럼 죽음으로 완성하면 되겠네. 괜찮아. 미친다는 건 누구도 함부로 널 넘볼 수 없다는 소리니까. 아주 잘한 거야. 이것 봐, 넌 쓸모없는 인간이 아니라니까.

지완은 주머니에서 꺼낸 라이터를 당겼다. 몸부림을 치며 바닥을 기고 있는 한중호에게 천천히 다가갔다.

"그만둬."

송연이 앞을 막고 서자 두 사람의 시선이 마주쳤다.

지완을 사로잡은 이 파괴적인 집착은 과연 누구에게 향해 있는 것일까. 한중호에 대한 복수일까. 아니면 송연을 향한 소유욕일까.

둘 다 가질 수 없다면 하나씩 제거하기로 했다. 지완은 송연의 손목을 잡았다.

거세게 맥동하는 따뜻한 피부 대신 손끝에 느껴지는 건 휘감은 붕대뿐이었다.

우리가 이렇게 다치고 멍이 들었는데 마음이라고 온전할까.

"내가 해 줄게. 나로 인해 시작된 일이니까 내가 끝낼게."

비틀어 짜는 듯한 지완의 말에 모든 세포가 일순간 경직되었다. 송연은 숨을 멈추고 지완을 노려보았다. 기대감에 사로잡힌 격한 희열이 지완의 눈 속에서 타오르고 있었다.

"그걸 던지는 순간 넌 정말 미친놈인 거야. 그땐 정말 돌이킬 수 없게 되는 거라고!"

하지만 처절하게 질러 대는 한중호의 비명에 송연의 목소리는 묻히고 말았다.

지완은 말없이 송연을 떨쳐 내고 한중호에게 다가갔다. 그리고 필사적으로 네 발로 기어서 도망치려는 한중호의 앞을 막고 잠시 내려다보았다.

"미안해요. 이제야 끝내는 절 용서하세요."

송연은 그 순간 지완의 눈물을 보았다. 그리고 뺨에 입을 맞추듯 한중호의 얼굴 위로 떨어지는 불이 솟은 라이터까지도…….

눈 깜짝할 사이에 타오르는 불길에 송연은 저도 모르게 지완의 팔을 붙잡았다.

"여기서 나가자! 빨리!"

화신처럼 활활 타오르는 불길을 제압하지 않는 죄책감과, 숨길 수 없는 오열과 같은 떨림에 송연은 정상적인 생각을 할 수가 없었다. 무조건 이곳에서 벗어나야겠다는 본능만이 자리했다.

"얼른 도망가지 않고 뭐 해? 빨리 여기서 나가자니까!"

그때 왜 그렇게 지완을 끌어당겼는지 훗날 생각해 봐도 정확히 알 수 없었다. 다만 지완의 눈이 그렇게 만든 것 같다고 어렴풋이 추측할 뿐이었다.

조금도 퇴색되지 않은 한중호를 향한 증오 속에는 열세 살의 지완이 있었다. 그래서 송연은 두렵기보다 슬퍼졌다.

"나가면 또 너의 추억 속에만 날 남겨 두려고? 시간에 도둑질이나 당하는 그 추억 속에 이번에도 나 혼자만 남겨 둘 거잖아."

"지금 그딴 개소리 할 때가……."

"너의 처음이 내가 아니어도 상관없어. 하지만 마지막은 내가 될 거야. 그래야만 해."

지완의 몸이 일순간 빳빳하게 굳어 갔다. 송연은 자신을 붙잡은 지완의 손을 내려다보았다.

이번엔 송연의 차례였다. 지금까지 한중호는 예고편에 불과했다.

"과거는 다시 돌아오지 않아. 제발 거기서 벗어나!"

지완을 뿌리치려 했으나 환각이 자아낸 괴력을 이겨 낼 수가 없었다. 몸을 빼내려 할수록 더욱 죄어드는 악력에 결국 쥐고 있던 핸드폰을 들고 지완의 눈을 찍었다.

한중호가 비웃던 총칼이 될 수는 없었지만 적어도 극한의 광기에서 벗어날 수는 있었다.

"송연아, 나 왜 이렇게 외롭고 추운지 모르겠어."

469

아픔도 느껴지지 않은지 비명 한 번 지르지 않았다.

"이 미친 새끼야, 헛소리 작작 하고 정신 똑바로 차려. 교도소에서 평생 썩기 싫으면."

피로 물든 눈으로 웃고 있던 얼굴이 점점 일그러졌다. 소름이 끼칠 새도 없이 지완을 밀어내고 송연은 뒤도 돌아보지 않고 달렸다.

어느 순간부터 들리지 않는 한중호의 비명 소리 대신 화기를 감지한 화재경보기가 울려 대기 시작했다. 요란하게 작동하는 사이렌 소리에 귀를 틀어막으며 송연은 달리고 또 달렸다.

열다섯부터 염원하던 탈출이었다. 이번엔 절대로 잡히지 않을 것이다. 맨발인 것도 잊고 현관문을 밟고 정원으로 뛰어들었다.

하지만 또다시 붙잡히고 말았다. 이번엔 갈고리 같은 손이 아닌, 놓치지 않으려고 단단히 붙드는 절박한 손이었다.

고개를 돌릴 틈도 없이 품 안에 갇혔다.

이 체온, 이 느낌, 이 냄새…….

그토록 그리웠던 서건이었다.

서건은 송연을 잃을지도 모른다는 위기감에 사로잡혀 작은 몸을 정신없이 끌어안았다.

차를 정차한 순간 들려오는 경보 소리에 세상이 멈춘 기분이었다. 저 안에 송연이 있었다. 뒤따라온 기욱이 서건을 붙잡았지만 어느 누구도 그를 막을 수 없었다.

송연도 없는 길 위에 홀로 남아 정원으로 뛰어 들어갔다. 그리고 믿을 수 없게도 자신을 향해 달려오는 작은 인영을 발견했다.

낚아챈 후 품 안에 가두자 비로소 실감할 수 있었다.

찾았다. 드디어.

"혼자 있게 해서 미안해."

사시나무처럼 떨고 있는 송연을 가슴에 안고 말했다. 송연은 금방이라도 안도의 눈물이 터질 것 같아 얼른 얼굴을 묻어 버렸다.

"나가자. 여기서."

검은 무리가 주변을 물들이고 멀리서 소방차의 사이렌 소리가 들려왔다. 한 손에 쥐면 사그라질 것 같은 가냘픈 어깨를 끌어안았다. 대문을 넘으려는 순간 주저하는 기색에 송연을 내려다보았다.

"아직 안에 한지완이 있어."

"그런데?"

"지금 정상이 아니야. 아마 불이 난 것도 인지하지 못하고 있을 거야."

"그래서 넌 어떻게 하고 싶은데?"

네가 원하는 대로 해 줄게. 서건이 그렇게 말하고 있었다.

"구해 내. 죽여도 내가 죽일 거니까."

대문 밖에서 대기하고 있던 기욱을 발견하고 손짓했다. 이미 주저하며 다가오고 있던 기욱이 한달음에 달려왔다.

"서재 안에 현수가 심어 놓은 카메라가 있을 거야. 그거부터 찾아내. 한송연은 오늘 이곳에 없었던 거야. 무조건 명심해. 절대로 이번 일에 송연이 이름이 거론돼서는 안 돼. 한지완의 패륜으로 종결지어. 그리고 아직 살아 있으면 죽이지는 말라고 전하고. 계획이 변경됐다면 알아듣겠지."

원래의 계획은 한지완을 죽이기라도 하려던 것이었을까.

서건을 올려다보았다. 묵묵히 고개만 끄덕이는 기욱에게 지시를 내리는 옆모습이 칼날처럼 첨예했다.

"일단 차로 가자."

서건은 아무것도 묻지 않았다. 그저 송연의 어깨를 끌어안고 조수석에 태울 뿐이었다. 마음이 다급해져서 그의 옷깃부터 붙잡았다.

"나도 저 안에 있었어. 한중호가 죽었다면 거기에 나도 일조하게 되는 거야. 아무 일도 없었던 것처럼 앉아 있을 순 없어."

"송연아. 언젠가 내가 말했지."

많이 상해 버린 얼굴을 안타까운 손길이 차마 만지지도 못하고 몇 번이나 주저하고 있었다.

"난 널 판단하러 온 게 아니야. 보러 온 거지. 누가 감히 널 판단해? 설사 네가 연루가 됐더라도 넌 아무 잘못 없어. 모든 행동에는 이유가 있는 법이니까."

네가 언론의 도마 위에 오르는 일, 절대로 없을 거야. 넌 이 사건과 전혀 상관없는 사람이 될 거니까. 내가 그렇게 만들 거거든.

허리를 굽히고 시선을 맞추며 그의 눈이 그렇게 말하고 있었다.

"하지만……."

송연이 또다시 입을 열었을 때 서건은 그 입술을 빼앗아 버렸다.

영혼을 다독여 주는 그의 키스에 자신도 모르게 눈이 축축해졌다.

"이제야 좀 우네."

가슴을 움켜쥔 송연이 눈물로 젖은 뺨을 그의 어깨에 기댔다.

"난 너와 웃기로 결심했는데 넌 우는 걸 택할 거야?"

그의 말에 마음의 둑이 기어이 터지고야 말았다. 가슴에 사무치도록 맺힌 그동안의 설움이 순식간에 흘러내렸다. 심장의 피를 쏟아내듯 통곡하는 송연을 서건은 한참을 안아 주었다.

"괜찮아, 전부. 다 괜찮아."

화마에 휩싸인 한중호의 절규를 보면서도 방임했다. 재빨리 불을 끄려는 노력 대신 지완을 끌어내려 애썼다. 뼛속 깊이 새긴 원한과 늘 탈출이 목적이었던 서재에서 벗어나야겠다는 생각밖에 들지 않았다. 결국 자신까지 불속으로 끌어들이려 했지만 그곳에 지완이 남겨졌다는 사실이 못 견디게 괴로웠다.

오한이 가라앉자 자꾸만 지완의 마지막 얼굴이 떠올랐다.

넌 왜 끝까지 상처 입은 얼굴인데? 너로 인해 시작한 일이라고 했으니 끝까지 들어야겠어. 그러니 그 거지 같은 집구석에서 당장 기어 나와.

그때 서건의 어깨 너머로 다급한 목소리가 끼어들었다.

"송연 씨! 괜찮아요?"

사색이 되어 뛰어온 최선진이었다.

한중호의 집 앞에 막 도착했을 때 선진의 전화를 받았다. 녹취록을 들어 보니 핸드폰으로 녹음된 탓인지 잡음이 너무 많이 섞여 있다고 했다. 그래서 통화로 방법을 바꾸기로 했고 선진은 주저 없이 증인을 자처했다.

핸드폰으로 모든 정황을 전부 듣고 있던 선진이 아연실색해서 달려온 건 어쩌면 당연한 일이었다.

"잠시만 송연이랑 같이 있죠."

부탁해요, 최 기자. 덧붙이는 서건의 말에 선진은 두 번 놀랐다.

권 대표의 부탁을 다 들어 보다니. 선진은 냉큼 송연의 옆자리로 승차했다.

서건은 차 문을 닫고 다시 저택으로 향했다. 이미 소방차가 도착해 화재 진압을 시작하고 있었다. 완전히 진화가 되는 대로 저지선을 치기 위해 경찰 역시 차비 중이었다.

요란한 사이렌 소리가 밤의 정적을 깨고 있었지만 어느 누구 하나 나와 보는 사람이 없었다. 잔인할 정도로 무심한 이웃들이었다.

"카메라는?"

어딘가로 통화 중이던 기욱이 서건을 발견하고 다가왔다. 경찰 때문인지 검은 무리들은 이미 자취를 감추고 없었다. 기가 막히게 몸을 사리는 김 사장이었다.

"입수했습니다."

"그래도 밥값은 했군. 언론이 더 시끄러워지기 전에 괜찮은 정신과 의사 좀 알아봐. 송연이 이야기 잘 들어 줄 수 있는 여의사로."

"네. 빠른 시일 안에 예약 잡겠습니다."

그 후로 몇 마디의 말을 더 주고받았지만 서건은 지완에 대해 묻지 않았다. 주민들만큼 철저하게 무관심했다.

치솟던 불길이 서서히 진압되면서 구급대원들이 분주해지기 시작했다. 경찰들 역시 기지개를 켜며 차에서 내렸다. 이따금씩 서건을 신경 쓰는 듯했지만 대체로 따분한 얼굴들이었다.

"나옵니다."

한중호로 추측되는 하얀 천으로 뒤덮인 주검이 들것에 실려 나왔다. 그리고 엉망인 행색의 지완이 그 뒤를 이었다. 구조대원의 부축을 받고 있지만 제 발로 걸어 나오고 있었다.

서건이 다가서자 막 구급차로 향하던 지완과 두 눈이 마주쳤다. 이미 세상을 다 겪어 버린 듯 무기력하고 지친 얼굴이었다.

　"기껏 풀어 줬더니 불장난이나 할 줄이야. 널 과소평가한 결과가 이거로군."

　"왜 이래? 공사장에 쌓아 놓은 신나가 힌트 아니었어? 떨쳐 낼 수 없다면 태워 버려라, 난 그 뜻인 줄 알았는데."

　"너 때문에 송연이가 다칠 뻔했어. 이게 네가 말한 사랑인가?"

　"내 것이 될 수 없다면 죽여서라도 가져야지. 송연이를 차지할 수만 있다면 숨통을 끊어서라도 멈추지 않을 생각이야."

　역시나 불태워 죽여 버렸어야 했는데. 작게 중얼거리는 소리가 격분을 불러일으키기에 충분했다.

　이성을 잃기 직전의 서건을 기욱이 막아섰다.

　"진정하십시오, 대표님. 제정신 아닙니다."

　이 와중에도 어디 한 군데라도 건드리면 무너질 것 같은 눈을 하고서 길 위를 정처 없이 헤매고 있었다. 지완은 송연을 찾고 있었다.

　서건은 그 앞을 막고 섰다. 송연에게 닿는 잠깐의 눈길도 참을 수가 없었다.

　"송연인 너에게 없는 것들을 찾은 것뿐이야. 그래서 날 선택한 거고. 그러니 어디 한번 기를 써 봐. 내가 있는 한 절대로 네 뜻대로 되지 않을 테니까."

　"송연인 나한테……."

　"너 아니어도 송연이 사랑해 줄 사람 많아."

　지완의 눈이 핑그르르 돌더니 길바닥에 널브러져 있는 돌을 거칠게 차 버렸다.

"씨발! 네가 뭔데 나한테 훈계하고 지랄이야!"

인계를 받기 위해 곁에 서 있던 구급대원이 급히 지완을 붙잡았다. 그 손을 억세게 털어 내고선 서건을 정면으로 보았다.

"그럼 나도 하나 묻자. 넌 거부가 가능해? 한송연을 거부할 수 있냐고!"

그걸로 끝이었다. 지완은 전신이 결박된 채 응급차에 태워졌다. 문이 닫히기 직전까지 서건을 노려보았지만 소란은 일어나지 않았다.

응급차의 빈자리는 연이은 취재 차량들로 채워졌다. 단순한 화재인 줄로만 알았던 기자들이 한중호의 사망에 뒤늦게 냄새를 맡고 수선을 피워 대고 있었다.

우중충하고 을씨년스러운 대기 사이로 싸락눈이 흩날렸다. 어둠이 녹아 질척인 길 위에 송연이 있었다.

눈앞에 치이는 인적들의 소란을 뚫고 서건은 송연에게로 향했다. 절대로 거부할 수 없는, 이미 심장에 감긴 그녀에게로.

## 에필로그 1. 각자의 지금

앞머리를 밀고 싶은 더위였다.

맨발로 걸어도 좋을 봄날이었지만 안나의 속에선 불이 났다.

보름 전에 미지근한 숭늉 같은 남자와 선을 봤다.

엄마가 금방이라도 숨이 넘어갈 것 같은 얼굴이라 어쩔 수 없이 만남을 이어 가고 있었지만 밥도 아니고 물도 아닌 숭늉 같은 남자는 모든 것이 흐리멍덩했다.

[주말엔 뭐 하세요?]

[늘어지게 자고 싶어요.]

[취미는요?]

[뭐, 딱히 취미라고는…….]

[무난하게 영화 보는 건 어때요?]

[나쁘지 않죠.]

주고받은 메시지들을 보니 속이 끓어올랐다.

내가 만나자고 졸라야 하니?

톤 앤 매너? 웃기고 있네.

"안나 씨! 여기 좀 와 봐!"

조경 기사의 부름에 안나는 후다닥 메시지를 보내고 재빨리 앞치마 주머니에 핸드폰을 밀어 넣었다.

원래의 성격대로라면 개싸움의 서막이 열렸을 상황이었지만 그럴 의욕조차 일지 않았다.

"뿌리를 살리려면 좀 더 파야 하는데 인공으로 땅을 만들어서 그런지 살짝 난감하네. 날은 또 왜 이렇게 더워?"

꽃나무 식재 중이던 기사가 구슬땀을 흘리고 있었다.

안나는 지금 클라이언트의 새로운 정원을 조경하는 중이었다. 데크는 이미 깔렸고 꽃모종도 무사히 옮겼다. 나무만 심으면 다 되는 마무리 단계였다.

이 정원을 서건과 송연이 걷게 될 것이다. 안나는 생각만 해도 가슴이 벅차올랐다.

"일단 이거 먼저 드세요."

마침 테이크 아웃 해 온 커피를 내밀자 탐탁지 않은 눈빛이 날아들었다.

송연에게 정원 가득 잎이 진 나무들을 선사해 주고 싶었다. 여름엔 그늘이 지고 겨울엔 운치를 더해 줄 수 있도록. 그러니 지금은 살갑게 굴며 인부들의 비위를 맞춰 주는 수밖에 없었다.

"어휴! 어떻게 된 게 봄인데 벌써 여름 같아요. 날도 더운데 수고가 많으세요. 아이스커피 한잔 하시면서 쉬었다 하시죠."

"에이, 젊은 아가씨라 그런지 뭘 모르네. 노가다엔 뭐니 뭐니 해도 양촌리 커피인데."

"그게 뭔데요?"

고등학교 시절부터 대부분을 런던에서 보냈던 안나에겐 생경한 명칭이었다. 아무리 기억을 더듬어 봐도 양촌리, 라는 메뉴는 카페에 없었다.

"하긴 그렇게 가만히 서서 구경만 하는데 뭘 알겠어. 다음엔 뜨끈한 양촌리로 부탁해. 직접 타 주면 더 맛있고."

일꾼 몇몇이 안나의 다리를 힐끔거리며 큼큼, 헛기침을 했다. 안나의 눈에 또렷하게 보이는 저변에 깔린 무시였다.

이 정도쯤이야, 걸음걸이처럼 마음도 뒤틀렸다면 세상 밖으로 나오지도 못했다.

안나는 당장에 삽을 들고 구덩이를 파기 시작했다. 그런 다리로 뭘 할 수 있겠냐는 시선에 마른 땅에 삽을 꽂고 손을 바꿔 쥐며 다시 삽으로 흙을 퍼 날랐다.

정확하고 능숙한 삽질이었다.

"조경으로 공원도 세우는 판에, 몇 그루 되지도 않은 이까짓 나무 심기는 노가다 축에도 못 끼죠. 안 그래요?"

당신들의 알량한 편견으로 멋대로 재단하지 말고 좋은 말 할 때 오늘 안으로 끝내자구요. 안나는 웃고 있었지만 상대는 충분히 알아들을 수 있는 일침이었다.

때마침 앞치마에 찔러 두었던 핸드폰이 살며시 몸을 떨어 댔다.

메시지를 확인한 안나는 하얗게 질리고 말았다.

가뜩이나 귀찮은 마당에 기사가 불러 대자 대충 메시지를 친다는 것이 오타를 보내고 말았다.

"불꼬추 축제?"

머리 위로 드리운 그림자가 친절하게도 음성으로 대신 읽어 주었다.

고개를 들지 않아도 누군지 알 수 있었다.

바짝 붙어 서서 능글맞게 웃고 있는 민건이었다.

"그 축제, 이름만 들어도 화끈하네. 거기가 그렇게 가고 싶으셨어?"

"야, 오타야. 오타였다고!"

"과연 상대방도 그렇게 생각할까?"

주말에 불꼬추 축제 갈래요? 라고 보낸 메시지의 대답은 ㅎㅎ ㅎ가 전부였다.

이 정도면 숭늉이 아니라 접시 물 같은 남자였다. 여자가 속 터져서 코 박고 싶게 만드는.

"덕질도 여전하시고."

민건이 핸드폰 배경 화면을 힐끗거리며 말했다. 여전히 상큼이가 세로토닌을 뿜어내며 액정을 가득 채우고 있었다.

다른 건 다 참아도 으뜸이 건드는 것만큼은 참지 않아.

눈이 뾰족해진 안나의 갈라진 앞머리를 커다란 손이 가지런히 정리해 주었다.

뭐야, 왜 터치하는데?

"흠흠……. 근데 여긴 어쩐 일이야?"

"형 집인데 오면 안 돼?"

어쩐지 첫 만남이 떠올라 그 순간 잡스런 생각이 끼어들었다.

피지컬 하나는 죽여주는데 친구로 두기엔 아깝다, 아까워.

민건과 안나는 어느새 전우와도 같은 사이가 되었다. 송연이 납치된 걸 알게 된 순간, 패닉에 빠져 입을 네모로 벌리고 통곡을 하는 안나의 곁을 지킨 건 다름 아닌 민건이었다.

하늘이 도와서 송연은 현재 정신과 상담을 받으며 예전보다 더 밝게 지내고 있었다. 그리고 같은 고비를 넘긴 안나와 민건은 동생공사를 외치며 술친구가 되었다.

왜 이제 나타났냐며 징글징글하게 죽이 잘 맞는 술친구. 그 이상도, 그 이하도 아닌 딱 그만큼이었다.

"근데 그 맞선이란 거."

"어?"

잠시 첫 만남 때 민건의 벗은 상체를 떠올리던 안나가 재빨리 현생으로 돌아왔다.

"꼭 봐야 하는 거냐?"

"뭐래. 내 사정 뻔히 알면서."

"네 사정이 어떤데?"

근데 왜 느닷없이 나타나서 시비야?

"민건아, 나 있잖아."

"오빠라고 안 부르지?"

"징그럽게 무슨 오빠야. 친오빠도 귀찮을 판에. 그러지 말고 내 말 좀 들어 봐."

고민이라곤 소주냐 소맥이냐, 주종 선택이 전부인 안나가 처음으로 진지해지는 순간이었다.

"나 이참에 다리 수술할까? 요즘 성공 사례도 많고 50대 아저씨도 성공해서 보통 사람처럼······."

"왜?"

이 인간 앞에서 구구절절해지는 건 어쩐지 좀 싫은데.

"그냥······ 송연이한테 물어보기 전에 너한테 사전 조사 하는 거야."

"그러니까 왜 하냐고, 수술."

"자꾸 똥파리만 꼬이니까. 다리 하나 때문에 괜히 약점 잡혀서 하향 평준화되는 것 같아서. 내 매력이 고작 이 다리 때문에 가려진다는 게 너무 애석하지 않냐?"

"충분해."

진짜 뭐라는 거야. 뭐가 충분한데.

"조안나."

"어?"

"주말에 하늘 아프게 쏴 대는 불꽃 축제 가지 말고 나랑 그거나 하자."

"뭐?"

"벚꽃 스토커."

봄에는 뭐니 뭐니 해도 벚꽃이지.

스토커처럼 벚꽃 쫓아서 기념사진 한 방 찍어 주는 게 봄에 대한 예의니까.

"송연이한테도 물어보자. 근데 서건 씨가 시간이 될까?"

"그 두 사람을 여기다 왜 갖다 붙이는데?"

"당연히 붙여야지. 내가 그 둘을 잇는 데 지대한 공을 세운 사람인데. 기왕이면 같이 보면 좋잖아."

귀국한 지 이틀째 되던 밤, 아버지가 갑자기 무조건 해야 한다고 했던 하우스 컨트랙. 알고 보니 클라이언트는 파티에서 보았던, 얼굴이 서사였던 남자였다. 눈썰미 좋은 안나가 서건을 못 알아볼 리 없었다.

다만, 조건이 기가 막혔다. 친구를 대동할 것. 그리고 되도록 말하지 말 것.

잘생긴 남자가 기이하긴 하지만, 모든 것이 나름의 배려고 지독한 프라이버시라고 생각했다.

그런데 처음부터 송연을 겨냥한 제안이었다니.

고로, 두 사람은 조안나가 아니었으면 만나지 못했다는 지론이었다.

"형 요즘 한참 바쁘니까 그 커플은 내버려 둬."

"하긴 워낙에 바쁘신 분이니까. 그럼 송연이라도……."

"프러포즈 하려고 혈안이 되어 있는데 네가 형수를 쏙 빼 가면 되냐?"

"어머, 어머! 프러포즈한대?"

"그러니까 우리 둘이 가자고."

드디어 송연이에게 헤드 드레스를 씌워 줄 수 있는 날이 오다니. 가장 고귀하고 쉽게 지지 않는 꽃들로 만들어야지. 송연의 앞날이 오래도록 향기로울 수 있도록.

"그럼 차에 카메라부터 실어야겠다. 핸드폰 사진으론 뭔가 아쉬워."

"내년에 또 가면 되지, 무슨 걱정이야."

그건 그렇지…… 고개를 끄덕이다 안나는 화들짝 놀라고 말았다.

지금 내년에도 가자는 소리야? 뭔데 사람 설레게 미리 약속인데?

민건은 이미 성큼성큼 걸어가 챙겨 온 간식 보따리를 풀고 있었다.

보나마나 신명 나게 카드를 긁었겠지. 편의점에서 카드 결제로 서명까지 하는 그 패기란!

넘치게 많은 음료와 주전부리가 인부들 앞으로 와르르 쏟아졌다. 그리고 한마디 하는 것 또한 잊지 않았다.

"안나한테 커피 시키지 말고 저 시키십시오. 요즘은 편의점에도 양촌리 커피 나오거든요. 작업 끝날 때까지 질리도록 사 드리겠습니다. 뭐니 뭐니 해도 남이 타 준 커피보다 남의 카드로 먹는 커피가 제맛이지 않습니까?"

육수로 다 우러난 디포리처럼 늘어져 있던 인부들이 민건이 내민 커피를 두 손으로 받아 들었다. 집주인의 동생이라는 사실을 알 리 만무한데 체격에서 나오는 포스만으로 다들 알아서 공손해졌다.

"미치겠네. 왜 이러냐, 진짜."

권민건, 너 내가 말했어. 넘어오지 마. 분명히 말했다? 내 구역이야. 내 감정선 안으로 넘어오지 말라고.

카페인도 소용없게 만드는 봄 햇살이라고 생각했다.

하지만 빨대로 빨아들인 한 모금의 커피가 공기까지 달달하게 했다.

안나는 집으로 돌아가면 옷장 정리를 하기로 마음먹었다.

당장에 설레지 않은 옷들은 버려야지. 그리고 가장 설레는 옷은 주말을 위해 남겨 둘 것이다.

"야, 권민건! 너 송연이한테 시동생 노릇 하면 가만 안 둬!"

입은 웃고 있지만 심장은 두근거리기 시작한 어느 늦은 봄날이었다.

꽤 긴 침묵으로 채워지는 시간들이었다. 송연은 몇 시간째 노인 앞에서 정좌를 하고 있었다.

진작 다리가 저려서 앓는 소리가 나올 법도 한데 더없이 평온한 얼굴이었다.

졸고 있는 건 아닌지 붓을 내려놓을 때마다 찻잔을 채워 주는 기민함을 보였다.

*'세상 그 누구도 못 주는 사랑, 제가 줄 겁니다.'*

손주 녀석이 맹세를 했던 아이.

큰일을 치르고 내실이 단단히 여문 아이가 노인을 감내하고 있었다.

"천장에서 꿀이라도 떨어지는 게야?"

유일하게 송연이 움직이는 거라곤 위를 향해 시선을 들 때뿐이었다. 서건이 녀석도 그러더니 둘 다 천장을 못 봐서 안달들이었다.

"가끔 하늘을 올려다보면 그 사람이 안 보여도 보이는 것 같아서요. 습관이 돼서 저도 모르게 그만……. 거슬리셨다면 죄송해요."

언제나 보고 싶고 늘 생각나요. 입 밖으로 꺼내지 않아도 그 말을 이해할 수 있었다.

노인의 기세에 눌려, 버거운 기색을 감추기 위한 딴청이 아니었다. 서건이 녀석이고 송연이고 그 순간에도 서로를 그리워하고 있었다.

"때가 되면 찾아오랬더니 어찌 둘 다 이리 똑같이 아둔할까. 기어이 사달을 만들어 세상을 시끄럽게 해? 그래서, 송장 하나 치우니 속이 시원하던?"

"누구나 끝이 있기 마련이고 남들과 그 끝이 조금 달랐던 것뿐이에요. 그동안 저지른 악행에 비하면 응당한 죗값이라고 생각합니다."

남들과는 조금 색다른 것뿐인 끝. 노망이라도 든 건지 정돈된 목소리에서 지난날의 자신이 떠올랐다. 문득 공을 들여서 제대로 키워 보면 어떨까란 생각이 들었다.

"얼마 전에 서건이에게 주말마다 데리고 와서 밥을 먹이라고 했더니 네가 힘들어서 안 된다고 펄쩍 뛰더구나. 식구가 달리 식구일까. 겸상하고 앉아 밥술 떠야 정이 들지."

"매 주말은 저도 힘들 것 같아요."

잠시 잊고 있었다. 되바라질 정도로 솔직한 아이를.

"요즘 학원에, 알바에, 서건 씨 볼 시간도 부족할 지경이라서요."

"격주에 한 번은 어떠니?"

"장담은 못 드려요. 무턱대고 지키지도 못할 약속을 드리면 나중에 제가 더 죄송하잖아요."

"그럼 시간 날 때 들러 보거라."

"네. 그건 지킬 수 있을 것 같아요."

노인에게 청을 드리러 각계 인사들이 줄을 서 있는 마당에 송연에게 만남을 조르고 있었다.

그래도 일정이 바쁘단 소리가 사실인지 얼굴이 까칠했다. 가뜩이나 가녀린 아이가 더 말라서 노인을 신경 쓰게 만들었다.

"얼른 가서 쉬어라. 피죽 한 그릇 못 먹은 얼굴로 건들거리고 있지 말고."

"밥 안 주세요?"

"뭐야?"

"왔으니 밥 주세요. 배고파요."

참으로 건방진 아이가 아닐 수 없었다.

노인은 차를 마시고 잔을 다시 들었다. 바닥에 남은 물기가 달처럼 뜬 빈 잔이었다.

노인은 슬며시 웃음이 도는 입매를 빈 잔으로 가렸다.

기욱은 운전석에 앉아 한참을 핸드폰을 들여다보았다.

카리브 해변에 서서 보잉 선글라스를 끼고 포즈를 취하고 있는 현수의 사진이었다.

현수는 학창 시절 달리기 선수로 못다 이룬 한을 자메이카 여행으로 원 없이 풀고 있었다.

*'하고많은 곳 중에 왜 거기야? 치안도 안 좋은 나라 같은데.'*
*'걱정하냐?'*

'돌았냐?'

'그 나라가 육상 선수를 많이 배출한 이유가 어려서부터 총소리가 나는 반대 방향으로 뛰어서라잖아. 우연히 다큐멘터리에서 봤는데 죽기 전에 꼭 한번 가 보고 싶더라고.'


역시 녀석답게 앞뒤 맥락이 전혀 맞지 않았다. 그럼에도 서건에게 받은 퇴직금으로 쿠바까지 야무지게 돌고 올 거라는 계획을 기욱은 군말 없이 들어 주었다.

"많이 기다렸지?"

"아닙니다."

서건이 달라졌다.

상사가 차에 타도록 핸드폰에 빠져 있는 비서를 탓하기보다 오히려 염려를 하고 있었다.

늘 불면증에 시달리고 매사 예민하게 굴던 그는 더 이상 없었다.

"아직도 거기에 있나?"

아, 그리고 모든 초점이 한 여자에게로 향해 있다는 점이 가장 큰 변화였다.

온통 절제뿐인 수도승 같던 삶이 파계를 해도 단단히 한 셈이었다.

"이 비서님 말씀 들어 보니 저녁 식사까지 하고 계신답니다."

"노친네하고는."

"그리로 모실까요?"

"아니. 집으로 가자."

등장만으로 눈길을 끄는 남자이니 알바를 하고 있는 카페라든지 입시 학원 앞이라든지 송연은 서건이 데리러 오는 걸 반기지 않았다.

*'전혀 무서운 분 아니야. 걱정할 필요도 없고 데리러 올 생각도 하지 마. 중간에 끼어들 생각은 더더욱 하지 말고. 그게 도와주는 거야.'*

노인을 만나러 가면서 단단히 일러두기까지 했으니 만약 데리러 가기라도 한다면 뒷감당이 두려웠다. 며칠을 뿌루퉁한 얼굴을 보는 것만큼 고역도 없었다.

"혹시 여자들이 무슨 선물 좋아하는지 알아?"

"네?"

서건에게 이런 질문을 받게 될 줄이야.

얼뜨기 같은 얼굴로 되묻는 걸 제일 싫어하는 걸 알면서도 기욱은 놀라움을 금치 못했다.

"다시 읊어 줘?"

"그게…… 저도 그 분야에 대해서는 잘 모릅니다."

"여태 연애 안 하고 뭐 했어?"

그럴 시간이나 주셨습니까.

최근엔 송연을 위해 시간을 뺀다고 업무를 몰아치는 바람에 결재 서류가 줄어들 날이 없었다.

매사 더블 체크 하느라 신경이 곤두서 있어 연애는 꿈도 못 꿨다.

대단히 억울한 기욱이었지만 백미러로 보이는 서건의 얼굴이 사뭇 진지해서 그냥 넘어갈 수가 없었다.

자그마치 9년째 권서건 바라기가 바로 강기욱이었다.

"대체로 여성분들은 꽃 좋아하지 않습니까?"

"가장 친한 친구가 플로리스트야. 그래서 그런지 꽃으로 파묻히게 해 줬는데도 시큰둥해."

"그럼 영화관 대여는 어떠십니까? 드라마 같은 거 보니까 통째로 빌렸다고 하면 감동받던데요."

"그러잖아도 런던에서의 기억이 떠올라서 그것도 해 봤는데 쓸데없이 돈 썼다고 한 소리만 들었어."

"명품 가방도 괜찮지 않을까요?"

"이미 드레스룸 한쪽 면을 다 차지하도록 사 줬어. 쇼핑백처럼 들고 다니더군."

"그러고 보니 차도 저번에 출고했고……."

"거추장스럽다고 지하철 타고 다니는 여자야."

"그럼…… 아! 보석으로 가시죠. 다이아몬드 어떠십니까? 유정란만 한 알로……."

"기욱아."

"네?"

"너도 연애하려면 상당히 힘들겠다. 강기욱 인재인 줄 알았더니 창의성이 부족하네."

대표님께 그런 소리를 듣다니 상당히 억울합니다. 솔직히 이 분야만큼은 계급장 떼고 붙으면 도긴개긴 아닙니까?

"내일 아침까지 2030 여성들 상대로 한 리서치 자료 통계 내서 보고서 올리겠습니다."

"빠를수록 좋을 것 같다."

보고서로 올리겠다는 기욱이나 결재로 받겠다는 서건이나, 서면으로 연애를 풀어 가려는 둘이었다.

❖

송연은 물기가 맺힌 서건의 가슴 안으로 파고들었다.

막 샤워를 마치고 훈기를 몰고 나온 그의 몸은 따뜻했다.

시폰 원피스가 눅눅해졌지만 송연은 상관없었다.

"젖어."

"이미 젖었어. 당신한테."

단단하고 넓은 가슴에 뺨을 묻자 송연의 얼굴을 감싸 쥐고 한참을 들여다보았다.

그 사건이 있은 후로 서건에게 붙은 습관이었다. 하루의 마무리는 늘 송연의 얼굴을 바라보는 것이었다. 지금처럼 그녀의 안녕에 몹시 안도하는 눈빛으로……

"늦었네."

"밥을 많이 주시더라고. 다 먹고 왔지."

"그렇게 애쓰지 않아도 돼. 내 곁에 있어 주는 것만으로도 감사하니까."

"너무 저자세로 나오니까 심심하잖아."

혀끝을 살짝 물며 애교 있게 웃었다. 장난기로 가득한 두 눈이 어느 때보다 반짝였다.

송연의 이 맑고 선명한 눈동자가 늘 집중하게 만들었다.

"그럼 심심하지 않게 해 줘야겠지."

491

결국 참지 못하고 송연의 얼굴을 끌어당겨 입술에 키스했다.

하루 종일 서건을 지배하는 그녀였다. 이 소중한 여자를 하마터면 놓칠 뻔했다.

서건 스스로도 감당할 수 없는 소유욕에 송연을 꽉 끌어안았다.

"학원 진도가 생각보다 따라잡기 어려워. 그사이에 입시 체제가 많이 바뀌어서 뭐가 뭔지 하나도 모르겠어."

"과외 선생 붙여 준다니까."

빗어 놓은 것 같은 그의 몸을 손톱 끝이 스치고 지나갔다. 언제나 느끼는 거지만 참 아름다운 남자였다.

"그럼 의미가 없잖아. 대학만큼은 내 힘으로 가고 싶거든."

"나랑 하면 되잖아. 내가 해 주고 싶어서 그래."

"생각해 볼게."

당신 하는 거 봐서. 마냥 거절하기만 하면 상처받을 테니 내가 한 발 물러서 주는 거야.

서건의 작은 여왕은 오늘도 도도했다.

"그리고 입시 학원 수업이 끝나면 실기 학원을 등록할까 해. 슬슬 실기도 준비를 해야 하니까. 그런 다음에 카페 알바를 가면 시간이 빠듯하게 맞을 것 같아."

서건의 허리에 아슬아슬하게 걸려 있던 타월이 발밑으로 떨어졌다. 송연의 입술은 일상을 말하고 있었지만 손길은 더없이 야릇해져 갔다.

"그럼 나는?"

"응?"

서건의 손이 원피스의 치맛자락을 들추고 탐스러운 엉덩이를 가득 쥐었다.

"네 계획 속에 난 없어?"

나의 계획은 온통 너로 가득한데. 사념으로 가득 찬 너…….

"당신은 그냥 일상이잖아. 일상을 계획 세워 하는 사람이 어디 있어?"

둥그렇게 부푼 둔부의 살을 주물러 대자 송연의 발끝이 서건의 종아리를 타고 올라갔다. 그제야 송연이 스타킹도 신지 않은 맨다리란 걸 깨달았다.

조금만 힘을 줘도 찢어질 것 같은 하늘거리는 원피스를 입고 그 안에는 속옷이 전부라니. 바람이 불기라도 했다면…….

신혼여행은 무인도로 가야 하는 걸까.

"송연아."

팬티 안으로 파고들자 금세 숨결이 흩어졌다. 대답도 안 하고 바르작거리는 몸을 두 손으로 받쳐 올렸다.

"사랑해. 아주 깊이."

전희 중에 갑작스런 고백이라니.

송연은 아까부터 배꼽 밑을 찔러 대고 있는 페니스를 감싸 쥐었다.

한 손에도 들어오지 않는 굵은 그것을 살짝만 훑었을 뿐인데 그의 눈빛이 강렬하게 타올랐다.

"섹스할 때 고백하는 남자는 믿지 말라던데…….."

"누가?"

"교양 넘치고 지적인 자매님이."

"안나 씨가 그랬군."

도톰한 아랫입술을 살짝 물고 모든 감각을 절제하고 있는 서건의 모습이 참을 수 없게 섹시했다.

송연이 발꿈치를 들고 아랫입술을 쭉 빨아들이자 잡아먹을 듯이 몰아붙였다.

서건은 한참을 송연에게 사로잡혀 그녀의 혀를 읽었다.

"사랑한다는 말 흘려들어도 괜찮아. 또 말하고 또 말할 거니까."

그러니까 넌 내게서 눈 떼지 마. 오로지 나만 봐. 그거면 돼.

꽃이 없어 허전한 테이블 위에 대신 송연을 올려놓았다. 한 겹씩 옷을 벗기고 속옷을 밀어내면서 그의 애무는 그치지 않았다.

송연은 그가 일으킨 관능에 쉽게 유혹당했다. 말로는 표현할 수 없는 이 기분을 깊숙이 음미하고 또 음미했다. 오로지 이 남자만이 그릴 수 있는 쾌락의 무늬였다.

"하아……."

두 팔로 짚고 그 사이로 송연의 얼굴을 가둔 서건이 그녀를 내려 다보았다.

"넌 맑고 예쁘고 잔인해."

"그런 내가 당신을 선택한 거잖아. 위로 대신 축하를 해 주고 싶 은데?"

한송연이 선택한 남자.

서건은 점점 그녀에게 길들여지고 있었다.

그의 가슴이 점점 뜨거워지면서 작은 얼굴에 짙은 입맞춤을 쉬지 않고 퍼부었다. 이렇게 좋을 수 있나 싶을 정도로 그녀가 좋았다.

그 밤 내내 송연은 그가 몰고 온 타는 듯한 욕망에 깊게 잠겨 들 었다.

그리고 찬란하다는 단어가 잘 어울리는 5월에 서건은 송연에게 청혼했다. 무릎을 꿇고 그가 내민 것은 유정란만 한 크기의 다이아몬드 반지였다.

"스쳐 지나가는 봄이라 많이는 안 사려고 했지만."

꽃만큼이나 많은 보석 상자들을 한쪽으로 밀어내고, 그중에서 가장 작은 가죽 상자를 집어 들었다.

무엇보다 이거 하나는 반드시 필요했다.

"넌 이미 내 삶을 압도했어. 나랑 결혼하자. 송연아."

아내에게도 아내가 필요해.

내가 엄마가 돼 주고 아내가 되어 줄게.

그러니 평생 나랑 살자.

그날은 생일이 없는 송연에게 생일과도 같은 날이 되었다.

그의 계절 안에서 새롭게 다시 피어났으므로.

## 에필로그 2. 지완의 이야기

길지 않은 시간이 흘렀다. 다시 너와 떨어져 네 번의 겨울을 보냈으니 알고 지낸 지난 세월에 비하면 길지 않은 셈이었다.

시간이 지남에 따라 그리움보다는 괴로운 마음이 깊어진다는 사실이 나를 슬프게 했다. 괜한 후회들로 마음이 욱신거릴 때면 널 처음 만났을 때를 떠올리곤 했다.

그럼 거짓말같이 통증이 멎었다. 수목이 조밀하게 뒤덮인 숲속에 누운 것처럼 숨 쉬기가 편해졌다. 희한하게도 그날만 떠올리면 그렇게 되었다.

"으! 코 매워!"

머스터드 색깔의 티셔츠에 개나리색 캡 모자를 눌러쓴 여자아이 하나가 소형차에서 튕겨져 나왔다.

전날 원장이 한중호 이사장이 방문할 계획이라며 보육원 앞에 널어 두었던 고추들을 걷어서 원에서 운행하는 모든 차들의 대시보드 위에 널어놨으니 코가 매울 법도 했다.

"으아! 냄새 나서 죽는 줄 알았네."

연신 코를 움켜쥐고 눈물을 찔끔거리는 그 애를 본 순간 신호등이 떠올랐다. 다음 신호가 곧 켜지니 주의하시오, 라고 경고하는 황색 등처럼 시선을 뺏겼다.

"뭐 하고 서 있어?"

"쟤는 누구예요? 처음 보는 얼굴인데."

"나가는 애가 있으니 들어오는 애도 있어야 할 거 아냐. 이제 넌 여기는 잊고 이사장님 비위 맞출 도리나 해. 그래야 다시 여기로 안 돌아오지."

심드렁한 얼굴로 서 있는 생활지도사를 올려다보았다.

오늘 나는 드디어 이곳에서 탈출을 한다. 그 사실만으로 기분이 째지게 좋았다.

하지만 그날 밤, 또 다른 지옥이 펼쳐졌다.

검고 둥근 입안으로 한중호를 받아 내고, 그의 밑에 깔리면서 매일이 힘든 밤이었다.

그런데 이상하게 그 여자애가 생각났다.

마음이 허기질 때면 이따금씩 보육원에 들르곤 했다. 금의환향한 한지완을 고향 친구들은 알아서 떠받들었다. 조무래기들 사이에서 군림하며 지완의 눈은 내내 여자애를 찾기 바빴다.

"계집애가 무슨 솜털이 이렇게나 많아?"

한가하게 여기서 잠이나 자고 있으니 찾기 힘들지.

책장에 꽂혀 있는 것보다 분실된 책이 더 많은, 낡은 전집이 전부
인 도서실에서 여자애는 졸고 있었다.

그린 듯이 매끈한 눈썹에 커다란 눈동자는 연한 눈꺼풀로 볼록하
게 뒤덮여 있었다. 파르르 떨리는 긴 속눈썹이 보고만 있어도 지루
하지가 않았다.

그런데 오똑한 코에 분홍빛 입술을 마주한 순간부터 속이 울렁거
렸다.

솜털로 뒤덮인 뺨에선 비누 향이라도 날 것 같아 가슴이 묘하게
따끔거렸다.

"예쁘긴 예쁘네."

그 순간 번쩍 뜬 두 눈과 정면으로 마주쳤다. 기묘하고 아름다운
눈동자라고 그 어린 나이에 생각했다.

"얻다 대고 평가질이야?"

야무진 목소리를 듣는 순간 누군가 지완을 툭 치는 것 같았다.

잔뜩 더럽혀진 네가 지금 이 애를 탐내기라도 하겠다는 거야?

그 순간 욕지기가 치밀면서 속이 뒤집혔다. 울컥거리는 지완의
턱밑으로 여자애가 작은 두 손을 불쑥 내밀었다.

"치워."

"싫어."

"손 안 치우면 진짜로 토한다?"

"차라리 내 손에 해. 이번 주 도서실 청소 당번이 나란 말이야. 아
까 다 닦았는데 바닥에 토하면 어떡해?"

어이가 없어서 빤히 쳐다보자 여자애는 혼자서 구시렁거렸다.

"그나저나 요즘 왜 이렇게 졸리지? 역시 미녀였던 거야……."

"뭐라는 거야?"

"나? 자기소개 중인데?"

여자애는 그렇게 불쑥 내민 두 손처럼 내 안으로 들어왔다.

너를 보고 있으면 복잡한 세상이 아름답게 느껴졌다. 난 어디에서도 행복하지 않을 테니 네가 왔으면 좋겠다고 생각했다.

송연이를 데려오는 데 자그마치 4년이나 걸렸다.

난 너를 데려오기 위해 갖은 애를 썼는데 날 기억조차 못 하는 너에게 심술이 났다.


"대마도 올가닉으로 먹니?"

"뭐?"

"하는 짓이 점점 청순해지잖아. 네 뇌는 생각이란 걸 전혀 안 하나 봐?"

"내가 약 한다고 어떤 새끼가 그래?"

"이렇게 냄새가 진동을 하는데 어떻게 모르겠어."

예고 전학 후 첫 짝꿍인 남자애를 조지고 며칠이 지나 목을 매달려는 걸 기껏 막아 줬더니 한다는 소리가 가관이었다.

내가 널 예고로 전학시키기 위해 한중호의 발밑에서 얼마나 기었는데 그렇게 말하면 서운하지.

둔한 네가 눈치를 못 채니 나는 나대로 준비를 하기 시작했다. 널 핑계로 온 집 안에 CCTV를 깔았다.

한중호의 서재는 실패했지만 적어도 오고 가는 인물들을 증거로 남길 수는 있었다.

"어머님이 많이 아프신데 송연이가 가시는 날까지 간호를 하는 게 어떨까요?"

콩쿠르에도 나가지 못하고 서재로 끌려가 맞는 걸 더는 못 보겠던 참이었다.

학교에서 잡놈들이나 후리고 다니는 걸 보는 것보다 완전히 눈앞에서 치워 버리는 게 차라리 여러모로 나았다.

그리고 미션처럼 사람들 앞에서 송연을 때리고 폭언을 침처럼 뱉는 걸 멈추지 않았다. 그래야 한중호의 의심에서 벗어날 수 있었다.


"송연이는 영국으로 보내 주세요. 제 마지막 부탁이에요. 그렇게만 해 주신다면 병원 입원도 하고 입대도 할게요. 이사장님께서 시키는 일이라면 무엇이든 다 할게요."

자신이 얼마나 아픈지 알았기에 송연이만큼은 다치게 하고 싶지 않았다. 억누르고 참았던 욕망이 하필이면 한중호의 서재에서 터졌다. 그것도 하나의 덫이란 걸 뒤늦게 알았지만 송연의 런던행만으로 족했다.

언젠가 송연의 책상 위에서 발견한 영국의 한 예술 학교의 무용학과를 소개한 팸플릿.

우리가 잠시 헤어져 있는 동안 그곳에서 네가 원하는 춤을 추면 그걸로 되는 거였다. 결국은 모든 것이 꼬이고 말았지만.

언제나 네가 걸어가는 모습이 흡사 춤을 추는 것만 같다고 생각했었다.

이젠 그 뒷모습을 영영 못 보는 걸까.

"170310번, 면회."

가족 면회만 허용되는 치료 감호소에서 지완을 찾아올 사람은……

"살이 좀 올랐다?"

송연이 면회실에서 두 손을 모으고 앉아 있었다.

어느새 등줄기를 타고 땋아 내릴 만큼 머리칼도 많이 길었다.

"난 너 못생겼다고 한 적 없는데?"

"여전하네."

"너도."

그것이 안부의 전부였다. 한참을 송연과 지완은 말없이 서로를 바라보았다.

열한 살이었던 여자애는 어느새 스물여덟의 성숙한 여인이 되어 있었다.

지완은 직감적으로 알 수 있었다. 오늘이 평생 송연을 볼 수 있는 마지막 순간이란 것을.

"춤은 다시 시작한 거야?"

"어떻게 알았어?"

"넌 그럴 것 같았어."

"나에 대해서 잘 아는 것처럼 말하지 마. 재수 없으니까."

"진짜 재수 없게 굴어 봐?"

"이제야 좀 한지완 같네."

"결혼은?"

면회실을 가로지르는 빛줄기가 유난히 도드라졌다. 송연은 눈살을 살짝 찌푸리며 대답했다.

"재작년에."

고개를 끄덕인 지완이 작게 웃었다.

그간 햇빛을 보지 못해 파리하게 야윈 얼굴이 종이처럼 구겨졌다. 웃는 것도, 우는 것도 아닌 얼굴이 지독히도 낯설었다.

"근데 왜 왔어? 눈으로 보니까 속이 시원하냐?"

"궁금해서. 3년을 곱씹어 봐도 조각이 하나도 맞지 않는 퍼즐 같잖아. 내가 입양된 게 너 때문이야? 나한테 왜 그랬어? 나한테 왜 그렇게⋯⋯."

"면회 그만할게요."

지완이 일말의 주저함도 없이 깔끔하게 털고 일어섰다. 교도관이 다가오자 송연이 다급하게 물었다.

"끝까지 말 안 할 거야?"

"죽을 때까지 궁금해해. 그 순간만큼은 날 떠올릴 거잖아. 그걸로 족해. 그렇다고 너무 억울해하지 말고. 내가 널 언제나 그리워할 거니까."

"지랄하지 마."

돌아선 지완이 크게 웃었다. 그리고 그대로 면회실을 나갔다. 단 한 번도 뒤돌아보지 않은 채.

"안녕. 내가 사랑했던 소녀."

송연이 들을 수도 없는 소리를 혼자 중얼거렸다.

지완은 언제나 텅 빈 도시에 홀로 남은 기분이었다. 하지만 더 이상 쓸쓸하지 않았다. 한때는 열렬했던 송연을 향한 마음이 이제는 온전히 자신의 것이 되었기 때문이다.

죽을 때까지 소유할 수 있는 나만의 것이 드디어 생겼다. 당사자인 송연도 모르는 지완만이 간직하는 진실이었다.

그러니 나 대신 모든 사람들에게 사랑받기를. 혼자서 울지 않기를. 네가 늘 세상을 향해 겨누었던 칼날을 내려놓고 더는 상처받지 않기를.

그래서 네게 사랑을 주는 방법을 아는 그 사람에게도 서슴없이 되돌려 줄 수 있기를.

햇빛보다 해사하고 봄날처럼 따뜻한 사람이 되기를.

나는 실패했지만 넌 사람답게 살기를 진심으로 바라 본다.

"계속 앉아 계실 건가요?"

교도관이 시계를 가리키며 면회 시간이 종료되었음을 알렸다.

송연은 조용히 자리에서 일어섰다. 미처 건네지 못한 영치품을 교도관에게 넘기고 하얀 병동 같은 감호소를 나왔다.

추레하게 메마른 나무들을 지나쳐 천천히 걸어 나가자 그가 보였다. 초라한 회색 땅 위에 우거진 녹음처럼 눈부시게 푸른 서건이 서 있었다.

송연은 가볍게 웃으며 망설임 없이 그에게로 향했다.

그가 손을 내밀자 송연은 말없이 그 손을 잡았다. 어떠한 길을 가든, 어느 방향을 향하든 주저 없이 붙잡을 손이었다.

"오겠다고 고집부려서 미안해."

"그래서 네 마음이 편해졌다면 그걸로 됐어."

모든 것이 송연이라서 괜찮다는 남자. 생일을 주고 엄마가 돼 주고 사랑이 뭔지 알려 준 그가 곁에 있었다.

사람들은 길 위에서 혼자가 될 때 사랑을 시작한다.

자신 역시 그 길 위에서 혼자가 되었을 때 서건을 만났다.

이제 그 길을 그와 함께 걸어 나갈 것이다.

서건과 함께라면 먼 길도 지름길처럼 느껴지고, 흙먼지로 자욱한 비탈길도 탈탈 털며 걸어 나갈 수 있을 것 같다.

때론 돌부리 같은 고난과 폭우와 같은 역경이 있겠지만 송연은 두렵지 않았다. 그 길 위에서 버팀목이 되어 줄 그가 곁에 있으므로.

아직은 미완의 인생이지만 서건과의 사랑으로 천천히 채워 나갈 것이다.

송연은 그럴 수 있음에 감사했다.

외전

아침에 잠에서 깨면 옆자리부터 더듬게 된다. 눈은 아직 뜨기도 전인데 손부터 뻗게 되는 다급함은 늘 적응이 되지 않는다.

손을 채 뻗기도 전에 아내의 따뜻한 피부를 만질 수 있다면 더없이 좋으련만 그렇지 못한 날들이 대부분이었다.

침대 위에 홀로 남겨진 채 맞이한 아침.

운이 더럽게 안 좋은 날이다.

당장 아내의 이름을 목청껏 소리쳐 부를 수도 있지만 일단 몸이 먼저 반응을 한다. 대답을 듣는 것보다 눈으로 직접 봐야 하니까.

시트를 휙 젖히고 바닥에 두 발을 딛는 순간 이미 손은 방문을 잡아챌 준비를 한다.

침대 곁에 얌전히 마련된 룸 슈즈도, 지난밤에는 불필요했던 가운도 챙길 여력이 되지 못한다.

잠시간도 견딜 수 없는 공백. 지구력, 참을성, 인내심 어느 것 하나 해당되지 못하는 지금 이 순간이다.

*'헤인이는 다음 학기 등록을 못 할 수도 있을 것 같아.'*
*'헤인이?'*
*'저번에 본 그 친구 있잖아. 왜, 눈이 크고 웃는 게 예쁜……. 아, 이렇게 말하면 당신이 기억 못 하려나?'*
*'아.'*

왜 모르겠는가. 아내가 예대에 입학한 후 처음으로 사귄 친구였다. 그 친구에 대해선 이미 못이 박히도록 들었지만 늘 처음 듣는 얼굴이 되고 만다. 아내 외의 여자는 기억이 잘 나지 않은 걸 어쩌나. 그냥 아내의 대학 친구일 뿐.

*'그 친구가 왜?'*
*'아마도 유학을 갈 것 같아.'*
*'음…….'*
*'그래서 다음 학기 등록을 안 할 건가 봐.'*

그저 아내의 대학 친구에 대한 소식일 뿐이었다. 한 귀로 흘려들은 채 아내의 어깨를 끌어안는데 좀처럼 하지 않는 행동을 한다.

품 안으로 안기지 않고 버티고 앉은 아내의 두 눈을 보았다. 그녀의 두 눈에 가득 담긴 것은 불만이었다.

이럴 땐 굉장히 조심해야 한다. 아내와의 결혼 생활에서 내가 얻은 진리 중 하나였다.

아내가 이런 눈을 할 땐 먼저 대화부터 시도해야 한다. 무턱대고 안고 말없이 몸으로 위로를 했다가는 뒷일은 생각도 하기 싫다. 경험으로 얻은 교훈들을 이미 뼈에 새긴 지금이었다.

'헤인이란 친구는 참 추울 때 유학을 가는군.'

아내가 팔짱을 끼며 어이없다는 눈빛을 보낸다.

아, 이게 아닌가.

'유학을 어디로 가는데?'

그제야 아내가 팔짱을 풀고 눈을 빛낸다. 이거였군.

'런던.'

'런던?'

'응. 연말에 오디션을 보고 왔는데 엊그제 불합격 통보 받았대.'

'그런데 유학을 간다고?'

'일단 출국해서 어학원 다니면서 9월 학기 준비하려나 봐. 될 때까지 해 본대.'

'그럴 거면 여기 학교 졸업 마저 하고 가는 게 낫지 않나? 아직 확실한 게 없는데.'

'확실한 게 왜 없어? 목표가 확실한데.'

사업체를 굴리면서 무수히 마주한 건 사람들의 눈빛이었다. 그래서 저절로 터득하게 된 감정들……. 아내가 듣고자 하는 질문이 무엇인지 안다. 저 밑에서부터 숨겨 두었던 두려움이 고개를 쳐들었다.

'안나 씨 플라워 숍 오픈이 언제라고 했지?'

조마조마한 마음으로 화제를 바꿔 본다. 의외로 아내는 나의 얕은 수를 알면서도 넘어가 준다. 하지만 그 예쁜 입에서 흘러나오는 작은 한숨이 오늘 아침까지도 마음에 걸린다.

긴 복도를 걸어 나오자 거실의 인영이 날 멈춰 세웠다. 아침 햇살이 휘황한 통창 앞에 서 있는 아내의 뒷모습이 유난히 쓸쓸해 보이는 건 기분 탓일까.

"일어났어?"

"일찍 일어났네. 오늘 연습 없지 않나?"

"그냥 눈이 떠졌어. 이런 날은 늦잠 자고 싶은데 이상하게 일찍 깨."

주저 없이 다가가 가녀린 어깨를 끌어안았다. 살며시 기대 오는 너의 작은 머리에 나는 새삼 안도한다.

"오늘 쇼핑할래? 요즘 통 못 했잖아."

"이미 가방이고 옷이고 넘치게 많은데 뭐하러……."

"그럼 점심 먹으러 나올래? 너 좋아하는……."

"서건 씨."

나직하게 부르는 목소리에 나도 모르게 경직되고 만다. 껴안은 팔에 힘을 주자 아내의 두 손이 부드럽게 쓰다듬는다.

"응?"

"나 런던 가고 싶어."

가장 듣고 싶지 않던 말을 끝내 듣고야 말았다. 지난밤부터 멀미처럼 시작된 불안감. 결국 이런 소리를 들으려고 아침부터 미친 듯이 널 찾은 건 아니었는데.

"언제?"

"그래도 돼?"

"……네가 가고 싶다면."

"당신은 언제 시간 되는데?"

"나?"

아내가 돌아서서 내 목을 껴안았다. 까치발까지 하고 마주하는 두 눈이 어느 때보다 반짝반짝 빛이 난다. 지난밤 보았던 불만 같은 건 찾아볼 수 없는 눈이었다.

"같이 가야지, 무슨 소리야?"

"같이?"

"그럼 나 혼자 가? 무슨 재미로?"

"아…….."

"휴가 낼 수 있어? 기왕이면 이번 방학 때 갔으면 좋겠는데."

"일주일 정도는 가능할 것 같은데…….."

"정말?"

활짝 웃는 아내의 얼굴에 눈을 뜰 수가 없다. 너무 눈이 부셔서, 내게 매달리며 좋아하는 아내의 작은 몸을 꽉 끌어안았다.

아……. 이 냄새, 이 체온.

"사실 기욱 씨한테 원성 듣는 건 아닌가 해서 엄청 고민했어. 한

511

참 바쁜데 눈치 없이 조른다고 할까 봐. 그래도 당신이랑 꼭 가 보고 싶어서. 저번에도 못 갔잖아."

"그랬지. 그랬었지……."

하필이면 표창을 받는 바람에 결제했던 항공권까지 취소하고 오르지 못했던 런던행이었다.

장관이 건네는 표창장을 받아 들면서 플래시가 터지는 카메라 앞에서 씁쓸한 미소를 지어야 했던 순간이었다. 내 여자를 웃게 하지 못했는데 이깟 대통령 표창이 무슨 의미가 있을까.

태연하게 아쉬움을 감추는 아내에게 어찌나 미안하던지 처음으로 모든 걸 접고 싶은 위기감을 느꼈었다. 물론 이런 내 마음이 누군가에게 농담거리가 될까 봐 애서 감췄지만.

"당신 좀 한가해지면 그때……."

"가자."

"정말?"

"응. 이번엔 무조건 시간 낼게. 내가 먼저 말을 꺼냈어야 했는데 고민하게 만들어서 미안해."

"아니, 그렇게까지 안 해도……. 앞으로 시간은 많으니까……. 근데 당신 지금 뭐 해?"

"추워. 아까부터 떨고 있었는데 한송연 매정하네."

"당신 출근해야 하잖아. 이럴 시간이……."

"대표가 출근 시간 지키고 앉아 있는 것도 민폐야."

"그럼 내려 줘. 내가 걸어서……."

"네 다리는 춤출 때 많이 쓰잖아. 네가 걷는 것도 아까워서 그래."

가볍게 아내를 들어 올리며 앓는 소리를 내 본다.

아까부터 나체로 널 안고 있느라 죽을 맛인데 넌 그것조차 눈치채지 못한 건지.

$$\diamond$$

내가 너에게 익숙해지는 건 좋은데 흐려지는 건 싫다. 일상이 되어 가는 건 좋지만 무덤덤해지고 싶지는 않다. 난 아직도 네가 좋아 죽겠고 너의 미소에 설레고 너의 말 한 마디에 전전긍긍하니까.

과연 내가 살아가는 동안 너에게 무뎌지는 날이 오긴 할까.

"형, 그거 형수가 유학 가고 싶다는 소리잖아."

불청객 하나가 잠시 감상에 빠져 있던 날 일깨웠다. 민건이 녀석이었다. 아침을 떠올리며 미소 짓는 내가 아직도 적응이 안 되는지 산만하게 굴더니 다짜고짜 얼굴을 들이민다.

"형은 가만 보면 형수 앞에선 눈치가 영 맹탕이더라?"

"사무실로 쳐들어온 용건이나 말해."

"그거 형수가 유학 가고 싶다는 소리라고. 대학 가서 처음으로 사귄 친구가 유학을 간다잖아. 안나가 말하기를 안나가 시샘 날 정도로 둘 사이가 그렇게 좋다는데, 그런 친구가 유학을 가니 형수 마음이 얼마나 헛헛하겠어? 그리고 그 바닥이 유학은 필수 코스 아냐?"

"송연이가 가고 싶었으면 그렇다고 진작 말을 할……."

"알면서도 모르는 척 눈감고 있는 건 아니고?"

"권민건."

"왜 내 눈엔 선녀 날개 옷 뺏은 나무꾼 같아 보이냐, 형이?"

"요즘 부쩍 기어오르지?"

"눈치 챙기시라고요. 가고 싶은데 말 못 하는 거잖아. 형 어떻게 나올지 뻔히 아니까."

"때가 되고 필요하면 나도 그 정돈 생각하고 있어."

"그 때라는 게 언젠데? 형 환갑잔치 끝나고? 형은 관 속에 들어가는 순간까지도 형수 놓지 않을 거잖아."

"이 자식이 그런데."

"내가 형을 모르냐?"

나는 녀석의 깐죽을 단 한 방에 잠재울 방법을 안다. 이름 하나만 대도 녀석은 바로 깨갱할 그 비기.

"안나 씨가……."

"형!"

아, 쫌! 여기서 안나가 왜 나오냐? 미치겠네. 머리를 벅벅 긁으며 몸부림치는 녀석을 보니 조금은 속이 시원했다. 그렇게 기어오르긴 왜 기어올라.

"안나 씨 플라워 숍 오픈식이 언제냐고 묻는 건데 왜 난리야?"

"아, 그거……."

녀석의 얼굴이 공기가 푹 빠진 고무풍선처럼 쪼글쪼글해진다. 쯧쯧, 대놓고 혀를 차고 싶지만 죽상을 보고 있자니 어쩐지 짠 내가 난다.

"아직도야?"

하아……. 녀석은 단전에서부터 끓어오르는 깊은 한숨으로 대답을 대신한다.

"나도 내가 이렇게 될 줄 몰랐어."

권민건이 짝사랑에 수년간 몸 바칠 줄이야.

놀라운 일이긴 하다. 녀석이 안나라는 존재 하나로 저토록 순식간에 진지해질 수 있다는 것이.

처음 민건의 마음을 눈치챈 것은 아내와의 결혼을 발표하는 자리에서였다. 모처럼 넷이 모였고 적당한 어색함 속에서도 즐거운 자리인 것은 분명했다. 아내가 가장 아끼는 사람인 만큼 나 역시 안나의 유머와 쾌활함을 좋아하게 되었다.

그런데 웃으면서도 초조해하는 민건을 보고 있자니 쉽게 그 속내를 눈치챌 수 있었다. 입으로는 가벼운 농담을 하고 있지만 늘 안나를 좇는 시선. 무심코 흘리는 안나의 말에 한참을 말없이 속으로 곱씹는 얼굴.

예전이었으면 가볍게 치부했을 그 얼굴이 눈에 들어온 것은 나 역시 그 마음을 알고 있기에 한동안 녀석을 물끄러미 보기도 했었다.

'민건 씨가 생각보다 안나를 많이 좋아하나 봐.'

나중에 돌아가는 차 안에서 아내 역시 눈치챘다는 걸 알게 되었다. 사실 안나를 제외하고 서빙하는 직원도 눈치챌 만큼 요란스러운 녀석의 마음이었다. 그때가 무려 4년 전이었으니 민건의 짝사랑은 제법 전통이 생긴 셈이었다.

"이젠 말할 때도 지났다는 생각 안 해? 이러다가 안나 씨 빼고 동네 꼬마도 다 눈치채겠다."

"일단 위대하신 조모님 허락부터 받고."

"떡 줄 사람은 생각도 안 하는데 마셔도 너무 마시는 거 아냐? 오빠도 적당히 해. 그러다 관 속에 들어갈 때까지도 말 못 한다."

"세상천지 하나뿐인 동생의 고난이 형에겐 가장 큰 축복이지?"

아니라고는 말 못 하지. 하지만 민건이 지나친 억측을 하고 있는 것은 분명하다. 세상 어느 누구도 짝사랑을 고백하기 전에 조모의 허락부터 받는 사람은 없으니까.

"하긴 세상 무서울 것 없이 본인 뜻대로 사는 형이 내 지난한 사랑을 어떻게 이해하겠어?"

내가 무서울 게 없다고? 한송연이 살아 있는 동안 나는 무서울 게 천지인 사람이다. 할 말은 많지만 이쯤에서 접기로 한다. 너야말로 내 지난한 사랑을 결코 이해하지 못할 테니.

"조모 눈치 보지 말고 마음껏 연애해. 죽상으로 앉아서 금 같은 시간 빼앗지 말고."

얼른 업무 마치고 빨리 퇴근해야지.

송연이가 있는 우리 집으로 얼른 가야지.

"상처 주기 싫어."

아침 드라마 찍게 하고 싶지 않아. 녀석의 담담한 어조가 결재철을 집어 들려는 내 손을 멈추게 만든다.

"그럼 무조건 네가 막아야지. 그럴 일 없게."

"그래서 먼저 허락부터 받으려는 거잖아. 안나가 울면 진짜 못 견딜 것 같거든. 한 번도 본 적 없어, 안나가 우는 모습. 그런데 이미 엄청 많이 본 기분이야. 걔는 늘 웃으면서 울고 있는 것 같거든. 그래서 지켜 주고 싶어."

역시나 눈치가 빠른 노인은 안나의 집안부터 그 집 조상까지 파악을 해 둔 후였다. 안나의 부친이 경영하고 있는 작은 구멍가게부터 손을 대려는 노인을 막은 것은 민건이었다. 눈물, 콧물로 범벅이 되어 무릎걸음으로 쫓아가 노인에게 매달리는 그 모습은 정말 희대의 명장면이긴 했다.

한때 물 흐르는 대로 사는 민건이 걱정 없다는 노인의 얼굴이 그 이후로 몇 년은 더 늙은 것 같은 건 내 착각일까.

민건은 안나에게 고백도 하기 전에 홀로 고군분투 중이었다. 잠시 노인이 관망해 주는 조건으로 조신하게 몸을 사리고 있었다.

대학원을 졸업하고 무려 논문까지 출간하기에 이르다니. 요즘은 조교 신분으로 매일 모교로 출근이란 걸 하고 있었다.

나는 감히 이것을 조안나의 기적이라고 부르고 싶다.

역시 사랑의 힘이란 위대한 것이다.

"내가 팁 하나 줄까?"

"팁? 그게 뭔데?"

녀석이 눈을 크게 뜨며 미끼를 덥석 물었다.

나는 웃으며 말했다.

"일단 저질러. 네 마음만큼. 딱 그만큼만 행동해."

"뭐야……. 내 마음만큼이라면 이미 애가 셋이야."

"그럼 됐네. 해결 다 됐는데……."

"그런데?"

"왜 여태 앉아 있어? 얼른 안 가 보고?"

문득 미취학 시절 녀석에게 연산의 법칙에 대해 설명했을 때가 떠오른다. 아마 그때부터였을 것이다. 참으로 어두운 녀석의 말귀에 학을 뗀 것이. 1 더하기 1이 2란 걸 이 나이에도 알려 줘야 하다니.

녀석이 문을 벌컥 열고 퇴장함과 동시에 곧바로 일에 몰두했다. 우리의 집에 송연이가 있다는 사실이 못 견디게 가슴이 벅차오르는 지금이었다.

❖

　센터가 개관했다.

　완공식이 있기까지 부지를 사들이고 건물이 올라가기까지 투자자는 있었지만 센터의 관장은 따로 없었다. 그럼에도 운영이 돼야 했으므로 복지 단체가 생기고 봉사자들의 도움도 받았다.

　인근에선 좀처럼 드문 규모의 센터라서 지역 뉴스에도 소개가 되면서 매스컴을 타기 시작했다. 기자들이 찾아왔고 카메라가 찍어 댔다.

　그러니 최선진 기자와의 인터뷰가 뜬금없는 일은 아니었다. 하지만 나는 아내가 그녀와 마주 앉아 공식적인 질문과 답을 주고받는 것이 꺼림칙했다.

　지난날이 떠오르는 어떠한 고리로부터 나는 그녀를 완벽하게 보호해 왔다. 덕분에 송연이의 머리카락 한 올도 언론에 오른 적이 없었다.

　3년여에 걸쳐 주기적인 심리 상담으로 일상을 되찾은 아내가 최 기자를 만나 또다시 악몽을 꾸게 되는 건 아닌지 걱정이 앞섰다.

　요즘도 나는 새벽에 일어나 아내의 고른 숨에 안도하고 다시 자리에 눕는다. 그래서 지금의 안녕이 얼마나 귀한 것인지 잘 알고 있었다.

　"대표님, 영혼 좀 붙들어 주시죠? 영혼 없는 대답은 지양합니다."

　"여전하군요. 최 기자는."

"사람 어디 쉽게 변하나요. 헌데 대표님은 많이 변하신 것 같습니다. 예전의 카리스마가 살짝 녹슨 기분이랄까요?"

"지독하게도 융통성 없었던 인간이란 오명을 벗고 싶었다는 걸로 해 두죠."

"그래서 융통성을 발휘한 것이 아내와의 인터뷰에 남편인 대표님께서 동행하신 거구요?"

말없이 찻잔을 들어 올리자 화장실에 다녀온 아내가 자리로 돌아왔다. 꽤 긴장했는지 안색이 편해 보이진 않는다. 역시 괜한 짓을 한 건가. 개관식에서 모든 걸 끝냈어야 했다. 애초에 아내가 원한 것은 이런 게 아니었을 테니.

"불편하면 그만할래? 안색이 안 좋아."

"괜찮아."

"이런, 손이 차갑잖아. 점심 먹은 게 소화가 안 된 거야?"

"그랬나? 울렁거리지는 않은데."

"기욱이한테 말해서 소화제 좀 가져오라고 하자. 아니면 정 박사님 모셔서 링거라도……."

"대표님? 송연 씨?"

이런, 잠시 잊고 있었다. 아내와 있으면 늘 이렇게 되고 만다. 매 순간 주변이 왜 무채색이 되어 버리는 걸까.

"흠흠, 이 자리에 저도 있다는 걸 잊지 마시길 바라며……. 그럼 본격적으로 시작해 볼까요?"

최 기자의 말에 아내의 손을 다시금 잡았다. 작고 가녀린 손이 잡고 있으면서도 붙잡고 싶게 한다. 넌 왜 내 곁에 있는데도 매순간 확인하고 싶게 하는 걸까.

"이달 초에 개관한 아동 복지 센터에 관심이 쏠리고 있는데요. 그 이유가 권 대표님 부부가 숨은 투자자라는 소문이 돌아서인데, 항간의 소문이 사실인가요?"

"아닙니다."

"권 대표님께서는 한때 아동 복지에 관심을 보여 수십억대의 기부까지 했던 이력이 있어 소문에 신빙성을 더하고 있는데요."

"억측입니다."

"그럼 센터 개관과 전혀 무관하다는 입장이신가요?"

"네."

좋습니다. 중얼거리던 최선진이 탭을 닫았다. 들고 있던 펜까지 내려놓고 한숨을 푹 쉬었다.

"잠시 오프 더 레코드 해도 될까요? 송연 씨, 괜찮죠? 그래도 우리가 옛정은 있잖아요?"

"최선진 기자."

나의 저지에도 기죽지 않은 눈이 아내에게로 향했다. 물론 아내가 고개를 끄덕인 것은 굳이 보지 않아도 알 수 있었다. 좀처럼 거절이라는 것을 모르는 그녀니까.

"정말 센터 개관과 무관해요? 수백억이 투자되었는데 투자가가 없어요. 그런데 소문은 또 무진장 무성해. 게다가 거기에 엮인 사람들 이름이 만만치 않은 인물들이야. 냄새가 나요, 안 나요? 저도 듣는 귀가 있다구요."

"최 기자? 적당히……."

"제가 아니고 오빠요."

아내의 대답에 어쩔 수 없는 한숨이 나오고야 말았다.

경직된 아내의 손을 말없이 다독였다.

그러자 아내의 숨결이 조금은 편해지는 게 느껴졌다.

"오빠라면 한지완을 말하는 건가요? 이미 존속살해로 수감되어 있는 걸로 아는데요. 치료감호 중인 한지완이 무슨 경우로⋯⋯."

"한중호가 살해되면서 남은 재산을 오빠가 증여받았어요. 이미 학대에 노출되어 있는 아동들을 위한 울타리를 제안한 건 오빠가 먼저였고 제가 대신 처리한 것뿐이에요. 그러니 제가 아니고 오빠가 투자자인 셈이죠."

"한지완의 재심이 시작될 거란 소리가 있던데 왜 이걸 비밀로 해요? 충분히 선고에 영향을 끼칠 만한 일인데요."

"오빠가 원치 않아요. 그러니 부디 비밀에 부쳐 주세요. 최 기자님 말씀대로 옛정이 있어서 말씀드리는 거니까요. 그때 기자님 신세를 진 게 늘 마음에 걸렸거든요."

"신세는 무슨! 어휴, 그런 말 말아요. 덕분에 그해 보너스 입이 떡 벌어지도록 받았으니까."

펜으로 테이블을 톡톡 두드리며 최 기자가 망설이는 게 느껴졌다. 이미 머릿속으로는 서사가 있는 스토리가 펼쳐져 있을 텐데 놓치기 쉽지 않을 것이다.

역시나 오프 더 레코드인 것이 미치도록 아쉽다는 얼굴이었다.

"그럼 인터뷰는 이쯤에서⋯⋯."

명분이 끝났으니 아내의 손을 잡고 자리에서 일어서면 끝이었다. 그런 나의 어깨를 최선진의 황급한 목소리가 눌러 앉혔다.

"권 대표님은 무슨 말씀을 그렇게 서운하게 하세요? 아동 복지 센터 개관이야 사회부에서 알아서 기사 쓸 거고, 저는 여성지인 만큼

본분에 충실할까 하는데요. 어렵게 모신 두 분인데 이렇게 쉽게 보낼 순 없죠."

다시 탭을 켜고 펜을 든 선진이 거침없이 다음 질문을 했다.

"최근 대통령 표창 수여에 사업 또한 승승장구인 권서건 대표의 숨겨진 아내, 한송연 씨에 대해서 인터뷰를 해 보도록 하겠습니다. 결혼 생활에 불편한 점은 없으신가요? 불만이라든지 뭐 그런 감정들."

무슨 이런 불쾌한 질문이. 나의 날 선 눈빛에 최선진은 태연한 얼굴로 어깨를 으쓱했다. 요즘은 비혼이 유행이니까요, 라고 중얼거리는 것까지 마음에 드는 구석이 하나도 없는 기자였다.

"단 한 번도 후회한 적 없어요. 매일 아침 눈뜰 때마다 남편이 곁에 있음에 안도해요. 종교가 있다면 신께 감사드릴 만큼요."

"와우, 요즘 같은 시대에 파격적인 기혼자의 대답인데요? 그럼 두 분의 2세 계획을 여쭤도 될까요?"

아내가 날 바라보는 시선이 느껴졌다. 아내가 시선을 돌리기만 하면 우린 눈을 마주치기 쉬웠다. 내가 늘 아내를 보고 있으므로.

"제가 학교를 다니고 있어 아마 졸업할 때까지 유예될 것 같아요. 그런 면에서 남편의 배려를 느껴요."

"권 대표님 입장에선 쉽지 않은 외조일 텐데 멋지네요. 뭐, 요즘은 딩크족도 심심찮게 볼 수 있으니까요. 얼마 듣지 않은 답변에도 두 분의 사랑이 얼마나 돈독한지 느껴지네요. 그럼 다음 질문을……."

그렇게 한참을 인터뷰가 진행되었고 마침내 끝이 났을 땐 어느새 밖은 어둑해져 있었다.

맹세컨대 앞으로의 인터뷰는 오늘이 마지막이 될 것이다.

최 기자는 내심 사진 촬영을 원했지만 나의 강력한 거절에 마지못해 일어서야 했다.

"송연 씨."

차에 타기 전 최 기자가 낯선 얼굴로 아내를 불렀다. 늘 기억 속에 그녀는 단호하지만 메마른 눈이었는데 지금만큼은 달랐다. 조금은 부드러워졌다고나 할까.

"행복해 보여서 너무 보기 좋아요. 늘 나한테 신세를 진 것 같아 마음에 걸렸다고 했죠? 나도 늘 송연 씨를 처음 만났던 그날의 눈빛이 체한 것처럼 명치에 걸렸었어요. 권 대표님과 결혼한다고 해서 마음은 놓였는데 그래도 기억에서 지우기가 쉽지 않더라구요. 그런데 오늘 보니까 알겠어요. 사랑 많이 받고 잘 살고 있구나. 정말 다행이에요."

"고마워요."

아내의 대답은 간결했지만 두 눈은 차마 표현하지 못한 감정들로 복잡하게 얽혀 있었다. 그걸 누구보다 최 기자가 알았고 나 역시 알고 있었다. 그리고 느낄 수 있었다.

덤덤해질 만큼 아내는 많이 나았구나. 내가 그토록 염려했던 지난 상처들이 이제는 많이 아물었구나 싶어서 등이 조금은 펴진 기분이었다. 내내 굽었던 등이 조금씩 펴지고 있었다.


"오늘 인터뷰하길 잘한 것 같아."

기욱이 모는 차 안에서 아내가 처음으로 입을 열었다.

"네가 잘했다면 잘한 거겠지."

"서건 씨."

창밖을 향하던 시선을 거두고 내게로 향하는 너의 눈빛이 어느 때보다 맑다.

"고마워."

말로는 담을 수 없을 만큼 아주 많이 고마워, 라고 말하는 아내를 향해 손을 들어 그녀를 매만졌다. 그녀의 깊은 눈가를 어루만지고 맑은 피부를 쓸어내렸다.

이렇게 널 만질 수 있어 얼마나 다행인지 넌 가늠할 수 없겠지.

"송연아. 유학 가고 싶으면 가도 괜찮아. 네 꿈이라면 말릴 생각 없어. 네가 행복해야 내가 행복하니까. 그래도 괜찮아."

"갑자기 그건 무슨 소리야?"

"혜인 씨도 런던으로 유학을 가는데……."

"아……. 혜인이야 방학마다 귀국할 건데? 보고 싶으면 내가 가도 되는 거고. 당신이랑도 가기로 했잖아. 그러면 됐지."

"그래도 유학을 가면 시야가 넓어지는 건데……. 네가 그토록 좋아하는 춤도 더 깊이 있게 배울 수 있고. 나 때문에 네가 꿈을 포기하는 건 싫어."

"당신이 없잖아."

아내가 웃으며 말했다.

"거기엔 당신이 없을 거잖아. 그럼 무슨 소용이야. 진짜 내 꿈은 당신과 평생을 함께하는 건데. 지금도 너무 행복해. 이만큼도 과분하고 족해. 그러니까 괜히 그런 생각 하지 마."

아내는 누구나 저마다의 꿈이 있고 그걸 이루기 위해 노력하는 거라고 했다.

자신은 나와 평생을 함께하는 것이 꿈이고 그걸 이루기 위해 노력할 거라고 했다. 난 그저 네가 원하면 언제든 도와줄 수 있을 거라고 답했다.

아내가 원한다면 언제든 외조를 할 생각이다. 비록 당장의 아쉬움이 있겠지만 아내가 웃을 수 있다면, 진정으로 행복할 수 있다면 서슴없이 그렇게 할 것이다.

아내를 곁에 두기 위해, 나 역시 아내의 곁에 있기 위해 많은 일들이 있었다. 그 시간 속에 나는 더욱 깊이 그녀를 사랑할 수 있었고 그럴 수 있음에 감사드렸다.

앞으로 우리에게 많은 일들이 일어나겠지만 아내의 손을 잡고 무사히 이겨 낼 것이다. 그녀만 내 곁에 있다면 나는 더 이상 두려울 것이 없으므로.

매일 아침 아내를 볼 수 있다면 난 아마도 먼 훗날 꽤 멋진 삶을 살았다고 자부할 수 있을 것이다.

아내와 남은 평생을 함께할 수 있는 삶.

이보다 더 멋진 인생이 어디 있겠는가.


Fin.

작가 후기

항상 아쉬움이 남습니다.

아마 눈치채셨을지도 모르겠습니다. 에필로그를 쓰는 내내 그들을 보내지 못해 질척거리는 저를요. 늘 이별은 서운하고 힘듭니다.

처음 스토리를 구상할 때 너무 무거운 소재를 선택한 건 아닌지 염려가 컸습니다. 쓰면서도 걱정을 놓지 못했는데 혹여 작중 인물들로 인해 또 다른 상처를 받는 분이 없으시기를 간곡히 바랍니다.

어느새 세 번째 출간인데 세상사가 그렇듯 점점 더 어렵고, 쉬운 일이 하나도 없다는 걸 깨닫는 요즘입니다. 한편으론 지금처럼 지면을 할애해서 양해를 구할 수 있어 다행이란 생각도 듭니다.

《각자의 지금》에는 가시 하나씩은 품고 있는 인물들이 나옵니다. 송연, 안나, 서건, 민건, 조모 그리고 지완. 하다못해 현수에게도 나름의 사연이 있습니다.

그들이 서로를 알아 가며 성장하는 모습을 그려 보고자 했는데 설득이 잘 되었는지 모르겠습니다. 특히 지완이 같은 경우는 독자분들께 어떻게 다가갔을지 생각이 많아집니다.

이런저런 이유들로 중도에 덮으신 분들이 계시다면 다시 한 번 죄송하단 말씀을 드리고 싶습니다.


그럼에도 감사의 말씀을 꼭 드리고 싶은 분들이 있습니다.

절대로 빼놓을 수 없는 담당 편집자, 우리 수지 씨. 고운 심성으로 저의 하소연을 유쾌하게 들어 주고 이끌어 줘서 정말 고맙습니다.

"자까님!"이라고 불러 줄 때마다 제 잇몸이 마르지를 않습니다. 로또 어디 있니? 우리 수지 씨 목소리 안 들리니?

그리고 《각자의 지금》을 선택해 주신 독자분들께 고개 숙여 깊은 감사를 드립니다. 소중한 시간을 내주신 걸 잘 알기에 몸 둘 바를 모르겠습니다. 부디 님의 삶을 압도하는 누군가 혹은 무언가와 함께하는 앞날이 오래도록 향기로우시기를…….


이제는 정말 송연과 서건을 보내야 할 때가 온 것 같습니다. 아마 한참을 잊지 못할 것 같습니다. 그동안 두 사람으로 인해 많이 행복했습니다. 그래서 이들에게도 고맙습니다.


이둘희 올림